红色长篇小说经典

战斗的青春

雪克 著

人民文学出版社

图书在版编目（CIP）数据

战斗的青春／雪克著. —北京：人民文学出版社，2020（2024.4 重印）
（红色长篇小说经典）
ISBN 978-7-02-016168-3

Ⅰ.①战… Ⅱ.①雪… Ⅲ.①长篇小说—中国—当代 Ⅳ.①I247.5

中国版本图书馆 CIP 数据核字（2020）第 042011 号

选题策划　杨　柳
责任编辑　薛子俊
装帧设计　陶　雷
责任印制　张　娜

出版发行　人民文学出版社
社　　址　北京市朝内大街 166 号
邮政编码　100705

印　　刷　北京中科印刷有限公司
经　　销　全国新华书店等

字　　数　425 千字
开　　本　880 毫米×1230 毫米　1/32
印　　张　17.125
印　　数　11001—14000
版　　次　2005 年 1 月北京第 1 版
印　　次　2024 年 4 月第 4 次印刷

书　　号　978-7-02-016168-3
定　　价　56.00 元

如有印装质量问题，请与本社图书销售中心调换。电话：010-65233595

目 录

第一章
　　一　离别 …………………………………………… 1
　　二　姐妹们 ………………………………………… 11
　　三　恼人的冲突 …………………………………… 21
　　四　血战古洋河 …………………………………… 28
　　五　劫后 …………………………………………… 32
　　六　逃出虎口 ……………………………………… 38
　　七　我们要战斗 …………………………………… 45

第二章
　　一　第一次袭击 …………………………………… 56
　　二　折磨 …………………………………………… 63
　　三　派遣 …………………………………………… 69
　　四　不灭的火 ……………………………………… 76
　　五　沉沦 …………………………………………… 84
　　六　难堪的会面 …………………………………… 93
　　七　光荣的委托 …………………………………… 101

第三章
　　一　裂痕 …………………………………………… 107

二	滹沱河边	115
三	喜重逢	120
四	心头恨	124
五	魔窟	128
六	同志之间	139
七	波折	146
八	虎穴除奸	151
九	难关	159

第四章

一	谈心	166
二	年轻的政委	172
三	午夜歌声	184
四	争论	194
五	纯洁的灵魂	203
六	陷阱	207
七	仇恨	213
八	奇怪的沉默	221

第五章

一	归来	233
二	恼火	239
三	致命的打击	245
四	狼窠	254
五	安慰	265
六	探母	273

第六章

| 一 | 阴谋 | 278 |

二	搏斗	286
三	就擒	295
四	逃脱	298
五	云开雾散	302

第七章

一	岳村遇险	313
二	归队	322
三	圈套	328
四	夜宿青纱帐	333
五	出击	339
六	热烈的心	347
七	快语通宵	356
八	狂欢之夜	364

第八章

一	残酷的考验	370
二	高村被围	376
三	夜走冰河	383
四	危险的宿营	389
五	转折点	399
六	智取韩庄	409
七	奇袭	419
八	复仇的怒火	423

第九章

| 一 | 快乐的雪夜 | 430 |
| 二 | 歌唱吧人们 | 441 |

三	爱情	450
四	母亲的心	455
五	疯狂的报复	460
六	抢救	472

第十章

一	引诱	477
二	谈判	482
三	活着是美好的	487
四	想念	493
五	钢铁的心	500
六	越狱	508
七	队伍在前进	516
八	胜利是我们的	520

第 一 章

一　离　别

西北风卷着滚滚黄沙,凶猛地怒吼着,扫过无边的田野,把碎枝落叶旋卷起来,向滹沱河南扑去。河水被疾风掀起浪花,急浪拍打着沙岸。夕阳被蒙在风沙后面,变得暗淡昏黄。呜呜的风声夹着远处传来的嗒嗒的机枪声和隆隆的炮声。青抗先的号角声,儿童团的哨子声,也在风暴里响着。

这时,一群妇女又说又笑地从哗哗山响的树林里,送出一个美丽的姑娘来。她穿着一身青色裤褂,左臂下夹着一个绿花格布文件包,挺着丰满的胸脯迎风走上长满白杨树的高坡。一阵狂风迎头扑来,把她刮得倒退了两步。她倔强地迎着大风走上了坡顶。大风刮起她那齐肩的黑发和衣襟,吹着她那晒得微黑的脸庞。她皱起漆黑细直的眉毛向前望着,好像有满腹心事。她是枣园区妇女抗日救国会主任许凤,才在高村开了区委会议出来,按照分工到张村去坚持工作。她走着禁不住千头万绪心乱如麻:敌人的"大扫荡"说不定哪一会儿就会突然来到。反扫荡的准备工作做得不够好,就够人焦心的了。偏偏又添上一腔秘密的烦恼:她跟区委书记胡文玉的爱情一天比一天深,不知为什么,两人的冲突反而也越来越多了。今天两人本来相约开完会一块儿走,想不到在会上为开展挖地道的问题又争论起来,散会后,她找他谈话,他又很冷淡,她就赌气先走出来。走着心里还直劲生气,暗自说道:

"好像我就碰不得你了……"

今天区委会上，许风怀着崇拜和热爱的心情听了胡文玉的关于反扫荡斗争的报告。胡文玉对形势是那么乐观。他传达了上级党委对国际国内形势的分析，经他一发挥，就更加使人乐观了。虽然德、日法西斯仍在凶猛地向苏联、向太平洋地区进攻，几十万国民党军队投降了日寇，大举向根据地进攻，但确信我们一定能够克服困难，取得胜利。他的发挥，给人一个印象，仿佛不久就要把游击队正规化，准备反攻的样子。许风听了他对区里全面工作的安排，是那么细致周密，都很同意，唯独在是否接受蠡县地道斗争的经验、立刻发动群众挖地道的问题上，他的意见却不能使许风信服。胡文玉认为，这种经验地委只是通报了叫各地参考而已，县委也没有叫各区一律照办。特别是在这样大块根据地里，他认为完全没有必要挖地道。他逐条地批驳了许风提的突击挖地道的意见，并且嘲笑说，地道这玩意儿纯粹是胆小的人弄出来的，只不过是为了逃避斗争，群众根本不赞成，所以他坚决反对这种做法。大多数委员因为胡文玉过去的威信高，对他的话比较相信，又看到几个试点村群众也不怎么积极，所以也就同意了他的看法。只有许风不同意，和他展开了激烈的辩论。许风哪里说得过他，两人红了脸僵持着。许风看着小队指导员赵青。她明白只有赵青还能说服他。这赵青虽然新从县大队调来不久，但一来就给了人很好的印象。听说他过去曾经只身闯进某个义勇军独立旅，杀死那将要叛变的旅长，把这支将要投敌的队伍拉了过来。又听说他一参加八路军就把家里的土地分给农民，并和他的地主父亲断绝关系。这些都足够使人佩服了。特别是他脸上那条和义勇军旅长搏斗时被砍的刀伤，一看就令人肃然起敬。他对人谦虚，不轻易说笑。他总是眯着眼睛，藏着那锐利而深沉莫测的目光，耐心地等别人说完了他才表示意见。他说话时每个字好像有千斤重量，清楚干脆，说出来十有八九都无可辩驳。因此干部和队员们都很敬重他，胡文玉也很尊重他。但是这一次出乎许风意料之外，关于挖地道，他却站在胡文玉一边,反驳了许凤。就在这种孤立无援的情形下,许凤一点也不让步,反而更激烈地为地道斗争进行了辩护。她逐条反驳了胡文玉和赵青的意见。胡文玉涨红了脸,他第一次看见一向顺从自己的许凤这样大胆地和自己对抗,而且语言尖利,很难反驳,真是又气又急。赵青见僵持下去反而使胡文玉下不了台,就改变了自己的看法,说挖地道是一种斗争形式,是不是逃避斗争主要在于人的思想。于是胡文玉才勉强同意了许凤的意见,区委会一致通过了开展挖地道的决议。这场风波刚平息,为了小队的工作,朱大江又和赵青激烈地争论起来,因为一时解决不了,只好留到晚上专门去谈了。散了会,许凤走到村边,总觉得还有许多心里话没跟胡文玉说开,必须回去单独跟他谈谈。立刻返回开会的屋里一看,却只有区长曹福祥拿着文件包和手枪,在炕上倚着窗台睡得正酣。只见他吼吼地直打呼噜,噗噗地吹得黑胡子直动,胖胖的赤红脸,舒眉展眼,看样子睡得可真舒服哩。这老同志连夜突击工作,可也真够累了。许凤看了不忍吵醒他,刚轻轻地跐着脚尖往外走,曹福祥却机灵一下坐起来,连声说:"走!走!走!"一看是许凤,连忙笑道:"我还当是杜助理员来叫我走呢!"随后又嗯了一声说,"小许,你这张嘴真厉害哩,都叫你给说服了!"

许凤一面往外走着,不好意思地打岔道:"老大伯,你真是心广体胖的睡觉大王啊!"

曹福祥嗔了一声说:"傻丫头,有什么值得发愁的呀!革命一定会胜利的。"说了立刻闭上眼睛又睡了。他就是这么一个肚子里撑得开船的人,年轻的干部们都习惯地叫他大伯。他参加工作前是一个出名的厨师,在乡间人缘很好,后来就以这种职业为掩护进行过革命活动。他对群众非常关心,像个慈爱的老当家的。他对敌人却非常厉害,所以在这一带很有威信。

许凤出来又找到胡文玉住的院里,见一群村干部正往外走。砖台阶上那个像少女一样漂亮的通讯员郎小玉,正在聚精会神地把笔记本放在膝盖上做学习笔记呢。一抬头见许凤走来,无可奈何地哼了一声,冲屋里摆摆头说:"胡政委还在工作哩,他为什么就不困!你知道吗?他三夜没有睡了,叫他睡,他就是不睡。不管怎么说,反正他有老主意。"郎小玉说着把胡文玉的挎包提了一下又放下。许凤走进屋里去,只见两个村支部书记还在围着胡文玉讨论什么。胡文玉坐在炕桌边上,一面听着支部书记说话,点着头,一面还在写着什么,同时又答复着问题。他说话既干脆又明确,好像早就经过深思熟虑的样子。支部书记们谈完工作,向胡文玉、许凤道别走了,屋里就剩了他们两个人。胡文玉只向许凤点点头,立刻又埋头写起东西来,屋里静静的,只听到钢笔在纸上哧哧写字的声音。许凤想:他一定还在生气。是的,今天我发言的态度有些太冲动,说了许多刺耳的话,他一定气坏了。可我为了什么呢?你就不明白……她看着胡文玉那么用心地埋头写着,紧张得连汗也顾不得擦一下。心想:"可倒错怪了他。这么一个人,知识又丰富,又有才干,要是思想再好,该是多么好的一个领导干部,而且他正在热烈地追求自己……"想到这里,她心里一热,越发觉得非跟他谈谈不可了。见胡文玉停下来,思考着什么,她趁势说道:"我要出发了,有几句话还要跟你谈谈。"

　　胡文玉内心满意她的进步,但又不满意她顶撞自己,带气地看了她一眼道:"还是挖地道的事吧?不用说了,我搞通了。"

　　许凤满意地笑了,随后沉吟了一下说:"我觉得你近来对朱大江同志的态度不正确,那会影响团结的。"

　　胡文玉听了皱眉道:"怎么,你叫我迁就他吗?"

　　许凤说:"我看是你的观点不对。"

　　胡文玉一挥手说:"得了,咱们以后再谈好不好?"

　　许凤抢着说道:"不,我一定要说,"她脸色严肃起来,"你的思想有问题。你不注意团结。你在对敌斗争上完全不为最坏的可能做准备。这不是你个人的私事,这关系到党的利益,人民的利益。

这种思想会给党带来损失,这也会使你自己……"

胡文玉听着,看着许凤,眉头越皱越紧,脸上不耐烦地抽动了一下,突然又伏在桌子上写起来,连看也不看许凤,烦躁地说:"算了吧!我在赶着给县委写报告,一会儿就得送走哩!"

许凤见他全然不听,反而这么傲慢,就悄悄站起来,头也不回地走了。

许凤想着下了高坡,沿小路走出了枣树林边。向前一望,只见大风在前面卷着飞沙,像浊浪般滚滚地流过去。近处几块庄稼苗被风沙摔打得摇晃着,黄煎煎地卷缩着嫩叶。她弯腰在庄稼地里挖了一把土,看了一下,立起来使劲攥着,干土从手指缝里漏出来,像一股轻烟随风刮跑了。她心事重重地向前走着。极目向北望去,在远处那黑沉沉的树林的边缘上,出现了一个黑点,那黑点很快地移动着,像一匹飞奔的马,直向这里冲来。渐渐地看清了,那是个骑自行车的人。那人伏着身子快速地踏着车子,飞似的穿进西面的一带树林子不见了。这一定是游击队的侦察员,看来他准是带来了什么紧急的消息。许凤向西一看,前面南北大路上,走来了长长的一行人,这是担架队。抬担架的人用袖子擦着汗,使劲甩着胳膊急急地走着,一副跟一副地向南边去了。这是军区后方医院在疏散伤员。

许凤加快脚步,走过庄稼地,走进水塘边一带浓荫遮天的柳林里,刚刚跨过水沟上的小桥,猛听身后响起一阵整齐的沙沙的脚步声。回头一看,只见区游击队排成长长的行列,穿过树林、小桥,一个跟一个地走来。队员们个个神色严肃,没有唱歌,也没有说话,只是挺着胸膛,握紧枪背带,大踏步地向西走去。指导员赵青走过来面含微笑,向许凤打个招呼走了过去。许凤正站在小桥边望着队员们,忽然身后一个人用洪亮的声音说:"许凤同志啊,又在等着他吧?"

许凤回头一看,是小队长朱大江。他那雄壮高大的身形,结结实实地叉开腿站着,两手叉在腰间,带点嘲笑地向许凤望着。许凤明白他是在说胡文玉,不好意思地红了一下脸,岔开话头问道:"朱队长,敌情怎么样?"

朱大江放低声音说道:"敌情相当严重。情报上说,到今天晌午为止,敌人在县城、张桥、桑林一带集中了敌伪军好几千人;子牙河、滏阳河从昨天晚上开始严密封锁,每隔不远就放一个火堆,河堤上布满了岗哨;平大公路、沧石公路周围各县城都增兵很多。"

许凤急忙问道:"你不是说小队要转移到路东敌占区去吗,为什么又往西去呢?"

朱大江烦恼地嗯了一声说:"赵指导员和胡政委说我是右倾逃跑主义。嘿!不走就不走,难道我姓朱的怕死吗?"

许凤忍不住向朱大江说:"你们三个人总是这样不团结。我希望你认真考虑一下,改变改变自己的态度。"

朱大江哼了一声说:"许凤同志,我虽是个炮仗筒子,可是也并不喜欢闹别扭。人心换人心,八两换半斤,他们要肯好,咱老朱把心掏给他们吃了都行。可是,要叫老朱看见坏事不说话,不发火,那一辈子也办不到。我不能像你那样!"朱大江说到这里哼了一声,伸出大手用一个手指头指点着许凤。

许凤激动地望着朱大江说:"我怎么啦?"

朱大江粗声粗气地说:"哼!怎么啦!你有点袒护胡文玉。"

许凤本来为这事和胡文玉争执了半天,闹得挺别扭,听他这么说,难过极了,急得说:"你怎么能这样说,我袒护过他什么错误?"

朱大江冷笑一下说:"有错误你也看不见,你们女同志就是这样,感情第一!"

朱大江说了回身大踏步就走。许凤急得喊了他一声,见他头也不回地只顾追队伍去了,气得一跺脚,苦恼地望着他的背影。

"许凤同志!"从背后传来一句清脆响亮的喊声。许凤一听这熟悉的声音,知道是胡文玉追来了。站下回头一看,胡文玉已经走到小桥上,通讯员郎小玉跟在他身后。郎小玉那灵巧的身子比胡文玉矮半头,敏捷地走着,见许凤站下了,知道他俩有话要说,就向许凤、胡文玉一扬手,说声"我走了!"沿着条小道,参着两臂,向坡下树林里跑了下去。胡文玉急急地向许凤走过来,他那匀称的高个儿,穿一身紫褐色裤褂,腰束皮带,挂着一支三把驳壳枪,干净爽利,举止潇洒。他走到许凤跟前,白四方脸含着骄傲的笑容,向许凤凑近说:"还生我的气吗?算了吧,送你一程,有些话想跟你谈谈。"

许凤见他主动来和自己和好,一肚子气早烟消云散了。不由得笑了一下,望着他说:"你不是不和我说话了吗!"

胡文玉笑道:"看样你还真恼了我呢!"

两人并肩走着。天已经黑了,风吹得人站不稳脚,尘沙像大雾一般黑蒙蒙地笼罩着村庄和树林,天空偶然露出一下星光,随后又消失了。地上的一切都失去了颜色,只见一簇簇神秘的黑影在大风里晃动着。

远处的枪声停止了。从附近的苇塘里,飘飘忽忽地传来几声咯咯的蛙鸣。许凤和胡文玉从树林里走出来,沿着菜园子和麦田里的小路走着。只见三三两两的人影在村头、树林里走动着。这是出来藏东西的和挖洞的人。他俩紧挨着小声地说着话。胡文玉用肩膀碰她一下说:"小凤,还记得咱俩在船上第一次见面吗?我常奇怪,为什么我们一见面就像久别重逢的亲人一样呢?"

许凤只是不言语。胡文玉又碰了她一下,她这才嗯了一声说:"这还能忘得了吗?"她说着不由得又想起了当时的情景来。

那是一九三九年秋天,冀中闹了大水灾,她被派到北乡几个村去工作。一天晌午,她从小梁村回区里去开会,刚和李秀芬上了船要摇走,跑来了一个穿草绿军装的高个漂亮青年,挎着手枪,束着崭新的皮带,背着背包,招手喊着要搭她们的船到区里去。那青年上了船,替她们摇着橹,不住地说笑唱歌。他的歌声是那么清亮好听。他的活泼愉快的情绪立刻感染了她们,也跟着唱起来。后来许凤她们才知道他就是新来的区委书记胡文玉。这胡文玉是北平一个大商人的儿子。因为他父亲强迫他和一个官僚的丑小姐结婚,又叫他去经商,不叫他接近搞革命运动的同学,他忍受不了,"七七"事变以后,赌一口气跑出来,到冀中军区参加了革命。因为他表现很积极,不久就入了党。胡文玉不只生的魁伟俊秀,而且工作上有魄力,有办法,写得一手好文章,讲起话来又头头是道。一九三九年因原来的区委书记调去开辟新区,胡文玉就从县委宣传部调到这区当书记。他一来就轰轰烈烈地干起来,工作特别活跃。最突出的成绩是他坚持发动群众展开反资敌斗争,围困敌人,把这区最后一个敌人的据点挤跑了。这一点大大提高了他的威信,他也就更加自负了。许凤常和他在一起工作,他对她真是知冷知热处处关心。就是在敌人扫荡中跑到野地里的时候,也从不放松帮助她学习。在许凤生病的时候,他亲自煎汤弄药,温存地服侍,那种体贴的样儿常使许凤既感激又害羞。……许凤像是又看见了胡文玉在全区群众大会上讲话,看见了那慷慨激昂的姿态……

许凤正出神地想着,被胡文玉一拉才清醒过来。这时已经走进了避风的浓密的树丛中。两人并肩坐在坡上,胡文玉握起许凤的手轻轻地问道:"怎么,还生气吗?"

许凤说道:"不,我不生气。你就不明白我的心。我为什么批评你?"

"我怎么不明白,你知道我是多么爱你吗?"

"我又不是傻瓜。这还用老是说!"许凤说着从衣袋里掏出一块红艳艳的绸手绢,给胡文玉系在枪把上。又说:"大扫荡就要来了,我在准备着,万一遇到不幸,我就拼死,绝不给党丢脸!"许凤说着把被风吹乱的头发理了一下。

胡文玉展开看那用白丝线绣着一个凤字的红手绢,正笑得闭不拢嘴。听她这么一说,立刻急得说:"你怎能这么想!不能死,我们谁都不能死,我们还没有结婚!……"

许凤正在低头寻思,突然被胡文玉拥抱起来,她吓得挣扎着,拼命推开他。胡文玉狂热地亲她。她又羞又急地叫了一声:"胡文玉同志!"一下把胡文玉推开了。

许凤忙弄弄头发,扯扯衣襟,喘息着,脸上热烧火燎的。胡文玉亲热地小声说:"世界上没有比你再好的了,我愿意为你活,愿意为你死。你知道吗?没有你,我真活不下去。我求你答应我,大扫荡一过,咱俩就结婚。"说着又去拉她。

许凤急得推开他的胳膊说:"不!不能结婚,就是不能结婚。"

胡文玉急得摇着她的肩膀说:"为什么,为什么不能结婚?"

许凤声音颤抖地说:"不行就是不行,干什么老是刨树找根的!"

胡文玉难过地叹了一口气说:"那么你是爱着另外的男同志吗?"

许凤气恼地一推他说:"原来你这么不了解我,把我当成什么样的人哪?"说完赌气把脸扭向一边不理他了。

胡文玉忙央求她说:"算啦,别生气,可是我想知道你现在为什么不想结婚。"

许凤仰起脸一笑说:"这很简单。现在我根本不考虑这个问题。至于为什么,你就更不用问了。"

"好吧,你不说我也猜得着。我一定永远等你!好,我们走吧。"

两个人立起来,肩并肩地走着。胡文玉一会儿走在她左边,一会儿走在她右边,不住温存地去扶她的肩膀,问道:"怎么,又在想什么?"

"我想我应该批评你,因为我听见有同志说你不好,我心里受不了。"许凤说着被一阵扑面的风沙迷了眼睛,一脚踏空了,身子一歪,胡文玉忙去扶着她说:"啊,又批评我!那好吧,反正几乎每一次见面,你都给我一顿批评,你愿意批就批吧,我洗耳恭听。"

许凤郑重地说:"你跟朱大江同志的关系越来越坏,我看应该你多负些责任,不能光责备别人!"

胡文玉反感地哼了一声说:"这跟我有什么关系?都怨县委叫朱大江来当小队长。他简直是土匪性,专门跟领导上做对,净向县委胡乱反映我。昨天他又跟我吵了一顿,一口咬定说我跟赵青同志拉拢搞小集团。你看今天他在会上对我的态度,简直是个反党分子,非叫县委调走他不可。我跟这种人一辈子也合不来。你在这个问题上不要当无原则的调解人!……"

许凤听到这里,突然往路边草坡上一坐不走了。胡文玉忙蹲下问道:"怎么?又生气啦!你这个人简直是……一句话不顺耳就闹气。好,好,快起来,有意见只管说嘛。"

许凤一挥手说:"把我的话当耳边风,你走吧。"

胡文玉发急地说:"到底为什么?你说明白嘛,这样叫我怎么走?"

许凤沉思地说:"也没有什么,现在我才明白,其实我并不真了解你。"

胡文玉着急道:"什么,你不了解我?你这话多叫人寒心哪!要是可以的话,我真想开膛拿出心来叫你看看。得啦,我一定接受你的意见就是啦。好,别生气啦。"

许凤立起来。胡文玉送她往张村走去。两人就这样,一会儿走,一会儿站下,吵一回,和解一回。现在又站到张村村头一个岔路口上了。两人默默无语地站着,风沙旋转着在身边扑过去。许凤理理被风吹乱的头发,向漫洼里看着。胡文玉叹了口气,又温存地说:"我真怕这一次分别是我们的永别呀!"他说着趁许凤不提防,猛一下子搂着她亲了两下说:"别生气啦,我一定听你的话!"

许凤赶紧推开他,后退了几步说:"你快走吧!"两人可都还立着不动,沉默地互相看着。这时候两人还有满腔的话想说,一时不知从哪里说起,只相对出了一口气。胡文玉突然过去使劲握握许凤的手说:"好,多加小心,你自己进村吧,我要到小队上去了。"说着撒手转身向大路走去。

许凤呆立在路边,出神地望着胡文玉的背影渐渐地消失在茫茫的黑暗中了。忽然东北方向响了一枪。路边大杨树上几只宿鸦扑簌簌地惊飞起来,哇啦哇啦地叫着在空中盘旋着。许凤拔出手枪,迈着急速的步子向村里走去,一阵凉风扑来,她不由得打了个寒噤。

二 姐 妹 们

张村是五百多户的抗日模范村,整个村庄坐落在一片黑沉沉密丛丛的树海里,遇上这大风之夜,只听得忽忽飒飒,风声格外响得惊人。张大娘家虽住在村中央,院子里那两棵高大的老槐树也趁风势摇曳着密茂的枝叶哗哗地响。北屋窗户照射出来的灯光,在摇晃的枝叶中间时隐时现,风声里飘飘忽忽地从窗中传出低低的悠扬婉转的少女的歌声:

> 姐妹卸红装,
> 一齐背上枪。
> 中国的妇女们,
> 都要上战场!
> 哎嗨哟……
> 为了求解放。
> …………

唱歌的是张大娘的十四岁的女儿小曼。她一边唱着,一边对镜子梳着头发,一会儿向镜子里看看,一会儿向坐在对面的区妇会干部李秀芬看看。她把浓黑的齐颈的短发,梳成两条小辫子,前额留着齐眉刘海,天真纯洁的瓜子脸,眼睛清亮的像一汪透明的春水。她梳完了头,立刻拿出小本子和钢笔,伏在炕桌上急速地抄起歌词来,一面抄一面唱。李秀芬收拾起文件,也凑过去挨着小曼坐着,跟她一起合唱起来,秀芬那灵活的大眼睛,睁得亮晶晶地向空中望着。白圆脸两颊绯红,声音被满腔的感情激动得颤悠悠的。小曼用手打着拍子一顿说:"来,另唱一个。"说了把头依在秀芬的胸膛上,两人又小声地唱起来。歌声变得轻松愉快起来。唱的是:

小小的灯儿,
暗幽幽,
哥哥打仗把我丢,
不悲不伤我也不愁,
给他缝件衣裳暖柔柔。
…………

两人正唱着,张大娘在外边说话了:"一天价唱啊,唱啊,这是什么时候还唱,你们这些闺女就是不知道愁。"张大娘一边说着走进屋来。她四十多岁,生得中等个儿,微瘦的椭圆脸,前额和眼角虽然都有了皱纹,但是举动仍然挺利落的,身子骨还很结实。说着用小笤帚扫着身上的土,向她女儿小曼又嗔又爱地瞪了一眼。

小曼冲娘笑着,一撇小嘴,撒娇地说:"愿意唱嘛,死不了就唱!"

秀芬笑着拍了小曼的脊背一下说:"别叫娘着急!"

张大娘用小笤帚指着小曼说:"瞧你,净画眉掉嘴的,东西都藏完了,还不快去看看,天这时候啦,外边黑灯瞎火的,你凤姐怎么还不来呀。"

正说着,听得院里咚咚的紧急的脚步声夹着吹口哨的声音。张大娘笑道:"看吧,支部书记张立根来了。"

"婶子,许凤同志来了没有?"人还未到,话声先到,只见一掀门帘,走进一个二十多岁的青年来,瘦长脸,大眼睛,穿一身整齐的紫花色夹衣,腰里束着皮带,左边挎着一支带红绸的独决枪①,右边挎着个灰布背包,头上戴着洗得干干净净的八路军旧军帽,进了门,一下跳到炕沿上向窗外叫道:"张俊臣同志,进来吧,许凤同志来了一定先上这儿来的。"

大娘也跟着叫道:"老张同志啊,屋里来吧!"随后指着张立根道,"看你这个样,敌情这么紧,你还是这个打扮,你就一天价光想去当八路了是不是?"

小曼笑道:"人家是八路迷嘛!脑袋掉不了就得这个打扮,时刻准备着远走高飞哪!"小曼说着就去翻张立根的背包,拿出一本书之后,接着扯出一个褂子,一块毛巾,还有一双布袜子。小曼笑得前仰后合的,一手捂着鼻子,一手抖落着给人们看。张立根忙夺了往背包里塞,几个人都忍不住笑起来。

"你们笑什么?"随着洪亮的话音,一掀门帘进来个高大粗壮的人,那结实样就像是用生铁铸成的一般,宽大的肩膀,闪拔着一件带补丁的破蓝布夹袄,土布对襟褂敞着扣子,露出毛茸茸红铜似的胸膛,饱受风霜的黑瘦四方脸满是青丛丛的胡茬子。他微笑地紧闭着阔嘴巴,用他那忠厚亲热的眼光向大家看看,伸出铁钳似的大手,一把抓过板凳来,一屁股坐下,从口袋里掏出一个谷面饼子,大口地咬着吃起来。这张俊臣是高村的支部书记,在这一带群众中很有威信,是个出名大公无私忠实坚定的好干部,这一带的地主豪绅、地痞流氓都非常怕他。"七七"事变前他是大地主张扒灰的佃户。他这人用他自己的话说,是"冻死迎风站,饿死挺肚行",有一股穷人的豪气劲。种地吃不饱,春冬两季就当石匠糊口,绝不到财主面前低声下气去求借。因为游荡远近乡村打石碾石磨,见识

---

① 独决枪:一种土造短枪,一次只装一粒子弹。

的人多,打听到了红军北上的消息,他就到处传播说:"红军一来就好了,打土豪分田地。"因为他为人正直,从不多言多语,他一说人家就信,他一带头,闹得张扒灰的佃户们也不愿交租了。这事惹恼了张扒灰,花钱买通了巡警局去抓捕他,非要他一死不可。亏得穷朋友给他送了信。他正在铡草,一听这信,二话没说,拉了铡刀片就闯到张扒灰家去。张扒灰正从城里回来,把笼子挂在树枝上玩鸟,一见张俊臣进来,就气势汹汹地喝道:"你来干什么?!"张俊臣并不答话,往前一纵身,大吼一声劈倒了张扒灰,扔了铡刀扬长而去。仗着是光棍汉没有牵挂,一出外五六年没有回来。张扒灰被砍掉一只胳膊,总想抓张俊臣报仇。八路军来了之后,张扒灰吓跑了。张俊臣才回来。一到家他就背上个口袋到处去找红军找共产党。许凤就介绍他到县里受了训,参加了党。受训回来,他就闹起农会来。他工作积极,斗争坚决,不久和本村的一个寡妇结了婚,漂泊了半辈子这才有了个家。

张俊臣吃了饼子,又从腰里拔下烟袋来吸着,听着张立根不紧不慢地在读《冀中导报》。张大娘催张立根道:"你这个人总是这么念起来没完,敌情怎么样啊,快去队部里看看去呀!"

张立根满不着急地把报纸一扬,咳嗽两声说:"急什么,没有什么事,我等一等许凤同志。"说着仍旧坐在炕沿上读报。

小曼擦着手指上的蓝墨水,笑着用鼻子吭了他一声。秀芬急得说:"真是!凤姐怎么还不来?"

大娘唉了一声往外走着说:"我去外边看看。"

不大一会儿,门外传来一阵轻快的脚步声,接着一掀门帘,许凤走进屋来。小曼啊了一声,一下扑到许凤的怀里,搂着她的脖子,脸贴着脸亲热起来。李秀芬忙接过许凤的手枪退出子弹,向许凤问道:"咱们组别的同志一个也没来吗?"

许凤叹口气说:"大概他们还在高村开小组会哩,也许一会儿就来了吧。"

张大娘随后走进屋来指着小曼说:"别缠磨你凤姐啦。"

小曼吐了一下舌头,跪在炕上摆弄许凤的手枪去了。

许凤问秀芬道:"你还没有吃饭吗?"

秀芬不言语,待了一会儿才说:"我不饿!"

大娘和小曼吃惊地说:"唉哟!秀芬还说瞎话呢,我问她,她口口声声说在高村吃了。"

许凤看着秀芬责怪地说:"哪里,她生我的气,从中午就没有吃饭。"

秀芬接着说:"谁生你的气来,我是生自己的气。谁让我老是改不了这缺点,惹你着急。"说着难过的要掉泪。

小曼忙拉着许凤问道:"为什么?凤姐,你怎么叫芬姐生气?"

许凤微笑着说:"我在村干部会上批评了她,也许我的话讲得太重了。可她动不动就冒火,她把几个村的妇会主任都训得不敢见她了,不批评怎么行!"

秀芬扭转身急着辩解道:"我还不是为了工作!"

许凤语气严厉地说:"为了工作也不许这样。唉!什么时候你政治上才能开展一些呢?"

两个人都不言语做声。秀芬伏在炕桌上把头埋在胳膊里。

小曼抿嘴笑着悄悄过去搂起秀芬来,往她胳肢窝里一搔,秀芬痒得吱一声跳起来,人们都笑了,秀芬也笑起来。小曼却装着曹福祥的样子,捋捋并不存在的胡子,挺着肚子用沉闷的声音指着秀芬说:"你这个傻丫头,就是有点牛脾气,嗯哼!"这一下把秀芬和许凤都逗得乐起来,张俊臣也乐得咧着大嘴。这时大娘早到外屋做了一碗鸡蛋面汤端进来,笑着递给秀芬。秀芬不肯吃,许凤冲她望了一眼说:"看你这别扭劲,一会儿又叫大娘生气。"

秀芬一撇小嘴没奈何地赶快接了吃起来。小曼一本正经地对许凤说:"来吧,我准备好啦,我们的工作大概不够好,批评吧。"

许凤笑笑道:"好像我是专门批评人的,其实工作有缺点还不是先由我负责？"随后问张立根道，"布置的工作做得怎么样啦？"

张立根说："藏伤员的密洞挖好了，在村里利用藏粮食的密洞改了三个，在村外边树林里新挖了四个。"

许凤问道："军区后方医院不是分给你们村三个伤员吗？"

张立根说："曹区长是通知俺村抬三个伤员来，后来分给段村的三个伤员老是没人抬，后方医院又紧着出发，我就叫人都抬来了。"

许凤说："这件事你们办得对。可是叫你们在村里多挖几个秘密洞，怎么还没挖呀？"

张立根一笑说："我是想，够伤员们用就行啦，敌人还不是那老一套，来回拉拉网，有什么了不起！"

许凤听了，用严肃的眼光看着张立根说："你为什么这样估计？"

张立根说："我不是瞎估计，是有可靠的根据。军区机关的一位同志叫我三天之内搭起台子贴上标语，他们还回这里来过'五四'青年节呢！你想要是敌情严重的话……"

张立根还要往下说，许凤拦住他说："你去把伤员都安排好，我和你一起去布置。"

张立根说："好吧！挖就挖，其实……"

许凤道："别其实了，问题就在于你思想上有问题，咱们一会儿谈谈。"回头问张俊臣道，"你们地道挖得怎么样？"

张俊臣道："先在张家头挖了一百三十丈了，今天黑夜还在突击哩，我准备先把张家头做好，整个高村再动手。"

许凤说道："好！开好了地道口没有？"

张俊臣道："没有，现在还不能用。"

"是公开挖的吗？"

"我们全是黑夜挖的。我挨户做了动员工作，我们六十多家贫雇农非常坚决，大家都说，舍不了孩子套不住狼，抗日就不能怕牺牲。十七户中农有点动摇,经大家讨论订公约,他们也表示坚决干。我们挖了立刻就伪装起来,保证不会暴露。"

许凤想了一下说:"你们一定要赶快开洞口,做好打仗用的枪眼。"随后笑着问,"今天找你几次找不到,往哪儿去了?"

张俊臣说:"到县武委会去要了几颗地雷,直跑了一天。我回去就按你的指示动手做,要不,一块儿回高村去吧?"

许凤看看张立根说:"不!我还得帮助这落后的模范村哪!"

张立根脸飞红起来,一拍大腿说:"得!许凤同志,别说了,我保证十天之内超过他们。"

许凤说:"什么时候动手?"

立根说:"立刻!"说了往外就跑。

大娘见立根和张俊臣走了,沉思地说道:"立根这个人就光想到大部队上去,在村里做工作不安心。这么下去,咱村可真要落后了。"

许凤拉着大娘的手说道:"大娘,有你哩,你得准备担起这个担子来。"

这个村是枣园区工作基础最好的一个村。张大娘家是许凤常住的地方。大娘家虽只有三亩多地,但因为十分勤俭,倒也够吃够用。

二十年前,张大娘从河南跟父母逃荒来到这村,一家人就闹起霍乱来了。多亏了贫农张顺义不顾死活地照顾,给埋葬了父亲,使母女俩保全了性命,她娘对张顺义感恩不尽,就把女儿许配了他。张大娘结婚不久,母亲又去世了。贫苦农民哪里经得起天灾人祸,因为还不起地主张扒灰的高利贷,二亩地被夺了去,只剩下几间破房。夫妇俩一个扛活一个织布,看样终身也还不起地主的债。"七七"事变后,共产党八路军一来,发动群众斗争了张扒灰。张顺义积极参加抗日工作,带头组织农会,实行合理负担。农会一当权,地主吓跑了,张顺义就调到县里工作了。在一九三九年一次大扫荡中，为了掩护县委机关脱险，张顺义壮烈牺牲了。县委书记周明正要来安慰大娘，大娘带了儿子大雨先去找了他，人们以为她一定得哭个死去活来，不料大娘指着儿子大雨对周明说："她爹为革命牺牲了，叫大雨去，叫他拿起枪去革命吧！我没有别的要求，请你介绍我入党！我跟我的女儿也要革命到底。"

于是大娘加入了共产党。不久，儿子大雨跟着贺龙师长的队伍开走了。女儿小曼小时候当过儿童团长，现在念完了小学，在村妇会担任青年妇女部长。她聪明活泼，积极肯干，长相和性格有点和许凤相似，站在一起，人们都说她俩像是亲姐妹。

李秀芬是王庄的村妇会主任，一九三九年就提到区里来工作了。家里有爹娘，姐姐秀芳出嫁了，哥哥秀山是个县级干部，调到路西学习去了。秀芬乍一看很像个温柔的姑娘，其实不是这样。她从小跟着叔叔学过几年武术，体格锻炼的十分健壮，一生气就伸胳膊挽袖子想动武的，性情非常泼辣。一九四〇年夏天，许凤带领她和群众夜间到据点附近去破路割电线，她和区自卫大队到前边掩护。敌人出来了，她一人提着一支独决枪留在最后边，掩护着群众撤退。人们以为她牺牲了，第二天许凤正要派人去找她，她已经凫过滹沱河，穿着一身湿淋淋的衣服回来了。从此人们都知道秀芬的厉害了。三个姑娘自从认识以后，心投意合，就像亲姐妹一样，到了一起，除了谈工作、互相帮助学习之外，就说笑个没完。

许凤叫着秀芬、小曼把区委留下的文件藏起来，把洋铁桶里的粮食也藏起来。一面说："我估计天明敌人就可能到这里来，咱们一会转移到大洼里去，免得叫鬼子包围在村里。"

小曼急得催道："好！立刻就走吧。"

大娘说："不用那么着急，地里怪凉的，过半夜再去也不晚。我出去听听动静，小曼快把衣裳什么的找出来，帮助你凤姐、芬姐化化装。"

许凤、秀芬答应着，大娘披上件夹袄走出去了。小曼踢踢腾腾地把衣裳、发辫、梳子都找出来,跳上炕去叫许凤、秀芬换上衣服,又和秀芬两人给许凤梳头。一会儿,她俩给许凤在脑后梳了一个发髻,前额留下一丛浓黑的披毛,许凤对着镜子端详着问道:"你俩看我可像个老大婶吗?"

秀芬摇摇头说:"你这漂亮劲,再怎么装也不像,除非你用泥把脸抹起来。"

小曼也笑道:"真是,远看像个小媳妇,近看还是个女八路。"

许凤笑着轻轻打了她一下。小曼又去给秀芬梳头,秀芬推开小曼,怎么也不肯梳发髻,只把那齐肩的短发用头绳扎起来,扑撒开活像一个喜鹊尾巴。小曼看了只是笑个不停。

三个姑娘正一边化装一边说着知心话,忽听街上有人喊了一声,机灵地一下都跳下炕来。胡同里一阵紧急的脚步声,接着咣啷一声推开大门,跑进一个人来,在院里嚷道:"许凤同志,听说敌人到了段村了,快出去吧!"说完咚咚地跑了。

许凤听出这是青抗先队员张金锁那粗嘎的声音,忙答应着和秀芬、小曼跑出屋来。大娘也回来了,累得喘吁吁地说:"你们快跑!"

这时全村都乱了,咚咚的脚步声、呼喊声、孩子的啼哭声响成了一片。三个姑娘跟大娘跑到村头,就见人群在黑暗中纷乱地奔跑着,有的人一直往西奔,有的人去过滹沱河,有的人就趸到麦田里去。人群的黑影渐渐稀落了,许凤、秀芬、小曼和张大娘走到几十里宽阔的大洼里,找个地势低洼、麦子茂密的麦田中心坐下来。听得一会儿比一会儿清静了,只有麦子被风吹得一起一伏地摇晃着刷刷地响。她们在麦垄里铺上棉袍,挨个儿躺下。小曼仰卧着,望着二尺多高的浓密的小麦。一弯月牙沉下去了,淡淡的微光还照亮着麦穗,天空和星星又远又高。她把双手垫在脑袋下边,望着天空默默地眨着眼睛。突然她笑了一下,立刻翻身爬起来,一看许凤、秀芬也都伏着身子,手托着两腮,凝神地想着什么心事。夜深人静,只听到阵阵呼呼的风声。突然传来一声公鸡啼鸣,打破寂静,接着远处近处声音洪亮的老公鸡、声音尖细的小公鸡,都跟着啼叫起来。大娘累得小声哼哼着。许凤坐起来,静静地听着,心里想:不知小队还在不在小宋村?朱大江和胡文玉的意见有没有统一?真叫人焦心。不觉忧虑地说:"怎这么早鸡就叫了!"

大娘也叹口气说:"这荒乱年头,连鸡叫也没有准了。"

秀芬也坐起来搂着许凤的肩膀轻轻地笑了一声问道:"凤姐,你在想什么哪?"

许凤看着秀芬小声地说:"我什么也没有想。"秀芬哧哧地笑起来,凑到许凤耳朵边说:"得啦,我的姐,我知道,你在想胡文玉同志了吧?"

许凤捶了她脊梁一下说:"别瞎扯啦,没影的事!我在想小队上的问题。"

小曼早把头挤过来听着,在旁边忙冲秀芬插嘴说:"凤姐可不像你,一天价萧金、萧金的,来封信就像宝贝一样藏着,恨不能明天就叫他娶了你才好!"说完哧哧地笑起来。

秀芬一下子按着小曼就胳肢她,小曼嗤嗤地笑着挣扎出去,一下子缩在许凤怀里,忍着笑直是小声央告:"好芬姐,好芬姐……"

大娘轻轻地笑着嗳了一声说:"真是三个闺女一台戏哟!出来逃难还少不了闹。"

空中一阵呼呼的风声刮过。秀芬静下来听了一下,指了小曼一指头,回头轻轻地搂着许凤的肩膀说:"你听说了吗,咱们三个这么好也有人不满意,胡说什么咱们是干姐妹,小集团。我真想把这些造谣的人找出来撕烂他的嘴。"

小曼听了也生气地哼了一声说:"说这话的人是吃饱了撑的,闲着没有事放屁辣臊。人们愿意好,谁也管不着,偏要好!一块活一块死,非好一辈子不行呢!"

许凤说:"别为这些闲话生气,咱们好不是对革命没有坏处吗？管它做什么呢,有那生气的工夫不会学习学习么！"

正说着,看见路上有群众从东跑来,许凤想打听一下东面的情况,便起身迎上去。秀芬、小曼忙跳起来跟着。大娘动作慢一点,等她赶到,许凤早打听完了敌情。只见她一转身对秀芬说:"你和小曼跟着大娘,我到小宋村去一下。"说了不容秀芬插言,规定了联络地点,便提着手枪,急步流星地向南走了。

三　恼人的冲突

风沙遮蔽着星光,大地黑茫茫的。郎小玉穿过树林,走过麦田,翻过古洋河堤,悄悄地进了小宋村。

郎小玉走到小宋村附近黑糊糊的树林边上,就听得大树后猛喝一声:"口令！"郎小玉听出是队员蔡二来的声音,正要躲着他,忙回答了口令,沿着小路直向村里走去。蔡二来却跑到前边截住他,结结实实地攥着他的手腕小声说:"你快把小钱夹还我！"

郎小玉今天可真生了气。本来两个人很好,郎小玉作战得了一支日本金笔也送给他用了,可郎小玉拿了他这么一个用布缝的小钱夹,他就非得要回去不可。其实这也不是什么值钱的东西,只不过是在上边绣了一朵荷花,一对鸳鸯罢了,一点也不稀罕。前两天小玉见二来独自在树下拿着左看右看,正好自己给政委管着粮票没个东西盛,见这钱夹正好用,一把就夺过来。二来拼命追他要夺回去,小玉跑到胡文玉屋里去,二来没敢再追他。现在碰上了,二来又要这个小钱夹。小玉生气了,就偏不给他。心想:"你也太小气了。你不过从家里拿来这么个东西,有什么值得这么急。等我离家近了去和姐姐要一个,你这蠢钱夹我看都不看！"他哪里知道,这个钱夹却是蔡二来的命根子,他口头上说是从家里拿来的,实际上却是高村大地主张扒灰的三女儿送给他的。因为小队常在高村住,蔡二来被那女人勾搭上了,两人越来越热乎。他明白这事一暴露就得受处分,因为群众都知道那女人有汉奸嫌疑,万一在这个钱夹上边露出来,那怎么得了。蔡二来不能和小玉明说,只是使劲按着小玉去掏口袋,小玉就搂着不叫掏,两个人悄没声地在地上撕滚起来,直到那换岗放哨的队员刘满仓走过来,才用那铁钳子似的大手把他俩拉开,两个人还呼哧呼哧地要往一块抓哩。刘满仓比他俩高一头,像个大熊似的当中一站,问明白了怎么回事之后,瓮声瓮气地说:"小玉同志,一个破钱夹什么了不起,给他!"

小玉这才气愤愤地掏出钱夹里的东西,把钱夹往地上一摔道:"谁稀罕你这行子,小气鬼!"

蔡二来急忙捡起来塞在口袋里,立刻又去哄郎小玉,笑哧哧地拍着肩膀只拣好听的说。小玉噘了嘴直往前走,一句话也不答。两个人刚走进小队住的院子,迎面碰上高个长脸大下巴的队员葛三慌慌张张地走出来,一把拉住蔡二来道:"朱队长正要我去找你哩,你来得正好,咱俩快走吧。"

蔡二来懵懵懂懂地问道:"干什么去呀?"

葛三嗐了一声说:"听说侦察班长武小龙同志在平大路附近牺牲了,队长叫咱俩连夜去调查清楚,把情报取回来。"

郎小玉一听这话立刻从头顶凉到脚跟,又好像用刀子捅了心窝一下,登时天旋地转,两眼扑簌簌流下泪来。呆立在旁边忘了有多久,一看蔡二来和葛三早已走了。

这武小龙在小队里简直是大家的心上人。碰上危险,他会帮你想出办法,你要苦恼,他会想法子给你带来快乐。他是个杂技班出身的青年,一举一动既滑稽又风趣,大家给他起外号叫孙猴子,谁都愿意跟他在一起。每天晚上要是见不到小龙,大家总要互相打听:小龙同志为什么还没回来?郎小玉到队上来了之后,武小龙天天教导他、帮助他。一次打仗突围,郎小玉掉下房来摔昏过去,武小龙夹起他边打边跑,从虎口里救出他来。郎小玉和武小龙真是同生死共患难的兄弟,一听说武小龙牺牲了,怎么能不悲痛。郎小玉沉痛地走到院里,只见队员们在敞棚里,静静地都在为武小龙牺牲的事难过哩,有几个队员还不住地抽泣。队长朱大江来到门口向队员们望了望,黑虎着脸说:"坚强点!你们又不是小姑娘!"

敞棚内一片静默,队员们都不做声,有的没事找事地动手擦起枪来。朱队长立着看了一会儿,拿起一支枪来对着灯光检查了一下,回身就走了。郎小玉见胡文玉还不回来,就要出去接他。这时,听着队员们噢的一声欢蹦乱跳起来,郎小玉跑过去一看,来了一个汗水淋淋满面笑容推着自行车的青年人,不是武小龙是谁!队员们围上他,村干部和群众也围上他,七言八语,几十只手一齐上,把个武小龙东拉西扯,争着问长问短。武小龙笑着只顾向四面哼哈答应。虽然疲乏不堪,他那瘦削的瓜子脸、滴溜溜的大眼睛也总是十分精神,手脚也总是那么干净利落。

朱队长过来说:"好啦,好啦,快叫他吃了饭,还有任务哩。"说着在武小龙脊背上咚地砸了一下,亲热地嘿了一声。武小龙向朱队长一咧嘴做了个鬼脸,用手接过炊事员递给他的两个饼子,耍了几个花儿,变了个戏法,引得围着的人们一阵哄笑。

武小龙一面吃,一面说着他遇险的经过:"我一溜顺风把车子蹬得飞快,闯进村去,正扬扬得意,一看满街都是鬼子伪军。我灵机一动,就近钻进了一个过道。刚走进一个院里,嗬,真是无巧不成书,出名的傻宽就哈哧哈哧地张着大嘴跟着跑进来了。我一想坏了,他一定把敌人给引来了。去年夏天我就碰上过他一次,差一点送了命。那一次也是我刚钻了苇坑地,他也钻了进去,亏我多个心眼,偷偷地离开了他。一会儿敌人在外边大喊:'出来!人家都出来了,说你哩!'傻宽扑隆往起一立,叉着腰说:'出来就出来!怎么样?!'他走出苇地一看,就他自己一个,一摇头嚷着说:'真他妈糊弄人,他们不出来,我还得回去!'"

大家听到这里忍不住大笑。武小龙咽下一口饼子,又说道:"他这一下不要紧,害得我钻到水里,整整泡了一天。这一回他又

来了,我忍不住抱怨他道:'傻宽,你又来啦!'

"傻宽挺有理由地说:'我每次一看见鬼子汉奸,两条腿自己就往前跑,我想停也停不下,一直跑到被王八日的们抓住为止。真他妈的,我哪一次跑也准有汉奸们追,真是气人。你想想,抓就抓吧。我叫他们是汉奸,他们还不甘心。这不是明摆着的事吗,你说他们不是汉奸谁是?莫非说我倒是汉奸不成!嗤,真是……'他还嘟哝地说着,敌人就追进院来了。"

"后来怎么样?"队员们担心地问。

"怎么样,这一回省得跑,一块被抓住了。他们要往伪军中队长那儿送,我向伪军说:'你们带我走也是一样,反正明天该我给桑林皇军出夫。'我把良民证给他们看了,说,'别着急,我是来给他说媒的,你等我把话说完再走。'我就对傻宽说:'咱俩说正事吧,你愿不愿意?她叫大白妮,又白又胖,中流个子,就是脚大点,头上有点秃疮。她倒愿意给你做媳妇哩。'那位流鼻涕的傻宽哥一听,乐的当当的,又是大笑又是跳脚,竟拍着伪军的肩膀叫唤起来:'看哪!我说我走桃花运嘛,对象啦!对象啦!诸位水奸先生们!'伪军们一向没有听过这奇妙的称呼,还觉得挺有趣。傻宽接着说:'脚大有什么关系,大脚八岔,葡萄满架。秃子秃,盖房屋,吹了灯是一样。嘻嘻,哈哈,铿铿锵锵!'他手舞足蹈地喊起来,'你们谁要没有对象,就找他吧!一块新羊肚手巾他就给说一伙媒。给你,新羊肚手巾!'他把手巾塞到我怀里,伪军被逗得笑欢了,莫名其妙地互相挤眼,好像觉得这两个人真是抓错了。傻宽高兴地大嚷起来:'警备队的大队长张木康是我表哥,他得给我礼物,你们去叫他来,叫他来吧,我请你们吃喜酒!'

"几个伪军被我们俩吵得稀里糊涂,把我们俩身上的东西搜了去,一个一个地走了。傻宽还在后边嚷:'水奸先生们,给俺表哥捎信去,我请你们吃喜酒!'

"就这样,我们俩吵吵嚷嚷,直到伪军都走了,我这才弄了情报回来。不过那位傻宽老兄可真够认真的,一直送了我三四里地,还等我过两天领他去相媳妇哩。"在笑声中,武小龙一挥手立起来,嘴里小声地学着画眉叫,检查了一下驳壳枪,往队部去了。

武小龙一走,敞棚内渐渐安静下来。有几个队员哼起小调来:"一更鼓儿崩,一更鼓儿崩,拿起那洋火点上那小银灯哼!……"

郎小玉在灯光下翻了一会小笔记本子,听着几个队员集在一起小声说话,便凑过去在旁边坐下。队员们唧唧喳喳地说:"听说县手枪队要人,要轮到抽咱们小队上的人,我非要求去不可!"

"放心吧,有这种事先得轮到我。"

"怎么,你也想去吗?咱们一块去。跟他们一起干多过瘾哪!盒子枪一掖,哪儿硬哪儿碰,打遍敌占区。我真想跟李铁同志一块干。那人太好啦,去年冬天到路东去配合作战,跟他在一起待了几天。他待人真好,又热情又痛快。"

"是啊,听说咱们朱队长也净想他呢。不过这时候一会儿一个变化,谁知道能不能去成啊。"

郎小玉听了,笑着说:"我早跟胡政委说好了,你们都轮不上!"

"别说话啦,快睡一会儿,傍明怕会有敌情呢。"

夜深了,战士们都睡着了,呼呼地打着鼾声。一个队员呷着嘴,打着梦捶。被砸的队员猛坐起来,眨眨眼,明白了是怎么回事,又不声不响地躺下了。

这时,胡文玉来到了游击队住的院里,刚踏进队部的外间屋,就听到东间屋里两人激烈争辩的声音,一掀门帘正看见朱大江砰地一按桌子,怒气冲冲地向指导员赵青说道:"我们小队不要你这样的指导员,给我滚,快滚!"

胡文玉在屋门口没有言语,气得心里一炸。朱大江没有看见胡文玉进屋,还一手抓住腰里的宽皮带,一手按着桌子,黑虎着大豹子眼直盯着赵青,四方黑脸上连鬓胡子像钢针一样扎煞着,看样简直愤怒到极点了。可是赵青仍然像平常一样,那么安详沉静,穿着整整齐齐的蓝衣服,用手摸着腰间的细皮带,细白清瘦的长方脸上一点也不带气,平静地对朱大江望着,用他那舒缓镇静的声音说:"朱队长,请你冷静点,我跟你是一样,都是党派来的,你没有权力这样说!"他说着仰着脸倒背着手在当屋迈着方步。

朱大江一挥胳膊又要说什么,向屋门口一看,见胡文玉进来,这才赌气一下坐在凳子上,一只胳膊撑在桌上,手托着下巴,另一只手叉在腰间,呼呼地出气。赵青却微笑着沉静地点点头,说:"胡政委来啦,请你决定吧,朱队长又要带游击队离开这里。我认为,情况不会那么样严重,我们小队绝对不能离开本区。何况周围二三十里地并没有敌人的据点,用不着胆小。只要我们能坚决地跟敌人周旋,就能打击敌人。"

他说着掏出小白手绢擦擦脸蛋。

胡文玉点点头,坐到桌子旁边说:"怎么又争论这个问题呢?不是今天上午已经谈过了吗?"朱大江猛地立起来说:"不管怎么说,我的意见是立刻出发,插到平大公路东边敌占区去,闪开敌人突击的中心。那里我情况熟悉,保证能安全地活动,还可以找机会打击敌人。"

胡文玉听了摇摇头,望着朱大江说:"军区部队才打了胜仗,我们又有这样大块根据地,你怎么能提出这种意见来呢?你把这次扫荡估计得太严重了。你过去一向很勇敢,为什么现在胆子小起来了呢?这简直是莫名其妙!"

赵青紧接着说:"我认为胡政委的意见完全正确。我们是党员,就不能逃避斗争,就不能害怕流血,就不能害怕英勇牺牲!"

"你算啦!"朱大江猛一转身向着胡文玉、赵青,两只大手叉着腰说,"说这一套都是胡扯淡,争取时间转移要紧!"说着向门口紧走了两步,想立刻去集合队伍出发,可是胡文玉、赵青坐着巍然不动,只好又走回来。

胡文玉忍着气激动地提高了声音说:"不要着急嘛,我们总要根据整个形势来决定问题,绝不能为那种右倾情绪所动摇。"他镇静地说着,听起来声音又清亮又充满自信,坐下来在烟斗里装上烟末吸着,又慢条斯理地说道:"红军万里长征,走雪山,过草地,那是什么样的困难哪,可是怎么样呢?他们丝毫没有逃避,而是英勇地前进打击敌人。这才是我们党的光荣的传统。我们现在比那时候好得多了,因此,我们一定能够把敌人打个落花流水!"他越说越激动,立起来用手比画着。

赵青也打着帮腔说:"我们应该拼着一腔热血坚持斗争。要记住贺龙师长一把菜刀领导农民暴动,建立起一支红军……"

朱大江再也忍不住了,怒目横眉大叫一声:"够啦!这不是上大课的时候!"胡文玉感到受了侮辱,激怒得变了脸色,更严厉地批评起朱大江来。朱大江没法,干脆赌气又坐在凳子上,两手扶着膝盖厌烦地听着。心里直后悔,真不如在县手枪队当个班长,那有多痛快。他好像又听见了队长孙刚和李铁那豪爽的笑声。胡文玉滔滔不绝地讲着大道理。朱大江听着这些话,怒火直冲头皮。鸡叫了。朱大江无可奈何地望望窗户。不知怎么谈来谈去又扯到三个人的关系上去了。赵青问朱大江道:"我听说朱大江同志屡次向县委去说胡文玉同志和我的坏话,那些话简直是对我们的污蔑,我就不明白你这样做居心何在?"

胡文玉一听更恼怒起来,插上去质问朱大江道:"你今天必须向我说清楚,究竟我什么地方得罪了你?向县委随便反映我还不算,甚至于在区委会上你也一点不顾及领导人的威信,你说我们两个不正派,有什么根据?"胡文玉严厉地盯着朱大江。

朱大江立起来火辣辣地说:"我就是这样说,赵青不忠实,你胡文玉闹个人主义,你们两个互相包庇。"

"你这简直是胡说,是反党!"胡文玉立起来大声说。

赵青也睁圆眼睛,狠狠地看着朱大江说:"你以为党看不出你是故意造谣,污蔑同志,破坏团结吗!"

"你!胡说八道!"朱大江喊着,砰地一拍桌子。

三个人都怒气勃勃地往起一立,就像斗鸡似的怒目相向。

突然,许凤提着手枪气喘吁吁地跳进屋来,红脸蛋流着汗,眼睛闪着光芒,叫道:"你们这是干什么!光怕你们不走,果然你们就不走!不听朱队长的话,敌人上来了,再走也晚啦!"

胡文玉和赵青都惊呆了。这时武小龙也跑进来报告:"四面发现敌人!"

朱大江愤怒地吼了一声:"准备战斗!"随后向胡文玉、赵青看了一眼,一甩手拔出驳壳枪,嚓一声顶上子弹,气昂昂地大踏步走了出去。

四　血战古洋河

胡文玉、赵青跟在朱大江后边跑出来,只见灰蒙蒙的夜色中队员们正纷纷持枪向外跑去。听着东南方向响了几声清脆的枪声,紧接着枪声炮声越响越激烈,在滹沱河南北,古洋河两岸一齐轰响,大地震得直颤。跑到大门外边一看,逃难的群众扶老携幼,正急急地快步走向村外,向西北方向散开去,东面还有数不清的人向这里跑来,男女老少相继隐蔽到麦浪起伏的大洼里和绿沉沉的树林里去了。天色一会儿比一会儿亮,滹沱河堤上传来了敌人的坦克车的哈拉哈拉的叫声。东南面几个村庄青烟柱腾空而起。突然,村东像大风暴卷起尘头,一支骑兵急急地从南面向村东冲过来,渐渐看清了,那是八路军的骑兵。战士们穿着草绿色军装,伏在马背上,在滚滚尘雾中向北疾奔,马蹄声像淹没一切的山洪,哗哗地响着,看看直冲到古洋河那边去了。跟着流弹在头上吱吱地掠过。游击队的战士都持枪掩在村头一带矮墙后面,紧张地准备着战斗。

许凤跟朱大江、赵青风似的蹬梯子跑上了高房,向四周瞭望。许凤早就通过逃难的群众了解到敌人在哪里埋伏着兵力。一看骑兵团正向寂静无声的地带——实际是敌人正在集中的地带奔去,急得出了一身冷汗,忙向朱大江喊:"他们应该沿枣林沙滩向桑林据点方向插,那里是敌人包围圈的弱点。"朱大江、赵青也直拍大腿。眼看骑兵遭到了强大火力的阻击,在后边掩护的骑兵,从马上倒下十多个战士。几匹马无人驾驭,就乱跑起来。许凤向朱大江喊一声:"我去带路!"不等朱大江答话,早已下了房跑向村外。她在村口截住了一匹大白马,一把揪住缰绳,飞身上马,不顾飞机扫射,坦克轰鸣,敌兵乱吼,迎着弹流向骑兵团追去。白马好像明白人意,听话地箭一般朝前飞奔。许凤伏在马鞍上,头发被风吹开了在脑后飘拂着。子弹在她周围啸叫,炮弹在前面不断爆炸,她好像一点也没感觉到,只顾往前冲。她冲过层层炸起的烟尘,追上了那尘头遮掩、滚滚狂涛般的骑兵队伍。

胡文玉见许凤往村外飞跑,便在后边喊着紧追。不知多少发炮弹吱吱叫着落下来,他赶紧卧倒,一串爆炸震得大地直颤抖,弹片、土块、树枝从空中刷刷地落下来。胡文玉立起来,一回身,见朱大江巍然地立在街口,赶紧凑过去,听见武小龙正向他报告:

"军区机关、部队和县大队正在渡河,敌人就包围上来了,伤亡不少。现在咱们部队已经冲过王村,正向这里撤。可是北面也发现了大股敌人往这边涌,还离着七八里地,敌人的车子队已经露头。看样东面一股敌人是往王村去了。趁这机会跑步往东冲,还可以冲出包围圈去。"武小龙一气说完,还呼呼地直喘气。

胡文玉忙说:"不行,敌人是从东边来的,一定还有扫荡队截击。"

武小龙又急急地说:"要不就赶快在小宋村筑工事,坚持村落战。"

胡文玉又摇头说:"那怎么行,一会儿这个村就成了攻击目标啦！"

朱大江又问武小龙道："你看北面的敌人是不是要来抢占古洋河堤？"

"对，我想一定是这样！"

胡文玉又忙插上去说："那么恰好可以把我们闪在后面，敌人马上就会被军区部队吸引过去，我们就可以突围了。"

朱大江伸出大手一拦胡文玉，用沉雷般的声音向武小龙说："等一等，如果让敌人占了河堤，正好拦住了军区部队的退路，那时军区的机关和部队就会完全暴露在开阔地里，被敌人四面包围，那就有被消灭的危险，是不是这样？"

武小龙抹一把汗水急急地回答："对！是这样！""集合！"朱大江向战士们一挥手，回头对胡文玉说："咱们小队必须跑步抢占河堤，掩护军区机关部队突围！"

胡文玉一张嘴没有说出什么来。

朱大江盯住胡文玉追问一句："怎么样？"

胡文玉干咳了一声，犹豫着。

朱大江一回身急忙跑上梯子立在房顶上向东北方向一看，敌人的车子队已经飞驰而来，步兵黄压压一片向南狂奔着，再犹豫下去就糟了。

朱大江急忙下房跑过来，嗖地举起驳壳枪喊道："同志们，我们要抢占河堤，掩护军区部队突围！"

队员们刷的一声跑了过来。

胡文玉大声喊："不行！我们要到后边去打击敌人！"

朱大江不理他，一挥他那粗壮的胳膊，高呼："同志们，冲啊！"喊着一纵身跳出街口，战士们紧跟上他，像凶猛的虎群般向前冲去，胡文玉气得直搓手。看着赵青也跟着冲了上去。

王村方向只听见稀疏的机枪响，我们的部队正在撤出战斗，敌人也在运动兵力追击下来。

这时，已经看得见北面敌人的散兵群，呀呀地吼叫着向古洋河堤扑去，兵力要比小队多几百倍。朱大江咬着牙齿，带着小队拼命地向前飞奔。敌人的枪弹啾啾地射过来，接连几颗炮弹落在小队队形中间，炮弹炸起的一阵尘土卷过，指导员赵青忽然倒下了。朱大江顾不得管他，带小队利用堤坡弯下身子一个劲地跑，不管敌人的枪弹。看看还有一百多米远，敌人的前哨就要抢到河堤上了。朱大江拼命紧跑一阵先抢占了有利地形，端起驳壳枪就向冲上来的敌人打了一梭子，敌人都卧倒了。他刚喘一口气，换上弹梭，敌人又冲上来了，机枪弹射在河堤上，像密集的冰雹噗噗嘶嘶地直响。朱大江接连向密集的敌人抛过去几颗手榴弹，战士们也都找好了地形卧倒迎击着冲上来的敌人。手榴弹不断地轰轰地在敌人群里爆炸。敌人射来的炮弹也在身边爆炸着。弹片削断树枝，溅起土块，乒乓地从空中直往下落，气浪推得人东倒西歪，烟尘弥漫天空。朱大江回头一看，军区的队伍已经冲过开阔地进入古洋河道，向小宋村跑去，军区部队一部分兵力，也猛冲过来参加了战斗。朱大江擦擦头上的汗，还没有来得及看清楚，敌人密集的炮弹就排射过来，烟尘滚滚，爆炸声震耳欲聋。接着不知敌人多少挺机枪像暴风雨似的，搂头盖顶地扫射过来。朱大江擦擦眼睛一看，我们的主力还没有进入村庄，这边是撤不得的，必须继续吸住敌人。他继续指挥战士们阻击敌人。身边一个战士牺牲了。有人解下他的子弹带，拿过子弹去射击，刚打了几枪，在一阵机枪扫射中，他也仰身倒下不动了。另一个战士挂了彩，他用手摸着胸部流出来的血，看了一下，一咬牙，扯断了三个大号手榴弹的弦索，向成群逼近的敌人中跑去。一声爆炸，敌人倒下好几个，他自己也倒下了。队员们紧紧跟着朱大江，机灵地换着地方，一面骂一面射击。朱大江瞄准上来的敌人，一枪打中一个鬼了的腹部，那鬼子仰面栽倒下去。又一枪把一个刚爬起来想冲的敌人射中，扑倒不动了。可是，敌人越上越多，怎么也挡不住了。朱大江一看是撤不出去了，狠狠地向敌人射出了最后的一梭子弹,爬了几步,从敌人死尸身边拉过一支上着刺刀的三八步枪,要拼刺刀。敌人也不打枪了,都端起刺刀呀呀地叫唤着冲上来。这时太阳已经升上天空,阳光照着敌人的钢盔和刺刀,光芒闪闪。鬼子们从三面吼叫着压上来,河堤失守了。我们的战士和敌人搅成一团,展开了白刃战。朱大江迎着冲上来的敌人,挺着刺刀猛扑上去。一个鬼子凶猛地吼着迎上来,一见朱大江比他更厉害,吓得往后一退,朱大江趁势一个箭步扑上去,大吼一声,刺刀戳进了他的肚子,敌人翻身倒下。朱大江还没来得及拔出刺刀,另一个鬼子已经蹿到身边,猛刺过来。朱大江吼一声拔出刺刀就势一个防左反刺,扎进了敌人胸部。突然,朱大江觉得头上、腿上挨了重重的几下打击,就失去了知觉,枪从手中掉下去,身体从堤顶上滚了下来。这时一片烟尘遮天,堤坡上下人群乱窜。在混乱的杀声中,鬼子们带钉的皮鞋从朱大江的身边踏了过去。天空传来了震耳的马达声响,一架敌机从东面天空俯冲下来,向小宋村扫射了一阵机枪,在空中盘旋了一阵,怪叫着飞向滹沱河南去了。敌人从四面八方云集过来,团团围住了小宋村,集中了所有的火力轰击扫射着,战斗越打越激烈,硝烟和尘土把太阳都遮上了。

五 劫 后

几千敌人把军区部队的一部分和县大队包围在小宋村,整整打了一天。天黑以后,我们的部队突围了,鬼子攻进村去,整个村庄立刻成了一片火海,窗户都喷吐着火舌,哔哔剥剥乱响,风卷着滚滚浓烟在村庄上空盘旋弥漫。鬼子们吼叫着抢掠了他们喜爱的财物,呼喊着分成几路走了。在这黑夜里,在这被敌人的铁蹄践踏得遍地血污的平原上,敌人的红色信号弹此起彼落,冷枪声零落地响着。敌伪军的行列任意地奔驰着游荡着。摆了几里地长的鬼子的卡车队的行列,打开大灯像一条火龙似的奔跑过去,灯光时隐时现,轰隆地响着沿着大路钻过东边的树林不见了。黑沉沉的旷野里,剩下敌伪军的大车队不紧不慢地咕咚咕咚地响着,偶然传来几声咴咴的马嘶。

夜深了,声音渐渐地听不见了。风也停息下来,古洋河边劫后的旷野里显得异常寂静,一弯淡白的月牙斜挂在天边,满天星斗默默地眨着眼。微风送来阵阵木炭烟味,小宋村还在燃烧,微弱的火苗一闪一闪的,一缕缕白烟从废墟上缭绕地升起来,月光照着那刚刚血战敌寇的英雄的尸体。微风轻轻地拂过尸身,掠过麦穗,发出悲哀的簌簌声。一只兔子还惊魂不定地沿着麦垄跑过来,突然发现自己正跳在这个尸体身上,吓得它一纵身逃向麦田深处去了。这个尸体在凉风的吹拂下,突然抽动了一下。这是朱大江。他渐渐地苏醒过来,觉得头像针刺一样疼痛,身子像被压在一块大石头下面。想动一下,可是动不了,好像胳膊腿都不是自己的了。有什么东西来回拂擦着脸,想睁开眼看看,可是睁不开,眼睛被一种黏糊糊的东西粘住了。难道是瞎了吗?他使劲睁眼,两手使劲挣扎着,浑身从麻木中渐渐恢复了知觉,肚子、腿也都像刀割一般疼起来。他终于抬起了右手,揉开了眼睛。他看见了那拂擦脸的折倒的麦穗,看见了挂在天空的月牙,那闪烁的星光。他渐渐地想起了白天发生的一切,他想:"不能这样死!我还要干下去!我一定要爬到村里,找到人!"他忍痛使劲动了几下,抬起身子想站起来,可是腿不能立了。他咬着牙向前爬,朝王村的方向爬,爬一下疼得一阵眼发黑。他咬紧牙关一下一下地往前爬,脸上滚下豆粒般的汗珠,爬动一下留下一个血印。他心慌头晕疼痛干渴,一点力量也没有了。伏在地上脸贴在泥土上,他的手摸到了醋柳酸草,揪下来塞在嘴里嚼起来。休息了一下,继续往前爬。爬一会儿,伏在地上昏过去了,一醒过来就又往前爬。

古洋河堤上两排高大的白杨树,将枝条伸向寂静的高空,杨叶发出一阵阵轻微的唰唰声。在河堤下边那矮树林中,一个人影悄悄地晃动着,掩在柳树枝条后边向远方观察着,听着动静。他是张村的青抗先队员张金锁,正在这里放哨。现在可以听见小宋村有了隐隐约约的哭声、人语声和丁当扑隆的救火的声音,大概逃出去的人回来了。张金锁注意地听着。突然,他仿佛听见跟前有一个人在跟自己说话。他吃惊地屏住声息,越听越是,清清楚楚地在说:"喂,你是谁?"

声音虽小可是非常清楚,又像挺熟悉的,忙四下里寻找,可又看不见人影。他吓得急忙蹲下,端着枪观察着。又听见说话了:"别害怕,我是小队上的。"

张金锁浑身毛发直竖,暗想莫非真的有鬼吗,这是同志的魂来了吧?他急忙转了下圈,掩在一棵大杨树后边,还没有发现说话的人在什么地方。他伏在地上四周观察着,大着胆厉声问道:"你是谁,不过来我要开枪啦!"

背后又说话了:"你是金锁同志吧,我是郎小玉呀!"

张金锁急忙转身看时,两个人已经来到身边,真是郎小玉,还有刘满仓。三个人一见什么也顾不得说,一下子搂在一起了。金锁拍打着郎小玉的脊背说:"你不是死了吗!"

郎小玉说:"我没有死,想不到咱们又见着啦。凤姐回来了没有?秀芬、小曼她们呢?"

三个人赶紧蹲下,四下看了一下。张金锁说:"她们都回来了。哎呀!凤姐真棒!亏了她领着骑兵团冲出包围圈去了。这一春骑兵团帮助春耕的几十匹马她都骑遍了,摔得昏天黑地,可真也练出本事来了。秀芬、小曼被敌人圈到孔村去,眼看就要发生危险,骑兵团哗一家伙冲过来,敌人抛开群众去抢地形,她们就跑了。"

小玉急忙又问:"你在这儿干什么?这里有区里的人吗?"

金锁指着河湾里的独立小屋说:"我在放哨,许凤同志她们就在那小屋里救护伤员呢,快去吧!"

郎小玉一听,拉着刘满仓向那小屋跑去了。

小屋里挤满了人,墙上小土龛里放着小油灯,张大娘拿了一个草帽遮着那灯不叫光线射到外边去。在昏黄的灯光下,许凤、秀芬、小曼正在满头大汗地忙碌着,给一个瘦高个伤员包扎伤口,这伤员是骑兵团的排长高铁庄。

在这黑咕隆咚的小屋里,借着小油灯射过来的微光,看到高铁庄捂着胸口,急促地咳嗽着。许凤忙从口袋里把一条干的毛巾拿出来,叫秀芬赶快给高铁庄捂着嘴。听着屋外边有人走动,越怕有声音,高铁庄的嗓子越痒得像虫爬,心窝闷得出不来气,忙伏在地上,用毛巾捂着嘴,轻轻地喘着。只觉得胸部一阵辣丝丝的痛,忍不住轻轻咳嗽两声,吐出一大摊热咕嘟咸腥腥的血来。许凤忙完了刚立起来喘口气,忙又弯下身子去扶着他小声地问:"铁庄同志,你吐血啦?"高铁庄擦擦嘴说:"不碍事,不碍事!"

许凤叹了一口气,小声问道:"你怎么冲出来的呀?"

高铁庄小声说:"昨天晚上往河北转移,队伍正在过河,敌人就包围上来了。我们一个排掩护骑兵团突围,最后剩了十几个人。我的马被打死了,我掉了队。刚跑到魏村的梨树林子里,敌人就包围上来。被敌人追得没处跑了,我就钻进魏村的大苇坑,蹲在水里,用烂草盖了脑袋。鬼子往苇坑里打枪,威吓着叫我出来,把我打中了一枪,我也没动。一直在苇坑里藏到天黑,听着敌人走了我才出来。我想到张村去,不想在路上又碰上了敌人,追了几里地又打中了我一枪。要不是你们救护,我算完了。"

许凤忙问他道:"送你回家怎么样?"

高铁庄说:"行!我家里有地方藏,那村也有医生。"

许凤立起来对张立根说:"你立刻找人送铁庄同志到高村去。不管怎么样也要把他送到家。"

张立根答应着出去了。门口有人叫了声:"凤姐!"听着声音怪熟的,急忙向屋门口一看,是郎小玉进来了。只见他满身泥土,衣裳撕得破了几个窟窿,满脸痛苦。一看见大娘和许凤连声叫:"大娘,凤姐!"眼里含着泪花,话也说不出来了。大娘哎哟一声忙拉他坐在土炕上。许凤忙问道:"你怎么脱险的?"别人也都过来问长问短。张立根他们带人进来,忙碌着把高铁庄抬走了。许凤送走了高铁庄,回来又问郎小玉逃出来的经过。

郎小玉说:"我掩护胡政委突围之后被包围了,就拼命往小宋村冲。幸好我跑得快,追上了县大队周政委他们,在村里坚持着打了一整天,到黑夜跟他们突围出来。他们往别处去了,我就回来了。"

秀芬忙问:"咱们队伍冲出来了多少人?周政委他们怎么样?"

"有警备旅和二十三支队的战士,有军区的干部,大概都冲出来了。县大队牺牲的不少。同志们表现的都非常英勇,萧大队副带一个中队冲进了王村没见出来。周政委带人在最后边掩护军区部队,浑身衣裳叫子弹穿了两三个眼,膀子上受了伤,又累得吐了血,……"郎小玉难过得说不下去了。停了一会儿才又说:"刘满仓同志也来了,在屋外边呢。"

许凤忙说:"快叫他进来!"

郎小玉出去一会儿,刘满仓跟在后边来了。他一进屋叫了声"许凤同志!"那厚嘴唇紧闭着,蹲在墙角里用手指在地上划起来。许凤亲切地问道:"满仓同志,你是怎么脱险的?"

郎小玉说:"他,昨天黑夜队长派他到滹沱河南找县大队联系,回来的路上,被敌人抓住了。经过王村的时候,他瞅个空子拔脚就跑。敌人用机枪扫射也没打着他。他回来了,可是枪也丢了……"

许凤亲切地安慰刘满仓:"留得青山在,不愁没柴烧,枪丢了还可以缴新的嘛!"只见刘满仓蹲着把头快低到裤裆里去了。

这时张立根他们几个村干部都回来立在门口。许凤问道:

"找到人掩埋同志们的尸体了吗？"

张立根说："找到了，已经埋了不少了。咱们小队上很多队员的尸体都在，就是没有胡政委和朱队长。"

张立根说着挤进来，递给许凤一支驳壳枪说："这是在一个牺牲的同志尸体下边土里找到的，一定是临死埋起来的。"

许凤接过来一看，是满带烧蓝的新枪，子弹已经打光了。大家看着都低下头来，哀悼着那至死不忘为革命保存武器的烈士。

一会儿，人们跟许凤走出小屋来，沿着河堤走去，看见两个人正要抬一个同志的尸体，那尸体伏在地上，头前有一片撕碎了的文件的白纸屑，在微风中飘动着，一手还攥着满把碎纸，一手刨着土。这个同志在临死时还念念不忘地想毁掉文件。

他们沉痛地掩埋了那同志的尸体，又向前边走去。这一带的尸体已经快掩埋完了。河堤坡上出现了一排新坟。许凤他们十几个人静默地立在坟前，大家都低下头，悲痛和仇恨在这一群人的心里像烈火燃烧着。在静默的人群中，许凤站在人们前边提着那烈士遗留下来的驳壳枪，抬起头来向前望着，那一排排新坟的后边，是一望无际的燃烧着的大地。耳边是随风传来远村的被敌人拷打的男人女人的怒骂声，混合着敌人的尖厉的狂笑。夜风呜咽，月色凄怆。她忍不住悲愤交集，仇恨烧心。咬紧牙关，竖起眉毛，不由掣出了手枪，又慢慢插入枪套。

人们悲愤地握紧着拳头。

从河堤那边走来了两个人，跑到许凤跟前报告说："胡政委和朱队长都找不到，只找到这支枪。"张金锁把枪递给许凤。

许凤接过枪一看，是一支三把驳壳枪，包枪红绸子还在枪把上拴着，不由得心里一动。月光下忙再看时，果然红绸子角上用白线绣着一个杏核大的凤字，正是她送给胡文玉的绸巾。不由得惊叫了一声，暗想："他也许是死了。"心头一阵酸楚，忍住眼泪问道："在哪儿找到的？"

"在那边坟地里。"

许凤听了,像急风似的向前跑去。大家跟着她跑着,把坟地找遍了也没有一点儿痕迹。大家又四下往麦田里去找。许凤坐在石桌上,望着苍莽无边的原野,痛苦地沉思着。小曼挨着她坐在旁边,一声也不言语。看看三星已经正南,张立根匆匆地走来,立在旁边,焦急地不知怎么办才好,嘻了一声说:"恐怕是找不到了,走吧!"

"不!"许凤说了立起来,往后撩一撩遮着眼睛的短发,急速地向前走去。她紧闭着嘴,竖起眉毛,眼睛睁得大大的,向四下里搜索着。走着走着,发现了被人压倒的一溜麦子,像是有人爬过的痕迹。他们沿着这个印迹往前搜索着,发现前边有一个黑糊糊的东西,摊在地上。赶紧跑过去一看,果然是一个人,浑身是血。许凤急忙抱起他的头一看,是朱大江,头发、胡子,都叫血给糊住了。摸摸心口还跳,许凤忙凑到耳边小声叫着:"朱大江同志!朱大江同志!"

只听见朱大江在昏迷中用几乎听不到的声音说:"水,水,同志,水!"

"好啦,他还活着哩!"

人们都围上去,七手八脚地给他包扎着伤口。月牙落下地平线去,大地上立刻黑暗起来。在黑漆漆的旷野里,许凤他们一行人抬了朱大江,向一带黑沉沉的树林里走去。

六　逃　出　虎　口

天快晌午了。宿营在张村的敌人才开走,群众从野地里陆续走回来。只见街上、胡同里、家家户户的院里,乱丢着鸡毛、猪脚、骨头,到处是屎、尿,连锅里、水缸里、炕上也都拉上了屎。家具砸得一塌糊涂。几处被烧毁的房子,还冒着缕缕蓝烟。人们咒骂着,拾掇着,赶紧找出藏着的米面抢时间做点饭吃,预备敌人再来时好跑。许凤她们在野地里看到人们都回了村,也就和张大娘一起回家来。她叫张立根在村外放好岗哨,回家来跟张大娘一起做饭吃。一天多没吃上饭,早饿透了。正在急急忙忙地烧火做饭,张立根走来了。他一面吃着饼子一面说:"村南梨树地里跑来了几个人,我看像是咱们部队上掉队的战士。"

"有枪吗?"许凤迎出屋门去问。

"看样没有,有些人连鞋都没有了。"

许凤放下烧火棍,把手枪顶上子弹,站起来说:"走,咱们一块去看看。"

秀芬、小曼也立起来跟着。张大娘忙拦着说:"就叫立根拿点饼子去给他们吃了,叫他们走吧,谁知道是什么人哪。"许凤说:"大娘,我们小心一点就是了。万一都是同志们,咱们不管,叫他们怎么办?"

许凤说了和张立根就走,秀芬她们也都跟着出去了。不大工夫就领来了几个穿得破破烂烂的小伙子。这些人也都饿得不像样了,都是黑黑的脸,瞪着大眼睛。一进门见大娘正把才蒸熟的饼子揭出锅来,热气腾腾地放在盖帘上。许凤忙拿饼子递给他们说:"吃吧,同志们,快吃吧!"

"一起吃吧,别光我们吃啊。"有几个人说。

许凤忙摆手说:"我吃过啦。"

秀芬、小曼见许凤不吃也都不吃了。郎小玉、刘满仓也就不好意思再吃。新来的这一群,哪有心思客气,一人抓起一个大饼子吞吃起来。许凤趁这工夫把张立根、郎小玉、刘满仓叫到一边,跟他们商量怎样出去了解一下情况,打听一下区干部们的下落。说了一会,每个人带上一个饼子就走了。

小曼坐在台阶上,托着下巴看着这群吃饼子的人,端详着每个人的特点。虽然只经过简短的谈话,她也记住了几个人的名字。

39

那个蹲在槐树底下的黑大个圆脸小伙子叫陈东风。有两个人坐在东厢房门口蒲团上,都是黄病色细高个,那是县大队的两个战士,四方脸的叫苏二营,长条脸的叫黄西灵。他俩仿佛在这村住过,两人小声商量着什么,露出想赶快离开这里的神气,小曼断断续续地听到……这一带危险,先回家隐蔽……许凤,一个妇女干部,懂啥,谁跟她?……小曼看不上,忍不住哼了一声,向坐在旁边的秀芬递了眼神。秀芬见她太露骨了,轻轻打了她一下。

许凤把陈东风叫到影壁前边小声说着话。他们两个好像在说过去在一起的熟人似的,互相提问着,一会儿抬起头来想一想。这时传来了一阵脚步声,人们吃惊地都立起来,听着影壁外面是大娘的声音:"是自己人回来啦,没有事。"

大家听了都探头往外看,就听见一面说着话,从影壁外边闪进两个人来,一个稍矮的人是乱蓬蓬的头发,光着脚丫子,裤腿撕得破破烂烂,脸上一层黑糊糊的泥垢,一龇白牙,叫了声"同志们!"跑到台阶边把夹着的破夹袄放下,一看原来是武小龙。另一个细高个穿着肥大的裆子,敞着怀,裤子撕断了半截,成了短裤衩,黑瘦四方脸,抿着嘴,好像很吃力地把一个布口袋放到地上,只听咕咚一声,不知里边装的什么东西。随后立起来叫了声:"许主任、秀芬、小曼,嗬!二营跟西灵也在这儿哪!"

许凤他们一看,是县委的交通员张少军。

"哎呀,想不到咱们还能见面呀!"

"队长和政委呢?"

"朱队长受了重伤,抬回来藏在洞里了,政委下落不明。"

武小龙听了吃惊地嗯了一声。许凤看着武小龙,担心地小声问道:"战斗打响时,胡政委不是还和小队在一起的吗?"

武小龙说:"是啊,后来战斗一打响,我们都冲上去了,就再没见到他。"

小曼过来说:"你俩快些吃点东西再说话吧。"

"不,我们俩吃啦。刚才从高村过,把维持会长张扒灰资敌的鸡蛋大吃了一顿。张扒灰穿着一身绸子衣裳指手画脚地上来闹,叫武小龙把一桶水都泼在老狗日的身上,老家伙滚在地上弄了个猪打腻。"张少军一面说,一面滑稽地比画着。

"你布袋里装的是什么?"

"是洋点心!"张少军说着掏出一个日本瓜形手榴弹来,一晃说,"小武子还有好东西呢。"

大家都围过来看,武小龙从卷着的破夹袄里,拿出一支崭新的蓝晶晶发光的日本安都式驳壳枪。人们争着你摸摸我看看,都羡慕得不得了。秀芬忙问道:"你们怎么搞来的?"

武小龙一脸严肃地说:"偷来的!"

人们笑起来,问道:"敌人就那么大意,叫你们有机会偷?"

武小龙嗖地跳到台阶上说:"为什么偷不到?我们都有良民证。我呢,还有这个。"他说着装模作样地说了两句日本话,又学了几声画眉叫,出了个洋相。

人们不由得哄笑起来。武小龙接着说:"那天我刚冲出包围圈,又叫敌人围住了,一看不行就赶紧埋了枪,到附近菜园装起浇园的来。后来还是叫鬼子抓住了我,一个鬼子小队长看我这个样,把我当做大大好的苦力,叫我给他背东西。我把糊弄混蛋的本事都施展出来,一下就跟鬼子小队长混熟了。跟敌人走了一天多,在一个村里两个扫荡队一会合,"说到这里武小龙机灵地一摆手。小曼刚想问:"后来你们怎么着啦?"就听着咚咚地有人跑了来。一看是青抗先队员张金锁,闯进来急忙插上大门说:"快钻黑屋,跑不出去啦!鬼子不声不响地就把村包围了,追我来了。"

陈东风、黄西灵他们几个都跟着小曼跑进了东厢房磨棚里去。许凤、武小龙、张少军、秀芬把院里的桌子、凳子拾掇了,也赶紧钻进黑屋去。外面就剩了小曼,这时听到当当的砸门声。

许凤在里面小声地急喊:"小曼快进来!"

小曼说:"不行,我进去入口就埋不好了。敌人来啦,你快在里面垒上土坯!"她说着急忙把洞口掩埋好,打开磨棚的小后窗户,跳到邻院里去了。只听咣啷一声门被撞开了。一阵混乱的脚步声、叫骂声,鬼子、伪军冲进了院子,在各屋里、磨棚里咚咚地翻了一气,又往别的院子跑去了。院内立刻宁静下来。

许凤暗暗地为小曼捏着一把汗,侧耳听着邻院的动静。

秀芬在墙边的小孔上听着,担心地说:"没有动静了,不知道小曼会不会叫敌人抓住?"

大家都紧张地侧耳听着,可是只能听到一片混乱的响声。

一群汉奸追到后邻的院里,把小曼抓住了。鬼子兵也闯进来围着小曼,一个鬼子的枪口顶在小曼心窝上大声问:"八路哪里去了,你的说?"

这时,走进一个魁梧的大高个汉奸,瘦白四方脸,高鼻子,方嘴巴,留着一撮日本式小胡子,两只凶光闪闪的狼眼,冷笑着露出两个金牙,这是著名的汉奸王金庆。他是王村人。从二十多岁起就在东北跟着日本关东军当特务,和抗日联军作对。"七七"事变后跟着鬼子进关回到了家乡。他已经加入了日本国籍,所以更加瞧不起中国人了。帮着鬼子,非常毒辣地对待乡亲们。他冷笑着扬起皮鞭子没头没脸地对小曼打下来,一面大声地喝问:"我们看见一个八路跑进了这个门,你把八路藏在哪儿了?快说出来!"

小曼咬着牙忍受着鞭打,气得忍不住了,就指着王金庆大骂:"呸,不要脸!丧尽天良的汉奸卖国贼!"王金庆冷笑着说:"什么汉奸卖国贼,你骂我算是白骂。我不是中国人,我入了日本籍,是大日本的国民!"小曼指着王金庆的鼻子问:"你有祖宗吗?你的爹妈是中国人?是日本人?"王金庆被小曼问得恼羞成怒,大声叫嚷起来:"好,你敢顶撞我!我看你有多硬骨头!"王金庆龇着大金牙,正要拔出战刀扎小曼,王金庆的大舅张满常带了几十个人从外边跑进来。张大娘挤到前边喊叫着:"王金庆,乡里乡亲的,你干什么打孩子呀。"她哭喊着不顾一切地跑过去,搂住小曼再也不放,任凭皮鞭打在自己身上,敌人拉也拉不开。

张满常气得摇摇摆摆,扶着拐棍,走到王金庆跟前,就去夺他的鞭子,一面颤抖抖地说:"金庆,你疯啦,怎么能这么对待乡亲!要打你就打我吧,我不能叫你这么着。"王金庆冷笑一声骂道:"打你就打你,打死你个老混蛋!"骂着搂头就是一皮鞭,把张满常打倒在地上。人群乱纷纷地围上去,一阵哭喊嚷叫,分不清是多少人说话。

秀芬在黑屋里听着,纷乱的脚步声越来越近,敌人又到这院里来了,不由得一转身,许凤忙按住她,屏息听着。只听一群人央求着:"金庆表弟!……王队长!高抬贵手吧!……这里没有八路……"

汉奸王金庆冷酷地大声说:"前年要求县政府枪毙我的也是你们吧?!不行!这是张顺义的家,八路窝,给我搜!还有,把老百姓也押来,搜出八路来再跟他们算账!"接着是木棍敲击墙壁的声音。磨棚里边,黑屋入口处,柴草也被翻腾得哗哗响。忽然有一个汉奸大声地嚷叫:"看,这里像是垒上的黑屋子,弄开它,里边没有人也藏着好东西。"

"来!来!刨开它,找出人来非枪毙他们不行!"

秀芬和武小龙他们持枪对着垒上窗户的地方。许凤也屏着气息用手枪逼着黑屋的入口,心里一阵热血翻滚,紧张地等待着最后的决斗。

突然,咚咚地几声震响,房顶墙壁哗哗地掉起土来,敌人用大镐来扒黑屋的墙壁了。

秀芬感到一种异常的干渴,使劲咽了一口唾沫。许凤小声命令道:"把手榴弹准备好,张少军同志带领往村南冲,武小龙同志掩护。"

大家小声应着。连着又是咚咚地几声震响,呼噜一块土坯从一人高的墙壁上掉下来,武小龙一下机灵地接在手里放在地上。茶碗大小一缕阳光从墙窟窿里射进来,立刻看见灰尘弥漫。人们呛得用袖子捂着嘴,忍着咳嗽,紧张地扣着枪机,提着手榴弹准备着。大镐继续往墙上刨,土坯哗啦哗啦地往下直掉。刨了一阵,突然停住了。这时就听见骚乱的声音中,传来一阵紧急的哨子声,跟着村外响起了步枪声、机枪声。汉奸王金庆凶暴地喊道:"树林里发现一伙八路,快去追击!"

"队长,这儿怎么办?"

"机枪!扫掉他们,烧了这个八路窝,快!"

一阵急如暴雨的枪声,哭叫声,混乱的脚步声。

血流满地,尸首躺了一片。敌人把群众赶进北屋去,点着火,火焰腾空烧起来。人们在屋里叫喊,拼命砸窗户,砸门,被烟呛得都咳嗽起来。许凤他们在黑屋里,正在急得要往外冲,磨棚也着了火,滚滚浓烟夹着噼啪的火星,从顶棚上钻进了黑屋。扑通一声响,屋顶塌下一大块土来。武小龙领着几个人急急地用手、用刺刀挖了一个土坑,把手榴弹埋起来。

火,随着木椽子和苇箔落下来,两三个人的衣裳烧着了,互相扑打着,烟火卷着灰尘,熏得人直流泪。许凤急忙吩咐:"快!看看外边的动静!"

武小龙蹬在陈东风的肩膀上,扒住刨开的墙上的窟窿向外望了一下,奋力一下推倒了一截土坯,跳下来,陈东风又加上两脚,连旧窗棂带土坯整个踹倒了。人们一涌出来,回头一看,黑屋里满是火了。许凤叫武小龙担任警戒看着外边的情况,便指挥大家冒着烈火闯进北屋去,往外抢救人。烧糊的窗户、门被砸毁了。人们成群地挤着、嚷着跑出来,在院子里滚着,扑打着。很多人烧得衣不蔽体,披头散发,乱挤乱叫,抱着搬出来的死尸哭嚎着。许凤、秀芬满脸淌着汗水混合着眼泪,又闯到火里去,急得喊着:"小曼!小曼!大娘!"

"我早就出来啦,看你俩糊涂了!"大娘在屋门口喊着,小曼又进去把她俩拉出来。

经过一阵奋不顾身的紧张扑救,火被扑灭了。院子里弄得到处是血、死尸、泥浆、烧糊的木炭、砸烂的家具。大娘和小曼的一切都被烧得光光的了。许凤、秀芬、小曼和大娘疲乏地坐在地上看着。那房顶都塌下来了,大梁倒挂着,还冒着烟和热气。武小龙正带着队员们在泥里水里拾掇着。

"快着,敌人又来啦!"外边尖叫了一声。

人们又纷乱地往外飞跑起来。

七　我们要战斗

深夜,黑黝黝的旷野里,响着飒飒的风声。周围的村庄又住上了敌人。那村头、树林里到处都有鬼子活动着,像魔鬼一样,眼睛闪着绿光,露出白牙,无数的钢盔刺刀晃动着。

许凤带着人们跑出村来,藏在新淤地大洼中心的麦田里。这里去年淹过水,春天一翻浆,又得一次春雨,小麦长得齐胸深。两三个人做一堆,背靠背提心吊胆地默默地坐着。有时响起一阵叽叽喳喳的耳语声,有时静得只听见风刮麦穗的沙沙声。他们困乏饥渴,在冷飕飕的凉风里缩做一团。

突然,一阵人喊马嘶打破寂静,四周村庄里叮叮当当地响动起来,这是宿营的敌人要出动了。人们随即紧张地叽叽咕咕说起话来:"怎么办,过滹沱河吧?"

"那怎么行,昨天有五六个人过河被敌人抓去了。不能瞎撞。"

"我看还是趁早分散隐蔽,等队伍通知再集合吧。"黄西灵那长条脸在黑暗中晃动着,半趴半跪地把头伸向许凤这边说。苏二营也跟上来说:"这么多人在一起,目标太大,赶快分散吧。"

"分散往哪里走？走得了吗？"不知是谁顶了他俩一句。

"为什么走不了？高铁庄一个伤号还能派人送到高村去呢，我们为什么不能？"

"为了给他治伤，这是无可奈何的办法，你以为他愿意去吗？"

"好啦，好啦，别再抬杠啦！"许凤说了，微微探头观察着动静。心里暗想："他俩口口声声叫分散，是一心想要回家。可是好容易集合到一块的警备旅和二十三支队这几个同志一走散了，人生地生，非常危险。不分散吧，这么多人在一起，也真是容易暴露目标。究竟怎么办好呢？"

人们中间也传出一种不满意的吭哧声。谁都不跟黄西灵、苏二营挨着，不理他俩。时间在寂静中过去了。眼看东方发白，天空的晓星渐渐隐去，向远处望去还是灰灰蒙蒙地看不清楚。这正是敌人拉网扫荡的时间。只听见周围的村庄和大路上响起了咕隆咕隆的大车声，嗒嗒的马蹄声。许凤抬头一望，见四面都晃动着一行行的黑影。这是敌人出发了。人们伏在地上听着，幸好没有到跟前来，队伍过去以后，渐渐地又静下来了。苏二营忙对许凤说："说不定敌人还回来，趁天还不亮快分散吧，免得在一起都受了损失。"

黄西灵也说："趁早快着分散吧！"

许凤严厉地望着他俩，又探头向四外看了一下，握着手枪说："不行，不能暴露目标，谁也不许动！"

黄西灵和苏二营不满地哼了一声，低头不语，想自己的心事去了。一会儿早晨的金黄色的阳光笼罩了大地，无边的麦子和阳光混成一色，在凉风里荡漾着。野外还是一个人影也没有，只有东边一棵独立的大枣树上落下一只喜鹊，喳喳地叫了两声，翘了翘尾巴又向远方树林飞去了。

整个上午是意外的平静。时间在紧张的戒备中，在唉声叹气和小声的争论中过去了。小曼躺在许凤怀里睡着了，轻轻地打着鼾声。许凤抱着小曼低头沉思："不知道胡文玉到底怎么样了？"她总觉得胡文玉一定是在另一个地方受了重伤，躺在地上痛苦地呻吟呢！他多么需要自己去救护他呀。她真想立刻起来去找他，把他救回来。可是他在哪里呢，这茫茫的野地里到哪儿去找呢？也许他被敌人俘虏了。总得打听着消息才好。如果没有走远，总要想法把他救出来。想着仿佛又听见胡文玉立在面前说："我真怕这一次分别是我们的永别呀！"小曼身上的伤疼得一阵哆嗦，许凤才从沉思里清醒过来，觉得太阳晒得头脑昏蒙蒙的。抬头看看太阳，已经正午，大地上仍旧静静的没一个人影。十几个人都躺在麦垄里，睁着眼睛看着天空出神。一心只盼太阳落，可它就是悬在头上不动，好长的天哪！饥饿、口渴把人们熬煎的昏昏沉沉的。麦粒正灌浆可还不能吃。人们在麦垄里爬着拔那些醋柳和青荚菜吃，先是拔嫩的吃，随后连老得扎嘴的也拔了吃起来。大口地塞到嘴里嚼着，酸涩得一个劲咂嘴摇头。他们正在麦垄里吃野菜，西边像旋风般蹚起两股尘头，敌人的骑兵出现了，南北两路向东奔驰过来，正把他们夹在当中。人们赶紧伏在麦垄里。苏二营和黄西灵小声埋怨着："看，是不是，这回可要完了！"

许凤见苏二营光想探头去看，就严厉地说："同志们，谁也不许动！谁暴露目标，谁负责任！"说着嚓一声把手枪顶上子弹，伏在地上听着。好像有一股敌人窜到这儿来了，嗒嗒的马蹄声越响越近，简直觉得踏到身上来了。许凤偷偷歪头一看，一匹大红马嗖的一声从旁边地界上蹿过去了，踏得小麦哗哗直响，不知这些鬼子去做什么。混乱的马蹄声渐渐远了，心还在咚咚直跳。大路上敌人的队伍前进着。骑兵是红一色的大洋马，急流般奔驰着，鬼子兵在马上骄横地耸着身子。背上的钢盔、腰间的马刀、皮靴上的马刺闪闪发光。后边是长龙一般白光闪亮的车子队。接着是步兵、炮兵和大车队。成百上千的群众，在刺刀的逼迫下，给鬼子们背着弹药箱、行军袋和抢来的包袱。鬼子兵干哑地怪叫着，拖着带钉的皮鞋慢慢走着。路上蹚起浮土，随着微风升腾到空中，像凝滞不动的黄雾。鬼子们不断地朝地里打枪，子弹从头上啾啾地掠过。也有些子弹穿过麦垄噗噜噗噜地落到地上，掀起一团团的尘土来。他们一动也不敢动。听着声响渐渐远了，这才试探着抬头观察。只见空中还浮荡着灰尘，麦田一平如水，四处还渺无人影。这才舒了一口气。

　　这大队敌人过去以后，附近村子里久久没有动静。太阳渐渐西沉，将近傍晚，突然，遍野里三三两两地出现了许多人，露出半截身子慢慢地移动着，各自向四面村庄里走去。许凤见确实没有敌人了，挨到黄昏才带了人们向张村附近的柏树林里走去。正要派人到张村去探探情况，就见一个背粪筐的人向这边急急地走来。许凤立在树下，等那人离近了，一看，原来是张俊臣。他留起了胡子，脸庞黑瘦了许多。张俊臣一见许凤，高兴地把粪叉使劲地往地上一戳，丢下粪筐连声地说："哎呀！哎呀！可见着啦！可见着啦！我找了好几天啦。区里的人一个也不见影。看你！嗐，也瘦得不像样了。"

　　大家也都围过来。一问，果然几个村的敌人都撤走了。许凤叫张俊臣坐下，谈谈高村的情况。张俊臣叹口气说："大扫荡那天，咱们的十一个区干部被敌人包围在屋里，俘虏去了九个，区委崔部长、农会主任、武委会主任都牺牲了。"

　　许凤一听，像是头上挨了一闷棍，不由得"啊"了一声，难过地低下头去，强忍着眼泪。大家无语地沉默着。一会儿，张俊臣接着说："大地主张扒灰在大扫荡那天也从天津回来了，还带回来好几只盒子枪。他女婿韩小斗带着一把子人，提着枪天天找村干部。枣园一安据点，张扒灰就当了伪大乡长。推倒了合理负担，逼着群众拿粮资敌，到据点里去照相领良民证。那老汉奸一天找我好几次，跳着脚骂街。我要不是担任着工作，早就跟他拼了！我憋着一肚子火，天天绕世界转着找你们。这回可好了，你看怎么办吧？反正我是忍不下去啦!"

许凤听了说道:"同志们都饿坏了。先吃顿饭,了解一下情况,晚上咱们再想办法。"说完,立刻把同志们分成两组,分头去找吃的。由许凤自己带一组,武小龙带一组,约定晚上还来这里集合。许凤带着秀芬、小曼、陈东风跟张俊臣想先找到高村的群众,了解一下情况。

他们便向高村附近大梨树林里走去。来到树林里一个菜园子近前一看,好多逃难的群众还都坐在葡萄架下说话呢。那些穿着破烂衣裳的老大娘一看见许凤,都亲热地围上去问长问短,浇园的老大伯忙打上一斗子井拔凉水,许凤他们围在井边喝了个够。老乡们一听说他们两三天没吃饭,纷纷拿出带着的干粮,追着往他们的手里塞,非叫他们吃了不可。许凤他们推辞不过,便接了坐在地上吃着。大伯大娘们围了一圈,诉说着这些天的遭遇。老大娘们有哭的有骂的,你拉我扯,抢着向许凤学说。许凤也不知道先听谁的好了。老大伯们也粗声粗气地插着话:"地凭文书官凭印,咱庄稼人就凭着八路军哪!"

"甭说主力兵团啦,要是咱们朱队长活着,带着他那把子游击队,张扒灰吓死也不敢乍刺,早夹着尾巴跑了!"

一个老大娘双手扶着许凤的肩膀,像是向她恳求似的说:"凤啊,没有队伍可不行啊!光你们夹着个小包转来转去,你们再好也不治事啊!"

不知是谁在后边小声嘀咕:"一个闺女家,不中用!跟她说也白搭。"许凤急忙回头一看,见几个穿得干干净净的妇女正叽咕哩。一个老太太唉了一声,冲许凤说:"该应酬就应酬吧,有什么法?就别闹啦,也叫人们睡个安生觉儿。"

许凤听着,心里像刀扎似的,一阵阵难堪、羞愧。"一个闺女家,不中用! ……"这句话老在耳边嗡嗡地响,各种想法在心里翻腾着。她再也待不下去了,低声对坐在身边的张俊臣说:"你留下,叫乡亲们回村了解一下情况,一会儿你到集合地点去找我。"说完便带着秀芬他们向集合地点走去。走到柏树林附近,远远地看见路口有人站着。走近一看,原来是武小龙在这里等着呢。武小龙跟着许凤边走边说:"我带着同志们先到了王村那老房东家里。我寻思他家富裕,一定会有吃的。那老大婶能说会道,从前多亲热呀,想不到这次他竟说不认得我!不让我们进院,反而锁上大门走了。我只好领着大伙儿冒险到维持会吃了一顿。"

许凤看着他问道:"同志们情绪怎么样?"

武小龙说:"那不是还在吵哩!"

说着话来到大柏树林里,远远地就看见人影晃动,低语嘈嘈。近前一看,一群小伙子正指手画脚地争吵呢。黄西灵一见许凤,立刻兴冲冲地跑过来说:"许主任,我们讨论好了。按你的主意,立刻分散隐蔽!"

"我的主意?!"许凤心里一惊,刚要说话,陈东风从身后挤出来,一拨拉黄西灵,急乎乎地说:"既然是这样,许主任!给我两个手榴弹!哪怕过刀山,下火海,我也要找到部队。就是过不去封锁线,我也要跟鬼子拼,打死一个够本,打死两个赚一个!"

刘满仓、郎小玉也抢上前来。郎小玉一把拉住陈东风说:"同志!要干,咱们就在这一块干!"刘满仓气鼓鼓地加上一句:"谁要妥协投降,去他妈的!"

苏二营在后边叫起来:"谁说妥协!分散隐蔽嘛!还嚷这个有什么意思。"

一句话没落地,就有几个战士挪动身子,看样就要走散了。

"同志们!等一等!"许凤坚决地说了一句,就坐在身边的石供桌上。月光从树叶的缝隙里投射下来,照着许凤那清瘦美丽的脸庞,神气十分严峻。在她那正气凛然的目光下,大家不由得静静地坐下来。许凤对刘满仓、郎小玉、张立根问道:"情况怎么样?"

郎小玉沉痛地说:"真想不到,区里的同志死的死,伤的伤,还有的逃亡了。我到了赵指导员家,指导员那天挂了彩,半夜爬到村里被群众抬回家去的。胡政委没有下落。"

张立根接着说:"我去找曹区长,到处打听不到踪影。到了他家,曹大嫂一把鼻涕一把泪,哭得我好难受,嗐!"

"县委呢?有没有消息?"许凤问。

刘满仓摇摇头说:"走了好几个村,连村干部都没影了。问谁都说不知道。"

"垮啦!都垮啦!"不知是谁在后边小声叹息地嘟囔着。

许凤沉默地瞅着远处,坚毅地闭着嘴。人们都沉痛地低下头去。听见几个人同时发出了低微的叹气声。这时坐在大柏树后边黑影里的两个人,悄悄地立起来溜走了。不知是谁呸了一口,人们激动地叽咕起来:"没有办法啦,近处有家的先回家吧。"

"给我们外处的同志找个村隐蔽起来吧。"

"回家!去瞪着眼等死吗?"武小龙两手撑腰,睁圆眼向大家质问,"有种的哥们一块干!谁死谁活得跟敌人较量较量!"

"对!跟敌人拼一下,死也不能落个草鸡毛!"

几个同志都一齐嚷起来。

这时黄西灵立起来指手画脚地说:"大队很多同志牺牲啦,萧大队副在王村被敌人俘虏去了,周政委从王村打到小宋村,跟军区的一部分队伍突围也没下落了。大队上什么人我们也找不到了,几百人只剩下这么几个人,还有什么用!"

许凤听着立起来,看看人们,心中非常沉重。自己是一个姑娘,能领导游击队吗?可是如果不管,任凭人们走散,这不是明看着自己的队伍瓦解吗?这样胆怯还革什么命!她一想到这里,就感到一种难堪的羞耻。自己是共产党员,是党的区委委员,能怕困难逃避责任吗?不!宁可在战斗中死去,决不能后退。她按一按手枪向大家说:"同志们,大家都听到了刚才讲的情况,在这种时候,如果我们各自散了,那么由谁去领导群众对敌人进行斗争呢?

我知道同志们一向是勇敢的,难道现在就怕死了吗?"

刘满仓向许凤立正站着一伸胳膊,好像要打冲锋似的急急地说:"不怕死!"

大家都抬起头来,睁大了眼睛看着许凤。

不知是谁小声说:"不是怕死,谁领导啊?上级党委都没有了,区委也垮啦。"

许凤严肃地握起拳头说:"不能这么说,我们不都是党的干部和战士吗?一个好战士应该勇敢地独立作战,哪怕剩下一个人也是一样。我们要用行动告诉党员和群众,区委没有垮,它在领导斗争!"

黄西灵诧异地问道:"就咱们这几个人吗?"

许凤向大家看看说:"对!就咱们,只要我们行动起来,群众就会跟着起来斗争的。我提议,现在我们就把区游击队恢复起来。"说着,望了望警备旅和二十三支队的几个同志,"希望你们几位同志留在这里参加游击队。"

这几个同志都用低低的,但是十分坚决的声音说:"好!好!我们在一起干吧!"

"哎呀!干好干,没有政委,没有队长,谁领导得了!"苏二营嘲笑似的摊开两手向人们问。

许凤立刻冲他说:"我相信用不了多久,上级党委就会派人来的。暂时我来代理队长。谁愿意参加谁就留下来。谁要不愿意也用不着勉强,他可以走,我们也可以帮助他找个地方去藏起来。"

许凤正说着,黄西灵、苏二营转身就走,刘满仓一纵身过去,一把抓住黄西灵一只胳膊,只一拧,黄西灵哎哟连声地蹲在地上了。刘满仓按住他说:"你他妈的想走,老子偏不叫你小子走!"武小龙过去拉开刘满仓,对他俩说:"在家藏不住了还回来,我们随时欢迎!"黄西灵立起来和苏二营灰溜溜地走了。

许凤激动地说:"这种人早点走了也好。浪头把泥沙淘净了,留下的就是金子。软骨头走了，剩下的一个个都是硬汉，我们的队伍只会更纯洁，更坚强。同志们，我们要坚持斗争，把区游击队恢复起来。除了张立根和小曼同志在村里工作，张少军同志去找县委机关以外，都参加区小队，同志们愿意不愿意？"

大家异口同声地一齐说："愿意！"

小曼气得叫道："为什么除了我？"

许凤没有理她，严肃地举起拳头来说："同志们，现在我们来宣誓：'誓死抗战到底！决不妥协投降！'"

大家也都严肃地立正了举起拳头，用低沉而坚定的声音宣了誓。小曼又使性子拉秀芬的胳膊，嘴里直嘟囔："我非参加不行！"

郎小玉小声在小曼耳朵上说道："小曼，打仗可跟咱们在儿童团那时候跳舞不一样啊，不害怕吗？"

小曼用胳膊顶了小玉一下说："你不怕，我为什么怕，你别看不起人！"

秀芬一拉小曼："你跟我就得了，吵什么！听凤姐讲话。"

许凤把这些天憋在心里的仇恨、羞愤和誓死战斗的决心，抑制不住地向同志们倾倒出来。大家被她的坦白、亲切的态度感动了，也都纷纷地说起心里话来。热情和友谊一交流，人们感到异常温暖，心心相向，交织成了一个血肉相连的集体。这个集体，使每个人都觉得有了依靠，有了归宿，有了希望。就好像在那严冬的早晨，你一开窗户，突然看见那枯杏枝头开满了红花。一切都生气勃勃的活起来了。开着会，刘满仓他们已取来了坚壁着的枪弹，都分配好，各自检查擦抹着。正说着话，秀芬用手推了许凤一下说："来人了。"紧接着，一个粗壮的身影就从坟地的高坡上出现了。只见他迈着大步直向这里走来。许凤一看，就认出是张俊臣来了。走到近前一看，果然是他。大家亲热地拥上去。张俊臣一见许凤，就上前急急地说："张扒灰从枣园回来，就满村搜人，抓住了好几个同志，正在吊打呢。今黑夜他还开大会，逼群众资敌！不干掉这地头蛇,各村都受不了啦!"

许凤严峻地朝高村方向望着,心里燃烧着仇恨的烈火。秀芬他们都用期待的眼光盯着她的脸。她突然一挥手说:"我们立刻干掉他!"

夜里,茫茫的野地静得出奇,只听到微风刮过树林和麦田的沙沙声,队员们怒火烧心,急步流星地跟着许凤,向高村奔去。

高村,张扒灰家大院里,廊檐下挂着一盏桅灯,柱子上绑着几个青年。绑着的人已被打得鼻青眼肿,脸带血痕。满院子的妇女孩子,一片哭声。张扒灰眯起眼睛坐在太师椅里,悠然自得地扇着折扇。狗腿子们不断地把群众的粮食抢来,堆在廊檐下。女人们跟在后边撕夺哭叫,被踢倒又爬起来。

"不许吵!"张扒灰吼了一声,立起来,荡着左边那只没胳膊的空袖子,伸着驴脸说:"咱们区就是我先给你们办下了良民证,让你们安居乐业过日子。你们该念我的好!你们放明白点,粮食不交不行!这不是给我戴高帽游街的时候啦!哼!五十三村还是我张家的天下!你们这班穷鬼!哭!哭吧!哭的日子还在后头呢!"他歪着头,指点着用得意的怪声问:"你们那共产党哪?你们那八路军哪?你们那游击队哪?怎么都不管你们啦?哈!哈!……"

"游击队在这儿!"张扒灰笑声未绝,从门口传来了一句平静而又威严的回答。

张扒灰吓得浑身一颤,顺着声音看去,就见一个健壮的姑娘怒气冲冲,目光闪亮,提着手枪冲他走来。他认出了这是曾经领人斗过他的许凤。又一看,四面房上、院里都出现了好多游击队员愤怒的脸孔。他那些带枪下户抓人的狗腿子也被游击队抓住押了进来了。他刚一回身,脖子就被张俊臣那粗大的手掐住了。还没叫出声来,一把雪亮的尖刀戳进了他的心窝。

廊檐下,灯光照着许凤。她那英俊的脸上放射着坚定无畏的光辉。她向人们笑着。群众拥上去,围起她来。几百双眼睛望着她,多少只手拉住她。大家激动得流泪,欢笑,不知有多少话要和她说……

院中烧起了一堆火,人们围着熊熊的火焰,一张张愤怒的面孔被火光照得通红。人们哧哧哧地撕碎了良民证投向火里!火焰越烧越旺。

第 二 章

一 第一次袭击

万里晴空,烈日炎炎。整个冀中平原燥热的令人出不来气。枣园据点内外却有成千上万的人,在尘土飞扬的日光下蠕动着给敌人修工事。鬼子渡边大队长带着十几个日伪军官和来这里视察的联队部特务头子宫本,耀武扬威地走上刚建筑好的碉堡顶上,一面走着顺手扬起皮鞭,在搬砖的民夫的光背上抽了几下。从卢沟桥事变到一九四二年,这是第四次在这里安据点了。渡边是历次来安据点的鬼子军官里边最残暴的一个。他力大如牛,时常把民夫拉去摔跤,不把人摔得半死不活,他绝不肯住手。一切建筑工事都是他自己亲手设计、监工。每天早起晚睡,跑遍工地,鞭打民夫,责罚日伪军,从不见他静坐一会儿,总是拖着长长的红鞘战刀走来走去。现在他又昂头挺胸地走上八九丈高的大碉堡。从这里可以看到广阔辽远的麦田里,处处蠕动着人群,像一堆堆褐色的小点子,一起一伏地在割麦子。远处一群群村落中间也矗起了好多个高大的碉堡,上面飘着日本旗。往下看,碉堡下面,四周的民房都扒平了。断墙残壁里,还可以看出锅台和火炕的痕迹。近处空地上,还丢弃着一只小女孩的红绣花鞋。鬼子和汉奸军官们得意地向四周望着,指手画脚地说起话来。枣园变了样,围着村庄修筑起宽宽的城墙,四面修造着四个城门,迎着城门是伸向远处的四条军用公路。村头的树木都齐腰斩断,剩下一排排的秃树桩,树桩的根部又生出绿丛丛的嫩枝。渡边站在碉堡顶上,竭力故作威风地挺着胸膛。他欣赏自己的一举一动都显示着大日本帝国的"武士道"精神。他的粗壮的身躯结实的像一头野牛,圆滚滚的头,嘴巴方正宽大,带着棱角。大圆眼睛,眼珠光想瞪出来,射着凶猛的光。上唇一小撮黑胡须,一动一动的不住地嗅鼻子,好像一只狼时刻在嗅着准备和人拼命撕咬。战刀鞘拖在地上,两只脚故意使劲踏着皮靴,发出吱吱的声音。在阳光下微风鼓荡着他的白绸衬衣,他狂傲地举着望远镜,向四面望了一会儿,回过头来哈哈地狂笑着,一把揪住维持会长张书生的衣领,吓得张书生面无人色,勉强装出笑容。渡边猛一松手,指着大平原,喊出刺耳的怪声怪调的中国话:"这个地方的,大大的好!大大的好!"

"是,是,好极啦!嗬,嗬,哈哈!"伪军大队长张木康诌媚地笑着。张书生鸡啄米一样不住地点着头,用发抖的手指竭力装作自然地摸着小八字胡子。阳光射在日本特务头子宫本的眼镜上,反射着白光。他毫无表情地向四周望着,头也不回地用平板的声音向张书生说:"八路军、共产党完了,中国和大日本是一家人。"张书生默默不语地听着,用手摸着小八字胡子点着头。这时传来一阵整齐的呀呀的喊杀声,张书生顺着声音看去,岗楼东南广场上,几队鬼子列成队形在演习劈刺,疯狂地吼叫着,简直像一群杀人的魔鬼,丧失了人性的野兽。一个日本兵单独立在一边,被一个军官打着嘴巴,鼻子、嘴里已经打出血来。日本兵挨着毒打,还是那么规规矩矩地挺着胸膛立正站着,让血从脸上滴下去。张书生一眼认出来那是常跑到维持会去的日本兵小石之助。前几天他曾经因为放走八路军俘虏的嫌疑,差点被枪决了,今天不知道为什么又挨打。听着渡边吼了一声,忙往东一看,小路上一个妇女领着一个孩子,战战兢兢地走来,头也不敢抬。那孩子紧拉着娘的衣襟。宫本向放瞭望哨的日本兵要过一支三八步枪,像文雅的先生似的举枪瞄准那孩子。张书生身上猛抖了一下,心像被一块千斤大石头压住了,再也透不过气来,使劲咬住牙。只听一声枪响,孩子往前一扑倒在地上了。母亲尖叫了一声,抱起那孩子,不顾一切地往前飞跑起来。渡边哈哈地狂笑不止。敌伪军官们也都跟着大笑。张书生的小腿肚子直抖,怎么也停不住。他忽然下定决心:"非向大日本皇军献点功不行,不然可活不了。"正在想着,只见王金庆跑上来用日语向渡边报告:"高村的大乡长张扒灰的女婿要求见见太君。"

"叫他上来!"渡边下着命令,说完了仍旧用望远镜瞭望着。

王金庆跑下去,不一会带上一个人来。他是王金庆新用的一个特务,是个油头粉面的小个子,蹓蹓跶跶地跟在王金庆的屁股后头走来,两只小猪眼滴溜闪转,向每一个日伪军官鞠着大躬,见渡边一转身,慌忙一个九十度的大躬鞠下去,翻起白眼珠往上一看,见渡边仍旧向别处望着,正把屁股冲着他的脸,他且不直起身子,故意弯着腰干咳了两声。这时王金庆用日语报告:"太君,这个人是来报告八路军游击队的消息的。高村大乡长被游击队杀死啦,这是他揭来的游击队的布告。"王金庆说着把布告递过去。

渡边听完了猛转过身来,把毛边纸写的核桃大楷字的布告展开看了一下,随手递给宫本,向那小子问道:"什么的干活,大乡长的死了?"那人又鞠了个大躬说:"是的,太君,我叫韩小斗,我岳父是高村的大乡长,帮助大日本皇军逮住过十二个共产党干部。他日夜地为皇军送情报。想不到叫游击队杀死啦。"他说着吼吼地干嚎了两声,用白手绢擦擦眼睛,继续说:"昨天夜里,我岳父正在村里给皇军征集粮食。那些八路家属可恶极了。他们打的粮食,不知窖在哪里了,一粒也搜不出。我岳父把几个捣乱分子抓来,吊在廊檐下,亲自审问他们。正这工夫就来了一伙游击队,队长是原来的区妇救会主任,名叫许凤……"

渡边截住问道:"嗯,花姑娘的?"

韩小斗奸笑了一下:"对,大大漂亮的花姑娘的!"

渡边向宫本嗯了一声,小胡子动了动,摆头叫韩小斗继续说。

韩小斗接着说:"这伙子游击队厉害极了,冲进大门,二话没说,就用刀把我岳父刺死了。他们把征集的粮食都分了,把人都放了。还开了群众会,把皇军发的良民证都给烧了。他们折腾到快半夜了才走。这布告就贴在我岳父的大门旁边上。这个女八路可恨极了,简直是惨无人道。求求皇军赶紧把她捕住,把她千刀万剐,给我岳父报仇啊!"他说完又干号两声连连鞠躬。

宫本用日语冷静地向渡边说:"我带来的一个情报员也在野地里被杀掉了。现在有十多个村长被游击队抓住训过话……"

渡边听着点着头,生气地抓住刀鞘,小胡子直动。

张书生听韩小斗说了,早就心惊肉跳起来,暗恨自己为什么不早点想法找一找游击队呢?这也是命里注定该倒霉。明明区游击队全消灭了,为什么又出来了呢?想着,见渡边一挥手,王金庆对韩小斗说:"走吧,太君答应了,你的仇一定能报了。"

韩小斗向渡边、宫本鞠个大躬,竭力装出笑脸说:"谢谢太君,谢谢太君!什么时候太君要到高村去扫荡,我一定陪太君到我岳父家去,大大地塞古塞古!"他说着见渡边、宫本直皱眉,就用手往嘴里比画着,意思是请吃饭。

翻译说明了意思。渡边哈哈大笑起来。伪军们也都笑个不住,宫本无声地露出白牙。韩小斗以为自己受到了宠爱,笑得把眼眯成一条线。一群鬼子汉奸正在得意地大笑,就听东北挖大封锁沟的方向传来了几声枪响,接着枪声响乱了。远远望去,遍野人群像炸了窝的蜂,纷乱地四散奔逃,也分不清哪是挖沟的,哪是割麦的了。一群群穿米黄色军装的鬼子和伪军追逐着逃跑的人,不断地停下来端起枪射击。公路上一辆摩托车扬起尘土飞快地向据点驶来。渡边正叉开腿举着望远镜望着,咚咚地跑上一个年轻的鬼子小队长来。他满脸流汗,挺胸立正向渡边敬礼,用日本话报告:"民夫里边有八路,用铁锹砍了两个士兵,一打枪老百姓就跑起来!"

渡边吼叫着:"八格牙路!"把那鬼子小队长打了一个嘴巴,狂暴地喊着跑下大碉堡。一挥手一个日本兵给他拉过马来,渡边吼吼地喊着下了命令,骑上马跨出大栅栏门。接着就见骑兵从北边大门里哗哗地涌出来。摩托车队发出轰鸣,自行车队耀眼闪光,排成行列涌出东门去了。一霎时,公路上是骑摩托车的鬼子,大路、小路上是骑自行车的鬼子,漫地里是鬼子骑兵,无数的钢盔、刺刀,在阳光下一亮一亮的,一扑拉向奔跑的人群追来。渡边纵马在前,张牙舞爪地奔驰着,乱向人群打着枪。被追击的人群狂奔着,丢了草帽,扔了铁锨、镰刀,喊叫着,不断有人栽倒。遍地都是人在跑,也分不清哪是八路哪是民夫。渡边停下坐在马上,用望远镜观察着,看着骑兵分成两翼飞跑着圈人。正看着,汉奸王金庆纵马上来,用日本话喊着:"太君!往东南树林里跑的那一群人,一定是游击队!"

渡边听了,按他指的方向看了一下,随后向身边的骑兵一摆手,一齐向那群人急追过去。马队踢起尘土,蹚倒麦子,跳过道沟,疾速地飞奔着。看着追近了那群人,王金庆就在渡边旁边大叫:

"是游击队!有三个姑娘在一起的那一群就是!里边那个细高个的姑娘就是女队长。她叫许凤,我认得她。太君,快追呀,抓活的呀!"

突然,那三个姑娘和那群人在林边一带土埝后边消失了踪影。马正往前狂奔着,吱吱啾啾的弹流迎头齐射过来,地上冒起朵朵白烟。一个鬼子中弹倒栽下马来,一条腿还挂在镫里,马继续跑去,尸首在地上拖着。渡边的马惊得竖立了一下,随后卧下了。鬼子兵都下了马,下了车子,抢占着有利的地形。有的就利用马匹做掩护,射击起来。打了一阵,鬼子向前冲锋了。冲过树林,面前是一片开阔地,又看见那三个姑娘的影子了。这正是许凤、秀芬和小曼,她们和队员们一起奔跑着。

原来许凤见敌人这几天光顾了急着修工事,只派小股敌人到各村催交小麦,催要民夫,不拉网扫荡了,就趁势派武小龙他们几个人化装成老百姓,混入张村挖大沟的民夫中间去袭击敌人。给了敌人一个冷不防,用铁锨砍死了两个鬼子,得了一支三八大盖枪。一打枪一喊"跑哇!"群众就跟着跑散了。许凤他们化了装在大洼里,混在割麦子的人中间,把他们接应下来。一阵急跑,只见许凤晃两晃,差点儿栽倒在地。原来她病了两天了。今天瞒着同志们来参加战斗,烧还未退。这时只觉得浑身冰冷,头昏眼黑,再也走不动。但她一咬牙,挺起身来又跑。

"凤姐!快点!快点!"小曼在前面喊她。

"快点!凤姐,来,我拉你!"秀芬上来架着她跑,"注意!凤姐,敌人上来啦!"

许凤回头一看,敌人的骑兵追过来了,枪弹直向他们射击过来,枪弹在他们头顶、身边呼啸而过,有两个队员倒下了。许凤看到同志的牺牲,对敌人的仇恨使她心头热血翻滚。敌人越追越近,情况万分紧急。她急速地掩在一棵大柳树后边,瞄准冲过来的鬼子骑兵射击着。鬼子从马上倒了一个,又一个。几个队员在她身旁也卧倒射击。又有几个奔驰的敌骑应声落马。这突如其来的准确的阻击,使鬼子急速卷了回去。许凤发现敌人在抢占高地,组织火力。立即果断地喊了一声:"武小龙带队撤退!"声音是这样沙哑,简直不像是自己的。队员们迅速撤退着。陈东风、刘满仓在后掩护着许凤,他们边打边撤。看看跑进了高村,只听得一片嘭嘭嚓嚓的乐器声夹着高声朗诵佛号的声音,街口闪出男男女女几百个人,头上都戴着绿丛丛的柳条圈,前边的七八个人晃着几根大幡和招子,再后边的人抬着龙王爷泥胎塑像,不住地有人在龙王的轿前泼水,人们正在游行祈雨哩。许凤带着队员们冲进街来,群众立刻闪开一条道,让他们跑过去,还急急地说:"快跑!快跑!俺们挡着敌人!"游击队跑过去后,群众马上又集拢起来,大幡又摇动起来,鼓乐声更响了,念佛的声音更大了,水也泼得更欢了。鬼子骑兵冲到了跟前，勒住马奇怪地看着这挡住去路的密集的人群，莫名其妙地观察着。好久，好久……

突然，鬼子们散开把人群包围起来……

这人群是党支部派到维持会里工作的几个党员组织起来的。这村的农民自从许凤带人处决了张扒灰以后，贫雇农们都抬起头来，中农们因为搞掉了张扒灰减轻了负担，也更加团结在党的周围积极抗日。跟着张扒灰一起搞破坏活动的几家地主分化了。多数是低头认罪，只有一家跑到天津去了。抗日群众在村里占了优势，活动得更欢了。许凤叫隐蔽在这村养病的军区文工团副指导员江丽，帮助村支部一面用合法斗争应付敌人，恢复合理负担，一面积极教育群众，组织人挖秘密地道。今天支部通过几个在村里不红的上了年纪的党员，公开发动群众利用中午的时间，以祈雨为掩护，讨论抗日公约。大会正在进行的时候，听见枪响。一看，是游击队被敌人追到这边来了。党员就带着群众蜂拥出来，拦在街口。武小龙、陈东风走在最后，经过村里的时候，几个老大伯老大娘赶紧拿了干粮，往他们口袋里塞。武小龙他们顾不得道谢，用褂子兜着就跑，出了村，追许凤他们去了。

鬼子把求雨的群众毒打拷问了一番，也没问出什么来。又分散到村里仔细搜查，以为游击队还藏在村子里呢，哪里知道许凤他们早已跑下去很远了。

许凤带着人们串着树林跑到赵庄东北的沙滩上大枣树林里。太阳已经压树梢，知道敌人还在高村搜查，没有追来，可以休息一下了。一懈劲都累得倒在地上不能动了。都张着嘴喘着，汗珠往沙土上直掉。四个人吐血了。叫树枝剐破脸的，扯烂了衣裳的，挂了轻伤的，有好几个。有一半人跑丢了鞋，光脚丫子，都叫蒺藜扎破了，跑的时候一点也不觉得，现在可疼得一跛一跛的。武小龙、陈东风跑过来，把老大伯老大娘送的饼子分给大家，真好比是雪中送炭。

这一仗大大振奋了广大群众的精神,人们笑逐颜开互相传颂着。这是一个很好的开始!

许凤脸色苍白,抱着膝盖望着前边沉思着。秀芬、小曼躺卧在她身边,嘴里嚼着饼子。这次袭击许凤本来不许小曼跟来,可是经不住小曼一个劲缠磨,到底赖着跟来了。武小龙凑过来,把一个饼子递给许凤:"吃点吧,凤姐!"

许凤接过去没有吃,凝视着天空。月光渐渐明亮了,像银霜似的洒在地上。她静静地听着武小龙讲着战斗是怎样开始的。

"有那么一个青年,不知是哪里的,一下子抡起铁锹来干死了一个鬼子。我一看不行,也就动了手。一下子就乱了,来不及配合行动了。敌人就打起枪来。不管怎么样,总算捅了他一下蜂窝。"

许凤听武小龙说着,她想到第一次战斗就有同志牺牲了,心里很难受。又着了凉,又听到队员们叽叽咕咕地议论,心里一蹿火,就更受不住了。抱着膝盖坐着,浑身打起寒战来。秀芬紧挨她躺着,立刻觉出来,忙脱下自己的夹袄给她披上,扶着她歪着头问:"凤姐,你觉得怎么样?快说呀!"

许凤一个劲恶心头眩,浑身发冷,哪还顾得答言。小曼在后边搂起许凤来,连声叫姐,急得光想哭。

二 折 磨

空气越发干热,太阳毒辣辣的像火烤一般。天空晴得瓦蓝瓦蓝的,连一丁点云彩丝都没有。花草树木庄稼都晒蔫了,把叶子卷缩起来,看看都要干死了。有些老年人天天仰头望天,磕头许愿,只盼风娘娘送来云彩,雨娘娘给下场透雨。年轻人们可把老天爷的八辈都骂了。他们不服气,黑夜站着岗抢着浇地,老年人也跟着干。井水被打得剩了泥浆,滹沱河底和村头的大水坑底干得裂了缝。人们难过地唉声叹气,空着肚子含着眼泪,还得天天给敌人送钱、送面、送肉、送鸡蛋、修碉堡……敌人的活动一天比一天紧,几乎每天头明半夜地包围村庄,找女游击队长,抓人抢粮,把人都快折磨死了。看看天将正午,张大娘端着一个盛了才磨的玉米糁的簸箕从磨棚里走出来。一只老母鸡也跟着跑出来,用嘴在地上刨了两下,没有找到什么吃的,发愁似的咕咕叫着蹒跚地向草棚子里去了。大娘的脸消瘦了。她难过地望望天空,心情恍惚地向槐树底下走去。秀芬、小曼走来,一块坐在槐树底下,擦着脸上的汗。秀芬见大娘低下头用衣襟擦眼泪,就忙问道:"大娘,怎么回事?快说给我吧!"说了亲切地去扶着大娘的胳臂摇着。

大娘抬起头来吁口气,苦笑着说:"没有什么,不过一时想起大雨那孩子来了。"

要在往日,小曼早跑到娘怀里去撒娇哄娘了,现在她却低头在地上划着字,一声也没有言语。秀芬看着也觉纳闷,不由得轻轻推了小曼一下。小曼抬起头来,明白秀芬那眼神是在责怪自己,便说道:"昨天黑夜我跟娘商量,我要要求到区里参加抗日工作。一说离开家,娘就不痛快起来。"

大娘忙插话道:"你爹为掩护县委机关被鬼子打死了。你哥参军是我送他走的。你才多大一点年纪?又要离开娘……"大娘说着心里难受,说不下去了。

秀芬忙劝道:"大娘,别难过,大雨哥在大部队上比咱们这里还好呢。咱们区里县里同志们谁不知道你是一心为党的好同志啊。"

小曼一下立起来冲着娘说:"娘,难道你是喜欢一个没出息的闺女吗,我要那样你不觉着丢脸吗?"

大娘一下抬起头来,眼睛湿湿的,看看小曼和秀芬说:"娘说过拦你的话吗?只要你凤姐不嫌你小没用处,你就去吧,反正你们也是在一起的。"

小曼一下跑到娘跟前,蹲下把头扎在娘的怀里。搂着娘正高兴呢,觉着脖颈上落下两滴水点,不,这一定是娘的眼泪。忙抬起头来用手给娘擦了一下脸颊上的泪痕,正要安慰她几句,娘却用热手抚摸着她的头说:"把小武子他们从黑屋子里叫出来吧。这就晌午了,我看敌人也不会来了。"

"好,我就去!"小曼说着跳起来咚咚地向后院跑去了。

秀芬想跟大娘说些别的话宽宽心,便看着这在烟熏火燎的墙壁上盖着新顶的屋子向大娘问道:"有工夫咱们得再往房顶上糊层泥,不然一下雨会漏的吧。"

大娘仰脸看看火一样的阳光,摇摇头说:"只要老天爷下场透雨,哪怕漏倒了房我也愿意呀!"

秀芬倒真发起愁来了,看着大娘说:"这村有好多家要出外讨饭吃去啦。还不下雨,嗐,怎么办呢?"

说着小曼跑了回来,在衣襟里兜着才从树上采来的榆叶,一面走着抓起一把塞到嘴里。又着急地说:"别说话啦,快去看看凤姐吧,她烧得直说胡话。"

大娘哟了一声说:"早晨不是还好好的吗?"

三个人赶紧往后院走去,急忙来到许凤住的屋里,只见许凤盖着棉被躺在炕上,黑发蓬松,脸瘦得露出了颧骨。她闭着眼睛,嘴唇直动,说着听不清的梦话,脸蛋红艳艳的。大娘轻轻坐在她身边用手在她额角上一摸,热得烫手,不由得嗐了一声。

许凤这些日子天天黑夜参加挖洞。前几天夜里她累得浑身流汗,从洞里上来,坐在院里叫凉风一吹就病了。她这个人有个怪脾气,有点病从来不说,也绝不哼呀唉的叫苦。又带着病参加了这次袭击,累得病更重了。勉强拖着千斤重的腿走回张村来,不吃不喝,只觉得头疼欲裂,浑身恶寒,躺在炕上再也爬不起来了。今天冷得浑身直抖,觉得头胀得不知有多么大,身子像是在旋转,房子像是飞上了半天空。她迷迷糊糊地觉得一些奇形怪状的东西在空中飞舞着嚎叫着。她觉得自己来到了野地里,黑云沉重地压在树梢上,一声霹雳,狂风暴雨夹杂着冰雹猛打下来。狂风拔倒了大树,地下满是陷脚的淤泥,她拼命跋涉着,倾盆大雨浇在身上,冷得浑身哆嗦,牙齿咬得咯咯直响。好容易蹚出泥水,敌人的骑兵舞着明光耀眼的战刀又追上来了。她使劲跑,可是怎么也跑不动。她闪过敌人的战刀,举枪射击。她喊叫一声醒来,心还突突地跳个不住。慢慢地睁开眼一看,只见大娘、秀芬、小曼、武小龙、郎小玉、陈东风他们一群人都挤着立在炕下边,静静地望着自己。有人轻轻地叹着气。许凤竭力打起精神,微笑了一下说:"别结记我,不碍的,快去,你们快去挖洞!"她脸上的笑容消失了,闭上眼,又说起胡话来,"哪儿也别去,战死啦,情况……绝对不!……不后退!……"

　　人们一个跟一个走了。秀芬和小曼喂许凤喝了水,吃了药,给她盖好被子,放下竹帘子,轻轻地走出去了。窗上的阳光全部被阴影吞没了。许凤渐渐清醒过来,浑身不那么疼了,可还是头旋,蒙蒙眬眬地听着窗户外边有人说话,她注意地听着。

　　一个声音尖细的女人说:"这一回八路军真完啦,咱们八分区的司令员和政委都叫鬼子打死啦。"

　　"在哪儿啊?"

　　"在肃宁县……"

　　"好些干部逃亡啦,有到天津去的,也有到北平去的。"

　　"大封锁沟快挖成啦,两丈多深,三丈多宽,直上直下的,掉下去就上不来,听说还埋了地雷呢。"

　　"唉,公路跟蜘蛛网一样,汽车来回直跑,有数不清的岗楼,你一动弹人家就看得清清楚楚的啦。"

　　"藏也藏不住,躲也躲不了,大部队也不会回来了,这可怎么办呢!"

　　"枣园据点不是叫领良民证吗?"

　　"是啊,还得挨个的到枣园去照相哩。好几个村都去啦,咱们村张立根可不叫去。汉奸王金庆把联络员福臣大伯给打坏了。"

"不去也不行啊。这一回来的几个汉奸特务头子,都是本地人,谁家的锅台在哪儿他们都知道。明个一个乡住上一个清乡队,三四十个人,一色的盒子枪,谁挡得了哇!"

"唉,老天爷呀!怎么生在这个年头啊!"

"许凤还在你家藏着吧?"那尖嗓女人在问张大娘。

张大娘干脆地回答:"是啊,在这儿哩!"

"还不快点叫她走哇!赶明儿搜出来可受连累。"

许凤听到这里,心里好生难过,光想翻身坐起来,看看是谁,可是动不了。只听张大娘说:"叫她上哪儿去?就是她不在俺家吧,俺也是个抗属,俺娘儿俩又都当过干部,她在不在俺家里还不是一样吗?就是有汉奸向敌人报告了,把俺娘儿俩抓去,顶多也不过是个死。孩子他爹已经叫鬼子打死了,俺也不想当亡国奴活着。该死就跟许凤一块死。要死不了啊,那可就由不得他们了!"大娘说到这里用鼻子吭了一声。

许凤听着忍不住鼻子一阵酸楚。

"唉,这话说得也是啊。"不知是哪个老太太声音颤抖地说。

又是那个女人的尖细的声音:"这些话可别叫许主任知道了啊,她挺厉害的……"

大娘笑了一声:"我说这个干什么?你放心吧,她不会把你当做汉奸办的。不过你的嘴可得严实点!"

"放心吧,她婶子,咱也不是那种人哪。"

那女人正叽叽喳喳地说得欢呢,听见一声咳嗽,张立根吹着口哨进院来了,那女人吓得说了声:"俺走啦!"跟着是咚咚咚的跑着小颤步的声音,似乎是向大门去了。

院里静了片刻,大娘嗐了一声说:"立根,这是什么环境啦,你还天天在街上大摇大摆,吱吱地吹口哨。你呀!你呀!"张立根笑了一会儿,严肃认真地说道:"我是得大摇大摆。你知道么,我在街上这么一摇一摆,那些动摇派就稳住了,投降派就吓得不敢动手动脚了。"

大娘听着扑哧一声笑了,说了声:"对,到这工夫就是得硬点!你得注意,几个党员也在背地里说,完了,抗日看不见头了……"

立根说:"连有的支部委员也主张别跟敌人硬斗了,这怎么得了。晚上开会就是对这种思想展开批评,你得准备发言……"

谈话声越来越小,好像走到别的地方商量什么去了。许凤听到这里,心里得到很大安慰,心情一舒畅,便不知不觉睡着了。一会儿恍恍惚惚地听着又是一个老太太说话的声音:"找一块姜给她弄点开水喝吧。"

"要有点糖多好。唉,这年头!"

"她是发疟子吧?吃了秀芬找来的这药也许能好了。"

许凤被人扶着吃了药,喝了水,又闭着眼睛躺下,觉得有两只手伸过来轻轻地摸着自己的前额,那样温存地揉捻着。她忽然感到这是慈爱的母亲在守着自己。她多么想摸摸娘的手,把头枕在娘的怀里呀。她伸手去摸着那双手,喘息地微微睁开眼一看,原来是小曼家邻居张老奶奶,满是皱纹的干巴巴的脸上,带着慈爱和忧愁的神情。

老奶奶见她醒来,小声地问道:"觉得轻些了吧,闺女?"

许凤舔舔烧裂了的嘴唇,嗯了一声,振作精神微笑了一下。

老奶奶抚摸着许凤说:"她凤姐,敌人才又打东村过去啦,可吓死人。这日子可怎么算了头!还是送你回家吧。不是我顽固落后,可咱县里的人一个也不见了,八路军大部队都没影啦,你个闺女家能怎么着。你说是不是,她大娘?"老奶奶冲张大娘看着,白发苍苍的头不由自己地摇了摇。

张大娘只唉了一声,没说什么。

老奶奶又说:"病好一点了,还是送她凤姐回家吧,省的叫她娘在家里惦记着。就这么一个宝贝闺女,要有个好歹可怎么着。

她凤姐要像人们说的打鬼子的那女队长那么壮实，也还罢了，可她身子骨儿这么细弱，怎么行啊！"

张大娘只在旁边哼哈答应着，也不想多跟老奶奶说什么。许凤只觉恶心头眩不想说话，睁睁布满红丝的眼睛，又昏迷过去了。忽然，她又像迎着大风跨上骑兵团的骏马飞奔起来，秀芬和小曼也飞驰过来了，无数战马犹如怒涛席卷大地，周明那明朗严肃的面孔一闪而过……胡文玉却勒马向相反的方向跑去，她追他，喊他……叫他回来……天空黑云乱翻，震耳的霹雷，好像从地底下迸发出来的，又隆隆地向四外滚去。四外是黑雾沉沉，一阵寒风暴雨打在身上。她悲痛，她愤怒，她呐喊着……突然，许凤觉得有人摇自己，睁眼一看，看秀芬和小曼坐在自己身边。小曼拿了一块热气腾腾的湿毛巾来，在自己脸上试了试，才给许凤擦脸。秀芬又端了热粥来，许凤肚里也想吃东西了，便扶着小曼坐起来，把粥吃下去，觉得身上轻爽多了。小曼郑重地对许凤道："凤姐，等你病好了，我想求你一件事。"

许凤忙问："什么事？你说吧！"

秀芬直冲冲地接口说："这有什么难为情的，她要求入党，我愿意当她的介绍人。"

许凤笑了一下，把小曼搂起来，脸贴脸地亲着她。

三　派　遣

夜深了，空气渐渐凉爽起来。月光将树影照在窗纸上，毫无声息地微微摇动着。朱大江躺在炕上被一种咚咚的声音震醒了。这声音来自地底下，均匀地响着，夹杂着房外往来不停的脚步声。他蒙蒙眬眬地以为还躺在树林的地洞里呢。身子一动觉得是睡在软绵绵干松松的被褥上，不像洞里那么潮湿闷气，才忽然想起已经搬回村里来了。睁开眼一看，见靠墙的桌上已经点上了油灯，桌边立着一个细流高个女人,梳着圆髻,留着披髦,侧着身子在倒水。那女人一转身,灯光映在她脸上,才看清是许凤。她变得叫人不敢认了。以前她那晒得微黑的丰满俊秀的脸儿,总是红扑扑的。现在脸型消瘦,颜色苍白,下巴颏也显着尖了,大黑眼珠仍是光芒闪射,但显得更大了。朱大江搬回村里来时,听说许凤病得挺厉害,想不到现在是她来给自己倒水,心里真是过意不去,用他那苍哑的声音连声说:"许凤同志,你,你病着还来管我……"

"别动弹。他们都在挖地道,我过来照顾一下。我已经好了。"许凤说着端了一碗热水坐在朱大江身边,用小勺舀水来喂他喝。朱大江早觉得干渴得要命,一喝下去精神立刻好了许多。喝着水看着许凤,心里佩服她一心一意只知道关心别人,又想起那天晚上她毫不犹豫地扯碎了她的裤子,给自己包扎伤口;又连着几个黑夜带了医生到洞里来给自己换药。越想越感激得不知说什么好。只恨自己过去不该对她那么莽撞。许凤低下头来看他的伤口时,离近了才看清她的眼泡周围红殷殷的有些浮肿。朱大江心里暗想:她一定是偷着哭过了。

许凤把水碗放在桌上,又回到朱大江头前轻轻地问道:"你说给我,胡文玉同志到底怎么了?"

朱大江怕刺激她,一时答不出来。吭哧了几下才说:"我,我真不知道。"

两人都静下来。好一会儿什么话也没说。咚咚的挖土声在地下响着。许凤悄悄地坐在炕下的板凳上,两手抱着头,望着摇闪的灯火,听着朱大江那沉睡的呼吸声,想着牺牲的同志,不觉眼里流下泪来。听着有人走来,才慢慢地用袖子擦了一下眼泪,一看是小曼进来了。小曼踮起脚尖,悄悄地走到许凤身边,凑到耳朵上小声说:"王医生来啦。"

许凤用手揉揉眼睛立起来,看看窗纸已经透亮,忙吹熄了灯,跟小曼一起走了出去。

下午,王医生叫秀芬帮着给朱大江动完了手术。王医生见秀芬的动作那么干净利落,非常满意。对许凤说道:"秀芬同志应该学做护士才好,简直再合适也没有了。"

"为什么?"秀芬撇了一下小嘴,拾掇着医疗器具。

王医生洗完了脸,用毛巾擦着,把那四方脸都擦红了。擦了脸又仔细地检查着每个指甲。许凤笑了一下说:"你以为她真行吗?"

王医生精神全部集中在擦洗他的手上,谁也没有看地说:"当然,她跟别的女同志不一样,看着伤口、鲜血,她一点也不害怕,下得去手。依我看她又很会关心别人,而且她对护士的工作好像很熟的样子。"

许凤笑道:"一九三九年后方医院在她们村住了快半年,她天天去帮忙,所以懂一点。"

说着话擦洗完了,王医生又到屋里看了朱大江一回,给他留下药。王医生把医疗器具藏在装满青草的柳条筐里,又嘱咐了朱大江几句,背起草筐和许凤走出屋去。朱大江忍着疼痛闭上眼睛躺着,听见王医生还在外屋和人们说话。又听见秀芬说:"我还不知道朱大江同志的伤这么严重呢。浑身那么多伤口,可没有听到他哎哟过一声。"

王医生说:"朱队长真是铁汉子。我往外夹他的碎骨头,用药布沾着盐水穿过伤口来回擦,连我都咬着牙替他忍痛,可是他眼睁睁地看着,连眉都不皱一下。"

又听许凤问道:"他不会有危险了吧?"

王医生说:"总算熬过来了,像他这样的人,会好得很快的。"

只听张大娘紧跟着说:"阿弥陀佛,只要没有危险就好。"

听着是小曼咚咚地跑进来说:"凤姐,你派人叫的那个老头子来了。"

许凤忙说:"好吧,我就去见他。"

她们说着话送王医生走了。屋里静下来。朱大江慢慢地睡过去了。

这些天张村虽派了张福臣老大伯当联络员,来回跑枣园据点,借着给敌人送粮、送柴、送报告的机会,了解了敌人一些情况,但是终究不能得到敌人内部的机密情报。虽说还有一个刘远,利用与王金庆从小相熟的有利条件,经常进出枣园据点,也可以搞一点情报回来。但究竟是以维持会人员身份来活动,不易搞到机密情报,而且也不及时。所以许凤急着要物色一个可靠的有社会经验的人,打进枣园据点的特务组织内部去做情报工作,以便及时掌握敌人的动态,好对敌人进行斗争。许凤想来想去突然想起窦町的窦洛殿,他担负这个任务很合适,所以今天就派人叫了他来和他商量。

许凤在东院里和窦洛殿一起吃了饭,谈着工作。朱大江这里足足地睡了一大觉,醒来一看,已是黄昏时分。张大娘和秀芬进来点上灯,喂他吃了粥出去了。朱大江觉得松快了许多。正看着灯光出神,听见院内有低低的人语声,有人向屋里走来。其中有一个人脚步声特别沉重,正在想不知是谁,一掀门帘,一个身形粗壮腰背挺直的老头大踏步走了进来。朱大江一看,惊喜地叫道:"洛殿哥!是你!"

"是我,老弟!"窦洛殿迈着大步走到朱大江身边,闪着明亮的小窝口眼,察看着朱大江的伤。一面看,一面惊奇地说:"哎呀,我的老弟,你真算死里逃生又捡了一条命,我还光害怕咱们见不上面了呢。"

朱大江摸着洛殿的手说:"好哇,洛殿哥,那回你一病就不露面了,可真把人闷死了。你那是怎么搞的?"

洛殿抚摸着朱大江的膀臂叹口气说:"嗐,别提这一章了。病,倒也是真病了,可也是一口气堵在心里出不来闹的。环境好的时候,少我一个不打紧。现在敌人不是疯狂起来了吗?我可就非出来干干不行了。过去的事不去提它了,这一回我决心跟敌人拼到底!"

朱大江摸着窦洛殿的手,感慨地说:"好啊,这才算共患难的朋友!"

许凤坐在凳子上冲朱大江说:"洛殿同志一定要跟你商量一下,才决定干什么。"

朱大江忙接过去说:"好吧,快说,洛殿哥,你想干什么工作?等我好了咱们在小队上一起干吧。"

窦洛殿那嵌在宽大的前额下边的小窝口眼眨了眨,看着朱大江说:"我本想在游击队干上,可是许凤同志非叫我利用旧关系到枣园据点干上不可。本来我不应该推辞,也知道这个工作重要,可是说句良心话,我是有点干伤了心啦。"

朱大江说:"怎么,洛殿哥,你看着弟兄们死的死,伤的伤,不想报仇还要妥协吗?"

洛殿说:"兄弟,这是哪里话!我洛殿活了这五十多岁,为朋友两肋插刀,要皱皱眉不算好汉!可是,我顶住一个汉奸帽子干了半天革命,到头来反叫青抗先们把我抓起来,连胡政委都骂我是汉奸、流氓,弄得我不明不白,窝窝囊囊,差一点死在自己同志手里。我是真不想干这个勾当了。"

朱大江说:"殿哥,不管怎么样,现在非你去不可。看在党和革命的面上,你答应了吧。"

许凤看着洛殿说:"枣园据点的敌人是特别残酷狡猾的,很不容易对付,又加上洛殿同志也老了,要实在不愿去,也就算了。"

朱大江忙接过去盯住窦洛殿说:"什么,殿哥难道你是那种贪生怕死的人吗!"

洛殿豪爽地哈哈一笑,猛地立起来,一摇手说:"行啦,话说到这儿为止,我一定去,这把老骨头豁出去了。"回转身又对许凤说,"好,就这样,一言为定!"随后又一眯小眼睛笑着说,"你这丫头,嘴真厉害,到底叫你把我说服了。"许凤格格一笑说:"得啦,我的老大伯,对你还用得着说吗?"

三个人爽快地大笑起来。

又说了一会儿话,窦洛殿告辞走了。许凤送走洛殿,在门口呆了好一会儿,又回来坐在炕下边凳子上,说:"洛殿走了。我相信他这个人,他说到哪里准能做到哪里。"

朱大江嗯了一声说道:"我很了解他这个人。上回我只听说他回家了,可总没闹清他为什么不干了。"

许凤想了一下说:"那是去年清明节的时候,洪队长才牺牲,你还没调来,他从城里溜回家来,上坟烧纸,被青抗先队员抓住了。别人不知道他是党派去做地下工作的,只知道他在城里帮敌伪做事,所以名声弄得挺臭。当初原是我帮敌工部王部长找的他,派到城里去的。这区也只有我知道他。我一听说他被抓了,光怕别人闹误会杀了他,赶紧追到段村。当时几个过去跟洛殿有仇的人,正撺掇着青抗先们偷偷地带到树林里要弄死他呢。亏得赵青同志不让杀,追到村外给要回来了。但还是叫胡文玉同志把他狠狠地训了一顿,放他回去了。洛殿是哑巴吃黄连,有苦说不出,回到家里,越想越恼火,一口气出不来,气得病倒了。后来就一直推说有病,不肯再出来。这个人乍一看可像个潦倒帮子哩,什么都满不在乎,挺滑稽的样子,其实他倒是个十分正直可靠的人。你俩是老交情了,你看我说得对吗?"

朱大江嗯了一声,脸上露出了笑容。他想起洛殿来由不得就要笑的。原来窦洛殿是他的盟兄哩。洛殿家从前曾经是个不难过的小庄稼主儿,听老人说他爷爷是个闯江湖卖艺的。闹义和团的时候,摆过香堂。为人耿直,真是路见不平、拔刀相助的性子。有一次为帮朋友打官司,得罪了袁家大地主,被袁家栽赃诬陷,抓进了监狱。家业快完了,官司也打输了,最后还被判了死刑。临死前,老人嘱咐儿孙们要为他报仇雪恨。洛殿的爹一赌气当了兵,指望着拿枪杆子报仇。可是,一出去就杳无音信,再也没有回来。洛殿长大了一些,就在桥头扛脚,兼做小买卖。他继承了他爷爷的家风,日夜地打拳练武,结交朋友,好管闲事打抱不平。只要手里有了钱,就和朋友们大碗酒大块肉地吃一顿。穷朋友有什么事求到他,从不驳回,宁愿自己借债也要给别人弄到钱。朱大江还花过他二十多块洋钱呢。这个人表面一看是个没心肠的炮仗筒子,实际上内心里却隐藏着很深的仇恨,只是不露声色。不久,在兵荒马乱的时候,袁家大地主爷儿俩在一个黑夜被他砍掉了脑袋,袁家大院也着了大火。洛殿为这事被抓进了监狱。可是因为抓不住证据,又有许多朋友到处托人替洛殿说情,所以终于被释放出来。可是仅有的一点家业也花光了。从此,他就陷于贫困饥饿,但他绝不去向人乞求,黑夜熬硝盐,白天给人打短工。"七七"事变前几年,盐巡来抓熬硝盐的穷人,叫他一条扁担打的几个盐巡屁滚尿流跑回城里去了。别人叫他躲躲,他笑一声说:"一人做事一人当,我洛殿兜着他们的!"这一下可不得了。国民党派了保卫团把他抓了去,压杠子,上大挂,百般刑罚,他只用鼻子哼一声说:"你窦大爷从不服硬!"亏他朋友多,好歹保出他来。可是从此以后,单身的巡警、保卫团再也不敢路过窦町,总是绕道走,因为一碰上就要挨一顿揍。他三十多岁上才娶了一个十七八岁的小媳妇,年轻漂亮,就是跟他合不来。她慢慢地跟洛殿一个年轻的朋友,教书的贾先生有了来往。人们风言风语,传到洛殿耳朵里。洛殿恼怒地叹了口气,回家叫媳妇预备了酒菜。饮酒中间,忽地拿出刀子来。媳妇见势不好,吓得跪下哀求饶命。洛殿说:"说实话,就饶你!"媳妇哭哭啼啼地都说了出来。洛殿用鞭子把她一顿好打。打完了说:"滚吧,你跟他去过吧!"一气之下他出外到黄河后套去了,过了十几年才回来……

许凤帮助朱大江吃下药去,又问他道:"洛殿被派到伪组织里面去,当时还有谁知道?"

朱大江想了一下说："除了县委就只有我和李铁、孙刚同志知道。因为王部长叫我们三个人跟他联系过。你知道吗，李铁同志小时候到窦町跟洛殿学过拳脚呢。"

说着话秀芬给朱大江端了粥来。朱大江不愿再叫人喂，叫许凤扶他伏在枕头上，自己端着碗喝粥。这时，两个老队员葛三、蔡二来进来，把赵青的信给了许凤，又亲热地问候了朱大江。他俩说是在大扫荡中失去联系，前几天才找到赵指导员。听说朱队长受了重伤，赵指导员叫他俩来侍候朱队长养伤。许凤看了信，和朱大江商量就要这两个队员侍候他养伤。朱大江见赵青这样关心自己，心里感到很温暖。又觉得葛三、蔡二来素日对自己挺热乎，就说："叫他俩先跟我些日子吧！"就在这时，张立根慌慌张张地进来说："有一个不好的消息。"

许凤忙问："什么消息？"

张立根说："听说县手枪队在滏阳河边，被敌人包围住，整整打了半天……"

说到这里，许凤忙递眼色制止张立根不叫他再往下说。因为李秀芬的未婚夫萧金是县手枪队的队员，朱大江在县手枪队当过班长，跟队长孙刚、队副李铁以及队员们都亲如兄弟，一讲出坏消息会叫他俩难过。哪知张立根瞪着眼看不出来，冲口就说出一句：

"听说他们全都牺牲了。"

一句话落地，只听当啷一声，朱大江手里的粥碗掉在地下了。秀芬一头扎在炕上，呜呜咽咽地哭起来。

四　不灭的火

游击队正隐藏在院子里练兵。

这些天他们把这个垒了大门的闲院子悄没声地拾掇出来，在屋里挖了地道口，作为秘密的"堡垒"。敌人来了他们就钻地道，敌人走了他们就出来练习瞄准、爬房、劈刺。黑夜他们就放好岗哨挖地道。他们还创造了巧妙的能自动关闭的墙基地道口。这些天,他们把部队坚壁的和群众拾到的枪都从地里掘出来,从井里捞出来,东寻西找,连不能打响的破枪算上,勉强凑够了每人一条枪。

现在西墙上挂着两个红辣椒当做靶子,靠东墙阴里,武小龙带着队员们都举着枪在瞄准。陈东风纠正着队员们的动作,在前边给新队员们做着示范。他那粗腿叉开站着,活像一匹笨拙的小象。刘满仓一本正经地使劲抿着大嘴,托着一支老得没了牙的汉阳造步枪,在后边和新队员们一起认真地锻炼着,直累得个个手臂发抖,两鬓汗流,武小龙才叫大家休息一下。

他们这样日以继夜地挖洞练兵,敌人也一个接一个地把据点修筑起来了。大封锁沟挖成了,公路网也修成了。各村的维持会和伪乡公所成了合法的政权。各村的小学校都开学了。一批老头子代替教员去受了敌人的训练。小学生们公开地唱着《大东亚新秩序》的歌子,读着伪课本,却背地里秘密地读着抗日课本。敌人的户口调查也开始了。一切都说明敌人的统治越来越严,抗日活动越来越困难了。许凤的病好了,四处派人找上级联系,可是听不到部队的消息,县委也联系不上,区干部们、政委、指导员、区长也不见影。派人到各村去问,得到的回答都是一句话:"不知道。"许凤、秀芬她们可没有灰心。一面继续打听消息,一面把挖地道的工作推进到周围几个村里去了。在几个村里建立了"堡垒户",屯了粮食。抗日工作悄悄地进行着。许凤、秀芬、小曼也常跟队员们一起锻炼,只是不提打仗的事了。队员们渐渐地有些不耐烦了,背地里互相议论起来:"真窝囊得慌,光练兵不打仗……"

"早先我们二十三团一夜攻下敌人四五个据点!……""嘿,说那个干什么,四月里拿石佛据点我还去了呢,嗬!那真过瘾!"

"咱们怎么办哪,我看这么藏着躲着,早晚有一天叫敌人挖出来嘟嘟死完事。"

"许凤同志是不是一仗打怕啦?"刘满仓抽着烟冲武小龙说,"去跟她说说,带着咱们去打一打吧!"他说了冲大家看着,征求大家的意见。

　　一个耳朵有些聋的队员没听清楚,愣愣地看看人们,冲着刘满仓问道:"你说许凤同志什么?"说了把右手掌放在耳朵边,等候刘满仓回答。

　　刘满仓凑到他耳朵边说:"我说,许凤同志一仗就打怕啦,不敢打了……"

　　"常言说骡马上不了阵嘛!娘们就是娘们……"

　　嘻嘻哈哈一阵哄笑。

　　"依我看哪,她就是犯了自以为是的毛病,自己不懂打仗,还逞能,不征求别人意见,瞎指挥一气。"武小龙叹口气说:

　　"要说,她真是个好同志,不过领导游击队嘛……"

　　"往后,谁知她会怎么样,不定哪一天把咱们一勺烩进去完事,咱们也就革命成功了。"

　　许凤这时正立在夹道里边听着。她用手抓着胸前的衣裳忍着听下去,字字刺得心酸脸热,她直想发火,去和挖苦自己的同志辩驳一番,她使劲压制自己,为了不致发生不愉快的争吵,她返身往回就走。走了几步,她又站下叹了口气,用手朝自己头上拍了一下,暗笑自己,使劲往后一甩头发,走出夹道,便向队员们走来。

　　人们聚精会神地谈着话,没有注意许凤从夹道里走过来。队员们见陈东风一抬头不说话了,微笑着立起来,这才看见许凤。只见她今天走路特别带劲,装束也换了,脱去了那宽大的老太太式的旧浅蓝衣裳,换上了大扫荡前常穿的那紫花色白方格紧身裤褂,腰里又束了皮带,挂着手枪,穿一双紫花布纳割绒圆口鞋,披着一件绛紫色夹袄,飘飘地迈着快步走到跟前来。队员们知道她听见刚才说的话了,都怪不好意思的,你瞅瞅我,我瞧瞧你。郎小玉好像发现了什么秘密,挤到前边问道:"凤姐,我猜着啦,一定有任务了吧！"

许凤面容严肃，两颊红润，但竭力微笑地扶着手枪爽快地说："对，同志们，准备战斗吧！天一黑就出发。"

连那个耳朵有些聋的队员也听清了，惊奇地向同志们问着："有任务，准备战斗，对吧？"

"对，快点吧，聋子哥！"

许凤顺手搬了一块土坯放下，坐在队员们的中间。见陈东凤他们脸红耳赤不好意思地低下了头，便说道："同志们，你们说得都对，有你们这么勇敢的同志，本来不应该打败仗，那都怨我。你们有什么意见都提出来吧！"

大家都望着许凤，渐渐地露出了笑容。

许凤拿根树枝在地上划着，检讨着那次袭击的缺点。一群队员围拢起来，你一言我一语地议论起来，许凤让大家尽情地吵了个痛快，这才把情况向他们说明：明天早晨，日军师团和伪军联队及伪道尹公署、县公署联合组成的视察团到枣园来，敌伪军从枣园到高村以东去迎接。还有城里的二三百名敌伪军护送。总共就有一千多名敌伪军。敌人还叫各村的伪村长带着老百姓拿着日本旗去欢迎，叫小学生唱汉奸歌——《大东亚新秩序》，还要放礼炮庆祝。说这一带已经明朗化了，已经由"匪区"变成了"治安区"。许凤看着大家说道："我们必须给敌人一下狠狠的打击。这样就会把群众的抗日情绪鼓动起来。煞一煞敌人的威风，汉奸们就不敢任意横行霸道了。"

陈东凤摇了摇头暗想："游击队就那么几个人，几条破枪，又没有充足的弹药，又在白天，敌人那么多，太冒险了！"想着问道："不知是在哪儿打？"许凤指着地图说："在高村张家头。张俊臣同志准备好了。公路正在他们那一条街上通过，就在这儿伏击敌人！"

"时间是上午？"

"对!"

"地点正在敌人集结队伍的中心?"

"对!"

队员们沉默地思考了一会儿,纷纷地争论起来。有同意的,有反对的。互相反驳着,对怎样打法提出了许多新点子。

许凤越听越振奋,不由问陈东风道:"你的意见呢?"

陈东风犹豫了一下说:"许凤同志,我说这话可不是不愿去。我是说你无论如何不能去!"

"为什么?"

"因为我们不应该一下把本钱全拼掉!"

许凤脸上露出了微笑,瞅着大家说:"这个,我已经想过了。咱们一个人倒下了,一定会有更多的人站起来。再说,不会像你想的那么严重,我们有把握安全地撤出来。"

"好吧!"大家见许凤蛮有把握的样子,都同意了。

许凤叫了几个人分配任务。陈东风看着许凤,不知怎的,心里直劲可怜她。但在一起总不能叫她有什么损伤。他一面打着主意,一面看许凤怎样安排。只见许凤不慌不忙地跟武小龙小声谈了一阵,武小龙便带了二十个队员,带了几十个手榴弹,几个地雷,每人都带两个装了煤油的瓶子、小铁锹、小铁镐,武小龙自己带了叫张立根帮助制造的像大蒺藜一样的东西,静悄悄地出发了。接着,又叫刘满仓、郎小玉带了五个队员,并由张立根协助带了三个村里的青抗先队员,都挑选了好使的大枪,把剩下的子弹尽量给他们带上,也分批出发了。只剩下陈东风等着分配任务。许凤却叫他跟她。正叫了秀芬要走,小曼找了来,非要和他们一起去不行,许凤只好让她一块儿走了。

在黑沉沉的树林里,游击队行进着,一会儿出现了,一会儿又消失了。在最前面,一高一矮的两个黑影,忽隐忽现,这是尖兵在搜索前进。许凤走在队伍前边,李秀芬、陈东风跟在左右卫护,小曼和队员们一个个跟在后边。他们悄无声息地迅速走着。穿过树林，爬过封锁沟，跑过公路，一会掩在树木阴影里，一会飞快地跃进。不知是哪里射来的子弹，在头上啾啾叫着飞过，手电筒白光忽然在左面公路上亮了，忽然又在前面村头上亮了。有时他们只得伏在地上几分钟不敢动。小曼只顾跟着跑，一点也不害怕，她笑着不停地看看前边后边的同志，心里只觉得兴奋、新鲜、光荣和骄傲。许凤今天也觉得非常有精神，一个出色的战斗计划把她最后的病魔赶走了，她兴奋得不得了。从第一次袭击之后，她认真地读了毛主席论游击战的著作，对战斗作了充分的准备，觉得完全有把握狠狠地打击敌人一下。

离公路不远了，正走在一块丛丛莽莽的红荆地中间，突然尖兵卧倒了。许凤一挥手，大家也都立刻跟着卧倒，就听见树林东边公路上传来嚓嚓的脚步声。许凤顺着红荆空隙看去，就见影影绰绰的一群敌人列成梯队，沿着公路走过来，不由得心里一跳，难道这是敌人发现了游击队，特地派来的巡逻队吗？手电筒白光立刻在头顶上晃动起来，走在公路下边的一股敌人擦着红荆地边往前走，蹭得红荆刷拉刷拉直响，看来足有一二百人。只要被敌人一发现，离得这么近，走也走不脱。还好，敌人威吓地吼叫了几声，往红荆地里打了几枪，却没有进来。队员们没有动。许凤屏着声息，抠着枪机，盯住敌人。一排敌人过去了，又一排过去了。无数的腿往前迈动着，皮鞋嗞呀嗞呀地响着，一会儿竟然都过去了。真是侥幸，没有被敌人发现。许凤松了一口气，觉得心怦怦地直跳。一个队员挨着许凤伏在地上，小声向许凤说："许凤同志，咱们快跑吧！"

许凤冲他小声说："不要动！"

他们就这样仍旧趴在地上，等着，听着。一会儿比一会儿沉静，敌人的吆喝声渐渐听不见了，估计敌人走远了。他们又站起来继续前进。

他们来到高村的张家头，进了张俊臣家。武小龙带着那一组已经先到了,便和张俊臣把他们迎进去,在一个屋里安顿下来,许凤和武小龙检查了枪弹、地雷、手榴弹、火油瓶等物,又检查了地道、作战的射击孔,把队员和村游击小组混合编了战斗小组,分配了任务,规定了指挥信号,便叫大家睡觉。陈东风挨着张俊臣躺着,忍不住问道:"家眷怎么不在?""都送她们串亲去了。""在这儿一打,那你们这个村恐怕什么也剩不下了。""对!不是恐怕,是一定要完了……"张俊臣的大黑眉毛动了动,依旧安详地吸着烟。陈东风看着心里暗想:"这人是石头做的!?这么大事,他的心好像连动都不动一下似的。"陈东风想来想去,对这次作战还是怀疑。又想:"看她怎么布置吧。"天亮以后,许凤叫大家都不许出屋。大家吃完了干粮,只见许凤正坐在炕上看书。陈东风暗道:"这可倒好,跑到个公路边上来学习上了!"过了一会儿,许凤带着大家到一个黑屋里去。因为这间房子临着街,比别的房子突出一点,从黑屋的小瞭望孔里可以把公路上发生的情况看得清清楚楚。一会儿听见马蹄声响,村子被包围了。可许凤还是连动也不动。听着鬼子骑兵在村子各胡同里转。这时,好像院里和房上都有了敌人。糟糕,到屋里来了!几个人都屏住了呼吸。敌人折腾了一会儿,没找到什么,喊叫着走了。

中午了,还是没有动静。

陈东风忍不住了:"许凤同志,在这儿打伏击呀?"

"是啊!"

"没有别的部队掩护,可撤不下去呀!这个村四周都是开阔地,敌人所以敢于让公路从村里通过,这是有道理的。"

正说着,一阵摩托声响,许凤没有答言,忙从瞭望孔里向外看,只见几十辆摩托车疾驰而来,在这村停下了,也像骑兵一样在村里搜索了一番。接着,在房上又发现了敌人,东面房上的一个敌人正在向远处打旗语。那个敌人下来后,摩托车队出发了。许凤立刻叫人通知准备战斗。摩托车队过去不久,来了两辆军用卡车,中间夹着三辆插日本旗和五色条旗的淡黄色大轿车,扬着尘土驶来。

许凤的眉头越皱越紧,呼吸越来越快。听着她出气有些急促,陈东风抿嘴微笑地望了望她。许凤明白他的意思,是发现了自己紧张,笑了一下捂着心口说:"看,敌人的视察团来了!"

远远望去,欢迎的人们摇着小旗。隐约地传来用恐惧的哭腔唱汉奸歌曲的声音。敌人隔几步远就有一个站岗的。再远处是骑兵摩托车部队来回巡逻,搜索。简直是万无一失。而且敌人确实没有发现什么可疑的征候,所以坐在轿车里的视察团员们都大声谈笑。由于摄影记者不断地停下车来拍摄欢迎场面的镜头,所以汽车行进很慢。等汽车离开高村大街,驶进布满敌伪军的张家头后,在拐角的地方,第一辆车的轮胎突然放了炮。司机连忙跳下车来。后边两辆一个急刹车,都挨到一块了。正在这时,突然一声枪响,接着,便是分不出点的轰隆爆炸声。几十个手榴弹和火油瓶子一起扔到汽车上,烧起一片冲天的大火。

敌人的骑兵和摩托车部队离这儿不远,听到枪响爆炸声,赶紧往这里奔。不出十分钟,敌人就包围了张家头。只见街上的三辆汽车都已烧成一堆黑糊糊的铁架子。火中躺着横三竖四的尸体——视察团员们全部都到阴曹地府报到去了。

一会儿,渡边、宫本、张木康也都骑马跑来。见这情景,气得暴跳如雷。敌伪军在张家头挨家挨户地搜索了半天,什么也没发现。

"巴格牙路!"渡边向一群惶恐肃立的伪军官斥骂着,"八路军大大的有,为什么通通的飞了?你们的不明白!"正骂着,骑兵在附近村庄搜索了回来,也是连游击队的影儿都没有找到。渡边没抓着人,气的砍了几头猪,向汉奸们发着脾气,怒骂着,叫汉奸鬼子们放火烧房子。立刻,整个张家头成了一片火海。突然,在另外两个地方响起了枪声,这是刘满仓那一组在袭扰敌人,于是敌人又急忙向那里奔去……

张家头只有五十多户人家,却有二十多个党员、四十户抗日军人家属,他们都是佃户和雇农,只有几户是由贫雇农上升的中农。为了革命,他们付出了这样的代价。

在熊熊的火焰滚滚的浓烟中,张俊臣从烧塌的房顶下钻出来,他顾不得烧到身上的火,两手猛地抓住隐藏在墙角下的拉手,一用力,手上的裂口立刻流出了血,他咬着牙使劲一拉,一个洞口露了出来。许凤刚钻出洞口,轰隆一声房梁带火塌下来,眼看要被砸死。陈东凤吼一声蹿过去,双臂托住了大梁。火舌舔着他,火炭、热土往身上直落,但他却像托塔天王似的挺立着。等人们都跑了出去,他才带着火焰冲出来、就地一滚。同志们上去抱住了他。

许凤窜出烟火,只觉得天旋地转,又要跌倒。张俊臣连忙扶着她。她定定神,看了看张俊臣,只见他那烟尘火色的脸上带着斑斑的血迹,可是那两只眼睛却放射着坚定豪迈的光芒。

五 沉 沦

猛烈的爆炸声震得窗纸咕嗒嗒直响。胡文玉目瞪口呆地立在炕下,向窗户望着,惊疑地听着。爆炸声停止了,枪声也渐渐地听不到了。他还在失神地瞅着窗户发愣。灯光跳动摇闪,照在他的脸上,他沉思着,这些天出人意料的突变把他陷在痛苦和彷徨迷惘里边了。他一直在思虑,解也解不开,摆也摆不掉。现在他呆呆地立着,心又回到大扫荡那天的情景里去了……

那一天,他只听见炮弹在身边爆炸,子弹在头上飞鸣,前后左右发生了什么,根本没有看清。他从地上爬起来,在烟尘里不顾一切地向漫地里飞奔。突然郎小玉一下按倒了他,他伏在地上,不知是怎么回事。

嗒……嗒……嗒……叭,叭,叭……

密集的弹流从头顶上扫着麦穗射了过去。郎小玉又拉了他一下:

"政委,快爬,快爬!这边的敌人过去了,可以突围。"

胡文玉按郎小玉指的方向爬去,听着旁边麦田里哗啦哗啦直响,不知多少人惊慌地爬起来跑了。伪军在后边喊叫着:"站住!敢跑!""举起手来!过来!"

在后面响了几枪,一定是在打逃跑的人了。胡文玉藏不住了。光想立起来,又不敢立起来,犹豫一会儿,慢慢抬头一看,敌人并没有追过来。他向前爬了一段,立起来就跑,刚一翻过古洋河堤跑了不远,就见东、南、北三面白光闪闪,日本鬼子的自行车队又圈上来了。河堤上出现了挎战刀的鬼子军官,举着望远镜在瞭望。他没有办法,只好向敌人包围圈里走去。一摸腰里,皮带和驳壳枪都没有了,记不清什么时候丢了。哎呀呀!衣袋里还有一支钢笔和一个小笔记本,他趁着身边有几个庄稼人遮着,把钢笔和笔记本丢在路边的粪堆上,用脚一踢埋了起来。抬头一看,只见北旺村街头上黄压压的都是鬼子和被迫来"欢迎"敌人的惊慌的人群,几面小旗在晃动。同时传来打人的砰啪声和喝骂声。胡文玉一步挪不了四指地走着。正在心慌意乱,忽然响起紧急的哨子声,鬼子们驾起摩托车狂奔起来。这时他才发现东北上枪声激烈,远远望去,漫野尘土飞滚,直指平大路方向。一定是骑兵团突破包围了!这是敌人没堵住,又增调快速部队追击了。

"看啊!是咱们的骑兵!……快跑啊!"有人这样喊。

和胡文玉一起走的几个人都撒脚奔跑起来。不知道什么时候一起跑的人都不见了,剩了胡文玉一个人在头里猛跑。看看到了段村村头,糟了!村里乱攘攘的都是敌人。

"站住!举起手来!"

三个伪军挺着刺刀逼上来了。他被带着往村西那个大柏树坟地里去。在右边一块洼地里二十多个青年被赶下去,鬼子的机枪像刮风一样一阵扫射,青年们都躺倒了。

"看见了吗,这是因为他们领头逃跑,都是八路!"伪军对胡文玉冷笑了一声说,"皇军要看中了你,也许凑数把你一块干了呢。"

胡文玉听着心里猛地凉了半截,见一个鬼子向自己走来,小腿肚子就抖起来,心里想:难道就这样像开个玩笑一样打死我吗?忽听后边喊叫了一声,伪军用枪托打了他一下,带他回头向坟地的矮土墙边走去。他以为就在这儿杀他呢,浑身晃晃悠悠的一脚高一脚低,已经吓得走不动了。听着伪军喊了一声,面前出现了一个大连鬓胡子黑胖脸高个子的伪军军官,手里玩弄着驳壳枪的皮穗子,仔细地盯住胡文玉问道:"你叫什么名字?"

"我,我叫赵白,是赵庄的,赵文卿是我大伯。"胡文玉背诵着预先准备好的口供。

伪军军官渐渐露出了笑容,坐到矮墙上,用枪穗子抽打着黑亮的高统皮靴,浮土像烟一般扬起来。他一指对面那个树桩说:"嗯,请坐!"又对那几个伪军摆一摆手说,"去吧!"

伪军们走了。胡文玉弄不明白这是怎么回事,只得坐在树桩上。伪军军官掏出烟卷来,自己吸着一支,又递给胡文玉一支说:"吸吧,别客气,你是文卿的侄子,为什么我没有见过你?我就是大队长张木康。"

"我净在北平混事,这次回来看看家,昨天去串亲,就赶上扫荡了。"

他发现这个伪军军官,好像并没有恶意,一点也没追问找碴,却像老朋友一样只扯赵青家的事,听起来他比胡文玉还知道的多,甚至连赵青五六岁以前的事他都知道。只听他又突然问道:"你是文业哥的大少,你是属什么的来?"

胡文玉哪里注意到这个,只好胡诌道:"属马的。"

伪军军官仔细地打量了他一会,黑胖脸狞笑着露出白牙,拍了一下他的肩膀道:"我知道你是谁了。"接着叫来几个伪军,一挥手:"带走!"

…………

胡文玉就这样在残酷混乱的扫荡中失踪了。赵青在被群众用担架抬回家来之后,曾经派人到处打听胡文玉的下落。看来没有指望了。不料隔了几天之后,一个黑夜里胡文玉突然来到了他家里,十多天不见,竟然瘦损憔悴得不敢认了。胡文玉一见赵青,就把他怎样冲出敌人包围,怎样跑到平大路附近的李村,怎样累得吐了血病倒了,在一个老大娘家隐蔽了几天,说了一遍。赵青见他蓬首垢面,精神不支,说着话儿直是咳嗽,就劝他先在家养养病,再计议怎么工作。随即叫了妹妹小鸾来,吩咐她好好照顾胡文玉。正赶上他爹赵文卿老头子也从天津回家看望,也介绍相见了。一家人对胡文玉十分热情,把他安顿在这严密的东跨院北屋里住下。胡文玉受尽惊骇,突然得到了休息和安慰,似乎应该振作起来,不知为什么心情却十分不安。日夜瞪着大眼睛出神,偷偷地唉声叹气,特别是一听到传来枪声,就惊魂不定地跳起来。

往事像噩梦一样压在他心头,压得他几乎喘不过气来。他呆呆地立了一会儿,嘘了一口气,拿起烟斗来,慢慢装上烟,在灯火上吸着,不由得又想起赵青的爹赵文卿来。赵文卿胖胖的高个子,亮光光的秃头顶,满脸都是笑纹,穿着串绸裤褂,黑呢鞋,金表链在胸前扣子上系着,手里玩弄着名人书画的折扇,风度翩翩。赵青把胡文玉介绍给他,他打着哈哈,自我表白说:"我是热心教育事业的人,国难当头,只好学陶朱公自食其力,经营点商业,这是不得已呀,哈哈哈!请,请!"

胡文玉被让到桌边坐下。桌子上江西大花瓷盘里,盛着热气腾腾的肉饺子。小鸾坐在炕沿边上在剥蒜瓣,她那一团火似的眼睛,不住地瞟着他。赵青的姨娘小美,打扮得妖里妖气,叼着烟卷,一口天津话,不停地向做饭的老太太挑三拣四的。

于是在恭维的笑语声中,一起吃起饺子来。

"不要紧,你就在我这里住着吧,我保险什么事都不会出。"赵文卿笑着,用白手绢擦着秃头。

胡文玉回味着当时的情景,心里也奇怪起来。过去只知道他是个买卖人,现在看并不那么简单。他为什么单单在这时候回来呢?他到底是个什么人呢?胡文玉坐在炕沿边,磕了烟斗又装上一袋吸着。

这赵文卿是个三百多亩地的地主。"七七"事变前是这一带办教育的绅士,国民党的县党部委员,当过大乡长,开过银号,事变后发行过小票子,还开过烧锅、杂货铺、运货栈,又是来往天津的大行商。他秘密地勾结着一批流氓土匪,所以在这一带很有势力。他为人八面玲珑,笑里藏刀,善于投机取巧,只要有利可图,见缝就钻。不管什么人,只要跟他一接近,就免不了要吃亏。财主就得叫他刮点钱,穷人就得给他白出力。还得叫你笑在面上,苦在心里。因此人们送他一个外号叫"大烙铁"。共产党八路军一来,他立刻打出抗日的旗号帮助收枪,改编义勇军,并且叫儿子赵青也参加了游击队。实行合理负担之后,他一算账不合适,立刻又把土地分给穷苦的亲友自种自吃,脱掉了负担,又落了人情,暗中却又白得些租子。自己落得清闲自在,来往天津经营商业。他就这样表面上很开明,实际上脚踏三只船,和国民党、日伪军都保持着联系,等待时机恢复他的势力。为了表现进步,把雇工都辞退了,只留下亲族中一个五十多岁的寡妇嫂子给料理家务,名义上是白养活她,当然工钱是没有的。他这套手腕确实骗过了好多人。又加赵青参加工作后入了党,一直表现得很积极,就更没有人再去怀疑他了。

胡文玉虽然对赵文卿有些怀疑,但想到赵青是个干部,又是党员,心也就踏实了;再说由于心情不好,便装作有病,口头上虽不断和赵青说要出去转转,赶快恢复工作,可是今天推明天,总也出不去。他整天价藏在东跨院什么人也不见,只跟小鸾、小美泡在一起说说笑笑的,根本不知道许凤派人来找过他。听到的都是坏消息,说什么:部队全垮了,干部们死的死逃的逃,谁也联系不上。又听说敌人三个村安一个据点,驻二十个清乡队……他听了这些就已经抬不起头来了,偏又听说许凤被敌人俘虏去了。这一下对他是再严重不过的打击,使他几天几夜吃不下、睡不着。就在这短短的时间里,胡文玉精神变得委靡颓丧,举动迟缓,意志消沉,那种蓬蓬勃勃的锐气,都丧失净尽了。现在他从红漆迎门桌上拿起镜子来,在灯下照着,摸摸自己那苍白的脸颊,灰心丧气地放下镜子,一骨碌躺在炕上,瞪起那空虚无神的眼睛,出神地喃喃自语着:"唉!完啦,一切都完啦!我怎么办,我怎么办哪?"

他觉得自己就像一只摧折了篷舵的破船,无目的地在汪洋大海里漂流着,一切希望都毁灭了,现在只是等待着沉没,死亡,可又非常害怕死亡。他胡思乱想地拍打着自己的前额。

这时屋门轻轻地开了,赵青扶着双拐咚咚地走进来,他没有招呼就悄悄地坐在八仙桌旁边的椅子上。胡文玉抬头看了他一眼,仍旧伏在炕桌上,用铅笔在一张纸上胡乱写着字。赵青起来凑到炕桌边,就灯火上吸着烟卷,看见胡文玉在纸上乱写着:"茫茫的长夜呀,我已等不到天明,一切都成了泡影,战斗,有何用?怒海狂涛你吞没我吧,吞没我吧!你已经吞没了她,我也应该沉没,沉没,沉没!……"

胡文玉见赵青来看,忙将字纸一团,在灯火上烧着了。

赵青猛吸了两口烟,对面坐在炕桌边,唉了一声说道:"真出乎意料之外,鬼子这一次还能有这么大的兵力来对付咱们冀中!看起来,形势越来越严重了。"赵青说着从衣袋里掏出一张天津寄来的《庸报》递给胡文玉。

胡文玉接过报纸,展开在灯光下看着。问道:"哪儿来的汉奸报纸?"

赵青笑道:"好多村都收到了天津寄来的报纸、宣传品,还有这玩意儿。"赵青说着又从衣袋里掏出一叠纸说,"是敌人自动寄来的,根本不收费。"

胡文玉又接过那叠白光光的道林纸一看,竟是一套彩色的春宫画,旁边印着反共标语,看着摇了摇头。赵青叹口气说:"你看看报上的消息吧,真没有想到鬼子还有这么大力量。太平洋战场英、美还是一直失利,连东南亚许多国家也被鬼子占领了。我们这里恐怕将和东北一样变成日本鬼子的后方基地哩。听说重庆方面的代表也正跟鬼子秘密谈判。因此,鬼子能够集中全部力量来搞我们各个根据地。我们各个边区都受到很大损失。如此下去,结局不知道将要怎么样呢。"说着深深地叹了口气。

胡文玉呆呆地听着,唉了一声说:"看来我过去真是盲目乐观主义!这次大扫荡这么厉害,也全出乎我的意料。嗐,局面是真严重啊!"

赵青点点头说:"国际形势也对我们不利,现在莫斯科被围,列宁格勒朝不保夕,德军还在南线不断突进,斯大林格勒已经陷入重围,红军牺牲很大,一旦失守……"

胡文玉翻过报纸的第一版,突然发现了触目惊心的大字标题:"皇军赫赫战果,共军冀中主力全部被歼,沧州道全境治安强化。"

他呆呆地看着,已听不清赵青还在说什么,就觉得惶惶惑惑六神无主,浑身像泼上了一盆凉水,从头顶直冷到脚跟。

他心里乱七八糟地寻思着。

赵青又加上一句说:"我们不能闭着眼睛瞎干了,应该好好想一想啦!难道就没有更好的可以避免牺牲的方法救国吗?"

胡文玉托着腮只是看着灯火沉思着。好半天才喃喃地说:"不是派人找县委去了吗?等着看县委有什么指示吧。"

赵青悠长地嗯了一声说道:"县委,好吧。不过你也应该主动地把工作安排一下嘛!"

胡文玉一听,竭力打起精神说:"对!我这不是正在起草一个工作计划吗?我虽然病着,可是我决心很快地把工作恢复起来,得马上出去了解一个情况,首先得派同志去掌握各村的维持会。再提拔一些干部到区里来工作。你也赶紧把失散的队员找一下……"说了激动地大口吸着烟,在屋里踱着步,显出了沉思焦虑的样子。

"找寻队员的事,我正在办。你身体不好,还是休息休息吧。"赵青说着,用小白手绢擦擦脸颊,温和地点点头走出去了。

胡文玉思绪如麻,真是剪不断,理还乱,抗日,革命,为什么?他茫茫然,魂儿又回到了那豪华的家,看到了那绿树、红楼……忽而他又幻想着内心的追求……他厌倦地躺在炕上吸烟,无聊地向空中吐着烟圈,看着那一串烟雾和顶棚的花纸在灯光闪烁中变幻着,仿佛出现了一匹骏马,上面坐着一个将军,又有一座宫殿似的高楼大厦,周围各样的花草,古树参天,湖水泛着波光,一群人恭顺地向将军鞠着躬。他觉得自己就是那个将军,翻身下马,把缰绳递给随从,和一个美女携手并肩地说着话,往那幽静的花园里走去。正幻想着,听见一个女人轻轻咳嗽了一声。胡文玉抬头一看,是赵青的妹妹小鸾走进屋来。她穿着一身素净的淡蓝裤褂,粉盈盈的圆脸露出矜持的神情,像一枝出水的荷花,袅袅婷婷地走到面前站定,递给胡文玉几本书说:"你不是要看书吗?我给你找了这两本来。"

胡文玉接过来一看是《西厢记》和《金瓶梅》,在灯下随手翻阅着。小鸾挨近他坐下也凑过去看,两人摩肩擦臂久久地挨着。小鸾低声细语地说:"再巴巴结结地赖着跟你说回话吧,环境这么残酷,说不定哪会儿谁就死了,像你这会儿死了也算一辈子!"

胡文玉听着叹了口气。

小鸾更凑近胡文玉温柔体贴地微笑着,给胡文玉把衣领整了整,小声地说:"我跟爹吵了一架!"

"为什么?"

"他叫我到天津去上高中,我坚决不去。我要抗日,我要工作。再说,他哪里知道我的心早被一个人牵住了,哪怕那个人不理我,哪怕我为他死在这里,我……"她说不下去了,低下头掏出手绢擦着眼睛。

"你是说谁？"

"谁？"小鸾抬起头来怨恨地盯住胡文玉，颤声说，"横竖你知道，我知道。"

胡文玉心慌意乱，再也抑制不住自己了，他呼吸急促，脸涨得通红，一下子把小鸾搂起来说："我对不起你！"

小鸾突然愤愤地把他推开，一阵风似的跑出去了。

胡文玉脸上热烧火燎，神魂颠倒地溜出来，毫无目的迟缓地走着。这时月亮才升上当空，在月光下整个院子静得毫无声息，只有树荫花影悄悄移动着。赵青家这院落在赵庄是数一数二的好房舍，一套青堂瓦舍的大四合院，通过一个月亮门就是胡文玉住的一座幽静的东跨院，院内宽宽敞敞，绿槐成荫，夹竹桃石榴树葱茏地掩映着窗台，藤萝葡萄搭成花架凉棚，很是讲究。

胡文玉烦闷地走出月亮门来，在院里呆立着。石榴花枝在月下微风中拂擦着小鸾的窗台。灯光把小鸾的影子投射在窗纸上，她在绣着什么。只听她小声地叹口气，哼起悲哀的曲调来。她的声音是那么凄凉又那么哀怨动人。胡文玉轻轻地走过去，痴呆地扶着花枝，凝视着地上的月光，侧耳听她唱，光想流下泪来。

胡文玉仰首望望天空，长出一口气，拨开花枝，走到藤萝花架底下坐在凳子上，默默地吸着烟斗胡思乱想起来："为什么才发现小鸾这么好？她多么风流，多么漂亮，她一定是又爱我又恨我，我对不起她！"他想着恍恍惚惚地像是又穿着西装皮鞋在北平的柏油马路上走着，右臂挽着一个漂亮的穿高跟鞋的女郎，她就是小鸾。恍恍惚惚带着她坐车回到了家里，又看见了那沙发、地毯、粉红色的电灯罩、淡绿色的丝绒窗帘，灯下闪耀着小鸾的笑盈盈的红唇，粉盈盈的圆脸和她那无限幽怨、似恨非恨的眼神……胡文玉一年来，一直用冷淡的态度对待小鸾的追求，几次把小鸾写给他的情书连看也不看，就撕碎了。现在他忽然感到那些忠诚、节操都是无用的了。他立起来，推开小鸾的屋门，一闪进去，窗上两个人影抱起来,灯光突然熄灭了。

胡文玉从小鸾的屋里悄悄溜出来时,已经是早晨五点多钟了。

胡文玉离开小鸾回到自己屋里还不到两个钟头,赵青就扶着拐杖走进屋来,板着冰冷的面孔,两眼向胡文玉射出寒凛凛的光芒。胡文玉看见赵青用这样的眼神看自己,心就虚了,不由自主地低下头来。赵青坐在椅子上,单刀直入地问:"你跟小鸾这是怎么啦?"

胡文玉红了脸,张口结舌地正想抵赖。赵青一挥手,说道:"别赖了,小鸾都跟我说了。胡文玉同志,你想想这有多么严重。一个共产党员,生活腐化,这不是小事,这是一个品质问题。"

胡文玉低下头,不知说什么好了。

"再说,你这样怎么对得起许凤同志!你爱着许凤,许凤也爱着你,就不该,嗐!想不到你……"

赵青激动地吸着烟,胡文玉低头不语。静了一会儿他突然像想起了什么重要的东西,急手架脚地在自己衣袋里翻找起来,可是什么也没找到,似乎失落了什么东西,又不敢询问。他脸色突然煞白,一会又涨得绯红,鼻子尖上沁出汗珠,呆呆地向窗户望着,叹口气,颓委地坐了下来。赵青却只是吸烟,冷静地观察着他。看了一会儿,也不言语,立起来想走。

胡文玉忙立起来拦住赵青恳求道:"求你无论如何要给我保守秘密。"

赵青叹口气道:"家丑不可外扬。这是你们俩自己的事情,我也犯不着多管。"接着,又用阴森森的眼光看着胡文玉道,"至于能不能保守秘密,一切全在你自己。"

六　难堪的会面

自从这次受了游击队严重的打击之后,渡边受了训斥,变得更加疯狂暴躁,连日出动清剿,到处打人、杀人。日寇联队部为了加强这个据点的力量,把联队部阴险毒辣的特务头子宫本留在这里,协助渡边。这宫本虽然军衔不如渡边的高,但权力很大,一切政治措施都是他说了算。宫本和渡边商量决定,改变活动方式,减少盲目的包围扫荡,而变为有计划地对准工作基础好的抗日模范村下手。这天,许凤他们从拂晓就被包围,一直躲在地洞里。

　　地洞里潮湿郁闷,虽然灯碗里还有油,但是灯火却越烧越小,逐渐缩成了一点点蓝光。秀芬张着嘴困难地呼吸着,不住地用草棍往上剔灯芯,结果还是白费劲,一点点蓝色的火焰也熄灭了。洞里立刻一团漆黑,任何的黑夜也没有这么黑,简直把手指放在眼皮上也看不见影。秀芬摸索着把油灯放进洞壁的土坎里。小曼憋得吸不进气去,急得爬到许凤的怀里,搂着她的腰,用头顶住她的肚子直哼哼:"凤姐,憋死啦,出不来气,怎么办?鬼子汉奸们还不滚!"

　　秀芬找了半天气眼也没有找到。洞口还不是自动的,弄开就关不上,没办法只好等着。许凤抚摸着小曼的脊背说:"别着急,越急躁越不好受。沉静点,一会儿大娘就来开洞口啦。"她一面说着,自己却早头疼得快支持不住了。胸口像压上了一块大石头,干张嘴可吸不进气来,一股子臭味叫人直想呕吐。她们从天不亮就钻了洞,估计现在天已黑了,李大娘为什么还不来呢?口渴和饥饿还不要紧,最难受的是没有空气。现在才知道空气是这么重要。再这么闷下去,都要死在洞里了。伏击敌人之后,这是她们第三次被敌人包围了。队员们分散在三个村,依靠地洞坚持去了。同时派武小龙到平大路附近村里打听县委的消息,去了两天了也没有回来。三个人哈哧哈哧地喘着等着,实在忍受不住了。秀芬急得一窜说:"凤姐,我弄开洞口啦,实在不行啦,不能等着憋死啊!"

　　许凤拉她一下:"再稍为等一下,忍耐一下吧!"

　　"不行,我非弄开不可!"秀芬说着钻到洞口底下,双臂用力往上一托,扑隆一声,哗啦啦往下掉了一阵土,射进了一线微光,空气进来了,三个人凑到洞口边,拼命吸了几口气。

"行啦,还堵上口吧!"

"没有动静,不要紧,我出去看看。"秀芬说着把盖洞口的小锅托到旁边放下,露出半截身子,使劲做了个深呼吸,把手枪掏出来顶上子弹,爬上来走到屋门口,向外一望,见阳光照在对面东墙上还有一溜溜。这时小曼也钻出来了。许凤正往上爬,就听见挡着夹道墙上小门洞的秫秸哗哗地直响——大娘她家为了安全,垒上了大门,从夹道开个小门,钻出去走邻院的大门,小门洞还用秫秸挡着。秀芬也听见秫秸响,忙持枪掩到屋门口去看时,原来是大娘不慌不忙地走回来了。这才松了一口气。大娘进来冲秀芬埋怨说:"怎么不等我回来就出来?又是你个死丫头愣手拔脚的,这要碰上敌人进来可怎么办?"

秀芬笑了一声说:"我算着敌人也该走了。"

大娘指了她一指头说,"死样子,看你能的!"说着却去给秀芬打扫身上的土,又说,"快叫你凤姐和小曼出来吧,敌人走了。"

许凤刚钻出洞口,听大娘说敌人走了,就和小曼都到院里来。太阳已落下西房去,空气也显得凉爽了,三个人张着嘴伸着胳膊,使劲呼吸着空气。小曼和秀芬互相看着,忍不住格格地笑起来。许凤打扫着身上的土向大娘问道:"大娘,敌人这次来又干什么啦?"

"还是找游击队呗,听村干部们说敌人黑夜还分几股到了王村、孔村、小宋村呢。前半夜就去了,直折腾到晌午。听说还带了梯子去,一进村就上房,看有挖洞的没有。以后可得小心点啦。"

说着话李大伯也回来了,一面咒骂着敌人,一面向许凤诉说敌人的暴行:这一次来又打了十多个人,灌凉水,灌辣椒水,最后还带走了维持会的几个人。正说着话,只听夹道里哗啦一声,一看是武小龙从小门里钻进来了。他肩膀上背着个布口袋,笑容满面地向台阶跟前走来,把口袋放到台阶上,笑嘻嘻地说:"敌人在村里不走,叫我在洼里直趴到天黑。"

说着又从口袋里掏出一件破棉袍子来。

许凤着急地问:"县委找到了没有啊?"

"别着急。"武小龙说着从衣袋里掏出一封折叠成三角的信递给许凤,直起身子来叉着腰道,"不光县委,连胡政委也找到了。"

许凤一听抑制不住露出了笑容,连忙追问:"他们在哪儿,见到他们了吗?"

武小龙说:"见到周政委了。他遇上好几次危险。县委委员还有两三个人没有下落。他是才从县城附近闯过来。我回来路过高村到赵指导员的丈人家看了一下,一问他媳妇刘寒露,才知道原来胡政委就住在赵庄指导员家里养病呢。"

许凤惊疑地啊了一声说:"为什么上次派人去问时说不在呢?"

武小龙笑笑说:"这没有什么,前些日子我到高村去跟人们打听你的下落,也是一问三不知哩。那时候你不是明明在高村吗!"

许凤听了点点头,忙拆开信来看,只见上面确实是周政委那清秀苍劲的钢笔字,信上说叫许凤和胡文玉到段村去谈工作。

许凤看完了信,兴奋极了。这些天来,县委一直联系不上,区的主要干部也不齐全。自己一个姑娘家,要抓全区的工作,还要带领区小队进行战斗,得不到上级领导,多叫人着急!现在好了,周明同志联系上了,有了县委的领导,胡文玉也找到了,对敌斗争就可以全面的开展起来了。她想着忙叫武小龙快吃完饭,跟她一块到赵庄找胡文玉。许凤着急得连饭也吃不下去了,好歹吃下几口,便独自跑到屋里收拾文件,擦了手枪,上好子弹,完了,又整整衣裳,这才带好手枪走出来。武小龙早吃完了饭在台阶上坐着吸烟等着她,见许凤收拾了出来,忙立起来头里走,大娘又到外边看了回来说没事,两人就急匆匆地走了。一路上,武小龙怕遇上敌人,只说慢点走,许凤嘴里答应着,可觉得浑身特别轻松,脚步怎么也慢不下来。她恨不能立刻插翅飞到胡文玉跟前,同胡文玉一起飞去见周明。她在想:"也许他是受了伤。莫非是别的病吗?他准是动不了啦。他只要赶快病好了就行。那时我就可以天天和他在一起工作、斗争了。"她忽然想起了胡文玉反对挖地道时那个慷慨激昂的劲儿,现在受了事实的教训,态度一定大变了。一行想着走到了一个村庄。

"凤姐,快!"武小龙一拉许凤,两人掩在村边上一个麦秸垛后边。

许凤机灵地一看,由北向南走过来了一股敌人,这是桥头据点的扫荡队归巢了。幸亏日落天黑,敌人没有注意。他俩握紧手枪围着麦秸垛跟敌人转着。敌人从离着他们百十步远的路上走过去了。他俩这才呼出一口气,赶紧上路奔赵庄而去。

黄昏时候,赵青家东跨院,窗前的花枝在微风中摇曳着。

屋里,胡文玉手里拿着一本书,抱着双膝坐在炕上,皱起眉忧郁地望着窗户。小鸾抱着胳膊坐在旁边一个藤椅上,眼里闪着放荡不羁的光芒,格格地笑了两声说:"我读的书不多,所以,我什么也不信。依我看什么也别怕,什么也别愁。世界上本来没有什么可怕的,也没有什么可愁的。上天堂我陪着你,下地狱我也跟着你。拿你这么个人物,总会有一天时来运转的。想开点吧!"她撒娇地抓着胡文玉的手摇着说:"说真格的,想法叫我跟你在一起工作吧,我一会儿也不愿离开你!"

胡文玉听了出神地盯着小鸾说:"这个,得等等再说。"

许凤和武小龙这时来到赵青家大门口,正撞上给赵青家做饭的大娘摇摇摆摆地端着一小簸箕玉米往外走。她头发已经花白,瘦小枯干,简直一阵风就能吹倒的样子,满面愁容带着哭相,眼睛怔怔地望着,一把拉着许凤,颤巍巍地说:"天爷,可见到你们咧!我去轧一点糁子。你挺熟的,自己进去吧。老胡住在东跨院里。"

许凤扶着她说:"好吧,大娘,回来再说话。你老人家这么大年纪,身子骨儿又不结实,怎么不求个人去轧哪?"

大娘唉了一声,害怕似的回头看看,见没有人,这才凑近许凤小声说:"好主任,我要跟你告诉告诉,这群狼心狗肺的东西们,快治死我啦!"说到这里,她说不下去了。那白发苍苍的头不由自由地摇着,低下头用袖子擦着眼泪,摆手让许凤、武小龙进院,独自哼哼着走了。

许凤、武小龙平常只听说赵青做饭的大娘疯疯癫癫的,对她的话,也只能半信半疑。许凤让武小龙留在门口警戒,自己向赵青屋里走去。赵青正躺在炕上,见她进来,忙着坐起来,许凤按着他叫他躺下,问道:"听说你腿上受了伤,伤口怎么样了?"

赵青道:"别结记我,没有打折骨头,很快就会好的。"接着又把自己在养伤期间怎样做工作,掌握两面政策,积极联系队员,恢复小队的事说了一遍。许凤听了很兴奋。

赵青又道:"老胡同志在东院屋里,他病了,我看,也是思想上有点问题!我已经把他这些日子的表现和你英勇斗争的情况详细地写信报告给周政委了。"

许凤听着,点着头。她听说胡文玉病了又表现不好,心里很难受,坐也坐不住。又和赵青说了几句话,便站起来说:"我去看看他。"

东跨院窗前那几棵枝叶密茂的大石榴树,在苍茫的暮色中开放着火红的花朵,一只麻雀飞来落在一根枝条上,压的花枝微微抖动,见有人走来,"扑楞"一声飞跑了。在石榴树后边窗户里,传出一阵轻轻的呻吟声,许凤一听,机灵地站下,从窗玻璃往里一看,只见灯光闪闪,胡文玉正在炕上躺着,脸向窗台就近灯光在看书。胡文玉适才正跟小鸾抱着调情,忽然听见许凤来了,小鸾一阵风躲了出去,胡文玉吓得急忙躺下装病。现在还紧张得气喘心跳,拿着书的手微微发抖。许凤见他的脸是那么苍白,愁眉不展。一颗心不禁热乎乎的跳起来,悄悄地走进屋去,掀开门帘,轻轻地叫了一声:"胡文玉同志!"

胡文玉机灵一下两臂支撑着身子往起坐着,睁大了眼睛望着,一看是许凤,立刻显得惊喜非常,伸出一只手叫道:"许凤同志!是你,你……我可看见你了!"

许凤急上前坐在炕沿上,扶着他,歪着头看着他说:"看你!又要吐血吗?"

"不,不要紧,一见到你我的病就好了一半了。"他坐稳了,捶捶自己的胸口,一下紧紧抓住许凤的手,长长地舒了口气小声说:"哎呀!你可想死我了,没有一天不想你,你是被敌人俘虏去了吗?"

许凤惊讶地说:"没有啊!我们一直在跟敌人斗争,你不知道吗?"说着乌溜溜的黑眼珠直盯着他。

胡文玉觉得许凤那眼光像两道闪亮的利剑,直刺着自己的心。他手足失措地干咳了几声,心里又羞又愧、又惊又喜,竭力装出亲切坦然的神气问道:"快说说,这些日子我病得昏昏沉沉的,他们什么也不告诉我。"

许凤向炕里边坐了坐,娓娓地述说着她们斗争的故事,越说越兴奋。胡文玉一面听着,一面目不转睛地端详着许凤。她还是那么美丽活泼,只是比以前显得更老练了些。她那俊秀的脸庞和眼睛里,流露着一种勇敢和自信的光芒。胡文玉不知为什么,在许凤面前自觉心亏气短,惶恐不安,不由自主地回避着她的眼光。连声说:"好!在这样困难的条件下,能坚持斗争,你真好!……"

许凤忙不迭地说:"算了吧,这不是一个党员应当做的事么?还是说说你的情况吧,你是怎么脱险的呀?"

胡文玉对赵青说过的一套话,添枝加叶地向许凤说了一遍。并且把自己如何要带病出去找许凤,如何积极准备恢复工作,如何带病写工作计划等渲染了一番。最后觉得许凤向来对自己尖锐,这次也一定会追问自己的思想问题,干脆不等许凤张嘴,就说自己因为想她,夜夜失眠,弄得情绪很坏,受了赵青的批评。果然,许凤相信了他。只说了他几句,就问他道:"你的枪呢?"

胡文玉听她问起枪,一阵作难,正想解释,就见许凤已经从腰里掣出那支驳壳枪来,胡文玉急忙接过来,激动地抚摸着那绣着洁白的凤字的红绸巾。深自责备地说:"原谅我!今后再也不会叫它离开我了……"

许凤一笑说:"看你那样儿又来了。"说着把周明叫他俩去谈工作的信,递给胡文玉看了。随后说道:"你病着就不必去了,我先去向周政委汇报一下,看县委有什么指示。你不是写了工作计划吗,叫我带去就行了。"

胡文玉故意咳嗽一阵,神色坚决地说:"这不好,病着我也得去!再说嘛,计划也还没有写出来。"

许凤见胡文玉猛然要起来,就按着他说:"不带计划去也行,那你就说说你对工作的意见嘛!"

胡文玉见许凤执意要问,沉静地思索片刻便说:"根据现在的情况来看,恐怕主要是派遣同志去掌握伪组织,干部们要尽量争取合法存在……"

"放弃斗争,向敌人屈服是吗?"许凤说着,皱起眉来。

"斗争!依靠什么?"

"群众不是都在吗?"

"群众,哼!还不是哪边风硬往哪边倒。你看不见吗?都打出日本旗子来啦!"

"这是你说的,你就这样污辱人!"许凤愤慨地望着胡文玉说,"你要合法,随你。我死了也不合法,我要斗争!"

胡文玉摇摇头说:"斗争!你这人真是,难道你看不见这个地区么,森林、大山、湖泊,什么也没有,武装都垮了,三四个村一个据点,已经变成敌占区啦。"

"我问你!"许凤打断他的话说,"大扫荡以前你那坚决劲上哪里去了?真想不到你的思想会变成这样!"

两个人沉默起来,板着面孔,谁也不看谁。胡文玉见许凤真恼了,觉着下不来台,想发一通议论说服她,可是心慌意乱,脑子里乱纷纷的,也理不出个头绪来。只好干咳一阵,竭力缓和地说:"这个问题,可以有不同的看法,以后再谈好不好?"

许凤犹自气愤愤的,勉强笑了笑说,"好吧!我也该走了。回来再来看你。"

胡文玉正想再说些挽回两人感情的话,许凤却转身走出去了。胡文玉怔了一下,急速地束上皮带,套上一件夹袄,追了出去。追到月亮门边,看见许凤的背影一闪,正要喊叫着追出去,小鸾从旁边一闪过来,迎面挡住了去路,两只眼黑虎虎地盯住他,冷笑着,逼得他不由自主地低下头去。

胡文玉叹口气退回屋里去了。

许凤和武小龙默默无语地在路上走着。东风迎面扑来,许凤心里千头万绪像浪涛起伏。她往后甩甩头发,挺起胸膛,尽量摆脱苦恼和气愤,急急地向前走去。

七 光荣的委托

月亮从黑黝黝的树林背后,悄悄爬上天空,星星在高空神秘地睒着眼,好像在侦察着什么人的行动。段村,整个村庄非常寂静,连孩子们也不敢啼哭了,只有微风送来苇塘里的几声蛙鸣。

月光下,许凤和武小龙提着手枪,在树林的阴影里,迅速地向村里走来。一会儿掩在僻静的墙角边听听动静,随后疾速地闪进到另一个墙角里。他们来到一条胡同里,向一个大门口走来,掩在门槛里照暗号敲了门。正等着开门,就见胡同口有两个人影一闪,也向这里走来。武小龙持枪上前去问了一声,那边一个人应声说是自己人,许凤知道他是小队队员,两人就放心了。等着武小龙和那两个人走到跟前,许凤一看原来另一个人是胡文玉。小声地埋怨他:"看你,到底还是来了!"

胡文玉尽力讨好地挨近许凤说:"为了工作嘛!我怎么能不来呢。"门里边的人问明了是谁,开了门。周政委的通讯员张少军走出来一摆手,四个人赶紧进去,插上门往院里走去。

一面走着,张少军和许凤谈着分别后的情形。

许凤在后边问张少军:"周政委身体怎么样?"

小张说:"这些日子他身体坏透啦。他碰到的净是倒霉的事,爱人牺牲了,肺病也严重啦。大扫荡以来他打了三仗,每次都累得吐血。要是别人早就躺倒了,他可一直不肯养一养。"

小张说着唉了一声。

说着话来到了北屋门口,胡文玉在门口犹豫着不敢进去。因为干部们向来就怕周政委那严肃的神气,特别是胡文玉更是怕他。还是许凤头前走进去,一面走着捉摸着先跟周政委说什么,本想先问候周政委几句,不料一脚踏进屋里来,一看周明那严厉的脸色,早把想好的话都丢光了,只叫了一声周政委。只见周明咳嗽着坐在灯下写什么,嘴里叼着烟斗,抬头睁了一下那深陷而明亮的大眼睛,他那苍白的脸瘦骨嶙峋,两眉中间锁着一道深深的皱纹,一点笑容都没有。周明见许凤和胡文玉进来,也没有说客气话,只点点头叫他俩到跟前来坐下。许凤、胡文玉局促不安地立着互相望了一眼。周明放下笔看着胡文玉说:"那天在小宋村整整打了一天,我们冲出去的时候已经是晚上十点多钟了。你是怎么脱险的呀?"胡文玉嗯了两声说:"我,我打死了三个鬼子,才冲出来。敌人一直追了我六七里地。我子弹也打光了,把枪坚壁起来,后来……"

周明感激地望着许凤说:"听说是你给骑兵团带的路?好,好样的!"

许凤点头微微一笑。胡文玉忙说："对！那天她真是勇敢极了！"

周明又问道："朱大江同志的伤见好吗？"

许凤忙答道："已经好多了，看来没有危险了。"

"过来！"周明叫了一声，把一张用色笔画的全县地图摊开在桌子上，胡文玉、许凤凑过去看。周明用钢笔指点着。地图上面标出蓝色的滹沱河、子牙河、滏阳河，红色的平大公路和横三竖四的公路网，封锁沟网，黑色的敌伪军据点。他轻轻咳嗽一声说："我们牺牲太大啦。如果我和县委同志们早一点体会到毛主席的游击战争的指导思想，要少流多少血呀！"他说到这里又咳嗽起来。

许凤小声地问道："军分区受损失是真的吗？县手枪队的同志谁牺牲了？"

周明悲痛地点点头说："手枪队的同志倒是没谁牺牲，可是分区的王政委、常司令员壮烈牺牲了。我们要记住烈士们为之洒血的遗愿。"周明说着难过地停下，屋里静静的。一阵悲痛滚过许凤的心头。

周明压抑着悲痛说："情况是非常严重啊。军区的主力部队和机关被迫撤到平汉路西山里去了。我们的地方武装垮了不少，干部损失了不少，可是我们这些干部还活着。"周明说到这里，停下来往烟斗里装着烟末，然后凑到灯火上吸着，缓慢地说："你们枣园区是敌人突击的重点，十个据点一千多敌伪军压在你们头上，人们看起来是屈服了，是不是？"周明的眼光锐利地看着他俩。

胡文玉回避着周明的目光，低下头悄悄地叹口气，使劲捏着手指头。

许凤仰起脸来，沉静地说："不，政委，群众没有屈服，他们一直在斗争。"

周明说："对，你所做的斗争县委都知道，我认为你做得非常正确。"

许凤忙说："不，政委，实际上我没有做多少，都是同志们做的。由于我没有经验，伤亡了好几个同志。"她说着沉思地低下头。

周明嗯了一声说："这我都明白，但是，你还是给党员干部做了个榜样。一个党员就要这样，哪怕没有任何人监督他，也要以生命来为党的光荣事业而斗争。来维护共产党这个光荣的称号。特别是一个党的领导干部，应该有独立进行斗争的气魄。可是许凤同志，你这样做的时候曾经怎样想过呀？"

许凤窘住了，她不知道说什么好，低声地说："政委，我什么都没有想，我心里只是仇恨，只想要打击敌人，为同志们，为群众报仇。"

周明点点头说："对，心里应该经常想到祖国，想到人民，经常不要忘了打击敌人。经常只想到自己的人，迟早总要离开党的队伍的。好吧，现在请你谈谈，胡文玉同志，你们区情况怎么样？"周明严肃地盯住胡文玉。

胡文玉无力地说："是这样，我正准备写个汇报。"

"不，我问你这些日子做了什么？"

"我想全面地布置一下。"

"我问你们区做了什么！"周明的眼睛射出愤怒的光芒。

"这，这个，这些日子我病了。"胡文玉擦着脸上的汗珠。

许凤替他难堪地扭开脸，瞧着窗户，白天会面时胡文玉和自己争论的那些话，又在耳边响起来。她清楚地意识到，胡文玉这些天没有积极领导斗争，不光是因为生病，还有思想问题在内。这必须让周政委了解。想着回过头来说："政委，这些天他不光身体有病，思想也有病。他看不见抗日群众的力量，害怕了；畏缩了，光想争取'合法存在'！"

胡文玉抬起头来吃惊地看看许凤，反感地啊了一声没说出什么，又低下了头。

周明竭力平静下来,吸着烟对胡文玉说:"好啦,胡文玉同志大扫荡以来的表现,县委基本上是了解的。县委研究了你的表现和你们区的情况,决定撤销你的区委书记的职务,调你回县委机关另行分配工作。"

胡文玉一听立刻面色惨白,突然低下头,好久没有言语。许凤也没有想到会这样办,突然转过头来,看看胡文玉,悄悄地长叹一声,又惊愕地望着周明。

周明咳嗽一声,磕着烟斗,压抑着他那激动的情绪,对许凤说:"县委决定由许凤同志担任区委书记。"

许凤心里猛地一跳,望着周明惊异地说:"我?"

"对,你!"周明又望着胡文玉说,"胡文玉同志有什么意见?"

胡文玉慢慢抬起头来说:"我,我没有意见,可是我,我愿意留在枣园区工作。"

周明沉思了一下说:"你愿意这样也好。希望你用实际行动改正你的错误。就这样吧,我还要跟别人谈话,你们两人先商量一下,等一会儿再具体研究你们区的工作。"

周明要出去,许凤走到周明跟前小声说:"我们区还没有小队长。"

周明说:"小队长,县委已经决定派给你们一个勇敢的同志。"

许凤一听心中暗喜,忙问:"派谁来?"

周明说:"县手枪队的队副李铁同志。只是因为你们区地位重要,情况特别严重,才把他派去。"

许凤说:"这好极了,不知道他什么时候才能来?"周明说:"已经通知他啦,大概现在他已经在路上了。"周明说完咳嗽着走了出去。

许凤和胡文玉默默无语地互相望望。胡文玉转过脸去,突然伏在桌子上哭泣起来,他哭得那样痛心,浑身都颤抖起来。许凤立在他旁边望望灯光,又望望他,不知是应该安慰他,还是应该批评他,好一会儿才小声说:"你也用不着这样!"

胡文玉抬起头来,用手绢擦擦眼泪激动地说:"这一回你高兴吧!"

"你这是什么话!"许凤气得心里一炸,眉毛一竖,反感地哼了一声,猛一转身向屋外走去。

"你回来!"胡文玉拉着她不放。

两个人对望着。语塞气喘,灯光摇闪。只听得村外水塘里传来一声声蛙鸣。

第 三 章

一 裂 痕

昨夜下了一场接犁雨,早晨就放了晴,滹沱河洪水也下来了。干燥飞沙的大地立刻变得潮湿滋润,空气也格外清新舒畅起来。今天枣园的敌人出动到滹沱河南去了。许凤在王庄,和孔村的两个干部谈完了工作,送干部们走后,赶紧串着院子到游击队住的院子来,要看看武小龙他们化装进据点的准备工作做得怎样了。许凤接受了区委书记的职务之后,第一件事就是要坚决消灭王金庆这个万恶的汉奸,以分化伪军伪组织,提高群众的斗争情绪。队员们正在院子里兴致勃勃地议论着:

"哎,要有咱们在高村打伏击缴获的那挺歪把子多好啊!嘿嘿,真想跟鬼子拉开阵势干一干,可,怎么送给了县里呢?县大队也是才恢复,人也不多嘛。"

"同志!你真是个小本位。叫歪把子机枪跟县大队大游大转多发挥作用不好吗?"

"废话,这还用你说!"

许凤微笑着走来。只见大雨初晴,天空蔚蓝清爽,地上一洗无尘,院内的枣树叶变得翠绿,阳光明亮可爱,人也变得分外精神了。队员们见许凤走来,都立起来笑容满面地迎上去和她说话。他们把自己设想的行动方案抢着向许凤提出来。许凤注意地听着,有时插上两句,提出自己的看法。这时,武小龙、刘满仓、郎小玉化了装从屋里走出来。队员们都围上去七嘴八舌、吹毛求疵地找起毛病来。

"刘满仓同志穿得太破了,反倒更不像。"

"郎小玉同志手上没有茧子,脸太白,牙也太白。"

"你走路应该驼着点背,松点劲。对!对!最好是摆着八字脚。"

队员们摆弄着他们,又说又笑,总而言之,问题多极了。许凤这时也凑到跟前打量一番,见他们三个人,穿着破裆子,袒露着胸膛,腰里煞着破褡包,头上戴着破草帽,有的肩膀上搭上条破毛巾,有的腰里插上个小烟袋。

"政委,怎么样?"郎小玉吐了一下舌头。

许凤点点头表示同意,嘱咐说:"同志们,这是头一次进据点,千万要沉着。走路别那么快,别东张西望地故意躲着敌人。说话要注意别漏出'同志'和'有!'来。能够抓到王金庆更好,如果抓不到,别勉强,一定要安全地回来。"

武小龙点点头答应道:"是!政委,你只管放心,敌人正抢修城墙,上千的民夫走来走去,又赶上是个集日,来来往往人多,乱糟糟的,不管怎么也能混出来。"

"好,你们准备好就走吧。"许凤说了又回头对陈东风说,"你带着其余的同志,吃过晚饭就到指定地点去接他们。"

陈东风答应着,跟许凤上到房上看着。这时太阳偏西,阳光还是刺目。手打遮阳望去,就见大路上十多辆大车装着干草,不紧不慢地往枣园据点方向走去。武小龙他们三个人就混在里边,啪啪地抽着鞭子赶着车。许凤正在看着,就听背后有人叫了声"凤姐",回头一看,见是秀芬走到跟前说:"什么急事大白天派人叫我回来?我正要给东村的干部们开会呢。"

许凤拉着秀芬的手说:"走,回家去谈吧。"

两人下了房,串着院子回到家里。李大娘忙去大门口放哨去了。许凤来到屋里却去坐在方桌边,拿着梳子梳起头发来。秀芬忙要过梳子来替她梳着说:"看你,黑夜白天总是忙得连头也顾不得梳,滚得乱蓬蓬的。"

许凤笑了一声说:"我就不愿意干干净净的么?"

"你叫我来有什么事啊?"秀芬着急地催问起来。

"你猜猜吧。"

"谈工作呗!"

"不光是谈工作,还有你高兴的事呢。"

"那我就猜不到了。快告诉我,一会儿就闷死我了。"秀芬说着摇着许凤的肩膀。

"我告诉你是个喜事。"

"什么喜事啊?"

"萧金同志一两天之内就要来啦,这不是喜事吗?"

"你别哄我。"

"这是真的,我要求周政委把他和李铁同志一起调来。现在他们已经在路上了,也许今天晚上就到了呢。"

秀芬忍不住又问道:"真的?"

"可不是真的!前天县委的通讯员来了,说他俩已经到县委机关,等县委跟他们谈了工作,立刻就来。我已经捎信给他俩,叫他俩今天就到张村去找我。"许凤非常满意地说:

"秀芬,你知道他们过封锁线怎么过法?"

"怎么过,黑夜冲过来呗!"

"不!白天骑着自行车,大摇大摆地越过设有两道岗的张桥!他们真是胆大包天哩。"

秀芬笑道:"李铁同志大胆那是出名的。就是萧金也是一肚子七十二个心眼,他们村里人都跟他叫小军师。我记得小时候他去当小工给地主张家割麦子。张家非常刁,把穷人们拾的麦子夺了去,还打人。萧金就跟一群穷孩子叽咕了一下,想了个办法,把地主家拉麦子的大车给弄翻了,一群穷孩子跟着起了哄,抢了车上的麦子。地主家的狗腿子都跑到那边去追人了,这边萧金一喊,大家一起哄,又把地主地里的麦子弄走不少。领青的雇工被一群短工围着哪敢动弹,等地主的狗腿子回来,人们早就跑光了。"秀芬说着直笑。

许凤听着笑的一拍手说:"好!好!真是小军师。"沉思了一下说,"秀芬,你想他不想?"

"凤姐!"秀芬不知说什么好了,笑得闭不拢嘴,兴奋地给许凤梳着头。

"说实话,秀芬,想不想?"

"怎么不想!快一年不见面了。你知道他多好啊。他坚定,勇敢,又懂得心疼别人,脾气又好。你知道俺俩的姥姥家是一个村哩,从八九岁上就净商量着一块住姥姥家。净在一块去挑菜,拾麦子,最后一次是刨荸荠,俺俩就说了,俺两家老人也都同意,就订了婚。……"秀芬笑得脸蛋通红,说不下去了。

许凤笑起来,梳上发髻,向秀芬传达了县委的指示。为了适应新的情况要简化机构。各级的群众团体并为一个抗联。工、农、青、妇各会都改为抗联的一个部。许凤担任了区委书记,秀芬便接替了许凤的工作,担任了区抗联的妇女部长。许凤把妇女工作向秀芬做了指示,又一起商量了怎样整顿王庄的支部,怎样分头领导,先恢复附近几个村的抗日工作。最后许凤对秀芬说:"咱俩也不能总像一个人似的离不开。我自己到西乡,你依靠王庄把高村、窦町、刘町三个村的地道挖起来,把联络员换上可靠的人。别的工作怎么做,回来再说。"许凤说到这里叹了口气,拉着秀芬的手说,"秀芬,说良心话,我这两天可真发愁啦!"

秀芬忙问道:"什么事值得你发愁啊?"

许凤说:"我不该答应当这个区委书记。你知道,我没有领导全面工作的经验,懂的东西太少,我真不会领导。"

秀芬说:"凤姐,你就干吧!什么都是人做的,总不能先学会当区委书记再革命啊!"

许凤说:"我也这么想。我还有这口昂气,自个不行就得勤谨着点,人家想一遍,我想它十遍。我豁着一腔子心血,还怕它难倒人!"

秀芬说:"依我看,一个人只要勇敢、坚定,肯把自己的一切献给革命事业,就没有什么不能做的。至于文化呀,理论呀,它又不咬人,你只要一个劲钻它,就不愁学不会。"许凤笑道:"你说的真对,咱们就这样办。"两人说着话,秀芬倚在许凤的肩膀上,偷偷地把一朵石榴花插到许凤的发髻上了。许凤见秀芬直是笑,不知怎么回事,忙向自己身上到处找,摸摸头上,插着一个东西,拿下一看,却是一朵石榴花。笑道:"你这个死妮子,什么时候也忘不了闹着玩。"说着拿起花在鼻子上闻闻,插到镜框上去。

秀芬敛起笑容,坐下喘着气说:"不闹啦,谈个正经事,江丽同志要求参加区里工作哩。"

许凤说:"她要愿意在咱们区里工作可好了,咱们可有个得力的帮手了。她原来是做宣传工作的能手嘛。"

秀芬说:"嗬,她不光能做政治工作,还真是个好演员哩!军区住在这儿的时候,她还在这村演过戏呢。她多好哇,长得又漂亮又能干,教我们唱歌演戏可认真哩。这些日子她养病,待在一个村里,闷得实在不耐烦了。前两天我见了她,还直催这件事呢。"

许凤一听忙说:"好极啦,我马上跟县委提出来叫她参加区委工作,等两天咱俩去看看她。"

秀芬说:"好,就这样吧,我去找村支部书记商量一下,晚上就开始这村的工作,明天就到别的村去。"说着起身往外就走。

许凤又叫住她嘱咐说:"秀芬,记住,可不许动不动就跟人家着急发火呀。"

"我知道。你走的时候,可叫人送一下。"秀芬回身咕嘟着小嘴,用手指着许凤说。直到许凤点头答应,这才噔噔地跑了。

许凤看着秀芬走了，回到屋里，摸摸发髻，向门外看看没有人，就坐在炕桌边，打开文件包，拿出笔记本来看着，思考着这几个村的情况，公粮损失的数字，汉奸的活动情形。正想得入神，忽然听见大门外一阵咚咚的脚步声，赶紧三把两把将文件包好，抓起手枪来，由窗口向外一望，见门口闪进一个人来，接着是李大娘的声音说："老胡同志啊，找许凤，她在北屋西间。"大娘闪出身来用手向里一指，又回到大门口放哨去了。许凤把手枪保上险，装在衣袋里。门帘一启，胡文玉走进来。许凤见他化装了，穿着件淡灰串绸大褂子，心里就是一阵反感。轻轻地说声："来啦？"重新整理着文件包。

胡文玉打打身上的土，不自然地坐下。他的脸虽然修饰得很干净，却挂着一层灰气。他不紧不慢地打火吸着烟斗，望望许凤，唉了一声说："我不承想落到这样地步！"

许凤坐在桌边一手托着腮没有言语。胡文玉低下头，沉思地看着烟斗里冒出的蓝色烟缕，曲折缥缈地升上空中。胡文玉从和周政委谈话回来后，连着两夜没有合眼，对许凤真是又恨又想，又妒忌又尊敬。想来想去，觉得非找她来谈谈不可。他觉得有把握，一定能够征服许凤，使她和自己结婚。不管小鸾怎么缠磨，他决心大白天找她来了。他看着烟缕想着该怎么说好。一路上准备好的那一套说辞，现在一当着她的面好像都站不住脚了。他干咳了一声说："我希望咱俩无论如何别破裂了。"

许凤说："你想说什么你就直截了当地说吧！"她说着仰起头来看着窗户。

胡文玉抑郁不平地说："我想你一定会瞧不起我了。可是，你应该相信，发生这种事情，不是偶然的。当时我和周明在冀中区党委一起分配下来的时候，我本来是应该担任县委的，可是，因为我们俩关系不好，他不同意。我也太谦虚，愿意到下边锻炼一下，后来才到了这区来。现在他是存心打击我。"

许凤一听立刻激动地说:"怎么是他打击你呢?为什么不检查一下自己的错误?在这样困难的关头,党和人民遭受挫折的时候,你完全放弃了自己的责任。别人在奋不顾身地斗争,你呢?你躲在一边干了些什么?现在反来说这样的话,你还有党员的立场吗?你这样下去会毁了自己的!"许凤说了生气地看着他。

胡文玉沉默起来,两手捂着脸,好一会儿,立起来说:"就算我有错误,可你也应该相信我对你的爱情是忠实的。我始终对你抱着一颗赤诚的心。"

许凤反感地说:"因为这个我就不能批评你吗!"

胡文玉说:"可是你也不应该打击我!凭良心说,我为你多少日子都睡不着,吃不下。我想咱们俩无论什么时候也应该一心一意的,可你对周明说了我些什么?你应该平心想一想,两年来,我怎么提拔你,培养你,到现在竟给我这么一下!一句话也不替我说,反而拆我的台。真叫人伤心。"胡文玉激昂地说着,使劲磕着烟斗。

许凤更恼火起来,睁大了眼睛看着胡文玉说:"胡文玉同志,你过去的好处我不会忘记的,可是我不能看着你堕落下去,我不能不在党的面前批评你的错误。我现在还是要提醒你,必须立刻想一想自己跟党的关系,坚决改正自己的错误思想才行。不然是会葬送自己的。"

胡文玉沉默一下说:"算啦,不说这个啦。我想你会明白,我要求留在这区工作,完全是因为不愿意离开你。"他抬起头来看着许凤。

许凤望着窗户,沉静地说:"不管你为什么愿意留在这区里,即便你调走了,我也不放弃自己的责任,还是要想法批评你,直到你认识了自己的错误为止。"

胡文玉说:"我是有错误的,可是这样对待我一点也不公平。我坦白地说……"胡文玉说到这里停下了。

"你说吧！"许凤转身正面望着他。

胡文玉说："我怀疑是周明有着个人目的，所以想法打击我。"

"你胡说！"许凤气得脸色煞白。

胡文玉说："你不要生气。你能担任区委书记，我是非常高兴的。你是我提拔起来的。我曾经怎样帮助你，你也许没有忘掉。可我不承想你也是这样势利眼，对我落井下石。"

"你简直是存心来污辱我！"

许凤说着愤愤地走到外间屋去，气的呼吸急促。立了一会儿，冷冷地走进屋来，拿起文件包转身说："真是路遥知马力，日久见人心！过去算我瞎了眼睛，没有看出你是这种人！"

"我是什么人？"胡文玉激动地立起来，脸色带着惊恐。

"你，彻头彻尾的个人主义！你跟党两条心！"许凤决然地说。

胡文玉脸上变了颜色，想辩驳又没话说，痛苦地摇着头软下来说："许凤同志，原谅我，我下了决心来找你，我不跟你在一起，会，会……"他突然说不下去了。

许凤恼怒地说："一个人应该对自己负责，也应该懂得尊重同志。"说完，嘭的一声掀开门帘，向外面走去。

胡文玉跟在后边不住地说："你上哪儿？你上哪儿？"

许凤早气急了，不愿意再和他说话，头也不回地说："我还得去工作。你好好想想，咱们再说吧！"

许凤头里急急地走，胡文玉在后边紧紧地跟着。

"凤子呀，秀芬说等一会儿叫人送你。"李大娘着急地拉住她。

"不用啦，大娘，今天敌人没有出来。"许凤扶着大娘说完，匆匆地走了。胡文玉急急地追下去。刚走了不远，背后有人跑上来，一把拉住了他的胳膊。胡文玉回头一看，是小队队员蔡二来急匆匆地说："我给赵指导员送信去，他叫我捎了信来，叫你立刻回赵庄去有事。"说着送给他一封信。胡文玉接过信来，回头一看，许凤早穿过树林走远了。他急得一跺脚，把信往衣袋里一掖，不管蔡二来,撒腿就向许凤追了下去。

二 滹沱河边

许凤一阵风似的在头里紧走,胡文玉在后边紧追。他俩一前一后刚走出村外二里多地,太阳已经点地,胡文玉终于追上了她。两人喘息着互相看看。许凤见胡文玉脸上挂着泪痕,又这样执拗地追自己,觉得不理他也不行,究竟还有感情,还要帮助他进步。胡文玉掏出手绢擦了一下眼睛,望着许凤唉了一声说:"许凤同志,千错万错都是我错。谁叫我一时昏了头,胡说八道,惹得你生气。千万别记恨我。你知道我向来是对你无话不说的。说错了你只管批评我就是了。我相信你会原谅我的。"

许凤听着唉了一声说:"你需要的不是原谅,是严格的批评。"说到这里胡文玉不住声地央求,那副诚恳悔过的样子叫人又气又无可奈何,只得叹了口气说:"惯骑马就得惯栽脚。不怕犯错误,就怕不改。只要你真正下决心进步,我对你还不是一样。"

胡文玉立刻化愁为喜,握着许凤一只手说:"你看着吧,我一定争这口气,只要你不因为职务的关系看不起我。"

许凤抬手理一下头发,感慨地说:"你呀!把我看成什么人了,我对你还不是恨铁不成钢啊。我不那么短见,职务大小一样革命,人一辈子谁能老走顺风船?"

胡文玉又感动又兴奋,双手使劲握起许凤的手说:"别生我的气了,是我对不起你!我真诚地爱你!"

"我希望你的脑子用在对敌斗争上,多为党想一想!"许凤说着抽回手来转身向前走去。两人并肩走着,急一阵慢一阵地说着话。突然发现一队伪军在北面林边大路上出现了。伪军一见他俩就呼喊着追过来。胡文玉拉着许凤就跑。许凤着急地道:"快!你朝那边跑!"胡文玉打着枪朝东跑去,敌人追追这个,又追追那个,误了一会儿,许凤就跑出了好远。许凤紧向西南方向跑,回头一看,一个大个子伪军已经追到身边。许凤猛一转身向伪军开了一枪,那伪军翻身栽倒了。后边的伪军不敢死追了,却向许凤打起枪来。许凤一看几个伪军抄到西面去截她,忙串着树林往南跑。伪军在后面叫喊着,一心要抓活的,虽不住地打枪,并不瞄准她射击。枪声愈响愈近,许凤见左右都有敌人迂回截击,往别处跑是不行了,便拼命地往滹沱河边奔跑过来。二三十个敌人在后边紧追,子弹在她头上吱吱地叫着。许凤脸上淌着汗珠,短发散披到前额上来,她掩在一棵大树后,机灵地往后看了一下,冒着弹流跑上了滹沱河堤。面前是大河,后边是追兵,许凤咬牙向河边跑去。

滹沱河水正在猛涨。浑水汹涌翻滚地流着,打着旋涡,浮着泡沫,明晃晃的有一里多宽。

许凤提着手枪气喘吁吁地跑到河边,纵身跳下河去。只听扑通一声,河水溅起一片水花,冒了一串水泡,一个猛子扎下去,好久没有见她浮上来。敌人刚追到河边,纷纷地叫嚷着向水里打枪。突然轰轰的几声响,几颗手榴弹在敌人群中爆炸了。接着一阵驳壳枪弹从后边向敌人扫射过来。敌人栽倒了几个,其余的纷纷卧倒。天色已经昏黑,伪军们遭到突然袭击,弄得莫名其妙,爬起来一看又不见一个人影。几十个伪军向打枪的土塄边搜索了一气,什么目标都没有发现。突然,堤北又打响了冷枪声。天色昏黑,敌人闹不清究竟有多少游击队,又带着伤号,不敢追赶。只得架着伤兵,走一阵,打一阵枪,丢下了五具死尸逃走了。

河水茫茫,许凤在水里游着,一会儿被浪花卷下去,一会儿又奋力冒出头来,喷着水,渐渐没了力气。她头昏目眩起来,只见陡峭的河岸迅速向西飞奔,心里一慌,被急速的旋涡卷下深深的水底去了。她咬牙憋住一口气,使劲往水面钻,忍不住鼻子一吸气,一阵酸辣辣的疼痛,水从鼻孔里钻了进去,忙一张嘴又灌了两口水。她终于露出水面,张着嘴急剧地喘息着。风又把浪花一个接一个地掀到她脸上。她在浪花击打中不住地喷着水,灌了一口又一口,一次接一次地沉下去又冒出来。她握紧手枪竭力挣扎着,渐渐地更加昏沉无力,被凶猛的激流旋卷下去了……

月光下,一个男人双臂托着许凤在河边浅滩中跋涉着,一步一步地走上岸边,又走上高高的堤坡,向堤北丛密的树林中走去。许凤在那男人的怀抱里,昏沉地闭着眼睛,披散的黑发垂下来,往下滴着水珠。

许凤渐渐清醒过来,睁开眼睛一看,不知怎么自己躺到这林中草地上来了。天净星稀,明月透过高大的白杨和翠柏的枝叶,把皎洁的银光泻在草地上。这时旷野十分寂静,只听到树叶在微风中发出沙沙的声音。向四下一看,发现有一个男人立在二十几步远处,提着驳壳枪向林外望着。忽然他走到附近一个坟丘边一丛浓密的矮杜树底下,蹲着打起火镰来。火镰碰击火石,发出清脆的响声,火星一闪一闪的。那男人吸着了烟,立起身向自己身边走来。许凤心里害怕起来,虽然判断他不是敌人,可能是他打走敌人救起了自己,可是他要不怀好意来欺负自己呢?她急忙找手枪,手枪没有了。急得她一下坐起来,就身边抓起一块砖头攥在手里。那男人走近了,立在面前月光下,吸了口烟说:"许凤同志,醒过来啦?我在河边直追了一里多地,才找到了你。"

许凤一听是认识自己的同志,偷偷丢掉手中的砖头,急忙说:"多亏你救了我。"说着仔细端详那人,似乎在哪里见过面,一下又忘了名字。月光下只见他健壮的身材,脸形挺端正的,腮边黑茸茸的,好像是连鬓胡。他把驳壳枪斜插在腰里皮带上,敞着黑布夹袄,叉开两腿站着,沉静地吸着烟,从衣袋里掏出一支手枪递过去。许凤接过来一看正是自己的手枪,有些难为情地笑笑。突然,她想起来了,猛然立起来又惊又喜地叫道:"哎呀!李铁同志,你可来啦,我们天天盼你哩。多谢你救了我一命。"

李铁把夹袄脱下来,又从腰里摘下一块毛巾,一并递给许凤说:"你先换上件干衣裳,咱们再说话。"

许凤早叫湿衣裳弄的难受了,就伸手接过来。见李铁转身向林边走去,便躲在一个石碑后面,急忙脱下湿淋淋的褂子,穿上李铁的夹袄。李铁站在林边树荫外边,向远处看着。等了一会儿,走回来见许凤已经穿上夹袄,坐在石桌上在拧头发上的水。李铁便坐在对面一个石桌上。

许凤甩着手上的水珠问道:"你怎么来得这么巧,正好走到这儿来了?"

李铁吸着烟缓慢地说:"昨天半夜过了平大路,想不到走转了向,闯到枣园据点去了。叫敌人追了一阵,又绕到刘町去了。折腾到要天亮了也没有到张村,只好硬着头皮在桥头据点伪大乡长家蹲了一天。傍黑这才溜出来,顺河堤走,打算先到王庄打听一下,吃点饭再到张村找你哩。想不到正碰上敌人追你。"

月光下,许凤两手挽着发髻,望着李铁说:"我们两人第一次见面好像是在龙堂,是吗?"

李铁吐了一口烟,嗯了一声说:"不对!是一九三九年的'七七',在全县干部大会上,那是在泗水村召开的。我记得为欢迎你唱歌把手掌都拍红了。你和我只说过一句话:'天气真热呀!'此外大概还见过三次面,说过不过十几句话吧。"

许凤听着笑了一声说:"你真是好记性。"

李铁笑了一声说:"问题不在记性上,恐怕还是因为我平凡,太容易被人忘记了,所以……"

许凤不好意思地忙插言道:"别说啦,我们哪一天不念道你几遍呀。大黑夜淹的昏头涨脑的一下没看出来罢了。就是你一个人来的吗?"

"不,萧金同志也跟我一起来了。我叫他去把敌人引走了。"

"这真是再好也没有了。我说,李铁同志,你愿意到这区来工作吗?"

"说实话吗?"

"当然啦!"

"愿意来,也不愿意来。想来想去,本心还是不愿意来。"

"为什么?"

"这个,嘿嘿!认真地说嘛,也说不出为什么来。"

"那么,你还是来啦。"

"是啊,组织上只要做了决定,叫我到地狱里去我也情愿。"

许凤听了满意地笑起来说:"你不来,我们也不依呀。路上很不好走吧,敌人不是封锁得很紧吗?"

李铁忙接口说道:"对,我正想告诉你哩,从县城附近到这区,过据点穿封锁线,从没有挨打,想不到进了这区,倒狠狠地挨了一下伏击。"

许凤急忙问道:"这是怎么说?"

李铁弯下身子向四外听察了一下,坐到石桌上对许凤说:"就在赵庄东北大枣树林里,不是有一段被枣树遮得不见天的大夹沟吗?就在那儿一进大沟,迎头就给了我们俩一顿子排子枪,要不是躲得快早就完事大吉了。这么着衣襟上也给穿了一个洞。"

许凤聚精会神地望着李铁,听着,点点头说:"奇怪!如果是据点里的敌人,为什么不多去一些人?情报又怎么得到的呢?"

李铁说:"是啊,我想要是自己人,一定会先问话,要不就会躲开走。冷不丁就打,这肯定是有计划的伏击。但是听起来又不像敌人,因为枪声里有盒子枪,有汉阳造,还像有独决枪。"

许凤忙问道:"你走什么路叫人知道过吗?到哪村去过?"

"黑夜在段村维持会里吃了一顿饭。"

"啊,要这样,问题就很明显了,这一定是有内奸活动。"

"这叫先给一个下马威,我看辣的一定还在后头呢!后果真有内奸的话,一定得想法除掉他。"

"对啊,要真有内奸的话,对我们威胁太大,非除掉不行。"

正说着话,就听林边连着两声轻轻的口哨。李铁立起来连着打了四声唿哨,就见一个人提着驳壳枪向林中走了过来,向李铁问道:"救上来了吗?"

李铁说:"来吧,萧金,你看这是谁?"

萧金走到跟前一看是许凤,立刻高兴地一跳,连声叫道:"凤姐,是你呀!"

许凤忙立起来高兴地说:"萧金,你也来了,可好极了,秀芬正天天想你哩,咱们快走吧!"

萧金是个十九岁的漂亮小伙子,中等身材,白白的瓜子脸,一双姑娘般的水灵灵的眼睛,看起来像有些腼腆,打起仗来可是十分机警勇猛。他听了笑得闭不拢嘴,脸上发起烧来,忙去搀扶着许凤的胳膊走着说:"凤姐,别开玩笑啦!"

月光下,他们三个向树林外边野地里走去了。

三 喜 重 逢

夜深人静,院内的槐花、石榴花在微风里筛动着月影,槐花瓣轻轻地飘落地上。朱大江在炕上躺着。灯光微微颤动,他那胡须蓬蓬的黑脸痛苦地抽动了一下,摸摸头上的绷带,艰难地动了一下身体,拿起许凤给他的烈士埋在身下的那支驳壳枪,自语地说:"同志!我要用你的枪继续战斗!"说了激动地小声唱起来:

> 我们站在昆仑山顶,
> 打起火把指点着东南,
> 这就是祖国!
> 啊——
> 梦中的祖国,
> 被屠杀的人民,
> 被污辱的河山。

没有工夫流泪,
我们要宣誓:
凭着你头上的蔚蓝天,
为你生,
就决心为你死!
死在你怀中我们也甘愿。

　　他那低沉的声调充满了复仇的决心。正在唱着,突然听到一阵轻轻的笑语声。朱大江挣扎着坐起来,听见门口有人爽朗而亲热地叫了一声:"老朱!"只见李铁在门口一闪走进来,急急地奔过来。

　　"哎呀,我的同志!"朱大江高兴地伸着胳膊,咧着大嘴,笑着迎接李铁。李铁过去扶着朱大江,查看着他的伤口,禁不住说:"还活着!"

　　朱大江笑着说:"对,还活着。"

　　随后许凤、萧金也走进来。萧金静静地微笑着走过去叫声"朱队长",两手久久地攥着朱大江的手。这时,蔡二来、小曼、葛三都跑进来,屋里一下子热闹起来了,大家说说笑笑,好不高兴。

　　张大娘见许凤淹的那样,直是埋怨,催她快去换了衣裳躺着歇歇。小曼拉着许凤走了。大娘认识李铁,高兴地指着他说:"这回你来了可得狠狠地打打那些鬼子汉奸,给大娘出出这口气!"

　　李铁握起拳头笑着说:"大娘,你瞧好吧,一定狠狠地打狗日的!"

　　大娘笑着又说了几句话就做饭去了。许凤刚换了衣裳,和小曼出来,张立根匆匆地进来,凑过去小声说了几句话,许凤和小曼就跟张立根一起出去了,好像有什么紧急事的样子。好一会许凤才回来。大娘也把饭做熟了,一起忙活着端上饭来。吃着饭,许凤借着灯光又暗暗端详着李铁,他那瘦削的脸棱角分明,配上那雄鹰一样明亮的眼睛,光芒闪闪,给人一种非常勇猛的感觉。脸上有一块伤疤。身上朴素洒脱,透出蓬蓬勃勃的朝气。看来他是个十分爽快的人,动作都是那么敏捷有劲。

李铁只顾狼吞虎咽大口咬着谷面饼子,连声说:"好吃,好吃。"许凤和小曼偷偷地直笑他。萧金对大娘说:"说实话,一天没吃饭了。"

萧金一面吃着,一面叙述他们的遭遇。大娘和小曼出神地听着,惊得目瞪口呆。萧金笑着说:"黑夜在刘町转了向,我跳进一个人家的院里去问路,屋里的人吓得好半天不敢言语。我小声说了许多好话,这才开开屋门走出一个老太太来。她迷迷怔怔地把我端详了好一会,突然抓起一根棍子来。我以为她要打我哩,忙往后退了几步,只见老太太慌慌张张地又抓起个洋铁筒,当当地敲起来,一面敲着一面大声喊叫:'八路来啦!八路来啦!'我只好退出院子,和李铁同志撒腿跑了。"人们听着都笑起来。

许凤笑道:"这些日子,枣园据点的特务时常化装工作人员和手枪队,半夜到村里活动,有不少人家就上了当被抓走了。人家一时真假难辨,只好这样对付啊。哪里知道你们是真的八路呢?"

李铁又说到从河里怎样救许凤的事,小曼听着惊奇得连饭也忘记吃了。

大娘冲着许凤说:"闺女呀!以后可不许这么冒冒失失地走来走去啦,吃了饭快去歇歇吧!"又转脸向李铁说,"你们只管吃吧,吃饱点。"

李铁哼了一声,一拍肚子说:"大娘,看吧,三天的粮都存好了。"

大家一听忍不住都笑了。许凤早已疲乏得支持不住,便先去休息了。饭后,人们都忙着挖洞去了。李铁留下,卷了两支烟卷,给朱大江一支,两人吸着烟。李铁望着朱大江说:"怎么,有点烦闷吗?"

朱大江说:"是,我真恨不得立刻去参加战斗,狠狠地报报仇!

你看我会不会残废?"朱大江呼出一口烟,惋惜地看看李铁的驳壳枪,拿起来掂掂又放在身边。

李铁紧挨他坐下说:"不会,你放心养着吧。"朱大江看着李铁问道:"你好像也有点什么心事,是吗?"

李铁坦白地说:"老朱,你看这么一个政委。"说着摇摇头。

"怎么?"朱大江听了像伤害了自己的尊严似的看着李铁。

李铁笑笑说:"怎么? 一个姑娘家,领着妇女们跑跑步、唱唱歌啥的倒挺不错,当个演员也够格,可是,当政委,唉!"

朱大江说:"噢,你看不起她! 要是别人这么说,我非揍肿他屁股不可!"朱大江在李铁面前晃着拳头。

正说着话,小曼跑进来喊:"李队长,凤姐叫你去。"

"小鬼,你得说许政委!"李铁说着冲朱大江一笑。

"不,就是凤姐! 凤姐!"小曼倔强地歪着头。

"好,就是凤姐!"李铁摸着她的头顶笑笑,两人走了出来。

李铁跟小曼走着心里暗想:"不知道急着跟我谈些什么?"想着已经走到前院北屋里,小曼调皮地打了他脊梁一下说:"进去吧,就在这屋!"说着回身跑了。李铁咳嗽一声,等许凤答了声才一掀门帘进去,就见许凤急忙掀掉盖在身上的白粗布被子坐起来。灯光照着她那黑亮的头发,像乌云般披在肩上。她上身只穿着一件紫花格粗布大襟短袖裇,一面下炕一面忙说:"李铁同志,快坐下吧!"李铁见她这样客气,倒觉不好意思起来,连忙拦住让她躺下休息。随即坐在凳子上说:"政委,你叫我有什么事啊?"他那洪亮的声音里显然带点轻视人的情绪。许凤听了笑了一下,立即严肃地说:"李铁同志,坦白地说,我有许多方面不如你。我缺乏武装斗争的经验,又是个女同志。咱们区对敌斗争的任务,就得多依靠你了。希望你处处多帮助我,批评我。"李铁听了心里反而不好意思起来,忙说:"许凤同志,咱们互相帮助就是了。"许凤看着他说:"我想你很明白,党需要你来带队打仗,但是更需要你用脑子。

你有经验,希望你全面地想想,出个好主意,咱们怎么才能打开局面哪!"正说着,张立根叽里咕咚地走进屋来说:"政委,人们都等急了,叫李队长去见见吧!"李铁忙问:"什么事?"许凤笑道:"去吧!有人要见你,去了就知道了。"

四 心 头 恨

李铁从许凤屋里出来,跟着张立根穿过几条小夹道,钻过几处小门洞,曲曲折折走了好一会儿,才来到了张立根家里。一进院,见北屋窗纸上闪露着昏黄的灯光,屋里传出轻轻的话语声,李铁听出是很熟悉的老年人的声音:"大扫荡那天,回家一看,老伴正守着一堆被鬼子砸烂的东西哭呢,老娘们家就是这样……"

说到这里,屋里几个妇女哟了一声。一个妇女插进来说:"得啦,杨大伯,我们老娘们家怎么啦?抗日也不落后哇,说难听的可不依你。"

杨大伯连忙啊啊地制止她们,接着说:"听我说完嘛。当时我真烦透了。一追问,她才抽抽搭搭地告诉我,听说李铁同志也牺牲啦。这一家伙,真像头上响了个晴天霹雷,我这大年纪,轻易不流泪,这一回可止不住也哭了。"老头嗒了一声接着说,"李铁怎么还不来呀!"

李铁听出是谁来了,几步踏进屋门叫道:"杨大伯,我来啦!"

杨大伯咧开没牙的嘴笑着,一出溜跳下炕,过来一把拉着李铁说:"哎呀,老李,真是你!真是你!"一面说着,摸着李铁的肩膀,左看了右看,好像怕别人把他心爱的东西弄坏了一样。好一会儿这才拉着李铁的手说:"你大娘跟小虎子见到你该有多好啊!娘儿俩成天价念道你。"说到这里回头看着人们说,"你们知道吧,一九四〇年春天,敌人包围了高村,把俺们一群七八十个人都捆起来,锁在一个屋里,点火烧起来。多亏李铁同志他们领着大队和二十三团冲进村来,打跑了敌人。是李铁同志冒着死从火里把俺一家三口人救出来的。"

三个老大娘并不听杨大伯说话,一个劲挤到跟前来,拉着李铁的胳膊,连声说:"阿弥陀佛,孩子啊,看你,瘦啦!"

炕上那壮年妇女一下跳下炕来说道:"兄弟,里边来,让二嫂也看看!"

李铁一面往里边走着说:"哈,看吧!扫荡下去几斤肉,倒觉得灵巧了!"

李铁和大家亲热地拉了一会儿话,接着转到正题上来了。

一个老太太说:"老李呀,这几天人们哄扬动了,说有个手枪队长要来啦,是个老八路神枪手。俺们一听可就知道准是你来了。老李,这日子可怎么过吧!麦子刚上场,维持会就跟俺家要二百斤面,全要光了还不够。莫非咱们就这样算完啦!"

另一个老太太紧接过去说:"俺村更厉害,把俺家的锅也拔了去。俺就二亩多地,一挖大沟都给挖没啦!"说着擦起眼泪来。

杜二嫂说:"王金庆这个汉奸凶的比狼还厉害。他带着鬼子到村里去,又抢又杀,伸手拿钱,抬手打人,跟鬼子一起强奸妇女。再不打死他,老百姓简直活不下去了。"

这时只听一阵枪响,好像在枣园附近。人们都静下来听着。张立根忙出去探听去了。二嫂停了一下,伸着一个手指小声说:"老李同志,这些日子找不到队伍,俺们村干部急坏了,听说你带着手枪队来了,大家可高兴了。无论如何得想法打一下这些铁杆汉奸。不光王金庆凶得厉害,就连大地主齐家也凶得不行,成天价立在街上吹五道六地说:'八路钻了山,区里完了蛋。'公粮他家不拿,合理负担也给推翻啦,把负担都弄到贫农中农身上,死逼着要钱要粮。这么着,长了,谁家也得拔锅卷席。"

杨大伯捋着胡子说:"老李,咱们二十三团到哪儿去啦?你来了,无论如何想法先除了王金庆才行!"

一会儿,村干部们、邻居们走来了七八个人,更热闹起来了。月亮西沉了,人们还围着李铁不肯散。正说着话,就听院里有人咳嗽着向屋里走来,一看是张立根领着村里跑枣园据点的联络员张福臣老大伯来了。人们都抢着问道:"打枪是怎么回事,枣园据点里怎么样?"张福臣就像没有听见似的只顾上去拉着李铁,高兴地咧着嘴,撅起花白胡子,连声说:"来得好!你来得好!"李铁笑着忙扶他坐下问道:"老大伯,枣园据点里怎么样?是不是又出动了?"张福臣装上一锅烟在灯火上吸着,摇摇头说:"没有事,敌人这几天顾不上出动。是特务队到桥头据点联络回来,在大河边上挨了一顿好打,家伙们回去都吓坏了,说简直遇上了神兵。挨了半天打,连个人影子也没有找着,好厉害!"说到这里指着李铁道:"一定是你们县手枪队过来干的吧?"李铁只是笑笑。人们都发狠解气地说:"打得好!真痛快!"张福臣捋捋胡子吐了口烟说:"好,还有比这痛快的事呢。特务队刚挨了揍回来,王金庆就叫咱们这边给活活的掏出据点去了!"人们一听都高兴地追问:"真的吗?真的吗?"张福臣咳嗽一声说:"我是出了据点在柳巷听说的,不知道那会子枪响又出了什么岔没有。"

　　正在这时,听萧金在窗户外边叫道:"李队长,政委叫你去!"李铁答应着起身,别了乡亲们走出来,跟萧金走去。穿过几个院墙的豁口,走到后边一个宽绰的院子里,月光下只见二十多个队员刚吃完了饭,正在七嘴八舌地互相埋怨着。许凤披了一件夹袄立在旁边,听着直是笑,见李铁来了忙向队员们说:"同志们,我们的队长李铁同志来啦,大家认识一下吧。"

　　队员们一下都围上来和他说话,唯独刘满仓躺在一片苇席上动不了,还直劲挣扎着要立起来,许凤忙摆手叫人躺着别动。李铁和队员们说了一会儿话,走到刘满仓跟前问道:"你的身体不舒坦吧?"人们听说扑哧一声都笑了。郎小玉道:"哪是不舒坦,是叫王金庆把蛋踢肿了。"人们一听更哧哧地笑起来。

李铁机警地点点头问道："那么说,王金庆又跑了吗?"许凤接过去说:"对,是跑了,可是他们这一次进出据点干的可真漂亮。当初我真担心他们要出事呢!"李铁向人员们问道:"你们进去遇到危险了吧?"武小龙说:"就是,可真危险了几次呢!我们赶着送干草的大车刚进枣园据点,鬼子就来搜我们。说实话,当时心里可真敲套鼓呢。我们把枪藏在草里,敌人光搜了身上就放我们过去了。"郎小玉嘿了一声插上说道:"这一关糊弄过去了,第二关可不好过呢。"许凤也说道:"说实话,你们可真比过五关还不容易呢。"郎小玉接着说:"草车赶到大乡,卸车的时候,好容易才把枪偷偷藏在身上。趁喂牲口的工夫,我们找了一个人家进去,给了老大娘两块准备票,叫她给烧了点开水,蒸了些饼子吃。好家伙,一个伪警两次进去问长问短,看样子挺注意我们。我们装傻装糊涂,好容易才熬到天黑。"李铁笑道:"下边该过第三关了吧?"郎小玉一扬手说:"这一关最较劲,可是想不到那么简单。趁大车往外走,我们打个马虎眼溜到小胡同里,按刘远同志的约定,钻进西南角一家院里去。轻轻地摸进屋一看,嚯,刘远同志跟王金庆正在喝酒,把一大沓票子放在王金庆的面前。我们一下窜进去,用枪逼住了王金庆,立刻把他捆起来,堵上嘴就带走了。"刘满仓接上说:"我看前边那算不了什么关,这一出院才真够危险哩。我们弄着王金庆刚走出胡同口,就碰见了一大群伪军巡逻过来。我们赶紧伏在草垛边黑影里,就听见一个伪军说:'看,西边有人影,卧倒!'伪军们在我们前边不远处趴在土坡上了。真把我们急坏了,不敢打又不敢跑,还光怕王金庆给暴露目标。我们有人用枪口顶着王金庆的脑袋,有人按住他的腿。就这样相持了好久,那群伪军才爬起来走了。那么出城就算是第五关吧,不过这并没有怎么费事。城墙才修了一丈来高,把王金庆弄出城墙,陈东风同志他们早在那里等呢。"武小龙接着笑道:"王金庆这家伙躺在地上死赖着不走。我们急了,就用绳子拴起来拉着他走。"李铁笑道:"怎么样,他还躺着吗?"武小龙说:"不,他疼的立刻就立起来跟着走了。你看这不是五关都过了吗？可是这时候出了事。"李铁问道："怎么,敌人追出来了?"武小龙指着刘满仓道："问他吧！出了什么事,只有他才知道。"刘满仓坐起来吭吭哧哧地说："我牵着绳子押着王金庆走。刚走了不远,王金庆猛翻回头来就踢了我一脚,疼得我一下昏倒了。等我明白过来,他早跑了。"李铁气得说："没追上他,开枪打他嘛！"武小龙说："黑影里前后左右都是自己人,哪敢乱开枪。还没有看清哪是王金庆,枣园据点的巡逻队就追出来了。我们跟敌人胡打了几枪就跑回来了。"几个队员听到这里同时嗐了一声。李铁听了忙说："王金庆是个非常狡猾的汉奸,不好对付。一九四〇年咱们抓住过他,就叫他跑过一次了。不过他既然碰上了咱们,他的脑袋就不会再长多久了。"

许凤接着说："对！同志们,你们能进出据点,这就是个胜利。李铁同志来了,咱们一定可以再一次进去把这个死心塌地的大汉奸除掉！"

这一说队员们都高兴了。李铁叫队员们休息了,送许凤到前院去,走着小声说："要赶紧设法了解一下枣园据点的内部情况。刘远同志要没有出来可就糟了。"

许凤也忧虑地说："早通知他了,可是还不见他出来,准是出了事！"

五　魔　窟

刘远见把王金庆抓走了,一阵风似的走到街上,浑身轻松愉快,只强忍着不笑出来。暗想:许凤同志太小心了,神不知鬼不觉怕个什么！我不必往外躲,还得到敌人中间去,了解情况,相机行事,利用这个好机会,再做些成绩出来,回去向她汇报。想着,来到维持会大院里,就见人来人往,大席棚已经搭好了,挂着几盏吊灯。

维持会长张书生正在忙着布置欢迎警察署新到任的署长,张木康要乘机组织一次日伪军和伪警的联欢。清唱京戏的、打牌的、吸白面(毒品)的、下棋的,交织成一片怪腔怪调的喧哗声。刘远虽是水手出身,但闯荡过都市,唱得一口好京戏。他一进院,伪军警们一哄围上了他,非叫他清唱不可。伴奏的胡琴拉起来了,刘远满怀高兴,唱了一段。

忽然听见远处响了一枪,接着枪声乱了一阵子,街上一阵纷纷的马蹄声过去了。他们对枪声也习惯了,依旧寻欢作乐。

"怎么太君们还不来呀!"

"王队长呢?叫他给弄几个花姑娘来呀!"

"他说有事,谁也不知道他到哪儿去了!"

一贯道头子大胖子魏道恒笑眯了眼,小声说:"不是弄钱,就是搞娘们去了呗!"说完哧哧地直笑。引得屋里人都笑起来。他拉着刘远坐下打牌。刘远暗想:早晚也要毙了你这老秃贼。他一边想,一边哈哈地笑着,坐在窦洛殿上首打起牌来。在喧闹而无聊的气氛中,刘远心中计算着时间,一会儿比一会儿踏实,觉得十拿九稳把王金庆干掉了。正在兴高采烈,忽然有人吼了一声,顿时院内鸦雀无声,只见一个人颈上包着一条纱布,怒目横眉,穿着崭新的白绸衬衫,米色马裤,提着手枪,狼眼凶光闪映,向全场扫视着——是王金庆!他怎么跑回来了?还未来得及考虑怎么办,王金庆就盯着刘远直奔过来,咬牙切齿地用鼻子冷笑了两声,用枪逼着刘远的胸口,大叫:"你这该死的八路,你还敢在这儿装蒜!"

一屋子人惊得呆望着。窦洛殿心里一跳,想不到刘远是自己人!怎么想法救他?

刘远扬一下眼眉,蔑视地微笑着,歪头看看那逼着他的枪口说:"不错,告诉你们,我是八路!光荣伟大的八路!"洛殿猛然立起来,喊一声:"叫你是八路!"话到手到,一巴掌打的刘远一仄歪,天昏地转,眼冒金花。刘远因和洛殿两条线工作,互不了解,摸不

129

清洛殿到底是什么人。这一下气得七窍生烟,骂了一声:"老汉奸!"猛一拳打得洛殿倒退几步,碰倒了桌子凳子,摔了壶碗,砸了人脚,稀里哗啦,唉呀乱叫。

王金庆扶起洛殿,冲着刘远就要开枪,洛殿推开枪口,小声对王金庆说:"这样便宜他了!"

"捆起他来!"王金庆吼着。

"等等!我又不跑!"刘远指着王金庆说道,"我真后悔!"

"你后悔什么?"

"我后悔小时候不该从大水里把你救上来!简直是做了一件天大的坏事。"

"呸!"王金庆狂暴地挥着拳头:"现在毁我的也是你!"

"可惜这件好事没做成!没杀死你这个大汉奸!"

王金庆再也捺不住火:"我立刻就杀死你!"

刘远蔑视地笑了笑,一只脚踏在椅子上,对王金庆说:"叫唤什么!不就是死么!我说几句话!"他环顾了一下挤得密密实实的人群,都在踮脚伸脖地望着自己。他明白,这正是个开展政治攻势的好机会,于是一下子立在凳子上,一只脚踏在桌面上,他那匀称结实的高个儿,站得那么挺拔有劲儿,气势勃勃,俊气的长方脸在汽灯下闪着光辉,浮着骄傲的微笑,说道:"一个人应当死得光明磊落。我是八路!我代表抗日政府宣布:大汉奸王金庆判处死刑,抓到立即执行。你们会看到,王金庆是逃不出抗日政府的惩办的。我死,是为抗日救国而死,是光荣的。一个人倒下,千百万青年就会跟着起来。你们应当为自己想想。当汉奸卖国贼是可耻的。你们一言一行人民都给记着账呢!你们应当早点回头,找自己的出路!"

"拉出去枪毙!"王金庆怒吼着。

这时,宫本也来了,嗯了一声,王金庆忙鞠了一个大躬,点头哈腰地听渡边说了几句话,又一挥手说:"好!押下去!"

刘远被伪军押下来,人群闪开了一条胡同,他骄傲地昂着头,走出了人群。

当天夜间,特务队也挨了揍,王金庆心情灰败,只顾在伪人员中抓捕八路嫌疑分子。渡边、宫本、张木康,也一个个心惊肉跳,坐立不安,哪还有心情联欢,宴席还没开就散了。

窦洛殿脱身出来,赶紧想法把刘远被捕的事报告了许凤。许凤指示,要他想法把刘远救出来。两天了,还没有想出一个办法。他急得像热锅里的蚂蚁团团转。这天上午,他低头寻思着,不觉来到了监狱门口,忽然一个特务迎面走来,拉住他叫道:"殿哥!求你给上头说句话儿,我长短不干看守这行子啦!"洛殿问道:"怎么回事啊?"那特务叫屈道:"刘远那家伙,不管白日黑夜,想唱就唱,想喊就喊。宫本一天拷问他一次,性气也不退。谁一干涉他就骂谁。这不又骂了我半天了!卷了我个六门到底……"洛殿听着忍不住哈哈大笑道:"骂骂算个啥,不疼不痒的,你不会揍他?"那特务唉唉连声地说:"打?越打他越骂得厉害。要光卷爹日娘咱不在乎,他净说俏皮话,揭人的丑底子,引得满监狱的人哗哗地笑。我受不了!"洛殿听了暗自高兴,哈哈笑着走到了监狱跟前。他突然发现这特务的长相竟跟刘远差不多,猛的灵机一动:有办法了!啪!高兴地一拍大腿。这时维持会的人找了来,说张会长摆席请王金庆,要他去陪客。洛殿兴冲冲地走了。

维持会里,一群伪人员围着八仙桌坐着。洛殿和大家招呼了,拣了个座位坐下,拍着桌子叫道:"快请王二爷来,菜都凉他娘的啦!"说着端起酒盅吱地喝下一盅白酒。

汉奸们喷着嘴,伸着脖子向门外望着。这时王金庆从门外走进来,一进门跺跺脚,把带血的皮鞭子往旁边一扔,一耸鼻子大声地说:"真他妈的没意思,八路不是人,打他半天简直跟打木头一样。"

窦洛殿让他坐下说:"恐怕打的人太多了吧,先生!"王金庆闪着狼眼,喝下一盅白酒说:"什么?多啦?不多!中国人全是不打不拉屎的奴才,都该死,简直是应该鸡犬不留!奶奶的,我一见中国人就生气,连他妈你们在内!"

窦洛殿眯缝着眼哼了一声说:"所以你连祖宗都不要了,加入了日本国。"

维持会长张书生不住地点头,不停地向每个人赔笑,光怕得罪人似的,说:"敝国真是不行,真是不行!……"

王金庆撕下一条鸡腿,一面嚼着冲窦洛殿嘿嘿一笑说:"我们两个是骂出来的朋友。不错,照你的说法,就算我是坏人,也总比假装好人的家伙们痛快吧?而且站在我们大日本帝国的立场上说,这正是忠勇可嘉。游击队小子们差点把我毁了,我还不能狠狠地抽他一顿解解气吗!"

特务韩小斗叉着腰一竖大拇指说:"除了王二爷,要是别人怎么也跑不回来了。二十多个游击队员,王二爷连手也不用,就像虎入羊群一般冲出来了。真算是干家!"

大家都跟着奉承起来。王金庆一脚踏在凳子上,哈哈地笑道说:"游击队几个毛孩子算个屁,他们还得见识见识呢!竟敢来太岁头上动土,以后非叫他们尝尝王二爷的厉害不可!"说着一挥手招呼汉奸们说,"来,来,来,喝个痛快!"

王金庆在正座坐下,一群家伙乱七八糟地吃喝起来,呼五喝六地划着拳,一霎时杯盘狼藉,都吃光了。许多家伙嘴上都叼着东洋烟卷,喷的屋里臭雾弥漫,嘴里骂着难听的话。王金庆把一只腿架在太师椅子扶手上,十分细心地往烟卷里装上白面,仰起脖子来叼着,早有人划着火柴给他点着。他眯起眼睛使劲吸了一口,憋着气醉悠悠地把头仰在椅背上,慢慢地呼出一股腥臭的烟来。鼻涕流到嘴唇上,用手指抓了一下,闭着眼睛一甩,一下甩到伪联络员魏道恒的白胖大圆脸上,他皱皱鼻子,咧咧嘴没敢哼声,用袖子擦了去。王金庆随后把手往裤子上一抹,才掏出手帕来擦着嘴。吸着烟又咳嗽起来,憋得四方脸上青筋突暴,嘴唇发紫。睁开一双满是血丝的眼睛,向魏道恒问道:"你们穷嘟嘟什么?"魏道恒摇头晃脑地说:"二爷,我们在说,一点也错不了,那天晚上咱们特务队挨伏击就是李铁带着手枪队打的。"

旁边立着穿漂白褂、留灶王胡的管账先生卢三,凑过来说:"真是李铁,一点不假。真腻味,在城里那工夫,孙刚、李铁带着手枪队专跟咱们作对,差点没吃了他们的亏。咱们到这儿来啦,他又跟上来啦。不过活阎王孙刚没有来总还好一点。"说了往上翻着眼珠,摸着下垂的小灶王胡,装出一副军师气派。

王金庆厌烦地闭着眼一摆手。卢三摇着脑袋走开了。魏大胖子把脸凑到王金庆耳边说:"二爷还是搬搬家吧。李铁这家伙眼疾手黑,听说他那把子人,大部分都带过来了,正在捉摸你哩。"

王金庆一龇大金牙,哼了一声说:"废话,这会儿不像以前啦,我叫他姓李的脑袋长不了三个月。"王金庆嘴上虽这样说,心里其实虚怯,所以这些天来,他常在宪兵队里住。他眼珠一转,对魏大胖子说:"还是谈正经的,你那一贯道的事情怎么样啦?"

魏大胖子咧开大嘴一笑,凑到王金庆耳朵上小声说:"发展到十几个村啦。少的十来个人,多的三四十人。这次大扫荡,真顺劲,特别是妇女参加的多,有好几个村,连妇救会的干部也拉进来了。"

魏大胖子说着发现窦洛殿走过来听,咳嗽着停下来。洛殿凑过来,拿着一支烟卷,用手指弹了一下魏大胖子亮光光的秃头说:"操蛋!对个火。"

魏大胖子皱皱鼻子,无可奈何地把烟卷递给窦洛殿。洛殿吸着烟,听听他们不说了,回头使劲啐了一口唾沫,捋着大胡子,哼着打牙牌调子,哐啷一声,推开门到院里去了。

王金庆一摸上唇那撮小黑胡骂道:"真他妈的醉鬼!"

魏大胖子笑着说:"真是,这号人,也不死!啊,这个,二爷,我这些日子手头不宽绰,先给我点零花。"

王金庆挤挤眼睛掏出皮夹,满不在乎地掏出一叠老头票递过去。魏大胖子接着,连连点头致谢。王金庆待答不理的,越发显出十分慷慨的神气,一伸大拇指说:"只要干得好,跟咱同事,钱有得花!嘿嘿!"

说着进来个穿灰布大褂的三角脸小黑瘦子,忽闪着小牛眼睛,凑到王金庆耳朵边叽咕了几句。王金庆连忙立起来点点头。黑瘦子溜出去了,王金庆向大家说:"新派来的警察署长齐光第来啦。"

大家一惊都立起来。旁边魏大胖子一心舐王金庆的屁股,嘿了一声说:"姓齐的算他妈的什么玩意儿,这个警察署长应该是咱们二爷的!"

王金庆咳嗽一声,指着魏大胖子申斥道:"你知道个屁!人家在咱们县是数一数二的大财主,这还不算,"他向四周望望,像怕人听见一样,把手举到嘴边上,小声说,"听说他还是蒋介石那边派来的哩。在日本那边又是天津宪兵司令部的人,弄不好小心脑袋!"

一席话说得那些伪人员像一群木鸡,伸长了脖子好半天缩不回去。窦洛殿嘲笑地眯着小眼睛,拖着鞋走过去拍了王金庆的肩膀一下说:"别把自己吓死就得啦!"

王金庆冷笑一声,凶狠地一撇嘴说:"告诉你们注意就是了,其实……"

这时穿堂门里,一阵囊囊的皮鞋声,前头一个穿黄军装的伪军,气势汹汹地走着,左手扶着驳壳枪木套,右手把穿堂门砰地推开,直挺挺地立正在门边。后边来的是一个穿日本米黄军装、高统皮靴、戴金丝眼镜的长方脸大高个。真是一鸟入林百鸟压音,伪人员们溜溜地跟在王金庆后边,迎上去连连鞠躬不迭。齐光第冷笑着用蔑视的眼神,向他们扫了一眼。

王金庆殷勤地笑着一伸手说:"齐先生,屋里坐坐。"

齐光第洋洋不睬地说:"我马上要跟宫本去找渡边大队长。"

王金庆一面递过一支烟卷,划着火柴说:"有什么事,关照兄弟一声!"

齐光第吸着烟一笑说:"那是自然!"接着把手举到嘴边。王金庆慌忙把耳朵凑过去,只听齐光第小声说:"成立宪兵队和新民会,这次在城里商量过了,少不了你老兄负起一方面的责任哪!"

王金庆满意地笑着拍了两下手。齐光第摇摇头吸着烟向屋里看了一遍说:"还有,我在两三天内,把母亲接来,你给我找一处像样的房子,每天送一斤肉去,还有零花钱。"

"这是自然!"王金庆满口答应着。

张书生也连声说:"署长放心,一切照办!一切照办!"

齐光第点点头,用手指正正东洋小帽,扶一扶金丝眼镜,迈着大步向外走去。一开门正碰上王金庆的姘头水仙花往里走,和齐光第撞了个满怀。水仙花哟了一声,差一点跌倒,齐光第忙一把抱住她连连道歉。水仙花才想发脾气,一看齐光第那个样儿,立刻回嗔作喜,两只白胳膊扯扯那粉花纱旗袍衣襟,似嗔似喜地瞟着齐光第,笑了一声,立刻又尖声浪气地骂王金庆道:"干吗!出来就不说回去,家里天塌下来也不管啦。"

王金庆连忙向齐光第介绍说:"这是我的太太。"

齐光第笑着说:"嫂夫人,好漂亮啊!"

水仙花一听乐得眉开眼笑,眼睛勾搭着,嘴里说着:"齐先生,千万到我家去玩呀!"

齐光第忙点头答应:"一定去道歉!"说着,两人还是恋恋不舍,眉来眼去。伪人员们都把脸看着半空装作不见。王金庆赶紧支应走了齐光第,拉着水仙花走回家去。一进院,水仙花不耐烦地冲东屋撇撇嘴,说声:"你爹个老王八等你哩。"

随后呸了一口,径自往北屋里去了。

王金庆心里既恼齐光第又怕李铁,他咬牙切齿,满腔怒火,光想杀掉所有的人才痛快。一听他爹又来找麻烦,正碰上了发作的对象。气冲冲地走到东屋,一看,他爹王老焕,一个干瘪高个老头儿,正坐在炕沿上吧叽吧叽地吸烟呢。王老焕一见王金庆进来,一举那小烟袋,摇晃着脑袋,撩撩浮肿的眼皮说:"等了你半天,老是不回来。"

王金庆哼了一声,哭丧着脸,瞪着眼睛撑着腰问道:"你又来干什么?"

老头子磕磕烟袋锅说:"干什么,你也不是不知道。你光顾眼前快乐,乡亲们可骂咱八辈祖宗。你这么六亲不认,连你舅都快打死了,自个村里也抓人要钱地闹起来。哼,这像话吗!这……"

王金庆一腔怒火正无处发泄,越听越恼火,指着老头子狠狠嚷道:"谁叫你来穷嘟嘟,你又跟八路通气啦,是不是?"

老头子也生气地立起来说:"通气不通气怎么样,前年要不是我托人弄脸,死乞白赖地保你,也早枪决你啦!后来你偷着跑了,叫我担了多大不是!我这大年纪你不管,老婆孩子你也不管啦?我要问问你有没有良心,你打算怎么着?"

王金庆不等他说完,往外一挥手说:"滚!快滚!咱们井水不犯河水!"

老头子一听气炸了肺,骂道:"好,你个狗日的,连爹都不认啦,我这把老骨头豁给你啦!"说着一蹿上来就抓王金庆的脖领子,说,"你给我滚回家去!"

王金庆一闪身挣开,左右开弓叭叭两个大嘴巴,打得老头子鼻口流血,仄歪两下,差点没倒下。老头子气哑了,擦擦血,摆摆手,转了个身,扒掉一块炕沿砖劈头向王金庆砍去。王金庆一闪身,砖投在桌子上,稀里哗啦打碎了壶碗。王金庆拔出手枪,当一声放了一枪。老头子回身往外就跑,被王金庆一脚踢在屁股上,栽了个嘴啃地,赶紧爬起来,回身一跺脚咬牙骂道:"好哇!日本鬼子才是你爹,你小子有骨头等着瞧!"

王金庆举着手枪骂道："他妈的，毙了你个老混蛋！"

老头子哭也哭不出来，浑身哆嗦着，跟跟跄跄地走了。王金庆狠狠地呸了一声，骂着："真他妈的倒霉！"提着手枪往北屋走来，见几个人的后影在门口一晃，先进了屋。他咬牙恨道："一定是他妈的看我的笑话。"

闯进北屋，只见水仙花和小白鸭两个娘们笑盈盈地正跟窦洛殿吸着烟卷闲聊，像没有事一样，谁也不睬他。王金庆没好气地把一个小凳子踢倒了，把手枪插在皮套里。水仙花噘下脸来，手叉腰儿嗯了一声，王金庆才老实下来。洛殿立起来说："喂，二爷，总得顾点大面呀，爹就是爹嘛，他总是为你好，生养你一场，不该这样。"

王金庆冷冷地龇着大金牙，一拍大腿说："狗屁！谁叫他弄出我来？忠孝，都是骗人的胡说八道。"

窦洛殿哈哈一笑，向水仙花、小白鸭点点头说："得，这种看法倒挺新鲜！是东洋三岛的洋玩意吗？"

王金庆立起来指着洛殿的前额说："老家伙！这一点也不新鲜。我认为人和狗不同，就是因为人穿着衣裳。他妈的，就是这样！"

水仙花、小白鸭哧哧地笑起来。王金庆走过去，拧着小白鸭的脸蛋说："笑他妈的什么？你们不过是没长毛的母狗。"

洛殿一伸胳膊说："够啦，不要说啦，听了这些话也值得用一盆水洗耳朵啦。来，三缺一，打四圈就痛快啦。"

王金庆早想利用洛殿。他知道洛殿在军警特务里有一把子生死朋友，愿意忍着气和他套套交情。哗啦一声把麻将牌往桌子上一倒，四个人坐下打起牌来。

洛殿打进据点来之后，把生死放在脑后，大胆地展开了交朋友的活动。通过吃吃喝喝，玩玩耍耍，对伪军伪组织人员进行了解，把每个人的出身历史，对我方的态度都记在心里，分别采取办法来对付。对出身成分好、是被征、被抓和为了生活参加伪军的人,进行不露痕迹的劝导;给他们钱花,帮他们解决困难;当他们有病的时候想法加以照顾;他们受了气的时候,给他们安慰。从中选择有骨气的人拜盟结义。这样他就有了一些秘密的可靠的力量。对顽固的汉奸特务,他就忍着气和他们鬼混套交情,以便蒙住他们的眼睛不暴露自己;也趁机深入了解敌人内部的矛盾,加以利用,借敌人之手打击一些坏家伙。洛殿特别注意利用张木康。他知道张木康在伪军中是最有实力的人物。他做过国民党县党部书记长,当过保安队总队长,"七七"事变后又是个地主联庄会武装头子,以后投敌当了警备队大队长。由于手腕高明,在伪军下级军官中很得人心。手下几个中队长又都是受过训练懂军事的,能打仗。因此他很受日本人的赏识,说话很有力量。他早有夺取联队长职位控制这个县的野心,所以竭力拉拢人,培植自己的势力。各方面的人,只要能联络上,他都联络。同时尽量想法消耗别人的实力,叫别的部队去跟游击队作战,自己却竭力保存实力。前几天洛殿给张木康出主意,叫他采取严厉的措施给自己树立威信和名誉。张木康采纳了他的意见,便召集各村联络员开会,当场枪毙了一个到处讹诈、强奸妇女的情报班的特务。洛殿又利用王金庆的报复情绪,叫日寇抓起了无恶不作的一个伪军和一个伪警。本来情报班和特务队之间常闹摩擦,特务们又和伪军、伪警不断闹冲突,聚群成伙互相殴打,洛殿又从中给他们火上加油,闹得关系更紧张起来,伪军和特务头子们也互相不满。洛殿可在各方面都挺得人心,都以为他是向着自己的。

麻将牌正在打得热闹,院里一声喊叫,特务韩小斗走了进来。他今天穿得十分讲究,脸上擦了厚厚的一层雪花膏,瓜子型的脸雪白,一举一动都带出轻佻贱材样。他一进屋故意摆出自以为优美的花旦姿势向洛殿一挥手说:"哟!我来打吧。你呀,你快去,宫本到处找你,看样够你老家伙一呛啊。"

洛殿一惊,把一张牌掉在地上,嘴里却哈哈地大笑着,起身往外走去。

六 同志之间

窦洛殿刚走到街上,就见他妹夫蔡广太迎面走来。蔡广太本来是个精瘦细长的人,现在给维持会做了两个来月的饭,倒吃得白胖油光的了,稀稀的几根黄胡髭,秃头顶直闪亮。他见街上有人,离着老远就喊:"大哥,你妹子不舒服,有钱没有?给我几块,给她取服药也买点吃的。"

洛殿一招手说:"好吧,你跟我来拿。"

两人走到一个僻静地方,蔡广太小声说:"政委叫你晚上十点钟到我家里接头去。"

洛殿说:"好,我一定去。"

两人赶紧走散了。洛殿心里想:这一定是为了打王金庆。这可是件棘手的事。现在城墙修起来了,城上四角设上了四个岗楼,四门也设有岗哨,伪警察不断查户口,伪军也加紧巡逻,检查行人。王金庆成立起了宪兵队,里边收容了好几个叛徒和土匪,都是有经验的黑枪手。这几天他们连着突击了龙堂区两个村,使我们遭受很大损失。王金庆又常在宪兵队里住着不回家。在这个时候要搞王金庆简直难以设法。洛殿一面想着,向宫本那里走去。

再说李铁按照和许凤商量的意见,在五个村里给游击队找了"堡垒户",连夜把队员分了组去配合村里挖地道。今天下午,按照和许凤的约定,到王庄秀芬家里碰头,准备一起到蔡村去和窦洛殿秘密接头,商量进枣园据点打王金庆、齐光第的事。李铁戴了一顶草帽,扛了一把锄头,把驳壳枪挂在腰间,用衣襟掩盖起来,沿着庄稼地小路向王庄走来。夕阳在云缝里,最后向大地投射了一下橙黄色的光芒,迅速地没入了地平线。这时空中乌云滚滚,西北天边黑云层中不住地电光闪闪。李铁看看天空,心里寻思着:"打死王金庆之后,再下场透雨,青纱帐一起就可以大干一场,那才带劲哩。"又想到许凤对自己这么不放手,一点小事都要亲自干涉,实在有点不痛快,暗道:就是周政委也没有这样管过我,你一个年轻的姑娘管我这么紧,简直有点不像话。一路想着,刚转过一带葡萄架,从果林里闪出一个人来,一看正是他日夜悬念的刘远。两人一见高兴地拉着手。刘远以伪大乡会计的身份,出入敌占区搞情报,和李铁有几年的关系了。这次在枣园一出事,李铁知道许凤立即指示洛殿设法营救,但想不到出来得这么快。李铁使劲握着刘远的手,盯着他那黑瘦了许多的面庞问道:"你是怎么出来的呀?"刘远笑道:"还不是洛殿那老家伙搞的鬼!昨天下午王金庆喝醉了,竟叫洛殿带人去枪毙我,他就把我秘密地化装成伪军,却把一个万人恨的特务捆起来,堵上嘴,穿上我的衣裳,弄到城外干掉埋了。这下我算认识洛殿这个人了!"两人说着大笑起来。李铁亲热地揍了刘远一拳说:"这一回得在一块干了吧!"刘远眉开眼笑地说:"许政委决定叫我到小队了。我去看看朱队长就回队上去!"说着挥手告别走了。李铁这才进王庄,来到秀芬家里。一进院见秀芬和萧金正在树下说话呢。李铁放下锄头,进屋摘下草帽,解下枪来问道:"大伯、大娘呢?"

秀芬说:"俺姐病了,俺爹跟俺娘都到段村去看她了。"

说着去开开柜橱,拿出一小篮大香白杏,挑两个最大的递给李铁说:"吃吧,这是姐夫来接俺娘的时候送来的,又香又甜。他们家有三亩大杏树哩。"随后笑着把盛杏的小篮子放在萧金面前说:"你自个儿挑着吃吧!"说了打火点着油灯。

萧金嗯了一声,拿了杏就吃起来。秀芬看着他那实心实意的样儿,抿着嘴直是笑。李铁接过杏来,坐在炕桌边,在灯下看那秀芬时,只见她虽比许凤稍矮一些,却体态丰盈匀称,处处显出健壮的美,白圆脸两颊粉红,坦白大方地望着自己,毫无羞怯的样子。

不禁暗为萧金高兴。

秀芬毫不掩饰地看着李铁的眼睛问道:"萧金表现怎么样,他还勇敢吗?"

李铁一竖大拇指说:"我负责地向你说,他非常勇敢,你没有找错对象。"

萧金听着脸蛋绯红,斜着望了秀芬一眼。秀芬却坦白地格格直笑。萧金立起来羞得忙说:"我去组织人挖地道去啦。"

说着就走了。

李铁见许凤还不来,就在炕桌边坐下,拿出钢笔和本子,思索着写起来。他记下这些天了解到的情况,考虑着对敌斗争的意见。秀芬也坐在对面,拿出本子整理起王庄等几个村的材料来。李铁思索着,不由得又想起许凤来。她那大大方方的风姿,那充满智慧的清蓝明净的眼睛,又在脑海里闪现出来。他拿着钢笔望着灯火向秀芬问道:"你跟许凤同志早就认识的吗?"

秀芬说:"从抗日开始,一成立妇女抗日救国会就认识了。她是第一个女同志到俺村来讲话,教歌,领着青年妇女们跑步。她那时候把头发铰得短短的,总那么急乎乎的劲儿,可有意思哩。"

李铁眯缝着眼,好像故意憋着不笑。又问道:"你认为她怎样啊?"

秀芬奇怪地说:"嗯,这是什么意思?她当然好啦。她爹是个老共产党员,牺牲了。国民党到许家庄高小里抓她爹的时候,凤姐正挑菜回来,看见巡官抓她爹,她上去一刀子把巡官砍了个窟窿。为了这她被打得躺了半年。那年她九岁。爹一死,娘苦拔苦掖地供她上了高小。高小毕业以后,就在家里织布种地。"

秀芬见李铁还直劲地抿着嘴笑,又沉着脸说:"笑什么,她就是好嘛!我跟她在一起工作了这么几年了,就没有见她为个人的事闹过一回情绪。她是个宁折不屈的人呢,非常热心肠,一点也不自私,不怕事。你可别以为她是个姑娘就小看她。她可勇敢呢!

哼！一九四〇年夏天,大黑夜,她带领着我们三十多个青年妇女,跟破路大队一起参加破击战,割电线贴标语,一直活动到据点跟前去。你知道吗,没有一个人不称赞我们呢！在她带领下,妇女们跟男同志比赛起来,每个人身上盘上一大捆铅丝,每两个人还抬上一根电线杆子,一点也没有落后。"

李铁一面翻着材料,低着头说:"我可绝没有小看她呀。她跟胡文玉快结婚了吧？"

秀芬嗯了一声说:"他俩呀,谁知道,看情形是冷下来了。前些日子在俺家里,两人闹翻了脸。她对胡文玉的印象不像以前那么好了。不过也难说,他俩反正总是那么冷一阵热一阵的。"

李铁摇摇头笑了一声说:"是啊！你那凤姐可真是了不起哩！要不,胡文玉为什么那么不顾一切地追她呢。"

秀芬一撇嘴笑了一下说:"说话别带刺啊！不过说实话,我要是个男同志也非死乞白赖地追她不可。"说着两个人都笑起来。

李铁说着话,见许凤还不回来,心里暗暗着急。

秀芬也抬起头来焦急地说:"凤姐怎么还不回来！"正说着就听见一阵呼呼地响,从窗外吹进了一阵凉风。秀芬忙用书本挡着摇晃的灯火,忽然,一声霹雷,噼噼啪啪掉起大雨点来。秀芬好像听到了什么,啊了一声,跳下炕往外就跑。

李铁也从炕上下来,要跟着秀芬出去看,只听咚咚的一阵脚步声,秀芬拥着许凤跑进屋来。许凤笑了一下说:"再晚一会儿就淋湿了。啊呀,这场雨下得真是时候。李铁同志,早来啦？叫你等急了吧,我看咱们该走啦。"

李铁忙说:"还是我自己去吧。"

许凤摇摇头说:"不,我一定得去,这件事关系很大,你想我怎么能不去呢？"

李铁放下脸来咳嗽一声说:"怎么,不放心吗,我这个区委军事委员是个废物吗？"说着竭力使态度温和,但是声音里已经带出了无法掩饰的不满。

许凤本来在拾掇着文件,听他说到这里,停下来,盯住他沉静地说:"怎么,我有什么地方妨碍你吗?"

李铁嗯了一声,干脆激动地说:"谈不到妨碍。但是,我也不是儿童团员,不需要别人总在旁边指手画脚的。坦白地说,我不满意你这样不放手!"

秀芬听了,看看李铁,又看看许凤,有点不知怎么好了。三个人都沉默起来。李铁卷支烟在灯上吸着,谁也不看,仰着脸向外屋门口走去。他立在门槛里边,大口吸着烟,让雨星刮在脸上,听着哗哗的雨声,隆隆的雷声。

许凤三把两把穿好衣服,拿起草帽,往外走着说:"李铁同志,时间快到了,咱们必须立刻走。"说着走到门口来,顺手递给李铁一条防雨用的布口袋,说声:"走吧!"径自向外走去。李铁接过口袋,没有拦她,也紧跟着走到门外。院里风绞急雨,如箭杆一般射在地上。风摇着那枝叶浓密的大槐树,落下一阵大水点,打在脸上凉丁丁的。他忽然想起了什么,立刻又转身回到屋里,收拾好文件,带好枪,急急地大踏步跑出去。秀芬紧跟着走到大门口,扶着门框一看,他俩已经踏着雨水走出胡同口了,背影在茫茫的风雨里晃动着。秀芬插上大门回到屋里,烦恼地"唉"了一声。一阵霹雷闪电,雨下得更紧了。

李铁跟在许凤后边,一气走出村外,来到梨树林小路上,一阵急风吹过,把许凤戴的草帽刮跑了,黑夜之间风狂雨暴,看也看不见,往哪里去找。许凤好像没有发生什么事似的,只立了一下,便又急急向前走去。李铁借着电光一闪,全看在眼里,便紧跑几步追上许凤,赶紧把口袋摘下来,给许凤戴在头上,那股子粗率劲砸得许凤一缩脖子。许凤往下一摘说:"反正我已经淋透了,还是你戴吧。"

李铁不听又给她戴好,粗声粗气地说:"算了吧,同志!"

许凤见他这样也就戴了，向前走去。刚往土坡下一走，脚下一滑，看着就要跌倒，李铁忙上去拉住她，自己却跌坐在泥水里了。许凤才想拉他一把，只见他一腾身起来，又往前边走去。两人一前一后地走着，借着闪电看到急雨射到干旱的土地上，激起雾气，弥天漫地的白茫茫一片。雨打在高粱叶上发出哗哗声，玉米和谷苗儿承受着雨水的浇洗，高兴地摇摆着叶子。许凤紧跟上李铁跑着。路上满是流水，鞋踏在水里，噗唧噗唧地响。迅雷暴雨，电光闪闪，打得睁不开眼，雨水冰凉，淋得人身上直打寒战。两人只顾跑，谁也不说话。看看离蔡村不远了，两人跑到林边，慢下来观察着向前走。小心翼翼地串着树林进了蔡村，悄悄溜到村西头一个胡同里，到一个门口，按规定的暗号一叩门，一个四十多岁的老大娘开了门，这是洛殿的妹妹。蔡大娘忙领他俩到北屋里去。蔡大娘的小女儿小云，正在屋门口探头望着，一见许凤来了，忙拉到西间屋去给她换衣服。大娘也找出一身裤褂叫李铁到东间屋去换，自己赶快到大门洞里听着去了。一会儿，李铁换好衣裳，在灯下擦了枪，走到外间屋来，见小云站在西间屋隔扇门口，放着门帘说：“等一会儿，凤姐换衣裳呢。”

李铁向外屋门口走去，一看外边雨还下得挺紧，就听许凤在西屋叫道：“进来吧！”

李铁走进西间屋，见许凤穿上小云的一件紫夹袄，一条绿裤子，又短又小，胸部紧绷绷的，差点系不上扣子。小云在旁边直笑。许凤用毛巾包上头发揉擦着上边的水。大娘进来说：“这么大雨，她大舅还能来呀？”

许凤说：“能来，下刀子他也会来的。”

李铁在灯火上吸着烟，赞成地点点头。小云听见门响跑出去了。不多时，听见一阵噗嚓噗嚓的脚步声，门帘一启，窦洛殿走了进来。他把披着的口袋取下来抖抖放下，胡子上还往下流着水珠，"啊呀"一声，两只大手紧紧抓住李铁的肩膀，上下地打量着他说：

"好啊,老弟,正想你,你就来了。说良心话,我干腻啦。你们在外边打游击,跟同志们在一块,活个痛快,死个光荣,偏叫我跟敌人混在一起,背着一口大黑锅,死了还得叫人骂个汉奸。"

许凤微笑地望着洛殿说:"又发牢骚啦。"

洛殿一笑说:"在那个活地狱里都快把人闷死啦,不跟你们发牢骚跟谁发?"

许凤说:"好,有多少牢骚你尽管发吧。你现在已经取得自由出入的条件啦?"

洛殿说:"宫本这家伙非常注意争取咱们这边的叛徒。他给了我一个任务,叫我设法把上次包围高村没有抓到的骑兵团排长高铁庄找到,我还不是可以昼夜随时出入吗?现在倒是担心游击队不好进出据点啦。"

许凤点点头看了李铁一眼说:"宫本对高铁庄有兴趣吗?那就叫他抓去吧。"

说着话三个人围坐在炕桌边,洛殿把据点内部的情况详细说了一遍。随后三个人设想了三四个打王金庆、齐光第的方案,都觉得不够好。最后洛殿一拍手说:"这样吧,现在王金庆、齐光第虽然不轻易单独活动,可是他俩还是常到大乡里去要钱。你们在外边叫几个可靠的村在同一天傍晚派联络员给他俩送钱去,我在里边布置好人给你们做耳目。趁他们去取钱,就进去在那里干掉他们。可是怎么进去呢?"

李铁说:"你只要能安排好,我自有办法进去。"

许凤说:"好吧,就这样决定,现在详细研究一下到里边怎么活动吧。"

三个人在灯下铺开一张纸,洛殿在上边画着据点里交通和巡逻路线,岗哨位置,各岗楼火力配备情况,日伪军、宪兵队、警察署、维持会、情报班、特务队的住所。

他们小声地交谈着,窗外的风雨还在呜呜刷刷地响着。

七　波　折

　　大雨之后庄稼显得突然葱茏密茂起来。又值夕阳西下，正是游击队活跃，特务发愁的时候。韩小斗和窦洛殿从枣园据点出来了。洛殿见韩小斗装得威风凛凛的样子，心里暗笑。趁着一阵风吹得庄稼响，故意呀了一声，吓得韩小斗一下趴在地上。洛殿眯着小眼睛竭力忍住不笑出来。韩小斗见没有事，红着脸爬起来，和洛殿相骂着，向高村走去。一行走着已是满天星斗，但西北天边还不时电光闪闪，黑云上涌，凉风越吹越紧。洛殿恨不得立刻下起大雨来，也好马马虎虎地回去向敌人交代。他一边走一边捉摸着："这次宫本派我和韩小斗到高村来，名义上是突击迫使一两个村干自首，建立坐探，但不知真正的目的何在？"

　　洛殿自从上次和许凤、李铁接头之后，本想立刻安排袭击宪兵队的事。不料，敌人第二天就叫他去配合伪军包围高村抓捕干部。出发前，宫本单独跟他谈了话，问他愿去不愿去，能不能做出成绩来。他明白敌人是在考验自己。又见韩小斗在宫本旁边溜溜舐舐的得意样儿，猜想一定是小斗搞到了什么情报。幸亏和许凤接头时安排了高铁庄打进敌人内部的计划，心中有底，便一口应承下来，保证做出成绩。敌伪军包围了高村以后，洛殿见宫本紧盯着自己，便见人就打。但他心中有数，专挑心向敌人的两面派狠狠地敲。他已经看出来群众是用多么仇恨的眼光看着自己。最可怕的是，在他按许凤的秘密指示领敌人破坏了几段假地道，并把高铁庄抓出来，还咬着牙狠了狠心打了高铁庄的母亲一巴掌之后，群众都气得变了脸显出恨不得吃了他的样子。当他忍着眼泪穿过一条无人的小过道的时候，一颗子弹从他耳边穿了过去，他明白连伪军里也有不了解他苦衷而想要杀死他的好人。他回头一看，发现是寇二虎中队红胡子胖班长马国柱。他笑了笑，凑过去递过一根烟卷。

马国柱吸着烟,掩饰说,一个青年逃跑了,他打了一枪。洛殿开玩笑地说:"你打的那青年还许是个好人呢!"马国柱也笑着说:"那就该手下留情喽!"洛殿说回据点请他喝酒,两人笑笑分手了。从那以后,宫本很信任洛殿,还夸奖了他。高铁庄被捕后,对敌人破口大骂,宫本很赏识他的骨气。因为事变前高铁庄在张木康的保安队里当过护兵班长,宫本知道他能干,就一心要争取他。费了很大劲,高铁庄只答应在伪军里做事,但对村里的事,却推说一概不知。所以敌人除了得到一个高铁庄,别的什么也没得到。

洛殿想:这次去侦察高村,说不定又是对自己的一次考验哩。不然为什么叫韩小斗和我一起出来?洛殿估计韩小斗一定在村里建立了坐探。因为从宫本的口气里听出,他是掌握了高村的一些情况的,这一定是从坐探的密报里知道的。那么这次为什么还要来一手?宫本这家伙实在狡猾。韩小斗也是诡计多端。不管怎么样,相机行事吧……洛殿想着,已经走到了高村村头。

韩小斗突然在一棵大树后边蹲下。洛殿也赶紧蹲下。两个人仔细观察着,听了听没有动静,韩小斗用眼睛盯着前边小声说:"咱们今天突击杨老九。他是村里顶事的老共产党员,表面上不担任工作,实际上是他主事。咱们逼着他秘密自首了,事情就好办了。我知道他在什么地方睡觉。咱们去了就能堵住他。"

洛殿答应着,手里勾着枪机,真想一下子把这个特务的脑袋崩碎。心里暗想:到时候再收拾你,我不会叫你这个特务找到便宜的。韩小斗一招手,弯着身子往前跑到一个小场屋的阴影里,洛殿刚要跟上去,就见小场屋后边有几个人影一闪,接着是压低了的严厉的一声喝叫:"举起手来!"

洛殿知道韩小斗被村里的游击小组抓住了,赶紧伏下身子往后退。就在这时候,一个人猛扑在自己身上,把他两只胳膊往后一拧,他来不及挣扎,就被捆上了。那人起来看了看,咦了一声,随后骂道:"是他个老汉奸!"

随着话声听见了棍子打下的风声,洛殿急忙一滚,忽听喀嚓一声,那棍子打在树桩上折断了。洛殿怪叫一声:"哎呀!我的乖乖,差点要了我的老命!"那青年气得又来揍他,却被别人拉到一边叽咕起来。虽然听不清,但洛殿猜那意思,是要送他到区里去处理。一会儿,洛殿被人用毛巾蒙上了眼睛,牵着不知往哪里走去。一会儿又听见一片叽叽喳喳的人语声,有人围了上来,大概是到了院里了。洛殿听到骂声又来到了耳边:"打死这个老王八蛋解解气!"

"汉奸,两个该死的汉奸!咱们打死他。他可把咱们村里祸害苦了!……"

随着骂声,洛殿觉得啐得他满脸都是唾沫,拳头、巴掌、棍子一个劲地往他身上乱打。一个妇女发狠地骂:"蒙上眼干吗,叫他个老狗汉奸看看吧。"立刻蒙眼的毛巾被那女人扯了去。随后一个锥子扎在他大腿上。洛殿咬牙忍着痛,胡乱躲闪着,浑身打得已经麻木不觉了,只有这锥子拔出去又扎进来,而且狠命地往里扎,一面扎一面搅,使他感到疼痛难忍。扎他的人嘴里还千汉奸,万汉奸,祖宗八辈地骂不绝口。洛殿长了这么大年纪可没有叫人骂过,哪怕白刀子进去红刀子出来,窝囊气可死也不能受,这时可怎么也得忍住。他眼里含满了泪水,看着院里拥拥挤挤的群众。他们是这样恨自己!他真想跳着脚拍着胸膛辩白一番,可一想到许凤的嘱咐,只有咬紧牙关,一声不吭。韩小斗这时被群众打得跪在地上叫爷爷叫奶奶地求饶。几个妇女狠狠地用锥子扎着洛殿,一面尖叫着:"天哪!你们见过像这么不要脸的老王八吗?看,他还笑哩!叫你笑!叫你笑!"洛殿胡乱躲闪着,被她们推来推去,啐了满脸唾沫星子。这时听见有人叫了一声,他和韩小斗被两个队员押着朝一个屋子走去。有一个人从他们旁边大步地走过去,走了几步,回头站下,冲他俩大声地愤怒地骂起来:

"这两个汉奸、卖国贼,认贼作父的走狗!今天你们要是不坦白,就枪毙!"

洛殿看出来了,这是胡文玉。他不由得心里一沉,暗想:坏了,去年差一点没叫他枪决了,这回该毁到他手里了。胡文玉急急走到屋里,准备好纸和钢笔,要分别审讯洛殿和韩小斗。他暗想:我这回做出点成绩来叫你许凤看看!这两个铁杆汉奸就是我胡文玉叫游击小组逮住的。我从他们身上弄出点有价值的材料来,再在别的方面弄出些成绩来。这样,我的威信就会挽回,我的地位也会提高。那时,包管叫你在我面前高高兴兴。他想着,就把纸在油灯下铺平,刚要叫人带进洛殿来审讯,武小龙突然急如风火地闯进来。他本是来找一个伪军家属设法往敌占区去买子弹的,听说抓住了洛殿和韩小斗,心里一惊,暗想:当时派洛殿进据点,凤姐只叫我秘密找他来接的头。凤姐嘱咐过,绝对不许再对别人讲,就是胡文玉同志,也不能告诉。我必须想法放他回去。时间一长,弄得洛殿露了马脚,就糟了。想着就立刻跑到胡文玉这儿来,喘着气对胡文玉说:"许政委叫我来带这两个犯人!"

"她知道我抓住了两个汉奸?"

"知道。她叫我马上押回去审讯!"

"我审讯了再送去吧!"

"不!叫我立刻带走!"

"那好吧,我写封信。"

胡文玉心里好大一阵反感,本想发火,但又压了下去,低下头给许凤写信。写了几句,心里一气,又撕了。一挥手说:"算啦!不写啦,你带走吧!你告诉许凤同志,我的意见是审讯完了立刻枪毙!"

"是!我一定告诉许凤同志!"武小龙急忙向民兵们要洛殿和韩小斗去了。

洛殿被蒙上了眼睛,靠墙坐在一根木头上。听着韩小斗在旁边直是哭泣,向民兵哀求饶命。洛殿要了一截烟卷吸着。身上的伤口还在出血,衣服被血粘在伤口上,一动就刀割般疼痛。他想:这回很可能被胡文玉枪毙了。我洛殿忠心耿耿,难道要落这么个不明不白的下场?!正难受呢,忽听有人叫了一声:"起来!走!"

洛殿觉得被人架着胳膊,向院子外边走去。迈出大门槛,接着又出了胡同口的小门。韩小斗还是不断地哀求着。洛殿却只是不做声。走了一段路,觉得那人把自己的胳膊解开,撒开手走了。接着是小声的对话:"就在这儿吧!""我自个的,没有错!"

洛殿一听,坏了,真要枪毙了。决不能这样死去!他一把将蒙着眼睛的毛巾扯掉,月光下一看,却只有武小龙一个人在后边。小龙见他扯下了毛巾,冲他龇牙一笑,向前一指。洛殿突然明白了他的意思,大吼一声将武小龙推倒,拉着韩小斗就跑。韩小斗拉下眼罩急忙跟着。两人拉拉扯扯跟斗趔趄地跑着。后边断断续续打了几枪。两人跑到一片坟地里,喘息着,扯下胳膊上的绳子。洛殿身上又是汗水,又是血水,感到自己又冤枉又窝气,心口上像堵着个大坯,光想对着许凤大哭一场才痛快。他站在高大的白杨树下,越憋越难受,忍不住两手捶着胸膛仰天长嚎起来:"啊!……啊哈!"

他向长空倾诉着自己的抑郁,向党表白着自己的心迹。韩小斗还以为洛殿是恨共产党呢,在旁边骂二咧三,又伸大拇指又拍胸膛,逗起英雄来。洛殿叫了两声,赶紧控制着自己,心中暗暗地说:"党啊!我不会被吓倒!我还要工作下去!"

洛殿一回身看见韩小斗那个熊样子,不禁恨得牙痒痒的:都是这个走狗,害得我受这般窝囊罪!便叫道:"斗哥,过来!""哎哟!疼死我咧!"韩小斗跛着腿凑到洛殿跟前问:"什么事啊?"

洛殿一下揪住韩小斗的耳朵说着:"多亏你带我去吃了一顿锥子,知情不过!我得请你吃瓜!"说着一下按倒韩小斗,拿条带子绑上手脚,又把他的头塞到裤裆里去捆成一团。韩小斗露着屁股在草地上挣扎着,小声哀告:"殿哥!放了我吧。哎哟!蒺藜扎呀,蒺藜……"洛殿却不理他,坐在石供桌上摸出支烟卷来吸着,眯着眼看那韩小斗活像个大西瓜满地乱滚,便小声问:"斗哥,西瓜好吃吗?你说!"

韩小斗带着哭声哀求:"我说好吃还不行吗!我的爹!"

洛殿吸了一会儿烟,这才起身给他解开,把吸剩的烟卷头递给他。韩小斗起来系好裤子,和洛殿往枣园据点走着,抽着烟头,又拍着胸膛吹起牛皮来。

经过这一次波折,洛殿虽然受了点冤屈,皮肉吃了苦,但韩小斗回去一报告,宫本对洛殿倒是更器重更信任了。渡边和宫本亲自看着叫医生给洛殿打针上药,又给他送了白面、猪肉、鸡蛋,叫他好好养着。

八 虎穴除奸

窦洛殿一面将养着身体,一面秘密地和许凤取了联系,悄悄地安排好了打王金庆的事。不料情况突然有了变化,齐光第有事到韩庄据点去了。王金庆升为宪兵队长,今天晚上请客,也不到大乡公所去了。这样过去的计划就都无用了,心里好生着急,瞅个机会赶紧走出宪兵队,要送个情报出去,以免李铁带人冒着危险来了扑个空。他走出宪兵队的院子,装出若无其事的样子,抬头看看天气,向老何的小酒馆里走来。心里越是怕有宪兵队的人跟着,偏偏特务韩小斗在后边紧跟了来。洛殿等韩小斗走近,仰首望望太阳,连着两个大喷嚏打在韩小斗擦了粉的脸上;韩小斗骂着忙掏手绢擦去满脸的唾沫。洛殿笑着掏出烟卷盒递给他,韩小斗拿了一支烟卷吸着,又连拿了四五支装在自己的烟盒里。洛殿知道甩不掉他,干脆做个人情,便说:"走吧,斗哥,请你喝两盅。"

韩小斗乐得眉开眼笑,跟了窦洛殿来到老何的小酒馆。喝酒的伪军们都跟洛殿打招呼,有的人非常讨厌韩小斗,就起来走了。老何赤膊搭着一条半旧的抹布,走过来说:"殿哥!斗哥!喝酒要

151

什么菜?"

洛殿一摆手说:"今天我请客,你屋里藏着什么好菜呀,我自己来挑。"

老何拉着长声应着:"好咧!"

洛殿随老何走到屋里,随手递给老何一个小纸卷说:"快送出去,可不能耽误!"

老何说:"瞧好吧,保证立刻送到!"

老何是接受了许凤给的任务来开这个小酒馆的,他主要负责转递情报,也在伪军伪组织里边结交朋友,探听一些消息。他豁着酒肉拉拢了很多伪军、伪警,不论什么时候他和他老婆都可以利用买东西为名出入城门,把情报夹带出去。据点外面小帅庄的一家菜园子就是秘密情报站。只要送到那里,秘密交通员很快就会转到区里去。

老何在后院派他老婆背着买菜的筐子,把情报送走了,出来照常应付顾客。洛殿出来觉得把大事办妥了,心里宽松下来,和韩小斗打着哈哈又说又笑。霎时间酒菜上齐,两人喝起酒来,韩小斗悠闲自在地喝着,吹起牛皮说:"咱们这把子人,有几个见过世面的?我十八岁就当宪兵,办过多少大案子,谁是共产党我一眼就能看出他来!"

洛殿竖起大拇指说:"你当然是这一份啦!"两人猜拳行令,大杯喝酒。不多一会儿,韩小斗就喝醉了。窦洛殿扶着他跟斗趔趄地往屋里走。韩小斗一面走着还指手画脚地乱喊乱嚷,洛殿直是笑,把韩小斗放倒在炕上睡下,就走出来。心想:反正今天晚上情报送出去了,李铁他们也不会来了,老子就去跟特务们玩个痛快,听听你们都胡说些什么。

岂不知这时李铁已经带了区游击队新成立的手枪班,走到枣园东边的公路上来了。李铁戴了洋草帽,墨晶眼镜,穿着淡灰绸长衫,青呢圆口鞋,米色绸裤,脸上洗得干干净净,嘴上叼了烟卷,明挎着皮套驳壳枪,暗袖着一支枪牌橹子,大摇大摆地走在前边。后边跟着的是萧金、武小龙、陈东风、郎小玉等十个队员,都化装成便衣特务,穿了绸衣绸衫,有的明挎了驳壳枪,有的暗带了手枪,昂头挺胸地大踏步摇摇摆摆地从公路上向枣园据点走去。来来往往的伪军、伪警,见他们那威风十足、洋洋不睬的派头,哪里敢上前盘问。再走过枣园东边一里多地的小帅庄,就要进枣园据点了。不料刚一进小帅庄街口,迎面正碰上大队的鬼子兵,沿着公路向东走来,离着只不过百十米远,想躲避也来不及了。队员们都紧张起来。只听鬼子军官吼了一声,四五十个鬼子散开包围上来,挺着明晃晃的刺刀越逼越近。李铁头也不回地向后面小声说:"我不开枪谁也不许打!"

迎面一个鬼子军官,举着安都式手枪大声喝问了一句。一个翻译忙向李铁问:"你们是干什么的,哪一部分?"

鬼子军官的手枪逼着李铁的胸口,两把刺刀明晃晃地挺到身边。大多数队员没有经过这种阵势,在后边看着心怦怦地直跳。李铁不慌不忙地迈着方步走到翻译跟前,微笑着左手向衣袋一摸,拿出一个嵌在化学片夹里的护照,一甩手向那翻译递过去,爽朗地说:"请看!"随后小声地对翻译说:

"到县边去破一个共产党的高级指挥机关。"

那翻译听他说了,点点头,反复地看了几遍,明明是城里宪兵队的护照,又递给那鬼子军官看,同时向鬼子军官咕噜了一阵子日本话。那鬼子军官脸上渐渐露出了笑容,把护照还给李铁,一挥手说:"快快开路!"李铁接过护照向后一挥手说:"走!"

鬼子兵向两旁闪开,李铁领着队员们雄赳赳地走过去。鬼子兵又向东走去了。李铁带人来到枣园东城门口,笔直地朝里走去,那站岗的伪军瞧着他们,有心上前盘问,又犹豫着不敢。李铁见他碍路,一伸胳膊往旁一拨,那伪军一仄歪差点没倒了,又见后边的队员们狠狠地用眼瞪他,吓得缩在一边,一声也不敢吭,看着他们走进去了。这时已经天黑。李铁他们进了大乡公所,各村联络员们以为又是宪兵队来找麻烦,都吓了一跳,忙赔笑鞠躬。其中只有管账的刘文心里明白,他是洛殿的人,布置好叫他在这里照应李铁他们,他认识武小龙,一见他们来了,忙说:"辛苦啦,请屋里坐,我是管账的刘文,有什么事先跟我说。"

队员们留在外边听着动静,封锁着院子不叫人出去。李铁跟刘文来到屋里问道:"他俩快来了吧?"

刘文说:"糟糕,你们没有接到报告吗?情况变了。齐光第跟伪军到韩庄据点去了,王金庆也变了卦,今天约了人到宪兵队喝酒,也不来了。今天是没有办法了,这两天巡逻很紧。洛殿说,万一你们来了就告诉你们快点回去。"

李铁一听急得问道:"洛殿也去了吗?"

刘文说:"王金庆叫他,不能不去呀。"

李铁沉思了一下,把警告信、传单掏出来交给刘文一些,吩咐他今天晚上撒出去,便走了出来。李铁来时便下了决心,杀了王金庆,还要在枣园据点大闹一番,给敌人一点颜色看看,如今打不了王金庆,哪肯无声无息地回去?他带着队员们出来,在一处僻静地方吩咐了一番,点上一支烟卷吸着,便向老何小酒馆附近走去。刚走出胡同口,正撞上伪军列成三路纵队从街上往东走,全副武装,步伐整齐,不知是出动还是演习。李铁在头里叼着烟卷大摇大摆地走着,挨着伪军的行列迎面向西走。带队的伪军官盯着李铁直看,突然站下"啊"了一声,对面迎着李铁,机警地打量着,一面从衣袋里掏出烟卷来,要对个火。李铁把烟卷递过去,毫不在乎地仰着脸。月光下看不清楚,那伪军官盯住李铁问道:"不认识啊,哪一部分?"

李铁爽朗地一笑说:"才从城里过来,有特别任务,等有时间到队上拜访就熟了。"

伪军官把烟卷还给李铁,客气了几句,还不放心地看了几眼,才跟上队列往东去了。李铁见伪军走了,又向前走了一段,装作往日寇大队部那边去,绕了个弯,闪过街上那些伪组织特务人员,便贴着房屋的阴影,疾速地穿进老何小酒馆旁边的胡同里来。这时人家都还没有插门,趁无人看见,一下闪进一家院子去。房东以为又是特务们来找麻烦,吓得连声央告,说实在没有钱了。李铁挥手叫房东退下,命令萧金带队员封锁了院子,只许进不许出,如有意外主动撤出据点。吩咐完了,便带了武小龙溜出去,拐到大街上,直奔老何的小酒馆而去。

这时,宪兵队部的北屋里,不住地传出喧哗笑语。八仙桌上点着几支亮堂堂的蜡烛,照得满屋红漆家具闪烁发光。一群特务正在兴高采烈地喝酒。窦洛殿哈哈地笑了两声冲王金庆说:"照你这么说,中国人根本就没有希望啦!"

王金庆把酒盅往桌上啪地一放说:"有鸡巴希望!我给你打个比方:种庄稼都要拣个好种子。可中国人呢,根本就是个劣等民族,只能加以淘汰,用东洋人重新造出一个新的民族来才行。所以,杀点中国人也就是替天行道嘛!哈!哈!……"

"那么,你也得被消灭呀!"

王金庆摇摇手道:"不!你胡说,我已经是日本人了,不但我是好人,就是你们这班归顺大日本帝国的人,也得算好人啦!"

"哈!哈哈!……"一阵狂笑。水仙花叼着烟卷,靠在王金庆怀里,撒娇地小声说着什么。

王金庆见菜少了,冲韩小斗说:

"去酒馆里把招待沧州宪兵队丁队长的三桌菜弄来!"

韩小斗连声答应着跑出去。不一会儿开酒馆的老何跟着韩小斗进来,从提盒里端出热气腾腾的几大盘菜来往桌上摆着,汉奸们高兴的咂嘴缩脖。洛殿趁这工夫向王金庆问道:"咱们把菜都吃光了,一会儿丁队长要来了怎么办?"

王金庆翻了洛殿一眼:"这大黑夜,他不会来!"

"队长,万一要是来了,不太好看吧!"洛殿盯住王金庆说。

"那好,"王金庆冲老何一招手,"你回去再预备三桌菜,明天用!"

"好咧!您啦!"老何拉长声答应着。

洛殿又问道:"你跟丁队长认识吗?"

"没见过面!怎么?"

"听说这个人相当厉害,不知这回到这儿来干什么?"

"老家伙,这种事能过问吗?人家是沧州道宪兵队!"

这时老何磨磨蹭蹭摆完了酒菜出去了。洛殿嘻嘻哈哈笑着给这个敬酒跟那个干杯。

水仙花随手在人群中拉住窦洛殿问道:"叫你去请齐署长来,你去了没有?"

洛殿挤了一下眼睛说:"我敢不遵命吗,可人家出发到韩庄去了,我也不能给追回来呀。"

水仙花撇撇嘴打了洛殿一下。韩小斗醉眼蒙眬地挤到桌子跟前,偷偷拉住水仙花的手,哼哼着说:"今天宫本一下子给了王队长五千块,真是升官发财呀,你这当太太的也得请请客呀!"韩小斗咴噗地笑着,溜溜着小猪眼睛,见王金庆脸上露出笑容,知道他正在兴头上,就更给王金庆灌起迷汤来。水仙花一撇嘴,推开他说:"看你那王八样子,亏不了你就是啦。"

王金庆听了哈哈一笑说:"把你庆哥当成什么人!既然大家跟我一起干,不怕大风大浪,我怎么能不跟弟兄们有福同享。五千块钱在座的每人有一份!"

汉奸们一听乐得拍掌大笑,纷纷向坐在上座的王金庆敬酒,洛殿也举杯说:"王队长时来运转升官发财!"

一群汉奸也围上来,举着酒杯谄笑着,都大口地喝起来。

"王队长一出马,保险八路玩完,共产党杀光。"一个小歪嘴汉奸举杯祝贺。

王金庆喝下一大杯酒,哈哈大笑,神气十足地喊叫:"我已经跟渡边大队长打下包票,不到一个月,一定把李铁抓来。"

"祝你马到成功!"窦洛殿举杯向王金庆敬酒。

"李铁这出名的手枪队长,像老鼠一样钻在洞里不敢出来啦!"

"哈哈,他呀!本来就没有胆,一离开他们队长孙刚就更完啦。"

"喂,给李铁写封信吧,有本事叫他出来跟咱二爷碰碰!"

"那,保险他不敢出洞。"

"他不出来,挖出他来!"

"哈哈哈!……"

一阵轻狂的笑声。

一个特务进来报告:"丁队长来了!"

"什么?!"王金庆刷地一立,拧起眉头,抓住手枪,"看,是不是!人家说来就来嘛!"洛殿笑着缓和着空气。

韩小斗见王金庆一瞥自己,忙附耳过去,听着,点着头,然后袖着枪走出去。王金庆一口接一口地猛吸烟卷,手扳枪机,眼珠闪转,机警地听着动静。霎时,韩小斗回来小声对王金庆说:"确实是丁队长,风流人物!笑着先叫我看证件。可是等我一看,他又恼了。一个跟他的宪兵骂我:'你他妈的算什么东西!'差点把我的鼻子拧下来!"

"别他妈的啰嗦啦!"王金庆一甩袖子,"快欢迎丁队长!"这时,只见一个戴洋式草帽、墨晶眼镜,穿绸长衫的人,微笑着走来,潇洒地迈着方步,好大的气派。王金庆慌忙迎上去,鞠躬、自我介绍。在一片恭维声中,满屋人齐撅屁股,一躬到地。洛殿见是李铁,先是一惊:怎么,老何没把信送到吗?真糟糕!转念一想:李铁进得来,一定能出去,事已至此,且看他如何动作。只见跟在后面的武小龙一指套间:"请王队长密谈几句话。"王金庆点点头,谦让地陪同"丁队长"进了套间。"丁队长"的几个随员,就在门口站定了。一会儿,武小龙又出来说:"请弟兄们都进去见见吧!"特务们就受宠若惊地往屋里挤。突然,当当两声枪响,接着咣啷一声,有敌人打着枪,撞开活叶窗窜出去了。接着枪声大乱。刷一声,门口的手枪队员都扯出枪来,汉奸们吓得都跪下了。只见李铁甩掉长衫,站在套间门口,用驳壳枪指着汉奸们喝道:"罪大恶极的汉奸被枪决了,谁要不回头,这就是榜样!你们都脸朝墙跪下,谁敢动一动,马上要你们的脑袋!"

特务们跪着连声说:"不动,一定不动!"

敌人听见枪声赶来,包围了宪兵队住的院子。日本鬼子、伪军、伪警围着院子又喊叫又打枪,只是不敢往里冲。这里正闹着的时候,李铁他们却早换了伪警的服装,趁混乱从宪兵队的邻院溜出来了。来到街上向南门走去。一队伪军正从对面跑来,都持枪搜索着。月光下,城墙上不远处也站了一个持枪的敌人。

街上停了两辆大车,上面装了几个筐子,四个伪警正背着枪上了车,赶车的民夫刚一吆喝牲口要走,一个伪军官跑过来指着车上的伪警骂道:"他妈的,下来,谁也不许出城!"

伪警们分辩道:"齐署长叫到桥头据点拉猪去!"

"不行!"那伪军官正发脾气,李铁带人走到跟前。那伪军官一转身挡住了李铁,机警地瞅了两眼,刚要掏枪,武小龙早贴上了他,枪口顶上了他的脊背,他的手枪被拿过来退出了子弹。李铁向队员们递个眼色,一挥手,四个伪警也被队员们逼上了。李铁这时候大声对伪军官说:"大队长说啦,叫你一块辛苦一趟。好,快上车,咱们走吧。"

大车拉动了,伪军们上来要拦,却见中队长在车上,指着他们骂道:"他妈的,快开城门,有急事!"

大车驰出了城门,越走越快,一会儿就扬起灰尘飞跑起来。

满据点都是敌伪军和便衣特务乱喊乱追,胡乱打着枪,问着口令,互相斥骂着,到处在搜索游击队。但是李铁他们坐着大车,早已走远了。

九　难　关

李铁带领队员正坐车跑着,见敌人的骑兵部队从旁追过去,迂回包围过去,便带队员跳下车向村里跑去。他们在枪弹下紧跑了一会儿,到了北旺村村头,正想利用村庄掩护把敌人甩掉,就听到前面大喊一声:"站住!干什么的?"

这时后面敌人也追上来了。还离二三百米远,队员们就要打枪,李铁说声:"别慌,跟我来!"就带队员向那喊叫的人猛冲过去。那人戴着伪自卫团臂章,一看是李铁他们,哎呀一声说:"我当是敌人呢,是你们!快走!"李铁一把拉住他的手说:"你叫什么?老弟?"

那人小声说:"我叫黑旦,是自己人。你们向西拐!"李铁说:"敌人上来你就说我们往北去了。记住,黑旦!"

黑旦连声说:"一定,一定!你们快走!"

李铁见敌人已经上来,一挥手带着队员串进胡同,往左跑了不远,就伏在场边树下看着。只见敌伪军打着枪,乱哄哄的,有几百人追上来了。果然,敌人稍停了一下往北去了。李铁看着敌人快过完了,就说:"干他一下!"就和队员们一跃起来,十几个手榴弹一齐投了过去。在轰轰的爆炸声中,听见敌人尖叫了几声,纷纷卧倒了。不等敌人还击,李铁就带着队员向西飞跑去了。大队敌伪军又翻回头向南追过去,李铁他们已经跑出去很远了。队员们跑着直是笑,小声说:"痛快!真他妈干得痛快!"

再说窦洛殿和水仙花、特务韩小斗他们几个人跪在宪兵队屋里,听着外边枪声乱响,一时谁也不敢动。听着枪声响远了,这才进来了十几个伪军伪警,他们才都立起来,述说着手枪队进来的经过,吓得那些伪军伪警也目瞪口呆起来。水仙花这时伏在王金庆身上号啕大哭,哭了一阵,忽然尖叫起来:"他还有气,快送他到军医处去呀!"王金庆虽然吃了几粒子弹,但没有死,只是昏迷不醒。洛殿心里正暗自高兴,一听王金庆没死,不由一惊。一个伪警长询问完了,叫他们几个人都出来。水仙花走到院里,见齐光第带人走进来,立刻跑过去赖在他怀里撒娇撒痴,哭得像个泪人儿似的,直到齐光第叫人把她送到自己家里去才算罢了。洛殿走出院来,一看整个据点就像闹翻了江一般,一片叫骂呼喊声,听着旁边几个特务和伪军在叽咕:"大队长和三个中队长屋里都发现了手枪队的警告信。""街上发现了许多张告伪军同胞书哪。"

一会儿,看见四个伪军从院里抬出一副担架来,上面躺着王金庆。浑身血迹斑斑的,给送到军医处去了。洛殿感到很遗憾,暗暗地在肚里骂了几句。这时就见日本宪兵带着特务队逮捕了维持会和大乡公所的十几个人,押着往日本大队部里去了。不多一会儿,又押着六七个伪军、伪警走过去,其中有洛殿新近联络上的高升,他是新近从乡里被抓来的伪军,洛殿见他表现还老实,就跟他拉上了关系。洛殿看着暗想:恐怕我也难逃这一关,难道高升能出卖我吗?且去四嫂那里喝酒躲一躲再说。想罢就向冯四嫂家里走去。这冯四嫂原名叫银花,年轻时跟父母逃荒到天津讨饭,不幸父亲重病,借了高利贷,被迫把银花卖给了妓院。当时,洛殿在天津卖苦力,常给些帮助,见银花娘哭得死去活来,就倾囊相助,自己又借些钱把银花赎回来,送她一家还了乡。幸好遇上了枣园的木匠冯老四待她家甚好,她就跟冯老四结了婚。因为她为人勤劳正直,下洼踏地什么活都肯干,人们就渐渐忘了她的遭遇,都亲切地和她叫起四嫂来,可叹好景不长,冯四哥一病身亡,丢下这四嫂无依无靠。亏得窦洛殿常帮助她,两人情投意合,请了请客,就算是夫妇了。窦洛殿进了据点自然就在她这里落脚。一来二去,受了洛殿的影响,四嫂对抗日也有了认识,成了洛殿的好帮手。夜里四嫂听到枪声乱响,不知又出了什么事,正在为洛殿着急,洛殿就摇摇摆摆地回来了。四嫂一见他又惊又喜,忙问长问短。洛殿笑着故意岔开话头,装着没事的样子。心里可暗自盘算:这回事干得漏洞不少,恐难逃过特务宫本的眼。忙叫四嫂把存着的一瓶酒、半只烧鸡拿出来吃。一面吃着喝着,心想:我先吃喝光了,免得一会儿便宜了抓我进监狱的兔崽子们。几盅酒喝下去稳住心神,打定主意只跟宫本个狗日的赖账就是。反正老子软硬不吃,有一颗脑袋也足够对付你们的了。想到这里,心里说:何不趁着没有关起我来,跟四嫂说说知心话呢。便向四嫂笑道:"我洛殿一生闯荡江湖,为抱打不平,不怕两肋插刀,而今为了抗日救国,更不能逃避肉飞骨断,子弹穿头,可你受得住吗?"

四嫂一笑说:"放心!就是手拉手上刑场,眉头不皱!"洛殿说声:"好!"把四嫂紧紧地拥抱一下,然后小声说,"今天敌人可能要抓起我来。"

四嫂一惊说:"没法躲开吗?"

洛殿说:"不能出去,一出去,躲是躲过了,以后的工作却断路了。这样吧,我关起来后,你去找水仙花,请她托人说情。"接着在四嫂耳边小声说了一阵。

四嫂点点头说:"行,行,我一定办到。"

洛殿见四嫂这样,感激地:"你真是我的好老伴啊!"

四嫂深情地笑着拿了酒盅儿,陪洛殿一块喝酒,几杯酒下肚,脸颊上浮出了玫瑰色。洛殿忍不住亲了她的脸蛋一下。两人一递一杯正喝得上劲,就听见院里有人走进来喊:"洛殿在这儿吗?"洛殿心想:到了时候啦。就应道:"我在这儿!"

"宫本叫你去!"说着话进来了两个便衣特务,先上前每人捡一块鸡肉塞到嘴里,要过酒盅喝下两杯酒说:"殿哥,不用说你也明白,小心点吧!"

洛殿哈哈笑了两声,连忙再喝下一盅,塞了一大块鸡肉在嘴里嚼着,看了四嫂一眼就向外走了。

洛殿跟两个特务向宫本的办公室走去,心里暗想:一定是宫本和渡边配合起来一软一硬地审问我,怎样来对付他俩呢?他故意慢腾腾地走着,琢磨着对策。

提起宫本和渡边,据点里的日寇、伪军、伪组织人员没有一个不怕的。渡边对他的"天皇"忠心耿耿,又精力充沛,凶猛得像一只野兽,每天早起晚睡,鞭打民夫和日伪军。他向哪里一走,哪里就紧张起来。他不但喜欢打人,而且喜欢杀人。差不多隔些日子总要找各种理由,杀几个人。他时常自己亲手砍人,高兴的时候他一气能砍几个人,面不改色。杀人成了他的嗜好。杀人的时候他尽情戏弄受害者,用刀尖戳人的心窝、咽喉,猛抡起刀来假作砍杀,大声吼叫着,直到使人恐怖到极点,这才劈死。在他看来,砍杀中国人正是他的天职。他经常以这种精神鼓励他的士兵。渡边自以为是高度文明的人,因为他除嗜好杀人之外,也喜欢培植花木,吟诗作画,并且很喜爱中国的古玩玉器,多少会下一点中国的象棋。虽然是一手屎棋,兴趣倒很浓,时常指名叫人去陪他下棋。陪他下棋真是个倒霉的差事,你不用心故意输给他,他会突然翻脸揍你嘴巴;你要赢了他,那就更可能挨揍。而且下棋中间,不断停下来质问你许多事,弄得你神经紧张,出一身冷汗。可是洛殿认为渡边总还好对付一些,因为他贪才,喜欢礼物,不管好歹,什么都要,又喜欢酒肉,一喝醉酒什么都忘了,只顾从怀里掏出妻子的相片,看着流起泪来。

宫本可跟渡边不同,他是受过专门训练的特务头子。洛殿特别害怕见他。宫本总是什么弱点都不暴露,戴着一副近视眼镜,安详地立着,活像一个可敬的文雅的国文教员。他会突然用冷酷的毒蛇般的眼盯牢你,叫你打寒战,常逼得人变貌失色,露出破绽来。宫本整天半夜地埋头研究各村联络员送来的情报,阅读从各村挖来的我方的文件、书籍、报纸和记录本。他裤袋里经常掖着两支手枪,时常白天化装成老百姓去赶集,夜间化装成工作人员去活动。对人,特别是对老太太和孩子,和气地笑着,问长问短,一口流利的中国话,简直听不出他是日本人。他还精心研究着几十种酷刑,说不定看中了谁,就在深夜里捆你去试验一番。他就那样一面残忍地折磨着你,一面若无其事地吸烟看文件,听留声机。人们送他个外号,叫"眼镜蛇"。只要听到有人说声"眼镜",大家就闭上嘴走开。有时人们来不及口头警告,只要一指眼睛,就知道是宫本来了,赶紧想法逃避一场灾难。

　　洛殿这些天预感到不祥,他觉得"眼镜"特别注意起自己来,几次请吃饭、谈心。今天宪兵队出了事又叫他来,绝不会轻易放过自己。正想着,一抬头见宫本已经迎面站着向洛殿喂了一声,阴险的眼睛在眼镜后边冷冷地闪着光。洛殿只好跟他走进屋去,一看果然渡边坐在椅子上,旁边还坐着张木康,不由心里一跳。两人对面坐下,宫本冷笑了一声说:"你害怕了没有?"

　　洛殿的眼珠被宫本的眼光捉住再也逃不开了,于是咧开嘴,眯起小窝口眼笑了。故意慢腾腾地拿出烟卷来吸着,点头笑着说:"我的害怕的大大的有!"

　　宫本又问道:"为什么游击队不打死你?"

　　洛殿大着胆子盯住宫本说:"我的抓人的打人的很少,所以他们的不打死我的。"

　　宫本眯着眼睛哼了一声,又盯住洛殿问道:"你对皇军忠实吗?"

　　洛殿立刻竖起大拇指说:"大大忠实的!"

　　宫本笑了一下立刻沉下脸:"什么证明你的忠实?"

　　"八路排长高铁庄是我帮助抓来,还有……"

　　"你忠实很好,秘密活动统统告诉我,金票和宪兵队大官都给你,怎么样?不愿意?"

　　宫本歪头奸笑着。洛殿听了,突然高声大笑起来。

宫本嗯了一声,盯着洛殿的眼睛问道:"你跟八路敌工接过几次头,全部讲出来,我再派你去接头,金票先给你。"宫本说着拿出一沓准备票①递给洛殿。

洛殿摇摇头说:"敌工?我的不明白?"

渡边在旁边像老虎一样凶恶地嗯了一声,那一撮小黑胡须直是动弹。张木康可紧张地盯着洛殿,光怕他真是八路的内线。

宫本一把揪住洛殿的领子狠狠地说:"不说!你死了死了的!"他心里一发狠,日本腔就露出来了。

洛殿哈哈一笑说:"我是大大的好人!"

宫本面孔阴沉下来,立起来一开里屋的门,高升走出来。宫本冷笑一声说:"他已经全都说了,你还是说了的好!"回头对高升喝道,"你说话呀!"

高升浑身发抖,脸色焦黄,声音低哑地对洛殿说:"我,我都招了,你承认了吧。"

洛殿立起来,凑到高升面前,严厉地盯住他的眼睛。高升往后退着,洛殿冷笑一声说:"你叫我承认什么?"随后像打霹雷一般大声喝道,"你个混蛋胡说我什么?"

高升吓得往后一退,绊倒在地上了。宫本拔出手枪冲洛殿吼叫起来:"你要不说,我立刻打死你!"

洛殿指着高升大叫:"他妈的高升,为争个臭女人你就陷害我!"随后一转脸向张木康喊,"他陷害我!张大队长你调查一下,我被人陷害啦!"

渡边也不耐烦地吼了一声,一招手进来两个鬼子兵,用枪逼着洛殿往外就走。窦洛殿还在喊叫。张木康只是嗅鼻子,冷冷地看着,什么也没有说。

洛殿被囚在一个地窖里边,已经五天没有吃饭了,饿得皮包着

---

① 准备票:抗日战争时期流通于华北地区的敌伪货币。

骨头,把一条破褥子的棉花穰子快吃光了,肚子疼得不行。宫本一天来看一次,他就大骂一次,多么难听的话都骂得出来,又笑又唱,要求宫本开大会挑死他,枪决他,无论怎么死都行。他装起疯来,怪声怪调地嚷叫。宫本只是不理他,不招供就不叫出来。

洛殿无可奈何昏昏沉沉地躺着。这天宫本又来了,叫人掀开地窖,蹲在上边阴险地笑着,恶狠狠地说:

"我非叫你说出来不可,要不说就叫你活活饿死在里边!"

说了把烟卷头摔在洛殿的脸上。

洛殿被烟头烫得一颤,咬牙说:"宫本,你个狗日的不长眼睛,你要整不死我,你就等着吧,我非到北平岗村司令官那里告你不可!"

宫本大笑起来,指着洛殿说:"他妈的!新房都给你准备好了,上来说了吧,立刻就叫你结婚,叫你升宪兵队副。"

洛殿哈哈地大笑着骂起街来。宫本并不生气,派人把他弄上来。

于是洛殿被带到宫本的办公室里,大口吃着馒头和炖猪肉,大碗喝着酒。吃饱了喝足了,谈判开始了。

宫本笑嘻嘻地说道:"说话吧!"

"说,说什么?哈!哈哈!"洛殿狠狠地吸着烟卷说,"这简直是笑话,你叫我说没有影的事情吗?"

宫本放下脸来恶狠狠地咬着牙,阴沉地说:"你到底说不说?"

洛殿喝下一杯茶,叼着烟卷站起就走。宫本一拍桌子喝道:"你到哪里去!"

鬼子兵在门口挺着刺刀截住他。洛殿滑稽地一挤眼睛,捋捋乱蓬蓬的大胡子,大声说:"我回地窖里去!"

"八格!"宫本气得抽了洛殿几鞭子。

第 四 章

一 谈 心

　　李铁带队员大闹枣园据点,缴获了十多支新驳壳枪,五支撸子,一千多发子弹。区游击队也扩大到三十多人了。方圆几十里地一下就哄扬开了。又加上反资敌、破电线、对敌斗争的胜利和地道的开展,群众情绪高涨起来了。赵青的伤也养好了,带着他收容的四五个队员归了队,帮助李铁给队员上课,分组突击挖地道,工作非常积极。两人也合作得很好。李铁觉得朱大江对赵青的许多看法倒是有些过分了。这天李铁和赵青分开,赵青带一组队员到段村。李铁带一组队员来到张村,已经是天快亮了。刚安排好了叫队员们去休息,就接到了许凤叫小曼捎来的信,说叫他准备一下,就要来跟他研究一下战斗总结和小队的情况。李铁心想:也好。从那天跟许凤争了几句之后,总觉得自己心头像堵上块石头,非常不舒服。打了枣园宪兵队回来之后,知道许凤那天黑夜整整在院里立了多半夜,晚饭也没有吃,一见同志们回来,她是那样的欢喜和关心,见她对自己还是跟过去一样,好像一点也不记那天晚上的话,就更难过了。接到许凤的信之后,为了踏实地写点材料准备汇报,就点上油灯,到黑屋里去了。他连日挖洞累得厉害,写着写着就躺在草苫子上睡着了。这工夫许凤轻轻地从入口处钻了进来,她蹑手蹑脚地走到李铁身边,见李铁手里还捏着钢笔,脸颊却压在本子上,睡得正酣。他是乏透了。许凤轻轻地拿起他身旁的大袄给他盖在身上,端了他头前的小油灯,退回到入口附近,把油灯儿放在土坯上,靠着粮食口袋坐好,掏出笔记本来写着什么。屋里静极了,只有钢笔在纸上发出断续的嘶嘶声,伴着均匀的呼吸声。

李铁一觉醒来,想起自己的汇报提纲还没有准备好,赶紧坐起来,向灯光那边一看,只见许凤披了件青色夹袄,坐在灯旁,把一个本子摊开放在膝盖上,左手支着下颏稳静地沉思哩。李铁闹不清自己睡了多久,竟没有听见许凤进来,机灵地打着舒展问道:"你什么时候来的?有敌情吗?"

"我来好半天了。敌人的宣抚班来开会,没什么大不了。你够累了,再睡一会儿!"

"够啦!"李铁拿起钢笔和笔记本,凑近灯光坐下。

"李铁同志,这次战斗,我已经报告周政委了,他听了表示很满意。特别叫我代他问你好,问队员同志们好。这件事各村都嚷动啦,说这次打垮了王金庆的宪兵队,比下场透雨还痛快。维持会长张书生更靠近咱们了,托联络员捎信出来,要求同咱们接头。伪军、伪警当中几天来有二十多个人托联络员找咱们拉关系。联络员们的腰杆也硬起来了。一直藏着的区干部也露头了,我已经派人去找他们。最近咱们就开个会,把工作全面地布置一下,使各种斗争一齐开展起来。"

李铁嗯了一声,起来活动着手脚,向许凤问道:"县委不是同意了调张俊臣同志出来工作吗,你跟他谈过了没有?"

许凤笑起来说:"我从县里开会回来就找他谈了,叫他担任区抗联主任。为这还和张立根闹了一阵子气呢。"

李铁一笑道:"大概张立根也要求出来吧?"

许凤说:"正是这样。正跟老张谈话,立根来跟我闹起来了,他非要求出来工作不可,好说歹劝才噘着嘴走了。"

李铁点点头说:"立根现在可不能叫他出来,张村是咱们的根据地,还要依靠他领导好这个村的工作呢。"

"对,我也是这么想。"许凤合上笔记本,沉默了一下抬起头来微笑着说,"李铁同志,咱们谈谈心好吗?"李铁眼睛一亮,兴奋地说:"好,谈吧!我早就想谈谈哩。"

许凤亲切地望着李铁说:"是啊,咱们早就应该坦白地谈谈,我相信咱们一定能合作得很好的。如果我有什么叫你不痛快的地方,你就坦率地批评我吧。"

李铁嘿嘿地笑了一声说:"我早就准备向你做检讨了,如果说咱们之间有不愉快的话,那是怨我。坦白地说,对你这个女政委,刚来时,我是有点看不起。我还觉得你对我不放手……"

"好!坦白直爽,是工人阶级的本色。怎么的,还想做长篇检讨吗?"许凤说着大黑眼珠热情灼灼地笑了。

李铁挑战似的一扬眉毛说:"这么严重的思想问题,不向政委做检讨就完啦?"

许凤豪放不羁地笑起来说:"不完怎么办?难道还要打四十大板吗?"

李铁不由得愉快地微笑了。这种信任的语气和无拘无束的态度,使他突然对许凤产生了一种尊敬的心情,他吸了一口烟,眯着眼睛盯着那粗粗的烟卷,微笑地吹出一股烟来,说不清是一种什么滋味。

许凤亲切地小声问道:"好久没有回家看望大娘了吧?"

"是啊!实在没有时间啊。"李铁想不到她谈起这个来了。

许凤笑道:"我倒是替你看望了她老人家一次呢,前几天我到县委去汇报工作,回来路过你们村,宿在你家里了。大娘已经搬到你兰表姐家去了。知道吗?老人家跟我说了一夜知心话儿,我把咱们在河边见面的故事说给她听了,她又是欢喜又是埋怨。她真是个好母亲。她非常喜欢我,给我煮鸡蛋、包饺子,还非要认我做干女儿呢。你不认为这是私人拉拢吗?"

李铁不由得一笑说:"不敢反对,可我从来没有感到有认干娘的必要。"

两个人都笑起来。

许凤深思地叹口气说:"你对我的批评很值得我警惕。说实在的,我真是感到需要学习你的许多优点呢。"

李铁忙说:"得!得!我这个人哪,满身都是缺点,又粗鲁又傻,要不人家都跟我叫傻子呢,你可能不了解我。"许凤笑道:"不对,我已经开始了解你一些了。比方说吧,你从小就喜欢泡在河里摸鱼捉虾,身上弄得紫溜滑光,像条大泥鳅,动不动就跟人打起来,谁硬跟谁拼,身上三天两头带着伤。"

李铁听着也笑了,一皱眉望着她。

许凤微笑着继续说:"还有,你只念过三年小学,十四岁就到天津学徒,经常挨打受骂。后来你偷着读书把饭烧煳了,叫经理打得不能动了。有一次你放跑了一个将要被捕的印刷工人,经理又要打你,你就把经理打了一顿,还在人家嘴里塞上炉灰,浑身泼上泔水,赌着一口气跑了,一路讨饭回了家。'七七'事变后你就参加了部队。一九四〇年负伤留在地方上,当了一阵子通讯员又参加了手枪队。我说得对吗?"

李铁笑着点点头,连声说:"对!对!我就是这么一个老粗,不会知识分子那一套,所以……"

"不,你读的书不少,你是个直爽忠诚的同志,能跟你在一起工作真是再好也没有了。不过我的确还有不了解你的地方!"

"什么地方?"

"你的对象是谁呀?一定在路东哪个区工作吧?提出来,请县委调到咱们区来才好。"

李铁一听,笑的鼻子喷出一股烟来说:"对象,根本没有!"

许凤惊异地问道:"为什么?"

"为什么,"李铁摇摇头说,"这一点嘛,连我自己也不明白。"

"奇怪的说法。"许凤忍不住笑了。

李铁激动地说:"这有什么奇怪,我这个人就是这样,决不向一个女人低声下气地追求什么爱情,永远不会这样!"说着像跟谁赌气似的把手往下一劈。

"何必这样呢!"许凤忍不住笑了。

"笑什么!特别是在目前这种残酷情况下,我不耐烦谈这种问题。"李铁说着鼻子里喷出一股烟。

许凤爽快地一笑说:"好!我希望你无保留地对我提点意见。"

李铁严肃地望着许凤说:"咱们都读过毛主席的《论持久战》,对于抗日战争的胜利是充满信心的。但是,只有信心并不能胜利,现在,对于我们来说什么是最需要的呢?应当认真想想。"

许凤点头沉思地说:"提得好,那你认为我们现在最需要的是什么呢?"

李铁斩钉截铁地说:"依我看,别的都是其次,最需要的应当是勇敢,再勇敢!无所畏惧,这也就是我对你的希望。"

许凤说:"好嘛!那咱们就谈谈勇敢这个问题吧。说起勇敢,我告诉你一件事。这次我去县委汇报工作,周政委一见面就问我,你看李铁这个人很勇敢吗?"

"你怎么回答呢?"李铁眉毛一扬,目不转睛地看着她问。"我说,不含糊,是个勇敢的同志!"许凤一笑,接着说,"当时周政委还讲了你的一个故事呢!他说在收编一支土匪部队的时候,派你去谈判。那土匪头子亮出枪来,两个土匪把尖刀逼在你的心口上,可是你面不改色,眼都不眨一下,反而哈哈大笑,终于说得那土匪头子低了头……"

李铁笑了笑说:"小事一段,提它干什么!"

许凤沉思地说:"为工作一发愁,我就越来越信服周政委那天说的话。这样的勇敢,对于我们来说是太不够了!"李铁听着这句出乎意料的话,不觉一惊,张开嘴,睁大了眼睛,哑然地望着许凤。

"对于一个共产党人说来,有了出生入死的勇气还不够,更重要的是,要有给千万人指明方向和开辟道路的勇气。"许凤叹口气说:"这话说着容易做起来可就难啦。敌人气势汹汹,闹的乌烟瘴气,困难这么多,干部、群众思想这么乱,真是公说公有理,婆说婆有理。我过去那么做了,有赞成的,也有反对的,究竟怎么办才对呢? 听周政委指示的时候,觉得挺明白,可一回来看看这乱纷纷的局面,听听各种意见,心里七上八下的又没有准主意了。我日夜捉摸,非找到一个正确的方向不可! 但是又担心,就算找到了,能坚持吗? 如果一提出来遭到大家反对,又怎么办呢? 我翻来覆去地想啊,你看,多么可笑。我总认为,革命嘛! 怕这怕那还行! 只要找到的是真理,我就说,就坚持!"

李铁听着心里豁然开朗,好像自己的精神突然跨上了一个新的高峰似的,一拍腿说:"对呀!"

一阵咚咚的脚步声,两人都持枪站起来,接着扑通扑通一阵响,黑屋的入口扒开了,射进一道白光,听着外边是大娘的声音:"小曼,你进去干什么?"

"我去看看他俩。"

一阵轰轰响,小曼钻进来,正碰上许凤往外钻,小曼故意和许凤顶一下头,在她耳边小声说:"凤姐,看你那圆髻披毛大襟褂儿,打扮得多像小媳妇儿。"

"死妮子!"许凤在小曼胳膊上轻轻拧了一把。

"哎哟! 凤姐拧死我啦!"小曼假装啼哭地喊起来。

"活该! 使劲拧! 谁叫你净画眉掉嘴的。"大娘说着也笑了。

他们三个人笑着赶紧往外钻出来。见阳光亮的刺眼,已经是晌午天气。

许凤、李铁出来扫扫身上的土。

许凤问大娘道:"这一回敌人来干了些什么啊?"

大娘说:"这一回是伪军大队长张木康来召集老百姓开会,他讲了好半天话,说是来安民哩。还说,他们是正大光明,不打人,不抢东西,希望老百姓同心合力确保治安,铲除那些钻在洞里不敢见阳光的八路。"

小曼笑着一跳脚说:"你还给汉奸做宣传哪。"

大娘嗔了小曼一声说:"别打岔,张木康话还没有讲完,马大奶奶就在一个汉奸怀里扯出一条女人花裤子来。接着老太太们都挤上去扭住汉奸们,这个说丢了布,那个说丢了钱,第三个说挨了打,男女老少都吵嚷起来,七嘴八舌质问张木康,弄得张木康那黑胖脸直出汗。他下不了台就急了,拔出枪来就向半天空打了一枪。伪军们支上机枪把人们吓唬了一顿。办公人就去说好话,给了他们一些钱,他们才滚蛋了。"

秀芬和队员们也都来了,听大娘说了都笑起来。

许凤笑道:"这是敌人新研究出来的一套思想战哩。"李铁挥着拳头说:"不管什么战,汉奸们就是有一个毛病,非打不行!"

二 年轻的政委

夜深人静,灯光下,李铁伏在桌子上,写着恢复工作的意见。写了几行,不满意地赌气把纸揉成一团,在灯火上点着烧了。凝神苦想了一会,疲倦地打个哈欠,用拳捶捶头,到院里水瓮里舀了一瓢水,往自己头上一冲,噗噗地擦了一气。抬头一看,许凤那屋也闪着灯光。回到屋里又坐下拿起笔来写,可是依然茫无头绪。他站起来小声地责备自己:"党需要的是我的头脑,难道我没有头脑吗?"听见萧金从房顶上下来和郎小玉小声说着话,他们换岗了。

敌人挨了打击之后,连续在各村抢小麦,抓人,更疯狂起来。我们的武装力量暂时还无力阻止敌人的活动,李铁心中急得冒火。他在反复地想:究竟怎样进行对敌斗争呢?一支接一支卷着烟卷吸着,凝神地望着跳动的灯光,把几年来的经验和现在的情况比较着,把各种斗争的关系衡量了一番,又翻开毛主席的《论持久战》看了一会,突然眼睛一亮,拿起钢笔把写好的几行字哧哧地划了去,立起来寻思道:"不对,这么提是不明确的,应该说:坚持武装斗争,是一切斗争的中心。对!要坚持,一切工作都是为了武装斗争的胜利。不然,一切工作为了什么呢?"他感到心胸豁亮了。立刻坐下,抓起钢笔疾速地写起来。左手里的烟卷头灼着手指了,手疼得一抖,赶紧扔到地上踩灭了,甩甩手,读着才写完的字句。灯油烧干了,他抬头看窗纸发白,天已大亮,忙噗的一声吹灭了灯,立起来攥起拳头捶着胸膛,深深呼出一口气。听见有人一声咳嗽,回头一看,屋门口站着许凤,朝他微笑着说:"李铁同志,你这样白日黑夜连轴转,看你工作刚开始就要糟蹋坏了身体。"

李铁嘿了一声说:"你也没有睡呀!"随后用手拍得宽阔的胸脯咚咚地响,笑着说,"听见了吗,顶得住,这是特殊材料制成的。"

许凤满意地笑起来。李铁说:"笑啥,这是斯大林同志说的。怎么样?开会的人来了几个?"

许凤说:"才到齐,几个人老是嘟嘟囔囔,怕叫敌人包围受损失。"

李铁说:"看咱们的干部成了惊弓之鸟啦。"

李铁一面说着,赶紧草草地洗了把脸,刷刷牙齿。叫着许凤说:"走吧,开会去!"

许凤轻轻地问他道:"怎么,你也不休息一会儿吗?"李铁一甩手,抓起文件说:"不用,开完了会打总儿睡。"

两人刚迈步往外走,不料胡文玉一脚踏进了屋门。李铁一见高兴地喊道:

"哈哈!老胡同志!"

李铁伸手拉住胡文玉,亲热地让他坐下,迅速地卷支烟卷,打火让他吸着。

许凤看了不由一笑说:"你俩这么亲,一定是老朋友啦?"

李铁笑道："当然啦！老胡同志还是我们的老师哩,我在军区受训的时候,他给我们上过政治课嘛。"

胡文玉抚今追昔,不禁脸红了一下。忙说："别客气！不是你,恐怕许凤同志的命也没了,我得好好请请你哩。"

李铁哈哈笑起来,一拍手说："好的！我准备着吃你的……"说完,笑着抓起小文件包儿,点点头往外就走。

许凤刚说声："一块儿走嘛！"李铁已经出去了。

胡文玉吸着烟,尽力掩饰着自己那顾虑重重的神色。他在那天和许凤失散之后,被敌人快追到赵庄才脱了险。到了赵青家喘了喘气儿,就又要去找许凤。小鸾缠着他,哪里肯放,胡文玉正无可奈何地跟小鸾央求着要走,赵青却派人打听来了许凤脱险的消息,这才放心住下了。胡文玉第二天写了封信给许凤,说自己吐了血,又病了。小鸾几天不放他出门。又添油加醋地告诉他,听说李铁一来就追许凤,这长那短……胡文玉一听,恨不能立刻去找许凤弄个明白,正好就接到许凤的回信,要他去开会,小鸾不好再拦。他自己倒觉着见了区干部们脸上无光,可是又一想:我应该用行动去挽回自己的威信,争取许凤的爱情,为什么不去！于是认真做了一番准备,就来了。一看许凤和李铁这情景,心里对小鸾那话就将信将疑地思虑起来。

许凤这时立在屋门口,跟张立根说了几句话。回身走近胡文玉说："那天好险,你怎么就又吐血了?"

胡文玉趁没有人来,一下紧握起许凤的手说："不要紧！那天我本来要立刻返回去找你,赵青见我吐了血,死死拦住我,派村里人找你去了。当时我可偷着哭了一场,以为再也见不着你了呢。"

许凤忙抽回手来,看了他一眼说："看,我这不是好好的嘛！该去开会了。"

胡文玉歪头看着许凤,小声问道："你对李铁印象怎么样?"

许凤坦然地一笑说："很好的同志嘛！"随即岔开话头问,"我的信你看了？"

"看了。"

"那你一定准备好了意见吧？你在会上可要跟过去一样呵！我没有经验，你可不要冷眼旁观看我的哈哈笑。"

胡文玉听了忙截住说："看你说到哪里去了！"

两人说着话儿走出屋来，见李铁还在院里打拳哩，一见他俩出来忙收住手脚，跟上一块儿走。他们说着话往北院走去，正碰上大娘抱柴火做饭。大娘见他们急急地走，站下埋怨道："不等吃饭又走啦。你们这些年轻人，总是这样。"说着一努嘴埋怨地看了他们一眼。

许凤一笑说："大娘，一会儿就来吃。"

正说着赵青扶着手杖来了，一见李铁就笑着走过来亲热地拉着手，皱着眉说："看你，满眼红丝，又熬夜了是不是？要保重身体嘛！"

李铁点点头说，"这算什么，你忘了咱们游击队是夜游神吗？你快点把东边几个村的地道搞好，咱们在一起活动吧，队长和指导员不在一起像什么话。"

赵青说："当然，我恨不能立刻搞好，咱们就一起带小队跟敌人干一场！"

赵青拉住李铁的手和许凤并肩走着，小声地说："曹区长这个老同志，真是成问题，一听说开会就火了。昨天晚上我去看他，跟我吵了好一阵子。一会儿来了我看还得发脾气。不过你最好不要说他，免得搞坏了关系。"

李铁一歪头望望赵青问道："为什么？"

赵青吃惊地说："你难道不晓得，他是咱们县有数的老党员之一，脾气傲得很，动不动就训人：你这个小猴儿崽子，少来吹毛求疵，老子革命的时候，你还吃屎哩！拍桌子，摔板凳，谁敢惹他！县委还说，你们要尊重他。"

李铁一摇头说:"尊重是一回事,批评对谁也不能例外。"

正说着,队员蔡二来背着枪从旁边走过去。

李铁叫住他,浑身上下打量了一番说:"看你弄得这个脏样子,怎么搞的,好像连块毛巾也没有吗?"说着从衣袋里掏出自己才买的一块新毛巾递给他。蔡二来接过来,望望赵青和李铁,笑嘻嘻地跑了。

开会是在北院东厢房里。一屋子人,炕上躺着的,坐着的,歪倚在墙角落里的,横三竖四。屋里雾腾腾,弥漫着一股烟草味。许凤呛得咳嗽两声,把门帘打起来。人们见李铁一进屋,顿时欢腾起来,围上问长问短。赵青把不认识的同志,向李铁介绍了一番。刚坐下来要开会,外边有人说了一声:"曹区长来了!"

人们听见,呼啦一下都跑出去,亲热地迎接他。只见曹福祥那圆胖脸上的红润消失了,变得又黄又瘦,皮肉发皱,两腮都凹进去了,头顶更秃了,胡子也更长了。可是他仍然那么笑哈哈地摸摸这个的头,拉拉那个的手。他扶着拐棍无限感慨地说:"不容易呀!咱们是活下来了。可是许多同志却再也见不着面了。"

干部们一问才知道,原来大扫荡那天他被敌人追得吐了血,接着就生了一场大病,发高烧,昏迷不醒。幸亏曹大嫂大手大脚的能干,夜里把他转移到娘家去,连夜挖了个密洞藏起来,不管谁问都说失踪了。经过这些日子的治疗,病才好些了,他就扶着棍非要出来工作不可,大嫂只是不依,经过一番争执,这才允许他和支部书记见面。于是,曹福祥就叫支部书记和区委取得了联系。昨天一接到通知说开会,曹大嫂就怎么也拦不住了。这时,正好赵青到那村去了。赵青赶忙去看了他,两人就这长那短地议论了一番。曹福祥听赵青说许凤当了区委书记,就是一惊。又听说她怎样不管不顾地死打硬拼,心里就不由得恼火起来。曹福祥爱护干部们,就像父亲爱护儿女一样。一听说谁牺牲了,就禁不住流下老泪。现在眼看着只剩下这么几个干部了,再碰上这么个莽撞的领导人,把干部拿去冒险死拼,这哪能行?他这么一想,就恨不得立刻见到许凤,好好批评她一顿。于是他三步并做两步地奔了来。一见干部们,就想起牺牲的十多个同志,勾起满怀悲痛之情。这时,许凤说:

"老曹同志,你不知道,我们已经用你的名义,出了通知和布告。那些伪组织人员和伪军一见了你的名字就害怕。群众一看你还在,就安心多了。"

曹福祥满意地说:"好!你用得好!"

秀芬接着说:"老大伯,敌人正悬赏捉拿你哩!"

不知道谁冒了一句:"曹区长改个名吧!"

曹福祥说:"叫他拿吧!我老曹行不更名,坐不改姓,拿住了无非给他一颗人头。要是拿不住,可就得看我的啦!"他停了一会儿,用烟斗指着许凤说,"我反正人老骨头硬的了,死了也没什么。党还有多少血本?可不能这么慷慨呀!你们年轻,没有做过地下工作,大手大脚的,采取这种工作方法可不行啊!敌情这么紧,一下把全区干部召集到一块儿开会,出了事就吃不消。"

许凤平静地小声说:"不要紧,老曹同志,咱俩先到一边谈谈。"

两个人走出来,立在门口。曹福祥说:"你说吧,对我有意见只管提好啦!"

许凤心里纳闷,为什么一见面他就好像有股气呢?只得耐心地小声说:"老曹同志,你也这么说,大家更沉不住气了,还是鼓动鼓动才好。你这一来好极了,你赶紧把伪组织掌握起来。开完了会,咱们再好好研究一下区公所的工作。"

曹福祥见许凤不接受自己意见,反来批评自己,就认为许凤自高自大,不尊重别人,心里就火了。他大着嗓门说:"好,你们不听我的话,我不能眼看着革命受损失,我找周政委去!"说了往外就走。

赵青赶紧跑过来拦住说:"老曹同志,不要动火,你是老同志嘛!"

李铁忍不住走到曹福祥跟前厉声说:"老曹同志,你这不是故意和同志为难吗!"

曹福祥一听,气得指着李铁道:"你这是什么话!我要对党负责,我不能不管,我一定要找周政委去!"说着往外就走。

大家目瞪口呆,不知道这股风是哪里刮来的。劝也不听,拉也拉不住,他直劲要走。

许凤抢过去正面挡住曹福祥,冷静地说:"老曹同志,在这样的时候,你不应该帮助一个年轻的同志吗?想想你这样会起什么作用啊!"许凤严肃地望着曹福祥。两个人对看着。许凤的眼睛正气凛然。两人的眼光较量了一会儿,曹福祥低下了头,气夯夯地回进屋里,一甩袖子坐下了。

在紧张的空气中,干部们都偷眼观察着这年轻的女政委,不知她能不能像过去胡文玉那样,先做个像样的报告,分析形势,提出任务,让大家讨论。大家静静地等着。出乎意料之外,许凤没有先向干部做大报告,却向每个干部望了一下说:"同志们,谁有良民证,拿出来吧!"

干部们互相望着,区公所的助理员杜玉良先拿出了良民证放在桌上。随后又有几个干部都拿出了良民证。许凤把良民证拿起来递给秀芬说:"把它烧掉!"

秀芬立刻拿着良民证出去了。这件事又引起了几个人不满。胡文玉说:"用不着烧这个。在这种残酷的环境中,这个东西在必要的时候能保证干部的安全。"

杜玉良紧跟着说:"其实这不过是一种准备,谁思想上也不会真去依靠它,我觉得有总比没有好。"

起先干部们都没做声,后来见胡文玉不同意这件事,一句话就引起了干部们的议论:"咱们邻区就不像咱们这样,他们隐蔽得非常好,敌人也不注意他们。"

"从高村张家头那一仗和闹了枣园以后,敌人又在咱们区增加了两个据点,还派了五个宪兵来。五个宪兵都是叛徒。敌人的活动越来越疯狂,手段越来越毒辣。弄的连地道也没法挖了。"

"咱们区工作也特别乱。有好几个村都大闹起来,吃伙饭挖地道。还给群众开了会,挖一丈给一斤小米,好家伙!简直太突出了,太暴露了。这么一闹,敌人对咱区越来越凶了。"

连着六七个人都责备工作搞坏了,干部恐怕存身不住了,好像区委把什么都干坏了。有的还说,一样是党的领导,可邻区的干部有好多带有良民证。

大家正在议论纷纷,张俊臣厉声喝住,伸出大手说:"我们的工作好极啦!我看是你们的脊梁骨被人抽去了吧,稀泥软蛋!……"

许凤连忙止住了张俊臣,严肃地说:"这是一个原则问题!在这方面一点也灵活不得。我们必须先在区干部中肃清这种合法思想。它会严重地影响斗争的坚决性。保留这个的同志,就没有本钱叫群众烧掉良民证,也就没有办法动员群众反对敌人的统治。"

大家都静静地听着,胡文玉看着许凤,见她仍然没有做报告,倒是说自己能力不够,希望大家共同出主意想办法。随后她叫每个同志报告一下自己了解到的情况。许凤正听着汇报,忽听一声枪响,张立根跑来嚷:"快!敌人离村还有一里多地!"

一阵乱腾,大家钻了洞。大娘跑来把屋子拾掇好,炕上放上一些乱七八糟的东西和盆盆罐罐就跑了。一会听见村里一阵敲锣的声音,喊叫开会的声音,敌人在村里挨户搜查起来。

区干部们都钻在洞里。这个洞在开会的屋里,是他们挖的最大的一个洞,一共有七八丈长,可是二十来个人钻在里边就显得小了,又没有出口,气眼又小,一会儿就感到憋气了。不多时就听到院里一阵沉重的脚步声,嚷叫声,接着翻箱倒柜,拔锅踢风箱,用木棍顿地,用大镐刨坑的声音叮叮咚咚地响起来。看看快刨到洞顶上来了,顶土随着吭吭的声音突鲁突鲁地往下直落。人们剧烈地喘息着,紧张地睁大了眼睛望着洞顶。李铁守在洞口,抓紧枪等着打。许凤坐在干部中间听着曹福祥他们一些人小声地埋怨,心里好生难过。又纳闷不知这毛病出在什么地方。看看再往近处刨下来就要完了,往外冲大白天不知能逃出几个。忽然顶土不落了,一阵脚步奔跑声,敌人走开了。这时胡文玉说:"我们不能再蹲在这儿等死,应该出去,趁敌人不在这院冲出去,或者另钻别的洞。"

经胡文玉这么一提,就乱了。有的说宁可出去在屋里顶住拼,也比在这里边叫敌人掏出去好。有的说一定能冲出去。赵青也说:"同志们,到了应该壮烈牺牲的时候,就要勇敢地去拼,这样退缩等死是不行的!"李铁守在洞口,把驳壳枪顶上子弹,闪着明如朗星的眼睛,板着严厉的面孔,望着人们,看着许凤,人们都动起来了,有的要去开洞口。许凤握着手枪果断地说:"同志们,谁也不许乱动。都坐好!"

要开洞口的人,听许凤一说,又见李铁一动不动,脸带嘲笑,神气威严不可犯,就都不动弹了。小曼紧紧依着许凤,睁大了眼看着每个人。洞里静下来了,人们心情可非常紧张,互相望着,干渴得咽着唾沫,急促地呼吸着。油灯因为缺少空气,昏黄色的灯火光像熄灭的样子。又一阵沉重的脚步声过去了。就这样紧张地相持着,等待着。过了好久,就听着外面有人轻轻地向洞口走来,接着扑隆扑隆一阵响,洞口射进了一道白光,是大娘扒着洞口在说:"快出来吧,敌人走啦,这次可真险啊!"大家钻出洞来,个个弄得浑身是土,许凤到外边一看,到处刨了好多坑子,家具糟蹋了一地。大娘因为跑到别处去了没有挨打。一问才知道敌人在这一带刨了好多家。据联络员张福臣说,这里正刨着,一股敌人在西头刨出来了两个藏粮食的地洞,这边的敌人就跑到那里刨去了。当洞里大家嚷着要冲出去的时候,敌人正在房上和院子里坐着,光机枪就有好几挺。干部们一听吃惊地咦了一声。许凤心里可犯了疑惑:显然是敌人知道了开会的地点,但是不知道洞口。这是怎么泄露的呢？正在想,人们又纷纷提出来,要求停止开会,立刻分散。许凤说:"不行,会一定要开完。"

商量了一下,待到天黑,全体转移到了王庄,先做饭吃,接着开会。许凤心里焦躁,吃了几口再也吃不下去。拾掇清楚,已经十点钟了,会议又开始了。胡文玉要求发言,他开着会,内心一直矛盾的厉害。他明白自己的意见一定和许凤的观点不一致。发言吧？怕影响和许凤的感情；不发言吧？内心实在不同意许凤的做法,不说出来,憋得难受。有意见不讲,还怕叫许凤埋怨自己冷眼旁观。他思前想后,觉得还是应该把自己想的意见说出来。他鼓足了勇气,神色严肃地看着发言提纲,感情激动地说:"白天我们只是谈了些琐碎事,在谈具体工作之前,我想应该先弄清冀中的形势,因为这是关系到战略思想的问题。冀中的特点是什么呢？是平原,这就是说没有山,没有森林,而敌人的据点又这么多。应该采用什么方式去反对敌人呢？有人说用武装斗争。但是部队垮了,我们没有武器。光有人能不能算有武装呢？同志们,我们不想想,只闭着眼睛蛮干一气,就会犯原则错误。因此我们必须系统地总结过去的经验教训,提到理论的高度,认真研究出切合实际的一套政策。过去盲目乐观盲目斗争的危害性问题；根据地发生质变的问题；退却的必要性问题；斗争方式的灵活性等一系列的问题,都应该好好解决！"他从各方面论证了他的观点,是那样有理有据,使人难以辩驳。许凤听着心里结成一个又一个的疙瘩,而这些问题都是她一时解决不了的,心里越着急,越烦躁,不觉脸上出了汗,蹙着双眉迎着屋门,让凉风吹拂着,低头记着。胡文玉讲完了向大家扫了一眼不无得意的神色,又加了一句:"我想今天必须把这些问题讨论清楚,作出结论。"

大家都向许凤看着。李铁见她那样,心里愤愤地直替她难堪。听胡文玉一说完,立刻粗声粗气地说:

"我不同意胡文玉同志的发言,现在不是开学习讨论会,就应该讨论具体工作嘛！"

胡文玉感到有伤尊严，脸一红，激动地用烟斗一指李铁说："我们不能轻视理论。没有革命的理论就没有正确的行动！"

李铁双眉一扬愤愤地说："你那理论都是胡说八道！一句话，你怕打仗！怕死！"

胡文玉反感地一拍桌子说："你不能这样随便污辱同志！"赵青咳嗽一声冲着李铁说："我看不能这样提问题。各人有什么意见都可以讲，是不是？"

许凤没有想到胡文玉竟会讲出这么一篇话来，使自己为难。又后悔为什么开会前没有跟同志们个别商量一下呢？眼看着李铁跟胡文玉越吵越凶，许多人也参加进去，会议更乱了。各种问题就像一阵冰雹噼啪地乱往自己头上砸了下来。她被闹得上不来下不去，一时不知说什么是好，心直跳，脸发烧，手也没抓没挠。"我不行！我干不了这个！……"这种想法在心里翻腾了几次。她掏出手绢擦着脸上的汗，暗暗咬牙责骂着自己，把心一横，那种为真理斗争的烈性又压倒了一切。她沉静了一下，头一扬，伸手止住人们的争吵，目光炯炯地向大家望了一眼说："我没有理论，答复不了胡文玉同志所提的问题，可是，现在也不是进行这种争论的时候。我认为，如果我们不愿意死，就要积极领导群众进行斗争。那么，发展武装斗争，必须是一切斗争的中心。敌人决不会自愿地在一个早晨都上吊死去的。我们不战斗，永远不会有胜利的一天。不是我们在战斗中壮大起来，打败敌人，就是我们被敌人消灭。在我们面前不会有别的前途。有的同志以为除了等着主力兵团来替咱们打敌人以外，就没有办法了。绝不是这样。武装是什么？我认为首先就是起来抗日的群众。只要人们起来，就会有武器。人们既然肯叫自己的儿子参加游击队，那就会拼命保护他们，支持他们，游击队就能存在，就能发展。所以我主张一切工作都应该为武装斗争创造条件。如果大家都同意，我们可以用区委会的名义向县委提出来。"

李铁听到这里,正碰上自己的心坎,高兴得眉飞色舞。

胡文玉却不以为然地立起来说:"许凤同志讲的话已经是老生常谈了。当然,你这话在一般情况下讲,也许是正确的。但是,如果忘掉当前的具体条件,不懂得策略的灵活性,那无非是引着人们走向毁灭。这就是左倾冒险主义,也正是曹区长所反对的。"

曹福祥听着,觉得胡文玉的意见不着边际,早气坏了,一听这句话一伸烟袋止住胡文玉的话说:"等等,咱俩说的是两码事。"他冲许凤看看,语重心长地说,"我赞成坚持武装斗争。可是必须接受过去的教训,不能蛮干。十年前我们就干过这样的傻事。在一次冒险攻打保卫团的暴动里,十几个好同志都牺牲了。血的教训我一辈子也忘不了。所以我说,要坚持武装斗争,不过得慎重,懂不懂?得慎重!"张俊臣也早忍不住了,他把石夯一样的大拳头在桌上一按,用他那粗重沙哑的声音说:"革命嘛,骨头就得硬点,挨了打之后,不是噙着眼泪向敌人赔笑,是用加倍的力量还击敌人!他用一百斤的榔头打俺,俺就非用一千斤的大锤敲他的脑袋不可!没有这个撑腰,别的都是废话!"

曹福祥、张俊臣这样一支持许凤,会场的气氛立刻变了,大家热烈地议论起来。

赵青很谦虚地笑了一声,看着大家问道:"我还没听说上级党委有这样的指示,怎么,我们自己就讨论起方针路线来啦?"

大家都你看我,我望你,说不清怎么着好了。

许凤两三夜没有合眼,又添上满心恼火,头涨得崩崩地疼。说来说去,也没有能够制订出全面的具体计划。无可奈何,只好先布置了整顿各村的抗日组织,挖秘密洞,烧毁良民证,管制各村维持会等几项工作。会后,已经到半夜了,大家分头出发。许凤叫住李铁在一旁说:"你去和胡文玉同志谈谈,叫他留下和我们在一起活动几天。我们要认真帮助他解决思想问题。"

三　午夜歌声

　　李铁把胡文玉叫到厢房屋里，要和他谈谈心。胡文玉坐立不安，非要走不可。不想参加了这次会，他跟许凤和李铁之间的距离一下拉长了。捏不到一块了。李铁固执地让他坐下，恳切地望着他，他却沉默地扭过脸看着一边。

　　李铁亲切地说："胡文玉同志，我希望我们俩能互相帮助。"

　　胡文玉淡淡地说："啊，这个，当然啦。"

　　李铁说："我想你知道我很尊敬你，因此我不能不直率地给你提意见，我认为你思想上有不健康的东西。"

　　胡文玉好像被人触着了痛处，机灵一下转过脸来，有些恼火地看着李铁说："你说什么，我的思想不健康？"他真想狠狠顶李铁一下，可是终于说不出什么来。

　　李铁并不让步，盯住胡文玉说："是这样，如果再发展下去是非常危险的，我希望你认真考虑一下。"

　　胡文玉反感地说："我不奇怪你这种看法，要想毁掉一个人，必须在他身上制造出种种错误来。"

　　李铁一下摸不清这话究竟从何说起，给怔住了。两人沉默着，各自吸着烟想着心事。李铁觉得自己太冒失了，不该一上来先批评他。无论如何应该和他搞好关系，这样对相互关系、对工作都有好处。想罢笑着说："得啦，以后咱们多谈谈，互相之间就了解啦。我找你谈，主要是希望你能留下跟许凤同志在一起。你应该帮助她，你也需要她的帮助，你们应该把观点一致起来才好。"这一番话，完全出乎胡文玉的意料之外，倒引起了他内心的激烈斗争。胡文玉吸着烟，低头沉思起来。忽然他抬起头来眼睛一亮，说："我何尝不想这样啊，但是……"

　　李铁急忙地说："别但是了，告诉你，是许凤同志叫我来跟你谈的,她希望你能跟她在一起工作。咱们是思想上的争论嘛,谁也不会在意的。"

胡文玉听了激动地立起来,握住了李铁的手。

李铁笑着使劲握了一下胡文玉的手说:"那好吧。等会儿咱们一起到高村去,你准备一下吧。"

李铁回到屋里,正要往许凤住的里间屋去,萧金摇摇手,轻声说:"许政委身上不舒服,你让她休息一会儿吧。"李铁就在外间屋坐在油灯旁边看起文件来。

这时许凤躺在炕上,心烦头晕,感到浑身不舒服。决心什么都不想,好好休息一会儿,可是禁不住许多问题又往脑子里钻。她奇怪为什么胡文玉的思想和自己这么不一致呢。又懊悔自己没有把会开好,工作安排得不够具体,事先对干部的不团结估计不足。她拍拍自己的头,自言自语地说:"糟糕!简直气死人!……"她抱着头,扎在炕头里,昏昏沉沉地躺着。隐约地觉得像是有人进来看了一下,又走出去了。听着李铁和萧金在外间屋说话。

李铁说:"什么事非要找政委?"

萧金说:"高大娘来了好一会儿了,非要找政委不可。"

李铁说:"我去和高大娘谈谈。"

许凤在里屋听见了,忙跳下炕走出来说:"不,还是我去。"许凤说了来到前院东屋里,见高大娘正和李大娘坐着说话。一见许凤进来,上去一把拉着,流起泪来。李大娘立刻躲了出去。许凤明白是怎么回事,忙拉大娘坐下劝解起来。高大娘用衣襟擦着眼泪把高铁庄被抓去的事说了一遍,最后哭着说:"我只说找你们想法把他赎出来,谁知道他这么没出息。听联络员回来说,他投降了敌人当了汉奸。你们要打死他就打死他吧。俺娘儿俩都是党员,想不到落这么个下场!"她说着既恼恨又心疼儿子,难过得不知怎么是好。

许凤又说又劝,好容易才算把大娘说得平静下来。大娘又说:

"铁庄捎信来要把我接到韩庄去住,我没有去。我也想开了,就当我没有生过儿子,我也不跟他去丢人现眼!"

本来高铁庄当伪军军官是许凤派去的,现在也不好把内幕都说穿,只得说:"你去吧大娘,在那里安排个地方,必要的时候,我们也好去隐蔽一下。这对我们有好处。你守着铁庄,叫他做些抗日的工作,也管着他点,不做坏事,就没有人跟他叫汉奸。"

大娘细想许凤的话也有道理,自己去了,多少能起点好的作用,也就答应了。许凤派村里的人送她走了。干部和队员们四五个人一组,按照分散计划先后出村走了。胡文玉也头里走了。李铁、许凤在屋里一面拾掇着文件一面说话。许凤说:

"我们就要添一个文化水平很高的区委宣传部长了。"

李铁一听忙问道:"是谁呀?"

许凤说:"江丽。这个女同志好极啦,看起来长得挺娇嫩的,其实是个很坚强的人呢。她本姓何,家庭是个大地主,她爹当过大学教授。'七七'事变时,爹娘叫她嫁给一个国民党的少将,一起南逃。她坚决反抗,黑夜独自逃出来。流浪了好多天,才找到了吕司令的队伍,参加了工作,改了姓和家庭断绝了关系。因为她在北平念书的时候一直是学生运动的积极分子,立场很坚定,到了部队上不久就参加了党。大扫荡前是文工团副指导员。"

李铁高兴地说:"这可好极了,叫她快点来吧。"许凤说:"一会儿咱们就见到她了。"她说了沉思了一会儿,又和李铁商量道,"为了统一干部的认识,我打算把坚持武装斗争的意见给县委写个报告,取得县委的支持。"

李铁说:"对,县委如果不同意就向地委申诉。正确的意见总会得到上级党的支持的。"许凤沉思了一下说:"我真想去找周政委一次。对我们的意见,我想他是会支持的。"

李铁叹息地说:"听说他病得很厉害了,我来的时候,他就躺着跟我谈的话,现在是副书记潘林同志代理他的工作。"

许凤心里一惊,不由说了一声:"潘林同志?!"

李铁道:"是啊!这个人立场坚定,铁面无情。他亲哥哥当了叛徒。有一天黑夜,两个人在家里碰上了,潘林同志就当着他娘把他哥哥枪决了。那时候,河城区根本进不去干部了。县委就派他到河城区当书记,他纠正了那区过左的政策,建立了隐蔽堡垒户,局面就给打开了。这同志工作起来简直是不顾命的。有一次带着病去开辟一个村的工作,这个村是敌占区,四周被水围着,到了这儿,他病情加重,还坚持着工作。后来我得到情报,说敌人拂晓要包围那村,我进去,才把他背出来。"

许凤道:"我到县里开会听过他几次报告。大家都有点怕他,说他比周政委还厉害哩。"

李铁沉思了一会儿又说:"对待干部,他跟周政委可不一样。提起周政委,我还给他当过通讯员哩。"

许凤一笑道:"他那严肃劲,你不怕他吗?"她说了歪着头看着李铁。

李铁笑笑说:"不怕,他常常严厉地批评我,可我对他提意见也不客气,习惯了反而越来越亲。调我到手枪队的时候,我真不愿意离开他。把他交给别人照管,我真有点不放心哩。"

两人沉默了一会儿。

许凤禁不住叹息了一声说:"看我们这区,同志间为什么总这样合不来,我真发愁。"

李铁说:"是啊,这是个严重问题,给县委写信叫县委来人帮助解决一下吧。"

许凤说:"对!非解决不可!"

两人默默地走出村来,只见大块云彩在天空向东飞驰着,乍一看仿佛是那月亮在穿过云层向西飞奔。西风掠过树林,沙沙作响。李铁一路上机警地四面观察着。许凤走着心里在想:胡文玉越来越叫人担心,怎样才能把他的思想改正过来呢?看看到了高村,许凤把被风吹得披散下来的一绺短发撩到耳后边去,蹲下身子看看没动静,便和李铁走进了村里。许凤已经和萧金、秀芬说好,到刘寒露家来住宿,就便再和江丽谈谈工作。她在前头领着李铁,走进一个胡同,叫开一家的大门进去,又穿过了几个小院子,从墙角落里、牛棚里、柴火棚子里挖开的半人多高的小门洞里钻过。这样的门要是不熟悉的人,半天也不一定能找到一个,因为开门的地方都是在黑咕隆咚的僻角落里,还用秫秸、柴火、破板掩着。李铁跟在后边曲曲折折地走着,一会儿钻到一个又深陡又宽大的四合砖房院子里了。正当院两棵古老的大槐树,枝叶遮满了院子。正房屋里已经睡了,见西厢房还闪着灯光,进屋一看,一只高脚油灯放在红漆方桌上,照得满屋通明,灯下端端正正放着一本打开了的《论持久战》,靠墙的红漆躺柜上,一个粗瓷笔架上插着一支线香,烟缕缭绕,发出一股香气。真是洁净幽雅,一看便知是江丽住的房子。房间里却不见人。这时听到身后有人说话,一看是秀芬和寒露来了。许凤问江丽在什么地方,寒露正要说,秀芬忙止住她:"别说!叫凤姐他们也看看稀罕去吧!江丽同志可真是有意思哩。"

许凤、李铁和几个人说着话去看江丽他们。胡文玉这时正从外面急冲冲地走来,看见许凤他们往外走,无心跟他们一道去玩,就说:"你们去转一转吧,我得去整理点材料。"说着又叫住许凤,在一边小声说了一会儿话,就独自往屋里去了。许凤他们曲曲折折走过"院院通",从一个黑屋里钻过了一个小洞口。出了洞口,骤然明亮起来。屋里点着灯,杨老九大伯笑眯眯地捋着胡子,领着几个笑容满面的群众正在那儿说话哩!许凤忙问:"你们在干什么?"

老九大伯嘿嘿笑了两声,点着头往里让他们。人们也都是笑嘻嘻的,许凤也不由得笑了。在这万分紧张的斗争生活中,能够看到这么多笑脸,使许凤他们不由得精神一振。跟着寒露走了一段地道,这段地道比较高,可以站着行走。地道墙壁小龛里有油灯照路,坑道里干干净净,确是很讲究哩。他们刚进到这段地道里,立刻就听到一阵笑语声。一拐弯,突然分外明亮起来,只见一盏带灯伞的大玻璃灯挂在当头,几十个人围着一个一尺多高一丈见方的小土台,坐在铺着干草的地上。台上站着一个别有风度的姑娘,拿着个小提琴。她那浓黑的头发梳起一个异样的发髻,白皙的瓜子脸上,有两道又黑又细的弯眉。她那两只滴溜溜闪转的黑眼珠流露出热烈的感情。她满面春风地朝许凤点点头,举起她的小提琴,右手把弓弦一落,拉出了十分婉转悠扬、圆润悦耳的乐曲。旁边四个姑娘跟着用二胡、板胡、月琴合奏着。人们听得出了神,静得连大气也不出。乐曲停止了好一会儿,这才爆发了掌声。江丽又叫四个姑娘伴奏着,演唱了几支活泼愉快的歌曲:《卖饺子》《送郎参军十杯茶》等等,使人一听,心里立刻充满热情和信心,接着,雄壮豪迈的《游击队之歌》,又使人好像重新进入了那英勇的斗争中。随后,又演出了《打渔杀家》的片断。江丽扮演的萧恩是那么刚强、豪迈,使人看了,难以忘怀。节目完了,江丽跳过来拉着许凤的手。许凤对她的工作非常满意,连连地称赞她,但是对她那种艺术家的装束有些担心,不停地打量着她。江丽明白她的意思,爽朗地笑了笑说:"这是演出时的装束,我平常并不是这样的。"

江丽走了,许凤一时舍不得离开这个别开生面的地道。她看着杨大伯安闲自在地吸着烟袋,很喜欢他还有这么一股青年干劲儿,心里非常高兴,走过去和他闲聊起来。人们在这地下俱乐部尽情欢笑,一片喜气洋洋。

这时,胡文玉独自在屋里坐烦了,倒背着手在屋里踱着步子,胡乱地沉思着。心里千头万绪理不清,斩不断,突然,轻轻地哼着《八路军进行曲》的声音传了进来。他一转身,看到一个穿着浅蓝旧褂裤、袅娜而潇洒的姑娘一掀门帘走了进来。

"噢!胡文玉同志!"她那热情的大眼睛闪闪发光,大方地向他伸过手来。

胡文玉见是江丽,赶紧过去握手,惊奇地望着她问:"你怎么留下来了?"

"我因为病了没走成。"

"日子过得怎么样?"

"非常好!你过得怎么样?"

胡文玉勉强笑了一下,说:"我没有什么。看样子你挺高兴嘛!"

江丽解开头发梳着,惊异地看着胡文玉反问道:"为什么不高兴?我从来没有这么高兴过,我找到了我要找的东西。我的心像一颗种子,以前它是干枯的,而现在我真正把它种在肥美的土壤里了。它在温暖的阳光下,发了芽,长了叶,开了花。我感到它真的开了花。"她若有所悟地舒了一口气,沉思地点点头:"我才明白了什么叫生活,什么叫快乐,什么叫庸俗和无聊,什么叫伟大……"她忘形地神采焕发地说道。

胡文玉轻轻地叹了口气,这一下使江丽很觉诧异,不觉呆呆地审视着他。

胡文玉坐在炕边上,用手指在炕桌上敲着,似羡慕又似嘲笑地说:"你还是个天真的大学生哩,棱角还没有磨掉!"

江丽激动地叫起来:"不!一辈子也磨不掉。我的生命属于党。即使砍下我的头,我的血也要喷出棱角,射出火花!……"

胡文玉脸红了一下,不自然地微笑着,吸着烟斗,徐徐吐着烟缕。这时听着院里喊胡文玉说:"老胡同志,你坚壁的文件找出来了。你来看看吧!"胡文玉答应着出去了。

许凤和杨大伯谈了一会儿,这才和李铁奔江丽屋里走来。正走到屋门口就见江丽迎了上来,亲热地叫了声"凤姐",拉住手说:"等你老是不回来。"

这时小曼、秀芬也来了,簇拥着把许凤让到炕上去。李铁仔细看那江丽,和许凤一般高,细溜溜身材,笔直漂亮的鼻子旁边,有一些淡淡的雀斑,弯细的眉毛,一双深灰色大眼睛,异常明亮,尽管化装穿上了浅蓝旧裈裤,梳上一个发髻,也掩不住她那潇洒文雅的姿态。又进来了一个稍矮的姑娘,李铁猜想准是刘寒露,看样不过二十一二岁,梳圆头,留披髦,白圆脸,脸蛋红的像抹着胭脂,厚墩墩的小红嘴唇,黑黑的眼珠又大又亮,黑眉毛又粗又直,朴朴实实的,一点都不羞怯,真是个挺精干的村妇会主任。江丽和寒露两人和许凤说笑着,大大方方地打量着李铁。

"江姐,这就是你天天打听的那个李铁同志。"秀芬叫着江丽,给李铁介绍了。又指着刘寒露对李铁说:"这是村妇会主任刘寒露同志。"

寒露笑着朝李铁点点头,让他坐下。江丽露出了笑容,从容地把手伸给李铁说:"我是江丽,想不到真看见你啦。"

李铁见江丽伸手给自己,就忙着去和她握手。李铁那粗硬的手掌像一只老虎钳子,江丽那软绵绵的手,经他一攥,不由痛得一缩。

许凤爽朗地说:"江丽同志,过平汉路回军区现在是去不了的,县委已经决定叫你参加区委,咱们在一起工作啦!"

江丽说:"好吧,我早想要求你们给我点工作做了。不过交通线恢复了,我可就得走。"

许凤笑说:"可以,我们不能耽误你当名演员哪。"

人们都笑起来。这时听到胡文玉在东厢房的咳嗽声。他是为自己和许凤的意见分歧在深思苦虑。

江丽望着李铁说:"大扫荡以前,我们曾经打算访问你哩。"

李铁打量着自己摇摇头说:"笑话,访问我干什么?"

江丽说:"你是著名的手枪队队长啊,我们听说过关于你的好多故事哩。"

李铁说:"好吧,这一回有的是机会,访问吧。不过保险你会失望的,因为我不是传说里的英雄。"李铁双手掂量着,摇摇头。引得姑娘们都笑了。

江丽说:"你拒绝也不行啦,我一定要在你身上挖掘出材料来。"江丽说着引得人们更笑起来。

李铁说:"哎,挖吧,我一定等着挨挖。可是,军区宣传队有个同志,不知道你可认识吧?"

江丽问道:"是谁?"

李铁说:"你看,搞音乐的嘛。什么《滹沱河之歌》啦,《平原骑兵队之歌》啦,都是他作的曲子。我在军区受训的时候,他教我们唱过歌,是陆平同志。"

江丽一听,眼睛里立刻冒出晶莹的泪花,突然低下头,拿出手绢擦起眼睛来,一面说:"他是我爱人,他牺牲了一年多了。"

她擦着眼泪。李铁、许凤、秀芬、寒露他们也沉痛地低下头。

"江丽同志,别难过。"许凤扶着她的肩膀安慰她。

李铁心情沉重地把拳头按在桌子上,难过地小声自语着:

"他也牺牲啦!"

屋里一阵悲痛的沉默。时间已是深夜。这时萧金和村干部取了联系回来,胳膊上搭着一条蓝粗布被子,立在屋门口,寒露忙立起来说:"天不早了,咱们赶快歇了吧。"

她随后把李铁、萧金安排到东厢房,和胡文玉睡在一起。回来又检查了洞口,都躺下睡了。几个姑娘挤在一条炕上,齐头并肩地躺下,谁也睡不着觉,便嘀嘀咕咕地说起话来,东拉西扯,从家里说到村里,从抗日说到个人问题。

寒露叹了一口气说:"凤姐,帮我拿拿主意吧,我可怎么办哪!别人还说我好命,我可天天越过越腻味。眼看着你们都在外边闹革命,可我呢,还蹲在家里。就在村里担任点工作吧,还是免不了在家里出来进去,吃饭,睡觉,一天围着锅台、磨台、窗户台转,没完没了真折磨死人。看你们洒洒脱脱,痛痛快快,敢作敢为,说东就东,说西就西,站在人前谁不尊敬。可我这样像个什么?"她说着唉了一声。

许凤说:"你又能干又有文化,赵青为什么不叫你出来参加革命工作呀?"

寒露说:"他呀,他根本就不想叫我出去。"

小曼急问道:"为什么?"

寒露说:"猜不透,反正总有说词,什么爹娘啦,家业啦……"

秀芬哼了一声说:"家业,稀罕什么家业?不管有多少阻碍,参加革命反正是在自己!"

寒露深深地叹了一口气。许凤听着心里奇怪起来,赵青怎么有这种思想。姑娘们渐渐地都睡着了。许凤还在睁着眼睛深思着,前前后后几十个问题一齐涌上心头。怎么着才能把工作领导好呢?她感到心里空虚得摸不着底。怎么也睡不着了,便悄悄地起来,下炕点上灯,从文件包里拿出一本书,用心地读起来。一面读着,许凤嗯了一声,心里说:我们不应该这样被动地应付敌人的清剿,敌人正是要迫使我们去走这条路。当我们只顾保存自己的时候,敌人就可以轻而易举地弄光我们的粮食,顺利地建立起他们的统治。接着就会使我们和群众处在饥饿的境地,使我们无法支持下去。"怎么办?"她沉思着,不觉说出声来,"……对!我们要迫使敌人走另一条路,我们要指挥他们!"许凤果断地一挥手。

"指挥敌人?"江丽、秀芬同时抬起头来,眨着眼睛看着许凤,惊异地问。

许凤一笑,说:"对!指挥敌人!叫敌人日夜奔跑,吃不饱肚子,睡不好觉。叫他们天天去为肚子发愁吧!还有,叫敌人日夜忙于修复他们的电线!小曼,去叫李铁同志他们来!"

"好!"小曼轻声答应了一声,跳下炕跑出去,把李铁他们叫来了。

灯光下,几个人轻声议论着,被一种新的思想鼓舞着,小声笑着。

四　争　论

　　斗争一展开,形势立刻起了很大变化。枣园据点的供给困难起来了。宫本和渡边正在生气,管给养的曹长又来报告:"报告!现在马料只够用一天,米面也只够吃两天的了。"

　　渡边气恼地用日语向宫本喊叫起来:"打那些村长!叫他们把东西送来!!"

　　宫本冷冷地说:"都打过了。"

　　这些天,各村的联络员在区干部的领导下,不但不给敌人送粮食,反而都异口同声地向敌人报灾、诉苦,要求减免。有的空手而来,说送来的粮食在半路上被游击队截去了。宫本把联络员们狠狠地打了又打,并且威胁道:"明天你们再没有粮食送来,就统统杀头!"两天过去了,各村才送来一点儿,据点里这么多人,还不够吃一天的哩!宫本、渡边都气坏了。怎么办呢?真的都杀了联络员吗?不行。打吗?可这些人好像都齐了心,专门等着挨打似的。

　　于是渡边、宫本、张木康带人亲自出来抢粮了。一出来就先抢高村。敌伪军包围了村庄,联络员在村里大声嚷着,叫各户交粮食。把锣都快敲破了,还是没有人把粮食送来。渡边、宫本、张木康亲自挨户去搜。到一家,联络员就把盛干粮的篮子摘下来给他们看。只见篮子里都是些枣糠、野菜、树叶做的干粮。一群老头唉声叹气地跟在后边,不住声地诉苦,还向张木康递交了报告灾情的呈文。渡边气得拔出刀来,把老头们都赶跑了。敌人在高村就搜了一天,闹得精疲力尽,总共才弄到了十几车粮食。渡边、宫本疲乏地回到据点。一检查,粮食袋里有多一半的土。渡边气恼地在屋里转了几个圈,凶狠地喊着:

　　"老百姓统统是八路!统统的杀光!"他一面嚷着,一面猛地抓起话筒,给各据点打电话,让各据点全部出动抢粮,抢到立刻都送到枣园来。可是电话怎么也打不通。宫本、渡边又气又急,满头大汗,立刻派人去检查。可是检查员却回来报告说:电杆、电线都没毛病,不知为什么,就是不通话。渡边没好气地打了电话兵一顿,亲自带人出去检查。可是除了发现电线杆上写上了抗日标语以外,也没有找出毛病在哪里。

渡边心里真是说不出的苦,回到据点里,光想发脾气。

几天以后,敌人费了九牛二虎之力,总算找到了毛病。原来有几个磁瓶上绕着的电线给弄断了。通讯兵军官十分高兴地向渡边报告了这个发现。傍晚时分,电话就通了。渡边赶紧给各据点打电话。可是话还没说完,又不通了。渡边拍着桌子,向宫本吹胡子瞪眼地发脾气。宫本向张木康发脾气。张木康向齐光第发脾气。正在吵得一团糟的时候,特务队长来报告:"通往城里的公路上发现游击队活动,据情报人员说,是武小龙带人又来破坏电线。"

渡边立刻一挥手命令道:"派部队快速出动追击!"可是"追击"了一天,什么也没追到。渡边气得光想杀人。宫本看看没有别的办法,只好亲自出马了。

这天,在昏黄的暮色中,宫本叫宪兵队的叛徒带路,领着化装成游击队的特务武装悄悄地出来活动了。宫本决心要消灭这伙游击队。

星光下,黑茫茫的平原上,笼罩着神秘紧张的气氛。

在浓密寂静的梨树林里,小杜提枪机警地走在前面。走着,走着,突然听不见身后的脚步声了。回头一看,县委副书记潘林蹲在梨树下咳嗽起来。不用问,那是又吐血了。小杜知道他累病了,劝他养几天再来开会,他哪里肯听。两人一路上还直争论。小杜走到潘林跟前,见他用土埋那血哩,便气昂昂地说:"我早看见啦!"

"看见啦又怎样?反正我也不瞒你。"潘林立起来扶着小杜说,"别生气嘛!你给我保密,听到没有?"

小杜知道争也无用。反正他就是那句话："一工作，病就好啦。"小杜哼了一声，撅起嘴头前就走。进了高村张家头，已是黄昏时分，只见一片荒凉没膝的野草里，只剩下烧焦的残墙断壁。两人难过地看了一眼，正要跨过公路，猛听一声喝叫，发现敌人从南面西面包围上来。两人疾速地向高村东头便跑。敌人对他们开了枪，子弹从后边嗖嗖地射来。他俩跳过一带短墙，利用墙角、壁影，一边跑一边还击敌人。小杜掩护潘林跳进了一个破院子，刚随着纵上墙头，被敌人一枪打中，摔下墙来。潘林返身去抱他，敌人的脚步声也追近了。小杜爬起来急叫："快走！我掩护你！"说了倚着墙头便向敌人射击。"快！我背你走！"潘林左手拉他，右手瞄着爬墙的敌人，一枪打翻下去。小杜不动。潘林严厉地说声："这是命令！"拉着小杜的胳膊就背。小杜服从了。潘林背着小杜跑进另一条大过道，正不知往哪里走，猛抬头见门口挂着维持会的牌子，潘林知道，根据地村的维持会，办公的一般都有咱们的人，即使没有咱们的人，料想他们为自己打算，也不敢出卖抗日干部，就立刻闯进院去。一群戴白臂章的办公人听见枪响，正急得乱转，见潘林背小杜进来，不禁为他们捏了一把汗。当中有受过训的党员，认得潘林，急得哎呀一声，忙用手指指里屋。潘林把小杜背进屋，急速地给小杜扎好伤口，藏好东西。办公人又拿来两个白臂章，给他俩戴上。潘林扶小杜坐在账桌边，把算盘放到他面前，自己坐在对面，摊开账簿，对办公人小声说："快去领他们追八路啊！"办公人立刻醒悟过来。急跑出去。顿时村里锣声、喊声大作。潘林给小杜擦擦脸上的汗，翻开账簿，报了几笔数目，叫小杜落在算盘上。这时，听见一阵急促的脚步声越响越近。潘林一抬头，就见一个头包白毛巾、戴眼镜的白脸男人，追打着联络员跑进屋来。联络员连连作揖，赔笑道歉："对不起！宫本太君！不知道是您，听说是八路，俺就打了您两棍！"

"他妈的！我们是皇军假装的八路，你瞎了眼睛！"门口的特务们愤愤地吼叫着。

"俺分不清真假！反正见八路就打,这是宫本太君的命令！"联络员理直气壮地反驳。宫本无可奈何地苦笑了一下。突然又变了脸,怀疑地盯着潘林和小杜。潘林悠然地吸口烟卷,点点头继续念账:"送枣园白面五十斤,六十五斤……"小杜熟练地拨着算珠。这时外边又嚷起来:"八路！快追呀！"随着嚷声,又响起枪来。宫本和特务们一下都窜出屋去了。潘林料想是李铁来了。敌人一走,村干部立刻把小杜藏到有洞口的堡垒户家里。小杜心里对潘林是多么敬爱和感激呀！他躺着拉着潘林的手,含着泪花,想说什么又说不出来。潘林抚摩着他的头说:"傻样！不能那么轻易牺牲,我们还有任务哩！好好养着吧,我走啦！"

许凤他们正在院里担心地等着,见李铁接了潘林来,都惊喜地围上去问长问短。赵青立刻叫小鸾给潘林做饭吃。吃了饭,许凤建议潘林休息一会儿,潘林不依,就只好开会了。

会议在东跨院的北屋里开。屋内清洁整齐、宽宽绰绰,炕上放着一张红漆方形炕桌。桌上放着一盏高脚油灯,另外在灯龛里、窗台上、迎门桌上共放了四盏灯。干部们把记录本放在灯光附近,聚精会神地听着,充满敬意地望着潘林那黑瘦精明的脸。他说出来的每一个字,大家都不肯放过,如获珍宝地记录着、思考着。潘林讲的是当前的形势和我们的任务。最近,潘林一直派人找地委和军区党委取得联系,可是一直没有找到。同时,周明也病倒了。可是工作不能因此停止,所以潘林就召集县委委员们开会,研究当前形势和工作方针。当前全县的情况是:县区游击队几乎全都垮了,干部牺牲很多,敌人迅速地建立了严密的统治。根据这些情况,潘林认为根据地完全变质了,变成了敌占区。因此,在工作上必须改变方针,以执行革命的两面政策为主,展开对敌斗争。这样先稳住脚,积蓄力量,等时机成熟,再展开武装斗争。经过反复的讨论,除了周明生病,王少华深入县城做敌伪工作没能参加这个会议之外,其他委员都被他说服了。因此县委决定先按潘林的意见布置各区执行。等和地委取上联系之后，再根据地委指示修正。

潘林传达了县委的这一决定。最后着重地解释说："我认为冀中抗日根据地已经完全变质，成了敌占区。因此，斗争方式必须立刻改变。县委已经把一批干部变成小学教员隐蔽到各村去了。各区太红的干部也要利用合法身份隐蔽到村里去。武装尽量缩小，区里只留几个干部坚持工作。今后以合法斗争为主要方式。"在结束他的报告时，潘林瞅了许凤和李铁一眼，严肃地说："根据以上分析，许凤和李铁同志关于发展武装斗争的建议，和县委的决定不一致，应该立即纠正这种错误的观点，以免使斗争受到不必要的损失。"

李铁皱着眉头，盯着潘林的脸，使劲吸了一口烟。许凤凝视着灯光，坚毅地抿着嘴，见潘林讲完了，立刻问道："周政委上次跟我谈的不是这样的精神啊！"

潘林不容分说地一挥手说："形势是在变化的。形势变了，我们的政策就应该变。同志，老皇历可看不得啊！"

许凤见局面已经这样，看来争论只会造成混乱，只好立起来说："好吧，大家休息一下。"

人们离座走开，互相观望着。胡文玉满怀得意地微笑着在屋里踱着方步，吐着烟缕。赵青用小白手绢擦着脸，擦着鼻子，跟所有的人招呼着，又去给潘林倒茶。潘林板着严肃的面孔，翻阅着本子。小鸢笑盈盈地提着开水壶进来放下，又扭着走出去。江丽挨着许凤坐着，很替许凤难过，一会儿看看许凤，一会儿看看李铁。许凤一手托着腮，在本子上写着什么。

曹福祥严肃地瞅着许凤，小声说："我支持你的方针，但是你的急躁作风必须检讨。"

"检讨什么？"许凤那黑亮的眼珠，看了他一下，立起来走了出去。李铁随后跟着她走到屋外，抬头望望那净得青蓝的天空，那银白灿烂的星群,深深地呼吸了一口新鲜空气。见许凤独自立在石榴花旁,也仰首望着天空,扶着一枝花枝在出神。李铁凑过去说:"打算怎么讨论?"

许凤没有直接答复,反盯着李铁问道:"准备放弃你的意见吗?"

李铁说:"为什么要放弃?我认为,只有坚持武装斗争,我们才能胜利。这个意见,我要坚持到底!"

许凤看到李铁那无畏的神气,心里更加敬重他,便说:"好,这样就好!"两人说了便回屋里去。

会议又开始了。

胡文玉一直低着头在吸烟。他想:现在必须打消县委对自己的不良印象,才有前途。必须坚决支持县委的决定……见潘林让他发言,就微笑着点点头,深长地叹口气,显出非常懊悔的样子说:"我今天不打算讲别的,我只想说,我过去做工作太主观,太不实际,简直可以说是盲目乐观。这些日子我一直在检查自己的错误,我感到十分沉痛。今天听了潘书记的讲话,我才知道,我的错误是多么严重。我想不到过去在这方面批评过我的许凤同志,竟重复了这样的错误。我想犯这种错误的人,除了想坚决打击敌人之外,恐怕都有点个人英雄主义。如果为了显示自己的英勇而不顾群众的损失,这实在是可怕的。今天摆在眼前的事实,已经足够使我们得到深刻教训了。你们刺了敌人两下,结果怎么样呢?敌人扫荡的更疯狂了,群众受了更多的摧残。你们威胁那些曾跟我们合作的绅士,这就把朋友赶到敌人那边去了,这就破坏了统一战线!"

李铁想不到胡文玉会来这么一棒,气得七窍生烟,脸上的肌肉不住地抽搐。他正盯着胡文玉,只见曹福祥磕磕小烟袋,也赤红涨脸地说:"我拥护县委的决定。是啊,武装斗争是重要。可也不能毛手毛脚,要沉住气嘛!革命就这一点点本钱,要爱惜,不能拼光算数啊!"

赵青嗯了一声说:"我觉得,党员的天职就是服从上级。我们要从思想上真正服从县委的指示!"

这时,江丽抬起头来,眼睛闪着热情的火花,环顾了大家一下,说道:"如果我说得有过火的地方,请同志们批评。我认为,我们要抗日,就要有革命家的气魄。敌人越厉害,我们就越要敢于跟它斗,要主动地进攻。今天斗,明天斗,到处跟它斗。尽管它现在还是座万丈冰山,但是在熊熊的烧天大火之下,总会冰消瓦解。"她说着,看见胡文玉只是咂嘴摇头,于是歪着头盯着胡文玉说:"别着急,我说的是实际问题。俗话说得好,'众人拾柴火焰高',大家起来斗争就有办法。我们要爱护人们的斗争热情。他们打击了敌人,为什么不应该爱护呢?不但应该爱护,而且非常值得歌颂!是的,因为斗争,有的群众受了一些损失,于是有的同志就埋怨开了。对于这种事情,还是一个贫农老大伯说得好:共产党八路军都是拼着性命救国救民,咱这点牺牲算得了什么!你看,他们都不动摇,而我们有些干部却动摇起来了。我们根本不需要动摇派来可怜我们!我认为,许凤同志打得好!李铁同志打得好!他们是英雄,是党的好干部,是坚决革命的群众的代表。大家都应该这么干!"她越说越兴奋,眉飞色舞,热情洋溢,不自觉地挥动着双手。

张俊臣原来沉默地吸着烟,这时也露出笑容,跟着说:"对!对!对!舍不得孩子套不住狼。是这样!就是这样!"

许凤镇静地在本子上记着大家的发言。李铁激动地吸着烟,眼睛瞟着许凤,看她怎么说。

屋内一阵难堪的沉寂。

潘林严肃地望着许凤说:"我再一次提醒同志们,现在我们这里已经变成敌占区,在敌占区就必须执行长期隐蔽,积蓄力量,待机行动的方针。这是党中央早有指示的。"

许凤抬起头来,用手往后拢了一下披在前额的短发,闪着坚定的眼光向大家望着说:"潘副书记说的是对的,应该在敌占区采取长期隐蔽的方针,不然就会把干部都葬送进去。可是我以为这个方针不能笼统地用在我们这里。毫无疑问,我们是必须采用灵活的合法斗争的手段,打入各种伪组织里面进行斗争。但这些在我们这个区不能看作是主要的,因为我们这里只不过是形式上变成了敌占区,而实际上和敌占区有本质上的不同。首先,我们这里的群众,都是有组织的,有觉悟的,有斗争经验的群众。他们都紧密地团结在党的周围,一心向着我们。而亲日派和汉奸特务在我们这里是非常孤立的。这是和敌占区根本不同的。其次,我们依靠群众挖了地道,群众还要大力支持我们挖更多更好的地道。有了这个就可以更大胆地向敌人进行武装斗争。再其次,大家都看到了,我们恢复了小队,人数虽少,但是有力地打击了敌人,良民证普遍地被烧毁了,大部分村的伪政权并没有被汉奸掌握起来,而是听从我们的指挥。这些都证明敌人不可能在这样老的根据地里建立它的统治。与以前不同的只是敌人的兵力增多了,安上了更多的据点,这是对我们不利的。可是要看到,这对敌人就更加不利。他们越分散,就越处在抗日群众的包围之中,而且不能不被迫地依靠我们的人。这是敌人的一种无法摆脱的致命的威胁。现在看来敌人是疯狂厉害到顶点了,办法用尽了,可是并没有能够征服我们。从此,他们就要走下坡路了。总之一句话,我相信敌人越逼得紧,群众就越觉悟、越齐心,越向着我们。在这种时候,只有我们敢于跟敌人一刀一枪地干,才能鼓舞群众都跟着起来战斗,去争取胜利。不然的话⋯⋯"

潘林严肃地哼了一声说:"还是谈谈你们区实际的严重情况吧!"

许凤看了潘林一眼说:"现在我们区情况确实严重,全区就有一半的村已经进不去了。除了敌人扫荡之外,还发现有特务搞起来的秘密土匪武装在夜间活动,一个村支部书记被暗杀了,四个村出了抢案。但是,不管怎么样,瓦解敌伪军的工作有了开展,我们已经开始掌握了极为重要的情报。"

赵青听到这里,浑身一颤,变了脸色,忙用小手绢擦脸,眼珠像流星一闪,观察着许凤。

许凤继续说:"群众情绪高涨起来了,伪组织和地主们不敢那样欺负农民了,好多村合理负担和优待抗属的工作也秘密地恢复了。这是什么在起作用呢?"许凤的眼光扫过每个人的脸,坚决地说:"不成问题!这是枪杆子打出来的,也只有枪杆子才能保持基本群众的优势。发动群众挖地道,就为武装斗争创造了条件,这都是正确的。由此看来,县委的指示是不符合我们这个区的实际情况的。因此对我们的批评也是不正确的。"

潘林严厉地望了许凤一眼,他正要反驳许凤,李铁这时立起来,向潘林一点头说:"我先说几句。我们打了敌人一下,有人就喊我们刺激了敌人,这怎么办呢?摆在我们面前的只有两条路,一条就是投降。"

大家听了激灵一下,都吃惊地瞅着他。他也望着大家说:"有人愿意吗?我肯定地说,就是有人愿意,群众也不愿意,因为他们不想当亡国奴。所以我们是不能走这条路的!那么怎么办呢?我们只好给敌人更大的刺激!我说,潘林同志要错了,就应当收回你的指示,这才是我们党的实事求是的态度。"

"你说什么?"潘林严厉地盯着李铁问。

李铁斩钉截铁地说:"我说,你下的指示要错了,就应该收回去!"

潘林气得一瞪眼,正要发言,秀芬在炕下叉着腰冲着潘林点点头说:"等一等!"

"什么?"潘林忍着气问她。

秀芬说:"我有个疑问:什么是统一战线?我们团结的是不当汉奸的地主。至于有些地主跟敌人勾结起来,杀害农民,难道我们党可以不打击他们,反而脱离群众跟他们去统一吗!"秀芬盯住胡文玉。胡文玉抬起手,张张嘴要反驳她,李铁抬手拦住他说:"不用说,你那套思想只能对敌人有利!"

胡文玉声色俱厉地说:"你胡说!我就是反对你们个人英雄,反对你们醉心于武装斗争!"

李铁也严峻地板起面孔说:"好,那你就说服日本鬼子回国吧。如果办不到,又反对打,这简直是主张投降!"李铁愤怒地竖眉瞪眼地叉着腰。

"同志!你这是什么态度!"潘林生了气,伸手指着李铁。

"李铁同志!"许凤提高声音叫了一声。

屋内寂静起来。

潘林咳嗽一声坚决地说:"区委会必须保证执行县委的决议。下级服从上级,这是党的纪律。"

许凤见会议越开越僵,忙一摆手立起来说:"好吧!我们不再讨论了,按县委的指示进行工作。我们的意见嘛,要保留。"许凤严肃地宣布。

大家不欢而散。潘林向许凤一摆手说:"许凤同志,我们来个别谈谈。"

"好吧!"许凤点点头,沉思地收拾着文件。她也激动得脸上变了颜色。

"要谈谈吗?这里太杂了,另找个地方去。"赵青微笑地领着潘林走出来。

小鸾、小美端了两大盆热汤面进来,殷勤地劝大家吃。

五 纯洁的灵魂

潘林跟着赵青走到正院北房西间屋,只见窗明几净,炕上白毡花毯,十分讲究。炕桌上已经摆了香气扑鼻的四碗鸡丝馄饨,一碟咸鸡蛋,一碟泡杏仁,一瓶酒。潘林看了一眼,不愉快地板着面孔。

对于这样的陈设和招待,他觉得有点格格不入。赵青微笑着说:"这是我的屋子,潘书记先吃点东西,一会儿就睡在这儿好啦。"

潘林见许凤没有来,又着急又生气,冷冰冰地板着脸立起身来说:"我不吃,还要跟许凤同志谈话去。"说了冷冷地走了出去。赵青冲潘林的背影嘲笑地一撇嘴,用鼻子哼了一声,眼珠一转,追上潘林说:"潘书记,我去找许凤同志,在这东间屋谈话还清静点。"

不多时,潘林和许凤走进东间屋来,对面坐下,两个人都板着面孔,好久没言语。

赵青从北屋里出来,李铁在院里叫住他说:"给我找个清静地方,我要给地委写个报告。"

"好,其实我的意见,不过是……"赵青一面向李铁解释着,领他走到小鸾的屋子里来。屋里还点着灯,赵青打扫一下炕桌,说:"你来了,咱们区小队就好了。我早就盼着跟我在一起工作。好,你先写。"赵青说完退了出去。

李铁心情沉重地坐下,一抬头见墙上贴着一张半裸体的美人春睡图,厌恶地摇摇头。又看见炕上是花被子,花枕头,满屋红漆橱柜,迎门桌上穿衣镜,明光崭亮,桌上摆着香粉、香皂,地下墙边上放着一双绣花女鞋,李铁越发感到别扭。不知怎的,赵青的影子又在脑子里活动起来。他不能确定对赵青的看法。赵青是地主家庭出身,可是,他的工作还是积极的。不是有不少好同志的家庭是地主富农吗?他出神地想了一会儿,忙把思路拉回来,拿出纸埋头写起来。写了一会儿,赌气撕了,焦躁地拍着头说:"嘿!连个报告也写不好,废物!"

他放下笔,立起来吸着烟。正看着灯光凝神想着,听见外屋有人轻轻咳嗽一声。一掀门帘,小鸾走进来。她换了一件短袖紫花方格褂,墨青单裤,梳着一根短辫子,前额整齐的披髦,白圆脸透着粉盈盈的红色,大大方方地微笑着,将一个条盘放在桌子上,明眸一闪说道:"李铁同志,给你做了两碗馄饨。别客气,吃了吧。你不是还要工作吗?"

"噢!噢!"李铁漫不经心地答应着,端起碗来就吃。狼吞虎咽,一刹那,两碗馄饨吃了进去。放下碗,拿起笔来又写。一面心不在焉地对小鸾点点头说:"麻烦你了!"

小鸾凑近他说:"别客气,到俺家啦,我这村级干部总得尽一份心哪。"说着伸手去李铁的肩膀上轻轻一捏,李铁机灵地一躲,反感地望着她,脸上的肌肉一动。

小鸾连连送过几个多情的眼波说:"呀!你这衣裳也该洗啦,脱下来我给你洗洗。"她的眼睛毫不避忌地瞟着李铁。

李铁看在眼里,恼在心里,急忙说:"对不起!请你回去休息吧,我要工作一会儿。"李铁立起来往外让她。

小鸾满面绯红,故作稳重地挨近他说:"不,李铁同志,我有个要紧事要跟你说一下。"

一股香皂味扑面而来,李铁连着喷了两下鼻子,往后躲着说道:"什么问题,明天再说吧。"

小鸾一本正经地说:"我要出去工作。我希望能跟你在一起工作。"

李铁说:"这个,以后跟许政委谈谈。你去歇了吧!"李铁伸手让小鸾出去。

小鸾又凑近了一步说:"不,李铁同志,你答应我。我实在不愿在村里了。"小鸾说着一下贴在李铁身上,紧紧搂住他。李铁急忙推开她,往外就走。她拼命地拉住他,颤抖地小声说:"好哥哥!没有人知道!"

李铁又羞又恼,切齿地说:"难道你自己不知道吗?真不知羞耻!"李铁气恼地搡开她,往外就走。

小鸾突然两手抱着肚子,咬着牙连声叫:"疼死啦!疼死我啦……"在李铁身边倒下去。

李铁一时慌了手脚,一下抱起她,连声问道:"怎么啦?怎么啦……"他刚要喊人,只听小鸾尖声尖气地叫了一声,哭起来了。正在这时,赵青领着潘林、许凤走了进来。赵青伸手打了小鸾一个耳光。小鸾捂着脸哭着跑出去了。

几个人面对李铁看着,都哑口无言。潘林气得指着李铁的脸说:"李铁同志,你在干什么?!"

李铁着急地说:"潘林同志,不要误会!"

潘林说:"哼!误会,我不是瞎子。我要提到县委会讨论你的问题。"

许凤难过地莫名其妙地望着李铁。赵青摇摇头唉了一声。李铁有口难分,张口结舌,脸红筋胀,气冲冲地抓起文件,往外就走。

这时院子里干部们都叽叽喳喳地小声耳语着。许凤心里怀疑,要问问李铁究竟是怎么回事。刚追上李铁,就见胡文玉从北屋里出来,走过来狠狠地用鼻子冲李铁哼了一声,走过去了。许凤和李铁走到月亮门边,就听墙外边曹福祥跟萧金说:"真想不到,李铁会是这么个人!"

听着萧金气呼呼地说:"打死我也不相信,他绝对不是那样人!"

远处近处响起了一片鸡啼声,李铁烦躁地叫道:"萧金,我们出发!"

许凤见这样,也只好留待以后再谈,留下一个队员跟着保卫潘林。便隔着窗户向潘林说了一声,带着秀芬、小曼、江丽跟李铁一起向外走去,张俊臣也跟了出来。

屋外天色正黑,十分寂静。赵青见李铁他们一行人默默无语地走出大门去,别的干部们也都趁黑夜分散走了,便上了大门回到屋里。见潘林正烦闷地吸着烟斗坐在椅子上。小鸾在旁边一把鼻涕一把泪地小声哭诉着,说李铁拦住她,抱住她,非要强奸她不可。潘林听着气得拧着眉头。小鸾擦了眼泪,一本正经地向潘林恳求地说:"潘林同志,千万别再提这回事了,传说出去同志们还怎么

206

见面啊。这事也怨我不该和他谈我的心事。"

"什么心事?"潘林一怔。

"还不是老问题。"赵青似乎生气地对潘林说,"这一二年了,她就不安心在村里工作,见了同志们,就要求脱离生产参加工作。她怎么够条件!"

小鸾气呼呼地争辩起来:"我怎么不够条件?我也是村干部哩,即使区里不缺人,我刻刻蜡纸什么的总是行的。大前年,军区宣传队在咱家住的时候,我就帮他们刻过,他们还说刻得挺好呢。我要求潘书记给我解决这个问题。环境再艰苦我也不怕,我要革命到底!……"

"好吧,这件事以后再说。"潘林点点头吸起烟斗来。

小鸾见赵青用下巴颏往外一指,意思是叫她走,便起身出去了。

赵青叫小鸾走了,在旁边坐下唉了一声说:"我相信李铁同志是个好同志,真想不到会出这样事。人家还说他……算啦,不说啦!"

"说嘛!"潘林不满地盯了赵青一眼。

赵青摇摇手说:"连我自己都不相信,说它干什么。"

潘林说:"不用你负责,说吧!"

赵青小声说:"人家说李铁同志不像以前了,生活腐化起来,据说搞着四五个女人。"

潘林听了立起来,仰首沉思了片刻,又回头望望赵青,坐下掏出笔记本子和钢笔,说:"来,你详细谈谈。"说着气得手直颤抖。

六 陷 阱

李铁回到张村,一夜没睡,直到快吃午饭,他还在坐着生气哩。不多时,秀芬、小曼、张俊臣、江丽、萧金、武小龙、郎小玉都集到屋子里来了。同志们都相信他不会干出那种事情,心里非常难过,都以为如果不和李铁好好谈谈,恐怕他在这区干不下去了。他性情刚直,说不定要气出病来。大家怀着为他抱屈的心情进屋望着他。朱大江这时也扶着双拐走了来,依着墙坐在炕上,盯住李铁粗声粗气地说:"说说!是怎么回事?"

李铁把经过的实情说了一遍。许凤进来坐在灯前,凝视着李铁沉思着。

朱大江忍不住往地上一顿他的木拐说:"我早就知道小鸾是个骚狐狸,谁叫你不一脚踢烂她个臭肉!"

秀芬气得叉着腰说:"一个人不能随便叫人家去讨论,应该找县委去!"

李铁说:"叫他们讨论吧!我问心无愧,什么我也不怕!"

这时,大娘端进了热饼子,李铁拿起一个来,大口咬着就吃。秀芬还是怒气不息,对李铁说:"你是不敢去还是怎么的?"

李铁说:"难道叫我放弃对敌人斗争去纠缠没影的事情吗!我不去。有多大风叫他们刮吧。自己站得正,是刮不倒的!傍黑我就带小队出发!"

朱大江说:"对!对!就这样,为人不做亏心事,就不怕半夜鬼叫门!"还要往下说,许凤叫人扶他出去休息了。

大家见李铁这样也就不再多说,各自走了出去,准备工作去了。许凤也放了心。等大家走了,就跟李铁商量了一会活动地区和任务。李铁坚持说:"我要事先对你说清楚,我凭着自己的党性去进行斗争。不管谁说什么,我要到最困难的地区去,和敌人做斗争,叫胆小鬼们看看!"

许凤说:"县委的指示要坚决执行。目前游击队的任务是分散配合开辟工作,先不要集中活动。"

李铁同意了。两个人立刻召集了队员,分成三组,由赵青带着刘远等一组十一个人跟许凤去活动。朱大江自己能动了,坚决不要队员再侍候他了,叫葛三、蔡二来也跟这一组去。身体弱的、有病的和新编入小队的十二个初愈的伤员编为一组,配合曹福祥、张俊臣到西、南两个小区的几个村,负责挖地道。李铁选拔了机警灵活的队员武小龙、陈东风等七个人带上萧金,决定到最困难的敌占区活动。布置完了,趁屋里没有别人,许凤静了一会儿,才望着李铁问道:"李铁同志,你说的小鸾那些表现都是确实的吗?"

"你不相信我?!"李铁冒了火,又压下去说,"我以我的党籍做保证,我从来没有对党说过半句瞎话。"

许凤点点头又说:"我希望你珍惜自己的品质……"

李铁听着许凤规劝自己的话,压下去的火又冒起来了,一想到她竟不信任自己,再也忍不住,嚓一声把驳壳枪往枪套里一装,二目圆睁,勃然大怒地冲许凤看了一眼,大踏步跨出门去,带上队员竟自走了。

许凤见他这样,气的变貌失色,往外追了几步又站下,一下坐在一个小板凳上,两手抱着头呼出了一口长气。

傍晚,枣园据点兼任宪兵队长齐光第焦躁地走回自己里屋,丧气地把褂子脱下一扔。水仙花撒娇地接过去,哟了一声问道:"怎么啦,这么丧气?"

自从王金庆受伤住院以后,水仙花不甘寂寞,干脆和齐光第同居了。王金庆因为要借重齐光第的权势,知道闹起来有害无益,干脆顺水推舟,把水仙花当人情送给了齐光第。王金庆出院以后就升了官,给派到郭店据点当警备队第三大队大队长去了。

齐光第不言语,只吸着烟卷苦恼地想着。他刚才被渡边、宫本叫去大骂了一顿,限他五天之内要找到游击队住宿地点的确实情报。这真是个没法应付的苦差使。李铁带领队员,这些天在敌占区秘密地找各村的伪村长谈话,要他们立刻恢复优待抗属和合理负担,停止对地主富农有利的按亩摊派的办法。照办的可以既往不咎。伪村长和地主们都怕李铁厉害,知道稍有欺骗被群众报告了就吃不消,只得两面讨好,瞒着敌人秘密地执行了。李铁趁机在各村找了一些有觉悟的贫农、中农打进伪村公所和伪自卫团,监视汉奸的活动。又组织了秘密的抗联。群众得到领导和支持,斗争情绪暗暗高涨起来了。这些村都有汉奸坐探。情报很快送到枣园据点里,敌伪军立刻在这一带日夜活动起来。这些村里还没有挖好地洞,李铁他们只得夜夜灵活转移地点,神出鬼没地进行活动。敌人日夜地搜捕他们,刚捕到个影子,一捉又没有了。枣园、韩庄、郭店等五个据点被李铁他们突击得蒙头转向,接连发生事故。三个最坏的伪乡公所被解散了。二十多个伪军和特务人员被捉住,经过突击教育又放了回去。三个伪军中队长,都接到了指名警告、教育的信件。罪大恶极的汉奸一中队长褚歪嘴,接到信以后还不服帖,反而把李铁他们大骂了一通。他想反正李铁听不见,骂骂也不要紧,不料几天之后,在瓦窑集上遭到了李铁他们的化装袭击,和一个鬼子一起丧了命。伪军里甚至传说,李铁在枣园据点街上饭馆里,好几次吃了饭大摇大摆地走了。齐光第想尽了办法,到现在也没有找到李铁的下落。他把手下最能干的特务都派了出去,可还是没有指望。他想着,烦恼地把烟头摔在当屋,仰在炕上。水仙花见齐光第发愁,哼了一声说:"还不跟我说哪,我早知道啦,你们也有见识短的时候。"

齐光第冷冷地说:"你个娘们家还能有什么主意吗?"

水仙花一撇嘴说:"不是夸口,手到擒来!"

齐光第高兴起来,说:"那你说说看!"

水仙花比画着说:"你追他,一辈子也追不上。你要像钓鱼那样,引他来上钩。不信你在孙屯乡公所天天派几个弟兄去闹,老百姓就会把他们叫去。那时候,只要你们把部队藏在附近,叫村里的坐探……"

"对!对!"齐光第不等她说完,一拍手跳起来,跑了出去。

果然,连着几个白天,汉奸们整天去孙屯乡公所折腾,打人,要钱。可是还不见李铁他们来管,于是夜间也去闹了。几天后的一个晚上,李铁带着人疾速地向孙屯伪乡公所走来。乡公所坐落在孙屯大街路北一个深陡的院子里。这是个四合砖房,逃亡地主的闲院。三间北屋闪着灯光,李铁他们进去一看,三间屋扒通了,放了两张八仙桌,几条板凳,四个汉奸正在向几个办公人发横,叼着烟卷,骂骂咧咧的。

  李铁大喝一声,用枪逼上了他们。汉奸们举起手来,队员们过去搜了身上,竟没有枪支。李铁刚要带走对他们进行教育,忽听外边有一种可疑的声响。要是一般人也许以为这不过是树上的老鸹随便飞动哩。李铁凭经验可明白这里边一定有鬼,立刻喝叫四个汉奸和伪办公人不许动,带了队员们闪身跳出屋子。刚跑到街上向北拐进一个胡同,就听见枪声四起,敌伪军从村四周冲进来了。李铁掩在墙角边一看,一群敌人已经冲到房子跟前。李铁小声对萧金他们说:"手榴弹预备好!"李铁端枪瞄准敌人扫射过去,几个手榴弹同时向敌人抛去,爆炸声像炮弹般轰响。趁着爆炸的硝烟弥漫,李铁带领队员跳下土坡,向庄稼地里跑去。敌人在后边紧追过来。枪弹从他们身边吱吱穿过,直打得庄稼叶噗啦噗啦地响。他们跑过唐河旧道,枪弹啾啾地击溅起泥水,敌人呼喊着紧追不放。他们一口气冲上陡峭的高坡,趁夜色昏黑,不管棘针蒺藜一下滚了下去,穿过庄稼地小路,翻过大沟,终于把敌人甩掉了。枪声渐渐稀疏下来。他们个个累得汗流浃背,滚得污泥满身。李铁是受过几次伤的人,累得咳嗽着,赶紧带领队员们,向青纱帐深处走去。

  他们刚在高粱地里坐下喘息着,忽又听见东北方向高粱地里哗啦哗啦地响,好像有人偷偷地走来了。武小龙、陈东风两个人轻轻地向那边搜索去了。这时候,正是月黑天,什么也看不大清。只见高粱地深处小路上走来了一个瘦长的人影,他俩持枪蹲下等着。渐渐地可以看出这人穿着破烂的衣裳,挂着一根木棍,小心翼翼地走着。突然,他像发觉了什么,转身就往回走。武小龙一拉陈东风,两人分头追上去。跑了不远,那人就被武小龙、陈东风挟着走了回来,带到李铁面前。李铁就问那人是干什么的。一句话刚出口,那人欢喜地叫道:"是李铁同志吧!"

李铁也听出来了,这是县大队队副萧之明。忙去扶住他坐下叫道:"我的老萧同志!"李铁向不相识的队员介绍了,都为刚才的误会笑起来。武小龙说:"萧大队副,要是不说话,别说我不认得你,就你自己照照镜子也不认得自己了。"

李铁立刻把自己穿的外面一层新粗布裤褂脱下来,不容分说就给萧之明穿上,自己只穿一身带补丁的旧衣裳。这时,天空布满了浓云,颇有雨意。他们赶紧商量一下,穿过庄稼地小路走了几里地,来到一个坟地里,拣一棵浓密的大杜树底下坐了休息。队员们去地里捡了几抱锄下来的干茅草来铺在地上坐着,觉得舒服多了。突然,刮起了冷飕飕的东北风,接着下起毛毛雨来。细雨洒在树叶、庄稼叶上,发出引人困倦的沙沙声。阵阵凉风把雨星刮到人们脸上,使人冷得直起鸡皮疙瘩。大家背靠背挤坐在一起,抵抗着寒冷。夜深了,雨下得更紧了,只听阵阵风雨声,队员都睡着了。李铁挨着萧之明坐着,觉得他直动弹,还没有睡着,便轻轻问他道:"你是怎么被敌人俘虏去的?"

萧之明唉了一声说:"那天拂晓王村战斗,我带着一个排冲进了王村,立刻就被敌人围在一个院子里。敌人从四面往里冲,我们牺牲的还剩五个人,子弹打光了,就都被敌人俘虏了。"

李铁又问他:"以后呢?"

萧之明沉默了一下说:"我们被送到沧州车站装上了闷罐子车,送到唐山煤矿上挖煤。以后,我们组织了一百多个人跑了出来,被打死了十几个,被抓回去几十个。我蹲在满是泥水的苇塘里藏了一天,敌人没搜出来,夜里才跑了。一路上经过敌占区哪敢进村,只在漫地里吃些野菜,白天晒个死,晚上冷个死。经过那些水地,才知道蚊子是那么厉害,成千上万的大蚊子,把我包围起来,咬的人光想发疯。我不住地挥舞树枝,打滚,爬起来跑,直到太阳出来才算摆脱了它们。于是我发疟子,关节疼,肚子疼,第一次感到了孤独是个什么滋味。当时我简直支持不下去了,实在想死。只要一死,那无休止的痛苦立刻就可以解脱了。自杀的念头有好几次引诱着我,可是我一想起英勇牺牲的同志,一想起毛主席,一想起延安,就立刻感到这样想是软弱可耻。我就什么都能忍耐了。我改成白天躺着睡觉,晚上走路。每夜咬着牙熬几十里路,两个多月才到了这里。只要见到了同志们,我就什么都不怕了。"

李铁说:"你真受够了苦,明天派人送你找周明同志去,好好休养一下,咱们又一起干上啦!"

风雨越吹越冷,他们的脊背就靠得越紧。

七 仇 恨

送萧之明走后,李铁他们便待在野地里,叫武小龙一个人出去找熟人弄些吃的来。前半晌武小龙回来说,在孔村村外碰上了在孔村住娘家的杜二嫂,她答应给送些东西来吃。看看已近正午,还不见来,队员们都饿急了。李铁身体数次受伤,经过多次摧残,又比别人操心,熬磨得更为痛苦。又加这饥饿的滋味实在难受,只觉阵阵心慌意乱,眼前发黑,肚内好像一个空旷无底的大窟窿在旋转,腿脚酸软得拉不动,头也眩晕疼痛。每个人就跟患了什么大病一样,面色焦黄,眼都睁不开。萧金、武小龙在树下跟队员们开着玩笑,搞起精神会餐来。各自数说着好吃的东西,互相争论着,好像比赛似的看谁说的馋人。不料越说越饿得厉害。最后忍不住了,只好跑到庄稼地里去,不管野菜、野草、玉米秸,不管甜的、苦的、涩的,塞到嘴里大嚼一气。正嚼着引颈望着杜二嫂,只见远处高粱地边上走来了一个妇女,提着一个篮子好像是挑菜的样子,立在那里不住东张西望的。武小龙看了看说:"是二嫂来了!"说着赶紧去接。

武小龙领杜二嫂来了,把筐篮放在地上。几个人早饿慌了,顾不得说什么客气话,蹲在树下边,掀开筐篮,一群人围了,伸手捧着粘不到一起的带糠的大麦楂子饼和谷面菜团子,急急地吞吃起来。

杜二嫂看他们吃着,叹口气说:"老李,嫂子真对不起你们。本想借点白面给你们烙点饼,可是为了保守秘密就没有去借。你们就将就着吃点吧!等挖好了洞住到家去,再想法给你们做好的吃。"

李铁吃着,忙笑道:"二嫂,可好吃呢!"

队员们张开饥饿的嘴,就像吃肉包子一般,风卷残云,一会儿就吃得剩了一点点了。李铁先停下不吃了。队员们也跟着停下来,互相让着谁也不肯吃,都说饱了,其实谁也没有饱。李铁吃得最少,心里明白,忙分给每个队员一把,队员们用手接过去看看,一下都塞到嘴里去了。大家轮流端着罐子,咕咚咕咚一刹那就把水喝光了。二嫂拾掇起篮子、罐子,赶快走了。

天已正午,烈日灼热,烤得人难受。他们走到一个长满柏树的坟地里。武小龙又去放游动哨侦察情况了。陈东风等几个队员抱着枪靠在柏树上睡得鼾声大作。萧金在树荫下抱着膝盖,焦愁地望着李铁的脸。李铁躺在树荫下草地上,脸色又黑又黄,颧骨突出,两腮下陷,十分疲惫难看。再看看别的同志,也是又黑又瘦,头发蓬蓬。李铁躺在地上想着最近发生的一切,偶然睁一下眼睛,眼球血红,还没有看清什么,就又昏昏迷迷地合上眼,不时咂咂干裂了的嘴唇。

萧金守在他旁边,急得皱着眉,暗想:看来他真是病了,这怎么办?

蚂蚁爬到李铁脸上,萧金给他捏下去,摇摇头出了一口气。李铁昏昏沉沉地躺着,恍恍惚惚像是在村里又被敌人包围了。他带领手枪队冲出村来,迎面碰上四五个敌人。他举枪向敌人射击,可是枪怎么也打不响。看看敌人的四五支枪向自己射过来,嘎的一声,一颗子弹从自己头上穿过去了。

"冲啊!冲啊!"李铁挥舞着胳膊。

萧金摇醒他,他睁睁眼,没有动,似睡非睡地又听到一些讥笑的声音,在耳边响起来:"哈,瞧!自高自大的人总是独出心裁!""为了个人出风头,……你敢反对党的决定!""你这样的人,要提交县委讨论你的问题!"

潘林那愤怒的黑瘦脸,又在厌恶地望着自己。他猛地坐起来,使劲睁开眼睛,脑子还轰隆轰隆地响着,太阳穴一扎一扎地疼。

大树把阴影抛到远远的谷地里去了。夕阳用它那渐渐温和下来的光芒,抚摸着李铁那疲乏的身躯。病痛、饥饿、冤屈,种种苦恼折磨着他。他陷入了沉思,从幼年到现在的遭遇,一幕一幕映现出来:母亲伏在死了的父亲身上痛哭。自己拉着枣枝,跟母亲在冰天雪地里走着去讨饭,财主的大狗追着咬,撕烂了裤子,腿上流出血来。母亲含着眼泪在河边送自己上船去当学徒。风雪里自己在垃圾堆边睡着了,老板的皮靴踢在身上。潘林和小鸢又出现在眼前了。李铁不愿想下去了,咬牙猛地一摆头,看见萧金给他卷了一支烟卷递过来,就接过来和陈东风对火吸着。

武小龙走回来凑在他身边说:"李铁同志,你的身体这样,咱们回去吧!"

萧金也望着他说:"回去吧!不然你身体非毁了不可。"

李铁身体缩做一团。他第一次感到自己丧失了力气。难道自己竟是这么脆弱吗?他摇摇头,使劲立起来。说实在的,他心里早就想回去了,是他对人民对党的责任感,使他不能这样做。他望望队员们,断然地说道:"不!绝对不能回去!"

"坚持吧!"萧金心里说着。他非常了解李铁,知道他不坚持到山穷水尽,是不肯回头的。

在一片凌乱的枪声中,桃庄升起了一片火焰。火焰越烧越猛,只见村庄上空,浓烟滚滚。

李铁向队员们看了看,一挥手道:"走!到桃庄去!"

他们提着枪,疾速地向火光奔去。

到了村头一看,桃庄没有一间屋子不在冒着火苗。到处响着轰隆隆的房顶倒塌的声音。人呢?怎么不见人来救火?在火光照耀下,他们发现了一个尸体,鲜血还在往一个凹坑里流着,火光照着那鲜血。李铁看着,心里像刀割一般热辣辣地疼。当他们拔步又往街心走的时候,都不由得鼻子酸楚起来,复仇的怒火烧得他们连气都快透不过来了。尸体!又是尸体!男的、女的、孩子的……万恶的王金庆为了大量掠夺粮食,竟然杀害了这么多的人。这个村庄的人民是从来没有向敌人屈服过的。这英雄的村庄被践踏得遍体鳞伤,躺在血泊里被火燃烧着。

尖厉的叫声突破恐怖的寂静,这是女孩子凄惨的哭号:"娘!娘啊!……哎呀!娘啊!"

这哭声刺破了长空,使星星颤抖,月牙垂泪。这哭声像电波般颤动着向四面八方传开,使人听了毛发竖立、心胸欲裂。这哭声里充满了仇恨和哀痛,时而像在控诉,时而像在呼唤人们去报仇。

这哭声是从烟尘弥漫的废墟上传出来的。李铁他们奔过去,只见一个六七岁的女孩子跪在一堵断壁下,在她面前的血地上,躺着孩子的母亲。这尸体被刺刀穿得血肉模糊。女孩子伏下身子搂着母亲的头,声嘶力竭地痛哭着。在断壁外面的一株枣树上,在用刀削尖了的一枝树杈上,挂着一个男孩的尸体。这是一个不到两岁的男孩子。尖树杈穿透了他的肚子,他的两只小手耷拉着,头垂了下来。血染红了枣树,又流到地上。周围的房屋都倒塌了。木梁垂下来还在吐着火舌。

有的窗户还在喷吐着火焰。

李铁急忙跑过去把女孩抱起来,女孩抽抽搭搭地哭着。李铁给女孩擦了一把眼泪,用脸偎着她的小脸,眼里含着泪水,闪着怒火,抬头向周围望着。萧金他们愤怒地提着手枪,咬牙切齿地咒骂着。一个队员想从枣树上往下弄那男孩的尸体,李铁喝道:"别动!就那样,叫人们都看看吧!"

这个队员忍不住蹲下捂着脸哭起来。李铁一把拉起他来,向队员们叫道:"同志们!哭什么!走!要不报这个仇,咱们还有什么脸活着!"

"一定要报仇!"队员们一起吼叫起来。

李铁找到了几个活下来的人,把孩子交给他们,叫他们好好抚养。他立刻写了信派队员向许凤汇报,一面派武小龙去侦察郭店据点王金庆活动的情况。为了保密,李铁带队员到别的村吃了顿饭,就悄悄地转移到野外一个坟地来。李铁和队员们坐在坟圈里边的草地上,谁也睡不着,睁着眼睛静静地思索着,等待着。约有半夜了,给许凤送信的队员带着胡文玉来了。李铁默默地和他握了手,拉着他一块儿坐在一堆干草上。透过树叶,看着那青幽幽的天空,李铁不想说话。血、火、尸体、孩子,又在眼前晃动起来。他心里像埋着一万斤黄色炸药,闷得要死。一个蚂蚱跳在李铁的手臂上,李铁一下就把它捏了个稀烂。

胡文玉说话了:"潘书记和许凤同志一起谈了两天工作,临走时对你很不放心。所以许凤同志和潘书记叫我来找你谈谈。"

"什么事?"李铁吸着烟,心里不耐烦,但忍着不发作。他隐约猜到是什么事了,但仍抱着希望,这样探问一句。

"为了使武装斗争和革命的两面政策、瓦解敌伪军的工作能够很好结合起来,潘林同志交代了,等他开会回来,好好研究一下,订出一个统一的行动计划再打。"接着,又讲了很长很长的一番道理。李铁竭力耐住性子听着,却怎么也听不进去。

李铁沉默了一会儿,说:"我明白啦。哎!听说你又要回县委去工作了?"

"是的。县委宣传部现在没有人了!"

李铁听着胡文玉的快活语调,不由抬头看了看他那因得意微笑而露出的白牙。

"希望你常到咱们这区来。"

"恐怕少来不了。"

"你和许凤同志还是好好谈谈。"李铁爽直地说,"同志之间难免有分歧,只要谈清楚,也就没有什么了。我是希望你们能把关系搞好!"

胡文玉叹口气道:"是啊!我得到了不少教训。所以我劝你也小心点,不然对自己的前途是不利的。"

李铁听了,忍不住又泛起了厌恶,使劲用鼻子喷了一股子闷气出来。

说完了话,李铁就叫队员送胡文玉走了。

直等到朝霞红过,太阳爬上树梢,武小龙才气喘吁吁地跑回来。从据点内线那里了解到,王金庆今天上午要带着他的一个特务中队到枣园去。听说因为这次抢粮有功,已经给他颁发奖金奖状。这一次整个特务中队的人都有奖赏。桃庄惨案就是这个中队和鬼子们一起干的。这个中队全是一色的日式装备,共有九挺轻机枪,打起仗来非常凶悍,都是死心塌地的汉奸。

李铁听了这个情况,决定打一下伏击。萧金在旁边小声说:"潘林同志不是叫研究以后再打吗?"李铁一挥手说:"算了吧!机会不能错过,打了再说!"

李铁就把队员召集起来,进行动员:

"同志们!如果让王金庆这个刽子手在我们面前平安无事地过去,我们还有脸见桃庄的父老吗?同志们,你们说打不打?"

"打,坚决打!"队员们激动地小声叫起来。

李铁命令:"准备行动!不打死王金庆不回去!"

李铁立刻作了战斗部署,又派武小龙带人出去侦察。看看天快近午,阳光灼热,更加无半点风丝,蒸得人两鬓汗流。庄稼地里,一片烦人的蝈蝈叫声。李铁坐在地里一棵小柳树下,焦躁地望着。萧金在旁边,踮起脚尖,瞭望着说:"这时候还不来,恐怕没有希望了。"

李铁刚想说什么,一抬头只见武小龙、陈东风持着枪押着一个戴洋草帽、穿灰绸衫的白胖男人走来。那男人走到跟前,脱下帽子,来了一个九十度的鞠躬,连声说:"队长,队长,我不是混官事的。我是正经买卖人,桃庄是我老家。我,我是回家看望老娘。请队长收下,收下这点钱,放我走吧!真的!我是……"白胖男人说着不敢直起身子来,只往上翻着眼珠朝李铁脸上看。突然,他一下直起腰来叫道:"你是铁柱子表弟吧?"

李铁也忙过去扶住他说:"你是金声哥,为什么这时候回来呀?"说着一摆手叫武小龙、陈东风他们走了。

白胖男人急速地把钞票掖起来,伸出肥白滚圆的手指,轻轻地弹着衣袖上李铁扶过的地方,胖得似乎有点肿的嘴唇噗噗地吹着上边的土。好容易弄完了,这才亮相一般伸伸膀臂,拿出烟盒来,自己先叼上一支香烟吸着,随手把烟盒递给李铁,好像立刻尊严起来的长辈似的嘿嘿地笑着:

"来,表弟,尝尝咱这烟!嗯,吸一支!"

李铁的眼光像锥子似的刺了他一下,一摆手拒绝了。白胖男人洋洋自得地吸着烟,看着李铁穿一身破衣裳,挽着裤管的腿上沾着泥土,头上毛发蓬蓬,脸上挂着一道道泥汗,摇了摇头说:"唉,表弟,我说得对不对可别在意。人家跟你在一起学徒的师兄弟,可都抖起来了。人家金祥当了经理,娶了两房姨太太。可你呢,看你闹得,嘿!"说着凑近李铁耳边小声说,"你要有心回天津,我带你去,省得干这玩意儿,叫人家追得没处落脚。"

李铁冷笑一声问道:"表哥干什么事哪?"

金声笑得当当地说:"小意思,当副经理,在顺发号,知道吧?

你要在外边混到现在,也错不了。还记得咱们小时候吗?那时候你多聪明啊!"

李铁也回忆起了小时候一起玩的金声哥。冬天一起在河里滑冰,夏天一起在河里游泳,他是那么单纯可爱,喜欢一起打抱不平。那年麦收时节,财主袁家三少爷打着洋伞,挎着手枪,穿着雪白的绸衫,辱骂鞭打着拾麦穗的姑娘们,自己向金声哥递个眼色,两人一前一后,一下把三少爷抱住滚到滹沱河里去了。可是眼前的金声,变成了这么个家伙。刚要说话,武小龙、陈东风他们几个人呼哧呼哧地跑回来,面带惊喜地说:"队长,这一回郭店的特务队真来啦!"

李铁立刻精神抖擞地立起来问道:"多少人?"

"六十多个!"

李铁拔出驳壳枪,双眉一竖,命令:"干!萧金你带上三个人迂回到敌人后边,我和小武子几个在前边截击。听我们打枪,你们就从后边打击敌人。一定要猛打猛冲,别让敌人还手!"

"是!"萧金带着三个队员,钻进庄稼地跑了。"我怎么办,表弟?"白胖子一听要打仗,吓得发着抖,弯着腰问。

"你躲在这儿别动!"李铁说了,带着武小龙他们,提着枪穿着玉米地疾速地向公路边跃进。白胖子吓得撅着屁股趴在一个长满青草的土坑里,一动也不敢动。

一队敌人顺着公路,大摇大摆地走来。头前是铁杆汉奸王金庆,骑着一匹大白马,洋洋自得地走着,一面走,一面回头和后面枣红马上的汉奸说着什么。李铁掩在一棵树后,瞄得准准的。枪声一响,王金庆的马给打倒了,王金庆摔在地上,正要拔枪爬起来抵抗,刘满仓一个箭步跳上去,压在他身上,抓住了他的胳膊往后一拧,一面用膝盖抵着他的脊梁,一只手揪着他的头发,使劲把他的脸往地上磕,磕一下,骂一声:"狗汉奸,你再跑!你再跑!"王金庆一面"啊呀"乱叫,一面拼命挣扎,可是越挣扎,刘满仓磕得越凶,一会儿就磕昏过去了。

王金庆一落马,汉奸队伍就乱了。李铁把驳壳枪一挥,带队员冲了上去。李铁手疾眼快,两支枪前后左右,指着的死,点着的亡,在飞啸的弹雨中,横冲直撞,打得敌人蒙头转向。李铁一看,队员们都在拼命厮杀。他明白,由于吃不饱,多数队员体力不济,如果稍一耽搁,敌人一组织起来,自己就有被消灭的危险。一扭头看见一个敌人正在土坡上架着机枪,李铁跑过去狠狠一脚踢在敌人脸上,敌人哎哟一声滚倒下去。李铁把机枪一端,大吼一声,向敌人猛扫过去。队员们趁着这股势,都跳起来向敌人冲击。敌人被打得落花流水,完全溃乱了。在部分敌人惊慌地抱头鼠窜,向郭店方向跑去。队员们从四面端着枪把剩下的敌人包围在公路上了。李铁看见队员们身上的血,就仿佛又看见了那哭娘的孩子、尸体、烧着的火……就是这些刽子手们把孩子穿在树上的!他气得眼睛冒火,心里就像地雷爆炸了,一股怒火再也压抑不住,一勾机枪向那些野兽扫射过去。正打得带劲,萧金急忙跑过来一把拉住,叫道:"快撤!听着是枣园敌人增援上来了!"

李铁立刻把队员集合起来。一检查,幸好没有重伤号。李铁立刻叫队员们扛了新缴获的一挺机枪,每个人背了两支步枪,披上子弹带,余下的枪摘下枪栓,叫俘虏背了,押着王金庆和另外四个俘虏,迅速往下撤。

李铁带着队伍,穿过高粱地小路跑着。

李铁这时力气用尽,只觉两腿有千斤重,只是由一颗顽强的决心,支持着双腿向前迈动着,心里光怕又遇上敌人。这时,听着后边枪声响起来,一定是枣园的敌人追上来了。

八 奇怪的沉默

胡文玉从李铁那儿回来,陷入了痛苦的内心矛盾里。听到潘林说准备请示地委,调他到县委机关去做领导工作,又见许凤对自己那么热情,主动找自己研究工作,他就好像在闷人的黑夜看到了明灯,一系列的幻想跟着出现了。这些日子,自己的工作的确有成绩,踏踏实实的整顿了几个村的工作。许凤和县委都很满意。只要那个问题不被县委发觉,一定会当县委宣传部长,甚至提拔为副书记,因为自己的确比别人能干,而且周明的身体,看来没有恢复健康的希望了。这样,自己必然会受到重用。和许凤的爱情,经过波折,也会日益巩固。甚至结婚也是有把握的。因为,经过自己的观察,许凤和李铁的关系只是同志关系,李铁向许凤求爱是没影的事。在这一点上,李铁的为人是值得钦佩的。而许凤对自己也一如既往,没有决裂之意。他又几次向许凤沉痛地检讨了自己对她的误会和嫉妒心情。许凤虽批评了他,但对他更为关心,他觉着两人的关系还是亲切的。他这样越往好处想,就越害怕赵青和小鸾。怕他们揭他的底。如果一揭露,那就什么都完了。他们会不会揭露呢?如果自己坚决抛弃小鸾,引起赵青的不满,那被揭露是完全可能的。怎么办呢?真恨不得赵青和小鸾死了才痛快。起码得先把赵青弄走,最好调到路西去……他正在胡思乱想的时候,赵青来了,说要和他一起去汇报工作。胡文玉心里有鬼,不愿和他在一块,可是他找上门来了,又没办法摆脱,只好装做十分热情的样子,拣些琐碎的事谈起来。赵青却不理会他这一套,单刀直入地跟他说:"谁叫你自己去惹小鸾,现在她非要和你结婚不可,否则,她就要去找许凤同志。你看怎么办吧!"他叹了口气,又责备道,"你真是自作自受,太不谨慎了。"

"我希望你能帮助我,也只有你才能帮助我。"胡文玉带着哀求的声调,"我不说你也明白。"

"可是,我只能尽我的力量做。为了一个同志的前途和幸福嘛!我可以慢慢说服小鸾,叫她另找对象。你能不能和许凤恢复过去的关系,那就得看你自己的了。你用不着担心。我是恨不得让你当了县委书记才好。我永远不会对别人讲你的什么话。"说完又叹了口气,拍了拍胡文玉的肩膀,就走了。

胡文玉这才松了一口气,连夜找到小鸾,千方百计,总算把小鸾稳住了。特别使胡文玉高兴的是,小鸾竟被他说服,放弃了和他结婚的要求。不过她提出两个条件,要胡文玉秘密地继续保持他们之间的关系;并且设法调她到县政府去工作,胡文玉也只好答应下来。

经过他添枝添叶地在潘林面前夸奖小鸾如何进步,又赶上县委决定出版党内小报,急需刻写员,把县政府搞刻写的一个党员调了去,于是调小鸾到县政府去刻蜡纸的事被批准了。胡文玉迫不及待地去通知了小鸾。小鸾自是万分高兴。

这天胡文玉回到许凤那里,已近黄昏时分。他心里七上八下地想着心事,暗暗对自己满意起来,到底是有办法,什么复杂的情况都对付得了。他一边想着,走进许凤住的院子。只见郎小玉正坐在长满红枣的枣树底下看书哩。一见他进来,便笑容满面地立起来,伸臂打了个舒展,随后做着舞蹈的姿势,嘴里小声哼着舞曲。看他那样子简直乐坏了。

"你干吗那么乐?"胡文玉眉毛一扬,拉着他的手问。

郎小玉奇怪地反问道:"我为什么不乐?"

"小玉,你这些日子不想我?"

"想啊!怎么不想!"

"跟我到县委工作好不好?你还给我当通讯员,咱俩一块到处走走。"胡文玉说着也高兴起来。

"行啊!跟许政委、李队长说说吧!哎!你还接着教我学文化吧!"

"那当然啦,非叫你达到高中程度不可!"

郎小玉乐得一跳,摘了几个又大又红的枣子递给胡文玉。

胡文玉问道:"你天天这么高兴,尽想些什么?"

"想什么?"他好像没有听懂。

胡文玉又问道:"你想过学好文化,对个人前途会有什么影响吗?"

郎小玉摇摇头:"没有!"

"你想谈恋爱了没有?"

"没有!"

"你想将来当什么干部了没有?"

"没有!"

胡文玉笑着弹了郎小玉的脑门一下说:"空壳,什么也不想!"

郎小玉也笑了:"不想!谁有工夫想那个!"

"那你哪来的那么多快乐呀,嗯?"胡文玉怀疑起来,这个十六岁的小青年跟了自己一年多,竟没有发现他是这么个人。哼!机灵鬼!他一定在骗人。

郎小玉望着天空,两手一挥,兴高采烈地说:"为什么不乐呀?咱们胜利了,将来,我可以走遍天下,不论到哪儿,都不用害怕,不用发愁。到处都是拖拉机,水电站,很大很新的工厂。你可以任意唱歌、学习、劳动……有这样的一天,干吗不乐呀!"他笑着,跳着,打着拍子。挂在身后的驳壳枪拍得他的屁股啪啪地直响。

"好像江丽同志给你们上过课吧?"胡文玉听出来这完全是江丽那一套。

"是啊!"郎小玉高兴地说,"她讲得可真好极了!"

"唉!真是孩子气!"胡文玉摇摇头向屋里走去。

许凤正在屋里和秀芬、小曼研究几个村的妇女工作,见胡文玉进来,秀芬、小曼相视一笑。小曼用手指弹了一下秀芬的胳膊肘说:"走!院里换换空气去!"说着跳下炕来,咚咚地跑出去了。

院里立刻发出了秀芬、小曼和郎小玉轻轻的笑声。

许凤让胡文玉坐下,说道:"你也快走了,给我提提意见吧!"

胡文玉出了口气说:"我是来请你给我提意见的。我想用不着我说什么了,事实证明你比我强得多,如果说过去我给了你一些帮助,那么今天你也应该帮助我呀!"

许凤说道:"咱们俩还用说这些废话吗?我看还是敞开心谈谈吧!"

胡文玉说:"是啊,我早就想跟你谈谈了。我想用不着我说你也明白,我这颗心一直是永远爱着你的。可是现在不知道你怎么样。我总是想问问你,可是又怕问你。我一心等待着你能答复我……"

许凤哼了一声说:"本来我已对你说过,不要谈这个问题,可是既然你还要谈,那就谈谈吧。"

胡文玉听着,脸上泛起了红晕,差一点心要跳出嗓子眼来了。竭力抑制着内心的激动说:"我希望你答应,我们最近就结婚。"

许凤严肃地说:"谈不到!绝对不能考虑!"

气氛尴尬起来,寂静中,胡文玉脸色由红变白。

许凤坦然地接着说:"并且,在抗日胜利之前,你不必再和我谈什么爱情问题。"

胡文玉惊愕地问:"为什么?"

许凤断然说:"很简单,应当考验考验。"

胡文玉激动起来:"我们之间的爱情是事实,难道你要无情地破坏它吗?"

许凤沉静地说:"我承认我们过去的感情,但是,破坏它的是你,不是我,你对党,对我个人慷慨地发过多少誓言?有什么价值?你的行为证明你口是心非。你看着我的眼睛!你答复,你忠实于你的誓言吗?"

胡文玉心亏气短,竭力镇静,但他不敢和许凤那光明磊落、正气逼人的炯炯目光相遇。

许凤越说越激动:"是的,我曾经对你抱了很大希望,希望你成为一个真正的马列主义者,真正的革命战士,希望你摆脱你的资产阶级家庭的影响,真正成为工农阶级的儿子,希望你树立起为革命牺牲一切的决心,成为献身于革命的英雄,你有一点进步我就高兴。但是我一次又一次的期待,变成了一次又一次的灰心。你的剥削阶级立场是多么难改呀!"

胡文玉不敢正面答复,只是恳求说:"我求你不要说出决绝的话,你看我的实际行动好吧?我一定叫党和你满意。"

许凤长出一口气说:"但愿如此,让我们看事实吧!"

这是一幢三间没人住的闲屋子,用两根带着老皮的榆木顶着大梁,房顶露着被烟熏黑了的苇箔,墙角布满了蜘蛛网,网丝上挂满了灰尘,从房顶上垂下来。墙壁熏得黑糊糊的,有些泥片剥落了。当屋乱放着十几捆苇子,屋角上堆着一堆麦秸。小油灯放在靠墙的一堆土坯上,窗户没有糊纸,用破麻袋片挂起来挡着。屋里霉气味混合着烟草味,静悄悄地,九个人散坐在苇子捆上,有的吸着烟,有的干脆躺在苇捆上,闭着眼假睡。刘远提了驳壳枪站在屋门口,不时向屋里的人们扫一眼。屋里的人们等烦了,嘟囔起来:"许政委还不来呀?"

"嘿!转移了三个村啦,会还没有开,真是!"

"在咱们蔡村开会不是一样吗,为什么单到高村来呢?"

蔡村的治安员蔡云山哼了一声,立起来凑到油灯火上去吸烟。他那生着一圈大胡子的扁脸,一脸横肉,两道粗眉连成一条线,睁着一只独眼,向刘远望望,就往外走。

"别走哇!政委就来啦。"

"我到外边去一下就回来嘛!"

"不行,就开会啦!"

"开会,她不是还没来么!"蔡云山发火了。

刘远坚决地说:"不行!"那精明锐利的目光扫了蔡云山一下。

"指导员,这是怎么回事?"蔡云山被刘远那锐利的眼光弄得手足失措了,望着斜倚着麦秸捆出神的赵青。

"我不管,这是许政委的命令。"赵青说着干脆闭上了眼睛。

正说着,许凤、秀芬、小曼从东面墙头梯子上走下来,进了屋子。许凤披着夹袄,一身淡蓝色衣裳,脸色平静。秀芬敞着宽大的对襟褂,里边穿件紧身花条布褂,束着皮带,提着二把驳壳枪,健壮的身体,一举一动浑身是劲。小曼提着手枪,咕嘟着小嘴,向人们瞅了一眼。秀芬在左、小曼在右,紧紧跟在许凤身后坐下,手不离枪,眼睛盯着每个人的动静。

"请同志们来,主要是想调查一下暗杀蔡九芳同志的案子。希望大家提供一些破案的线索,请大家谈谈吧。"许凤说了严肃地望着人们。

屋里空气沉闷,紧张,谁也不说话。赵青安静地吸着烟,望着空中,吐着烟缕。蔡村的几个村干部都呆呆的像木雕泥塑的罗汉,坐着一动也不动。

"同志们说吧!"许凤又催了一句。

回答仍是沉寂,谁也不说话。

许凤为什么要开这个会呢?原来经过反一贯道、枪毙了一贯道头子魏道恒之后,斗争并没有能够轻松一些,他们还是常常被敌人跟踪包围。他们一到哪个村,跟着敌人就去了。在团城差一点叫敌人抓去。以后她就常常已经住好,又悄悄起来溜走。有时候刚出村二三里地,敌人就进了她住的院子。后来她险些又挨上一次伏击,亏得那天带了几个队员没走老路,才算没遇险。这样天天光顾着躲避敌人的追捕了,哪里还能工作。许凤简直苦恼极了。这显然是有内奸和敌人勾结。不除掉内奸这块病,早晚有一天要全部被敌人搞死。可是要想除掉这块病,哪有那么容易!不光新案子一时调查不出来,就连老案子蔡村支部书记蔡九芳被暗杀的事,至今也调查不出个头绪来。但在这困难的日子里,赵青却活动得很顺利,他带着一组队员打了一个小伏击,缴获了两支枪。零星地捉放了十几个伪军警和伪组织人员。又通过关系从枣园据点拉出来了五个伪军，带枪投了小队。他活动的非常大胆，甚至挨着枣园据点的小帅庄，也敢带队去住两天。敌人也包围过他们两次，可都是凑巧赵青刚带队出了村，敌人才赶到。有些队员都惊奇他的机智。班长刘远心里可逐渐疑虑起来，找个机会和许凤谈了一下。许凤本来就觉得赵青的工作虽然有成绩，但是有些地方实在难以理解，不能不令人起疑。听刘远谈了些情况，更警惕起来。一天傍晚，许凤正在一个堡垒户家里为反特斗争苦思焦虑，房东领着个担油挑子的人进了院。许凤奇怪地望着这个一身油垢、两腮胡须的油贩子，不知来干什么。呵，那卖油人竟奔自己屋里来了！许凤赶紧下炕，那人已经进来，不等问话，就从鞋帮里取出一封信来。许凤接过来，一看番号，是县委敌工部长王少华的信。看了信，才知这人是政工队队副刘彬，派来担任区治安员的。许凤高兴极了。刘彬传达了王部长的指示，介绍了一些破案的线索。许凤分析了全部情况，决定叫刘彬去进行秘密调查，自己去正面观察一下蔡云山等可疑分子的表现。所以今天她决定召集蔡村的干部开会，叫赵青参加，搜集一下人们的反映，也对证一下自己了解的材料。夜间，许凤突然派人把蔡村的干部们叫出来，转到梁村、刘庄，又转到高村，这才开起会来。干部们都沉默地吸着烟，看着许凤，没有一个人发言。许凤向每个人看了一下问道："同志们，蔡九芳同志是怎么被暗杀的呀？"

还是没有人言语。赵青眯起眼睛吸着烟卷，暗中盯着每个人的脸色。屋里一阵奇怪的沉默。蔡云山见许凤盯住他，实在躲不过去了，便说："政委，我这治安员没有尽到责任。可是谁也没有见到，调查也没法调查，叫我也说不清。"

再问别人，也都摇摇头说不知道。

许凤心想：凶手可能就在这里边，所以人们不敢说话。许多人都低着头，独有赵青、蔡云山眼珠子骨碌骨碌直在别人脸上打转。许凤又进一步问道："大家估计一下可能是谁呀，提些线索也好调查嘛。"

别人还是不做声，蔡云山却唉了一声说："政委，我看这事不能估计，破案要有真凭实据才行。"

许凤就势问赵青道："你说呢？"

赵青连忙说："他说得对，这个不好瞎估计。我看只能调查以后再说。"

许凤心里明白了大半，立起来说："好吧，散会吧！"

人们往外走着，许凤决心再试探一下，便叫住赵青和蔡云山说："今天叫刘远带队员转移到别的村，咱们都到蔡村去宿吧。"

蔡云山连忙接住说："好，好极啦，咱们一起走吧。不过我们村目标可挺大的呀，敌人说不清什么时候就来。"

赵青连忙说："不要紧，只要封锁得严，据点外边的邻村我们也敢去住，咱们一起走吧。"

许凤说："你们都在这儿先等一等，我去办一点事回来一起走。"

人们连声答应着坐下来。许凤走了出去，她约定了今天晚上和杜玉良助理员谈话。回到住宿的院里，走到西间屋一看，杜玉良正坐在凳子上吸着烟等她呢，见许凤进来忙立起来，许凤叫他坐下，两人谈起话来。许凤知道杜玉良特别接近赵青、蔡云山，情绪又特别苦闷，估计他会提供一些线索。经过一番动员，杜玉良果然说出了一些材料。只是一接触到内奸问题，他便躲闪着不说了，谈来谈去总是兜圈子再也不说别的。许凤对今天能找到一些线索暗自欢喜。估计他有顾虑不肯讲，不便强迫他说。又诚恳地和他谈了一会，最后对他说："老杜，谁都看得出来，你精神上很苦恼。有什么话应当都说出来嘛，组织上绝不难为你。"

杜玉良抬头看看许凤那温和善良的眼神说道："我知道组织上关心我，我母亲要不是你照管也早死了，唉！"杜玉良叹口气低下头说，"许凤同志，说也说不清楚。"

许凤说:"不,老杜同志,不要以为区委怀疑你。你被捕以后,尽管有人说你叛变了,可是组织上已经弄清楚,那不是事实。不过,你的表现有些软弱就是了。"

"许政委,"杜玉良抱着头唉了一声说,"我是想一辈子也弄不清楚了,组织上这样关心我……"

许凤见他激动得说不出话来,便说:"你先平静地想一想,有什么苦恼随时可以找我谈,你愿意写给我也可以。"

杜玉良擦着眼泪说:"我一定写给你!"

这时秀芬、小曼走进来说:"赵指导员来叫咱们啦,走吧!"

许凤答应着走出来,跟赵青、秀芬、小曼和蔡村的干部到了蔡村。在西头安排好了住处,村干部走了。

秀芬和小曼望着许凤问:"凤姐,怎么,就住在这儿吗?""小声点!"许凤在她俩耳边小声说,"我们不能住这儿,马上转移出去。你俩叫北院房东一家子出村,然后秘密地绕到村南高粱地里咱们宿过的地方等我。"

秀芬、小曼抿着嘴听着,眼珠机灵闪转地点着头。等许凤说完,又在许凤耳边叽咕了两句就走了。许凤立刻向房东老爷爷借了男人衣裳套上,头上包了条旧毛巾盖上眉眼,背上个筐,拿了张镰,和房东老爷爷一起溜出院子向村外走去。遇上人,许凤也不言语,低头走过去。这样碰上了四五次人,问话的人还以为是房东老爷爷的孙子又跟他到洼里去呢。许凤来到村外跟秀芬、小曼会合了,便把筐、镰、衣裳交给老爷爷。三个姑娘掩到大洼里一块苎麻地边上,持枪向村里望着。等了好一会儿,就听见一阵叮叮当当的砸门声、叫骂声和枪声,许凤指着蔡村说:"听见了没有?这就是村里干部和群众不敢说话的秘密。"

秀芬说:"凤姐,谁最早知道咱们在这村住的,要坚决追查一下!"

许凤说:"我也在想,一定有人向敌人送情报,可也不一定是知道得最早的人。"

小曼一拉许凤的手说:"凤姐,明天就找他们来问!"

许凤摇摇头,搂起她的肩膀说:"好,咱们快走吧。"

三个人穿过庄稼地,沿着一条小路走下来。走到离张村四里来地的地方,这一带地势很洼,高粱茂盛,长得一人多高,像密不透风的墙壁。她们一行走着,汗毛直竖,走出高粱地,面前展开一片开阔的山药地和黑豆地。只见前面一晃有几十个人影,鬼鬼祟祟地向这条小路走下来。许凤心里一惊,暗想这决不是好人,赶紧拉住秀芬、小曼往后退。秀芬一咬牙说:"打吧!打了就跑!"

许凤一拉她说:"不行,快过来!"

三个人伏身爬进黑豆地中央浓密的地方,顾不得地上滑唧唧的潮湿,手指扳着枪机,听着动静。一会儿听见高粱地里哗啦哗啦一阵响,一阵咚咚的脚步声。一个公鸭嗓子的人小声说:"真怪,估计她们一定会走这条路到张村的,怎么不见影!"

一个牛一样声音的人说:"她升不了天,就抓得住她。一定还在前边,从地里蹚蹚。小心点,她们可有枪。"

左右高粱地、玉米地和伏着的豆子地里,哗哗地响起来。她们紧张地勾着枪机,听着蹚到身边,三个瞄准了,一齐开枪。几个敌人应声倒地,其余敌人撒脚就跑,蹚得庄稼哗哗乱响。许凤、秀芬、小曼立刻起来又向跑的敌人开了几枪,急急窜到路上,一口气飞奔张村而来。跑到小曼家门口,敲了三下墙。大娘早焦急地等她们回来,听到暗号,立刻开门接她们进去。大娘问知了是怎么回事,急得埋怨道:"就不会叫干部们送送!三个闺女家总这么跑来跑去,早晚就叫你们把人吓煞!"

许凤拉着大娘的手说:"好大娘,以后一定听你的话。这几天村里怎么样?"

大娘说:"现在跟前几个月不一样了。支部工作一加强,村抗联工作一开展,连那二十多家落后的富裕中农也团结起来了。现在做到了家家有洞口，户户一条心。反动道门在咱村算是吃不开。一个老娘们来串亲，说话露出了她是一贯道，立刻就被送到村公所里去了。"

许凤又问道："大娘，你学习文化有进步吗？"大娘从炕席底下拿出个小本子来，笑着递给许凤道："你看这吧，这是人家立根教给我的。可是我说给你，可不能放立根走了！他现在光往我身上推工作哩。支部一开会也叫我讲话，好多事硬叫我出面办。他一天价就念道远走高飞去搞大部队哩！前两天俺俩还吵了一气。他说什么，'今年咱们大生产也搞得不错，足吃还有余，工作也恢复好了，还不叫我走！'我说：'就是不行。我这么个老婆子这么大事架弄不了。'"

许凤听了直是笑。秀芬和小曼也跟大娘说笑着，来给许凤按摩脊梁。两人逗逗打打，又说又笑。

许凤顾不得答理她俩，皱眉暗想：李铁他们还不回来，可别是出了什么事吧？

第 五 章

一 归 来

太阳落地星星才出的时候,李铁正带着队员押着俘虏往回走呢。他们串着浓密的果树林走着,黑沉沉的夜色,透过果树枝叶的空隙可以看见星星已经出齐了。他们都疲乏得几乎迈不动步了。队员们又渴,又饿,又困,肩膀往下垂着,走路一跛一跛的,浑身一点劲也没有了,可是不敢表示出来,还要装得精神抖擞的样子。看样王金庆倒蛮有精神。他恶狠狠地东张西望着,真有跟他们拼一下逃走的意思呢。李铁已经派陈东风先到岳村去叫同志们来接一下,可还不见人来。要不是带着俘虏,真想倒下歇一会儿哩。李铁克服着恶心头眩,强打精神走着,小声地但是严厉地呵斥着俘虏跟上。走了一会儿,就见陈东风头里跑过来,小声在耳边说:"许凤同志来了!"李铁忙看时,果然是许凤、秀芬和赵青派来取联系的队员葛三,带了一群村干部和青年小伙子们来接他们了,大家抢着替他们背上缴获的枪支,押上俘虏,队员们身上立刻觉得轻松了许多。李铁和许凤一见心里怪不好意思的。又见许凤也是心情沉重的样子,以为她还在对自己不满意呢。心想:打这一仗违背了潘林的指示,也许又要挨她的批评哩。于是走在后边,向许凤报告了战斗的经过。不料许凤听着倒还是高兴地称赞他打得好。李铁趁机向许凤说:"那一天我不对,一时发火叫你不痛快,老毛病总改不了。我真该死!"

许凤忙拦住他说:"别提这事了,那时你心里也是窝着一肚子火嘛。事后我跟赵青、胡文玉同志都谈过那事,我觉得是老潘同志误会了,本来嘛,就算是小鸾爱你,追求你也算不了什么。恐怕是一个姑娘家叫人看见了,自己不好意思,往你身上一推。一个姑娘家脸皮薄也是难免的。听说她也挺后悔,要求别提这事了,老想跟你谈谈哩。倒是另外一件事叫人受不了。"

李铁听着哼了一声。许凤叹了口气,可又不说下去了。李铁追问了一句,见她沉吟着不说,也就算了。

不多一会儿,来到村支书春生哥家里。李铁对春生哥说:"抓住大汉奸王金庆了,注意保密,当心别叫他跑了。"见大嫂正拉风箱做饭,院里铺上了草苫子,端出了一盆开水,旁边放着一摞大花瓷碗。水,开水!哎呀,多吸引人哪!队员们高兴得一时不知怎么好了。大嫂招呼着,好像吩咐自己的亲兄弟一样:"快着先洗洗脸,用热水洗洗脚,喝点开水再歇着,不然,一躺下就动不了啦。"

李铁和队员们答应着。洗了脸洗了脚,喝了水,舒舒服服地躺在草苫子上,把腿伸得直直的,看着天上的云彩和星星,感到无比的舒服。许凤见他们休息了,就又到屋里点上灯工作去了。

大嫂做着饭说:"你们只管歇着吧,院里有洞。"队员们一听更放心了,渐渐地都睡着了。村干部们守着他们。李铁听岳春生讲述着敌人到村里来糟蹋的情形,又向葛三问赵青他们活动的情形。听到他们也打了胜仗,虽然脚腿一扎一扎地疼,心里可非常愉快。借着小油灯看了赵青的信,暗想:到段村集合了,小队可以装备两个班。大家换上新枪,越想越恨不得立刻回去才痛快。秀芬帮助春生嫂拾拾掇掇,把饭做好端上来。香喷喷的玉米面菜馅团子,新鲜的大蒜、豆酱、绿豆汤,这些东西发出一种诱人的香味。

一声叫吃饭,队员们起来,围上桌子抓起团子吃起来。正吃得上劲,联络员跑了回来,惊惊慌慌地说:"情报!枣园敌人准备明天拂晓前出动,说是向这村里来,大概有二三百人……"

队员们一听都坐起来。李铁腾身跃起,接过来问了联络员几句话,便跑到许凤屋里去。许凤正伏在灯下读书,一听李铁说有情报,赶紧接过来,打开看了说:"估计是枣园敌人要来这边报复一下,你看怎么办?"

李铁想了想说:"这可真是个绝好的打伏击的机会。咱们缴获了足够的子弹,地形对我们有利,又是黑夜,即便队员们疲乏了,也应该打一下,可是……"他沉吟着又在灯下仔细翻过来掉过去地看那情报,然后摇了摇头,出神地卷了支烟卷吸着,在当屋来回踱着步子沉思起来。

许凤一听说要投入战斗,好像什么不愉快的事都突然烟消云散了,她神采奕奕地问李铁:"你是说这不可能?"

李铁站下,一脚踏在炕沿上说:"对!我怀疑!青纱帐期间又是黑夜,敌人怎么可能这么快发现我们的目标,前来奔袭?"

许凤嗯了一声说:"还是准备打!打不上也没啥关系,反正咱们是向张村转移嘛。"

"那俘虏怎么办呢?"李铁似乎仍不同意。

许凤坚决地说:"派陈东风和葛三押送到张村去,叫村里派同志帮助送一下。"

李铁沉默地在当屋走了几步,见许凤执意要打,就说:"打就打!"闯闯地刚走出去,又返身回来立在门口问,"那么,潘林同志的指示呢?"

许凤一听激动地拍拍放在桌上的《论持久战》和《抗日游击战争的战略问题》两本书对李铁说:

"听他的,还是听毛主席的?!他只强调保存自己,不强调消灭敌人,根本就错了。在目前这种被敌人分割封锁的情况下,他不放手发挥下级的主动性,反而要求一切统一计划、集中指挥,这能行得通吗?我们能够抓住一切有利时机,消灭敌人,争取主动,是完全符合中央的精神的。打出问题来我负责!"

李铁听了一笑说:"我也不是怕负责任的胆小鬼,好!就这么办了。"随后决定:零点进入枣园据点西面的河坡林带作为伏击阵地,先派出侦察。说完走出去布置去了。

张村村头,短墙边,树影下,静静地站着三三五五的人群。听着河坡方向传来的枪声,焦急地瞭望着,小声议论着,为自己的游击队担着心。特别是小曼和张大娘更是提着个心儿,连晚饭也顾不得吃,一直在村边转来转去的。枪声渐渐静下来了。小曼正踮着脚尖儿引颈向远处望着,见立根提着枪走过来,便一把拉住他问:"立根哥,派去侦察的人怎么还不回来呀?"

张立根喷着嘴说:"你问我,我去问谁?"

正说着话,听见有人喊:"来啦!许凤和李铁同志他们都回来啦!"

小曼一听乐得一下蹦下土坡,跑着向姗姗走来的许凤迎了上去。村干部们,站着的人们也都高兴地迎上去。把他们接到游击组队部的院里,连忙烧水拾掇屋子叫他们休息。附近院里的男女老少,一听说打了胜仗回来,也都涌到院子里来,问长问短,争着看那缴获的机枪,真是一片喜气洋洋。许凤、李铁来到屋里一看已经铺上干干净净的蓝花格被子,炕桌上放着热气腾腾的几碗开水,心里好不舒畅。许凤坐下来用毛巾擦擦脸上的汗,松一口气,对李铁、萧金说:"想不到刚进河坡就打了个十分突然的遭遇战。为什么刚一接火你俩就坚决要撤退?我缺乏战斗经验,什么也没有听出来。在战斗中又不能多问,只好糊里糊涂跟着下来了。究竟是怎么回事?"

李铁正要说话,就听外边有人喊:"许政委,李队长!滹沱河支队来啦,还有伤员!"

许凤一听,心里猛然一惊。只见李铁刷地变了脸色,唉了一声说:"真是,怕的就是打了自己人,果然是这样。"懊悔地一拍腿大踏步奔了出去。

李铁紧张地帮助支队找好了住处,安排了伤号,这才回到许凤那里,心里有事,闷着头一脚踏进屋来,只见迎门凳子上坐着的竟是潘林。许凤正帮助卫生员给他包扎伤口,她的手微微发抖,端着油灯照着亮儿。那油灯倾斜着,热油流出,顺着她的手往下滴,看看灯芯要掉了。李铁忙过去接了灯。许凤不知为什么转了个身,伸了伸手,也不知道拿什么好。她呆了一下,从炕沿上拿起了潘林脱下的血迹斑斑的褂子,好像两手捧着多重的东西似的,看着那白褂子上的血迹。趁她一抬头,李铁看见了她额头上满是汗水,短发湿湿地粘在脸颊上。从她那光闪闪的包着泪水的眼睛里,李铁明白了发生的一切。

"潘林同志伤怎么样?"李铁小声地问。

潘林睁开眯着的眼睛,苦笑了一下说:"没什么,亏了你们射击的并不准确!"随后他叫道,"小杜!带好东西,咱们到支队部阎政委那里去。"

许凤走到屋门口,把血衣递给张大娘,转身回来说:"不要去了吧!你的伤!"

潘林笑了一下说:"这点伤不要紧的!支队长需要了解咱们县的情况,会才开了一半,怎么能放下人家不管……"

潘林话没说完,听着一阵紧急的脚步声,陈东风、葛三闯了进来,喘着气断断续续地叫着:"坏了!坏了!跑了!死了!"

李铁一伸手说:"怎么的啦?慢慢说嘛!"

原来陈东风、葛三负责押送俘虏,一听枪响,陈东风就叫葛三头里押着走,自己在后边掩护,葛三紧跑几步插到王金庆身后大声喊:"快走!"随后小声说,"快!我放你走!"王金庆一听这话撒脚就跑,四个俘虏也跟着四散奔逃。葛三大叫:"跑不了!站住!"举枪便打倒了一个,陈东风急忙赶上来,看见俘虏跑散了,也急得开了枪,游击小组也跟着乱打枪,追一气,结果打死了三个,王金庆和另一个俘虏却跑得不见影了。陈东风哪里想到葛三会出问题。四下寻找了半天没有踪影,也只好叫岳村的游击小组回去。两个人一路上互相埋怨着跑了回来。

陈东风、葛三把情况报告完了，许凤和李铁哑然失色地对望了一眼。许凤觉得头轰的一声，眼前一片昏花，赶紧靠在隔山墙上。李铁一挥手叫陈东风、葛三出去。正要和潘林说什么，外边有人叫："李队长，宋支队长叫你立刻到支队部去！"

李铁答应着，还想跟潘林说话。潘林一扬手说："好啦，你去吧，我跟许凤同志谈谈。"

滹沱河支队过半夜又转移走了。李铁跟着支队部，活动到第三天下午，这才回到张村来。不知许凤心情怎样，想先看看她，也把宋支队长提的意见向她汇报一下。想着便信步往张大娘家走来。一进院见大娘正坐在院里洗衣裳，一见李铁进来，忙凑到他耳边小声地说："快到屋里看看她凤姐去吧。"

李铁忙小声问："她怎么啦？"

大娘说："病啦，她一句话也懒得说，一直不吃不喝蒙着被子躺着。也不知道她是病了还是因为什么。"

李铁顾不得多说话，连忙答应着三步并做两步走到西屋。一掀门帘，只见许凤正蒙着一床夹被躺在炕上，长声地呼着气。李铁咳嗽一声。许凤坐起来，掀去了被子。只见她头发蓬松，满面悲愤，靠在被摞上，颤抖地呼出一口闷气。李铁立在当屋纳闷地问道："许凤同志，你不舒服吗？"

"没有，你坐下吧。"许凤擦着眼泪，叫他坐在炕边上。

李铁吃惊地追问："又出了什么事？"许凤竭力平静地望着李铁说："县委才派人来调查一次走了，问题都凑在一起了。"她说到这里停下来，在考虑有些话是不是现在就告诉他。原来潘林对李铁提出了一连串的问题，什么搞女人，企图强奸小鸾……从那些材料看来，李铁简直是个不可饶恕的坏家伙。县委组织部田干事当面就指责了许凤，说她无原则地袒护李铁，并且说有人反映她和李铁作风不正派，发生了肉体关系。许凤一听简直要气炸了肺。暗想:他们为什么这样毁我?越想越难过,盼李铁回来,跟他一件一件谈谈。现在看李铁那种瘦损焦愁的模样,话到嘴边,又留住了。

李铁见许凤说了半截话,又不做声了,一性急,忙问:

"怎么回事?快说嘛!"

许凤忙岔开话头说:"你还没有吃饭吧,快去吃点,歇歇,明天再谈吧。"

李铁一只脚踏在炕沿上,坚持地望着许凤说:"吃饭不急,还是谈谈吧!"

许凤还是说:"看你嘴都烧出泡来啦,瘦得不像样子,快去歇歇吧。"

李铁摸着自己那颧骨突出的脸颊说:"我不要紧。"

许凤见他不走,只好将自己最近的工作情况,一五一十说了一遍。她掐指计算着,有十个村发生了政治土匪的活动。

联系起别的可疑的情况来看,问题确实非常严重。

李铁本来疲惫已极,满心焦火,听了许凤的话心情更加沉重。知道她还有话没说出来,干脆上了炕靠墙坐下说:"痛痛快快地都告诉我吧,不然我也吃不下饭去。"

许凤这时只得把县委派来调查的田干事的话也都说了一遍。

李铁不听也还罢了,一听这些话,立刻满头青筋暴胀,咬牙切齿地咚一声跳在地上,一口气没有喘上来,气得昏厥了,往地上倒下去。许凤忙跳下炕,扶住了他,叫着:"李铁同志!李铁同志!……"

大娘、秀芬、小曼听见许凤不住地连声叫李铁,都惊慌地跑进来。

二 恼 火

夜静更深,在村中央一个垒了大门的小闲院子里,有一个宽宽绰绰的大磨棚,里面闪着灯光。磨棚的顶棚上挂满蜘蛛网,虽然长年无人使用了,但屋里仍发出一股臭烘烘的干牛粪味。蚊子、青头虫围着那灯光团团飞舞。灯油里堆了许多青头虫的尸体。潘林坐在一领破草苫子上,把油灯往破炕桌一边推推,从背包里拿出一沓文件来,翻阅着,严肃地思考着,往一个小本上抄着材料。受伤的左臂用紫花布兜起来挎着,使他感到很不方便,只好用驳壳枪压上那本子继续抄。突然放下钢笔,狠狠地打了一下叮在脚上的蚊子,于是掏出烟斗装上烟末在火上吸着,立起来在磨道里踱着步子。他烦闷地向门外探探头,见院子里通讯员小杜在月光下挎着驳壳枪来回溜达着,听着动静。潘林问道:"还没有来?"

小杜站下小声答道:"没有!"

"那是什么?"潘林指着地上的东西。

"支书给送来的西瓜,现在吃么?"小杜高兴地问。

"不吃。"

潘林说了又回到磨棚里,气恼地嗜了两声。他才检查了平大路左右三个区的工作回来,两次差一点牺牲了,累得胃病也犯了。这一阵子潘林做了很多工作,他相信自己的立场是坚定的,品质是纯正的,不会因为和某一个人有感情或者有成见就妨碍正确处理问题。他看了几封控告李铁、许凤的匿名信,暗自思考着:绝不可随便什么反映都相信,需要调查研究;但是也不能一概不相信。我是个唯物论者,外界的事物反映到头脑里来了,我就不能怀疑它的客观存在,只能怀疑它反映得是不是正确。我亲眼看见了李铁要强奸赵小鸾,他又确实违反县委的指示,破坏了俘虏政策,这全是事实。那么我能完全怀疑这一堆检举信的真实性吗?根据这个给他处分,难道会有错误吗?

他为处分许凤和李铁的问题,几夜翻来覆去地睡不着觉。他实在不愿意处分李铁。有几件事情他一生也忘不了。有一次,他得了伤寒病,坚壁在一个村子里。一个严寒的深夜,突然得到情报,敌人要包围这个村庄。这一个新开辟的没有地洞的村庄,留下来无论如何是太危险了,而这个村庄被水围着,只有一条进出的路,又被敌人封锁了,一个病人,怎么出得去?幸亏李铁蹚着泥水赶来,把他接了出去。因为来回蹚水,给冰水浸,寒风吹,李铁浑身裂了许多血口子,往外渗着血水。还有一次是他被敌人包围在村子里了。正当最危险的时候,又是李铁带队冒着死把他救出来。那次为了冲进去救潘林,李铁挂了两处彩。李铁就是这么一个同志。可是现在却要严厉地处分他,这叫人有多么痛心!李铁呀李铁,你为什么要犯错误呢?他想着只觉一阵酸辣辣地难受。他又爱李铁,又恨李铁,呆呆地瞅着那些材料,越想越生气。"究竟怎么办才好呢?"他努力赶走这些回忆,自语着,立起来,在屋子里来回走着想:这非常可能,他偶然冲动,犯了这么一个错误。如果我袒护他,原谅他,使他得不到应有的教训,不正是害他吗?

他翻来覆去地想了好多遍,最后还是认为自己在县委会议上提出处分李铁是正确的,是坚持了党的原则。这时听见院里有低低的人语声,脚步声,刚想出去看看,王少华抱着个西瓜笑眯眯地走进来了。他向潘林打个招呼,就蹲在桌边,从腰里拿出小刀子来,嚓嚓地把西瓜切开。一面向潘林问道:"伤好些了吗?简直是大水淹了龙王庙,搞到自己人头上来了!"

潘林叹口气说:"是啊!这也教训了我们,应该怎样选拔干部,叫许凤如此下去,还不知道要搞出什么名堂来呢。"

王少华叹了一声说:"也够她难受的了。这回事周明同志知道了吗?"

潘林着急地反问道:"怎么,你告诉他了?"

"没有,还没有去看他哩。"

"那好,千万别跟他说。他本来就不安心养病,一知道这些情况,那他还不是马上又要工作了。他的身体,据医生说,很难办了……"

"对,就依你,"王少华拿起块西瓜咬了一口,"好瓜,好瓜,又沙,又甜,老潘来一块。"说着递过一块来。又喊通讯员小杜、小李进来拿了两块去吃。

潘林心不在焉地接过西瓜吃了。

吃完了瓜,潘林和王少华拭拭嘴,面对面坐在桌子两边,吸着烟。潘林先从背包里拿出一百粒崭新的驳壳枪子弹来,放在王少华跟前。王少华惊喜地拿起来问道:"你怎么搞来的?好东西,我正缺子弹用呢。"

潘林嗯了一声说:"这是留给你的。一共八百粒,县委们都分了。是赵青通过关系给弄到的。"

王少华笑着把子弹装几条在自己的转袋里,又把其余的细心地包起来。潘林干咳一声说:

"县委会已经开过了,除了汇报研究了一下工作之外,主要是讨论了一下枣园区的工作和许凤、李铁同志的问题。"

潘林随即将全县的工作情况谈了一下:恢复工作进展很快,各区都稳住了,干部大体上都配齐了。有一半的区恢复了游击小队,大队也在开始恢复。地道斗争也都展开了。整个情形看来很好。但是枣园区搞得非常特殊。按理说,枣园区是许凤这么个女同志当书记,一定要比别的区稳,可是出人意料之外,各项工作,比哪个区都冒失,扎手舞脚,大喊大叫,简直把全区折腾得乱七八糟,天天出事故受损失。王少华听着笑起来道:"我也是听人说枣园区弄得太红了。不知究竟怎么个乱法?"

潘林叹口气道:"你等几天去看看就知道了。可真是弄得人眼花缭乱。我想了半天,这主要是许凤的作风问题。比方说吧,别的区挖地道,是稳稳当当,少数人非常秘密地进行。而许凤就不然了。她是大吹大擂,公开动员。党员、村干部动员了不算,抗属烈属、农会会员、青年、妇女都给动员起来,还开展竞赛。你看这哪里还有秘密性可言呢?而许凤却还是说:'好!好!好!'他们这样大搞特搞,当然,敌人就拼命摧毁他们,因此被抓了好些人去,破坏了好些地道。"

王少华听得津津有味,点点头说:"嗬,她倒很懂得依靠群众呢!"

潘林道:"对!她是不管做什么都要发动群众。在斗争这么紧张的时候,她竟发动好几个村搞起了什么反一贯道运动,开大会叫一贯道徒坦白。——听说这工作是你指示的。咱们分开之前不是说过吗,先调查一下情况,由区治安员个别地做?"

王少华道:"是这样。她写信给我,我同意她发动群众,搞搞试试,结果她搞得挺好嘛。他们区还有什么乱子没有?"

潘林道:"几乎每一件工作都出乱子。咱们分工我负责领导枣园和桑林两个区。桑林区就事事先请示,非常稳健,所以敌人'清剿'得也不那么凶。可是枣园区的武装斗争我就一直控制不住。他们到处打,乱打。村里游击组也学会了这一套,很多次全是先斩后奏。最有意思的是,对付敌人的革命的两面政策,她也发动群众讨论,你看!"

王少华听到这里一拍手叫道:"好啊!真放得开手!我在东边活动的时候,就听说了一些。我还净向那边区里夸耀你领导的枣园区好哩。怎么,你倒觉得又糟又乱?"

潘林道:"咱俩看法不一样。眼看着这样搞会遭受损失,你能不恼火吗?"

王少华嗯了一声,说道:"恼火!我听了你的论调也真够恼火。——许凤和李铁的问题处理得怎么样?"

潘林说道:"这个问题,你应该知道,决定要处分他俩,这是维护党的铁的纪律,他俩过去是好,可是不能允许他们犯这样大的错误。特别是李铁,他跟你当过手枪队员,你也很了解他。我想你会支持我的意见的。"

王少华皱起眉头问道:"你的看法怎么样?"

潘林又装着烟,有点激动地说:"我个人的意见是撤销许凤和李铁的党内职务,调回机关处理。给枣园区委以指责处分。并且考虑提赵青担任区委副书记。从他最近的表现看,倒是个很得力的干部呢。"

王少华听了猛吸一口烟,伸直脖子问道:"你做过调查吗?"

潘林把他所了解的各种情况说了一遍。看他了解的情况倒是不少。王少华听着,解开衣裳扣子,立起来急急地在屋里来回走着。潘林总结似的加了一句:"为了教育他们,使他们不致走上危险的道路,所以必须严肃处理。"

王少华在潘林面前站定了,瞅着他说:"不!我看走上了危险道路的不是他们,而是你!"

潘林一下气得沉下脸来道:"事实摆在面前,辩也没有用。难道你看不见他们把枣园区搞得乱七八糟吗?"

王少华道:"不!枣园区好得很!相反的是执行了你的路线的桑林区才是糟得很!我很不满意你在周明同志病倒之后做的决定。你不尊重常委的集体领导,你取消了周明同志病倒之前常委所作的决定,取消了正确的斗争方针。你只要求平静,平静,实际上是取消了斗争!"

潘林气呼呼地质问道:"难道保存力量不对吗?"

王少华道:"要保存力量,但首先是要斗争。不斗争,保存力量有什么用!"

潘林道:"可是枣园区县委机关就进不去。而桑林区,我们可以安安静静地住在这里。"

王少华道:"敌人为什么让你这样安静呢?就是因为这个区革命势力没有发展,对敌人没有威胁。敌人躺在被窝里就什么都能得到。你说这是我们的胜利还是敌人的胜利呢?等着吧,这样安静的日子过下去,有一天敌人会揪下我们的脑袋来的!"

潘林生气地站起来叫道:"你看问题全面点,辩证点!你完全不懂策略,不看时机!"

王少华指着潘林的脸说:"片面的不是我而是你。你想想自己的立脚点在哪里,你听了什么人的话?我坦白地指出你的危险,你的思想方法不对头。你看不见事情的主流,只会吹毛求疵。你尽管满心想做好事,可是分不清是非,好心做了坏事!"

潘林退着摇手道:"好!好!你批评吧,反正我是全心全意为党,为革命,问心无愧!"

王少华又追上一步大声说:"不!你不能问心无愧!你这样会把党的事业毁掉的。"

潘林更火了:"我坚持党的原则!我认为处理问题应当根据事实,而不是凭印象,更不能感情用事!"

小李从门口探进头来说道:"王部长,请你们声音小点吧,外面有动静。"

于是两个人都坐下,吸烟,谁也不看谁,鼻子呼呼地喷气。

三　致命的打击

许凤向潘林住的屋里走来,心像压着一个秤砣,脚步无力,迈一步想一想。屋门大敞着,瞥见潘林坐在桌边,焦愁地苦思着。听见他一声叹气,使劲把笔往桌上一放,许凤的心轰地一炸,就好像一棒打在了自己身上。看着他那么痛苦吃力地挪动着受伤的左臂,身体这样,他还是坚持工作,心里又是惭愧、又是难过。她轻轻咳嗽了一声。潘林抬起头来看看,叫了一声:"许凤同志,来吧!"

许凤进来坐在凳子上。潘林清了清嗓子说:"你不同意县委给你和李铁处分,要求我再来听听你们区委会的意见。好嘛!县委也准备重新讨论你和李铁的问题。但是,你也必须深刻认识自己的错误。你的书面检讨我看过了。多少同志因为你的错误流了血?多少群众因为你的错误受了损失?可是你还说你主观动机是好的,是由于没有经验,是偶然的错误。我看问题不是偶然的,而是因为你跟县委不一条心,你从来没有认真执行县委的决议。至于我的意见,当然更不在话下了。你阳奉阴违地执行着自己的'左'倾路线。反而竟敢说自己的行为符合党中央指示的精神!你是越来越骄傲,越不老实了……"

许凤听着,汗水顺着脊背凉丁丁地流下来。她几乎停止了呼吸,灯火竟变成了几个、几十个团团地旋转飞舞,她强自镇定着,低着头听潘林说:"你不能再继续担任区委书记,要调你到县委机关去分配别的工作……"

"什么时候走?"

"这事还要让周政委考虑一下,走之前你不应该闹情绪!"

"你放心,一天不走,我照样工作,我没有闹过情绪。"

"你在男女关系上如果有错误,也应该向组织上交代!"

"什么?!"许凤猛一下抬起头来说,"潘林同志,你不能这么捕风捉影!"

"凤啊,凤!"张大娘在外屋轻轻叫她,"药都快凉啦,快吃了再谈吧。"

许凤走出来,趁着月光坐在院里一个小凳上,端着药碗,低头看着那药汁。她满肚子委屈,光想大哭一场才痛快,她竭力忍着。可是两滴眼泪终于悄悄地滴在了碗里,发出了细微的响声。月光照着药汁闪动着亮光光的波纹。

"吃吧,凤啊!"

许凤忍着咽喉酸楚和着眼泪,一仰脖把药灌下肚子去。随后哇的一声又吐了满地。大娘轻轻地给她捶着背。

潘林立在旁边看着。他的影子拖得长长的,一动也不动。

…………

灯光照着人们的脸色,都是那么严肃。区委在开会,许凤压抑着烦恼望了大家一眼说:"现在先请潘副书记传达县委的指示。"

潘林在开会前先跟李铁个别谈了话,严肃地批评了他,苦口婆心地开导他,要他认真检讨,决心改正错误。想不到李铁真像块铁一样,一言不发,越听气越粗,眼睛越睁得大,盯着潘林,始终没有说话。潘林见他面色又黑又黄又瘦,累得不行,心里疼他,不由得一阵难过,只好不再谈下去。最后只嘱咐他在会上要虚心听别人的批评。现在开会了,潘林见李铁坐在那里,竟是越发不像样了,竖着眉,望着窗,傲然地微笑着,大口地吸着烟。见他这样,真是气的火撞头皮,于是向李铁盯了两眼,咳嗽了两声说道:"许凤和李铁同志的错误是严重的。第一,无组织无纪律,在武装斗争的问题上,不执行县委的指示,擅自行动;第二,误杀俘虏,破坏了党的政策。尤其是李铁同志,道德败坏,发展到企图强奸赵小鸾。因此,县委决定给许凤和李铁同志撤销党内职务的处分,并且调离枣园区,另行分配工作。"

李铁那瘦削的脸上毫无表情,两眼凝神地盯着墙壁,坐在那里听着,自己暗想:我出生入死,忠心为党,你难道不了解我?你竟相信那些无中生有的事,那些别人存心污蔑我的事,你真也太主观主义了!他越想越生气,忍着一肚子委屈听着,心里暗暗叫苦。

潘林继续说:"县委已经接到了七封控告信,都是控告李铁、许凤和区委会的。"潘林拿出一沓信晃了一下,大家都为之一惊,望着潘林的手。潘林咳嗽了一下严厉地说:

"信里所反映的问题很严重,县委还要作进一步调查。而我认为你们区委会感情用事,不能无情地对许凤和李铁进行斗争,这是原则错误。因此才决定给区委以指责处分。"

许凤紧抿着嘴,那明亮的黑眼珠尖利地盯着潘林,见潘林说完了,忍着气望了大家一眼说:"同志们发言吧。"

曹福祥摸了一下小黑胡,赤红脸气得更红了,瞪着李铁说:

"我们决不能容忍干部道德败坏!李铁同志错误很严重,应该好好检讨。但是他打敌人不算错,所以我还是认为不能给他们这种处分,也不应该调离枣园区……"

李铁一言难尽地望了一下曹福祥,没有言语。

胡文玉接着愤慨地说:"李铁同志品质这样恶劣,应该给以严厉处分。他没有资格当游击队长,应该调回县委机关进行审查。至于给许凤同志的处分,我坚决不同意!"

赵青紧跟着嘲笑地哼了一声说:"我没有别的话可说,党对许凤和李铁同志的处理是完全必要的和正确的。"

李铁听到这里,恼怒得七窍生烟,火冲头皮,忍不住扑棱一下站起来,想发作一下,但立刻又克制住了。他手里抓住一个茶碗,一使劲,只听叭喳一声,茶碗给捏碎了。他咬咬牙,猛地一下又坐在凳子上。

朱大江圆睁着两眼,瞅着赵青。他很想为许凤、李铁辩护几句,可是心里一气一急,什么都说不出来了。

江丽这时出人意外地笑了一声。人们都看着她。只见她立起来一甩头发,激昂地挥着手说:"我有一个相反的建议。我建议县委表扬许凤和李铁同志。"

人们都为之一震,会场空气立刻活跃起来。江丽环顾了大家一遍,似乎在故意寻求反对的眼光,好向它挑战。秀芬快乐地忍不住大声说:"对!"

江丽接着说:"我详细了解了李铁同志伏击郭店敌人的经过,简直好得很。当时最了解情况的是他,如果他不作出决定,就会错过打击敌人的机会。为了人民的利益,他敢于负责,他不顾及个人会不会受处分,只是坚决地去打击敌人,这是多么好的品质!我说我们应该向他学习。为了这个要给他处分,这至少是糊涂。许凤同志盲目地决定打伏击,打了自己人,这是错误,但也不能处分她!"

潘林严厉地望着江丽,想说什么。江丽并不示弱,也目不转睛地盯着潘林说:"大概我受了李铁和许凤同志的影响,所以说话变得难听起来了,可是事实是这样。至于什么男女关系等等,我认为是有人故意往他们脸上抹灰!许凤和李铁同志的作风是非常正派的!使我感到很奇怪的是,为什么专门有人造他们两个的谣?"

许凤提醒了江丽一声:"别扯远了!"

江丽会意地点点头道:"我还得说两句。一块白玉,你给它抹上多少黑,总是一块白玉。许凤和李铁同志的问题,我相信总有水落石出的一天。"

张俊臣皱着大黑眉使劲吸烟,别人说什么他都不开口。许凤问他:"张俊臣同志有什么意见?"他磕磕烟袋锅哼了一声道:"我不说,现在说也没有用。反正我是不同意这个决定!"许凤注视着李铁那炯炯发光的眼睛说:"那么,李铁同志,请你发表意见吧。"

李铁烦躁地一扯褂子,哧一声扣子撕断了两个。他痛苦地咽下一口唾沫,从鼻子里喷出一股闷气,哼了一声说:"我不能接受这样的指责和处分,这不是事实,这都是对我的污辱!"

"什么?污辱!"潘林气得指着李铁说,"同志啊,对党要忠实!你企图强奸小鸾,是我亲眼看见的,我还相信我自己的眼睛!"

"你的眼睛?"李铁陡然立起来说,"我比你更相信我的党性!"

许凤这时也忍不住一下立起来说:"我认为县委的决定是错误的。我也不能同意县委对区委会的指责。"

潘林竭力平静地说:"你有什么意见,可以都讲一讲嘛。"

许凤激动地说:"我是要说!我有错,可是绝不像潘林同志想象的那样。我对党是问心无愧的!我真没有想到潘林同志,你,你,你竟这样!"她说不下去了,看着潘林,明亮的大眼睛里包着泪花,她咬紧牙强忍着咽下一口苦水。颤巍巍地呼出一口气,接着说:"潘林同志,我一向尊敬你,大概你,你还以为你是在忠心耿耿地维护党的利益,你还以为自己是嫉恶如仇,不讲私人感情,坚持党的原则,严肃地执行党纪。这真是可悲!可惜!同志,你错了!你偏听偏信,你往我和李铁同志身上泼屎泼尿,早晚有一天你得负责给我们洗干净,早晚有一天你得检讨!"

潘林听着许凤的话,惊心动魄。联想到和王少华的一场争论,不禁犹豫起来,暗想:难道我真的错了吗?……他想出了神,底下许凤说的话竟没听清楚。

会散了,潘林把张俊臣叫到另一个屋里,想单独和他谈谈,听听他的意见。潘林为什么特别注意张俊臣的意见呢?因为他知道自从张俊臣调区担任抗联主任之后,根据许凤的意见,大胆地深入到据点附近的落后村庄去,一股劲把区干部们认为无法开辟的三个村开辟出来了。他首先对准基本群众的迫切要求,打击了伪政权,减轻了群众的负担。随后将把持着村政权的地主富农反动分子弄下台去,把他们手中的枪支缴出来,建立了秘密的游击小组。武器一掌握到革命的贫雇农手里,村里的形势立刻为之一变。革命势力腰板硬起来了,挖了秘密洞,建立了秘密抗联组织。又从斗争中选择最有觉悟的贫雇农吸收入党,建立了支部。这三个村就像三个不可摧毁的堡垒威胁着敌人。这一工作,震动了敌人,鼓舞了干部和群众。周明在病中听说了,就派张少军把张俊臣叫去,听了汇报,并且立刻叫县委会作了讨论,通报全县,要各区认真学习张俊臣的斗争经验。地委听到后也派工作组来作了调查,并通报了全分区各县。潘林知道就在开辟这三个村的斗争中,张俊臣和隐蔽的敌人做了斗争,从中掌握了一些反革命活动的线索;而他又是一个品质很好的干部,阶级观点十分明确,一定有独到的见解;所以潘林这时非常想听听他的意见。两个人走进屋来坐下,潘林便小声问道:"俊臣同志,你有什么意见不能在会上说?现在好好谈谈。"

张俊臣直冲冲地说:"我说,是你犯了错误!"

潘林一惊,睁大眼睛问道:"什么错误?"

张俊臣凑到潘林耳边说:"你上了敌人的当。我感到这里有阴谋!"

潘林像被泼了一头冷水,打了个冷战。这时胡文玉走了进来。张俊臣没有再说什么,点点头就走了。

胡文玉怀着希望来找潘林。原来开会之前,赵青就告诉他,说地委大概已经同意调他担任县委副书记了。胡文玉自己半信半疑,猜了半天,觉得以自己的能力来说,当个副书记,还是可能的,所以今天很兴奋。来到潘林屋里,见潘林很客气地招呼他,觉得八成是那样了,便大咧咧地拍拍潘林的肩膀说道:"老潘同志,咱们又要做伴了吧?怎么样,我的工作?"说着坐下,大模大样地吸着烟斗。

潘林沉默了一下说道:"跟地委请示了,地委同意你到县委机关工作。"

胡文玉露出了笑容,刚要说"副书记我担任不了吧",还没出口,听见潘林嗯了一下说:"决定叫你担任宣传干事。"

胡文玉一下像掉在冰窖里似的,浑身都凉透了,好一会儿没恢复过来,脸上的笑容和红润一下消失了,变得苍白冰冷,浑身一丝力气也没有了。他竭力装做泰然地吸着烟斗,手指微微抖动着。他感到爱情、地位全完了。眼前一阵阵发黑,心里全凉了。潘林在旁边说了好些话,他都没有听见。略略镇静了一点,赶紧立起来,听潘林问道:"怎么样,咱们一块走吧?"

"不,我再等两天,有点事要办一下。等两天我到县委机关去找你吧。"胡文玉无心再谈什么,马马虎虎打了个招呼走出屋来,迎面正碰上许凤走来,他强打精神笑着迎上去。

"你来!"许凤叫了他一声,头里就走。

胡文玉跟着许凤走进屋里,他对许凤的遭遇充满了同病相怜的感情,见许凤眯着眼睛坐在炕桌边,面色忧郁严峻。便对面坐下叹口气说:"想不到咱俩都这么倒霉!"

许凤似乎没有听进他的话,却低声地说:"把那手绢拿出来我看看。"

胡文玉一时没弄清为什么这时候她要看手绢,暗想也许她心里难过,要借此和自己叙叙衷肠也是有的。便拿出手绢来递给许凤。只见许凤接过手绢展开呆呆地看了看,长出了一口气,随后从衣袋里拿出一封折叠成三角的信来,递给他说:"你看看吧!"

胡文玉接过来拆开一看,下款是赵小鸾,心里不由一跳。

只见上边写着:"许政委:我跟胡文玉同志已经订婚了,我希望你不要妨碍我们的幸福……"

胡文玉看着手发抖,心乱跳,脸发烧,好一会儿抬不起头来。听着许凤冷笑一声,眼前火光一亮,猛抬头一看,只见许凤捏着手绢的角儿,眼看那手绢曲卷颤抖地燃烧着,那白色的凤字闪了两闪,化成了火焰。

"你这是为什么!"胡文玉不由得伸手去抢,可是已经晚了。

许凤那眯着的眼睛突然明亮了,她正面地逼视着胡文玉,冷笑了一声说:"咱们没有什么可说的了,从今以后,你走你的路,我走我的路,我只恨我自己瞎了眼睛。"

胡文玉木然地呆立着,什么也说不出来。许凤说了,往外走了几步,又回头站下说:"我最后还是要忠告你一句话,你如果还愿意革命,必须立刻向组织上去坦白!"

"什么?!"胡文玉毛骨悚然,浑身一阵寒战。

"坦白,坦白你的一切!"

许凤说了,向后一甩头发,昂然地走出去了。

胡文玉好像大晴天挨了雷击,瘫坐在那儿,动弹不了。又怔了好一会儿,才立起来拖着沉重的双脚,昏昏然地向村外走去。他迈着沉重的步子,好像全身的骨架都瓦解了,止不住要垮下去的样子。偏偏苍蝇也飞来飞去往他脸上乱撞,他赌气使劲去打爬在脸上的苍蝇,啪的一个耳光打得自己耳朵嗡嗡直叫。

散了会,朱大江走出来向赵青点点头说:"咱们谈谈好吗?"

赵青想不到朱大江不但在会上没有发脾气,现在反而主动找自己谈,正是个拉拢他的机会,忙微笑着说:"好好,咱们谈谈心。看,你的伤也快好了,咱们又要在一起干了。"

两人说着闲话来到后院对面立着。朱大江看看没有人,突然变了脸说:"我看都是他妈的你小子搞的鬼!"

赵青不防朱大江会这样,心里直跳,不觉急出一身冷汗,还是沉着气,拍着朱大江的肩膀笑道:"老朱同志,你还在生我的气是不是?即便你对我有意见,可也不能这么开我的玩笑啊!"

朱大江揪住赵青胸前的褂子,眼珠子光想瞪出来,咬牙切齿地问:"你说!你加油加醋地给县委反映了些什么?控告许凤、李铁的密信,是不是你搞的鬼?你在队员里边搞小集团是什么名堂?你说!"

赵青被朱大江揪着,直憋得脸红筋胀,两手使劲掰着他的手。还强作笑脸地说:"老朱!你撒手,这样不好,叫队员看见像什么样子,我怎么能那样!"

这时听见许凤在远处叫了一声"老朱同志!"

朱大江这才悻悻地撒手说:"够啦!你别认为我朱大江真是傻子。"说着气愤地扶着木拐走了,还回头狠狠地瞪了他一眼。

赵青只是笑,冲朱大江一睐眼,说:"好好养伤!"

干部们分散之后,许凤派武小龙、郎小玉、陈东风去掌握小队,到别的村一面休息一面挖地道。自己便到李铁的屋里来,商量赶紧转移。一进屋只见李铁正在擦枪,抬头看了许凤一眼,没有言语。许凤看他神色不对,忙劝他说:"李铁同志,我希望你忍耐一下,事情总会有水落石出的一天,不然我们一激动,会影响干部们的情绪,对工作不利。我相信真理就像太阳一样,不管乌云多么厚,总不能永远把它遮住的。"

李铁闷着头哼了一声,鼻孔一张喷出一股怒气。

"不管怎么样,先得坚持工作。"许凤看着李铁继续说,"要绝对地相信,党会正确地处理一切的。"

李铁紧皱双眉只顾擦枪,没有说话。秀芬、江丽、萧金、小曼、张俊臣、朱大江都走了进来。大家你一言我一语劝解李铁,不叫他生气。

李铁不管人们怎么说,谁也不看,只顾擦枪。擦完了枪,压上子弹,束好皮带,这才对许凤说:"我走啦!"

许凤忙问:"你到哪里去呀?"

李铁说:"我找周政委去。"说了不等许凤说话,提着枪,拨开人们,气昂昂地大踏步走了出去。萧金向许凤看了一下,许凤点点头,萧金明白她的意思,也忙提了枪跟着走出去。

四　狼　窠

赵青一觉醒来,睁开眼睛看看,已经后半晌,窗户上的阳光还有两道窗棂。院里静静的没有人声,只有扁豆架上的蝈蝈,吱吱地叫一阵歇一阵的,夹杂着麻雀的喳喳声。他照着镜子摸摸自己的脸蛋,一咧嘴做了个鬼脸。穿好了衣裳,洗了脸,跑到院里看了一会花,又回到屋里,微笑着,用手拧了个响啪,从墙上摘下胡琴来笑眯眯地拉着。他暗自谋算着,打下李铁,叫自己的人当上队长,再打下许凤去,那时候就会蛮有把握地当上区委书记……正自高兴地想着,姨娘小美轻盈地走进屋来。她今天打扮得十分妖艳,头发梳得黑亮,穿着短袖白绸小汗衫,拿着小团扇,一阵风似的走到赵青跟前,格格地笑着说:"你爹个老家伙天不亮就走了,你怎么把他弄走的?"

赵青笑着说:"很简单,昨天我告诉他说:县公安科要抓你哩。他一听吓得像个二傻子,再也站不住脚了,忙问我怎么办。我说你快走吧,没有信你可不要回来。"

小美吃吃地笑着问:"那他怎么说?"

赵青说:"他说,好,我走,能走得了吗?我说不要紧,我叫人送你,连夜到天津去。就这样。"

小美对着窗户坐在凳子上,举着小镜子照着。用尖细嫩白的手指抹擦着眉毛,哧哧地笑起来说:"你爹昨天晚上非逼着叫我跟他一起到天津去。"

赵青叹口气说:"白劝你半天,你还是不跟他走。"

小美呸了一口说:"这年头儿,妇女也兴自由了,一辈子不见他个老不死的才好!"

这时听小鸾在外边说:"老胡来啦!"小美忙跑出去看。

胡文玉这几个月轻易不到小鸾家来一趟,非来不可时,来了也总是设法快点儿走掉,光怕被人发现他和小鸾的关系。无奈小鸾全不顾体面,死缠住他不放,胡文玉也只好听着她摆布。这一次可不同,胡文玉一来就朝小鸾屋里走。小鸾这几天,自以为着着胜利,乐得魂儿飘飘的。天天只准备着县政府的通讯员来领她去工作呢。今天正乐得哼着小调子,对着镜子,研究自己怎样打扮更庄重朴素一些。听见脚步声是胡文玉来了,以为他是来接自己去县政府哩。不由欢叫了一声迎出来。见胡文玉闷着头朝屋里走,又忙跟进屋来,亲昵地叫了声:"老胡来啦!"胡文玉就扑上去,一下子抱住小鸾,把她按在炕上,一言不发,狠狠地捶起来。小鸾还当他闹着玩呢,又是哭又是笑,紧往炕角落里躲。小美见了,忙上去拉着:"老胡,这是怎么回事?"

胡文玉打得不耐烦了,住了手,走到一边,装上烟斗吸着,指着小鸾说道:"妈的!你爱我,咱们就算结了婚,你是我的老婆,立刻拾掇东西跟我走!"

小鸾跳下炕来,擦着眼泪,又掩饰着得意的暗笑,娇声娇气地问:"上哪儿去?你说吧!我这不是正拾掇着准备走吗?"

胡文玉嘿嘿地笑起来:"上哪儿去?上北平!你不愿意去吗?"

小鸾吃惊地问:"上北平?你不干啦?"

胡文玉浑身颤抖地说:"不干了!少废话,快点儿拾掇!"

赵青在屋门口出现了,一挥手,小鸾、小美赶紧躲了出去。赵青沉静地用严厉的眼光看着胡文玉,掏出烟卷来吸着,同时递给了胡文玉一支。两个人吸着烟,沉默地坐着。赵青用低沉而亲切的声音问道:"心里不痛快?工作谈了吗?"

胡文玉激动地吸着烟,没有言语做声,只长长地出了一口闷气,两股白烟像箭一般从鼻孔里喷射出来。

赵青又问道:"担任什么职务?"

胡文玉突然一声冷笑:"宣传干事!哈哈!宣传干事!"他把烟卷摔到地上,用脚狠狠搓了一下,叉着腰望着窗户笑起来。

"怎么?你这是什么意思?"赵青也突然厉声地问。

胡文玉回头用愤恨的要厮杀的眼光对着赵青,用鼻子吭了一声:"什么意思?大丈夫合则留,不合则去!"

赵青猛然立起来,往前凑了一步:"胡说八道!往哪儿去?我不能再容忍你!咱们到县委去谈谈,我要把你的一切都揭出来!"

胡文玉脸色煞白,把手枪掏出来,冲赵青一递说道:"要去你就去,把枪也带去!我退党,我不干了,再管不着我了吧!"

赵青不接他的枪,低声道:"怎么啦,你昏啦,你是在跟我发脾气还是怎的?"

胡文玉把枪放在桌子上道:"跟你发什么脾气!我是不干啦,我受不了,我不是个任人摆弄的木偶!"

赵青叹口气坐下,沉思着,不时用冷森森的眼光观察一下胡文玉,又掏出一支烟来吸着。胡文玉匆忙地拾掇了衣服,包上一个包袱,向外边叫道:"小鸾,你来,咱们谈谈。"

小鸾走进屋来,她正在梳头,抿着嘴露出嘲笑的挑战的笑容。胡文玉一手叉着腰,一手把小包袱往炕边上一摔:"怎么着,你要做我的老婆就跟我走,要不,咱们就算完。"

小鸾盯着胡文玉说道:"看你那个样,要走也得叫我拾掇拾掇呀。"

"那就快点!"胡文玉坐下,冲赵青一伸手,要过一支烟来抽着。

小鸾慢腾腾地拾掇着,好一会儿谁也不吭声。胡文玉忍不住了,催道:"快点呀!"

小鸾反而停住手坐下说道:"不,我不走,你愿意怎么办就怎么办吧。"

胡文玉气的立起来,看看小鸾,又看看赵青,看看屋门口的小美,提起小包袱往外就走。踏出屋门,回头说了句:"后会有期!"

"你回来!"赵青严厉地吼叫了一声追上去。

小鸾、小美也跟着追出去。几个人在院里挣扎了好一会儿,总算把胡文玉拖回屋来。赵青叫小鸾、小美出去。

屋里剩下赵青、胡文玉两个人。胡文玉完全变了样子,脸色青白,满眼红丝,充满了迷惘恐怖的神色,委顿无力地坐在凳子上,两手抱着头,伏在迎门桌上低声地说:"我心里充满了仇恨,我要杀人! 要杀人!"

赵青小声说道:"希望你冷静点,这话可以说吗?"

胡文玉嘿嘿地冷笑了一声,逼近了对着赵青咬牙小声说:"你这伪君子,你他妈的装得正大光明,偷偷地跟你小妈妈睡觉。哼!什么东西,你也够个共产党员么!?"突然一抬头,用疯狂的眼睛看着赵青道,"你不是有手枪吗,你要不念咱们的交情,你可以打死我,趁我还没有到枣园去,以免将来我把你们杀光! 快开了枪去请功啊。"

"呸! 我想不到你会堕落到这样,叛徒!"赵青说着嗖地一转身,拔出手枪。

胡文玉惊恐不安地立着,看着赵青那无情的面孔,那黑森森的枪口,他害怕了,脸上立刻冒出汗珠。他向后退着,一下瘫软地坐在凳子上,两手抱着头,长长地叹了一口气,瞥见赵青把手枪又装回枪套里,平静地说:"我也太冲动了,唉,你好好想想吧,到底应该怎么办?"

胡文玉只是低着头,从口袋里掏出手绢,去擦着眼泪,好久才抬起头来,眼睛红红地说:"我真昏了,不该这样,组织上还是信任我的,只要努力工作,也许有一天我会抬起头来的。"

赵青这时却冷笑了两声说:"不见得吧!"说着从衣袋里拿了一个小本子,掀开了取出一个名片来,递到胡文玉面前。胡文玉接过来一看是张木康的名片,上边还签着一行字儿。他看着愕然失色,一句话也说不出来了。这个名片使他又想起了那可怕的时刻……

那是大扫荡那天,胡文玉在段村村头被伪军抓住,押着走了三天之后的一个晚上,他开始被审讯。一连几次,他都一口咬定姓赵,别的什么也没说。于是敌人把他带到一个高大宽阔的砖房院里。院里十分清静。走进一间收拾得干干净净的屋子,就见张木康坐在太师椅上,黑胖脸上露着假笑,龇出一口白牙,毒箭似的眼光紧盯着胡文玉。

"请坐!胡政委!受了委屈吧!对不起!"说着,让他坐在对面的椅子上。

胡文玉心里一惊,看样子他已经什么都知道了。他没有答言。

"你可以相信,任何人都不知道我和你见过面,日本人更不会知道。我不想留你在这边,你可以回去做你应该做的事情。将来你感到有必要的时候,咱们也许会一起共事的。现在我请你在这里签个字。"

"你们愿意怎么办就怎么办吧,我不签字!"胡文玉壮了壮胆大声说,可是同时小腿也抖了一下。

张木康平静地说:"我尊重你的选择,给你三个小时,也就是说到晚间十二点整,你要做出决定:或者是枪决,或者是签字。"说完就出去了。

胡文玉呆立了一会儿,坐在木椅上。椅子对面的方桌上,放着一架陈旧的座钟,一盏油灯。张木康把要他签字的自首书放在桌上。夜,静得令人可怕,一切喧哗都停止了,只有座钟嘀嗒嘀嗒机械地响着,时针不停地走着。胡文玉面对着时针坐着,计算着。忽然,他感到一阵彷徨涌上心头,好像一切都摇晃起来。他想起了在家里时那豪华享乐的生活和他逃出家庭的情景。他现在忽然明白自己根本没有准备为革命去死,可是现在却真的就要死了。他仿佛看见了自己的血污的尸体。他又感到四周一团漆黑,时针已经指到十一点半了,离死亡还有三十分钟。他脸上流着汗珠,衣服被汗水湿透了。黄色的灯光照着他那苍白的没有血色的脸。他抖动着双手,拿起自首书,又放下。他的脑子里出现了问号:"我为什么要死?我干革命是为了什么?"他不能回答自己。时针已经毫不留情地指到了十一点五十五分。突然,门开了,张木康站在门口,看了看手表,从牙缝里迸出一种残忍威胁的声音:"你怎么办?决定了没有?"

胡文玉茫然地站起来,不知怎样好了。座钟嘀嗒地响着,只有一分钟了。两个凶恶的特务提着枪进来了。

张木康又说话了:"只有一分钟了!你必须立刻决定!"他说着把钢笔递过去。

胡文玉突然像掉在海里的人抓住救生圈一样抓住了钢笔,在自首书上签了字。张木康接过去,看了一下,笑着拍了拍胡文玉的肩膀:"我说到哪里,做到哪里,我现在就送你走。为了你行动方便,请你穿上这件大褂,戴上这顶帽子。这是我签了字的一张名片,你好好藏着,在必要时候拿出来让他们看一下。"

胡文玉接了名片,穿好衣服,跟在张木康身后通过岗哨,走出了村头。

"好!我们一定为你保守秘密。"张木康的黑脸上浮着狞笑和胡文玉握了握手。……

胡文玉这才明白,原来这张名片是和小鸾发生关系的那一晚上,被她拿去了。他想着心神惶惑不安,不由得嗫嚅着对赵青说:"反正我不是特务!"

赵青突然笑起来说:"不!你不但是特务,而且是真正的国民党特务。"

胡文玉震惊地张开了嘴,望着赵青。

赵青狞笑着一挤眼说:"是的!你已经跟我们一起干了不少破坏共产党的事业,他们不会饶过你的。再说,你已经干上了,就由不得你了!"赵青说着递给胡文玉一支烟卷,给他点着火吸着。胡文玉渐渐抬起头问:"那么你是?"

赵青笑着喷出一口烟说:"我?事到如今,也只好对你公开了。我是本区的国民党书记长,正正经经的地下工作者。你呢,虽然以往你并不知道自己的身份,可我已经给你请了委任状在这里了,看!"赵青递给他一张折叠得很小的白纸。

胡文玉接过来打开一看,只见一张石印的委任状,上面写着"兹委任胡文玉为特派专员"几个核桃般大的字,旁边还盖着一颗朱红的大印。他惊奇得瞪着眼睛,狠狠地吸了两口烟,一句话也说不出来。

赵青笑道:"没什么奇怪的。以你的才能,只要忠心报效党国,前途比我要大得多。我也不想冒你的功。这几个月,靠着你的帮助,我们已经掌握了十多个村的共产党支部,并且在这些村的游击小组里,建立了咱们的秘密武装。这是许凤他们到现在也没有发觉的。这可是大大的功劳啊!你知道么,国民党中央实行'曲线救国',已经派遣九十万国军投降日军。两边这么一合流,天下还不就是咱们的!叫共产党去流血、去牺牲吧。到时候咱们得了天下,你老兄立下汗马功劳,说不定还可以到南京见咱们老头子呢。那时候,随你要什么吧,金钱、美人、名誉、地位、高楼大厦、汽车、洋行……就是许凤吧,如果你喜欢她,你就娶她做姨太太好了,有什么困难！哈哈……"

听赵青说着,胡文玉脸上,一会儿恐怖,一会儿惊慌,一会儿迷惘,真是瞬息万变。他觉得这几年自己好像做了一个梦。现在梦给惊醒了,梦中的那条路,生生的给打断了,再也接不上了。他又觉得自己在赵青布置好的染缸里洗了一个澡,染了一身黑,就是跳到黄河里也洗不清了。赵青真阴险！为什么自己以前一点也没看出他的形迹呢？赵青真是个狠毒的猎手！自己已经落进他的网里,还脱得了身吗？不行！他就是放了你,你往何处去？还不是成为李铁他们的俎上肉吗？"人为刀俎,我为鱼肉",男子汉大丈夫,不甘,不甘！……他又向赵青要了一根烟吸着。吸着,想着,手微微地有些颤抖。思前想后,觉得也只有赵青给安排了的这条路可走。胡文玉好像终于看清了自己的出路,心情渐渐平静下来,抬眼看了赵青一下,自语般轻声说:"我服你！我就是还不明白,既然你是干这个的,为什么大扫荡时还要冲啊,冲啊,弄得挂了彩呢？"

赵青笑道:"挂彩个屁！那是演戏嘛。你看我腿上有伤疤吧？"说着,撩起裤腿让胡文玉看。

"那么你杀死那个义勇军独立旅长的事,难道也是假的吗？你脸上不是还带着叫他砍伤的刀疤吗？"

"这个事可是不得已而为之。你知道,那个独立旅长是咱们的人。开初我们一块拉起了一支义勇军,本来要委他当书记长,后来见他不可靠,又委了我。他气愤不过,要把队伍拉着去安平投吕正操司令。你想这怎么得了。我只好先发制人,找县游击大队,说他要投降日寇当汉奸。我叫游击队秘密包围了独立旅,我又自告奋勇去找他。在谈话中间,趁他点火吸烟的时候,我就开了枪。不防他身边有一把刀,中了枪之后,他还给了我一家伙。倒也好,从此留下了这块光荣的革命标记,比金牌还吃香。"

赵青大笑着拍拍胡文玉的肩膀,胡文玉惨淡无声地苦笑了一下。随后赵青坦率地跟胡文玉商议对付李铁、许凤他们的计划:赵青争取控制这个区,作为根据地;胡文玉和小鸾打入县委,发展力量。胡文玉忧虑地把许凤和他谈话的经过说了一遍,担心许凤叫他向组织上坦白,是发现了他自首的秘密。赵青沉吟片刻,仔细分析了一回,认为不可能被发现。她可能是指的男女关系方面的事。胡文玉这才放宽了心。这时小美、小鸾又进来,一起说笑起来。

赵青从墙上摘下一把胡琴,调好琴弦,拉着西皮倒板,点点头冲胡文玉说:"来,唱一段乐乐吧,你不久就要离开这儿到县委会去啦。"

"唱什么?"胡文玉懒洋洋地眯起眼睛。

"来,唱一段《坐宫盗令》。"

胡文玉点着一支烟卷,倒背着手在当屋踱着方步,小声地悠扬地唱着,抒发着不得志的心绪。

正唱着,葛三一步踏进屋来,冲赵青挤挤眼说:"把杜助理员叫来了。"

赵青急忙放下胡琴走了出去。小鸾把麻将牌拿来哗一声倒在桌子上,葛三留在屋里和小鸾、小美、胡文玉说笑着打起牌来。等了好一会儿,听着赵青和杜助理员又说又笑地从西院北屋里走出来,客气了几句,杜助理员走了。赵青回来走进隔扇门口向葛三一招手,葛三赶紧提了枪跟赵青走到院里。赵青附耳向葛三说了几句话,葛三就匆匆地迈着大步紧跟上杜助理员走了。这时太阳已经点地。

赵青的媳妇寒露从娘家来了,一进门碰上杜玉良跟葛三往外走。寒露见杜玉良神色不对,也没多问就悄没言声地走进院里来。见赵青正在院里仰着脸立着吸烟卷,寒露也没叫他就笔直朝自己的屋子走去。赵青一看是她,忙笑着过来跟她说话。他们俩的关系,从结婚以来,就是这么不冷不热的。论人品,寒露也还算漂亮,就是为人端庄沉静,不苟言笑,也念过三年小学,识文断字的,但是赵青不爱她,嫌她一点也不风流。特别是和他姨娘小美勾搭起来以后,跟寒露更加冷淡起来。可是寒露娘家是绝户头,老两口就守着这么一个闺女,有一份不多不少的财产,离着只二三里路,又近便,将来总可捞到手,因此赵青从来也不得罪她。她愿来就来愿走就走,也不去管她。她不在家倒也省得碍眼。寒露在娘家村里也是个村干部,不像别人好欺负,赵青一家子,也就不敢多招惹她。别看寒露冷眉冷眼地不大说话,连小美那么泼不讲理的人。也避着不敢多跟她打照面,只盼她快点回娘家就一顺百顺。想着寒露的有两个人。一个是公公想她。从娶过寒露来老头子就存心扒灰,只因寒露又正派又机警,总不得手。再一个是做饭的大娘想她。因为只要寒露一来就像一鸟入林百鸟压音,谁也不敢吵了。她也有个知心人说说话,也没人敢明目张胆地欺负她。有什么好吃的寒露总想办法给她送去。寒露也常惦记着去看大娘,心里怪可怜她的。

赵青跟寒露说着话,见寒露越发像一枝春雨洗过的梨花,清新素淡,倒有心跟她亲近起来,便竭力温存地说:"这回住几天再走吧。"

"不,拿几件衣服,明天就走。"寒露淡淡笑了一下,一点热情都没有,反正对她来说赵青是可有可无的。她对他们这家人除了恶心以外,很少有别的感觉。离婚又办不到,不光爹娘坚决反对,连区、村干部们都不同意。她就这样忍着,相信总有那么一天,会离开这个肮脏地方的。

"不要走。你不知道我多想你呀!"赵青过去拉她的手,两人来到屋里,说了一会儿话,天就大黑了,赵青打火镰点着灯。

寒露看着赵青问道:"大娘怎么样?"

赵青愁眉苦脸地说:"嗐!这几天总是闹病。我才去看过了,她睡着了,我看你先歇歇吧。"

寒露说:"我去看看她吧!"

寒露来到后院里,就觉冷冷清清,一股阴湿的气味。进屋叫了声"大娘",没有听到答应。轻轻掀开门帘一看,不由得吓得往后一退,大娘半边脸歪在尿盆子里,已经死了。

"他们真的治死她了!"寒露自语着,一阵恐怖,浑身一抖,心里一阵难以抑制的愤怒直冲头顶,光想闯到前院去跟赵青、小美他们打一架。紧走了两步又站下,沉思着,脸上流下泪来。"他们为什么要治死她?"这个问题在她脑子里盘旋起来。

大娘的死,寒露是怎么也猜不透的。本来赵青是出名的和气。人们到他家来,只要赵青在家,就会看见他对大娘毕恭毕敬地问寒问暖,关心得十分周到。大娘在街上走路,只要赵青看见,总是上前搀扶着,有说有笑。有好的东西总是买点,说是带给大娘的。那么好的侄儿为什么会治死大娘呢?难道说怕她把小美跟赵青勾搭的事说出去吗?不会的。虽然大娘出名喜欢到处说话,这事她可绝口不提。大娘还劝过寒露:"家丑不可外扬,睁着一个眼,闭着一个眼吧!"那可是为的什么呢?

寒露怎么也猜想不到。事情是这样的:一天拂晓,枣园的敌人包围了赵庄,把群众都赶到大场上去开会。大娘把赵青藏起来,就到街上去了。可是她不放心,又回到家里来看看。刚一进院,就听见一群人在后边跟进来了。她赶紧藏在茅房里,偷偷看着,只见几个人留在大门外,一个大个子伪军军官进了院,把大门插上了。她认得那是伪军大队长张木康。他插了门,就照直向北屋走去。她轻轻地跟进北屋,掩在隔扇门后边,就听见张木康叫道:"赵青!赵青!"

"进来吧!"赵青一掀门帘迎了出来。

大娘奇怪:赵青为什么会跟张木康搞在一起,两个人偷偷地见面,究竟商量什么东西?这样想着,她就蹑手蹑脚地躲在门边听着。

"怎么样,咱们见面对你有危险吧?"

"不要紧,这个办法好,一点也不会暴露。老是偷偷摸摸的。

我实在也有点不耐烦了。我正在想法把许凤、李铁挤走,除去这两个眼中钉。全部情况我已经了解得差不多了。咱们马上计划一下,给他们来个里应外合、一网打尽。我就可以把全区都掌握起来了……"

大娘这时喉咙发痒,抑制不住咳嗽了一声。呼啦一声门帘一掀,赵青、张木康跳出来,一看是她,赵青不动声色地说:"大娘,你老人家真是!快到外边去。"

张木康走后,大娘带气问他:"张木康来干什么?不明不白的。青儿,你可不能干这种断子绝孙的缺德事啊!"赵青装着笑脸哄她:"这是组织给我的秘密任务,有什么缺德!"大娘半信半疑地嘀咕说:"什么秘密任务,明日个许凤来我问问她!"赵青心里一惊,脸上还装做若无其事的样子说:"问吧。可除了许凤,对谁也不许讲!"当天夜里,大娘吃了饭就肚子疼,病得起不来了。赵青又给她取药来,吃下去,就关上门走了。大娘一个人在屋里叫天天不应,叫地地不灵,她感到渴得不能忍受,一头扎进尿盆子里死了……

寒露想了一会儿,越想越蹊跷。她没有声张,悄悄退出来,关上了门。

"哈哈……"

这时就听见前院里传来一阵男欢女乐的笑声。

寒露毛骨悚然,起了一身鸡皮疙瘩。

五 安 慰

通讯员张少军见县委书记周明真的睡着了,这才松了一口气蹑手蹑脚地向外屋走去,一边走一边回头看,光怕弄出一点响动把周明惊醒了。刚走到外屋门口,县委敌工部长兼公安科长王少华急速地向屋里走来,迎面冲张少军问道:"老周同志在屋里吗?"

张少军不答话,急忙摇手挡着不叫他进去。王少华明白他的意思,笑了一下,轻轻地跟他一起走到院里来。张少军这才小声地说:"好家伙,真不易呀,有三十个晚上了,周政委老是失眠,简直快折磨死了。他通夜地找人谈话,看书写东西,白天可又睡不着。躺下数数,一直数到几百也没有用,就是不能睡觉。睡不着他就想事,越想事就越睡不着。叫他这么休养简直是活受罪呢。今黑夜我给他着实地按摩了一会儿,这才睡着了。"张少军像是埋怨又像是夸耀地说了一大套。王少华听了直是笑,轻轻拍了张少军脊梁一下说:"好啦,好啦,我不去打搅他就是啦,一会他醒了,你去叫我一声。"

说着回头就走了。

张少军在院里歇了好长时间,又悄悄地回来,坐在一头炕沿边上,身子伏着炕桌,下巴颏放在手背上,眯着眼睛,瞅着周明睡觉。见他这些日子第一次睡得这么熟,心里真是高兴。静悄悄地听着他那呼吸声,有时侧起耳朵听听外面的动静,用手抚摩着驳壳枪把。灯光跳动着。周明忽然身上颤抖了一下,含糊不清地喊了一声,翻了个身。张少军忙起来探头望着他,见他痛苦地呻吟着,说着莫名其妙的梦话,呼叫着他牺牲了的爱人蕙英的名字。他是陷入了可怕的梦境了。张少军搓着手,没法,只好小声地唤醒他。

周明激灵一下坐起来,揉着眼睛说:"怎么的,唔,我一定说梦话了吧?"

张少军笑笑,叹口气说:"真是,你就不会别做梦吗!"

周明伸胳膊打着舒展说:"可惜,我真没有这个本事。好啦,我不睡啦,看它可还做梦!"

张少军不答应,扶着周明硬叫他躺下,一面劝他:"不管怎么样,再睡一会儿,一定要再睡一会儿,这一觉算是给党睡的,不然可……"

周明只好笑着躺下,使劲闭上眼睛,竭力不去想事。可是心又像一匹脱了缰的马,又任性奔驰起来了。他的心又回到大扫荡那天王庄战斗的情景里去了。

月光下,军区机关和部队几千人马正在渡过滹沱河北上,哗哗的蹚水声,悄悄的人语声,噗噗的战马喷鼻声……他奉命带着县游击大队先涉过河来,正要走下高高的北堤,突然,响起了撕裂空气的吱吱声,一连串的炮弹,在堤岸、水中落下爆炸起来,机枪也跟着咆哮起来。一阵人喊马嘶,奔驰,还击。在混乱中他接受了命令,立刻向王村冲锋,掩护突围。大队副萧之明带了一个中队在前猛跑抢进王村,他和田大队长带着三个中队被敌人切断阻在村外平地里了。田大队长、何副政委牺牲了,战士死伤的还有几十个人。他吐了血,挂了彩,咬牙带队向小宋村冲去……

周明想到这里心又跳起来,忙翻个身决心不再想,不料刚一打断这个思路,又想起地委魏书记坐在炕上对自己说话的情形来。

魏书记沉静地吸着烟斗。他有着宽阔的前额,粗眉阔口,威严可畏。他盯着周明问道:"你们为什么要处分许凤和李铁?"

周明分辩道:"我个人并不同意处分他俩。"

魏书记嗯了声说:"这个问题,你们看得太单纯了。这里面可能有极复杂的政治阴谋,你们要警惕啊!赵青这个人,你们看怎样呢?要了解一下。提升区委副书记的事,先缓一缓。这个人,我看复杂得很,你看呢?"

周明听了心里一动,惊讶地说:"这个人一贯表现不错,难道他会有政治问题吗?"

魏书记一摇手说:"在没有调查清楚事实以前,先不要忙着做结论吧。我们要时刻注意周围的一切都在不停地变化,你看不见情况在变化,也看不见阶级敌人的阴谋,就会犯错误!"

周明忙说:"我坚决执行地委的指示,但是我要求叫我立刻恢复工作。"

魏书记变得和缓下来说:"你不要那么着急好不好?先保存

住你的身体要紧。你暂时养病,还由潘林同志代理你的职务好了。"

周明想得头疼起来,烦闷地嘿了一声。

张少军忙过来扶着周明叫道:"政委醒醒!政委醒醒!"

周明一下坐起来,看着灯光笑了一下说:"这一回可真不是说梦话,我根本没有睡着。"

张少军笑笑说:"要做梦啊,就做个好梦,那才有意思呢。"

周明笑笑凑近炕桌剔剔灯花说:"好梦,我做不来,你去睡一觉做一个吧。"

张少军摇摇头说:"不用,我早睡够了,我这个人就是吃得下睡得着。坐着、立着、行军我都能睡觉。我去给你弄点水来喝吧。"说着就走出去了。

周明打个大舒展,不由得又想起枣园区的工作来。想着许凤和李铁的问题,赵青的问题,问题很复杂啊。对,得赶快弄清楚,越早解决越好。这时听见有动静,抬头一看,是张少军提了一个瓷茶壶来。他给周明斟上一碗开水放在炕桌上,靠墙坐在炕上,不多一会就呼呼地打起鼾声来。周明看了笑笑,忍不住羡慕地吁一口气,捂着嘴竭力压低声音咳嗽着,在灯上吸着烟斗。

张少军一下睁开大眼睛,笑着立在炕下埋怨说:"政委,医生不叫你吸烟,你又吸!"

周明笑了一下说:"嗯,不要紧,光听医生的话会把人吓死的。小张,去跟王秘书要各区的汇报来我看。"

"政委,叫你安心养病嘛。"

"够啦!你说对于我来说,什么是最痛苦的,嗯?"

"那——"小张天真地望着周明。

"那就是闲着。不对吗?好啦,去拿吧,告诉王秘书,我开始工作啦。"

张少军无可奈何地去拿了材料来又走出去了。周明用手翻着材料,瞅着灯光想了一下。翻出了潘林起草的撤销许凤和李铁职务的建议,看着,看着,突然愤怒地把文件放在一边,皱起眉沉思起来。他深深了解许凤和李铁的品质,是非常优秀的同志,决不会干出这种坏事情。这显然是潘林片面轻信了一些别有用心的人的诬陷。想着唉了一声,激动地又在灯上吸着烟斗,重新看起那文件来。魏书记的指示真重要啊!他忍着反感,仔细地推敲着每一个字,每一句话,果然发觉了这一连串问题背后有一种危险的东西,而这是比这个事件本身更其重要的,真正值得深思的问题。他想着,看着,不禁点起头来。周明正在看文件,听到窗外小张和谁说了几句话,有人向屋里走来。周明一抬头,想不到是李铁一掀门帘走了进来,忙放下文件,一招手说:"噢,是你来了!快坐吧。"

周明挪一挪坐在炕沿上,倒了一杯水递给李铁。李铁坐在凳子上伸手去接,手直抖动,把水也洒出来了。看看周明那慈爱的目光,嘴动了动,咽下一口苦水,他竭力压制着激动的感情叫了一声:"周政委!"就再说不下去了,喉头堵,鼻子酸,越憋越难受,好像受屈的儿子见了母亲,忍不住一腔泪水往外直流。他放下茶杯抱着头,浑身颤动地抽泣起来。好久好久,一句话也说不出来。周明默默不语地望着灯光,明亮的大眼睛闪着烦恼和同情的光芒。

好一会儿李铁才擦擦眼泪抬起头来,满面悲愤地望着周明,沉痛激昂地说:"周政委,给我最危险的战斗任务,不管到哪儿,我宁愿为祖国为党立刻去死!"

周明沉静地望着他,咳嗽两声说:"哼,这倒是一个省事的办法。我明白,错误是叫人痛心的。可是一个真正的革命家,绝不因为犯错误就失去信心。"

"政委,我没有错呀!"李铁两手扶着膝盖。

周明闪着明亮的眼光盯着李铁,沉思了一下说:

"那就更不对了。一个勇敢的人,不能在任何困难、任何打击面前退却,只有胆小鬼才那样。你哪里也不能去,立刻回区去工作！"

李铁睁眼看着周明："不是决定调我走了吗？"

周明吸着烟斗继续说："不，县委还要讨论哩。我相信这里边有复杂的斗争。可又有什么办法呢？这个世界就是到处充满着矛盾，省心的地方是没有的。要不，你就去斗争；要不，你就投降，逃跑。"周明吸着烟斗，审视着李铁说，"应该相信，乌云不会永远遮着太阳的。只要你忠心耿耿地为人民服务，丝毫没有玷污自己的党性，慌什么？啊！除非根本对党对自己失去信心。"周明吸口烟，靠在被褥上。

李铁呼出一口气说："我相信党，也相信自己，我要求政委重新调查我的问题，作出正确的决定。不然，我就到地委去申诉。"

周明说："在这一点上你还可以相信我。用不着到地委去，我会弄清楚的。今天我就要听听你的意见。"

他俩在灯下久久地说着话，周明倾听着李铁诉说区里的一切情况，询问着每个干部的表现。

夜深了，他俩谈完了话休息了。黑暗中李铁躺在炕上，眼睛睁得大大地向房顶望着，听着周明也不住地翻身。一会儿周明又伏在枕头上咳嗽起来。一面咳嗽，一面问李铁："你在想什么，啊？"

"我想我回去，我应当回去！"李铁坚定地说。

这时，听到窗外有人走来，有小张说话的声音。一开门小张进来，点上了灯。后边走进一个四十来岁、浓眉小黑胡子的人，正是县委敌工部长兼公安科长王少华。一进屋安详地问道："老周，身体好些了吧？"回头又向李铁说，"你也来了，正好，我要找你哩。"

李铁忙下地亲热地拉住王部长的手。周明坐起来向王少华说道："我的病无所谓，你怎么突然来了？"没等王少华答言，又接着说，"你的信我看了。老王啊，县委内部，要注意团结啊！越是在困难的时候，越要注意团结。"

王少华动着他的小黑胡子说："团结，也得有原则呀！我不能不找你谈谈了。我建议你召开一次县委会议,咱们把问题摊开来,好好地来争一争。好吧,你先睡,我倒要先和李铁同志谈一下。"又对李铁点点头说,"你要不困的话,先到我那里去一下。"

正说着潘林走了进来,一见李铁就说:"李铁同志,你来了。"

李铁点点头答应了一声,就和王少华走出去了。潘林坐在周明身边,叹了口气:"我又愿意叫你快点恢复工作,又怕你身体不行。"周明拍了他一下说道:"老潘,我好得差不多啦。来,来,你来。"周明是那么快乐,简直不像个有病的人,他下炕端着灯轻轻叫了一声:"小张,小张!"

张少军进来,见周明用手指在空中画了个圈,笑眯眯地一眨眼,就明白了是怎么回事。忙在头里端着灯,领着周明、潘林钻进黑屋,再钻进一间铺着厚厚的干草的地下室,把一个小箱子从角落里提出来,放在正当中一张小炕桌上。打开小箱子,原来是一架唱机。周明叼着烟斗兴致勃勃地挑选着唱片,一面对潘林说道:

"你呀,老潘同志,你天天愁眉苦脸的,这可不行。在紧张的斗争里得会生活。你的脑袋就像火车挂钩的拳头,攥得紧放不开。来,听听。"

唱片转动着,地下室里响起了悠扬的音乐。周明把双手垫在脑后,舒坦地斜躺在被子上,随着音乐哼着。看样子,简直有点陶醉了。潘林依然呆板地坐着,面部毫无表情,像是用铜铸成的。突然他把针头拿开,停住了唱机。周明立刻坐起来笑道:"怎么,看你!"

潘林说道:"还是先谈谈工作吧,我心里放不下了。"

周明亲切地说道:"老潘同志,这些日子担子叫你担着够辛苦了。你的勤勤恳恳、忠心为党,谁都知道。至于思想方法、观点上的一些问题,总是要不断学习、不断吸取经验教训才能提高的嘛!你说对不对?王少华大概又跟你吵了吧?你还不了解他这个人?霹雳火!"

潘林心情沉重地说:"这些日子我怕影响你养病,有些事情没有找你商量,可能有错误,希望你帮助我。现在我来跟你研究一下这个可疑的问题。"

周明问道:"什么问题?"

潘林道:"我在枣园区跟胡文玉谈了工作。他情绪非常坏,没等说完就走了。前天他到县委来找我,态度突然全变了,说他思想搞通了,做什么工作也没有意见。当时我很欢喜。咱们对他的进步是抱着很大希望的。可是他和我在一起待了两天,说的一些话引起了我的怀疑。"

周明问道:"他说什么?"

潘林说道:"他对我讲了很多恭维话,说我作风好、观点正确,反正一大堆好处吧。接着就说,周明同志如何如何不好。也不知他从哪里弄来了那么多流言蜚语,我也不必讲了,反正是一篇败坏你威信、挑拨咱俩关系的话。他见我没表示反感,就更来劲了。他说干部们都想给地委写信,提意见把你调走,拥护我担任县委书记。我听着,也没有表示什么。他要求到枣园区去帮助工作,我同意他去了。老周同志,我认为这不只是反对你个人的问题,这实际上是一种反党行为,说不定还有什么阴谋在里面。所以我打算到枣园区去,召集全区干部开个会,来揭发批判胡文玉。"

周明听到这里,握住潘林的手说道:"好,潘林同志,你真是个好同志!就按你说的办!明天咱们就开县委会,把工作都重新研究一下。"

李铁跟王少华出来到了另一个院里,进屋坐下。王少华本是县手枪队的创始人,他亲手严格地训练培养了孙刚、李铁他们这一批队员。他当然很了解李铁。为李铁这事,他跟潘林大发脾气,可是因为对情况不太了解,他又不能不忍着气,慢慢地来调查。王少华叫通讯员出去,挪一下油灯,和李铁在炕桌两边对面坐下说:"咱们是亲密的老战友啦。因为你们的问题,我发了两顿脾气,可是我还没有足够的材料可以说服别人。"

李铁立刻说:"王部长,这我可以详细跟你谈谈。"

王少华说:"关于你的问题,我们还有时间详谈,现在这不是主要的。我有一定的根据怀疑,你们区是有内奸的。你知道吗?那次发生误会,你们在岳村附近被地区队一连当做敌人打了伏击,并不是据点里出来的情报。"

李铁一愣问道:"啊,哪里来的?"

王少华沉思地说:"外边搞的。已经弄出点眉目了,不过还不十分肯定。如果是他,这个奸细真太阴险了。一下杀伤咱们三十多个同志。"

李铁听了不免一惊,素日看来莫名其妙的一些孤立的现象,好像突然有了关联。他一面沉思着把一些可疑的事件讲了出来。王少华听着在本子上记着,不住地看看李铁的眼睛。谈完了,王少华停了一下,打个舒展,眼睛闪着异常机警的光芒对李铁说:"我现在越来越觉得我们是上当了。你回去跟许凤同志好好研究一下,再搜集些材料给我。"

李铁答应着,抬头看看窗纸已经发白。

六 探 母

太阳落山,半天红霞,李铁、萧金从县委会回来往枣园区走着。霞光映照着李铁的脸,变成了红铜颜色,他那炯炯的目光沉思地向前望着。云霞在迅速地变幻,红色渐淡,暗影渐浓,一颗明星出现在西北天空的云带旁边,渐渐地亮起来。李铁走着见西天边直劲打闪。凉风吹来,树上的知了嘶嘶地惊叫着飞逃,看看要变天,就甩开步子快走。看看走近一个村庄,萧金指着问道:"走这条道正路过李村,到家去看看大娘怎么样?"

李铁几个月来也惦念老娘,想一想说道:"也好,就去看一下。

反正误不了今个晚上赶回王庄就行。"

说罢,两人一前一后进了李村。天已大黑,街上悄悄地走过几个人,看不清是谁,好像害怕似的一晃都躲进胡同里去了。李铁知道娘为躲避敌人的抓捕,搬到姨表姐李兰心家的院里去住了。到那院前看时,见胡同口已经垒起了。仗着地形熟悉,从邻居家进去来到兰姐家。轻轻地走到屋门口,听到屋里有人小声说话。一步踏进屋里,却见一个姑娘弯着身子端着一个热气腾腾的药锅,正往一个瓷碗里倒药汤哩。娘在炕上倚着被摞坐着,脸色黄瘦,白发更多了。一眼看见李铁他们进来,怔怔地使劲睁眼看了又看,好像没有看清是谁。那姑娘听见有人进来,直起身子回头一看,咦了一声。李铁一看却是许凤,忙叫声:"许凤同志,你!"心中感动得不知说什么好,只向许凤深深感激地望着。许凤眼睛坦率地望着他,努了一下嘴,示意叫李铁快去安慰老娘一下。李铁赶紧走到炕沿边,跪到炕上去摸摸娘的手,娘的前额,问道:"娘,什么时候病了?"娘看着他,欢喜的眼里淌出泪来,待了好一会儿才说:"有十多天啦。村里干部天天来看我,你兰姐天天守着我。她才出去了。我已经好啦,就是还有一点咳嗽。依着我就不去叫你,是你兰姐派人找你。偏又赶上你到县里去了,凤姐就来守了我一天。"

李铁又问道:"是什么病,请谁看了?"

许凤立在身后插言道:"重伤风,请柳雨松老先生看过。人上了年纪,有个病就垮下来。前天你走了,村干部派人去找你,说得怪吓人的。我跟小武子立刻就来了,现在小武子又取药去了。"

许凤把自己攒的一点点菜金钱拿了来,给李大娘取了药买了吃的,李大娘还不知道哩,许凤更是一句也不提起。李铁心里千头万绪,向娘说了一些安慰话。萧金也问候了大娘,帮助许凤拾掇东西,侍候大娘吃下药去。大娘见李铁坐立不安的样子便说:"你们要工作忙就走吧,我不碍事,好咧。"停了一下,大娘望望李铁又说道,"就是,我听人说你一些坏话,怪生气的。你可要记住,娘一辈子可没有做出过一点见不得人的事。你要给我丢脸,我可就不活着了!……"说着泪又淌下来。

李铁坐在娘身旁,听了这话心如刀绞,忙用手巾给娘擦擦眼泪说:"娘,你只管放心,我不会给你丢人!"

许凤也在旁劝解道:"大娘别听那没影的闲话,松松心快把身子骨养结实了,也叫李铁同志安心。"

萧金也上前插嘴道:"别人说李铁同志坏话,那都是胡诌,一句也别听。"

大娘这才松口气,停了一下又说道:"前些日子你二叔又跟我吵了一架,病也是被他气的。他把咱村西头的枣树给砍了七八棵。我费了很大劲,好歹拾掇了三四年才长枣了,他不叫我过日子。我寡妇失业的这二十多年,他净想法欺负我。"

说着又擦起泪来。

李铁叹口气说:"娘别生气,我有了空一定和村干部跟二叔好好谈谈,二叔老是这样怎么行!"

大娘咳了一声说:"反正你也不管家里的事,谈不谈吧都一样。病好了我非找县政府告他去不可。"说了气的哼哼起来。

李铁、许凤又说又劝才算把大娘安静下来。说话中间,李铁的姨表姐李兰心和武小龙都回来了。这李兰心生得膀大腰圆,粗手大脚,浓眉大眼,声音洪亮,眼珠儿又亮又活,一头又黑又厚的头发,挽着个大圆髻,真是做活往前冲,走路快如风,种庄稼,干工作都是一把好手。她是共产党员、模范抗属,又担任着抗日村长。村里的顽固老婆,不讲理的刁汉,见了她都像老鼠见了猫似的。兰心见李铁来了,劈头就说道:

"表弟!给我杆枪,我跟你们去闯荡闯荡!别看表姐是个娘们,骒马一样上阵。"

许凤见兰心说话气昂昂的,知道她又为什么事生了气,就问道:"又生什么气啦?"

兰心拿着个小笤帚,刷刷地使劲扫着身上的土,一面说:"跟村里这群糟囊噗嗤的老头子们一块工作,真把人气炸了肺!我真想立刻用鞋底子狠狠地揍他们顿屁股。磨磨蹭蹭,到这时候,征公粮的账还没算好。"说着扑哧笑了,"看!怎么当着病人扯起这个来了?"

许凤笑道:"你别着急,会叫你出来闯荡的。"兰心听了高兴地一拍大腿道:"好凤姐咧!什么时候叫我,连'格登'也不打就走!"说了又跟李铁、萧金问长问短,拉了会儿话,指着李铁道,"铁柱兄弟,工作忙你只管去吧,我这屋里有洞,有我照顾二姨,一切有我负责。"说了向许凤和大娘笑了一下。

李铁忙道:"多叫兰姐费心吧。"

许凤又贴着大娘的脸轻声地安慰一番。大娘脸上慢慢地露出笑容,向李铁说道:"铁柱,别结记我,工作要紧。村里待我挺好,你们要走就走吧。"

许凤接上去说:"大娘好好养着,等病好了到俺家里去住些日子。俺娘也是一个人在家,净嫌没个人跟她拉套儿说话的。"

大娘笑道:"敢情好,你多咱回去就告诉她大婶,我一定去走亲。"说着又向兰姐说,"你说她娘多有福,不知哪辈子烧了高香,生了这么个好闺女。"说着拉着许凤的手不愿意叫她走。

许凤抚摸着大娘的手说:"大娘,我不像你的亲闺女一样吗?"

大娘脸上露出了笑容,给许凤扯扯衣襟,上下端详着嘱咐说:"路上可小心哪!"

兰心明白姨娘的心事,看看许凤,瞅瞅李铁,故意逗趣说:"抗战胜利了,不论你俩谁结婚可给我个信。"说了又向大娘耳朵边小声叽咕了两句。大娘也咧开没牙的嘴笑起来。许凤见兰姐和自己开玩笑,使劲一摇她的胳膊,两人格格地笑起来。李铁趁娘喜欢了,忙又凑到跟前去说了几句话,回头立起来望着许凤说:"咱们走吧。"

兰心送许凤和李铁他们出来。他们才走下台阶,一回头见大娘也扶着拐棍走了出来,倚着门框,依依难舍地望着李铁、许凤他们,花白头颤动着说:

"你们多咱回家来看看?"说着慢慢地抬起袖子去擦眼泪。

李铁、许凤忙又回去扶着大娘说:"你好好养病,我们一有空就来。"兰心忙跑上去扶姨娘回屋,回头向李铁他们一摆头,示意叫他们快走。

第 六 章

一 阴 谋

秋夜,天高露浓,一弯月牙在西南天边静静地挂着。清冷的月光洒下大地,是那么幽暗,银河的繁星却越发灿烂起来。茂密无边的高粱、玉米、谷子地里,此唱彼应地响着秋虫的唧唧声,蝈蝈也不时加上几声伴奏,吹地翁像断断续续地吹着寒笳。柳树在路边静静地垂着枝条,阴影罩着蜿蜒的野草丛丛的小路。这时,武小龙、萧金持枪走在前边,许凤、李铁并肩走在后边,低声地说着话。李铁把和周明、王少华谈话的经过都讲了一遍。许凤听着不住地点头。李铁这时心里十分感激许凤,不由得小声对她说:"许凤同志,你因为我遭受冤屈,被人污蔑,心里不难过吗?"

许凤说:"我不管别人说什么,我自己问心无愧,什么也不怕!"

李铁听了心里更加敬重她,也说道:"我也是这样想,反正我的一腔热血随时准备为祖国流光,我不做对不起党的事,任人家怎样诬陷,我也不怕。"

许凤说:"我们不能再这样等着被敌人捉弄了。我认为王少华同志说得对,这些事件里边是有阴谋的,我断定区委里边就有内奸!"

李铁说:"那么你是说赵青吗?"

许凤说:"对!我敢说我们受了他很久的欺骗了。"

李铁说:"可是我们并没抓到证据。"

许凤说:"已经抓到一些线索了,我相信很快就会找到证据的。我已经叫两个同志去搜集材料了。你知道吗?杜助理员突然失踪了。根据我和杜助理员的母亲谈的情况来看,他是不会逃亡的。他既没有路费也无处投奔。我想杜助理员一定被他们利用过。在和我谈话之后,正要坦白的时候,突然被人杀害了。"

李铁嗯了一声说:"那么说,秘密政治土匪的活动,一定和这个事有关系,而且我们也都遭受过不止一次的袭击了,这是有经验的人领导的。"

一路说着话回到了王庄,到了秀芬家里。江丽已经在屋里等着。一见许凤、李铁进来,机灵地拉着许凤小声说:"凤姐,得到了新的情况。"

江丽这些日子分配在东乡几个村领导工作。她作风细致稳重,培养了一些可靠的秘密骨干,工作做出了很多成绩。许凤曾叫她帮助刘治安员进行调查工作,见她回来了,估计她可能得到很重要的材料,便忙问道:"杜助理员失踪的事情找到线索了没有?"

江丽说:"正是这个事。已经证实,杜助理员在失踪以前,确实到赵青家去过,以后就不见了。刘治安员太忙,叫我来向你汇报这个情况。"

许凤吃惊地问:"你怎么知道的?"

江丽说:"刘寒露说的。前两天她又守着我哭了一顿,非要求跟赵青离婚不可。她工作很积极,正要求入党呢。她也早就怀疑赵青一家子。我和刘治安员商量了,动员她到婆家去了。如果发现什么情况,就来告诉我们。"

许凤一听,眼珠机警地一闪说:"原来是这样。明天叫赵青来,我跟他谈谈。"

第二天赵青随着武小龙来到王庄,一路上盘算着怎样对付许凤,想着走进了许凤的屋子。许凤正在静坐看书,见赵青进来,平静地点点头让赵青坐下。赵青坐在许凤对面,掏出小手绢擦擦鼻子,等着许凤先开口,看她说什么。这时李铁挎着驳壳枪,面色冷峻地从外面走进来,一句话也没说,点点头坐在隔扇门口一个凳子上,静静地吸烟。三个人各怀着警戒的心情,都觉得空气紧张起来。赵青凭着自己异常的敏感,从许凤那镇静的目光中,看出了一种极力掩藏着的怀疑和敌对的神气,好像已经看穿了自己的秘密。赵青干咳一声,避开许凤的目光,拿出烟末和纸来卷支烟吸着,手指头微微有些颤抖。许凤不慌不忙地看着赵青问道:"上次区委会议的第二天晚上,杜助理员到你家去了之后,又到哪儿去了?"

赵青见许凤说得十分肯定,停下来用眼睛正面盯着自己,像迎头挨了一棒,止不住心里一跳。这个情况如果不承认就会立刻露马脚。想着赶紧装作吃惊地问道:"怎么,杜助理员不是回家了吗?我正想派人去叫他呢。"

许凤看出了他那竭力掩饰的惶惶不安的神气,便单刀直入地说:"不,他没有回家,他死了!"

赵青一听立刻装作大惊地说:"他死啦?这不可能吧!"

许凤立即追问道:"那么你说他死了没有呢?"

赵青听到许凤这样追问,实在不好答复。说没有死吧,交不出活人来;说死了吧,又怕再追问下去。急忙眉头一皱说道:"我不知道。"

李铁在旁边插进来说:"指导员,你是他那个工作组的领导人之一,你应该知道才对呀!"

赵青好像非常坦白地一摊两手说:"我真不知道!"

许凤说:"这不要紧。给你五天时间,你去了解清楚,再向区委会报告可以吗?"

赵青心跳得厉害,他没有理由拒绝这个任务,竭力镇静地吸口烟说:"可以,我一定负责了解清楚。"

许凤继续追问蔡村支部书记被暗杀的事情,武装政治土匪活动的情形。她逼着叫赵青汇报在这一方面了解到一些什么情况。

赵青就竭力回避着不谈,只是检讨自己工作不深入,脱离群众,政治上麻痹大意,扣上一堆大帽子。许凤正面地指责他说:"别人都能汇报一些这方面的情况,你为什么这样不关心呢?"

赵青就支支吾吾一直用检讨来应付。这一场谈话,把赵青逼的头昏目眩,紧张得出了一身冷汗,恨不能立刻摆脱她才好。

正在这时,萧金进来说:"政委,县公安科政工队吴队长来找你。"许凤答应着:"好,我就去。"回头向赵青说:"好,你先回去,等你了解清楚了,咱们一起跟公安科王科长去谈好吧。"

赵青一听县公安科来了人,料定区委和公安科已经在集中力量搞自己,心里更加紧张起来,连忙说:"好,好,就这样,我一定负责调查清楚。那么,小队就由李铁同志都带起来吧,只给我一个通讯员就行了。"说了走出屋来,看看已是满天星斗。

寒露自从和江丽谈话之后,就来到婆家。她一存戒心,就立刻发现了可疑的现象。为什么总是深更半夜地来些不三不四的人呢?这些人的作风完全不像游击队员。每逢来人她总是想法听他们说什么,可是什么话也听不到。赵青也不来她屋里睡觉,总像有什么心事一样。这天夜里赵青匆匆地回家,总是心神不宁,一到家又看见了潘林的信,要他转告小鸾安心在村工作,县政府暂不需要她去当刻写员了。心头又是一惊。越想越觉得中了许凤的计。他觉得许凤一定在怀疑自己了,必须赶快弄清楚自己在什么地方露了马脚。他想了好一会儿,便走到寒露的屋来,一进屋便倒在炕上。寒露正在灯下缝衣裳,见赵青从衣袋里拿出一个小本子在灯下看了一会儿,又装起来,挨近她笑着说:"我多想跟你亲近哪,可你净不理我。"说着一把攥住了寒露的脚丫。寒露忙缩回去躲开他。赵青可就百般温柔地哄起寒露来,从来没有过的甜言蜜语往寒露耳朵里直灌。并且赌咒起誓地说,以后绝不再干叫她生气的事。又像含冤受屈似的把自己洗白了一番,诉了一顿苦,竟至擦起眼泪来。寒露从结婚以来也没有尝受过这种温存,以为是许凤叫他去批评了一顿,所以回心转意了。也许自己的怀疑是误解了他呢。一时心软下来,禁不住赵青缠个不休,也就和赵青神魂飘荡地做了一回好梦。赵青在寒露情热中间问道:"你可跟区里哪个同志说过什么没有?"

寒露想:就是跟你好了,那些话也跟你说不得。忙说:"没有,你想想,我什么时候说过你呀!再说,我有什么好说呢?只跟区里说过高村的事。"

赵青又问道:"那天傍黑你来的时候,碰上杜助理员了吗?"

寒露心里跳了一下,暗想这是什么意思啊,多一事不如少一事,忙道:"什么杜助理员,我不认得,只看见两个队员往外走了。"

赵青平素知道寒露向来不喜欢多嘴多舌的,见问不出来,也就置信不疑,懒懒地躺着愁眉双锁。躺了一会儿,忽然起来,胡乱换了件褂子就走了。寒露见赵青走了,起来穿好衣裳,拾掇炕上的东西。一抖衣裳,从赵青的褂子里掉出一个小本子来。寒露便拿到灯下来看,只见上边写了百十个人名,名字的上端标着第一组,第二组,第三组。另一页上写了二十多个村名,画了各种符号。还有几页日记也看不出是什么意思,以为这是赵青的记录本。这样的秘密材料怎么能随便丢掉呢?想着拿了本子追出去。估计他一定到东跨院的屋里去了,便从北屋里走出来,要从小夹道拐进东跨院去。刚一走下台阶,就见西厢房小鸾的屋里灯光彻亮,有两个人影闪动着,嘀嘀嗒嗒地说着话,好像挺着急地在拾掇什么。寒露听出来那是小鸾和姨娘小美。寒露猜不透是怎么回事,也不想多招惹她俩,便从夹道里拐到东跨院里去,刚走到窗台跟前,就听见胡文玉大声问:"我住一宿怕什么?"赵青嘘了一声说:"小声点,你来有人看见没有?你最近千万不要离开县委机关。"寒露听着,冷丁一惊,警惕地藏在石榴树后面听着。只听胡文玉笑着说:"我黑夜来,黑夜就走,没有人看见,怕什么!"又是赵青的声音,"你立刻回去,要坚持住,过几天咱们再联系。"胡文玉道:"不用你赶我,我自己知道该怎么办。"停了一会儿,又听见赵青一拍桌子说:"非立即改变斗争方式不可!要不,就完啦!"胡文玉问道:"怎么的,哪一点露了馅啦?"赵青急促地说:"那天许凤找蔡村的干部了解蔡九芳被杀的案子以后,许凤决定转移到蔡村去。这件事只有我和蔡云山两人先知道。我就给了情报,叫枣园据点去包围蔡村,可那天晚上她们刚到蔡村住下,又神不知鬼不觉地溜走了,让包围的部队扑个空。显然,这是许凤在考察我。我混蛋,我上了许凤的当了!今天许凤把我叫去追问了一顿。"又听赵青冷笑了两声,咬牙切齿地说:"追吧,追得紧了,就提早……等等!我出去看一下。"

寒露听见赵青说到这里,忙跑回屋来,好半天还吓得心直跳,心惊胆战地在屋里等机会,还想听一下到底是怎么回事。一会儿胡文玉和赵青并肩向大门走去,一面走,一面还叽咕着什么。赵青送走了胡文玉,又回屋去了。寒露听着小美也回东间屋里去了,忙凑到窗户玻璃上往外看,见小鸾和葛三也向东跨院走去。又停了一会儿,决心再去听听,便悄悄地倒掩上门,轻轻地溜过夹道,从阴影里贴着墙用脚尖点地跨过墙角,刚走到窗户边,就听见屋里小鸾咬牙切齿地小声说:"杀死他们!"寒露一听,吃了一惊,忙悄悄地掩在窗前浓密的花枝阴影里侧耳听着,就听到葛三一面吃着东西说:"刚才队员来说,小队正准备出发,问准了许凤是准备转移到王庄去,情报嘛,早送到枣园了。"

赵青说:"昨天晚上你在郎小玉面前暴露了什么?"

葛三说:"没有!没有!"

小鸾说:"没有就好。我们怎么干法?"

赵青说:"里应外合,等外边包围好,里边也动手,把他们一下都抓进据点里去。"

小鸾说:"不,不能等。要提防万一据点里不出来,或遇到什么情况就落空了。要先把许凤、李铁干掉,老葛就到枣园干上。反正平时谁都知道老葛经常跟你闹别扭,跟朱大江特别好,他们抓不住别人的把柄。"

又听赵青说:"那就这样吧,老葛,给你这包药,如果用不上就开枪。要是许凤不在王庄,就到张村去找她!"

葛三说:"放心,这点事不费吹灰之力。"

接着是在驳壳枪里压子弹的声音。又听赵青说:"小鸾,向四表妹提媒的事,你可抓紧帮助老葛办。"

小鸾格格地笑起来说:"怨不得四表妹总跟我提到老葛,原来你们俩对了象啦。"

接着是葛三哧哧的笑声。赵青又说道:"老葛放心,保证不出一个月,准把四表妹送到枣园据点跟你结婚。"

寒露听到这里,联想起小本子上写的东西,一下都明白了,吓得出了一身冷汗。不能再等,赶紧回到正院,也不到屋里吹灯便向大门走去。在大门洞里立着一个可疑的带枪的人,见寒露出来忙问:"大黑夜往哪儿去呀?"

寒露说:"上文汉大伯家找春嫂子去。"说着开开门,大大方方地走了出去。

寒露一走出胡同口,就加快了脚步,一出村头四下看看没有人影,便一阵风似的跑起来。

寒露知道江丽今天回张村,估计许凤也一定在张村,便抄了小路往张村跑去。跑了三四里路之后,就淌下汗,张嘴喘着气,胸口辣丝丝地疼。正在跑着,一回头见后面有个人影向她追来,急得一下绊了个跟头。赶紧爬起来,摸摸小本子还在衣袋里,便咬着牙向前猛跑。这里是十五里大洼,怎么也跑不到前边村里,眼看就要被追上。她越急越觉得腿迈不动,渐渐听见后边咚咚的脚步声了,自己又没有武器,这怎么办?忽然,看见前边一里多远树林边有一溜人影晃动着,一会儿又看不见了,也不知是游击队还是敌人。她只好抛开那边,拐向另一条小路。要是能跑到那边,也好伏在豆子地里藏一下。跑着就听后边的脚步声越来越近了。听到了是赵青那凶狠的喊声:"站下!站下!"

寒露暗想一定是赵青发现我走了,小本子不见了,便来追我。她不答声,只顾拼命地跑,眼看赵青快追上了,寒露急得一下把小本子扔到路边谷子地里去了。又跑了几步,一下被赵青揪住衣裳,寒露情急智生,猛回头,一下撞在赵青的心口上,赵青往后一仰,倒在地上了。寒露和赵青撕滚着夺赵青的手枪,一面大喊:"救人哪!救人哪!"

赵青比她力气大,挣扎了几下便把她压在底下,用枪逼着问道:"小本子呢?快给我,不然就打死你!"

寒露只顾大喊。这工夫就听见左边地里哗啦哗啦一阵高粱叶子响,接着从百十步远处庄稼地里窜出来三十多个人,大喊:"干什么的!"

寒露听出是李铁的声音,急喊:"快来呀,抓特务呀!"

赵青立刻慌乱地向寒露开了两枪,寒露肩部中了枪弹,流出血来。可是这会不知寒露哪来那么大的劲,一翻身坐起,一口咬住赵青的右手腕,怎么也不松嘴,赵青疼得一松手,枪就被寒露夺了去。赵青站起来就跑。李铁带着队员们急跑过来。原来许风接到了洛殿的情报,知道敌人今天晚上来包围王庄,就叫李铁带小队去伏击敌人。李铁他们刚走到这里,听见喊声就跑了过来。李铁立刻派队员去追捕赵青,自己上去扶着寒露坐起来,忙问:"寒露同志,怎么回事?"

寒露依在李铁臂弯里,胸膛上满是鲜血,眼睛里滚出泪珠来,喘着气说:"那边谷子地里,赵青的小本子,快!赵青、胡文玉、小鸾都是特务,派葛三去杀凤姐去了,快去救她!"

萧金立刻到谷子地里找回了小本子。一阵枪响过后,不多时,武小龙带着四个队员把赵青抓了回来。赵青被五花大绑地捆着,低着头立在那儿。李铁立刻派陈东风带两个队员押解赵青到王村去,又派两个队员找门板来把寒露抬回家去。两拨人走了,李铁立刻命令武小龙带一班人去逮捕小鸾,萧金带二班、三班到枣园附近伏击敌人,自己带上通讯员小刘到张村去抓葛三。

队伍立刻分成三股跑步出发了。

二　搏　斗

黑夜,外边刮起了呼呼的大风。小曼正在锅台边烧火,锅里冒着热气,葛三从外边一脚踏进屋来问道:

"政委在屋里吗?"

小曼格格地笑着说:"在屋里。你来啦,找她有事吗?"说着掀开锅盖,看看水已经开得哗哗的了。

"我来送一封信,还有事要当面报告政委。"葛三说着掏出小烟袋来,在灶火坑里对火吸烟。趁小曼去拿壶来装水,顺手把毒药撒在锅里。见小曼拿了壶回来,一点也不注意,拿个瓢往壶里灌起水来。

"小曼,来一下。"许凤在屋内叫她。

小曼答应着提着壶进去了。葛三退出屋来坐在台阶上,不慌不忙地吸着烟,心里好生高兴,暗想:看样她们没有准备,这一下成功了,等她们喝下去就走。这时小曼走出来叫道:"葛三,政委叫你进去。"

葛三答应一声:"有!"立起来兴高采烈地大踏步向屋里走去。一掀东间屋门帘走进隔扇门,只见许凤迎门立着,面容严峻地喝一声:"举起手来!"

葛三面对着枪口,拔枪已经来不及了,只好举起胳膊,驳壳枪被人从身旁伸手过来拔去了。葛三连声喊叫:"政委,为什么下我的枪?不能这样冤枉我,我是个老队员!……"

许凤严厉地说:"捆起来!捆上有话慢慢地说吧,不会冤枉你的!"

突然,葛三的胳膊被秀芬拧到背后去。江丽、小曼帮着把葛三用绳捆起来。秀芬在背后一推,把葛三搡到屋里来,弄得他一趔趄差点跌倒。他吃惊地看了秀芬一眼。许凤指着靠墙的板凳叫葛三坐下,沉静地问道:"昨天晚上派你跟郎小玉一块去执行任务,结果怎么样,丁拴抓到了没有?"

"没有抓来,那,那是因为他跑了。"葛三委屈地拉下眉梢,咧着嘴露出大板牙。

许凤冷冷地盯住他问道:"为什么叫他跑了?"

葛三摇摇头道:"我不知道。我这不是报告来了吗?"

许凤忽然岔开话头问道:"郎小玉呢,他到哪儿去了?"

葛三惊疑地转着眼珠子,反问道:"他没有回来吗?"

"别装傻,我问你哩!"许凤喝住他。

葛三仰头想着说:"他自己没言语就走了。我真不知道。大概他到王庄去了吧?他常到王庄那个闺女家去,对,是瑞雪家里。我敢保险,他俩一定在一起呢。"他像得了救似的,唾沫悬天地胡扯着。

许凤一挥手冷笑一声说:"算啦!别瞎扯啦,你还是老老实实说了好,不然,对你可是不利的!"

葛三低下头沉默不语。

许凤看看他继续说:"给你一会儿工夫,你好好考虑考虑。现在坦白了还不算晚,一定给你个立功赎罪的机会。""我!"葛三抬起头来愁眉苦脸地试探着说,"奇怪!真是奇怪!叫我说什么呢?你们为什么这样对待同志!这样……"他装模作样地嚷叫着,翻转着眼珠子,见许凤坐在炕沿边上正严厉地看着自己。秀芬站在隔扇门边,小曼站在里头迎门橱边,都举着手枪,瞄着自己。江丽拿了一叠白纸放在炕桌上,手里捏着一支钢笔,像是准备着记录口供。许凤转过脸来,灯光照耀着她那明亮的目光一闪,正要问葛三,听着院里有脚步声,一掀门帘见是刘治安员和张立根走了进来。张大娘也在隔扇门口探头进来吃惊地望着,后边好像还有七八个村干部小声叽咕着什么。刘治安员和许凤低声说了几句话,许凤一摆手,跟着他走出去了。紧接着江丽、小曼也走了出去。只剩下隔扇门墙边秀芬的一支枪口还紧紧瞄着葛三。葛三心乱如麻,暗暗嘀咕:莫非有谁被捕了?或者有人坦白了?再不就是叫郎小玉看出什么破绽来了?他低头回忆着昨天黑夜的经过,难道真弄出了什么漏洞吗?……

昨天夜里,葛三和郎小玉接受许凤给的任务,到滹沱河南路村去抓政治土匪丁拴。两人一前一后走到滹沱河边,凫过水去,一路小跑进了路村,悄悄地上了丁拴家的房,压了顶,一听丁拴不在了。郎小玉来抓之前探听准了他在家,为什么又溜了?一定是有人透露了风声。两人又跟村里的干部仔细研究了一回,找了几个地方也都扑了空。看看天已半夜,为了继续了解政治土匪一些情况,郎小玉便和葛三去宿在邻村葛庄。郎小玉知道在据点维持会里管账的杜二知道丁拴的底细,就到他家里来住。杜二没有回来,便跟杜二嫂东拉西扯地了解了一些线索。随后看了洞口,两人嫌热,就在有洞口的东厢房屋顶上铺上被子去睡。都拾掇好了,葛三却说:"小玉你睡吧,我出去一下,到家里看看,一会儿就回来。"

郎小玉立刻爽快地说:"去你的吧,快点回来,不然我可就自己走了。"

葛三哼哈答应着走了。郎小玉心里骂了一声。他早就对葛三有怀疑,这次许凤派他出来,又嘱咐处处多加小心,就更注意葛三的形迹了。他看出葛三今天神色不正,总是嘀嘀咕咕的。这时候又去干什么?为什么不叫我一起去?郎小玉越想越怀疑,一骨碌爬起来,下了房一看,二嫂正在台阶上立着向他招手呢。郎小玉知道二嫂可靠,来叫自己,一定有事,忙跑过去,刚叫声"嫂子",二嫂一把拉住他进了屋门,插上门闩,这才悄悄地说:"我以为你是个小傻瓜呢,正想上房去叫你。你怎么跟葛三一块儿来呀!"

小玉说,"我也知道葛三不可靠,有心防着他。嫂子,回头他来了,你千万别开门,我在这里躲一躲——这屋有洞吗?"

二嫂说:"这屋有个秘密洞,是我跟你二哥偷偷挖的,谁也不知道,你快进去。"说着端着灯,把墙基的砖一推,露出了一个洞口,指着对小玉说,"下去吧,听着点,我不叫你,可不许出来。"

小玉说:"等一下,我看看。"他拿了枪又回到屋门边,从门缝里观察着。一会儿就见三个人影一晃,上了东厢房。一个人狠狠地踢了一下被子,跟另外两个人交头接耳地叽咕了一阵,就从梯子上下来。往这屋门口走来。

二嫂赶紧叫小玉钻了洞。郎小玉在洞口蹲着,侧耳听着动静,只听葛三叫道:"嫂子,郎小玉在你屋里睡上了吧?"

听着二嫂往门口走去,一边走一边骂道:"死葛三,你别胡说八道!"

"嫂子,开开门进去歇一会儿。"

听着二嫂开了门,几个人跟着走进来。葛三的声音:"小玉没有到你这屋来?"

二嫂不满地吭了一声:"不相信我是怎么着!说没有,就没有。我听他在当院说了一声去找你去,就走了。"

听着葛三一面小声说着话,跟另外两个人一起出去了,大概说什么秘密话去了。待了一会儿,葛三又回来,嘻嘻地笑着说:"嫂子,这回可就剩了咱俩喽!"

二嫂一听生了气说:"葛三,你想怎么着,要欺负我吗!"接着就听见葛三哎哟哎哟地哀求着:"好嫂子,开玩笑嘛,你认真起来啦!哎呀,你这母蝎子,把我耳朵都揪下来了。"

二嫂格格地笑道:"饶你这一次,给你点酒喝吧。这是你二哥从据点里带回来的。"

葛三笑哧哧地说:"嘿!怨不得我今天眼皮跳,知道就有点口福,好几天不喝酒真馋坏了!"

二嫂小声问道:"你真要抓丁拴吗？难道你们这一盟拔了香头子啦。"

葛三吱地喝了一口酒,扑哧一声笑道:"傻嫂子,要真抓,有十个也抓住了。你那会儿对郎小玉说话,我听着真担心,怕你走了嘴。可是你还机灵,对小玉胡编了一套线索,真把小家伙哄信了,还直往小本上记呢。"

接着是两人嘿嘿哈哈的笑声。

郎小玉听着心里一惊,暗想:原来二嫂也跟他们是一伙儿,这可糟了,中了计了,不如趁这工夫悄悄弄开洞口干掉他俩……啊！不要胡思乱想,她不是明明说我不在吗？不！说不在可能是为了稳住我,她不会悄悄地告诉葛三？……别着急！他不是没有动手吗？沉着点,再听听,她不可能是坏人。刘治安员说过的,二嫂的丈夫杜二是刘治安员派进据点去的。二嫂呢,原来是大地主家的丫鬟,是共产党八路军解放了她,她才能跑到杜二哥家来,成了夫妇,小日子过得蛮好。这样一个人怎么会跟葛三他们一伙反对共产党？……不要紧,反正我有枪在手,拼也拼个够本,且听他俩说什么。

一会儿,又听见葛三嘻嘻哈哈地问:"嫂子,托你办的那事怎么样了？把你妹子给我说说吧,嫁给我错不了！"

二嫂用鼻子吭了一声:"你不是要娶赵青的四表妹吗？"

葛三哎了一声说:"难说。那浪货一会儿给我灌迷汤,一会儿又翻脸不认人了,谁知道她安的什么心。哪像你妹子是个老老实实的大姑娘！"

二嫂笑道:"实话告诉你吧,提是提过了,别的她没意见,只是嫌你不是个官儿,有人给她说着据点里一个中队长呢。嫁个在警备队当官的,吃香喝辣,穿绸裹缎。嫁你这穷八路,跟你打游击喝西北风呀。"

葛三听着把酒盅儿啪地一放,嘿了一声说:"不就这一条不称心吗?咱们这就成了亲戚了。你就告诉她吧。"他压低了声音说,"很快我就去枣园据点里当中队长了。这话你可千万不能跟第三个人说,连二哥也不能说。"

二嫂嗯了一声道:"看你这个不放心劲,我给你说出什么去过,信不着就算了。"

葛三急得说道:"得!得!谁不信你啦。告诉你吧,我正想介绍你参加我们的组织呢。"

二嫂哼了一声说:"去你的吧,妇救会都散了,你还能有个屁的组织!"

葛三不服气地说:"没有?我们的组织你不知道,这个组织呀好极了,参加的人将来都能升官发财。"

二嫂笑道:"我又不想做官。我呀,什么都干不了,叫我参加干什么?"

葛三认真地说:"我早打算好了,你这里就做个联络站嘛,钱还少得了你花的?好嫂子,明天就对你妹子去说,成不成还不在你一句话!"

二嫂道:"那当然啦,可是你才说的那个组织是什么呀?"

葛三才哼了一声,就听见一阵咚咚的脚步声,几个人走进屋来,一个不熟悉的声音对葛三说:"到处都找遍了,没有郎小玉。"

"东屋地道里边有没有?再找一遍嘛。"葛三说。

"也找了,没有。"

二嫂嗯了一声说:"也许出村走了呢。不过走也走不远,也许能追得上哩。"

葛三一拍桌子道:"对,咱们去追。"

郎小玉听着一阵脚步声,几个人都走了。屋里静下来,郎小玉觉着出了一身冷汗,枪把上也湿渍渍的都是汗水了。这时听着二嫂插上大门,在院里咳嗽着,又进屋插上屋门,到洞口边,轻轻叫道:"小玉,快出来!"说着伸手推开了洞口。

郎小玉钻出来,打扫着身上的土。

二嫂点了小玉一指头说:"险些你的小命就完了。听明白了吧?许凤同志早就给了我任务,这一回省得我跑去汇报了。"

小玉忙道:"明白了。好嫂了,我得快走。"

二嫂从墙缝里掏出一个小纸条递给小玉说:"当着葛三我怎么敢说实话,丁拴他们的几个匪窝都在这上边。你回去把听到的都报告给许凤和王少华同志,就说我一定完成任务。"

郎小玉接过纸条来藏好,拭着汗,用碗舀了半碗凉水喝下去,笑着说:"我的好嫂子,我才知道你是干什么的了!好,我走了!"

二嫂开开屋门,一拦小玉说:"等等,让我出去看看有人没有。"

二嫂听着没有动静,开开屋门轻轻一侧身走出屋去,四下里察听了一下,这才下台阶向大门走去。郎小玉持着枪掩在墙阴里跟在后边。二嫂慢慢地开开大门,探头出去向左右一看,见没有人,才回头轻轻叫小玉。郎小玉闪出大门走了。二嫂不放心地站下,倚在大门口,直到郎小玉的背影看不见了,这才轻悄悄地插上大门,往屋里去。

郎小玉溜着墙阴树影,一阵风似的跑到了村北大苇坑地边上。看看没有人,便溜进苇地,拣一条无水的小路向前走去。他轻轻地用手分开苇叶,一点响声也不敢弄出来,用脚尖点地悄悄地走到了苇地边。刚想探头出去,就见五个人影绰绰地从左边走来,坐在前边一棵大柳树底下,小声说起话来:"小玉这小子一定他妈的凫过河去了。"

"葛三你真他妈的乏货,为什么路上来的时候不拾掇了他?"

"你试试,他妈的那小子比孙悟空还多七十二个心眼,他不转眼珠地盯住你,根本得不了手。"

"他奶奶的,眼看着一支满带烧蓝的二把盒子枪,没有弄到手。"

"哎！我看这样吧,葛三回去明天晚上还叫着他来,咱们在庄稼地里劫住干了他。"

"他不会猜疑不来了吧?"

"我想不出他有什么可以猜疑的。"

几个人又站起来,说着话往前走去,底下的话听不清了。

…………

葛三低头想着:郎小玉一定是头里回来了,他不会知道我的底细吧? 正在捉摸,就听许凤问道:"你始终没有找到郎小玉吗?"

葛三愣了一下,抬起头来,见许凤、江丽都又坐在原处,看样要认真地审问了。葛三张张大嘴,什么也没有答。许凤又问道:"你们今天黑夜一共来几个人哪? 都是谁?"

葛三像挨了一棍子,身上一机灵,忙说:"就,就我一个人来,来,来……"

这时村外响起了枪声。葛三一睁大牛眼,立起来。听着枣园方向也响起了激烈的枪声,情不自禁地一咧大嘴。见许凤依然稳坐不动,冷静地观察自己。心里一慌,扁着嘴咽了一口唾沫。许凤冷笑一声说:"你们里应外合的计划已经失败,你着急也没有用了。渴了吗? 喝点儿开水再说。"说到这里向小曼递过一个眼神。小曼端了那碗水就往葛三跟前送来。葛三扭开脸躲着水碗,吓得乱嚷:"不！我不渴！不渴！"

许凤冷笑了一声,目光凛凛地说:"怎么? 不敢喝,怕毒死吗? 你在锅里放进了什么?"

葛三倒退在墙角落里,好像吓得惊慌失措地浑身乱动,往墙上挤着。听着枪声越响越远,这是接应葛三的土匪被张立根他们打跑了。枣园据点出来的敌人也被牵制到别处去了。

许凤沉着地看着葛三说:"坐下,说实话吧,大概你也知道,隐瞒是办不到的了。"

"是,我说,我说……"葛三的胳膊抽动着,好像哆嗦似的。

"好，我问你，过去你跟土匪头黑七在一起干过吧，为什么你从来不讲？"

"不，政委，我是当了义勇军才认识他的。"

"别害怕，只要坦白了就宽大你。我问你，前几天区委会议之后，是不是你叫杜助理员到赵青家去的？后来你跟他一起到什么地方去了？"

"这，这，这个……"葛三苦着脸摇着头，结结巴巴地吭哧着，偷偷地挣开了绳子，顺手抓起了靠墙的一块木板，突然大吼一声向前猛一扑，用木板向许凤的头上砸去，咔嚓一声，油灯和水壶被砸碎了，屋内顿时漆黑，谁也不敢开枪。只听扑棱扑棱一阵响，秀芬、江丽和在外屋立着的张大娘都被撞了个跟头。葛三蹿出去了。秀芬眼明腿快，跳起来一个箭步跟了出去。葛三闯出屋门正纵身往台阶下跳，秀芬已经追到台阶上来了，急忙伏身嗖一下子插进一个绊，正勾住葛三一只脚，只听扑通一声，葛三摔了个嘴啃地。他腾身一跳爬起来又往门外跑。许凤也紧追出来，瞄准一枪打去，葛三又栽倒了。秀芬跟着跳下台阶跑过去按葛三。葛三急得就地一滚把秀芬揪倒了，右手拔出腿插子就向秀芬的胸膛刺去。江丽提着驳壳枪急急地奔过来，可不知怎么着是好，忘了开枪，两手揪住葛三的胳膊，滚做一堆，急得用牙咬他的手背。小曼也跑过去。许凤一步跳下台阶，刚喊一声："别打死他！"小曼早抢起手榴弹狠狠地向葛三头上砸了下去。只听咔嚓一声，葛三头破血流，两手扑地死去了，嘴里噗噗地喷着血沫子。许凤忙把秀芬拉了起来。

张立根带着民兵跑进来，村干部们、邻居们都跑来了，惊惊慌慌地打听是怎么回事。正在这时，李铁带了通讯员小刘，跑得汗流满面，抢进院里来。看了看许凤她们都在，这才气喘吁吁地说："哎呀！真把人急死了。"

许凤指着葛三的尸身说："可惜，打死了。"

李铁擦着汗说："他死了不要紧，主要的特务头子抓住了，只要你们不出事就好。"

许凤说："正想派人抓他呢,他倒自己找上门来了。"说到这里,许凤吩咐张立根他们把葛三的尸身抬去埋了。赶紧召集村支部布置了工作,听着枣园据点附近枪声还在断断续续地响呢。

三　就　擒

武小龙去抓小鸾,没有抓到。许凤赶紧派李铁、萧金、武小龙等带队员分组去抓捕政治土匪,调查小鸾和胡文玉的下落。又派江丽去汇集材料,给县委写报告。派秀芬、小曼去看护寒露,在寒露清醒过来的时候,再了解一些情况。人们都走了之后,许凤也赶紧出发,到王庄去参加审讯赵青。她持着手枪,沿着僻静的小路急急地走着。忽然听见旁边有人走来的脚步声,赶紧躲在一棵大树后边。朦胧的月光下渐渐看清了,远远地从小路走来了一个人。看那个儿和走路的姿态,一定是胡文玉。许凤不由得心里一动,赶快握紧了手枪,悄悄打开保险机。看看那人走近了,不是他是谁!只见他煞白的面孔,东瞧西看地走一阵,停一停,好像还在犹豫不决。胡文玉为什么这时候竟敢到这儿来呢?原来他在蔡村藏着,赵青一被捕他就听到了消息。他怎么办呢?左思右想,他以为自己不会暴露,可以肯定许凤他们掌握不住自己的材料,那么与其躲着,倒不如主动去见许凤,装做不知道赵青被捕这回事,一定可以混过去。如果许凤对自己有怀疑,看情形不对,也可先发制人,找个机会,用枪逼着她,把她弄到枣园去。他估计许凤无论如何不会一见面就逮捕他的,那就尽有机会和许凤玩玩手段。他边想边走。看看离近了,许凤把头缩回来,掩在树后。胡文玉从大树前边刚走过去几步,许凤突然厉声喝叫:"站住!举起手来!把枪扔在地上!"

胡文玉猝不及防,吓得浑身一抖,不由自主地都照着办了。

"走!"又是一声威严的命令。

胡文玉机械地走了几步,忽然清醒过来。他停下脚步转过身来,两手一拍大腿往前凑着叫道:"许凤同志,是我,是我,你怎么连我都看不出来啦?我正要去找你哩。"说着一看丢在地上的手枪早被许凤拾起来了。

许凤的枪口仍然对着胡文玉,月光照着她严峻的脸,她眼里闪射着愤怒的寒光,严厉地喝道:"站住!不许过来!"

胡文玉见她那样,只好停下来,装出委屈的神情说:"许凤同志,这是怎么回事?"

许凤咬牙切齿地说:"谁跟你是同志,走!"

胡文玉突然坐在路边土埝上大声叫道:"你好狠心!你竟这样对待我!就是别人冤枉我,你也得给我洗白,想不到连你也相信别人的胡说!"

许凤冷冷地说道:"走!到王庄去,会有人跟你对证的。"

胡文玉坐着不动,向许凤望着,流露着惶恐和凶狠的神色说:"你真忍心杀死我?"

"你不走,我就杀死你!"许凤见他赖着不动,更愤怒了。

胡文玉仰天叹了口气,摇摇头向许凤说道:"许凤啊许凤,你竟把过去的一切全忘啦!你想想,是谁在你大病当中,一连十几天日夜看护着你?是谁跑几十里路给你找吃的?反扫荡,又是谁一气扶着你跑几十里路?这都是我啊!为了帮助你学文化,不管多忙多累,我有一次嫌烦过没有?我把你当我同胞妹妹看待。想不到现在你这样整我,这样陷害我!天哪,我冤枉啊!"他越说声音越大,竟喊叫起来了。

许凤立刻严厉地命令他:"立起来,走!"

胡文玉看着盯住自己的那黑森森的枪口,无可奈何地惨笑了一声,立起来道:"许凤,你打死我吧,你,你还有没有做人的良心?咱们俩有什么仇?记得吗?大扫荡前夜我们就在这儿分别,你还对我那么好……"

许凤看着胡文玉,心里充满了无比的厌恶和愤恨。她看透了他那卑鄙无耻的灵魂,他喊着最响亮的革命口号,却咬牙切齿要流革命者的血,他不过是一个随时出卖一切的政治投机商,一个猎取权力的冒险家。一个只谋私利的贪婪的骗子……

胡文玉向前迈了一步又说:"这里没有别人,谁也不会知道,你放我走吧,我一定报答你,我回家绝不做坏事。"

许凤喝道:"你走!不然我就开枪!"

胡文玉转过身去,大声叹了口气往前走了,许凤在后边,用手枪逼着他走着,走过了柳林,走过了杨树高坡,走过了那水沟上的小桥。这些地方都曾有过她和他并肩走过的足迹。她走着,过去那些情景一幕一幕又在脑子里反映出来,为什么一个人竟会变成这样?为什么我过去看不透他?愤怒、悔恨……在心海里不停地汹涌翻腾。正在这时,胡文玉冷不防转身就跑。许凤早有防备,狠狠一拳打在他脸上。扑通一声,胡文玉仰脸倒在地上,许凤又给了他一脚,冷笑一声喝道:"别装蒜!快起来走!"胡文玉眼睛被打肿了,爬起来慢慢走着,不住地东瞅西看。

许凤看穿了他的心机,在后边用枪一顶他说:"走快点,你不要打算从我手里逃走!"

胡文玉一面走一面哀求道:"看过去我总为革命做过一些工作,我求你别叫他们杀我。我一定坦白,彻底坦白。"

许凤嗯了一声说道:"当然,政策你不是不知道,只要真正坦白悔改,是可以从宽处理的。"

胡文玉走着,心里光盼着半路遇上扫荡队,那就可以跑到据点里去了。一会儿他又怨恨赵青不该瞒着自己。要是早些逃回北平也就没有这回事了。究竟是什么地方暴露了呢?难道是赵青被捕出卖了我吗?不会的。心里又恨许凤,自己过去那样爱着她,结果反叫她给毁了。

眼前到了那片洼地。胡文玉站下叹口气道："许凤，我们第一次见面的地方，记得吧，就在旁边这棵大柳树底下，我上了你们的小船，咱们摇着船，唱着歌。可是如今……"

许凤用枪口顶了他一下："别说废话，快走！"

四　逃　脱

审讯已经进行到鸡叫三遍。胡文玉坐在炕下一个板凳上哭泣着，把一切都讲出来了，他低着头激动地说着，县公安科长王少华坐在炕桌正面，冷静地听着。

"这个该死的叛徒！"曹福祥愤怒地望着胡文玉，脸涨得通红，心里骂着，又暗暗痛恨自己政治上不敏锐。

许凤听着气得浑身发抖，暗恨自己不长眼睛，怎么当初爱上了这么个肮脏的东西。她恼恨的眼光扫过去，胡文玉低下头，不敢看她，只不断地用手帕擦着鼻涕眼泪。

"好吧，你好好想想，明天再说。只要你彻底坦白，组织上一定宽大你。"

王少华一挥手叫把胡文玉带下去，送到东头另一个堡垒里去看起来。萧金、武小龙押着胡文玉走了。王少华摸摸小黑胡子，叹口气说："一个人真不能光从表面看。我向来也是称赞他的才能的。可是一个肮脏的灵魂加上才能，真是更可怕的东西。"

曹福祥摇摇头"唉"了一声说："这件事像一棍子打醒了我。真的，我再按老样子下去不行啦！"

赵青被带进来了，一进屋向所有的人毫不在乎地扫了一眼，冷笑地用鼻子哼了一声，坐在胡文玉坐过的凳子上，盯着王少华说："我想吸一支烟，可以吗？"

"可以。"王少华冷静地一点头。

萧金把烟末和纸递给他，赵青慢吞吞地卷了烟吸着，嘲笑地眨眨眼睛说:"你们不疲乏吗?嗯!反正一切你们都编造好了,我也没有什么可说的。"

王少华眯着眼睛说:"那么你是不想坦白吗?"赵青嘿嘿地笑出声来说:"哼,坦白,坦白什么?真可笑。"

王少华冷笑一声道:"一定要给你指出来吗?好,那么你说,大扫荡之前,你供给敌人几次情报?"

赵青徐徐地吐着烟缕,冷笑地摇摇头说:"这是捏造!"

曹福祥听着想发脾气,见许凤望了他一眼,才咽口唾沫忍住了。

王少华神色严峻地说:"你不说也不要紧,你的交通员蔡云山已经替你说了。那么,你再看看这是什么?"王少华把赵青的小本子送到赵青跟前。赵青故作镇静地悠悠地吐着烟雾,冷森森的眼睛盯着那本子,不由得身上一震,烟卷差一点掉下去。"不知道!"赵青摇摇头说,"不知道这有什么关系。"许凤说:"你要好好考虑一下,你们的一切阴谋都失败了,你不说也并不能挽救你的失败。"许凤眼光尖锐地盯住他。"既然这么说,何必问我呢!"赵青满不在乎地冷笑一声。"装蒜对你自己不会有什么好处!"曹福祥狠狠地大声说。

王少华冷静地拉长着声音说:"需要听听你的申辩,给你一个赎罪的机会。"

赵青奸笑了一下说:"你们恐怕从我身上不会得到什么。"

李铁咬牙盯住赵青说:"大概你也知道我们并不想在你身上得到什么,倒是看你还想不想给自己赎罪,如果不是为了这一点,早枪毙你了。"

赵青听了身上一震,激动地吸了两口烟,低下了头。

王少华镇定而威严地看着赵青说:"对!现在给你时间,就是看你是不是还打算赎罪。"

赵青变得和缓了,抬起头来微笑着说:"既是这样,你们何必这么着急呢,现在我只需要睡觉,让我想一想,明天给你们写来好吗?"

这时,队员刘远进来,往隔扇门口一站,向李铁急急地一摆手。李铁向王少华递过一个眼色,王少华明白一定又出了事,就赶紧打发人带赵青下去。李铁一招手,叫刘远进来问道:"怎么回事?"

刘远急匆匆地说:"枣园敌人又出动向这里来了。"

李铁、许凤、王少华、曹福祥四个人相对看了一下。许凤说:"李铁同志带小队两个班,迎上去牵制一下敌人,我们带两个班押着犯人转移到高村去。"

王少华要去布置逮捕赵青手下那一批武装政治土匪,动员胁从分子坦白,和刘治安员起身要走。临出门又叮嘱许凤、曹福祥,千万找可靠的人看守,不要叫他们跑掉。许凤、曹福祥点头答应着,送王少华走了。

李铁带着萧金匆匆地跑了出去。

许凤、曹福祥和队员们一行二十多个人押着胡文玉、赵青向高村而去。到了高村把住处安排妥当,检查了洞口和地道,和村里游击小组做好了战斗准备,已经到清晨四点钟。天将黎明,一阵漆黑加上水蒙蒙的浓雾,简直对面看不见人。为了看守和下洞方便,暂时将赵青和胡文玉关在一个闲院子北屋里。

武小龙持枪在窗外听着,见蔡二来喝了水回来说:"武班长,你也去喝点水吧。"

武小龙说:"不!我不去。"

蔡二来哎了一声说:"你这人,我给你弄水去。"

武小龙想拦住他,眼珠一转没有拦他,只说了一声:"快点回来。"

蔡二来咚咚地跑了。一会儿蔡二来端了半铜瓢凉水走来,一面走着好像还喝着。到了近前把瓢递给武小龙:"班长,你喝点水吧。"

武小龙接过瓢来嗅嗅鼻子说:"怎么,这水有股子味!"

蔡二来也向瓢里嗅嗅说:"就是,可能是日子多了不淘瓮的原因。"

"臭水,我不喝!"武小龙把瓢放在台阶上。握着枪,向一边踱过去,听着动静,望望雾茫茫的天空。蔡二来溜到武小龙身后,拔出短刀,武小龙一个向后转,蔡二来急忙把尖刀袖起来,装作仰首望着天空的样子。武小龙轻轻走到窗户跟前,又伏在窗台上,倾听着。蔡二来凑过去从背后又掣出尖刀,刚要刺武小龙,就听后边一声喊叫:"武班长!二班的人跑了五个!"刘满仓嚷着跑来。

"怎么!"武小龙急得撒腿就跑,跑了几步,忙又回来嘱咐说,"老刘,你在这儿替我一会。"

"好,你快去吧。"刘满仓提着枪,还在喘气。

武小龙匆匆地跑了。

"快去帮他追去呀!"蔡二来一推刘满仓。

"你一个人行吗?"刘满仓着急地要跑又站下。

"行,快去!"蔡二来急推他。刘满仓是个老实人,真的提着枪跑了。蔡二来冷笑着骂声:"傻蛋!"忙打开屋门,说声,"快,跟我来!"

赵青嗖一下立起来,胡文玉也跟着立起来。蔡二来领他俩到一个夹道的墙头边。赵青先爬上梯子,四下看看没人,跳了出去。胡文玉在墙头上听见枪响,心一慌,一下栽了下去。蔡二来随后跳下去,扶起胡文玉撒腿就跑。听见院里一阵喊声:"他妈的,都跑啦!"

三个人吓得急急溜出村头,不顾命地飞奔下去。不一会儿,许凤、曹福祥带领着几个队员和村干部们急急地追出来。武小龙带着一群人往郭店方向去追那几个叛变的队员去了。这三个叛徒却拼命往枣园方向跑去。许凤他们急急地追着,曹福祥急得满头大汗,一面追着向同志们喊着:"不能叫他们跑掉,叫他们进了据点就不得了啦！"

他们在拼命追赶，一面向几个叛徒的背影射击着。偏偏大雾越来越浓，一追出树林，只见白茫茫的浓雾，几个叛徒的影子也看不见了。

五 云开雾散

在无边的高粱、玉米地中间，一块刚拔了藤的西瓜地里，地上蔓延着算子草，瓜藤堆成堆，到处散落着枯干的瓜叶子。在谷草搭成的窝棚旁边乱扔着西瓜皮，不断有蚂蚱蹦过来跳过去。阳光毒辣辣的，晒得人难受。游击队员们藏在这里，抱着枪散坐在几棵枣树的阴凉里。蝈蝈像竞赛似的叫成一团，好像没有一个肯停一下。队员们带着泥汗的脸上露出疲乏。有的咬牙咧嘴地在阳光下脱光了膀子抓身上的疥疮，有的捡了点干芝麻叶来搓成末，装在烟袋里当烟吸，几个人把头凑在一起，品着滋味。有几个队员像馋孩子一样，贪婪地嚼着玉米秸，使劲啜吸着甜汁。突然，几十个人都立起来望着，东南方向王庄着火了，冒起一个烟柱，又冒起一个烟柱，浓烟在天空飘浮着随风西卷。

队员们叽叽咕咕的，咒骂夹杂着议论：

"烧吧，又是该死的叛徒干的，该千刀万剐！"

"要知道他们是叛徒，早枪毙他们就好了，省得这会儿受害。"

"他们领着敌人都快把咱们的堡垒户烧光了！"

"地道也快给破坏完了。"

"党员和村干部给捕去了快有百十个了。"

"他妈的！别看在这边抗日是厌货，过去翻手搞咱们可真怪厉害的哪。"

"还说哩，都怨你，不是你最后看着他们的吗，为什么擅自离开叫他们跑了！"

队员们都愤怒地看着刘满仓,围着质问他。刘满仓睁圆了豹子眼,暴跳如雷地叫起屈来:"我也不是故意的呀!我也不知道蔡二来他是个汉奸哪,我……"

"脑子呢?你的脑子都叫狗偷吃了吗?"刘远离着近近地怒视着他。

武小龙推开围着刘满仓的队员们,大声说:"干什么,队长不是已经批评了他吗,你们就不犯错误吗,这事不怨他!"

"你呀,连人家这调虎离山计也看不出来!……"几个队员又顶了武小龙几句。

队员们挤在一起,小声地但是急狠狠地吵着,辩驳着。

李铁检查岗哨,得到侦察员从张村的联络员张福臣那里拿来的胡文玉写来的一封信,李铁拆开一看,只见上边写着:

许凤:

  我知道你们现在的处境,白天黑夜,进不了村,简直可以说没有站脚之地了。青纱帐期间已经如此,冬季一到,你们将面临必死的绝境。你若识时务,就带干部们来投降,我决不记仇,仍然是万分高兴地叫你和我在一块。我能叫你享尽人间的快乐。你若不来,我在几个月内一定将你捕来,那时你就悔之晚矣!现在你的命运,全在我的手心里,望你三思!

胡文玉

李铁看了气得须发直竖,光想一把扯碎,想了想,还是忍口气塞在衣袋里。他从地北头沿着高粱地边走回来,脸庞黑瘦,头发蓬蓬的好像一个囚犯。他那眼睛闪着尖利的光芒,叫人看了害怕。他沉默地走来,一声不语,也不想干涉队员们的牢骚和吵骂,独自坐在瓜藤堆上,出神地看着跳动的蚂蚱。一只粗糙的大手伸到面前来,手指头捏着一支卷好的烟卷,一看那粗腿,那光着的四方形的大脚丫子,知道就是队员刘满仓。他没有说话把烟卷递过来。

李铁也默默地接过来对火吸着。刘满仓抱着枪蹲在旁边,使劲喷出一口浓烟,发泄着胸中的闷气。忽然一顿枪把,使劲嘻了一声,蹲在李铁身边。李铁看看他,又抬头看着飘荡着的浮云,烦躁地想着:"没有办法,许凤走的时候不叫暴露目标,不叫随便跟敌人打,特别是今天按她的通知在这里秘密集合开会,更不能打。也许她是对的,如果冒冒失失地去打,很可能像一条鲤鱼撞在网兜里,再也走不脱了。的确敌人集中了很多的兵力在寻找游击队哩。可是这样下去怎么算完呢?"正想着,见集合开会的区干部们也三三两两地陆续走来了。旁边一群干部互相问答着:"怎么样,有什么新的情况?"

"昨天又抓进据点去二十多人,烧了三个村五六十间房子。"

"凡是咱们住过的房东,差不多全毁了,又烧又抓,真他妈的丧良心!"

"还大部分是黑夜抓去的呢。出了几个叛徒,连黑夜也变成敌人的天下了。"

"哎!以后谁家还敢叫咱们住啊。"

"嗬,曹区长来啦,有什么消息吗?"

曹福祥好像得到了什么喜讯似的急急地说:"同志们,今天中午枣园的敌人往东去了好几百人,今天下午准保没事了。"

听了曹福祥的话,人们半信半疑地向王村方向无语地望着。有人着急地问:"许政委叫在这儿集合开会,她怎么还不来呢?"

"等着吧。"

"哎,多注意点身体嘛!看你瘦的还像个样子!"曹福祥像父亲似的走到李铁跟前,说着唉了一声。李铁只嗯了一声。

不知是谁烦恼地说:"队长,怎么办哪?"

几个队员又在旁边争论起来,谁也不让谁,抢着说话。刘远那干脆响亮的声音压倒了别人:"就这样,我坚决搞不通,这是青纱帐期间,还这样躲着,要青纱帐倒了,那怎么办呢?……"

李铁立起来,和曹福祥并肩站着。刘远说着话像个斗架的公鸡似的伸着脖子,左手叉腰,右手向几个人挥舞着。几十张黑黄的脸孔、瘦骨峻嶒的脸孔、胡须蓬蓬的脸孔凑集过来,发出叽叽喳喳的声音,吐着痰,咳嗽着,眼巴巴地望着李铁,好像希望他能解答点什么。李铁和曹福祥互相望望,刚想说话,见人们都转过脸去往地南头看。有几个人急匆匆地向这里走来,头里是许凤。虽然她瘦得脸颊尖削,但是精神却异常饱满。敞着宽大的蓝褂子,用毛巾擦着汗,向人们微笑地走来。大家也露出笑容围上去招呼着。后边是潘林,严肃的小黑脸还是习惯地板着。再后边是江丽、秀芬、小曼和保卫许凤到县委去开会的郎小玉、潘林的通讯员小杜。许凤一边走着,凑到李铁身边往他耳朵边小声说:"窦洛殿被敌人释放出来了,仍旧叫他在情报室工作,他始终表现很好,已经接上头了。"

李铁听了不由得喜形于色,说声:"好,好极了,这几天我正担心叛徒们会杀掉他呢,怎么倒会放了他呢?"

许凤笑了一下小声说:"齐光第很听水仙花的话,又是个孝子,洛殿就利用水仙花和齐光第的娘说动了齐光第,保出他来了。听说水仙花常花洛殿的钱,所以很卖力气,哭哭啼啼,一口咬定高升趁王金庆不在家,半夜去拨她的屋门,被洛殿抓住了,因此怀恨在心,想法陷害洛殿。敌人又没有查出别的证据,就这样结了案。"

李铁歪着头问道:"怎么在县委待了这么几天?"

许凤舒了口气,挨近李铁小声说:"痛痛快快地开了几天会。潘林同志一开始就跟大家顶了板,还认为他是正确的。他不同意大家的批评,气得跑到地委找魏书记去了。后来被魏书记又批评了一顿,回来躺了一天不说话,也不吃饭。同志们都不耐烦了。周明同志就劝大家:要耐心等待同志的觉悟嘛!谁不是从不断纠正错误当中成长起来的呢。周明同志就找他个别谈话。两人一会儿平心静气,一会儿争得面红耳赤,直谈了一天一夜,潘林同志这才承认错误。但到了会上,他又想不通了。正开着会就接到了地委魏书记的信和党中央的文件,在会上一读,潘林同志这才懊悔地直捶自己的脑袋,争论也就解决了。这一回倒是潘林同志找周明同志个别谈了一夜。潘林同志平常那冷板板的人,这回可呜呜地对着周明同志哭了一顿。在县委会上潘林同志做了深刻的检讨,要求给他处分。请示了地委,还是不给他处分。这次咱们区开会,本来周政委不叫他来,可是他一定要求亲自来向大家说明,并且向你道歉。"

李铁听着感慨地嘻了一声。站下回头一看,见潘林低着头出神地在后边走着,便紧走两步把胡文玉的信递给许凤。许凤打开看了,气得脸变了颜色,鼻子里冷笑一声,把信撕了个粉碎,顺手扬到谷子地里,对李铁说道:"为了革命少受损失,我们应该赶快消灭这个叛徒!这任务你能不能完成?"

李铁把手一劈,断然地说道:"我一定亲手砍下他的头来!"

他们走到宽阔的瓜地中央,战士和干部们都围上来。不知是谁说了一句:"政委,看见了吧,又烧了一个村,叛徒们干的!"

许凤向人们望着,点点头说:"我看见了。同志们,这些日子咱们确实受了很大的损失。几个叛徒投了敌,跟鬼子一起来搞咱们,使咱们又流了不少的血。可是毒疮总是不长在咱们身上了。叛徒们所能破坏的都破坏了。他们是抓了一部分同志去,可是他们只要抓不绝,咱们就要斗争下去。怕什么!以后他们再也搞不到咱们的秘密了。地道破坏了挖新的,组织破坏了进行整顿。他们呢,这一次被咱们拔了根,一些死硬的政治土匪叫咱们逮捕了,其余的也都向我们坦白了,他们再也吃不开了。今后我们可以团结的紧紧的,再没有人挑拨离间了,是不是?"

人们的脸色渐渐地露出了微笑,都伸着脖子听她说。许凤一摆手说:"哎,同志们,别在这儿站着啦,附近的大部分敌伪军都往东去了,到王村的一股敌人也回去了,咱们到那边柏树底下去开会,有一个最好的消息报告给大家呢。"

人们哄一下子:"好!走,走啊!"

密密层层的青纱帐中间,坟地上百十株高大的白杨夹杂着苍郁的柏树,浓荫覆盖着草地。区干部和小队队员们坐在地上,大家脸上透露出喜悦,眼光都被许凤那明朗的面容吸住了。许凤从小文件包里拿出一份文件,向大家晃了一下说:"这是毛主席党中央给咱们的指示,我给大家读一读。题目是:中共中央关于坚持冀中平原游击战争的几个问题的指示。"

"好啊,快读!"小曼嚷了一句,人们都笑了。

大家交头接耳地小声叽咕着,突然都不言语了,所有的眼光都集中在许凤身上,看着她那神采焕发的面容,听着她那纯净而清脆的声音。她的声音虽然不高,但是压过了蝈蝈的叫声、沙沙的风声,清清楚楚地一字一句地送到人们耳朵里。人们听着,脸上的表情在起着变化:由沉闷到明朗,到喜悦,最后都咧着嘴笑了。眼睛里闪着兴奋的光芒,挺着胸膛,不住地点着头,互相递着眼神,微笑着,表示自己理解了党中央的意思。文件一读完,哄一声就乱了,有的同志高兴地互相捶打着脊梁。江丽感慨地噙着泪花,听人们交谈起来:"是谁去问上级党委的?为什么不早点去?早点听到该有多好!毛主席党中央多么了解咱们的情况啊!"

"嘿!党中央的话真是说到我们心里了。本来就是这么回事嘛,这不是明摆着的嘛!"

"得啦,明摆着你可愁得像个丧门神。"

"这一回看那些胆小鬼怎么说!"

听着许凤叫了一声,大家都静下来坐在草地上。许凤立在人们中间说话了:"同志们,过去曾经有人说冀中根据地完了,不能坚持了,但是党中央告诉我们,冀中平原的游击战争不但是能够坚持,而且一定会取得胜利。过去为什么有人害怕武装斗争?这不是别的,这就是把敌人看的过分强大了,对群众的力量失去了信心。我们这儿的人民是什么样的人民哪?他们跟党在一起,经过了无数次的考验。他们是觉悟很高的、已经挺身站立起来的人民。敌伪军陷在这样的人民中间,正像江丽同志说的,任它是万丈冰山也要被革命的烈火烧毁的。"许凤说到这里坚决地握紧拳头,看着干部们、队员们的眼睛里闪耀着无畏的光芒,更加兴奋起来。许凤接着说:"是的,敌人表面还是比我们强大,可是我们只要坚决斗争下去,不断地削弱敌人,壮大自己,我们就会最后打败敌人的!"她喘了一口气,一手抓紧腰里的手枪皮套,一手斩钉截铁地一挥说:"同志们,我们有这样英勇的人民,有地道,我们的武装也恢复起来了,军分区的沧河支队,滹沱河支队壮大了,和我们一起坚持斗争。华北、华中各根据地虽然缩小了,但是更巩固了。他们在支援我们。苏联红军和一切反法西斯的军队都在支援我们。同志们,只要我们按照中央的指示,坚持进行武装斗争,依靠根据地向游击区开辟工作,依靠隐蔽根据地向敌占区开辟工作,我们就会站得住脚,一直到取得胜利。现在党要求我们团结一致,勇敢地进行斗争!大家有信心吗?"

"有信心!"大家异口同声地喊,挥舞着胳膊。

许凤向潘林点点头。潘林立起来,沉重地咳嗽了两声,他的声音很低很慢:"同志们,县委研究了党中央的指示,讨论了你们区的一些问题,认为许凤同志和李铁同志是正确的。也查清了对许凤和李铁同志的控告是反革命分子的陷害。我犯了严重错误,县委严肃地批评了我。决定取消对枣园区区委的指责和对许凤、李铁同志的处分,并且请示地委决定许凤同志参加县委常委、李铁同志担任区委副书记。同志们,许凤同志在任何情况下都不放弃打击敌人,她紧紧地依靠群众,敢于放手发动群众,这是非常值得我们学习的。"

听到这里,大家都高兴地露出笑容,交头接耳地议论起来。江丽、秀芬、小曼眼里噙着泪花望着许凤和李铁。潘林声音更加缓慢沉重地说:"同志们,过去一个时期,枣园区的对敌斗争有很大成绩,搞得很出色;可是我,由于缺乏群众观点,不走群众路线,加上思想方法上的主观片面,反而认为枣园区的工作搞乱了、搞糟了,反而打击了许凤同志和李铁同志。特别是,我自以为是,轻信了反革命分子的造谣诬蔑,严重地伤害了许凤和李铁同志,想起来真令人痛心……"潘林停住说不下去了,整个会场陷入了寂静的沉思,只听到风吹杨叶哗哗地响。

曹福祥摩挲着胡茬子,不自然地抬起头来,看着潘林。潘林重重地叹了口气说:"这对我是个沉痛的教训。我犯了右倾路线的错误。我片面地轻信了反革命分子的挑拨,伤害了李铁同志。我向李铁同志承认错误。"

潘林把手伸给李铁,两人紧紧地握着手,那么坦白亲切地对望着。李铁感动得那明亮的眼睛里渐渐地浮出了泪花。

江丽坐在一边,看着这种场面,禁不住感动得流了泪。

李铁激动地说:"潘林同志,党真是光明伟大,我没有别的话说,我一定要把一切都献给党,直到最后一滴血!"

曹福祥突然立起来激动地说:"潘林同志这种精神,叫我心里太感动,唉!我过去也有错误。"他说着直拍自己的头。

许凤走到曹福祥的面前说:"老曹同志,你这种精神非常好啊!咱们一定要团结一致展开斗争。"许凤向大家一挥手道,"喂!同志们,今天情况许可,让我们高兴地玩一会儿吧!"

大家哄一声立起来,愉快地活动起来。秀芬见江丽在那树底下正出神地望着天空小声哼什么歌呢。秀芬便向大家说:"江丽同志新编了一个歌,叫《滹沱河水滚滚流》,好极了。欢迎她唱唱好不好?"

这时江丽站立在一棵高耸入云的大白杨树下边,向人们喊道:"同志们!"她喊了一句,激动得停了一下。她满怀说不出的喜悦和兴奋,伸出手臂叫道:"同志们,我太感动啦!我诌两句诗来表达我的心情,可以吗?"

"可以!欢迎!"大家喊叫着。

江丽沉静下来,凝视着远方,徐徐地抬起手来,朗诵道:

> 当黑夜席卷大地,
> 死亡逼近人们的时候,
> 狂风呼啸着扫过原野,
> 弹雨凶猛地击打着人群,
> 看不见一丝的光芒,
> 只有地在震抖,
> 人在哭号。
> 看哪! 就在黑风滚滚的地方,
> 一片红光升起来了,
> 红光下站起了党的优秀的儿女,
> 他们迎着风暴,扑向敌人,
> 搏斗呀!
> 冲击呀!
> 前进呀!
> 仆倒了又跃起。
> 啊,英雄的儿女,
> 你们的力量,
> 来自我们伟大的党!
> 啊,伟大的党,
> 你照亮了人们前进的道路,
> 使人们能够辨别方向,
> 人们跟着你战斗,前进!
> 只要一听到你的声音,
> 我们就浑身充满力量,

>像钢铁一样的坚强。
>我们磨亮了刺刀,
>我们扎好了鞋带,
>党啊,你下命令吧!
>我们要冲击前进!

江丽的朗诵把人们的感情都吸引过去了,人们随着她的表情,面部变化着,最后都热情迸发,欢呼跳跃起来。欢呼完了,人们还是要江丽唱《滹沱河水滚滚流》。秀芬小声对许凤说:"那一天我非叫她唱这个歌,她一唱就哭起来,想起她爱人来了。"

萧金在旁边说:"谁叫你非动员人家唱这个歌啦,惹人家伤心!"

秀芬说:"我愿意嘛,就是你好!"说了噘着嘴直瞪萧金。

许凤和李铁听着都笑起来。许凤说:"你俩别吵嘴,叫人家笑话。"

秀芬说:"谁叫他净欺负我!"

萧金说:"老天爷才知道,不定谁欺负谁哩!"

许凤、李铁微笑地咳嗽一声,仰着脸向一边去了。他俩也笑了。树底下到处是笑语声。

在那大树下,江丽沉静地微笑着直劲摆手拒绝说:"不行!不行!一唱歌暴露了目标怎么办?"一群人问许凤道:"政委,可以唱吗?"许凤点点头说:"可以。唱吧,江丽同志,低声一点。"江丽答应着,脸色严肃起来,低声唱出了她埋在心头的哀痛和仇恨,歌声由悲凉徐缓渐渐转为高亢激越,使人们听了回忆起苦难、耻辱和仇恨,燃起了复仇的怒火。只听她唱道:

>滹沱河水滚滚流,
>月光如水照村头。
>烧毁的房屋烟未熄,

村庄破落人逃走。
　　我往哪里逃？
　　我往哪里走？
　　哥哥的血衣拿在手，
　　两眼热泪一肚子仇！
　　我哪里也不逃！
　　我哪里也不走！
　　擦干了眼泪我拿起枪，
　　跟上游击队去报仇！
　　…………

　　唱到这里，她停顿了一下，握起拳头，挺起胸膛唱起《国际歌》来，她的声音是那样激昂悲壮，激励着人们的斗争决心。

　　起来！
　　饥寒交迫的奴隶，
　　…………

　　人们跟着低声地唱起来，眼睛里充满着勇敢战斗的光芒，这不是歌唱，是在向祖国宣誓。
　　人们精神上已经准备好了：要向敌人展开更勇敢的斗争。

第 七 章

一 岳村遇险

夜间,枣园据点日军大队部屋里,在雪白的墙壁上张挂着地图,方桌上点着明晃晃的用瓷盆做的香油灯。渡边坐在桌子旁边接电话,张木康在窗台前立着吸烟,齐光第、赵青进来立在一边。一个鬼子进来把一个公文夹放在渡边面前,渡边点点头继续在空中挥舞着拳头,向受话筒里大声嚷着日本话。嚷着嚷着,忽然回头看了他们一眼,生气地挂上电话听筒,向他们嗯了一声。齐光第忙给渡边敬个礼说:"报告太君,郭店、韩庄、桥头所有的据点都来电话,有游击队喊话扰乱。"

"八格!"渡边咬着牙狠狠地骂了一声,点了一支烟吸着,这才冷冷地瞪着眼睛,叫齐光第他们坐下,说:"限你们三天,李铁的游击队一定要找到。"

几个人大眼瞪小眼地望着,谁也不吭一声。这个搔搔头,那个咂咂嘴。渡边像个饥饿的老狼一般,龇着白牙盯着那墙上的挂图。正这工夫,宫本和胡文玉并肩走了进来,宫本得意地微笑着向渡边咕噜了几句,渡边脸上渐渐露出了笑容,伸手让胡文玉坐下。渡边从来没有对别的汉奸这么客气过,胡文玉洋洋自得地仰着头笑着不理别人,只向渡边敬了礼,坐下吸着烟,和赵青耳语着。齐光第叹口气满怀醋意地瞥了胡文玉一眼说道:"这些日子叫李铁他们占了点便宜去,目前更是难对付了。不知道胡队长这次派出人去能不能稳稳地搞到游击队?"

胡文玉哈哈地笑了一下,浓浓地喷了一口烟,故意慢慢地伸出手来指着那地图说道:"这一回游击队跑不掉了。他们正从这儿向这儿走着。咱们悄悄地跟踪,把他们包围住……"

"他们会老老实实等着挨打?"张木康摇摇头。

胡文玉笑道:"这一回一定可以,因为他们在新胜之后,怎么着也难避免产生一点松懈情绪,我们再给他两个出其不意:一个是他们多注意警戒拂晓,我们就来个前半夜出动;再一个是运用游击队的活动方式,轻装偷袭,无声无息地就上房压顶。等他们发觉,已经完全在我们火力控制之下了……"

宫本听着不住点头,同时向渡边耳语着。渡边也高兴地直摸小胡子。等胡文玉说完,宫本扶着胡文玉的肩膀笑着说:"胡先生一来,游击队可就快完了。"

渡边指着地图用棍子疾速地画了个圈圈,狠狠地说:"立刻出动包围岳村!"

寂静的秋夜,月明星稀,树叶纹丝不动。苍茫的大地,笼着一派清光,一眼望不到边的齐胸深的谷子地里,传来吹地翁鸟呜呜的叫声。游击队沿着南北的古洋河西岸走着。月光洒在河水上,泛着白色的光链。一长列人影疾速地前进着。古洋河从这里折向东去,树木越来越多,和岳村东南的大果树林连成了一片。游击队沿堤向东一拐,进入了浓密的柳林。两岸茂密的柳树遮蔽了天空,使这一带特别幽深寂静。一棵巨大的柳树,倒向水面,柳条拂擦着水流,河水打着漩涡无声地流去。

队伍穿过柳林,沿着草坡小路离开河岸,又走进了黑沉沉的果树林。月光透过枝叶射下来,照着许凤、李铁,照着队员们那雄赳赳的身影。他们用手拨开那拦着路的枝条走过去了。他们踏着那挂满露水的草丛走着,裤脚都挽起来,腿和鞋被露水沾湿了。

队伍悄悄地进入岳村,走进一个院子。人们从肩上摘下枪支,小声说着话,阴影中闪烁着吸烟的火光。现在正按照区委会的决定整顿小队,对队员进行政治教育。一会儿李铁就把小队带走了。

许凤来到屋里,用手巾擦擦汗。房东春生嫂给她在炕上铺上被子,放上炕桌。许凤把油灯放在炕桌上。春生嫂微笑地抚摩着许凤的肩膀说:"好容易才见到你,我快去给你做点饭来吃,啊!"

"嫂子,吃过啦。你去看孩子,一会儿咱俩一块睡,说说知心话。"

春生嫂走了出去。许凤掏出笔记本来,拿出钢笔写着,忍不住嘴角抿着露出笑容。

"凤姐!凤姐!"秀芬和小曼一面叫着跑进来。小曼一下搂住许凤扎到她怀里。

秀芬说:"凤姐,这村妇女组织起来了,地道也挖了三十多丈啦。"

小曼的脸贴在许凤胸膛上,仰起头来向许凤看着说:"凤姐,我们工作的怎么样?"

许凤用前额和小曼顶了一下,笑着说:"好,你们工作得不错,想娘了没有?"

小曼说:"我没有想,就是梦见了两次。"三个人都笑了,接着亲热地谈起知心话来。这时李铁把小队的住处安排好,便来找许凤商量事情。匆匆地走上台阶,一到门边,听见三个姑娘正在说话。

小曼笑着说:"芬姐跟萧金在门洞里叽叽咕咕,那个亲热劲啊,我呔了一声,把萧金给吓跑了。"

许凤说:"秀芬别害臊,正大光明的嘛,萧金多爱你呀!""是他净害臊呗!"秀芬笑着换了话题说,"凤姐,咱们区的工作怎么样?能争取成为模范区吗?"

许凤说:"地委通报了咱们区的斗争经验,咱们一定争取成为模范区!咱们首先要建立一支出色的游击队。这个,有李铁同志这样一个队长,一定行!"说着喜悦流露地赞叹道:

"他多好啊……"

小曼格格地一笑说:"他那么好,我快着给你介绍介绍吧!"

"调皮鬼!"许凤笑着捶了小曼一拳,说,"咱们走吧!"说着掀门帘走出来,正碰上李铁。

秀芬笑着问道:"你才来吗?听见我们说什么啦?"

李铁摇摇头,无声地一笑。

许凤忙对李铁说:"我跟她俩到西头检查一下地道工作,回来我也给队员们去谈谈话,咱们再商量工作计划。"说了满脸严肃地推了秀芬、小曼一下,三个人便走了。

"好!"李铁答应着,见她们走了,心里暗暗地说声:"对!建立一支出色的游击队!"高兴地哼着小曲子走出屋来,真是满面春风,浑身是劲。迎面碰上春生嫂子走来,李铁接过她怀里抱的孩子来,亲亲哄哄举在头上,逗得孩子又叫又笑。李铁逗了一会儿,把孩子递给春生嫂子,刚走出大门,碰上几个年轻的队员走过,李铁哈哈地一笑说:"小鬼们,别忘了学习呀!"

"是,队长,忘不了!"队员们笑着跑了。

从大门洞的黑影里,一群扛着铁锨提着小镐、土筐去挖地道的青年,走了出来,向胡同对过一个院子里走去。"嗬,小伙子们!"李铁不由地招呼着说,"挖快点呀!"

"是!慢不了!"小伙子们说笑着走进那院子里去了。

李铁一路回到小队队部的院子里,总觉得到处都生气勃勃。他趁许凤没有回来,给队员们讲了一次政治课。叫萧金、武小龙领导队员们讨论着,便走上房顶来,向四外瞭望了一番,不见有什么动静。嘱咐了站岗的队员,便去躺在白天晒得软松松温柔柔的被子上。在淡白的月光下,凉风像水一般流过胸膛,顿时暑热全消。伸上房顶的绿槐枝轻轻摇曳着。他望着满天星斗,用手抚摩着胸膛,不由得想起许凤的话来,……他多好啊……她那清脆的令人振奋的声音,在耳边回响着。李铁一摇头抿着嘴笑了一下,用鼻子一嗅,闻到了从果林和野地里刮来的浓郁醉人的甜丝丝的果实香气。这香气混合着芦苇地中刮来的凉风,真是清爽宜人,催人入梦。他闭上眼睛,任凭自己像一只浮在平静的湖水上的小船,听其自然地漂荡着,什么也不管了。

枣园据点的敌人出动了。蔡二来在头里领着路,眼看分做两路迂回过来,把岳村包围了。成群的敌人弯腰持着枪,散开了疾速地前进,逼近了村头。在高粱地边、树后一双双凶恶的鬼样的眼睛闪烁着,无数乌黑的枪口,悄悄地向前移动着,越逼越近。站岗的队员小迷糊抱着枪睡着了。敌人悄悄地进了村,谁也没有发觉。这时,李铁听见了动静,机灵地睁眼一看,只见东面房檐上钢盔一闪光,四个鬼子正从梯子上往房上爬。李铁躲着没有动,把驳壳枪瞄准敌人扫射过去,鬼子吼了一声都摔下去了。萧金、武小龙听到枪响,带着队员从梯子上急急地跑上房来。李铁跳起来一看,只见密密麻麻不知有多少敌人,从东面、北面地里,从南面、西面街上,涌上来包围了这一片房子。李铁咬牙说声:"打!"队员们端着步枪、驳壳枪一起向敌人射击起来。他们往房下投弹,敌人朝房上投弹,手榴弹爆炸声吭吭地响成了一片。李铁一看,南面和西面高房上有了敌人,立刻命令队员往房下撤。刚下了房一进屋子,敌人不知多少挺轻机枪一起向这房上射来,枪弹密如雨点,李铁他们要再晚下来一会儿就全牺牲了。这屋里的洞口只通着二十多丈秘密地道,还没有挖好出口,敌人要是没有发现游击队在这里,还可以钻进去,现在可不能用。李铁暗恨自己。事到如今也只好坚持跟敌人打。赶紧把队员布置好。敌人也上了房进了院子,把这三间大砖北屋围了个风雨不透。随后好多挺机枪像暴雨般向屋子的门窗扫射起来。接着把很多柴草秫秸堆在屋子周围,点着了火。浓烟裹着火舌,从窗口和门缝往屋里直钻。看看门窗都火了,密集的枪弹也往屋里猛射着。李铁他们一面还击着,一面用手巾沾上水把鼻子、嘴包上,扑打着火焰。突然,两个战士中弹牺牲了。李铁难过地抱起牺牲的同志放到墙角边。

"拼吧！李铁同志，我们不能当俘虏！"萧金望着他说。"沉住气，慌什么，把手榴弹准备好！"李铁满脸黑色，眼睛闪着凶猛的光。

枪声突然停止了。传来了喊话声："你们跑不出去啦！眼看就要被全部消灭！李铁快把小队拉过来吧！给你个大队长当！"是赵青站在对面房上，对这屋里喊话。李铁不言语，凑近窗户寻找了一会，瞄准赵青，一扳枪机，赵青没有影了，气得李铁直骂。敌人又向屋里开火了。突然，一阵手榴弹爆炸声，夹着激烈的枪声，在敌人后边响起来。敌人慌乱地散开了。李铁知道有自己的部队来支援了，带着人趁势猛冲出去，消灭了院中的十多个敌人。仗着地形熟悉，穿过西邻的院子，从一个南面堵死了的胡同向北冲去。一出胡同口是个大陡坡，见一群鬼子正从东面包围过来，李铁立刻命令萧金、武小龙带队向西北树林里冲，自己带了三个队员掩在一个坯堆后边，阻击着冲上来的敌人。萧金有心叫李铁带队冲，自己来掩护，知道李铁是不准讨价还价的，犹豫了一下便带着队猛冲下大坡跑去。李铁正在向敌人射击着，就觉身后有动静，急忙一闪身，咔嚓一声一把刺刀扎在身边的坯堆上了。李铁急向身后来的敌人扫射了几发子弹，就见一个高大的身影倒下了。子弹啾啾地搂头盖顶地射过来，这时听到有人喊道：

"那是李铁，抓活的！"

随着鬼子的吼声，李铁觉得右臂被重重地打了一下，被人拦腰搂住，驳壳枪被人夺去了。李铁急得一拧身带着搂他的鬼子向陡坡下边滚去。坡下的豆秧滚倒了一片。他和抓他的鬼子挣扎翻滚着，不多一会儿被几个敌人按在地上捆起来了。当他立起来的时候，发现一个比自己高一头的粗壮的鬼子立在身边，挟了枪牵了捆着自己的绳子，两个鬼子挺了刺刀在两旁押着。李铁汗流满面，剧烈地喘息着。枪声响得似乎更近了，一个身躯高大的鬼子军官，拖着战刀,吱呀吱呀地踏着皮靴走过来。后边跟着一个挂刀的伪军军官,和一个戴眼镜的伪警官,站在对面看着。从旁边走出来一个伪军,持着枪向李铁仔细端详了一会儿,奸笑一声,回头向张木康、齐光第说:"是李铁,一点也不错!"

齐光第向渡边咕噜了几句日本话,渡边冲张木康点点头嗯了一声。那伪军又凑近冲李铁奸笑一声说:"哈哈!李队长,这一回得劳驾到枣园据点走一趟啦!"李铁一看,是叛徒蔡二来,恨不得一刀子捅死他。正恨得牙痒痒的,只见对面过来了一个身材适中、穿米色军装、戴金丝墨晶眼镜的白净脸日本军官,挎着战刀,把高统皮靴踏得喀喀地响,看来好生面熟,来到跟前,那人冷笑着把眼镜摘下来,一看却是胡文玉。

李铁气得使劲啐了他一口。

胡文玉用手绢擦擦脸,哈哈地笑了一声,立刻又沉下脸来道:"我到这边来了,咱们还没来得及好好较量较量,你就当了俘虏。老实说,你们逃不出我的手心,哈哈哈!"他往前凑了几步,歪头看着李铁又问道,"怎么样,识时务者为俊杰,过来吧,当个大队长,舒服得很哪!"说了又笑起来。

李铁满腔怒气攻心,咬咬牙,趁他不注意,猛然飞起一脚,踢中了胡文玉的下部。胡文玉哎呀一声,倒在地上,疼得直打滚。日伪军连忙把胡文玉扶起来,站也站不直了,只好叫来一副担架,抬着他走。

渡边向李铁伸出大拇指,哈哈地笑着说:"你的大大的好!大大的好!"立刻斥骂着鬼子兵说,"快给李铁队长解开的!"张木康也客气地说:"李先生,多原谅,我是久仰大名了,这次请您到枣园去,无非是想和您一起共事,希望……"

李铁仰着脸不理他们。听着枪声猛烈地响了一阵子,突然停止了。

敌伪军押着李铁和被俘虏的几个队员,向枣园据点疾速地走去。

　　李铁被夹在鬼子的行列里边,虽然他没有被捆着,后边和左右都是鬼子挺了刺刀监视着。他一面走着不住地左顾右盼,只是找不到一个逃跑的机会。眼看着穿过树林,穿过庄稼地小路,快离枣园据点不远了,再不想法逃出去就完了。他一下立在路边不走了,要求歇一会儿解解手。一个鬼子吼叫了一声要发脾气,被一个鬼子军官制止住,命令鬼子兵四面围着他,监视着让他解手。几个鬼子围住他,敌人的队伍不停地走过去。他解着手瞅着伸在面前的刺刀,寻思着办法。他扎好裤腰带歇了一会儿,鬼子军官催他走,只得跟上往前走。看看到了一带密林丛丛的大土岗上,左边是枣树林,右边是陡峭的土坡,下边是两丈多深的大夹沟,大沟对面坡上是用密实实的杜树夹枣树编成围墙的梨树园。这一带地形复杂,是最好的打伏击的地势。这时,四周悄无声息,李铁只盼着同志们能在这里打一下才好。想着听见马蹄声响,敌伪军官骑着五匹大马,从旁边走过去了。听着马上一个伪军军官说声:"李队长委屈啦,枣园见!"

　　李铁听着,估计是伪军大队长张木康,没有理他,只顾观察地势。眼看走上了土岗的顶上,陡坡下边是一片棘针乱草。正在偷偷看着鬼子的动静向右边靠,突然,一阵排枪从两旁射击过来。李铁早攒足了劲,趁敌人一慌,闪开敌人的刺刀,猛一膀子向右边的一个鬼子撞去,随着向大沟下边跳下去,正砸在掉下去的鬼子的身上,摔得一昏,一下子没有能爬起来。这时侧面树林里排枪向敌人猛射着。看着大沟上又有敌人跳下来,李铁赶紧往一边滚去,忍着疼咬牙爬起来就往对面坡边跑。李铁跑着觉得身后有人追近,忽听扑通一声,迎面跳下两个人来,原来是刘满仓和陈东风。刘满仓吼一声把敌人砸倒;陈东风扶起李铁就跑。这时身边子弹啾啾直响,陈东风扶着李铁爬上坡顶,正碰上武小龙和萧金。武小龙连忙拉住李铁,跑到树林里边。左右都是游击队员,把枪伸出篱笆去向敌人射击着。李铁这一歇倒脚疼得立不住了,就见许凤提了枪跑到面前,惊喜地一把扶住他说:"快跑!武小龙同志带队掩护!"陈东风一把背起李铁,一阵风跑下去。许凤掩护了一阵,也跟着跑下来。跑了一阵,听着不要紧了,李铁坚决要下来走。

这时零零星星的枪声在四面八方响起来。听吧,各式各样的枪声都有:老套筒,独二决,火炮,大抬杆……这是民兵小组们自动来配合作战了。敌人被这枪声气恼了,狠狠地用机枪盲目地扫射着,不时发射几下掷弹筒,连着几声爆炸。可是敌人刚打完了这边,那边枪声又响了,真是此起彼落。这样打打逗逗,忽隐忽现,满地青纱帐,又是黑夜,追不见人影,打不着目标,敌人的枪声,无可奈何地咆哮着。

许凤听着,满意地笑了笑,心里赞叹道:有这样的群众,这样的民兵,还怕什么?她想着向四下观察了一会儿,跟上来向李铁说道:"哎呀!可真把人急死了。我们在岳村西头正检查工作呢,萧之明同志就带着大队开过来了。我跟萧之明同志说了一会儿话,正说派人叫你带上小队过去一起配合活动呢,就听见枪响,知道你们出了事。萧之明同志立刻就带队攻上去,把小队接下来。一看你们几个人没有下来,他就急了。赶紧又带队追下来,跑步从旁超过敌人,秘密地埋伏到这一带。刚才我们看着就像是你跳下沟来,好歹总算把你救出来了。"

萧金哎了一声说:"都怨我太大意了。"

秀芬嗯了一声说:"还说呢,你就不应该让李铁同志在后边掩护!"

许凤忙说:"秀芬别说这个了。萧金同志没有什么不对。他也急得够呛了。不是我跟萧之明同志劝着他,还非要打回去找李铁同志呢。"

李铁喘着气说:"谁也不怨,都怨我,真不该出这样的事。"

他们小声说着话,听着枪声渐渐远了。李铁早累得精疲力尽,摔得腿疼难忍，知道脱了险，一跛一跛地再也走不动了。陈东风又要背着他，李铁坚决不让，只好架了他一步一步挪动。月光下，许凤看着他衣裳撕得稀烂，脸上、胳膊上都是血印子，也不忍再说他什么，忙从自己腰里扯下毛巾来递给他说："快擦擦吧，看你！"

李铁接过毛巾来，擦着汗水。站下听听，枪声还稀稀落落地响着。

二　归　队

几天过去了。这天上午天晴气爽，敌人没有出动，张村静静的，好像沉睡在这绿树浓荫里了。太阳越升越高，亮得叫人不敢看它。树影墙阴越缩越短。空气一会儿比一会儿闷热。不知是谁家的老母鸡下了蛋，咕嘎咕嘎地叫起来。游击队配合村里青年又突击出新的秘密地道，把烧毁的房子也修好了。他们又踏踏实实地住到村里来了。朱大江也从孔村搬了回来。不知是什么原因，他住在哪村也总觉着不如在张村舒坦。现在他的伤已经好了。方才送走了看望他的同志们，回到屋里坐下，吸着烟，伏在炕桌上，用铅笔练习着写起字来。他的大粗手指笨拙地拿着铅笔，觉得怎么也不得劲，真比拿锄头枪杆还费事哩。手微微哆嗦着，写几个字舔一下铅笔尖，写完一个字就跟旁边一张纸上的字对一对。另一张纸上的字很秀丽，他写的字可曲曲弯弯，简直不比核桃小。自己看了不由得笑着自言自语地说："不如许凤写得好。唉，还不如人家个闺女哩。"他正在聚精会神地写字，忽听院里一阵嘀嘀嗒嗒的女人说话声，听出其中一个是张大娘，另一个女人的声音，简直活像自己的媳妇。不由得一怔，忙放下铅笔听着。不多时两个人走进屋来。一掀门帘，果然是张大娘领着媳妇王素娥和儿子小牛进来了。素娥顺手把一小篮子鸡蛋放在炕上。朱大江咧开大嘴笑着，再也合不上嘴。大娘笑眯眯地摇了一下手说："你嫂子走得怪累的，快上炕去歇会儿。那柜上的壶里有开水,快给孩子喝点。我给你们做饭去。"说着回头就走。

素娥抿着嘴笑着,摸摸脑后的圆髻,把孩子搂在两腿中间,挨着朱大江坐在炕沿上,看着朱大江说:"要不是许凤同志派人接俺娘儿俩,看样你一辈子也不打算叫我知道。你呀,你要有个好歹,我可怎么办?"说着擦起眼泪来。

朱大江哈哈地笑道:"看你说的,咱这号人是摔不碎,砸不烂的。好啦,看,这不是好啦?我正说回家去看你哩。"说着攥起大拳头在她面前晃着,引逗得素娥忍不住笑着一噘嘴说:"死样子!没良心的,多会儿也改不了那傻样。"

"得,得,你不是就喜欢这傻样吗?"朱大江故意浑身活动着说,"看,一点都不痛啦。"

逗的素娥扑哧一下又笑了,可是眼里还噙着泪花。孩子闹着要上炕,素娥用袖子抹了抹眼睛,把孩子抱上炕去。朱大江一下把孩子抱在怀里,问道:"牛牛,想爹了没有?"

三岁的小牛看看爹,看看娘,笑着直去捏朱大江的鼻子。朱大江脸上堆满了笑纹,看不够他这黑不出溜的胖小子,又拍着小牛的小屁股问:"说,想爹了没有?"

"想啦。"小牛说着有点害羞地把手指头含到嘴里。

"哪儿想,啊?"朱大江高兴地咧开大嘴,歪头又问他的儿子。

"这儿想啦!"小牛说着指指心口窝,歪着头看看他娘。

素娥喝着水,得意地把眼睛都笑眯了。

朱大江把儿子举起来连声说:"喂,好小子!好小子!"

他说着把小牛搂到怀里,在小脸蛋上使劲亲了几下。小牛推开他,往娘怀里扑过去,一面嚷:"大胡子扎!"

朱大江嘿嘿地笑起来,紧紧地握着素娥的一只手。两人叽叽喳喳地说着离别后的遭遇。正说着,外屋咳嗽一声,随后门帘撩开,吓得素娥慌忙缩回手来,起身一看却是许凤进来了。许凤走过去,抱起小牛,抹了一下孩子的脸蛋。歪头笑着说:"小牛,叫姨!"

"大姨。"孩子腼腆地叫了一声,扎在她怀里。许凤乐得抱着他说:"好小子,多俊哪!多乖呀!"

许凤拍着小牛,向朱大江看了一眼说:"你们多少日子不见啦,快说会儿话吧,等李铁同志回来,咱们再商量点事。"

回头又对素娥说:"嫂子,住些日子再走,啊!"

许凤说完,亲了一下小牛,送到素娥怀里,笑笑走了出去。

素娥见许凤走了,抚摩着朱大江的身上说:"我不信你就没落残废。"

"好,你不相信是不是? 走,叫你看看。"朱大江立起来抱着孩子,叫了素娥就走。

朱大江领着媳妇来到后邻一个闲院子里。素娥搂着小牛,坐在树荫凉里看着。朱大江去找了一支步枪来,光着膀臂,练习举枪刺杀,疼得汗水往下直流。暗暗咬着牙,还装出毫不在乎的笑容。

"疼!疼!他妈的叫你疼!"他一面小声自语着,继续刺着枪。

朱大江刺完了枪,用羊肚手巾擦着汗,走过来对素娥说:

"哎,我说,这一回放心了吧!甭拉我的腿了啊!"

素娥听着,从心里委屈地咦了一声说:

"牛他爹,看你说的,人家也学习也进步啊。要不是有小牛这个累赘,弄得我身子骨儿这么弱,我也早出来工作啦。后方医院就叫我出去过。我要走啊,走远点,我才不像你围家转哩!不信试试看,你带着小牛,给你!给你呀!"说着把小牛推给朱大江。

朱大江拉过小牛,嘿嘿地直是笑,什么也说不出来。

小牛搂住朱大江的腿嚷:"爹,我要枪,我要枪嘛!"

忽听有人哈哈地笑了一声,朱大江抬头一看,墙头那边露出李铁的脸。随后李铁一拧身上了墙,跳进院子来。素娥忙立起来要走,朱大江忙给李铁介绍道:"这就是你嫂子。"李铁和素娥说着话,一下抱起小牛来,举到头顶上,叫小牛坐在脖子上。

小牛嚷着:"嘿！真高,嘿！"

素娥忙去接过小牛抱着,向李铁笑笑打个招呼就走了。

"哎呀！我的老兄,我都快恨死你们啦。"朱大江说着拉着李铁的手。

李铁亲切地摇着朱大江的两臂说:"干什么那么大气呀?"

"我要求一次,政委就说再养一养。养啊,养啊,我又不是肥猪,喂胖了可以多杀几斤肉。都快闷死我啦！再不给我工作,我就开小差,找周政委去啦。"朱大江气昂昂地拍着胸膛,盯住李铁说,"同志,你懂不懂我的心?"

"我懂,别着急,先吸支烟。"李铁卷了两支烟,递给他一支,打火吸着,拉朱大江坐在一根大木头上说,"吃了一次亏,听说了吧?"

朱大江说:"听说了。下次你再不敢贪睡了吧！"

李铁说:"不是许凤同志和县大队,就见不上面了。"

"哼！"朱大江摇摇头学着李铁的样子说,"一个姑娘家,领着妇女们跑跑步、唱唱歌啥的倒挺不错,当个演员也够格,可是,当政委,唉！"朱大江笑着一摆头,"怎么样？你也了解她啦?"

"好啦,老伙计别再提这个啦。"李铁凑近朱大江说,"我跟你说个秘密,你可不许乱说。"

朱大江拍拍胸膛说:"那当然,你还信不过我?"

李铁抿着嘴笑了好一会儿才说:"老朱,咱们先别嚷,来个拉屎攥拳——暗里使劲,争取成为全分区的模范区小队,行吗?"

朱大江哈哈地笑着,用拳头捶了李铁的脊背两下说:"哎呀,你这家伙真有两下子！为了党,为了革命,咱们没有做不到的事！好！咱们一起干！"

李铁说:"好！那咱们使足劲好好干它一番！好啦,咱们说眼前的。这两天非狠狠地打击敌人一下不可。我就是来看看你能不能出马干一下。"

朱大江忙说："能，当然能！叫我回小队跟你在一起干吧。"

李铁说："告诉你吧，你的工作已经决定啦。你还干你的小队长，我当副政委，萧金担任指导员，小武子担任队副。可是恐怕要考试你一下才能叫你归队。"

朱大江莫名其妙地一皱眉问道："考试，什么考试？"

李铁说："糊涂家伙，你的身体呀！许凤同志总顾虑你的伤还没有好利落。"

"原来是考试这个！好，就去。"朱大江说着拾起褂子，拉了李铁就走。

来到前院里，就见一个穿着淡灰洋布大褂、戴着洋草帽的人，正和许凤面对面坐在槐荫下小声说话。那人听见动静，扭过脸来笑眯眯地和他们打招呼，形象十分刺眼。只见他白光光的脸，戴着一副洋式墨晶眼镜，喷喷地吸着烟卷。这种人，谁一见了也得把他看成汉奸。李铁、朱大江都认得这人叫谢长君，是个教书先生。这人家庭是个富农，走过京、闯过卫（天津），喜欢追求新鲜事物，喜欢洋东西，凡事好找个死理，遇到疑问一定得连着追出几个为什么才算完。还有一个怪癖，就是国民党越禁什么书，他就越要偷偷买来，读了又读。因此他时常说些财主们听来不能入耳的话。他老父亲教训他，他哪里肯听，日久天长，就把他老父亲气死了。这谢长君没了管束，更加自由自在，和几个朋友搞这种合作，那种试验，倒也过得十分快活有趣。可搞了几年什么主义也没试验成功，家业倒花得差不多了。"七七"事变后，他跑到区动员会混了些日子，又吃不了那份苦，悄悄地又溜回家来。一九三九年他们村安上了敌人的据点，他吓得跑出来，到区里要求工作，曹福祥就叫他回村去应付敌人。拔了据点之后，他就教书。这次谢村一安据点，他就又主动找到许凤，接受了任务。谢长君见李铁、朱大江来了，忙递过烟卷去，笑嘻嘻地说："卖什么吆喝什么，干汉奸事就得像个汉奸才行。"说着划洋火给李铁、朱大江点着烟。

李铁笑道："其实啊,你还不是个明牌的敌工。连张木康都说,找八路谈判有办法,叫谢长君来。"

谢长君笑道："知道,胡文玉不更知道我!可他们能怎么样我?我就明跟他们砍。真娘假娘,反正谁找我我也得见,无所谓。"他大笑一阵,又沉下脸来,吐着烟小声说,"当然啦,真正向着谁还用我说吗!"说了问许凤道,"政委,我可以走了吧?"

许凤点点头道："好,你走吧。"说着送走了谢长君。许凤收拾起她的笔记本子,把其中的一页递给李铁看,这是她根据上级党委的指示考虑建立的一套秘密的区委和秘密的村支部领导机构。这是县委委员分头亲自掌握的。她还考虑了在最残酷的时候,万一根据地村一时站不住了,在哪几个有据点的村建立隐蔽的堡垒户,先去挖好秘密地洞。她收拾完了,拿一把小蒲扇轻轻扇着。朱大江过来站在许凤面前说："许凤同志,这一回非答应不行啦!"说着把褂子放在台阶上,紧紧皮带,舒舒胳膊。

"身体行吗?"许凤微笑地看着他。

江丽、秀芬、小曼、萧金、武小龙也走拢来,立在一边看着直是笑。

"瞧哇!"朱大江说了一声,立刻走到砖影壁边,用手扒住影壁角,一纵身蹿了上去,在上边踢了两下腿,一蹦下来,连着又跳跃了几下,叉腰挺胸向许凤望着,腿可疼得直钻心。

"好,去吧!队长同志,一会儿咱们再开会。"许凤爽朗地笑着一挥手。

"哈哈!走哇!准备咱们的战斗计划去啦。"朱大江笑起来,急忙抓起衣裳拉了李铁、萧金、武小龙就走,右脚多少有些跛了。

江丽在后边指着朱大江向秀芬、许凤笑着说："这人真有意思!"

正说着话,张立根不知什么时候在身后立着,背了支步枪,探头向许凤说道："哎,政委,这就有点不太公平啦,伤号都归队了,怎么就是不叫我到队上去?"

许凤微笑地说:"这好办,你赶快培养一个支部书记,马上就调你出来。"

张立根冲张大娘看着,又向许凤一摆头说:"这不是嘛,就叫大婶负责吧,大家都拥护她。"

许凤笑着看看不知什么时候来到身边的大娘诙谐地问道:"怎么样,大娘同志,可以放他出来吗?"

大娘急得摇着手,连声说:"不行,不行,许凤同志,可不能答应他。俺们村调出去了三个书记了,这会子我可顶不起来。"

江丽、秀芬、小曼一听都笑起来。

三　圈　套

夜里,枣园据点宪兵队的一间屋子里,特务们点着灯在喝酒。洛殿恢复自由好些天了,今天执行任务回来,就和特务们一起喝酒玩耍。他这几天调查清楚了,那天晚上跟踪游击队,以致使李铁他们在岳村被敌人包围的特务,原来是赵青手下的便衣特务蔡二来。他跟赵青同时逃入据点后,在特务队干上了。他对各村情况熟悉,执行敌人的任务非常坚决,正要提他当班长哩。洛殿知道蔡二来跟宪兵队上韩小斗他们为了搞"破鞋"争风吃醋,打算叫宪兵队干掉蔡二来,于是趁机两边一撺掇便闹开了。蔡二来倚仗着自己胳膊根硬,对敌人有功,哪把宪兵队的人放在眼里,便吹五道六地大骂:"宪兵队是尿包、饭桶,谁要找碴,老子一句话就要他的狗命!"这些话传到宪兵队特务们的耳朵里,都气火了,咬牙赌咒地说:"不干死蔡二来这小子,不算是爹揍出来的!"

洛殿笑着激他们说:"算啦,人家是有功之臣嘛,你们惹不起,干脆别惹,就落个尿包、饭桶,也不算什么。"

特务们更火了。这天蔡二来又出去侦察,宪兵队特务们跟出去,在半路上弄死了他。特务们回来,就喝起酒来。洛殿心里十分高兴,便叫他们赌钱玩耍,乘机再拉拢他们一下。一说赌钱,大家非常乐意,就在炕桌边围了一圈玩起宝来。

洛殿一双小窝口眼微笑地眯缝着,靠窗台盘腿坐着,仰着头,两手把宝盒子藏在一块手巾下边做着宝。那群家伙卷起袖子,叼着烟卷,扇着扇子,翻白眼,转眼珠,嘴里咕哝着捉摸怎样下注子。黑矮胖子冯小山和洛殿两人做宝。小山咧嘴笑着露出一排白牙齿,点着票子,已经赢了满满的一大把。

这冯小山是子牙河边康庄人,十岁上爹娘被逼死了,房屋土地被族中的三爷霸占去了,小山被赶出家乡,成了流浪的乞儿。不知不觉十几年过去,他长大了。一天,他突然偷偷回到了家乡,用枪打死了三爷,放火烧了三爷的房子,便去当了土匪。"七七"事变后,他当了义勇军,又跟着一个土匪头投了敌。他什么都不信,不相信世界上有真理,有友爱,他冷酷地对待一切。一次他被八路军俘虏去,受了一个多月的训,他亲眼看见了八路军上下一致,相亲相爱。他有生以来第一次被当做人看待,他感动得哭了。被放回来以后,隐瞒了实情又干上了。这些日子窦洛殿对他真是情同手足,几夜不睡守护着把小山从垂死的重病里救活了。小山又感动得大哭了一顿,拜洛殿为盟兄。只要洛殿说一句话,哪怕上刀山、下油锅也绝不含糊。他渐渐地成了自觉的地下工作者了。现在他笑着拿着票子故意跟特务们打哈哈。一群押宝的家伙,多数都输干了,搭拉着脸,拧着眉头子,骂骂咧咧的。洛殿向特务们笑着说:"咱们先说好,你们输了可不许赖账。"

特务们赌咒发誓地说:"谁赖账叫他出门碰上李铁手枪队!"

洛殿微笑着把宝盒放在炕桌中间,抱着肩膀仰脸笑着看看房顶,得意地颤动着腿,把小酒瓶子从衣袋里掏出来,喝了一口,咂咂嘴,一捋络腮胡子。

猪眼睛韩小斗咧着他那花旦式的小嘴,擦一把汗,把票子一摔,嚷着:"孤丁三!"

"他奶奶,我孤丁二!"另一个黄长脸大金牙特务,扔上几张准备票子,鸡爪般瘦长手指上三个金戒指一闪光。接连着十几只手也往二三点上下了注子。冯小山揭宝盒,一群家伙伸长了脖子,屏息凝神张嘴吐舌地看着。

"幺啦!"冯小山长声喝叫着。揭开宝心叫大家看准,随手把票子都收起来。

"他妈的洛殿个毬日的,连着三次坐窝啦。"

"奶奶,我寻思他狗日的就得坐窝。"

特务们一阵骚乱,咂嘴、搔头、骂街,都充起事后诸葛亮来。

这时一个三角脑瓜大蛤蟆眼的小个子特务进来说:"洛殿,宫本叫你去,快!"

"好,就走。"洛殿立起来下炕就要走。

"不行,我们还得捞回来。"一群人嚷着拦住他。

洛殿一挥胳膊说:"他妈的,老子不稀罕那几个臭钱,小山,都退给兔崽子们。"洛殿说着拖上鞋,踢里踏啦地走了。

"哈哈,够朋友,另来,另来。"一阵乱哄哄的嚷声。

洛殿出来见有一个特务在外边等他,便跟了这特务走去。洛殿以为一定是到宫本的办公室去,不料拐弯抹角来到大街上。啊!糟糕!竟奔老何的酒店里来了。洛殿进屋一看,今天屋里打扫得特别干净,摆了十几盆鲜花,方桌上铺上了雪白的桌布,渡边、宫本、胡文玉、赵青、齐光第、张本康以及几个日军伪军中队长都来了,维持会长张书生和宪兵队的特务也在座。老何夫妇两个忙来忙去,端酒端茶。洛殿一进来,胡文玉就站起来,上去拉着他的手,叫他坐在身边,拍拍他的肩膀笑道:"老家伙,还生我的气吗?"

宫本一笑问道:"你们两个认识吗?"

洛殿看见胡文玉,一股怒气直撞头皮。要是换个地方,一把就掐死他。可是现在只得忍着,摸着大胡子哈哈大笑起来,随后挤着小窝口眼道:"认识,他还抓过我哩,骂我是大汉奸,地痞流氓,卖国贼,还有什么认贼作父……差一点把我枪毙了。嘿!现在你自己怎么样?哈!哈!"洛殿大声狂笑着,发泄着心头的愤恨。

宫本在渡边耳朵边小声翻译了一遍,渡边哈哈大笑。日伪军官们也跟着都笑起来。洛殿正不明白今天这么隆重招待是为了什么,就见宫本立起来说道:"今天就为了欢迎胡文玉、赵青两位先生前来合作。有了他们的协助,我们这一带一定能够迅速扑灭共产党游击队,早日造成日中提携的'王道乐土'。"

宫本的欢迎词一完,胡文玉立起来举着酒杯说道:"为了大东亚共存共荣的神圣事业,干杯!"

"干杯!"大家一阵乱嚷,嘻嘻哈哈地喝起酒来。

胡文玉来到枣园据点,渡边、宫本真是如获至宝一般。由于赵青有意培植胡文玉,事事暗中帮他策划,又加胡文玉受过高等教育,读的书多,知识丰富,又有斗争经验,所以提出一些对策来,简直使宫本这样的中国通、高级特务也大为赞叹,因此特别重用他,委派他担任日军的特别顾问,并兼伪军张木康大队的大队副。一切政治、军事、经济活动,都跟他商量。岳村一仗准确地打击了游击队,当场俘虏了李铁和几个队员,使宫本更加信服他的忠实可靠和有谋略,对他简直是言听计从了。这几天渡边、宫本因为侦察不到游击队的踪迹,非常恼火。胡文玉就给宫本出主意,叫他利用今天的宴会,来个一箭双雕:一方面可以侦察到游击队的踪迹;一方面又可以发现共产党地下情报人员的线索。

洛殿装出一副笑脸,看着胡文玉跟宫本、渡边头碰头小声地叽咕了几句,渡边、宫本点点头。胡文玉又和张木康咬了一阵耳朵,两个人笑了起来。洛殿知道一定不是什么好事。

胡文玉喝得脸上红乎乎的,立起身子来晃晃悠悠地说:"情报班、宪兵队几天的工夫净搞些马后炮的情报。每次都是游击队走了,情报也来了,这有什么用!"

齐光第见胡文玉一来就被渡边、张木康重用,早就吃胡文玉的醋,老想找个机会打击胡文玉一下。现在见他这么说,就冷笑一声说道:"对!这一次无妨叫胡先生显一显身手试试!"他说了看看王金庆,感到有了支持,因为王金庆是他的一派。王金庆派到郭店当了大队长之后,他感到膀子更硬了。

恰好今天他也来了,就用眼睛示意,叫他说话。

王金庆嗯了一声,一仰脖子喝下一杯酒说:"我没有当过共产党,一定不如胡队长熟悉八路的内幕。可我跟共产党斗争,也不是三年五年了。在座的诸位,也没有谁像我吃过共产党这么大亏。可以试试嘛!牛皮不是吹的,泰山不是垒的。"说着一指洛殿道,"洛殿你也有些经验,你有何高见吗?"

洛殿忙点头道:"是!是!是!对他们可得小心点。许凤、李铁这号人十分狡猾。常常我们侦察得很准,可半道上他又变了卦。"

赵青只是微笑。只有张木康明白赵青笑什么,因为他们是老关系,谁也不瞒谁。他特别欣赏赵青那操纵各派势力的本领。

胡文玉听完了,向渡边、宫本、张木康点点头,向全场的家伙们扫了一眼,又喝下一杯酒,大声嚷道:"我要在今天包围他们!我搞到了他们最秘密的情报。我知道游击队今天一定到高村去,并且全区干部都在那里开会。我建议今天晚上就行动,拂晓包围高村。"

宫本听了连连点头,向渡边、张木康小声说了几句。

洛殿歪着头,也装着赞成地嗯着,心里可急得像一口吞了二十五只老鼠,百爪挠心。按照这种情况来估计,许凤他们完全可能这样办,那时一定要造成严重的损失。上次岳村出事那天晚上,洛殿刚出差回来。因为几次情报都送出去得很及时,区里避免了损失,又取得了宫本的信任,心里一高兴,就约了几个知己朋友,在四嫂家里喝起酒来,一下喝了个酩酊大醉,第二天一觉醒来,听说游击队在岳村出了事,后悔地直骂自己,还跟四嫂跳脚,埋怨她不拦自己少喝点。这次要再送不出情报去,可真是无法交代。

渡边脸上阴沉沉的,紧闭着嘴巴来回走了几次。每逢他下决心的时候,总是这样。洛殿心里猛跳了两下。

宫本的眼睛在近视眼镜的后边闪着狠毒的光。渡边咬牙切齿地说:"就这样干,立刻出发到高村,你们回去做准备。"

几个人出了屋,各自走了。洛殿趁机嚷道:"喂,老何,新来的二锅头给我装点。"洛殿说着把扁酒瓶子递给老何,跟着老何来到里屋。老何上墙角落里打开酒坛装酒,洛殿凑近他大声嚷着说:"哈,老何,酒又快卖完啦,可该跑一趟河间啦。"接着小声说,"今天晚上包围高村,叫区里注意。高村、东蔡村有敌人坐探。快送出去。"

洛殿接着酒瓶子,又嚷起来:"喂,好啦,好啦,四两满瓶。"他心里可是着急起来:李铁他们千万可别到高村去呀!

四　夜宿青纱帐

武小龙从高村布置完了出来,和十五个队员会合了,伏在高坡上谷子地里,听着动静,监视着路上。约莫十点钟光景,果然从枣园据点方向来了长长一溜人影,头上都包着白毛巾,飞快地往高村奔来。他数着有四五十个人,两挺轻机枪。等敌人刚过去,发现后边远处又走来一群,比前边更多。

武小龙瞄着前面敌人,发出齐放的口令,只听叭叭叭一排子弹兜屁股向敌人射去,影影绰绰看见敌人叽里扑通栽倒了一些,其余都跟着卧倒了。接着,机枪咔咔地扫射过来。武小龙一招手带队员们向后爬着,一抬头见后边敌人正要散开包围上来,说声:"打!"指挥队员们向后边的敌人又打了一个排子枪,就带队员伏着身子蹿过高粱地跑下来。听着敌人枪声越打越激烈,好像前边和后边的敌人对射起来了。武小龙一面跑着,一面向郎小玉说:"老子们回去休息啦,叫王八旦的们狗咬狗去吧!"

"政委跟朱队长、李铁同志小声地商量半天,敢情是弄这一手哪?"郎小玉一面跑着,笑得直捶胸口。

他们一气跑了七八里路,才停下来慢点走,听听敌人的枪声也停了。

又走了一会儿,就听着枣园据点附近也响起一阵枪声,敌人的机枪像暴风一样咆哮起来。这是朱大江、萧金带去伏击敌人的一组人也打响了。

这时,许凤他们因为敌人日夜包围村庄,不愿意把才恢复起来的根据地村弄得太红了,就在孔村村西周围三十多里地的大洼里,不慌不忙地开着区级干部会议。这里满是一房深的高粱地、苎麻地,夹着有几块齐胸深的黑豆地。这一带因为是新淤地,庄稼特别茂盛,他们就在这密密层层的高粱地中间一块空地上开会。二十多个人,在地上坐了一片。许凤坐在前边,代表区委会做了报告,布置了整顿村支部、村政权和抗日团体,开展挖地道等工作。她把各村里的各种力量,哪是可以依靠的力量,哪是中间力量,哪是敌人,根据什么这样分析,不同的村用什么不同的方法,讲得十分清楚。

许凤说完了,又叫张俊臣专门谈一谈关于大力整顿发展民兵的工作。张俊臣这些日子自己兼了抗联的武装部长,全副精力放在发展民兵上边。他带上几个人,出入游击区、敌占区,几乎没有他不敢去的地方,把民兵搞得十分活跃。敌人对他恨之入骨,可是怎么也捉不住他。张俊臣未做正式报告之前,先针对一部分干部当中的思想问题开了火,他一字一板地用沉重的声音说:"有的同志只把敢说敢闹的人作为发展民兵的对象,这不行,这缺乏阶级观点。同志们,民兵的根必须扎正!枪必须交给革命的贫雇农。有的同志埋怨贫雇农落后怕事,这种看法是糊涂,是反动!你只要叫贫雇农真正明白了党的主张,他就会成为农村中最革命的分子。"随后他谈了一下发展民兵的打算。最后他在空中挥着拳头,坚决而有力地说:"我认为,能不能开辟落后村,根本的问题,就是两个:第一个就是一定要扎正根子,建立党的组织;第二个就是发动基本群众,建立起忠实坚定的民兵队伍。这两条办好了,大权就被贫雇农拿过来了,一切事情全都好办了……"

同志们听着他的发言,出自内心满意地低声叫着:"对!对!就是这样!……"

这时就听见高村附近、枣园附近咕咕的一阵机枪声。许凤知道是武小龙他们和敌人打上了,就笑道:"看吧!敌人已经大胆地按照我们的计划包围我们去了。"

大家听了,哄的一声笑了。许凤做了结论,让大家分组讨论各村的整顿计划。只听一片叽叽喳喳的人语声,不时传出轻轻的笑声。人们被中央的指示鼓舞得个个兴高采烈。抽烟的火光,在黑暗中此起彼落地闪耀着。过半夜结束了会,人们起来活动了一下,分组铺好干草,躺下睡了。只有流动哨,在远处走动着。李铁去查哨了。

许凤、江丽、秀芬和小曼躺在一起,把两件棉袍盖在身上。

姑娘们在一起睡觉总是特别热闹的,尤其是添上小曼,就更加活跃起来。她捅捅这个,摸摸那个,搔许凤一下胳肢窝,抓秀芬一下脚心,引得四个人都咻咻地笑个不住。

"女同志们,别吵了行不行啊?"曹福祥在离她们不远的地方躺着,咳嗽一声嘟囔着说。他过去是一个爱睡大觉的人,没事的时候光结记睡觉。

张俊臣躺在窝棚边也说:"小曼,听大伯的话,快睡!"

"你睡吧,区长老大伯,你是不是属猪的?"小曼俏皮地回了曹福祥一句,鼻子一吭,引得秀芬、江丽更笑起来。

"小曼!"许凤叫着一指窝棚,只见曹福祥在小油灯下啪啪地打着蚊子,又读又写。小曼说:"老大伯快要成为学习模范啦!"

这时一轮巨大的明月才从高粱地东边迟迟地升起,一派清辉立刻驱散了黑暗,把幽静的景色带到了人间。人们面对着月光,不由得引起了奇妙的深思。人们仰着脸躺着,望着天空,各自想着各自的心事。

静了没有一刻,小曼又悄悄地说话了。她不住地叫着凤姐问:"天上的星星有数没有哇?人为什么活着啦?"最后还问,"为什么芬姐要搞恋爱啦?"弄得几个人都笑起来,传染得曹福祥他们也跟着笑了。

曹福祥郑重地提出抗议:"唉!女同志们,赶快睡觉,明天还要准备有敌情哩!"

"好吧,限制我们的自由。"小曼不服气地把棉袍蒙上脸,不言语了。一会儿三个姑娘都睡着了。许凤睡不着,她躺着仰脸看着寂静深远的天空,月明星稀,银河的星群,也疏朗起来。她出神地看着牛郎织女星。秋夜,空气越来越凉,雨后地湿露重,虽然铺着干草,躺下不一会儿,就凉得身子难受,摸摸衣服棉袍,也都被露水打湿了。秋虫唧令唧令的叫声,同志们的鼾声,引起许凤更多的感想。她悄悄地起来把棉袍给她们三个姑娘盖好。一看李铁也查了哨回来,蹲在旁边给人们盖棉袍。只见他随后立起来,向天空瞭望一下,又慢慢地向南头走去。许凤也立起来,向李铁身边走去。

"怎么,睡不着吧?"李铁见许凤来到身边,小声问她。

许凤说:"是啊!太叫人高兴了。越想就越睡不着。"

李铁小声说:"我想跟你谈谈。"

两个人并肩悄悄地走到井台边大柳树下,并肩坐在干草堆上。从月亮挂在东南天空,两人就低声细语,直到月亮移到西南天边,两人还在轻声谈着。从过去说到现在,又说到将来。谈到这些日子的变化,不禁同声感叹。当从革命的形势说到共产主义的未来时,又不约而同地眉飞色舞起来。两人越说越意气相投,越觉精神焕发。话语就像泉水涌流不断,真是有点欲罢不能了。说着话,许凤突然又想起了胡文玉,愤恨地哼一声说:"一个人在平常情况下看起来很革命,想不到一阵狂风就刮得露出了丑恶的原形!"

李铁也嗨了一声说:"我认为这还是他根子扎得不正。干革命就是要全心全意为了人民的事业嘛,可他把根扎在万恶的个人主义上面了。他不是无条件地把自己献给革命事业,反而想从里边捞一把。这样,革命越发展,他的个人欲望也越大,他和党的矛盾就越大。革命一受挫折,坐不稳钓鱼船了,他就害怕、动摇,于是左闪右躲,瞻前顾后,既怕得不到什么,又怕失掉什么。这种人,为了满足个人的私欲,为了寻求个人的出路,他就会反党反人民,走上最可耻的道路。"

许凤说:"我看一些小资产阶级出身的同志都该警惕。当时一股热情参加了革命,后来没有真正老老实实地按照党的要求改造自己的思想,尽管口头上说得呱呱叫,实际上没有看清帝国主义必败、人民必胜的前途,不懂得敌我反复斗争的道理。所以,总是左右摇摆,胜利了就轻敌,不做坏的准备,一遭到失败又被敌人吓昏了,对人民丧失了信心。这样怎么能不迷失方向堕落下去呢?"

说着话,放哨的队员来报告说,朱队长他们回来了。不一会儿就见从地南头来了一行人,渐渐看清是朱大江走在头里,武小龙、萧金和队员们跟在后边。许凤、李铁忙迎上去,朱大江和武小龙报告了战斗经过。大家跟着爬起来,围上来听着,兴奋地议论着。一片轻轻的笑语声,把人们闹得再也睡不下去了。

村里传来阵阵鸣啼。晓星隐去。天色迅速变化着,由鱼白色,变成暗蓝色,又变成明朗透蓝的颜色。太阳从树梢头斜射出温暖明亮的光。不多一时太阳升高了。于是灼热刺目的光线罩住了整个大地。蝈蝈爬上叶子晒着叫起来。人们冷了一夜,乍一晒从心里欢喜,满身痒痒的怪舒服。可是,不一会儿,凉风扫过,天空中却涌起了浓黑的阴云。

李铁、朱大江布置了战斗准备工作,正和许凤坐在草堆上看着情报站送来的情报。这时,侦察员还没有回来,也没听见哪里有枪声。

许凤看完了情报,暗想这里不能待下去。赵青他们都懂得游击队的活动规律,村里找不到一定会到这儿来合击。忙把李铁、朱大江、张俊臣和曹福祥叫在一起,正在商量分组转移的计划,萧金急忙走到许凤、李铁、朱大江眼前说道:"快点转移,咱们上了敌人的圈套!"

许凤若有所悟地问道:"你说什么?"

萧金道:"根据夜里敌人的活动情况来看,目的决不是包围高村,而是武装侦察。因为第一,敌人出动之前就大嚷大叫,这是故意让我们知道,诱使我们上钩;第二,敌人好像对我们的伏击早有准备,队形三三五五非常稀疏。我们一打响,敌人还击一下之后,再也不打枪。我发现敌人只是在我们后边扭住不放。我和朱队长兜了个大圈子,好容易甩开敌人,可是武小龙他们是一直回到这里来的,敌人现在一定发现了我们在这里。"

许凤立刻说道:"对!对!立刻准备战斗!分组疏散。"正说着,就见放哨的刘满仓持枪跑过来,一面跑着,一面扬手。李铁一捅朱大江说:"快,准备好!"

朱大江立起来,一扬手,战士们都哗一声顶上了子弹,手榴弹勾出弦。干部们也都掏出手枪。刘满仓跑到跟前喘着气说:"北面路上二里远处发现一百多人向这里走来,足有四五挺机枪,都穿便衣,不知是我们的地区队还是敌人。"

"不会是我们的人。快,分组向西撤!"朱大江命令着。

一句话没落地,就听北面打了一枪,接着南面也打了一枪。寂静了片刻,北面闪出了人影,机枪向这里射过来,子弹打在窝棚上、玉米秸上,啪啪地乱响。吱吱吱,三颗炮弹迎头落下来,在高粱地边爆炸了。弹片夹着泥土、乱草、碎高粱秸飞溅起来。

小队和区干部们在高粱地里还击着敌人,分组撤退着。

五　出　击

从中午以后还没露太阳,天色一会儿比一会儿黑,枪声一会儿比一会儿远,张大娘倚着大门望着,听着,焦急地来回走着。张村村头场里地里,一些老年人也都呆呆地立着,听着。他们手里拿着铁锹、扫帚、镰刀,都怔住向响枪的方向看着,干不下活去了。谁也用不着问谁,心里都充满了悬念和焦急。张大娘仰头望着天空,祷念着:"老天爷快点黑天,快点下雨吧,游击队好冲出敌人的包围圈去。"她想着就好像看见李铁、许凤还有小曼、秀芬他们,挽着裤腿,提着枪,在大风雨里跑哩。忽然一声沉雷在头上滚过,一阵大风夹着大雨点,噼噼啪啪直打下来。电光连着闪了几下,一声震耳的霹雷从树顶上炸开,向四周滚去。雨越下越紧。枪声听不见了。大娘在风雨里高兴地说:"可好咧,可好咧!"自言自语地正要回到院里去,只见风雨中一个人匆匆地向大门口走过来,等来到近前一看,是老何背着个菜筐,浑身湿淋淋地闯进门洞里来,喘着气从身上掏出一个油纸裹着的小纸卷说:"怎么办,大嫂,情报站的人没影啦,小队也不知道撤到哪里去啦。我得立刻回去,这是紧急情报。"

"交给我吧。"大娘把情报接过来说,"我一定想法给他们送去。"

老何走了。大娘忙回到屋里披上条口袋,拄着一根棍子,走到门口仰首望着天空,想着:紧急情报,他们在哪里呢?她立着想了一会,想起了大洼里菜园子里那几个小屋子,她下定决心去试试。随手锁上大门。冒着大雨一步一滑地踏着泥水走出村来。夜色漆黑,简直对面看不见人。道路泥泞难行,她在风雨中摇摇摆摆地艰难地走着。好容易摸到庄稼地大路上来。正走着,听到前面噗嚓噗嚓的一阵紧急的脚步声,忙蹲在路边庄稼地里,听着是敌人叫骂着贴着地边急急忙忙地跑过去了。

雨水哗哗地流向河沟。洼地里白汪汪的一片雨水。庄稼泡在水里,好像淹没了半截。大娘立在水边,风绞雨,摔打着她的脸。她抹抹脸上的雨水,瞭望着这一片大水,怎么也绕不过去,只得蹚过去。她一咬牙走进水里,泥陷住她的脚,她拼命地跋涉着,跋涉着。鞋陷在泥里了,她光着脚走,脚疼得难受,一下子跌坐在水里。挣扎起来,浑身泥水,继续一步一步地往前走去。

滹沱河边菜园子里,几个独立的小茅屋,里面挤满了区干部和小队队员,在蜡绳燃烧的微光中,擦着枪,给伤员包扎着伤口。许凤、李铁从小屋门口向外张望着。闪电一亮一亮的,只见滂沱大雨在雾茫茫的野地里瓢泼似的倾倒下来。哗哗的风雨声越响越大。许凤回头问李铁、朱大江道:"这么大雨,情报送不来啦,派人去了吗?"

一阵风绞雨卷过,把雨星刮了许凤一脸。

"去啦。不过,等回来也就天亮了。"李铁叹口气。

"前几天有消息说,敌人可能在这两天从城里运弹药和物资来。如果今天夜间能了解到敌人军用汽车的确实出发时间,那我们就可以来个主动出击。这一仗打好,就把咱们小队的装备问题解决了。这对咱们以后的斗争有着很重大的作用……"

朱大江的烟头火光一亮,虽然只朦朦胧胧地一闪,但也可看到他眼梢口角露出的笑容。这些日子,他一听见打仗,就忍不住内心的激动。他这种感情,一天比一天强烈,光想立刻投入战斗。听许凤说着,他着急地插嘴说道:"现在最主要的问题是必须立刻搞到情报。谁能想出什么办法?"他望着干部和队员们,使劲吸了一口烟。

许凤也说:"好!大家讨论一下吧!"

人们立刻交谈起来,小屋里一片叽叽喳喳的声音。办法提了好多,但最有把握最保险的办法,还是没有想出来。

一个队员说:"武队副要来了,准有办法。"

朱大江哼一声道:"这一回他恐怕也不见得有办法。"

萧金说:"武小龙是比别人多几个心眼。说不定真有一个锦囊妙计哩!"

郎小玉说:"那家伙一转眼珠就是一个点子。我看没有难着他的事。只要他龇着白牙冲你一乐,那他就保证有了办法。"

郎小玉这样一说,把人们逗乐了。都想起了武小龙那爱做鬼脸的滑稽样儿。正说着,武小龙一下闪进门来。他摘下草帽,向外甩一甩水,什么话也没说,先向朱大江要了块纸,抓上一撮烟末卷烟卷儿。只见他脖子滑稽地一晃,烟卷儿早就卷成了。他向李铁对了个火把烟吸着。郎小玉突然笑了一声。大家一看,原来武小龙正露着一口白牙笑呢。大家想起郎小玉的话,也都不由得笑了。武小龙向许凤拍拍他背来的鼓囊囊的背包说:"政委,我早准备这一手了。这电话机在小宋村坚壁了这些日子,今天也该用一用了。"

许凤赞成地点点头道:"好!可以去试试!不过来回几十里路,又要在雨里蹲几个钟头。"

"这算什么,太上老君的炼丹炉里还蹲它七七四十九天呢!"

在同志们的哄笑声中,武小龙带上两个战士,就往外走。出了门,又回头朝大家笑了一下,就消失在白茫茫的大雨里了。

屋里静下来,过了好一会儿,朱大江探头到门外边看看,突然叫道:"嘿,回来啦!怎么这么快呀!"

三个人探头向外望去,借着闪闪的电光看见风雨中一个战士扶着张大娘走来。大娘满身泥水,一进屋把情报递给许凤,累得一下坐在小炕上。小曼叫了一声:"娘哎!"忙用毛巾给娘擦着头上脸上的泥水。江丽、秀芬都围着大娘,脱下两件干些的衣服给她换上。许凤扶着张大娘感激地说:"大娘,我的好大娘,好同志。"许凤说着找了一根棍插在墙窟窿里,接过大娘脱下的湿褂子,拧一拧晾上。

大娘笑着说:"这算什么,我能赶上你们一分也好啊。"

许凤和李铁、朱大江借着蜡绳的光亮去看那情报。三个人看完相对笑了一下。李铁黑眉一拧,攥起拳头说:"干一家伙!敌人这运服装和弹药的卡车,明天正午到达枣园据点。"

"白天。"许凤仰头寻思着。

朱大江握着驳壳枪粗声粗气地说:"白天也没关系,在青纱帐期间可以打个硬仗。"

许凤说:"为什么偏要打硬仗,多用点脑子少流点血不好吗?我想可以这样……"

许凤眉头一皱,眼珠一闪,一招手,几个人笑着凑过去听她说。

大家在风雨声中等待着,谁也睡不着觉。伴着雨声,小曼细声地唱起歌来。好久好久,雨一直不停地紧一阵慢一阵地下着。几处水洼里的青蛙,哼哼哈哈心满意足地齐唱起来。

正在这时,听见外面有人说笑,是武小龙回来了。他淋得像只落汤鸡,浑身是泥,冻得牙齿格格地直打架。可是他还笑得那么带劲。朱大江急得拍着他的脊梁问道:"怎么样?你快点说好不好?"

李铁把吸着的烟卷递给武小龙:"快吸几口!"

武小龙接过来吸了一大口,一面吐着烟,凑到张大娘跟前叫道:"我的好大娘,你可别淋病了哇!"

大娘笑道:"不碍事!风里雨里走惯了。"

武小龙这才不慌不忙地向许凤报告:"我们一口气跑到公路上,把铅丝往电线上一搭,听得清楚极了。等了大约有两个钟头,才听到渡边给城里联队部的电话。军用车一准在上午八点从县城出发,估计到这儿是十一点左右。"

黑夜在风雨声中过去了。日出，雨过天晴。向东望去，金红色的朝霞渐渐淡白，突然出现了五光十色的长虹。这长虹恰似这一代青年们吐出的一口凌云壮气。霎时，南风鼓荡，水汽全消，天空清澈明朗起来，可还浮动着许多巨大的云团，白的像棉絮，黑的像浓烟，汹涌起伏地变幻着，像连绵不断的群山，像拥拥挤挤的羊群，像奔腾竖立的战马，滚滚地向北飞去。一会儿遮上太阳，一会儿突然闪开，于是露出净净的蓝天，一派灼人的日光撒下大地。云影一片接一片地在大地上掠过。

满洼歼了穗的早庄稼，长着穗的晚庄稼，被雨水洗过真是黄的金黄，绿的碧绿，叶子上滚动着水珠，在阳光下闪烁着灿烂晶莹的光彩。远处村头还笼罩着一层水汽。雨水顺着田垄沟和大道流着。洼地积满了明晃晃的一片水，只露出豆叶和草尖。青蛙哼哼哈哈地得意地叫着。

歼了穗故意留下秸秆掩护游击队活动的高粱地里，一只手拨开叶子，露出一个人脸，这是萧金。随后露出李铁、武小龙的脸，他们向远处张望着。

李铁他们提着枪挽着裤腿，光脚板踏在泥水里，走动着。

公路边树木掩映的小路上，秀芬和小曼化装成两个走亲的姑娘，提着篮子，姗姗走去。

河头岗楼上伪军分队长刁黑子和日军小队长中村，远远地看见了两个姑娘，不转眼珠地盯着。这一带村庄，不知叫他俩糟践了多少妇女。年轻的姑娘只要叫他俩看见，无论如何也不能放过。现在他俩一见这两个漂亮姑娘，恨不能一下捞到手。忙向旁边两个伪军一挥手，提起枪，跑下岗楼，叫伪军放下吊桥，刚想追去，正赶上吊桥外边来了两个扛着大斧的人。中村和刁黑子心不在焉地向那两人望望，自顾向那两个姑娘追去。

秀芬和小曼紧跑一阵，闪进茂密的树丛中不见了。刁黑子和中村带了两个伪军追进去。突然，扑啦啦一声响，李铁、萧金、武小龙带领游击队员,从三面树丛里一涌而出。刁黑子、中村和两个伪军,在黑森森的十几支枪口面前,举起了手,被俘虏了。

这时,朱大江和陈东风两个黑大个,扛了大斧,跨过吊桥向据点里边走去。站岗的伪军喝问道:"干什么的?"

朱大江答道:"你们不是要人劈木柴吗?乡公所派俺俩来劈木柴的呀!"

伪军把步枪往地上一顿,大声喝道:"来两个人不行,回去多叫几个人来!"

朱大江说:"有多少劈柴呀?两个人足够啦。"说着往前边凑过去。

伪军神气十足地一瞪眼说:"不够!"

正这时,陈东风在朱大江身后一下掏出手枪来,往前一蹿,逼上了那伪军。朱大江上去下了伪军的枪,用白毛巾向村头一招,刘远他们带领二十多个队员冲了过来。

这时伪军们在岗楼下边大屋里,有睡懒觉的,有洗脸的,有哼小曲的,突然被游击队员们闯进屋来用枪逼上了,都原地不动举起了手。独有分队副段标举枪要打,被陈东风甩手两枪打去,把他掀了个四脚朝天,死了。

日本鬼子正在屋里擦枪,朱大江率领郎小玉等十多个队员冲过去,把住了门窗,大喊:"缴枪不杀!"鬼子们慌做一团,几个鬼子刚一绰枪,被朱大江他们一阵扫射,趴在地上不动了。又一阵喊话,鬼子们从地上爬起来,一个一个地举着手走出来投降了。这时,刘远和陈东风早抢上了岗楼。上边的一班伪军被他俩用枪逼着,也乖乖地缴了枪。朱大江把日伪军俘虏集合起来,命令他们都脱下军装,派人押走。又叫队员们把日伪军军装都穿起来。突然电话铃响,朱大江过去拿起听筒,捏着鼻子学着刁黑子的声音:"啊,是,是,中队长,我是刁黑子。没有事。过汽车?好,我们一定去巡逻。保证平安无事。"

这时许凤、李铁带人走了进来,听到朱大江学这种怪声,大家都笑起来。许凤说:"你们快去,这里交给我们。"

公路上一队日伪军组成的巡逻队,打着日本旗自西向东走来。一色簇新的草黄色军装,五挺轻机枪,步枪上的刺刀在阳光下直闪亮。化装日军小队长的李铁和化装伪军分队长的朱大江,走在队伍前边。李铁掏出烟卷来递给朱大江一支,两人吸着烟向前瞭望着。李铁向前一指说:"看,老朱,慢点走,就等着在这儿干吧。"

"是,太君!"朱大江说着来了个举手礼。

队员们笑起来,他们慢慢地走着。

阳光下,十辆军用大卡车,迎面疾驰过来。车轮飞转,不断地把路上洼坑里的泥水溅起来射向路边。车上的日伪军嘻嘻哈哈地笑着,唱着。

那队游击队化装的日伪军,笔直地朝汽车迎面走来,日本旗在队列前边飘荡着。看看和第一辆汽车挨上了,突然一阵枪声,第一辆汽车司机死了,汽车没有刹住,冲到沟里翻倒了。后边的卡车在五挺机枪扫射下,也停下了。日伪军仓促地跳下车来,化装的游击队已经冲到车边。敌人闹不清哪是游击队,哪是自己人。游击队按计划分成战斗小组和敌人肉搏起来。朱大江抢上汽车,夺过一挺轻重两用马克辛机关枪,向一处密集的敌人扫射着。几十个敌人离开汽车,落荒逃跑。游击队猛追上去。郎小玉敏捷地用跪射的姿势瞄准敌人射击着。刘满仓拼命追上了一个逃跑的鬼子,扑上去一刺刀扎进去,鬼子倒了,可是刺刀再也拔不出来,急得直骂。"拧,拧啊!"郎小玉喊着跑过来。刘满仓拔出刺刀来,才想起鬼子的三八大盖,忙捡起来掂量了一下,向郎小玉啊哈了一声。见郎小玉身上已经背上了三支三八枪,向他一招手,喊着杀声,跟同志们一起冲上去了。汽车附近的敌人都被消灭了。朱大江指挥战士们从车上往下搬运着枪支子弹,最后烧着了汽车。

许凤站在河头岗楼顶上望着,见一群日伪军向岗楼跑来。看看敌人跑近了岗楼,一招手,一阵机枪扫射过去,敌人又卷箔一样往回跑。李铁带游击队追上来拦住了去路。在前后机枪火力的扫射夹击下,敌人全部被消灭了。枣园、韩庄、郭店据点的敌人都冲了出来。摩托车队、骑兵、车子队,在公路上奔驰着。遍野响起了敌人的枪声,四面都是打着日本旗的敌伪军队伍,把河头村包围起来。河头据点岗楼内外,横三竖四地躺着日伪军的尸体。岗楼上火焰喷吐,黑烟腾空。但是屋里院里散乱地扔着鞋子、衣服、家具,空无一人。游击队连个踪影也不见了。

　　渡边站在一处房顶上举着望远镜瞭望着。只见滹沱河南岸一队穿日军和警备队服装的队伍,打着日本旗,押着一群穿便衣的人,紧挨着谢村岗楼向南走去。渡边也弄糊涂了,回头跟宫本对望了一眼,不知是怎么一回事。

　　胡文玉在旁边挨着宫本立着,也举着望远镜望着,突然他一拍大腿嘻了一声说:"那不是皇军,是游击队!"

　　"游击队？嗯!"

　　宫本和渡边又举起望远镜望了一会儿,叹了口气。胡文玉望望宫本摇摇头,轻轻地用鼻子冷笑了一声,暗想:要依着我,绝不会出这样的事,游击队也早完了。

　　原来在青纱帐里包围了游击队之后,看看要把游击队四面围住了,不料天将黑又下起大雨来,依着胡文玉要冒雨增加兵力,缩紧包围圈,坚持一夜,不消灭游击队不罢休。可是渡边、宫本却坚决把部队撤回了据点。胡文玉又向宫本、渡边建议,把河头的鬼子小队长中村和伪军分队长刁黑子调回枣园,因为他料定这两个家伙只顾奸淫妇女,就一定会给游击队以可乘之机,现在果然出了事。关于汽车队挨伏击的事,如果听胡文玉的话,出动大批日伪军警戒,也不致如此。心中埋怨渡边这家伙刚愎自用,不肯完全听他。胡文玉越想越趾高气扬,面有得色,对渡边用鼻子笑了一声说道:"太君！又叫这落网之鱼逃掉了!"渡边听了,问了宫本几句,禁不住面色紫红,胡子直翘,一手按着刀鞘,鼻子噗噗地喷气。赵青明白渡边生胡文玉的气了,忙在胡文玉耳边小声说:"惹不得,老胡。"

六 热 烈 的 心

  正午,阳光普照,晴空瓦蓝。野外无边无际的庄稼地,一色金黄点缀着苍绿,已是一片晚秋景象。这时,沿着古洋河堤传来一阵轻轻的独轮车声。一会随着声音来近,从树林里小路上闪出了两个老汉,一推一拉驾着小独轮车,车上载着两口大肥猪,向小宋村村头走来。看看走近了村头的小桥前边,突然从桥旁的几棵大树后边,闪出两个游击队哨兵来。他们持着新缴获的三八式步枪,上着瓦亮的刺刀,向拉车的老人招呼着:"哎呀,杨大伯,你们这是干什么呀?"

  拉车的杨大伯笑道:"来慰劳你们哪!"

  "你们怎么知道我们在这里呀?"

  "你们走到天边也找得到。瞒得了别人,还能瞒得了你大伯吗?"

  "许政委可说啦,什么也不能收哩!大家生活都这么困难,快叫鬼子给抢光了。依我看哪,二位老人家把车子放在这儿,到村里去喝碗水,还推回去吧。"

  "你呀同志,你是个小傻瓜。猪肉不好吃啊是怎么的?政委不许要怕什么,有你大伯我呢!许政委她得听我的话!"拉车的杨大伯说着,把小车从小桥上拉过去,扬扬手笑嘻嘻地进村去了。

  这个藏在密密层层的树林中的小宋村,今天热闹起来了。围着村头古洋河边的打谷场上,玉米秸、谷草捆码得像一圈圈长蛇阵。到处都是人。干部、队员和村里人一起忙活着,掐谷穗、掰玉米包、翻场、扬场、拉着碌碡轧场,嘻嘻哈哈有说有笑。推小车的老大伯从场边走过去,场上的人们向他们打着招呼。一进街口,就见街上人来人往,熙熙攘攘。从西街口走进三个担挑子的人,也是送慰劳品来的。街上的人说笑着,迎接着他们,个个脸上充满了笑容。人们欢喜的不光是打了胜仗,更叫人高兴的是游击队员一个也没有伤亡。两位老人把小车推进一个大梢门院一看,挑担的、背筐的,里面都是盛的肉呀、菜呀、白面呀。十多个送东西的老乡,正围着小队的事务长辩论哩。事务长一面给人们往大粗瓷碗里倒着开水,一面解释着。见老人推小车进来,忙叫道:"快来歇歇吧!老大伯,来喝碗水。非常感谢你们的好意,可是东西不能收。许政委有指示,不许收慰劳品增加人们的负担。"

"你说这个就显着疏远啦。告你说吧,收也得收,不收也得收!"

"不用你管,俺们找政委去!"

人们半嗔半恼地拉着事务长,推推拥拥地往外走去,又说又笑地议论着:"听说地区队也在北乡里打了一个胜仗呢。"

"是啊,硬碰硬跟鬼子一个扫荡队打了半天哩。看,这不是地区队的伤员下来了!"

街上一阵乱哄哄的,村长那嘶哑的嗓子着急地呼喊着,一群人跟着他奔跑着,好像在急着集合人哩。担架队进村来了,一副跟一副,有七八个伤员,放在街上。换抬担架的人还没有集合齐,纷乱地嚷叫着。

许凤正看着陈东风、刘满仓比赛给群众往家扛粮食布袋,谁也不服谁,把装满粮食的布袋往肩头一抢,扛着就跑。人们又笑又嚷:"力拔千斤,真是哼哈二将啊!……"忽然,几个区村干部急急地跑来,扬手喊着:"政委,快去看看吧!打人哩,押送担架的同志打人哩!"

许凤才要问是怎么回事,就见区民政助理员呼哧呼哧地跑了来,向许凤喊着:"简直是军阀作风!这个同志太岂有此理,打了村长,连我也打了,还骂我是老不死的……"

许凤吃惊地问:"为什么?"

"嫌换担架耽误了时间,嫌向导找慢了,反正都不对。还在村公所闹哩。"

"为什么大白天急着送?暴露了目标不毁了吗!"许凤说着急忙向村里走去。一进村公所院子,迎面正碰上一个壮壮实实的黑红脸大个子战士,提着皮带,横着肩膀往外走哩。一见许凤,暴躁地嚷叫:"你们管着干什么的,要几个抬担架的都不给!"说着挥舞着皮带直奔许凤跟前来。

许凤气得竖起眉毛,正面迎上去站下严厉地问道:"你是八路军吗!哪一部分的?"

那人举着皮带的手突然垂落下来,嘴动了动没有答出声来。

许凤上下打量了他一遍,严肃地指着他说:"束上皮带,把衣服扣子扣整齐!"

那人规规矩矩地照办了,呆呆地立着,脸上淌下了汗珠子。这时萧金也带了几个队员走进来。许凤看着那人说道:"担架不用你送了,我派人替你送去。你要留下检讨你的错误。"说着回头对萧金一挥手说,"关他禁闭!"

"是!政委。"萧金答应着过去下了那人的枪,两个队员持枪押着那人就走。

那人慌了,结结巴巴地恳求:"政委,放我走吧,我回去一定检讨。"

许凤平静地说:"现在就叫你去检讨,去吧。"又对萧金说,"萧指导员跟他好好谈谈。派人照顾伤员,换换药,天黑了再送走。"

萧金带队员押着那人走了。

许凤转身出来,来到小队住的院里。院内一片笑语声,人们在来来往往地搬运枪支、弹药、军毯等胜利品。

当院一排摆着十挺机枪、五个掷弹筒,崭新崭新的。

"快点,小伙子们,快点!"曹福祥抹着小胡子指挥着。"兰式①六十,三八式一百零二。"他嘟哝着往小本子上记着枪支的数目。

李铁把各种枪支分成几堆,和县大队的人交代着。朱大江恋恋不舍地抚摩着旁边那挺马克辛机枪,微笑着说:"可爱的小家伙,跟着我你抱不了屈。"

曹福祥撅着小胡子冲朱大江看了一眼说:"甭想私人拉拢,它有主啦!"

朱大江急问:"有主啦?给谁?"

曹福祥说:"送给地区队啦!"

许凤笑着说:"是这样,老朱同志!这一回你得咬咬牙啦。"

李铁走过来爽朗地一笑说:"咬牙干什么,要枪要人不是吗,敞开!要多少给多少。"

"对,不用咬牙!"朱大江指着机枪说,"把我跟马克辛一块嫁给地区队吧!我真舍不得离开它呀!"

满院子的人都哄笑起来。

郎小玉拾掇着弹药,和一个队员指手画脚地说:"有了这些好家伙,郭店据点王金庆个狗日的再骂咱们,就削他一梭子!"

许凤看着郎小玉笑笑说:"你们给伪军去上大课,骂过街的吗?"

郎小玉一直身立正了说:"是,政委,骂过三四回。"

小曼在旁边插言道:"小玉,骂得挺热闹吗?"郎小玉说:"嘀!热闹极啦。昨天跟郭店的汉奸还骂了呢。朱队长给他们讲话,他们不听,又骂街又打枪,真把人气坏了。我们就骂啦:汉奸,日你们亲娘!"

李铁摸一下他的肩膀,笑着问道:"朱队长骂了没有?"

郎小玉说:"原先,他不叫我们骂,可是后来气极了,他也骂起

---

① 兰式:即石家庄造步枪。

来啦。"

朱大江在旁边哈哈地笑起来。

李铁问道:"他怎么骂?"

"他说,王金庆你狗日的有种滚出来!他们打枪,我们也打枪,就这样。"

许凤冲朱大江笑着说:"是么,老朱同志,这个办法不大好使吧?"

朱大江嘿一声笑了,用大手摸拭着胡子摇了摇头。郎小玉分辩说:"真气人哩,好几个据点的伪军都不这样,就是那儿特别顽固。"

许凤嗯了一声说:"这样不但影响不好,也没有解决问题吧?"

"你说得很对。政委,我也知道骂街解决不了问题。"郎小玉一吐舌头,随后立正说,"政委,我带班去啦。"

许凤说:"好,走吧!"

他们目送郎小玉走出去,都忍不住笑了。江丽早进来了一会儿,听郎小玉说的话,憋不住格格地笑起来,说道:

"问题就在这儿,对伪军的宣传工作,单单依靠喊话,是不够的,特别是对大据点更不好办。"

许凤一把拉住江丽说:"你什么时候不声不响地溜进来啦?"

江丽笑道:"我串了好几个院子找你们,从西邻院里进来的。你们光顾看机枪了,眼里就没有人了。"

许凤笑着拍了她一下脊梁说道:"你怎么也学的说话这么刺人了!宣传会议开得怎么样?走,到屋里去谈谈。"

干部们簇拥着江丽往屋里走着,江丽兴高采烈地说着:"会开得挺好。就是咱们找到的那油印机,县委宣传部不叫送去。叫我们在这边找个村,安排一个秘密印刷室。万一平大路那边环境坏了,县委的小报社就转移到这边来。"

秀芬这时也从外边跑回来,追上来扶着江丽抢着说:"那好,就用张村咱们那个秘密会议室吧。"

许凤点点头说："对，是个好地方，有黑屋，有地下室，再把大门垒起来就更严实了。"

大家来到屋里坐下，江丽望着许凤说："宣传部刘部长说，叫我负责编写几份对伪军的宣传品，来配合敌工部出版给伪军看的小刊物。他说咱们这里又有油印机，编出来就近请你看一下就印，不必送给他看了。"

许凤忙答应着说："好吧。地委对目前任务有什么指示没有？"

江丽高兴地说："现在整个冀中都恢复了地方武装啦，正在全面地展开对敌伪军的政治攻势。武装斗争也挺激烈。地道也都普遍开展起来了。地委指示我们进一步大刀阔斧地组织青壮年突击挖地道，大胆地发动游击队、民兵进行武装斗争和政治攻势，叫敌人在夜间不敢出据点。这次会专门研究政治攻势和瓦解敌伪军的工作。要发动群众一齐动手哩。等开会详细传达吧。凤姐，还有一个要紧事告诉你，周政委今天到地委去开会，路过这村，要你等着他，谈谈工作。"

许凤点头答应着。这时外边喊叫开饭了，大家嘻嘻哈哈地跑出去，热热闹闹地吃了一顿大饼肉菜。饭后，许凤主持开了区委会。县大队派一个中队来接收了战利品。送走了地区队的伤员，小队也走了。黑夜降临，悬在天空的月亮立刻撒下霜一般的银光。村庄静下来，只听到遍地都是唧令唧令的秋虫的叫声。曹福祥去布置征公粮，带干部出发了。许凤留下李铁、朱大江、江丽、秀芬、萧金、小曼，等着和周政委谈了工作再走。几个人在村边等了一会儿，就见周明跟通讯员张少军急急地走来了。

周明和几个人一一握手笑道："祝贺你们打胜仗！看样我来晚了，没看上你们的胜利品。"一面走着又对许凤他们说，"你们干得很好。大队和别的小队也都打了仗，可没你们这样大胆。我想了解一下,你们准备下一步怎么办。"

说着来到屋里坐下,周明吸着烟斗说道:"谈谈吧!"

许凤笑道:"我们的意见有点分歧哩。周政委来了正好,给我们解决一下。"说着向李铁、朱大江示意道:"你俩先说吧。"

李铁用胳膊撞了一下朱大江,道:"老朱同志提出来的意见,我是同意的,叫老朱说吧。"

朱大江这两天叫胜利冲的心高气壮,禁不住喜形于色,立起来一手叉腰,一手比画着说:"政委!我们有个更大胆的作战计划,可是需要县大队和地区队配合,希望政委支持我们。"

接着比手画脚地讲了一大套。

李铁忍不住插上去说:"我同意这个计划!趁青纱帐期间大干一场,一口气先把韩庄、郭店、谢村、瓦窑四个据点拿下来。"

周明见萧金在一边沉静地抿着嘴笑,忍不住指着他问道:"啊!萧金同志,听说你是个呱呱叫的小参谋,你看这么干好不好哇?"

李铁也指着萧金道:"你光笑不表示意见,不知他肚子里想些什么鬼名堂哩。"

一句话说得人们都笑起来。

秀芬挨着萧金坐着,撞了他一下小声说:"说话呀,干吗光龇着牙乐!"

人们更大笑起来,小曼靠在周明身边,笑得最响。周明指指她的头道:"你呀,真是只喜鹊!"

小曼一拨浪脑袋,一撇嘴笑道:"政委,你也给人起外号。"

人们又笑了一阵。

萧金冲李铁、朱大江看看,说道:"我还没有想成熟。不过,我是另一种想法。"

周明吐了一口烟对朱大江问道:"你们想采取什么办法拿据点啊?"

朱大江毫不犹豫地说:"晚上摸进去,或者化装袭击。现在我们小队有七八十个人了。我们弹药充足,战斗情绪很高,有据点内部的关系配合行动,再有县大队、地区队配合作战,一定成功。"

周明慢慢地一下一下地吸着烟斗,摇了摇头。李铁看着周明的脸色严肃起来了。他最了解周明,这表示他不同意这个意见。心里寻思:怎么说服周政委呢?只要打开局面,群众又恢复了那种自由愉快的生活,人们将多么高兴啊!我们枣园区将获得第一个打开局面的光荣。想着刚要说话,为朱大江的计划辩护,就见周明对许凤道:"你的意见也谈谈吧。"

许凤坐在凳子上,望着窗户上的月光,沉静地说道:"这样一个计划,表现了高度的革命积极性。江丽同志曾为这个和我做了长篇的热烈的辩论。"

周明向江丽微笑着点点头。

江丽笑道:"是这样,我赞成勇往直前,在摧毁敌人阵地的斗争中巩固自己。"

许凤接住说道:"但是,不能同意这个计划!"

周明眼睛一亮,微笑着故意反问道:"为什么?"

许凤道:"因为这个计划是只从自己方面做了打算,而且只看了一步棋,至于敌人内部有什么变化,敌人要怎么做,就没有认真考虑。这是因为胜利把头脑冲热了。我们必须冷静地考虑我们的计划。"

周明听着点着头,出神地思索着,忽然捂着胸口,很凶地咳嗽起来,简直憋得脸上筋都暴起来了。好一会儿才止住了,用毛巾擦擦脸上的汗,喘息着。他的脸色苍白得吓人。许凤不知道怎么安慰他才好,忙问道:"政委,你怎么样?歇会儿吧。"

周明一摆手道:"不要紧,你继续说。"

许凤看了看李铁他们又说道:"我们还没有为游击队准备好可靠的根据地,特别是适合部队作战用的地道。游击队又是才恢复起来的,需要时间整训,加以巩固。敌工工作也还没有跟上去。对党员、对群众还需进行冬季反清剿的动员教育。基层组织也必须迅速进行整顿。如果把这一切不当作重要任务去做,那是很危险的。"

周明听到这里点点头道:"是啊,我同意许凤同志的看法。你们要注意,敌人在各地是吃了一些亏,可是敌人已经接受了教训,现在防守得更加严紧了。据点的工事和火力的配备还在加强。而且正在调动兵力,研究办法,准备冬季对我们来一次毁灭性的'清剿'。我们如果硬打硬拼,当然也可能攻下敌人两三个据点,可是人员的牺牲和弹药的消耗我们是吃不消的。打完了,不等我们恢复过来,青纱帐一倒,紧接着敌人来两三个月的反复的'清剿',那时候我们既没有准备好了的根据地,部队又没有来得及巩固,将处于非常不利的地位。所以,现在只能利用青纱帐这个有利条件,适当地抓住机会打击敌人,夺取装备,巩固自己,保持旺盛的士气,积极挖地道建立稳固的根据地。等待各种条件成熟再攻取敌人的据点。因此,你们必须改变这个计划,不然会把整个区和游击队搞垮的。"

大家静静地听着,往本子上记着周明的话,不住深思地点着头。

周明感慨地嗯了一声又说:"下一次县委会将专门讨论这方面的问题。是啊,我自己过去在许多事情上栽跟斗犯错误,也就像你们今天一样,只看到了一面,忘了另一面;只想这一步,忘了下一步;只是根据一时的热情和愿望,就匆匆忙忙地做了决定。要记住,不论什么时候,看问题都要全面。"

"周政委,我明白啦。"李铁、江丽不约而同地说。

周明说:"这很好。我劝你们接受我的教训,多读读毛主席的书,多读一些马克思列宁主义的书。那样,思想提高了,考虑问题就会更正确了。"说着立起来要走。

许凤说:"好吧,我们一定这样做。"

一面走着,许凤对周明说道:"根据这些日子的斗争来看,胡文玉这个叛徒实在是可恶极了,他的阴谋诡计简直比渡边、宫本还难对付。如果能赶紧设法除掉他,这对我们今后的斗争就有利极了。"

周明点点头道:"对!叛徒这东西就是麻烦,因为它最熟悉我们内部的情况。除掉了胡文玉,敌人要好对付得多!"说到这里回头望望李铁他们问道,"你们说对不对?"

李铁、朱大江他们齐声应道:"对!我们一定想办法先干掉这个叛徒!"

许凤他们送周明走了。许凤还默默地站在门口,望着周明的背影沉思着。朱大江忍不住敲了自己的脑袋一下说:"我真是个老粗!"

七 快 语 通 宵

许凤、江丽、秀芬、小曼跟在李铁、朱大江、萧金他们后面,串着庄稼地里的小路,向张村走来。一路上月光如水,凉风习习,蟋蟀幽幽地鸣叫。擦过高粱稞时,叶上露水珠不断撒到脸上脖颈上,冰凉冰凉的,衣裳也弄得潮湿了。草上的露水把鞋也湿透了。野外十分寂静,秀芬、江丽和小曼提着手枪走在前边。由于战斗胜利,枪弹充足,觉得这苍茫的旷野一点都不可怕。三个人走着,机灵地观察着,一会儿小声说句话,哧哧地笑一下。许凤走在后边,心里千头万绪地想着将来的斗争,没有心思说话。甚至还没觉得走了多远,就到了张村村南胡同口。张大娘正在树底下立着等他们哩。一见他们来了,这才松了一口气,说着话跟他们走回家去。一进院碰上张立根手里提了一把小镐子,正要跟村干部们一起去地洞里安装那个二层洞的翻口,一见许凤进来,忙凑过去说:"政委,队长,咱们的地下室今天就搞成啦!"

许凤回答道:"好啊,你们辛苦啦!"

李铁从张立根手中抢过小镐,走着说:"我帮你们干一阵去!"

秀芬和小曼跟江丽向后院跑去了。张大娘跟许凤到北屋西间来,给她点上灯,拿了开水来,又说了会儿话才走。

许凤坐在炕桌边,打开笔记本,拿着钢笔要写什么,忽然停下来,用钢笔杆抵住下巴颏沉思起来。正在想着,忽然听见张立根在院里喊了一声:"政委,你看,挖出宝贝来啦!"

紧跟着一阵脚步声,李铁、张立根每人抱着一大堆东西,走进屋来放在炕上。张立根放下抱着的东西,又连忙跑去挖地道了。许凤一看竟是一大堆书、油印文件和旧报纸。她高兴地一拍掌说:"好,真好!这是谁藏在这儿的?"

李铁说:"可能是军区机关住在这儿的时候埋起来的。"

李铁说着提起大瓷壶,倒了一大碗凉开水,咕咚咕咚地喝下去。许凤见李铁挖洞弄得浑身泥土,忙用笤帚给他掸扫着。李铁向许凤点点头说:"来,求求你帮个忙。"

许凤点头跟李铁出来,李铁脱了褂子,光着膀臂,拍打了胸部两下,去端了一大瓢水来递给许凤说:"来,给我冲一下。"他说着弯下腰。许凤在李铁脊梁上把水哗哗地冲下去。李铁两手搓着胸膛洗着脸,嘴里噗噗地喷着水。洗完了他立起来把胸膛擦得红红的。许凤见他那瘦得露出筋骨的身体,胳膊上、背部、胸部三处疤痕,不知他流过多少血呢!就这样一种身体,不知他怎么能有那么多力气。李铁擦着胸部见许凤出神地盯着自己,一笑说:"坚持锻炼对于一个人的身体,真有出乎意外的作用。受伤和生病,有好几次看来是完了,可是我又站起来了。不要看我瘦,可是有劲。"说着一攥拳,只见胳膊上筋肉鼓起疙瘩。

许凤说:"对。可是一个意志脆弱的人,就什么也不能坚持。"许凤感慨地说着,把褂子抖干净了递给李铁穿上。

两人回到屋里,贪婪地翻阅着书报。现在虽已过立秋,屋里还是闷热,两人脸上都冒出汗珠来,可是忘了擦,精神全部钻到书里去了。许凤拾掇着,忽然发现了一本《战争和战略问题》,一本《共产党宣言》,忙在灯下看起来。书里的话真是新鲜又明白。她直奇怪为什么过去读的时候竟没有理解到书里边有这么好的东西。真好像饿急了的人,见了肉包子,恨不能一口吞下去,越看越放不下,越看心里越豁亮。人生啊,世界啊,就像在她面前拨开了云雾,一切都看得清清楚楚的了。我们共产党人在为一个多么美好的将来而斗争啊!那时,将从世界上扫除了剥削、侵略、贫困和落后,人们将过着相亲相爱的生活。那有多少幸福啊!世界上能有任何一种事情比这个还伟大吗?还有比这个更值得献出自己的生命的吗?那时候,不知人们将把世界改造成个什么样啊!她脸上焕发着光彩,沉思地眯了一下眼睛。

李铁也在忘情地看着一本书。他一面皱眉,一面大口地吸着烟。烟呛得许凤直咳嗽,用手挥赶着烟雾。李铁一抬头,笑了一下,忙把烟弄熄了,拿蒲扇挥起凉风,立时烟消气爽。

许凤的思想又回到了残酷的现实里。她想起了那些企图灭亡中国奴役人民的日本强盗,那些剥削人的无耻的吸血虫,出卖祖国的人渣子。他们的丑恶面目,在马克思主义的分析下,再也隐藏不住了。这个给人类带来无穷灾难的剥削阶级必须被消灭。她更进一步懂得了侵略战争的真正原因,不过是剥削阶级为了贪得无厌的掠夺。她沉思着,觉得一阵阵凉风吹拂着,解除了身上的闷热。她拢拢鬓角的发绺,继续看着书。她的心在那美妙的幻想里飞翔着。面庞儿浮现出快乐的微笑。

江丽在后院密室里写好了宣传品提纲,叫着秀芬、小曼向许凤的屋里走来,要跟许凤、李铁赶紧商量一下。她一面走着不由得想起李铁来。这些日子跟他在一起很愉快,她觉得李铁是一个真正的英雄。他比传奇里的英雄豪杰伟大得多,崇高得多。他经得起任何考验,能够在风暴中巍然屹立,勇猛前进。他的品质里,没有一点个人主义的杂质,纯净得像一块宝石。他从来也不为个人的得失焦思苦虑。在他心里,除了革命的利益,个人的一切好像都不存在。这是一个多么好的同志!要能永远跟他在一起工作该有多好啊!一定得找时间跟他深入谈谈……江丽正出神地想着,小曼一把拉住她叫道:"哎哟!我的江姐,你怎么往墙角上撞啊,心飞到哪儿去啦!"说着笑得前仰后合的。秀芬也扶着江丽直笑,闹得江丽也笑了起来。三个人笑得喘着气,来到许凤屋里。一掀门帘,秀芬、小曼笑着拥到许凤身上,小曼格格笑道,喊声"凤姐!"跳过去从李铁手里夺过蒲扇,就给许凤呼呼地乱扇起来。李铁忙站起来笑道:"来吧,快来,看咱们有多少书啦!"

许凤抬头,微笑着叫她们坐下。江丽一见这么多书,乐得一拍手,拉着小曼在屋子里旋转着跳起舞来。跳了一会儿,又抓起两本书来翻着,嘴里直嚷:"这下可好了,有了精神食粮了!"

李铁笑着把自己的笔记本递给江丽说:"给我看看。你是老师,用不着客气。干部学习要由你负责抓起来,谁不听话也不行。"

秀芬插嘴道:"那要有人硬不听怎么办?"

许凤一指秀芬笑道:"那就打她!"

秀芬接过去说:"凤姐你偏心眼,小曼也不见得比我爱学习,怎么不打她?"

一阵笑声。李铁又找出一本书翻阅起来。江丽伏在灯下仔细看李铁的笔记,越看越入神。看完了还在托着腮思索着。

李铁放下书问她道:"江丽同志,有什么意见哪?"

江丽抬起头来说:"对我启发很大。你想得很深刻,写得也好。"停了一下,又望着李铁说,"你是什么学校毕业的?"

李铁摇摇头一笑说:"三年小学,别看上学少,挨揍可不少。"

江丽惊异地问道:"为什么挨揍?"

李铁忍着笑说:"我上的是私塾啊。同学里边有一位财主少爷,又大又笨,每天叫同学从家里偷鸡蛋来送他。后来竟敢跟我要起鸡蛋来,叫我把他揍哭了。现在我想,先生可能为这事挨了财主的训斥,就总想法揍我。"

江丽笑起来说:"看你写的东西,我总以为你是大学生出身哩。"

李铁笑道:"看,这就是工人的证据。"说着伸出那粗硬有力的手掌。

江丽也伸出手来一看,却柔滑白腻得像软象牙雕成的一般。江丽笑起来说:"你的手像工人,脑袋可又像知识分子,你要早些能上个大学什么的那就更好了。"

李铁哈哈地笑道:"当然啰,旧社会里只有官僚和财主们的少爷、小姐们才能进大学的。"

江丽一听这话,刺着了自己地主家庭出身,忍不住脸红起来。许凤忙插进来解围说:"不管谁的儿子,坚决革命站稳无产阶级立场,就是好同志。在革命当中,又坚持学习,就更好了。"

李铁也觉得不好意思起来,忙一本正经地说道:"许多革命老前辈,在敌人的监狱里,面临着死亡的威胁,还坚持学习哩。我们现在,比他们不知道要好多少倍了。再说,不抓紧点,说不清哪一天江丽同志又要走啦,就没有老师帮助了。"

江丽认真地说:"我不走就是啦。"

李铁笑道:"那可不行,那又影响你当名演员啦。"江丽听了格格地一笑说:"嘀,别讽刺啦,那个思想问题,人家早就解决啦。"

小曼在旁边笑着说:"江姐,你可别解决,环境好了以后,我还要跟你一块去当演员呢。"

几个人笑起来。秀芬也说:"对,我也去!"

说着,朱大江、萧金走了进来。萧金劈头问秀芬道:"你到哪儿去呀?"

小曼忙笑着说:"萧金同志别急,我们把你也带去呀!"

人们又笑起来。李铁忙问朱大江:"情报来了没有?据点里情况怎么样?"

朱大江一挥手说:"放心,情报和侦察员都来了,没有事。敌人大概还忙着做检讨哩。"

一句话引的大家哄笑起来。朱大江却一点也不笑地问道:"你们想不想听胜利消息?"

小曼、秀芬忙说:"快说,快说!"

人们都急切地望着他。朱大江说:"县大队的侦察员来了,他说了说这两天的消息,可真叫人痛快。孙队长带了县手枪队进入县城,把鬼子的秋田洋行砸了,弄出了才运来的三十支新驳壳枪。同时又去澡堂子里捉日本宪兵队长坂垣。偏偏坂垣这天夜里没有去,结果他们抓了八个日本娘们,叫店里套上两辆四个骡的大车,把驳壳枪和日本娘们拉了就走。"

小曼着急地问道:"人家城门的岗哨能叫他们出来吗?"

萧金说:"他们说是宪兵队给桑林、枣园日本军官送家属的。岗哨一看果然拉着日本娘们,谁还敢问。"

小曼又急问:"日本娘们怎么着啦?"

朱大江说:"当然放回去了。敌人可恼火了。二百多敌人到河北来追捕他们。可是第二天夜间又叫他们在城关打了日本宪兵队,和一百多敌伪军打了一个钟头,真把敌人气死了。现在县手枪队已经改编为平大路游击支队了。咱们孙队长担任了支队长。他们在河间、献县、交河一线打得敌人蒙头转向。孙队长带了二十多个队员,在河间葛楼跟汉奸王凤岗的扫荡队一个团打了半天。拉锯战三进三出,把敌人打死打伤六七十个,咱们只伤了一个人。"

许凤想了一下十分关心地问道:"打胡文玉的事弄清楚了没有?真的又没有成功?"

朱大江一拍大腿恨恨地骂道:"这个该死的叛徒,可真够狡猾啊!对什么人都提防一手,简直没法接近他。这些日子经他手把枣园的警戒弄得更严了。好几个咱们的秘密交通都叫他捕起来了,怎么化装也逃不过他的眼睛。他连睡觉也是三四个窝,谁也摸不到规律,所以外边进去打很难。后来咱们就布置里边给鬼子当夫的地下人员想法下手。这两个人还真有心眼,他们观察好了胡文玉在哪个厕所解手,就埋伏在那里,看着是胡文玉进来了,他们就弄死了他,扔在茅厕里了。两个人出来高兴极了。我不大相信那么容易。通过内线一了解,果然弄错了。弄死的是一个鬼子曹长,个子和胡文玉一样,也穿了白衬衣,戴了眼镜。不过从这一回可把鬼子吓坏了。第二天在茅厕里边发现了鬼子的尸体。敌人气得把那个茅厕拆了。听说以后鬼子黑夜上厕所都是集体去。还打着手电筒,端着刺刀。到了厕所,先武装侦察一番,然后轮流担任警戒,排队拉屎。"

人们听着都笑起来。小曼笑得肚子直痛。

人们出神地伸了脖子听着,兴奋地微笑着看着朱大江,把什么都忘了。朱大江一笑说:"我说完啦,该问问你们在谈什么哪?"

许凤说:"先是谈学习,后来就随便谈起心来了。你要不急着睡觉,也坐下谈谈吧。"

朱大江摇摇头说:"够啦,睡了几个月,再睡要把脑袋睡扁啦。"说着坐下,看看江丽,笑了一下说,"要是这样,我早就有个问题想跟江丽同志谈谈呢。"

江丽说:"好,那你就说说吧。"

朱大江沉思地咳嗽一下说:"这几个月我躺着净想,人为什么偏要打仗呢?到人家国里来杀呀、烧呀、抢夺呀。要是自己生活有困难的话,就和和气气地来商量一下,咱们也不是小气鬼,尽量帮一手是毫不在乎的。何必非这样不行呢?"

江丽笑道:"敌人来侵略咱们,并不是因为他生活困难。相反的是因为他们国家里的统治阶级钱太多了,他们越多越想多,恨不能把全世界都成了他的。他们到处掠夺、屠杀,想占有一切。他们这些老财们互相之间钩心斗角,阴险奸诈,整天价生活在恐怖、不满、仇恨和残杀当中,把人民看成他们的敌人。你要向他退让,他可以连你吃掉,也不会感谢你一句。"

萧金一拍腿说:"对!这正像我们村那个卖油的一样,天天盼着老天爷下个天大的雹子,一下把地上的人都砸死,光剩下他自己和皇姑。后来倒是他自己在大洼里被冰雹砸死了。"

朱大江一拍大腿,唉了一声说:"人,是多么自私自利呀!"李铁正要说话,一看许凤也张嘴要说,忙让她道:"你说,你说。"许凤笑笑,脸色逐渐严肃起来说:"这话应该说清楚,说人是天生的自私自利的动物,这是缺乏阶级分析的眼光。自私自利,这是剥削阶级的本性。剥削阶级把这种反动的阶级本性说成是人人都有的,来为自己的丑恶辩护,并且尽量把这种毒素传染给劳动人民。其实在世界上,劳动人民是最可爱最宝贵的。他们没有自私自利之心,他们创造着物质财富和精神财富,为人类创造幸福的生活。我们能说劳动人民是自私自利的吗?"

朱大江忙摇手说:"哎,我也是这个意思,不过嘴太笨,一下说不出你这么多来,没有分清楚就是了。"

人们笑起来。江丽点点头说:"正是这样,一个人的价值也正是以他为人民的贡献来衡量的。这些年我不断地这样想:人为什么活着?快乐在哪儿呢?我想猪的兴趣是吞到一口猪食,狼的兴趣是吃到一口肉,猫的兴趣是吃到一条鱼或一只老鼠。而人呢,则是要进行革命,发现宇宙的秘密,在大地上创造出奇迹,一句话,要为集体而活着。当我们能够为集体创造出一点成果,忠实地履行了自己的责任的时候,就是再苦十倍也是快乐的,甚至献出生命也毫无遗憾。反之,你吃得好,穿得好,对人类毫无益处,也不过是一架消耗劳动果实的机器而已。"

朱大江摇摇头说:"好家伙,你满口的名词真叫人难懂啊!"

人们又都笑起来,弄得江丽脸上飞起红潮,好一阵不自在。他们这样纵情地说笑着,连鸡叫都没有听见。看看窗户已经发白,许凤忙吹了灯说:"快去吧,不知不觉说了个通宵。千万注意敌情。如果敌人不出来,下午还要传达一下周政委的指示,重新安排咱们的计划呢。"

大家点头答应着各自走出去。江丽拉住许凤、李铁说:"别走,宣传品提纲还没讨论呢。"

八 狂 欢 之 夜

秋风萧萧,夕阳西下。连经两夜寒霜,原野上已经褪尽绿色。但见树林枝杈光秃,黄叶随风翻舞。掩护游击队活动的青纱帐倒了,只剩下黄色的高粱地,形成稀稀拉拉的方块。别的庄稼都割完了,露出一眼望不到边的耕过的平地,残酷的寒冬眼看就要来了。这几天区干部和游击队依靠新挖的地道和秘密堡垒户,躲过敌人的报复扫荡,正在准备迎接敌人的冬季"清剿"。许凤忙着总结工作,计划冬季对敌斗争,就叫李铁先去审查一下江丽起草的宣传品草稿。李铁从小队上回来,就往后院来看江丽。江丽根据和李铁、许凤谈的内容,一夜没睡又连着写了一天,写出了十种宣传品,把眼睛也熬红了。正在写最后几行字,李铁走进屋来笑道:"哈!你这反对别人熬夜的人,也不分昼夜地搞起来啦。"李铁说着,放下驳壳枪,向她身边走过来。

江丽一面疾速地抄完最后几个字笑道:"这叫上行下效嘛。"说了立起来,伸开双臂打了一个大舒展,把稿子整整齐齐地递给李铁,惺忪着有些浮肿的深灰色的大眼睛,松了一口气。虽然有些头疼,但紧张工作后完成任务的愉快,使她脸上充满了笑容。她打了一盆凉水来洗着脸。李铁把稿子放在桌上,正要坐下看,一歪头发现江丽的脸色白得像雪一般,不由得问道:"江丽同志,你不舒服吧,看你的脸像有些浮肿啊!"

江丽笑笑说:"不,人家这是胖啦。"

李铁摇摇头,走到她身旁,拿起她的一只手,用手指在她的手背上按了一下,一个小窝陷下去,好半天还不起来,李铁嗔了一声说:"见鬼!有这样的胖。你要休息一下,明天叫立根同志给找个医生来看看。要注意多吃东西,勤锻炼身体。"

江丽说:"嗬,我跟秀芬快学会一套花拳啦,垮不了就是啦。"

李铁又叮咛道:"不许把身体搞坏,立刻去睡一觉,听到没有?县委有好多东西,还要拿来在这儿印哩。"

李铁指了她一下,说着走到桌子边坐下,才说要看稿子,又立起来从衣袋里掏出一封信递给江丽说道:"这是叛徒胡文玉叫联络员捎出来的,信的内容是这么恶毒,又故意捎给我看,我真恨不得立刻砍他一千刀才痛快!"

江丽接过信来打开一看,只见上边写着:

江丽贤妹如面:

  前信拜读,不胜感激,对你的帮助终生难忘,不过你千万保密,不然必遭李铁之辈的毒手。你想他们那些穷光蛋乞丐之流,一旦得势怎能容得下你我这样出身的人!知识分子最多不过为他们利用一时而已,终归是没有前途的,如站脚不住,就早打主意,我设法接你来枣园,再图回北平之计好了。心心相印,同气相投,纸短情长,容后面谈。

  又:读后千万烧掉。

兄胡文玉

江丽看了直气得两手发抖,脸色青白,咬牙大骂一声:"这个该死的叛徒!"说着把信哧哧地扯了个粉碎,仍不解气,指着枣园骂道,"早晚有那一天,你非吃我十颗子弹不可!你这个叛徒,你以为别人都像你一样是反动阶级的孝子贤孙吗?你想错了!"

原来胡文玉为了破坏党的团结,卑鄙恶毒地进行挑拨离间,这些日子通过联络员给区里的干部写了好几封信,并且故意把这些信不直接送到本人手里,而送给了别的人,以达到恶意中伤的目的。江丽是斗胡文玉最厉害的一个,所以胡文玉特别要污蔑她。区委发现了这一情况后,立刻识破了这个叛徒的阴谋,号召全体同志更加紧密地团结一致。

李铁走过去扶着江丽的肩膀笑道:"生那么大气,就中了他的诡计了。他达不到挑拨离间的目的,也叫他达不到气病你的目的!等着咱们用枪弹回敬他吧!"

江丽和李铁四只手用力紧紧地握着。她看着李铁那友爱而又光明磊落的眼神,感到了说不出的快慰和兴奋。她笑了,坚决而有力地说:"对!不中他的计!"

李铁爽朗地笑道,推她到炕边叫她休息,自己回到桌边坐好了,卷支烟卷吸着,看起稿子来。他大咧咧地用红铅笔在稿子上画着。他画一下江丽心疼一下。李铁又停下来思索着。

江丽解开蓬松的长发要梳头,秀芬跑进来说:"江姐,来,我给你梳。"说了坐在江丽身后用篦子给她梳起来,江丽歪头看着李铁,注意他看稿子的态度,心里在盼着他的赞许。她想:李铁一定说:"好,不知道你能写这么漂亮的文章哩。"她自信这是有根据的。因为自己从小在学校里,作文总在九十分以上。参加工作后,写过好多篇通讯,在《冀中导报》上发表了。在文工团里写过歌词,编过活报剧,谁都说好。何况李铁同志是个工人出身,每次在一起总是找机会向自己学习文化呢。她又回想起前两天李铁向自己学习使用标点符号的时候,睁着一双天真的大眼睛,简直像个小学生,实在有点好笑。她一面想着抿嘴笑着,拿过镜子照着摸着脑后的圆髻。秀芬用毛巾给她扫扫落在肩头的发丝,搂着她挨着脸往镜子里看。院里咚一声,小曼从梯子上跳下,跑进屋里来。她提来一小篮热气腾腾的蒸山芋。一进屋,叫着江姐把篮子递过去。秀芬掀开盖布,从小盆里拣了一块又红又干净的山芋,一下放在江丽的手里,烫得江丽哟了一声,赶紧放在桌上,吮了吮手指头,又拿起山芋，一点一点往下剥皮。小曼格格地笑着把山芋篮子放在李铁面前的桌上，冲李铁嗯了一声。李铁点头一笑，伸手抓起一块，连看也不看，就连皮吞吃起来，好像他的手对滚烫的山芋，毫无感觉似的。小曼笑着，把屋子打扫了一气，点上蜡绳拉着秀芬噗隆噗隆地钻到黑屋里去拾掇油印机去了。李铁吃了山芋，用手巾擦擦手嗯了一声，向江丽一点头。江丽凑过去，李铁指着那稿子说："你写的文章很好，也很快。"

江丽听了一笑。李铁立起来，拿起稿子掂量着，皱起眉头说："还要大加修改，这样不能用。"说了把稿子放在桌上，掏出烟末，迅速地卷了支烟，打火吸着。江丽一听，一下子凉了半截，沉下脸来，不言语了。李铁吸了几口烟说："简单地说，是因为你忘了是写给什么人看的。"

江丽惊愕地望望李铁，把稿子拿起来，默默地翻阅着。李铁走到门口向外看了一下，回来站下继续说："光靠大道理，是不能说动伪军的。应当把他们最关心的切身的事情，最怕又最想知道的事情写进去，用实际的例子给他们指出两条道路，两种前途。"李铁说着从桌上拿过一张纸，递给她说："这是我想的宣传品要点。你要认为可以，就参考着再搞一遍。我到分区电台去一下。"

"好吧！"江丽没有看李铁的脸，看着纸上李铁写的那飞手舞脚的字，烦闷地回答着。这时屋里已经昏暗了，忙打着火点着油灯。

李铁挂上驳壳枪走出门口，又探身回来说："这样，你先睡一觉，吃点东西，明天再弄吧！"说完望了江丽一会儿，想说什么又没说，回头大踏步走了。

江丽在灯下抱着头坐了一会儿，回身躺到炕上。浑身像散了骨头架子，出了一口长气，心里好生难过。自言自语地说："不行，不行，我怎么连这点事也做不好了呢？"她一难过越发头疼得厉害起来，太阳穴嘣嘣直跳。

小曼从黑屋里钻出来叫着:"江姐,都弄好啦,快去吃完饭回来再干吧。喂呀!怎么啦,又头疼了吧?"小曼说着跑过来,爬上炕摸她的头。秀芬也跑来,偎着她问长问短。江丽只捂着脸不做声,好一会儿才说:"你们先去吃吧,我要睡一会儿。"江丽怕她俩看见自己的泪痕,忙推开小曼的手,拉过夹被来把脸蒙上。

小曼说:"好吧,我去叫娘给你做点好吃的送来。"说了拉着秀芬咚咚地跑了。

江丽见她俩走了,唉了一声,气得捶着自己的头。反正睡不着,她索性爬起来,走到院子里,坐在一个板凳上。一弯月亮爬上了房角,静幽幽的银光透过稀疏的槐树枝,照在地上。一阵微风,几片残余的槐叶悄悄地飘落下来,落到她的头上,身上。墙角里一个蟋蟀唧令唧令地叫着。她疲乏地呼出一口气,心里刚怨自己不中用,猛然间想起了张俊臣学文化那回事。有一次,江丽一下教给他二十多个生字。第二天早晨,江丽起来看见张俊臣还坐在那里一股劲写着呢,大概写了整整一晚。他不好意思地对江丽笑笑说:"我一下一下不停地凿,能把最硬的花岗石凿成个石狮子。世界上没有凿不动的东西!就看你是不是比它硬。"想到这里,江丽心里热了一下。李铁说的话,宣传品的题目,又在脑子里反复活动起来。她抱着头苦想了好一会儿,"嘻"了一声,猛然立起来,回到屋里坐在灯下,又看起自己的稿子和李铁写的提纲来。果然越看觉得自己的稿子越空。她沉思了一会儿,脑子突然明朗起来,一连串的新鲜字句涌现出来了。她顾不了头疼,拧了一条湿手巾箍在头上,迅速地写起来。风大了,吹起落叶,在院子里旋转着簌簌地响。她以最快的速度写着,忘掉了身边的一切。忽然听到一阵笑语声。江丽忙走到屋门口一看,梯子上一个人正往下走,一看是许凤一面下梯子一面高兴地喊:"小——江!"离地还有四个梯级就张起胳膊往下一跳,像燕子般飞落到地上,张着胳膊跑进屋来。她把江丽搂起来,又跳又扭,不住地格格地笑。江丽给弄得莫名其妙。这时,梯子上一个跟一个下来了一群人,张大娘和小曼、秀芬也端着饭来了。李铁手里举着一叠纸,大家围着他,跟着他,挤挤拥拥地来到屋里。李铁笑容满面地大声说:"同志们,告诉你们个好消息,苏联红军在斯大林格勒打了一个大胜仗。到十月十四日,四十八天苦战,歼灭德国鬼子三十万人。"

"哈哈!……苏联红军万岁!"

"这一回法西斯可快完蛋啦!"

"打完德国鬼子,红军准来帮咱们打日本帝国主义!"

"那当然啦!"

大家快乐地手舞足蹈起来。李铁拉了江丽一把,递给她一个纸包说:"喂,快吃,这是治头疼的药。"

江丽一笑,从李铁手里接过药来,一下装在衣袋里,只顾和小曼拉着手跳啊跳的。大娘忙去拉江丽说:"快吃吧,面条要凉啦。"

江丽急急地说:"等等,等等嘛!"

李铁又拿出一叠纸说道:"这是分区电台今天收到的延安《解放日报》社论,是为了庆祝斯大林格勒大胜利写的,谁来读一下?"

江丽一下夺过去说:"我来读。"她兴高采烈地读着,大家静下来听着,乐得眉开眼笑,你瞅瞅我,我瞧瞧你。李铁在桌上铺开一张白报纸印的苏德战场地图,用红铅笔在上面按着旧箭头,向前画出又粗又红的新箭头。读完了,大家又一阵喧哗,夹杂着愉快的笑声。他们简直毫无顾忌了,一时都忘了什么保守秘密,纵情地大声说笑起来。小曼拍着掌在当屋又拉着秀芬舞起来。这喧哗声简直轰轰地震动了全村。秀芬喊着:"要立刻把消息印出去,叫全区全县的群众都知道!""对!我保证今天夜里刻出来。"江丽高兴地一跳说:"快拿过钢板蜡纸来。"江丽说着把头上的毛巾勒紧了一下,挽了挽袖子。

"吃点再弄,都凉啦,你这个闺女呀!"

大娘皱眉说着,端着一碗热面汤,追着江丽。

第 八 章

一　残酷的考验

　　青纱帐一倒,敌人又增挖了几条封锁沟,把滹沱河的水引进来,这样枣园区就四面被封锁得严严实实的了。公路上敌伪军、棒子队不断地昼夜巡逻。敌人的活动疯狂起来。枣园据点从城里增来二百多敌伪军,又在酝酿着一种毒辣的阴谋了。渡边、宫本把齐光第、胡文玉、赵青和伪军大队长张木康、王金庆叫了去,说清水师团长要渡边部队在枣园区做一个"清剿"的试验地带,所以叫他们来商量一个有效的"清剿"办法。齐光第主张挨村突击,展开自首运动。张木康主张先把游击队消灭。胡文玉阴险地一笑说:"我和赵队长商量了一个办法,能一举三得。"

　　渡边、宫本忙叫他说出来。

　　胡文玉说:"共产党八路军有个秘诀,就是依靠群众,把群众比作水,军队比作鱼。现在我们在'非治安区'把群众都给抓起来,"他说着两手一抱,"叫鱼离开水。这样,第一可以大规模地搞自首运动,既快又有效;第二情报坐探也好建立,地道也容易破坏;第三游击队失去依据,不得吃不得休息,得不到情报,自然就成瓮中之鳖,不久这里就可以变作模范的'治安区'了。"

　　胡文玉说了以后,和赵青互相小声交谈着。渡边耸了耸小黑胡子,用铅笔指了一下胡文玉,用笨拙的中国话说:"你的好的,主意有的。"

　　赵青接着说:"再利用以上行动,造成一个诱敌深入的办法,这样就会一下子迅速地全部地消灭游击队。"

渡边、宫本、张木康高兴地笑了。齐光第忌妒地耸了耸鼻子。胡文玉在地图上比画着说:"要想消灭他们,必须诱使游击队离开有地道的村庄。我们抓捕了大量的干部和群众之后,在郭店设一个集中营,严刑拷打他们,同时表面上故意放松警戒。我很知道许凤、李铁、朱大江他们的性情。他们见大批群众被捕,受到拷打,一定忍受不了,一定去攻击这个地方。等他们进入郭店之后,我们悄悄地来个十面埋伏,叫他们上不能升天,下不能入地。他们就是插翅能飞,也逃不过这一关。"

赵青见渡边、宫本听了沉思不语,便得意地一笑说:"情报嘛,别发愁,我在游击队里还留着一个根儿哩,我想这是用他的时候了。"

宫本听了高兴得连连地点头。渡边哈哈大笑,拍了赵青一掌,咬牙叫道:"就这么干的!"

渡边拿着红铅笔,在地图上圈着马上要突击破坏的村庄。一连圈了许多个村,圈到张村,他那小胡子动了动,放下了铅笔。张木康露出怀疑的神气,宫本看出他的意思,阴险地笑了一下说:"如果这一着不成,下一步就等游击队到这里去,明白吗?"

于是这群刽子手互相看着大笑起来。

残酷的行动开始了,刺骨的寒风卷着落叶和尘沙,在这茫茫的平原上号叫着。枣树林伸着光秃秃的坚硬的枝条,迎风发出悲切的呼啸。大封锁沟里的浑水浮着烂草、泡沫、冰块,互相拥挤着,撞击着,滚滚流着。

许多根据地村被敌人包围了。一群又一群的人,男女老少被赶进了枣园和郭店据点里。遍野里响起一片哭声和枪声。

区委得到情报后,立刻组织被突击的根据地村的干部、群众往外撤退。可是由于敌人行动的突然,只撤出了一部分,就再也来不及了。张俊臣在王庄工作,晚上一出村就被包围村庄的敌人捕去了。

郭店据点的王金庆,在这种事情上当然非常积极,他亲自带着他那由多年的土匪兵痞组成的一中队,不多几天就搞垮了王庄等几个村庄,抓进了上千的人,集中在郭店据点的一个大院子里。王金庆用肉刑、饥饿、寒冷想逼使党员、干部、群众投降自首,逼使他们供出党的组织情况,逼使他们领着去各村破坏地道,去抓捕党员和干部,捕捉游击队。就在郭店这个集中监禁群众的大院里,敌人整天整夜地挥舞着皮鞭棍棒,用着各式各样惨不忍睹的肉刑,拷打着捕去的人。于是死的被抬出去,不屈服的带着伤又被抛到大院子里来。这种事情,王金庆比宫本亲自在枣园干的并不差。

现在是夜里了,冷得刺骨刮肉的北风,在这大院子上空呼啸着,一打一个透心凉。何况人们已经饿了两天了。敌人只扔给人们一些生山芋吃。人们坐在露天的土地上,互相依偎着,到处是呻吟声。敌人的岗哨把脖子缩在大衣领子里,挟着枪来回走着,不住地顿着脚。

人们望着靠北面闪着灯光的三间屋子。灯光把敌人挥动皮鞭的影子射在窗纸上。屋里不时传出被拷打的人发出的惨痛的叫声、愤怒的骂声和敌人的吼叫声。

王金庆正在亲自动手毒打张俊臣。他打累了,坐在炭火盆边吸着烟卷。他叫两个特务按住张俊臣,狠毒地笑着,拿着燃烧的烟卷头去烧张俊臣的鼻子、耳朵、喉头、胸膛。一烧肌肉一颤,发出一阵吱吱的响声。张俊臣咬紧牙关不言语。

"好,你不说话!"王金庆叫人把张俊臣按倒,用火箸夹了一块红红的火炭,放在张俊臣胸膛上,立刻冒起一阵油烟,发出一阵腥味。张俊臣浑身肌肉乱颤昏过去了。一桶水泼在张俊臣身上,王金庆哈哈大笑起来。

胡文玉和赵青到郭店来检查战斗准备工作。见王金庆身子歪在太师椅里,眯着眼看特务们用刑,就像在欣赏什么好戏一样。胡文玉走过去,笑着拍了一下王金庆怀里的大花猫,说道:"老兄,看样子很过瘾啊。停一下,咱们谈谈。"

说着三个人坐下,把引诱游击队上钩予以歼灭的战斗部署,喊喊喳喳地商议了好大一阵。接着又谈起拷打干部的情况来。王金庆得意地哈哈大笑,在烟卷上弄上白面吸着,醉悠悠地吐着毒雾嚷着:"这一回打得可真解气,真痛快!……"

很长时间张俊臣才苏醒过来。他被扶着坐起来,睁眼一看,只见胡文玉和赵青穿着簇新的黄呢军装,叼着烟卷正和王金庆坐在一起,又说又笑。赵青见张俊臣醒过来,便走到面前虚情假意地说:"嗬!你好哇,抗联主任!我要早一点来,决不叫你受这个罪。"回头又对王金庆说,"王大队长你这就对不起朋友了,这是我的老房东,知道吗?"张俊臣嘴闭得紧紧的,眼光炯炯地望着,还是一言不发。王金庆黄狼眼一眯笑着说:"对不起,也是他的僵劲惹火了我,你知道他连叫什么名字都不肯说。"

赵青奸笑着说:"看在兄弟面上,优待优待他,慢慢地我跟他来谈。"

王金庆连说:"好,好,凭你一句话,决不再难为他。"

赵青抱着胳膊俏皮地吸一口烟卷,眯着眼睛喷着烟圈,伸出一只脚,用脚尖自得其乐地打着点儿,向张俊臣问道:"怎么样?愿意跟我谈谈吗?"

张俊臣撩一下眼皮答道:"在这儿我不谈!"

赵青得意地向王金庆示意道:"好吧,我们到西屋去谈谈。"随后凑近胡文玉小声说道,"一起去谈谈怎么样?"胡文玉阴沉着脸,一挑右眼眉,从牙缝里小声说:"白谈,这种人只能杀!"说了只顾仰起脸吸烟卷。

赵青摇摇头小声道:"急什么!"随即走到张俊臣跟前一扬手道,"走啊,咱们到那屋去谈!"

张俊臣不动,两个特务去架他走,他一晃膀子怒气冲冲地喝道："这样我不去！"

赵青忙笑着一挥手："好！给他解开绳子，快点。"

张俊臣被解开了。他活动活动两臂立起来，疼得咬紧牙，刚一迈步，两腿支持不住，向前扑倒下去，两个特务忙过来扶着他。

赵青嗐了一声说："早点回头，不省得这样了吗？"

张俊臣不言语，被两个特务架着到了西间屋，坐在椅子上。赵青挥手叫两个特务出去，便笑眯眯地劝道："老张，你要肯过来，提什么条件，都可以商量。"

张俊臣眯着眼睛道："你离近点，小声说话。"

赵青抱着希望凑过去，听他说什么。突然，张俊臣眼睛一亮，嗖一下两只巨大的手像老虎钳似的掐住了赵青的脖子。赵青"哎呀"尖叫了一声，使劲挣扎着，又踢又咬。在屋门外边的特务听见声音不对，一齐冲进来，向张俊臣扑去。几个人七手八脚，要把张俊臣的手掰开。可是张俊臣的手就像老虎钳一样，两个人掰一只，还是纹丝不动。几个特务就用拳头、棍子，往张俊臣身上头上乱打，小刀子往身上手上乱扎，把张俊臣敲打得浑身是血，看看快没了气，才把手掰开。特务们赶快把赵青抬到东间屋里，又是打针，又是灌药，忙乱了好大一阵，赵青才缓过气来，望着胡文玉皱皱眉，无声地苦笑一下。王金庆就要把张俊臣枪毙。胡文玉眯着眼道："不，现在枪毙他太便宜了。先得叫他脱七层皮，给他们做个样子！"

王金庆说着一挥手，叫特务们把张俊臣拖回到大院里来了。特务们走了，几个人立刻凑到张俊臣身边问他："怎么样？老张同志，看，把你打成这样！"

张俊臣说："没有关系，死不了就得跟他们斗！"

一个人在黑影里脱下棉袍来给张俊臣盖上，张俊臣挣扎着说："我不要紧，先照顾女同志。"说着挪到旁边给曹福祥的媳妇和孩子盖在身上，鼓励她说，"大嫂，要坚持到底呀！千万什么也别说。"

曹大嫂说:"放心吧兄弟,我不会给你哥丢人!"

张俊臣说着话一动,浑身的伤痕流出血来粘在衣服上,疼得像刀割。他咬牙忍着疼痛一声也不吭。铁丝网门一开,又一个人被推进来,摔倒在地上,几个人忙去抬回来。未受刑的忙把自己铺的干草抱过来铺好,把受伤的人放在上面,给盖好衣裳。受伤的人昏沉地呻吟着。一个人爬过来向张俊臣报告:"又死了一个,是王庄的青年部长。"

张俊臣低声说:"告诉人们别哭。所有的党员和干部们不许叹气!要坚持,外边的同志不会忘记我们的。"

许凤和李铁、朱大江带了小队转移到敌人才突击过的王庄西头一个院里,正封锁了村庄在召开紧急会议,商量怎样打破敌人这次"清剿",如何救出被捕去的干部和群众。许凤一心悬念着被捕的人,急得感情激动起来,坚决主张带队去袭击郭店据点,解救被捕的人。李铁、朱大江、武小龙都跟她是一个主张,只有萧金沉思不语。许凤冲着他问:"萧金同志,你有什么不同的意见?"萧金皱了一下眉头说:"我是在想,这会不会是敌人引鱼进网的计。胡文玉这个叛徒诡计多端,我们不能不防他这一着。"许凤沉思了一会儿说道:"萧金同志这个意见提得好。我们要冷静,要做好充分的准备。这样吧,我们把队伍预先分编成小组,规定联络地点,如遇到紧急情况,立刻化整为零往外撤。大家看这样好不好?"

大家都觉得这样很好。接着详细研究了行动计划,立刻带队出发。这时区干部都已经分散到敌占区各村去隐蔽地活动了。秀芬和小曼也早派人送到敌占区孙屯隐蔽着工作去了。许凤和李铁、朱大江、萧金、武小龙等一同走出来,痛心地看到王庄突然变成了荒凉的村落。家家院子里空寂无人,门窗被扒掉,院子里乱草在寒风中飘动着。走进秀芬的家,只见被烧毁的房屋敞着黑洞洞的门窗,了无声息。人们沉默地站在院里看着。亏了秀芬的爹娘事先得到区里的通知,立刻埋藏了东西撤退到段村大姑娘的婆家去,不然也被捕去了。萧金沉痛地望着,咬牙切齿地说:"烧吧,你们烧吧!"

他们转身出来,集合了小队,做了动员,分配了任务,在村里找到了一个大梯子抬着,迅速地出发向郭店去了。

二　高　村　被　围

黑暗中游击队悄悄地接近了郭店据点,伏在一片坟地里,按计划分批向前运动着。郭店据点安在郭店村街西,围着大碉堡挖了大沟,修了吊桥,工事十分坚固。集中关押群众的地方是在据点对面,街东的一所砖房大院子里。这里没有壕沟工事和大碉堡,只在高房四角有四个小岗楼,比较容易出进。按计划由朱大江带两个班运动到街西大碉堡外边,埋伏好,准备打击出来增援街东大院的敌人,掩护这边行动和撤退。由李铁带精干的手枪班悄悄摸上街东大院去收拾小岗楼里的敌人。许凤带四个班跟上去攻击守卫大院的敌人,掩护群众往外逃。朱大江带队迅速地运动上去了。接着李铁带领手枪班叫六个队员驮了大梯子,悄悄地爬向关押着群众的大院。武小龙、刘满仓在最前边,爬到墙角近处,就见大院四个角的小碉堡闪着灯光。一个提着玻璃灯的伪军,从东南角的碉堡里闪出来向北走过来,一面晃着灯,一面问着:"有动静没有?"东北角碉堡里答道:"没有!"那伪军又晃着灯顺着工事环道往西走去了。大院外边的岗哨已经撤了。武小龙、刘满仓疾速无声地跳起来跑到高墙下边,守住了大门。后边的队员紧跟上来把梯子靠上了高墙。李铁第一个飞跑上去,武小龙、郎小玉、陈东风在后边紧跟上去。通讯员立刻跑去通知许凤带队运动上来。李铁轻轻地推开小碉堡的门,一看两个伪军正抱着枪坐着吸烟哩,立刻逼住下了枪,堵上嘴。六个队员刚进了碉堡,那提灯的伪军又从南面走了过来,一面晃着灯问道:"有动静没有?"

陈东风在碉堡门边答道:"没有。"

那伪军毫不在意地晃着灯,刚走到门口往里一探头,陈东风用驳壳枪口顶上了他的心窝,左手夺过他的灯来,小声喝道:"言语一声就要你的命!"

郎小玉下了伪军的枪,把他弄到碉堡里去。三个伪军都给捆上堵上了嘴。武小龙提着灯向西北角碉堡走去,走到跟前也照样地问:"有动静没有?"里边的伪军回答说:"没有。"陈东风他们悄悄跟在后边,突然闯进去下了伪军的枪。就这样,迅速地解决了西北、西南、东南三个小碉堡里的伪军。留下几个队员把守碉堡,准备阻击敌人,掩护突击组。武小龙、陈东风回到东北角,伏在房顶上向李铁报告了。最可笑的是西南角小碉堡里的两个伪军,睡得好死,直到把他们怀里抱着的枪拿了还不肯醒哩。可见敌人精神上根本没有准备。战斗进行得这样顺利,真是出人意料之外。李铁听了心里非常高兴,暗想:"这回一定成功了。"赶紧留下郎小玉掩护,带了其他队员下院子收拾屋里的伪军。不料刚下了几档梯子,就听墙外边一声枪响,下边屋里院里立刻吼叫起来:"有八路!快起来!""房上有八路啦!"

伪军们纷乱地从屋里往外窜着,向梯子跟前跑着。紧接着,街西大碉堡上的机枪一个点地响起来,街上也响起了混乱的枪声、喝叫声和奔跑声。院里被关押的群众也像一窝蜂似的骚乱起来,敌人大声吼叫着鞭打着被捕的人群。张俊臣挣扎着站起来,大声跳叫着:"同志们,冲啊!"他向一个伪军扑过去夺了枪,领着向外就冲。门被群众打开了,跑出去了一部分。院里,门洞里,群众也在和伪军厮打着。伪军开始向房上射击着。李铁见形势不好,忙退回房顶上,叫萧金用提灯在小碉堡枪眼里向郎小玉他们打了暗号,叫他们放弃碉堡到东北角来集中。李铁不敢向院里敌人开枪,怕误伤了被捕的群众,正着急地等待着,刘满仓惊慌地跑到身边说:

"许政委叫快撤,被敌人包围啦!"

　　李铁一听立刻命令队员快往下撤,可是剩下郎小玉还没有回来,急得暗暗叫苦。眼看着敌人爬上房来了,李铁、武小龙瞄准着各个梯子射击起来。敌人乱三绞四地往下栽落着。突然东面房上吐出一阵火苗,有人在那里向对面上了房的敌人开了枪,敌人的机枪转向那边猛扫起来。李铁断定准是郎小玉。刚想过去接下他来,就见郎小玉连滚带爬,在枪弹下来到了跟前。李铁不等他说什么,一挥手说:"快下去!"

　　郎小玉一滚,到了墙外的梯子边,一翻身下去了。李铁和武小龙也紧跟着往梯子边滚过去,正要下梯子,敌人的几挺机枪突然从三面向这里猛射过来,两股敌人在机枪掩护下,从东南、西北成群冲过来了。手榴弹也紧跟着投过来,房上房下爆炸声响成了一片。武小龙伏在李铁旁边掩护,被子弹盖的抬不起头来,看看都下不去了,敌人喊着冲过来了。武小龙急得一推李铁:"政委快撤!"说着一打滚出去了两丈多远,向敌人还击起来,敌人的火力都被他吸引过去了。李铁向下一看,潮水似的敌人正向队员们压过来。再不快撤就完了。急忙溜下墙去,指挥队员们分组互相掩护撤退。武小龙看李铁他们已经撤下去了,就滚到梯子边,向墙外的敌人抛出两颗手榴弹,趁着爆炸的烟尘跳下高墙,追上李铁他们冲出去了。

　　游击队边打边撤,跑出了一里多地。朱大江叫许凤、李铁头里带队,他带一班人一挺机枪在后掩护。这时郭店据点敌人追击出来,把冲出集中营的群众圈了回去,同时派出一部分伪军,跟在游击队后边扭住不放。左面右面枪声乱响,不知是哪个据点出来的敌人也打着枪包围上来了。许凤带队伍冲到一个安全的地形后面,立刻按原定计划,分组突围。许凤自己带了一部分队员,一面用火力吸引敌人,掩护大家突围,一面向高村冲去。他们迅速越过开阔地,又利用着土埝树林的掩蔽往南飞跑。许凤看看后边和左右两侧都是敌人的追兵,正在着急,突然迎面村头又出现了伪军,大家不约而同地一下都站下喘息着。李铁、朱大江一听,对面射来的弹流很高,又不见有伪军冲出来,知道是有意放他们冲过去,便带队一直从那村庄旁边冲了过去。后边的敌人还是紧紧追赶不放。跑到高村附近天色已经微明,一看四面野地里都是敌人,已经无处可以突围了。朱大江跑得急喘着,挥着汗向许凤、李铁说:"怎么办?硬拼吧,向东北方向突围,冲出几个算几个!"

李铁跑着说:"抢占高村,坚持高房战斗!"回头问许凤道,"怎么样?"

许凤果断地一挥手说:"赶快抢进高村去占领高房,坚持战斗!"

朱大江答应着,带了武小龙等几个队员,在头前猛跑下去。

胡文玉这时和渡边、宫本、张木康一起骑着高大的洋马,带领骑兵,向许凤他们猛追过来。看见四面都打响了信号枪,知道已经包围妥当。渡边就勒马指挥骑兵冲进高村,截击他们。胡文玉这时也勒住马,用望远镜一望,清清楚楚看见许凤已经跑得疲乏无力了,不知是谁过去架着她向村里跑去。胡文玉一咬牙暗道:看你还逃得出我的手心!立刻双腿一夹马肚子,像箭一般直追上去了。

朱大江、武小龙他们一下子抢进了高村。到村北边一处逃亡地主的高大的砖房跟前,武小龙、刘满仓迅速爬上了房,下去开了门。这个院是村公所办公用的房,无人居住。他们进去顶好大门,从屋里通到屋顶更楼的扶梯上了房,敌人已追进胡同包围上来。敌人也上了四周的房子,向这里打起枪来。仗着这大砖房有三尺来高的砖垛口,敌人的掷弹筒不多时就发射光了,机枪火力虽猛也难以杀伤人,队员们四个人一组由李铁、朱大江、萧金他们轮班带领在房上顶着,只瞄准向前运动的敌人打冷枪。敌人连续发动了五次冲锋,都被打退了。房四周丢下了几十个敌伪军尸体。这样一直坚持到中午。敌人越来越多,枣园据点的迫击炮也调了来,几挺重机枪把房垛口都削平了。他们被迫都进了屋子。房上、院里都是敌人了。机枪向屋里扫射,窗棂打折了,手榴弹往屋里直落。敌人点着秋秸捆往屋里塞,队员们在烟熏火燎中呛得睁不开眼睛,一面扑打着火焰,一面还击着敌人。一缸水都泼完了。许凤看看同志们,暗想:这一下也许等不到天黑突围,就要全部牺牲了,心里像油煎似的翻滚。她熏得面孔黧黑,衣服头发都烧煳了几块。她眼睛虽然给烟熏得流着泪,依然闪烁着镇定的光芒,沉着地向队员们鼓动着:"别着慌,节省弹药,坚持到天黑就是胜利!"

突然,枪声爆炸声都停止了。从对面传来喊话的声音:"快出来投降吧,你们出不去啦,缴枪的有赏!"

"去你妈的吧!"朱大江吼了一声。

李铁没言语,瞄着对面房上探着头的一个敌人,一枪打去,敌人栽落下来。顿时枪声大作,爆炸声震耳欲聋。眼看窗棂都被子弹截光了,铁皮门板快被子弹穿烂了。这时,胡文玉、赵青跟宫本、渡边、张木康在高房上巡视了一遍,问了村里暗藏的坐探,知道这房子附近没有挖地道,宫本料定,无论如何,许凤他们再也逃不出去了。为了满足胡文玉要占有许凤的欲望,宫本劝渡边抓活的,不许往屋里射击投弹。渡边和宫本回到屋里坐下,听着枪声停下来,只剩下爆炸墙壁的噌隆声和墙壁倾倒的哗啦声。胡文玉高兴得不知道怎么是好了,大口地狂吸着烟卷,想象着,把许凤弄到手怎样征服她。他想:既能把她俘虏过来,征服她有何难处!越想越得意,龇着一口白牙微笑着。

"祝贺你的计划成功啊!"宫本笑着拍了胡文玉一下。赵青也笑嘻嘻地说道:"老胡,你真有两下子,你的才能,今天才算得到充分发挥的天地了!"

渡边也高兴地叫人拿过酒瓶子来,倒了几碗酒,几个家伙得意忘形地哈哈大笑,碰杯喝酒。

执行任务的伪军中队长来报告,说屋子炸通了。于是他们兴高采烈地向那被包围的屋子跑去。伪军们弯着腰端着枪,从弥漫的烟尘中搜索进去。奇怪！屋子里没有人声，一点动静也没有。搜索完了，竟一个人也没有发现。

渡边、宫本、张木康、胡文玉、赵青都在屋里呆住了，一团高兴，化为乌有。他们发现了窗台下面地上有一个大窟窿。

胡文玉叫了那坐探来，打了他一个耳光，问道："你不是说这里没有地道吗？"渡边气得拔出战刀，那坐探吓得跪在地上，连连磕头求饶，一面分辩说，他确实不知道这屋子里有地道。只见渡边吼了一声，战刀光芒一闪，咔嚓一声，坐探的人头滚到一边去了。

"下地道，搜！"宫本回头向张木康狠狠地说。

原来许凤听着敌人炸房子，正准备最后和敌人拼一下，突然轰隆一声，靠窗台的地上塌了一个大窟窿，从里边有人急急地喊了一声"许政委"，许凤一下听出这是高村支部书记杨大伯的声音，赶紧爬到窟窿边答应着。只见一个人头从窟窿口钻出来，一看正是杨大伯。他摇着头上的土急忙说："快，政委，快钻地道！"

许凤忙命令朱大江带人掩护，就带队员们跟着杨大伯钻进地道。

朱大江、武小龙最后下了地道，还没走出多远，就听见咚的一声，从那个新挖的地道口跳下人来了。武小龙在后边把着地道口，刚要开枪，就听那人声音颤抖地说："别打枪啊！我是老百姓！"

这时又听上面敌人喊叫："你喊话，叫他们快点出来缴枪。不喊就枪毙你！"听着那人迟疑了一会儿，就有气无力地喊起来："同志们，快出来缴枪吧，出来缴枪吧，出来，出来，……"武小龙看着是个老头，又不敢开枪。这时突然发现有两个鬼子，掩在那老头身后，叭叭地向里边打起枪来。鬼子一边推那老人往里爬，一边打枪。武小龙、郎小玉往后退到一个拐弯的地方掩着。听着又下来了一些敌人，跟上来了。武小龙、郎小玉看那老头爬到了跟前，把老头闪在后边，一伸臂，两支驳壳枪探出去一齐射击，前边的敌人死了，后边的敌人赶快爬着往后逃。武小龙把那老头拉到后边去，赶紧退到一个细小的卡口后边。

只听一片震耳的咕咚声,敌人逼着群众用大镐、铁锹挖掘起地道来,顶土哗哗地往下落。突然,闻到一股辣味,敌人从炸开的口子里放进了毒气。他们忙把衣服脱下来,包上土堵上地道卡口,往那头爬着。

杨大伯从地道那头爬过来,凑到许凤跟前说:"今天真把人急坏了。这所房子里边地道还没有挖通,我们也不敢去用。黑夜一听见敌情,我们就钻了地道。后来听着枪响,在瞭望孔里一看,是敌人追你们来了。没有来得及去接你们,敌人就包围了这所房子。敌人把我们跟高房隔开,无法从地面上接你们下来。我们就决定突击这一段地道,掏进高房去接你们。这十几丈地道,大大小小百多人轮流干才算把它挖通了。嗐!要再晚一会儿就毁了。"

许凤感激地说:"老杨同志,告诉人们说区委非常感谢他们。不是你们这些好同志,咱们可真见不上面了。"

杨大伯说:"群众一面挖着地道还说哩,要叫游击队在咱村受了损失,我们还有什么脸见人,怎么对得起共产党?哎,总算接下你们来了。我去带人守着别的地道口,有事派人找我。"杨大伯又嘱咐了许凤一番,赶紧向另一条地道爬去了。

趁情况不那么紧张了,许凤把几个队员叫到跟前来问道:"打郭店的时候,你们看到是不是冯克臣故意打枪暴露目标?"一个队员说:"是他。黑影里我看见他打了枪,就往吊桥那边跑,我瞄着打了他几枪,不知道打死了没有。"听到这里许凤嗯一声,叫他们去了。这时他们又闻到一股毒气味,赶快又往后撤,把身上能脱下来的衣裳、靴、袜都脱下来装上土,堵住翻口。又坚持了一会儿,估计到夜间了,武小龙找到了出口,他们从村边的一个枯井里面钻了出来。他们饿着打了一天两夜,一到地面上来,浑身冷得发抖。这时除了许凤还穿着一身单衣,一双鞋子,其余的人都光着膀背,只穿了一条单裤或一条小裤衩,赤了双脚,更加冻得难受。他们先上来的人,伏在冰凉的地上警戒着。等上齐了,一齐向野地里跑起来,敌人的哨兵发现了,向他们打枪喝叫,许多敌人跟着跑出村追击起来。他们拼命飞跑,光脚板踏着坚硬的土坷垃、谷茬、蒺藜,一点也觉不着疼。

三 夜走冰河

枣园据点里,日寇渡边和宫本,召集了日伪军官和特务情报人员,在研究捕捉游击队的计划。渡边眼光一扫,叫胡文玉先说。胡文玉指着铺在桌上的地图说:"我和张大队长、齐署长、赵队长先商量了一下。这一次枣园区游击队垮了大半,剩下了不多的人,还没有侦察出踪影,估计还在野地里转。现在我们要立刻派出六七个扫荡队,分头到各村通夜地进行活动,到处打枪。叫各村的自卫队也都跟扫荡队一起配合行动。同时通知各据点,在估计游击队可能偷越的路上,派部队埋伏好,使他们不能越过滹沱河和封锁沟。他们无处可去,必然到张村去。我们秘密地派一支部队预先埋伏到张村。等他们一进村就来个包围歼灭。如果他们不进张村,就会暴露在野地里。一到白天,各个扫荡队来个拉网合围,一定会全部消灭了游击队的。"胡文玉得意地说着,掏出一支烟卷,在小瓷盆里核桃般粗的灯火上吸着,眯着眼笑着看看渡边,吐出一口烟雾。

渡边听宫本翻译了一遍,点点头说:"我的意思一个样的!"

赵青这时从外边进来说:"我得到坐探的报告,说游击队死伤得剩下没有几个人了,残余队伍正在刘町以西活动,估计可能到张村去。"

齐光第赞叹地笑着看了胡文玉一眼说:"看,你真行!他们已经没有别的地方可去了。"

胡文玉傲然嘿了一声,他为齐光第终于对自己折服而洋洋得意起来。渡边拿着红铅笔在地图上划定了各个扫荡队的活动范围。一挥手,叫日伪军参谋赶紧往各据点打电话,集合枣园敌伪军分路出发。布置完后,渡边往炭火盆上烤烤手,又去红漆条案前边欣赏着亲自栽培的盆花,倒背着手哼着日本歌曲。不多时,日伪军参谋都进来报告已经布置妥当。渡边的圆眼凶光闪闪,一劈手说声:"开路!"随即挂上战刀,和宫本并肩大踏步向外走去。一群喽啰们在后边紧跟着出来,东洋战马在院子里备好了,咴咴地嘶鸣着,渡边、宫本骑上马走了。

严寒的冬夜,一会儿比一会儿阴沉黑暗,北风像狼嚎般刮起来,天空开始飘洒雪粒。窦洛殿正在南屋里和特务们一起烤着火,向院里张望着。自从胡文玉和赵青来了之后,窦洛殿渐渐地不如以前吃香了。一些重要的机密会议宫本不叫他参加了。今天他觉着情形不对头,直想送出个消息去,可是从中午宫本就把所有的特务情报人员都集中在日军大队部院里,等候分配任务,谁也不许出门。洛殿无计可施,正在发着愁和韩小斗他们围了个炭火盆吸烟,就见赵青走进来笑笑说:"洛殿、小斗二位给扫荡队带路往张村去吧!"

洛殿忙答应着和韩小斗走了出来。走到据点的操场上一看,黄乎乎不计其数的日伪军在走动着,皮靴踏在雪粒上发出嗞呀嗞呀的声音。敌人的队伍像条巨大的毒蛇,伸出了据点。

洛殿走在头里,心中十分着急。暗想:游击队多半是转移到张村去了,要真是这样可就糟了。怎么才能早一点通知他们呢?十几个伪军尖兵,在后边挺着刺刀跟着。回头一看,扫荡队像一条无声的巨蟒,在黑茫茫的野地上爬着。几匹大马上坐着日伪军官,走到行列旁边。洛殿迎着刺脸的寒风走着,急得直咬牙。

天越来越阴沉,布满了黑黑的乌云,像一口大锅,低低地扣在大地上。北风越刮越紧,雪粒纷纷扬扬地洒下来。阵阵刺骨寒风卷着雪粒,摔到人的脸上,真是刺骨割肉般疼。许凤、李铁他们带了十八个队员,夜里一气跑了十五里地,经过两个有地道的村,发现村头好像都有敌人,没有敢进去。武小龙先到刘町侦察了一下,见敌人才过去,立刻回来领小队到刘町休息一下。

情况这么紧,群众都听着动静,哪里敢睡觉。附近的一些人家,一听说是游击队进村子,一下子跑来了好多人。一看游击队员们光着膀背,二话没说,大家立刻急手忙脚地往下脱衣服,给队员穿上。朱大江刚说给开个借条,群众都急得齐声说:"天爷,这工夫还那么多讲究!"

休息了片刻,许凤叫朱大江赶紧带队就走。群众有的光着膀子,穿着单裤,在寒风里看着他们出了村,这才放心地跑回家去。许凤他们带队跑出村来,穿过公路,以最快的速度向前行进。队员们的影子,一个跟一个地没入了前边一带夹沟,不一会儿,又一个跟一个地出现在地平线上,一溜人影穿进了枣树林。

刘满仓在队列中间走着,气得鼓鼓的,恨不能返回去截住追击的敌人,拼着这条命杀它几个也痛快。忽听北面、东面村庄响起了枪声、锣声。不多一会儿,西面、南面的村庄也是打枪敲锣、呐喊。现在四面都是敌人,看来已经陷入罗网了。队伍仍在紧张无声地走着。郎小玉在刘满仓后边,挎着驳壳枪,倒背着四套环步枪,紧跟上走着。两只脚掌都磨起了泡。一跛一拐疼得直咧嘴。他现在最大的苦恼倒不是担心敌情,只要跟着政委和队长,和同志们在一起,就什么也不怕。他是在暗暗埋怨自己,不该没有穿上人家给的那双又脏又臭的布袜子。现在光着脚板,冷还不算,最糟糕的是硬邦邦的靴子,底上的衬布和棉花都磨破了,汗水一湿滚成疙瘩,垫的脚掌生疼。他恨不得立刻把靴子里的碎布都扯出来扔掉,但这样急行军,是不能允许停一停的。他扶着枪的手指冻得生疼,赶紧抄在袖筒里。尽管枪声、锣声在旷野里阵阵传来,他还是困乏得实在顶不住了,要是就自己一个人行军的话,他一定会躺在地上睡它一觉。一面想着,看看走近一个村头,房屋屏挡着尖厉的北风,觉得暖和得多了。暗想：可能就住在这个村子吧。他幻想着仿佛已经走进了那带点汗臭味暖和和的屋子里，躺下睡起来。可是他发觉自己想错了，队伍不但没有停下来，反而疾速地跑步前进了。他跟上跑着，眼皮往一起直粘，不由得瞌睡了一下。他一睁眼，看见朱大江立在路边正跟李铁说什么。朱大江伸手拍了自己一下，小声说："快，跟上！"

他挺起胸膛，紧跑了几步，跟上队伍。不久又走到了大路上。离开才过来那个村不到五六里路，那村里也响起了枪声。队伍走的慢下来了。郎小玉眯着眼，只顾跟着刘满仓往前走，渐渐地他做起梦来。好像是在张村小曼家里，大娘笑着，用小笤帚给自己打扫着身上的土。看见小曼从锅里拿起一张雪白的葱花饼递给自己吃。他接过饼就大口地吃起来。小曼在旁边直笑。猛然间，好像谁用棍子敲了自己的头一下。他一疼醒了，睁眼一看，原来自己的头碰在刘满仓背的枪把上了。队伍停下来了。前面，远处堤坡上有一个破庙，高大的柳树发出呜呜的吼声。刘满仓回头捏了郎小玉的鼻子一下，小声说："看你困得这个熊样。"

郎小玉还了他一拳头，小声骂道："你真捣蛋，我正在张大娘家吃葱花饼呢，你偏碰醒我，叫我吃不成！"刘满仓听了，笑得浑身直颤，使劲憋着，不让笑出声来，伸手轻轻拧了郎小玉的耳朵一下。这时，从前边传来了口令："往后传，快跟上！"接着又是一阵跑步。郎小玉脚底上的水泡也给踩破了，一咬牙热辣辣地疼了几下，也就不觉得了。登时跑进了堤坡，队伍停下来，都蹲在地上。看去，一里多宽的滹沱河水明晃晃地泛着青光，河边已经结了两丈多宽的冰凌，河的中流可还在跑冰，大小的冰块撞击着、拥挤着，不时发出咔嚓哗啦的响声。水边的寒风，更是凛冽刺骨。

战士们吃惊地互相望着，好像都在纳闷为什么走到这个地方来。

河对面谢村岗楼上传来几声枪响。谢村西边路家店是有地道的根据地村,本来想到那村去。这时看见路家店也跟着升起了三颗红色的信号弹,像流星般从天空往下一落,就消逝了。

战士们小声咕哝着:"他妈的真怪,敌人就像钻到咱们心里来看了一样,咱们想到哪儿,他就先到哪儿了。"

"这还不是叛徒胡文玉的作用!"

"有一天叫我抓住他,再跟他算总账!"

"我非挖出他的心来看看不可,一定是黑色的!"

"……"

许凤、李铁、朱大江、萧金和武小龙赶紧凑在一起商量着。朱大江提着驳壳枪说:"敌人可能猜到了我们的计划,在路家店堵住了我们的去路。不如回到张村去,可以依靠战斗地道,跟敌人拼一下。趁敌人还没有在张村驻剿,破坏地道,保险吃不了亏。"

许凤一摇手说:"去不得,敌人只留张村,正是想逼我们进网。"

萧金说:"看样,我们已经落在敌人的大网里了,要想法赶紧离开这里。"

"现在往路东插也晚了。"

"估计东边也会有敌人等着我们。"李铁沉思地说着,两手揉着耳朵。

"过封锁沟插到饶阳县的村庄去,怎么样?"

许凤瞅着河水,寻思了一会儿,摇摇头说:"现在没有别的路可走了,我们必须到敌人料想不到、以为我们绝对不敢去的地方去,进谢村据点!"

朱大江望着许凤说:"谢村!这个村是敌占区,非常落后,去了依靠谁?"

许凤说:"我们可以依靠敌工关系谢长君。这是个可靠的开明士绅。"

李铁点点头说:"对!即便不十分可靠,大概他也不敢暴露我们。"

萧金问道："这么多人去了吃什么？"

许凤说："我已经预先叫曹区长在他家存了一些米，先去了再说吧。"

朱大江说："好，我们立刻派人先去通知老谢安排好。"

朱大江、萧金、武小龙向队员们走过来。

刘满仓见武小龙头里走过来，便凑过去问道："到哪儿去？"

武小龙问道："哪个同志谢村最熟？"

刘满仓急忙说："我最熟，我姨家就是那村。"郎小玉在旁边听见，拉着武小龙说："我去，那村我也熟。"

武小龙一招手，郎小玉就往河边走。刘满仓紧跟上，忙脱了衣服，刚想跟武小龙下水，郎小玉早已走下河去。三个人手里擎着衣服枪支凫到对岸。上了岸穿好衣服，伏着身子沿着堤坡迅速地走去，一转眼就不见影了。

一会儿，对面一个人影一晃，小声打了一个唿哨，这是武小龙通知队伍过河的暗号。队伍开始过河了。朱大江留在后面带两个战士掩护。李铁、许凤带头领着战士们脱了棉衣，举着枪支衣服下了水。会凫水的战士六七个人用手托着伤号过河，来回送了两趟。又帮助不会凫水的战士过河。战士们在深水的旋涡中，困难地游着，不时把头没入水中，又窜出来，噗噗地喷着水。

李铁和许凤早已过去，穿好衣服，带一组战士伏在河堤坡上警戒着。大部分战士把衣服弄湿了。有的冲走了毛巾，有的冲跑了单裤。湿棉衣冻得像硬邦邦的盔甲似的，河水凉得刺骨，一出水寒风一吹，像刀割一般浑身裂了许多血口子。只听见一阵牙齿咯咯地响。亏得这时雪停了，落到地上的雪不多，都化了。被北风一刮，地皮都冻结了。

队伍分成三个战斗小组，利用着堤坡匍匐前进。看看接近了村庄，村北村南几丈高的两个岗楼上闪着灯火，接连几声喝叫：

"站住！站住！"

随后是几声枪响,子弹吱吱地从头上飞过去。朱大江在前边,向后一挥胳膊,战士们都就地卧倒,把枪口瞄着前边,听着动静。顺着堤传来两声猫叫,疾速溜过一个黑影,这是郎小玉回来了。他向李铁、许凤、朱大江、萧金小声说了几句话,队伍又开始前进了。进村时,他们背好枪,利用沟洼,红荆丛,伏着身子背着伤号溜过了一段开阔地。先过去的战士们立刻掩在村头土墙后面,端着枪警戒着。

在一个破院子里,谢长君小声招呼每一个走进来的战士。

队伍来齐了。

"同志们放心！"谢长君说着,刚要引着大家走,敌人的巡逻队嚓嚓地走过来了。

四 危险的宿营

敌人的脚步声越来越近,手电筒一晃一晃地照射着。大家掩在黑角落里,屏着声息。敌人没有发现他们走过去了。

谢长君这才忙领着他们翻过几个墙头,从牲口棚里,钻过墙角边上一个小洞口,到了两间大小的黑屋子里。一进屋,见里面已经点上油灯,一股麦糠味直钻鼻子。地上铺着干草,上面摆着四条被子,一张旧单桌子上放着一个大篮子,里面装满了干粮、红枣、生山芋。墙根下放着一桶凉水,里面放着一个瓢。战士们都放下枪,把两个伤员安放在铺好被子的干草上。许凤向谢长君要了一些酒来,给伤员洗伤口换药。战士们都坐在干草上休息了。连日提心吊胆,紧张疲劳,突然能放心地坐在干草上休息一下,真是莫大的享受啊。战士们吸着烟,叽叽喳喳地小声说着话,抓了红枣吃起来。

谢长君进来拍拍他的狐皮袍上的土,向许凤和同志们客气地望着,笑容满面地说:"同志们到了我家里,只管放心,有我在就保你们没事。"随后小声向许凤说,"政委,敌人今天傍晚又增加五十多人,一个钟头以前还在村里乱窜了一气。我才从岗楼上回来,武小龙同志就来了。"

李铁走过来握住他的手说:"老谢,完全托在你身上了。"

"哈哈,老谢有点害怕了吧?"朱大江拍了谢长君一下。

谢长君连声说:"你瞧好吧,队长。"随后向大家点点头说,"晚上不敢动烟火,同志们随便吃点。"说了向大家连连点着头,钻出洞口去了。

人们都疲乏已极,一躺下就都睡着了。许凤靠在干草堆上坐着,看看疲乏的在梦中呻吟的同志,不知分组突围的同志怎么样了。想起这次中了敌人的计,没能把群众救出来,反而险些使游击队遭受重大损失,忍不住暗恨自己冒失,对不起党的委托。越想越难过,一时悔恨交加,气得流起泪来。李铁醒来见许凤还坐着,正要叫她一声,只见她脸颊上泪光闪闪,知道她在难过,劝她也是多余,翻个身无声地叹口气,装做睡着了。

时间过了很久,谢长君扒开洞口叫道:"政委,叫同志们出来吃点饭吧,看样没有事了。"

许凤答应着和朱大江、李铁一商量,还是大家先留在黑屋里,以免有事措手不及,只由许凤、李铁和武小龙三个人出来,给他们取饭。到了院里,看看太阳偏西,已经是过午。从黑屋乍出来,阳光刺目,三个人都打起喷嚏来。打扫了身上的土,高高兴兴地到长君住的正房北屋去取饭。刚进屋坐定,长君嫂忙活着要揭锅,就听有人敲门。长君一机灵刚要叫许凤他们回黑屋,探头一看,南房已经有了鬼子兵。一片橐橐的皮靴声响到了大门口,到黑屋去已经来不及了。长君忙向西间屋一挥手,就出去开大门了。许凤、李铁和武小龙赶紧地闪进西间屋去。长君嫂吓得面如土色,慌了手脚,胡乱地拾掇了一下东西,一步迈进东间屋里,伸手从炕席角底下拿了一把票子,掖在衣袋里。使劲镇静了一下,才定住心。忙去外屋切菜板上端过一个盆,没事找事,舀上水洗起山芋来。

李铁、武小龙掩在西间屋隔扇门两边,许凤持枪蹲在炕角落里,探头从窗纸的小孔里监视着窗外。

谢长君开开大门,大模大样地迎出去高声笑着说:"哈!伊藤太君,王翻译,田队长,失迎失迎!"谢长君侧身站在门边,弯腰伸臂往院里让着。那潇洒自如的声音,一点也没有惊慌的意思。

王翻译半真半假地问道:"哈,大乡长大白天插上大门是什么意思啊?"

长君哈哈大笑起来:"对不起,我们两口子睡觉来。"

田队长冷言冷语地说:"别光顾自己搂着小媳妇痛快,也关心一下我们当兵的呀!"

鬼子军官伊藤打量着谢长君,跟翻译咕噜几句,头里迈步往里走着,大声用生硬的中国话对谢长君说:"八路的找,你的开路开路!"

"太君说,要你带着挨家搜查一遍,游击队可能到这村藏起来了。"汉奸王翻译狗仗人势地命令着,已经走到了院子当中。

"好,马上就去!"长君说着,伸手往外让着鬼子汉奸,就要往外走。

伊藤和王翻译却直向屋里走去。

"老谢,你还是大乡长哩,怎么这样不懂礼貌哪。"伪军田中队长笑着用酸溜溜的声音说着,站在原处不动。

谢长君一听,机灵地忙说:"哈哈,太君、翻译官和田队长,是想喝我一杯茶吧?好,那请屋里坐。"谢长君哈哈地笑起来。

田队长又加重语气地说:"哈,老谢,不要见怪,现在村子已经包围起来,正在挨户搜查,大概他们也跑不了。不过得当心点呀,要在这村藏着搜不出来,你可吃不消哇。""哈哈,我保险,只要在这村,准能搜出来。可要不在呢,那是当然搜不出来了。"谢长君一面说笑着,让几个家伙走进屋来。院里两个日本兵端着明晃晃上了刺刀的步枪,站上了岗。谢长君抢先把东屋门帘打开,躬着身子,微笑地让他们进屋。田队长留在后边往西屋一瞥,看样子想去掀开门帘瞧瞧。长君嫂早瞧在眼里,忙端着盆转身过来往锅台边走,正好挡住他,一撞那盆,洒了田队长一脚水。她故意羞怯地笑了一声,忙放下盆,扶着田队长拿袖子给他擦鞋,满脸赔笑地说:"对不起,多包涵吧,我笨手笨脚的,没有看见。"顺手偷偷地把一卷票子塞在他手里。只见田队长咳嗽一声,一个转身把钱塞在裤袋里,转怒为喜连连笑道:"大嫂,用不着客气,没关系。"说着往东间屋走去。

谢长君忙嗔了大嫂一声道:"不长眼力!"

"哈,你的太太的,大大的好!花姑娘的一样!"伊藤扶着指挥刀,毫不掩饰地咂着嘴,歪头看着长君嫂。谢长君忙给伊藤递过烟卷去,划着火柴点着烟。依次又给翻译官、田队长都点着烟。开开橱子拿出两大瓶葡萄酒,摆在伊藤面前向翻译官说:"这是托人从天津给太君买来的,正说给太君送去,不想太君光临寒舍,倒便宜了我,省得跑路了,哈哈!……"

趁说话的机会,谢长君凑近王翻译官,偷偷地给他手里塞过一个金戒指,翻译官立刻喜滋滋地向伊藤咕噜了一阵子。

伊藤点点头笑了,对谢长君说:"你的大大好的!"

长君嫂还在外屋立着胡乱拾掇东西。院里的鬼子直望屋里探头,可是不敢进来。几个汉奸进来到厢房屋、牲口棚里搜查起来,弄得鸡飞鸭叫,叮当乱响。谢长君身上直冒汗,忙对王翻译和田队长说:"莫非还要搜查兄弟家里吗?"

王翻译和田队长挤眉弄眼地笑了一下,田队长忙到屋门口向伪军们喝道:"跑到这儿来干什么,出去!"伪军们立刻夹起尾巴溜走了。

田队长回来跟翻译官叽喳了两句,翻译官又向伊藤咕噜了两句日本话,伊藤立起来,指点着,叫王翻译拿着酒,拉了谢长君嚷着:"开路,开路!"

王翻译向谢长君奸笑了一下道:"一起走走吧!"

他们叽里咕噜地说着话出去了。长君嫂在后边跟出大门去,一会儿回来,插上大门,一掀西间屋门帘,哎哟一声说:

"我那天爷,可把人吓死啦!"

许凤也呼出一口气说:"多亏大嫂心眼多,不然非打上不可了。害得你们又花钱了吧。"

长君嫂说:"只要别出事,都花光了也愿意呀。"

为了保险,他们又进了黑屋。等到夜里八点多钟,敌人回了岗楼,谢长君才回来。忙插了大门去叫他们出来吃饭。大家饿急了,好一顿狼吞虎咽。饼子、窝窝头、山芋,两大锅吃了个干净。谢长君在吃饭中间向许凤、李铁说道:"刚才把我吓得魂都飞了,田中队长好像发现了我们什么破绽,只冲我冷笑。"

李铁问道:"是田世兴中队长吗?是什么时候来的?"

谢长君说:"就是田世兴,昨天下午他这个中队才从张桥换防到这里,我跟他还不熟哩。"

李铁说:"这就对了,怨不得听着声音怪熟的。我要早些知道他调到这儿来,就不用担这么多心了。我们俩是老相识了。大扫荡前他还是分队长,我们打死六中队队长之后,他才提上去。他被我俘虏过两次,都秘密地放了回去。他家是离县城一里多地的芦屯,我们手枪队还常在他家住哩。你只管放心,他决不会找你的麻烦。"

朱大江笑道:"原来是他呀,这一回就好办了。"

许凤听他们说着,微笑地沉思着。饭后,队员们进了黑屋,许凤把李铁、朱大江、萧金、武小龙叫到一边说:"我们必须赶紧想办法。在谢长君家住这么多人,无论如何是不行的。存的米再吃两顿也就完了,这这多人就单从吃水烧柴上也会暴露目标。再说伤员也没有药换了。我的意见,利用李铁同志和田世兴的关系,立刻去跟他谈判一下,把一部分队员化装成伪军,到他们里边吃几天;也和他们要些药品来。叫他保证我们的安全。更积极的任务是:通过这个关系,主动地深入到伪军里边去进行争取教育工作,把这个伪军中队从中队长、分队长、班长直到多数士兵都争取过来。"

李铁、朱大江他们听了,齐声说道:"好主意,好主意,就这样办!"

第二天,李铁和陈东风、武小龙、刘满仓三个队员,叫谢长君拿出长袍、皮帽、靴子穿戴上,带了驳壳枪,由谢长君陪着,大摇大摆地向伪军岗楼走去。门岗听说是城里宪兵队的人,哪敢拦挡。田世兴刚从屋里出来要到岗楼上去,一见是李铁来了,忙笑着上来招呼,领到屋里,倒茶点烟预备酒菜。李铁和田世兴一谈,田世兴满口答应,商量好了具体办法就喝起酒来。

田世兴喝着酒道:"昨天胡文玉这个该死的走狗在我头上找起岔子来了,他竟说我对包围你们不卖力气,叫我当场给了他点颜色看。"

李铁笑道:"不过,他说的也是真话。"说着沉默了一下,点点头说,"真想立刻干掉这个十恶不赦的叛徒!"

田世兴道:"前几天可真差一点就叫他滚蛋了!"

李铁问道:"怎么弄的?"

田世兴给李铁斟满了酒说:"没听说胡文玉有满肚子汉奸文才吗?他给北平、天津的好多汉奸报写过文章,所以华北新民总会很重视他,听说想调他到北平去,叫他写一部什么《共产党八路军之内幕》。宫本也很推崇他,给他吹嘘,说这部书要写成了,不但可以叫人读了都恨共产党,而且对剿共战争有指导作用哩。可是,你猜胡文玉怎么着?他不愿意去。他说非得把这里游击队消灭光,把许凤抓到了才到北平去。当然,渡边和宫本更是愿意留下他。"

李铁听着气的怒火上冲,解开扣子,一口喝下一盅酒,"啪"地一放盅子说:"老田,他这不走好得很,他的头不会长多久的!"

田世兴点点头说:"对!对!"随后仰头想了一下,又说,"昨天晚上我带队出动到郭店,抓住一个游击队员,他一见我们就说是自己人,叫我们送他到枣园据点去,我看着他不对头,把他关起来了。这人叫冯克臣。"

李铁说:"好,我们正在找他哩。晚上交给我们带回去吧。"两人又谈起别的事情来。李铁在谈笑中间,了解着敌伪军的情况。突然,护兵进来报告,伊藤分队长和王翻译来了。田世兴立刻吓得脸色刷白,向李铁望了一眼。李铁笑道:"快请进来!"

田世兴立起向外迎出去,伊藤已经踏进屋来,十几个日本兵站在屋门口。伊藤怀疑地提着安都式手枪望着李铁他们。李铁哈哈大笑着一伸手让座道:"伊藤太君,我才说喝杯茶就到皇军队部里去呢,不料您倒先来了,请坐。"

田世兴忙指着李铁介绍:"这是咱们城里宪兵队的何班长。"说着瞥见刘满仓、陈东风两眼威光炯炯,盯着伊藤吓得心里一震。武小龙却笑着给伊藤点着烟,用日语聊起来。谢长君也忙着递过一杯酒去。伊藤喝着酒,眼却直瞅那电话机。李铁一眼就看出了伊藤的心思,立刻叼着烟卷走到电话机边,拿起听筒打起电话来。田世兴、谢长君心里都敲套鼓,不知他又要搞什么把戏。只听李铁向话筒说话:"要宪兵队。章队长吗?啊,我是谁,听不出来啦?我们四个人到西边来啦。对啦,对!这里的情况向你报告一下。昨天伊藤部队和六中队搜索过啦,没有发现。没有,大概又窜到河北去了。是,是,我们在这一带转一下,一定要找到!"

王翻译把李铁说的话小声向伊藤耳边咕噜着。伊藤渐渐地脸色平和了。李铁挂上电话听筒走回桌边,端起一杯酒喝干了,向田世兴说:"我们到外边转一转吧。"

伊藤这时也立起来说了几句话。王翻译向李铁说:"伊藤太君说,希望多联系,要到那边岗楼上去,大大欢迎!"李铁忙说:"好好,公事办完了,有时间一定去拜访。"说罢都起身往外走。伊藤提着安都式手枪,一出门见有只喜鹊落在墙头上,端着枪瞄准了,一枪打落下来,哈哈地狂笑起来。田世兴领着人们都鼓掌叫好。李铁这时抬头一看,另一只喜鹊从树枝上惊飞起来,忙一甩驳壳枪,喜鹊应声落地。又是一阵掌声。连日本兵也都吃惊地点起头来。伊藤突然变了脸,羞恼地望着李铁,挽着袖子。看来是想跟李铁摔跤,较量较量。李铁哈哈大笑地对王翻译说:"真是碰得巧!"

王翻译咕噜了几句日本话,伊藤听了这才哈哈地笑着,挥挥手,带着日本兵走了。田世兴索性带李铁他们在据点周围转了一会儿。

趁天色已黑,把冯克臣押出来,带到个僻静地方,连同几套伪军军装和口令,交给李铁带走了。刚回来,就见院里来了一群枣园的武装特务,不由吃了一惊。进屋一看,灯光下竟是赵青坐着,冷森森地眯着眼睛,冲门口望着。常言道,夜猫子进宅,无事不来!一看心知不妙,忙打招呼赔笑脸,给赵青斟茶点烟,却暗自寻思着对策。他早已暗中探知,赵青曾几次会见过天津日本特务机关长。在日本和国民党特务机关指使下,他利用社会关系勾结了许多豪绅恶霸,掌握了大批奸商土匪,以跑行商、开店铺为掩护,从枣园到天津沿线,建立了一套特务网、搞情报、贩毒走私,无所不为。这冬季"清剿"一开始,他就提供情报,使附近几个县游击大队都先后被包围,受了很大损失。不久前警备队里几个军官也被他带走失踪了。田世兴心里暗道:"你姓赵的现在竟找到我的头上来了,咱就试试吧!"想着含笑地向赵青问道:"赵兄辛苦地赶来,一定有什么见教啦!"

赵青阴险地一笑说:"你夜里的表现可不妙啊!渡边、宫本气极了,不用说你也明白叫我来做啥。可我总得对得起咱们的交情啊!"

田世兴故作委屈气愤地说："赵兄是明白人,我是虚虚实实,坚决而又巧妙地执行了堵击命令,我敢说在我的防线上一个游击队员也没有放过。是他们作战不力,让已经到手的鱼又漏了网,现在反来怪我。我倒要问问,他们懂不懂军事!"赵青竭力亲热地说:"当然!当时我几句话就给你圆了场。有我在你就只管放心好了!不管他们叫我来干什么吧,今天我呢,一来提醒你,二来嘛有点私事相求啊。"

田世兴一听,放心地笑着说:"常说士为知己者死嘛,什么事,您就直说吧,兄弟一定效劳!"

赵青趁机笑笑说:"兄弟有点紧事,你帮个忙借给我两万,以后如数奉还。"

田世兴明知他是敲竹杠,只得忍痛慷慨地说:"只要兄弟有,什么事不好办!说奉还不就显着远了吗。"说着两人大笑起来。赵青一拉田世兴的手又说:"还有,你抓的那个游击队员冯克臣,明天交我带走。"

田世兴哎呀一声拍手说:"早一点说嘛,已经干掉啦!"赵青一听,情不自禁地猛立起来急问:"什么?干掉啦!"说着竭力掩饰着猜疑的目光,冷冷地斜视着田世兴,苦笑着,丧气地坐在椅子里。

田世兴若无其事地笑着冲门口喊:"副官,叫太太来陪赵先生打牌!"

这时,李铁他们已经押着冯克臣来到谢长君的家里把他关进了黑屋。

许凤正在屋里和长君嫂小声说话,一见李铁他们进来,透出一口气说:"听到枪响可把我们吓了一跳。"

谢长君竖起大拇指说:"行!行!李铁同志他们真是这一行的好汉!"

队员们和长君嫂听长君学说当时的情景,真是又惊又喜。李铁向许凤报告了谈判的结果,随后到黑屋里审讯冯克臣去了。

冯克臣原来是赵青的一个秘密武装土匪,因为和赵青是单线联系,所以漏了网。赵青进了据点之后,就通知他想法打进游击队,在重要关头行动,使小队陷入重围,然后他就可以跑到据点里去。赵青答应事成之后给他五千元伪钞,还给他个伪军分队长做。

许凤一见冯克臣,气得脸色刷白,冷冷地盯住他的脸问道:"克臣,把你的事情坦白出来,我们从轻处理你,快说!"

冯克臣躲避着许凤的目光,讷讷地央求许凤说:"表姐,我不是故意的,我是个忠实的队员。"

朱大江严厉地指着冯克臣问道:"你为什么往敌人那边跑?说呀!"

李铁也严峻地问他:"说吧,不说也没有用。你故意打枪暴露目标是什么意思?谁叫你这样干的?"

冯克臣浑身哆嗦着说:"队长,不是打枪,是走火了,我不是往据点里跑,是害怕……"

一个队员猛立起来说:"我看见他是故意打枪,还要向据点里跑。想不到你是这样一个狼心狗肺的奸细,真给我们丢人,我建议枪毙他!"他说着气得嘴唇发抖脸色通红。

几个战士都抢着说:"他是故意破坏!""他是叛徒,奸细!""枪毙他!"

许凤向李铁、朱大江、萧金、武小龙看着问道:"你们的意见怎么办?"

四个人齐声说:"他不坦白就消灭他!"

冯克臣吓得哭起来,涕泪纵横地跪在许凤的脚下哀求道:"表姐,不能杀我。表姐呀,我不是叛徒,饶了我吧!"

许凤眼睛一瞪,闪出明亮严厉的光芒,冲着冯克臣问道:"你说不说?"

冯克臣浑身颤抖着说:"表姐,宽大我啊!我不是故意破坏,我是走火,别杀我,表姐啊!"

许凤咬牙一挥手说:"我没有你这样的表弟,拉出去!"

两个换上了伪军军装的战士过去揪着冯克臣往外走,冯克臣刚喊一句:"表姐,救命呀!"就被队员用毛巾堵上了嘴。

朱大江向郎小玉说:"不要打枪,用刀干掉他!"郎小玉应声:"是!"穿好伪军军装,束上皮带,背上枪,拔出刺刀跟了出去。

五 转 折 点

韩庄据点村里,离大碉堡不远的一个院子里,从屋门口一抬头就望见那高耸云霄的大碉堡,上面闪着灯光,随风传来一阵吆喝声。寒风中电线呜呜地发出悲鸣。在黑暗里一个一个人影悄悄溜进屋去。李铁最后向碉堡观察了一下,关上了屋门。这是许凤派人把曹福祥、江丽、秀芬、小曼叫回来,汇报情况,研究今后的对敌斗争。这些日子许凤在谢村住着,秘密派人出去联络分散的队员,指定地点集合起来,游击队又完全恢复了。他们开展了谢村的伪军工作,整顿了附近四五个村的组织,就转移到河北来,依靠高铁庄在韩庄准备好的秘密地洞,来开辟这里的工作。由于根据地村不能站了,干部们不得不硬着头皮钻进敌占区各村去挖密洞坚持工作,倒把一些过去不敢进去住的村打开了,工作反而比以前有了开展。许凤料定敌人就要驻剿张村,所以通知游击队和区干部暂时都不进去,指示张立根在张村秘密地监视坏人的活动,领导党员和群众加紧挖战斗地道,训练民兵,准备随时打地道战。许凤把情况也汇报了周政委,得到指示说,只要敌人一去驻剿,就要里应外合给敌人以打击。

群众在党的宣传教育下,也看透了对敌人非斗争不行。敌人越凶残,群众就越坚决,越团结一致。横竖顶多是个死,与其当亡国奴死去,倒不如拼着一死去斗争,反而能打开一条扬眉吐气的活路。人们都铁了心,坚决斗争。敌人越压得紧,逼得群众办法也越多。挖地道成了群众性的运动。有些老根据地村,家家户户都挖,男女老少一齐动手,连被摧毁的几个村的人也回去挖起来了。区里特别给这些村拨了救济粮。县委又规定了奖励办法,挖一丈地道给多少小米,好使积极分子吃饱,有劲干活。人们干得更欢了。挖地道又发展到改造地形,村村垒街口,垒胡同口,院院打通,挖了陷阱,设上种种障碍。个别的村甚至干脆把牲口柴草米面等东西都坚壁起来,人人战斗化,全村宣了誓,敌人一来,全村人都钻进地道。敌人转来转去,抢不到东西,抓不到人。敌人对这样的村子没了办法,只好放把火,无可奈何地滚回去。这种发展是敌人料想不到的。渡边、宫本企图用血腥镇压,叫人民低头归顺,但是得到的却是相反的结果。渡边对这种情形,伤透了脑筋,时常暴跳如雷,真想把一切都毁灭个干净才痛快。可是宫本冷静地提醒他,要真把一切毁灭光了,就不能以战养战了。那样就只能依靠从本国运来一切粮草和军需,可本国又没有这么多的粮草可运。再说就是想全杀了也办不到,只会更激起老百姓的反抗。于是敌人一面吓唬人说弄出地道来,要把全村的人杀光,同时又不得不虚情假意地对一些村缓和一下,出一出安民布告,想把人们麻痹一下,然后一个一个地摧毁征服。当前特别是对别村紧,对张村松。宫本、胡文玉在竭力设法把区干部、游击队逼到张村去,以便来一个一网打尽,把游击队和区干部全部消灭。

　　许凤反复地研究了这些情况,心里越发有底。她叫大家坐下,叫江丽先谈谈她的工作情况。江丽虽然更加显得瘦削,但更精神了。她这些日子在高村的地洞里,建立了一个地下工作室,担负了向敌伪军进行宣传攻势的工作。这一阵全党动手,用各种方式在伪军伪组织内部建立了许多工作关系。又广泛地发动了伪军家属给伪军写信。通过这些工作,大量地搜集了敌伪军内部的情况,登记了许多伪军官兵、伪组织人员的材料。她就根据这些材料,突击编写宣传品,常常一连几天钻在洞里,不分昼夜地又编又印。于是许多宣传品在伪军中间出现了。这些宣传品对伪军的心理、伪军的内幕了解得那么细致具体,连宫本看了也禁不住大吃一惊。为了使宣传品能在伪军中间广泛流传,她又编写了一些小唱本。乍一看这些唱本不过都是伪军们喜欢的《小寡妇上坟》《王二姐思夫》之类,并不引人注意,其实里边写的都是伪军反正杀敌受到欢迎、一家骨肉团圆的故事。这些唱词写得十分感动人,伪军们看了就像宝贝似的偷着藏起来,暗中传来传去。江丽正在汇报着,小曼一摆手,大家从瞭望孔里一看,只见一个伪军背着枪在房后边走来走去,正轻轻地唱着江丽编写的《叹五更》小调哩,大家听着他唱着:

　　一更里月儿呀月东升,
　　治安军为谁呀来当兵?
　　越思越想越伤情!
　　哎咳哟……
　　越思越想越伤情。
　　二更里月儿呀上柳梢,
　　治安军为谁呀把妻子抛?
　　越思越想越心焦!
　　哎咳哟……
　　越思越想越心焦。
　　三更里月儿呀月当头,
　　治安军一死呀骂名留,
　　越思越想越忧愁!
　　哎咳哟……
　　越思越想越忧愁。

这时有人招呼那伪军一声,那伪军哼哼着向西走了。许凤笑着轻轻拍了一下江丽问道:"底下呢,怎么唱?"

江丽笑着还没答言,小曼就低声唱道:

四更里月儿呀月偏西,
　　爹娘想儿我回不去,
　　越思越想越着急!
　　哎咳哟……
　　越思越想越着急。
　　五更里月儿呀月落山,
　　倒不如反正回家转,
　　一家人骨肉得团圆!
　　哎咳哟……
　　一家人骨肉得团圆。

　　许凤听了点点头,冲江丽笑道:"你这小调就是埋的定时炸弹,明个咱们要拿这个据点的时候,它一定会爆炸起来的。"

　　江丽冲李铁看着笑道:"哼,我写的可不行!"

　　李铁明白她是说自己,忙一挥手笑道:"不,这一回是真行。听说宫本把你恨死了。你用日文给宫本写的那封警告信,叫他火了好几天,气得他亲自带人到处搜查八路军的宣传品。"

　　江丽点点头说:"对宫本这样的人,写警告信,就是为了打击一下他的精神。"

　　李铁道:"给伪军的信也有作用。有一些伪军接到指名教育的信之后,确实老实多了。"

　　曹福祥嗯了一下说:"不过,也有越来越疯狂的。"

　　江丽接着又补充了几句。接着是秀芬、小曼汇报工作。

　　秀芬和小曼被派到敌占区孙屯工作了一些日子。在这严酷的日子里,秀芬和小曼没有被吓倒,反而大胆地做了好多工作。那一带工作基础薄弱,敌人控制得异常严密,黑夜常有敌人搬着梯子上房下院子,突然进行搜查。所以,这些村都没有挖地道。秀芬、小曼来到孙屯唯一的一个秘密党员于有福大伯家,费尽力气挖了一个小洞藏着,秘密地进行活动。许凤本来叫她俩在孙屯一个村工作,秀芬那急性脾气哪里忍得住,通过于有福大伯在东峰村找了个关系就去工作了。小曼更不在乎,越闹得欢她才越高兴。两人头两次去了没有出事,第三次去被敌人追了五六里地。她俩跑得累死,好歹总算脱了险。起初秀芬以为小曼目标小,孙屯又有亲戚,就叫她单独活动,调查情况。不料有一天突然找不着她了,秀芬急得直跺脚,叫于大伯到处去找。后来找到一个闲院子里,一看她和原来儿童团的十多个小朋友正在太阳底下跳舞哩。小曼回来叫秀芬给批评哭了。从此秀芬只叫她跟着记录一些调查材料。经过她俩艰苦的工作,重新组织起了两个村的秘密抗联会,发展了三个党员,并且调查出了两个汉奸坐探。她俩暗中发动受害的人写了控告书,准备回区研究后报县委批准进行逮捕。

　　油灯的光线照着曹福祥严肃的面孔。这段时间,曹福祥活动得异常大胆,到哪村他就在维持会一坐,群众就围上去哭诉。他就为群众撑腰,打击汉奸封建势力。许凤劝他隐蔽一些,他反而说:"我不能为自己安全叫区公所这杆大旗倒下去。党叫我代表政权,我就得矗住个儿。敌人魔高一尺,我就来个道高一丈!再说我是群众的区长,我这一百多斤交给他们不会出问题。"这次来开会的前一天,曹福祥的大舅子找了来,一把鼻涕一把泪,埋怨妹夫心肠硬,老婆孩子叫敌人抓去,也不想法营救。曹福祥看出大舅子心里有鬼。一追问,原来是胡文玉捎信给他,说是只要他能说服曹福祥进据点和胡文玉见见面,就放他妹子出来。曹福祥一听,须发竖立,吼一声,一巴掌把大舅子打了个跟斗,咬牙骂道:"要不看你是个糊涂蛋,非毙了你不可!"曹福祥今天向许凤汇报了枣园的敌情:"日寇渡边部队'清剿'有功受了嘉奖。为争取这一带成为'治安区',这些天日夜训练棒子队,准备驻剿,摧毁地道。胡文玉反革命有功,清水师团长接见并嘉奖了他。小鸾已回枣园据点准备和他结婚。鬼子汉奸们准备为他俩大办喜事,抢了十几大车家具给他安排了新房。这几天渡边、宫本和张木康、王金庆连着召集敌伪军官开会,绘制各村的地道图样,总结破坏地道的方法和进行地道战斗的经验。敌伪军不断进行演习。敌人的便衣特务,不断到张村附近活动。听说许凤同志前两天连着在张村开了两次群众大会,连据点里边都哄扬动了,说许政委要在张村跟枣园据点的敌人大打一场。我以为你还在张村住着,叫我好生着急。今天齐光第又召集各村联络员,要了三百多个民夫,都带铁锹大镐,限中午到枣园集合。看样今天夜间或明天拂晓可能出动到张村来。很明显,这跟你在张村暴露有关,我想你一定又有新的斗争计划了。"

萧金插上来说:"老曹同志想得对,这是凤姐的一步好棋,这是为下一步作准备。"

正在说着,高大娘悄悄进来递给许凤一封信,走了出去。许凤赶紧拆开一看,是高铁庄写来的情报,上面写着:枣园大部分日军和两个中队伪军带了三百多民夫,正要出发去包围张村。据敌人情报,县大队在城东北连打了三仗,被敌人从路东追过子牙河,跑到交河县去了。许凤把情报念了一遍,点点头一笑说:"我估计县大队一定是开到这边来了。"朱大江立刻攥起大拳头向桌子上一按说:"真带劲,咱们应该马上配合县大队给敌人一次打击,敌人就不敢这样疯狂了。"

正说着,高大娘领着潘林走进屋来,大家亲切地招呼他上炕坐下。潘林喝口开水擦着汗说:"好啊,继续讨论吧。我是想听听你们的意见。现在敌人集中兵力要反复'清剿'这一带,趁冬季摧毁我们的根据地,逼迫我们的部队暴露目标,好来个包围歼灭,所以邻县都没有动。这是值得我们深思的!"

许凤把情报递给潘林,抬起头来看着李铁问道:"你的意见呢?"

李铁说:"我看就从我们这儿开始吧。依着我,不但要在张村利用地道狠狠地打击敌人一下,并且可以打进枣园——敌人的老窝去,给他们点厉害看看。"

曹福祥激动地说:"我早想开了,不作必要的牺牲,一辈子也打不开局面。问题就看是怎么个打法。"

江丽笑着插话说:"对!世界上的事就是这样,凡有所得,必有所失,患得患失就什么也干不成了。"

"我并不反对打!"潘林恳切地说,"但现在打是不是时候?我认为目前应该化整为零,扰乱敌人,使敌人疲于奔命。等敌人疲乏不堪,我们再集中兵力攻击,这样比较好。现在敌人正集中兵力找我们,而我们就集中兵力去暴露在敌人面前,这弄不好,会全部毁灭。"

许凤说:"我是这样看,前些日子我们受了些挫折,那是因为各种条件都没有准备好,没有搞好新的根据地,没有弹药,跟各村的干部、群众一时也没有建立起联系,和县里也没有取得配合,敌人的情况也摸不清,这样盲目地打,那确实是冒险。可是现在不同了,我们这些弱点都克服了。我们有了出其不意打击敌人的条件,为什么不打呢?要能把邻区邻县的敌人吸引过来,使邻区邻县松口气能还手打击敌人,岂不更好吗?我们也许苦一点,但就整个形势来说正是转入了主动。我们已经准备好了隐蔽根据地,即便敌人再多也能安全撤出战斗,绝不会像潘林同志说的那样全部毁灭。因此我的意见是立刻采取行动。李铁同志带手枪班去袭击枣园敌人的留守部队,目标是消灭胡文玉、赵青他们。朱大江同志带步枪班埋伏到张村外围,配合坚持地道战的民兵,牵制敌人的'清剿'队伍。其他同志分头去几个村秘密发动民兵,准备支援作战的部队。我立刻找周政委请示决定。"

正在谈着,忽然高大娘又走进来说:"县委的通讯员老崔来啦。"

许凤忙叫老崔进来。老崔走得汗流满面,递给许凤一封信。许凤急忙拆开一看,是周政委叫她立刻随通讯员到崔庄去开会。许凤看完了信说:"好极啦,周政委带大队过来了,叫咱们小队去集合,立刻分组出发。"

　　天空阴云沉沉,黑得对面不见人。阵阵寒风卷着稀稀落落的雪花,扑上身来。许凤他们一路来到崔庄,老崔在前边和放哨的队员小声问答着口令。近前一看,树后墙边隔不远立着一个队员,封锁了村庄。许凤他们跟着来到村东头一个院子里,门口也有队员持枪警戒着。在院里遇上了周明。秀芬、小曼、江丽她们跟老崔到队部住的东厢房去了。许凤、李铁、朱大江、曹福祥、潘林一起跟周明往北屋走去。潘林一面走着,对周明说:"说老实话,我翻来覆去地想过:难道我的意见又错了吗?我想不会错。反正我觉着党的利益要受损害,就不能默不做声。也许同志们说我这家伙又右了! 但是我必须坚持真理。"

　　周明注意地听着,没有言语。进屋坐定,许凤解下包头的蓝布包袱,打打身上的雪花。接着,王少华、萧之明也从外面走了进来。大家坐在方桌周围。周明立刻宣布开会。潘林首先发言说:

　　"萧大队长和许凤同志提的战斗计划都是冒失的。现在究竟该不该打这样的仗?我还是怀疑。首先这样就把苦心保存下来的一点力量全部暴露了。"潘林板着脸,着重地加上一句,"特别要注意,这是冬季! 我们一暴露就会招来敌人加倍的压力。"

　　周明苍瘦的脸上露出严肃的坚定不移的神气,好像对于一切早就有了主意似的。他在烟斗里装上烟丝,在灯上吸着,望望许凤。

　　许凤轻轻咳嗽一声说:"枣园一带的敌伪军,是全县敌人里边最顽强的部队。如果能给他们一次有力的打击,会有多么大的意义呀! 我想先不论春夏秋冬,敌人已经自己凑到最便于我们打它的地方去了,为什么不打它! 假如迟延下去,等敌人把各村的地道彻底破坏完了,再打就困难了。"许凤镇静地说了,向每个人脸上望着。又把拿据点的计划说了一遍。周明吐出一口烟来,缓慢地说:"我同意许凤同志的计划。表面上看起来敌人是更厉害了,但是骨子里是更加虚弱了。敌伪军滋长着厌战情绪,士气比以前低落了。我们的力量虽然不够大,可是战斗意志是高涨的。我们已经给驻枣园区的敌人造成了致命的弱点,乘敌人没有准备,应当抓住这个机会狠狠地打击敌人一下!"

潘林皱着眉头说:"打上能不能撤退,要先考虑一下。"

王少华说:"现在夜长日短,河里冰凌结得坚固,便于我们活动。再说今天正是农历年三十了,天黑无月。除夕之夜,伪军们思念家乡亲人,更想不到我们会发动攻击。这对我们都是有利的条件。"王少华说罢仰头思索着,习惯地摸着小黑胡子。

萧之明心里有点厌烦了。立起来走到门口,开开门让寒风吹拂着。沉默了一会儿,回头走过来说:"现在是讨论作战计划。部队已经开始行动了,用不着再讨论打不打。我个人的意见,要集中使用兵力打击'清剿'队。"

周明看着许凤问道:"你们的意见怎么样?"

"我们意见也不一致,"她说着看着王少华说,"我想利用这个机会跟高铁庄联系一下,把韩庄搞下来,同时派手枪班去袭击一下枣园。大队已经来了,可以考虑以攻韩庄为主,只派一部分人去牵制打击驻剿张村的敌人。这样给敌人的打击和影响要大得多。"

李铁立刻接着说:"对,我想这会成功的!我愿意带人去袭击枣园。"

萧之明一挥手说:"我们究竟人数不多,这样分兵出击,绝对不行!我想这主要是由于许凤同志总想立刻打开局面。但是这样搞结果必然要遭受失败。很可能把高铁庄他们搞垮,把李铁同志他们牺牲在枣园。如果要打的话,还是赶紧研究打驻剿张村的敌人好了。"

周明点点头说:"对,萧大队长的意见是对的。集中兵力打敌人一处,才能打疼。张村有很好的战斗地道,既能大量杀伤敌人又能保护自己,又有群众和民兵的支援。这么好的条件为什么不用?

可是如果他们能够在不影响主攻任务的条件下拿据点,不是更好吗?"

萧之明立刻说道:"最好还是集中主要力量打驻剿张村的敌人。如果能够在主攻驻剿张村的敌人同时,再拿下个把据点,那我是不反对的!再明确说一遍,你们的任务就是牵制枣园、韩庄、郭店三个主要据点的敌人,死死地拖住他们!"

许凤爽快地说道:"好,保证完成任务!"

王少华微笑着对许凤说:"着急啦?寇二虎的三中队不久就要调郭店。那时候,咱们好好布置一下,一仗就能吃掉它一个大队呀!不过,如果你坚决要拿嘛,那也好,可是要设法扩大战果!"

许凤点点头笑了。才要喊李铁起身去准备执行任务,只见李铁立起来向萧之明、周明要求道:"大队长,政委,枣园据点的敌人绝大部分都出来了,正好乘着敌人老窝里边空虚,我去干掉胡文玉、赵青。我愿意带小队一个班去完成这个袭击任务,比在外边牵制要有效得多!"

萧之明正在和周明研究大队的战斗部署,听了抬头向周明看了看,两人点点头,萧之明立刻微笑一下说:"这样也好,但是你必须负责把人安全地带出来,要想硬拼就不能去!"

李铁忙抢着说:"我保证都安全地带回来!"

周明吸着烟斗望着李铁说:"要注意呀,适可而止,不许在里边死打硬拼。"

"对!"李铁严肃地说,"我一定照政委的指示办!"

萧之明向许凤说道:"许凤同志,这样一来,牵制敌人和拿据点的任务都落到你自己身上了,县大队的兵力也不能去支援你们,能行吗?"

许凤笑道:"大队长,放心吧,我立刻就去同曹区长发动民兵,保证完成任务。"

曹福祥一直坐在旁边吸烟,周明挨着他坐下说:"老曹同志啊,你看还有什么地方应该再慎重考虑考虑呀?"

曹福祥满意地呵呵一笑,用手捻着黑胡子说:"行啊,行啊!"随后凑近周明耳朵笑眯着眼瞅着许凤说,"这丫头行喽,乍一看粗粗拉拉,内囊里倒挺细呢。现在我不担心啦,信得过她!"

周明会意地笑笑,眼睛一亮,盯着曹福祥说:"那么,战斗一打响,要立刻解决几百个人的吃饭问题呀!能办到吗?"

曹福祥哈哈一笑:"老曹全包下啦!"

潘林见根本不考虑他的意见,脸色更加难看,甚至有点生气了。他坚持地向周明说:"给我任务吧!但我要保留我的意见。"

周明笑一笑说:"你这个同志,怎么搞的,思想上那股别扭劲又上来了。好吧!先不谈这个,还是请你负责搞联络站,把部队撤出战斗以后休整的地方安排好,我们来具体商量一下。"

许凤和萧之明详细研究了联系办法,向周明他们告辞了出来,带了曹福祥、江丽、秀芬、小曼走了。他们刚走出胡同不远,见游击队已经在空场上悄悄地集合起来了,同志们的身影在黑暗中活动着,呼呼的寒风越刮越响。

六　智　取　韩　庄

阴沉而严寒的黑夜,细雪霏霏地洒落着,北风从冰冻的土地上卷过,吹得电线呜呜咽咽地直叫。古洋河的两岸,野地里光秃秃的,只有大风毫无阻拦地任意地扫荡着。远处一片片黑沉沉的影子,那是村落和树林。就在那黑糊糊的村庄上空,矗立着高高的碉堡,那高耸天空的碉堡顶上,忽隐忽现地闪烁着灯光,像一个大怪物的眼睛,一眨一眨地盯着人们的活动。突然,东北方向响起了隐隐约约的呼叫声,这一定是敌人又到村里去了。

这里是起伏的土岗,布满了层层密密的枣树、高大的古柏和黑郁郁的墙一般的扫地柏。在黑郁郁的树林里边藏着一座荒芜的破庙,周围一片寂静。

在破庙的配殿里,曹福祥坐在一个小油灯前边,和十多个村干部小声地计算着动员民兵的数目,以及武器、铁锹、大镐、梯子的数目。原来计划动员五百人。各村一汇报,增加到了一千多人。村干部还想再多动员一些,曹福祥说道:"一千人够了,不要再增加。"村干部们答应着笑笑走出来,都聚在江丽周围听她那富有鼓动性的谈话。曹福祥到正殿里来找许凤,见许凤披着大棉袍,正在一张地图上比画着。萧金端着灯站在旁边。只见许凤拿着铅笔在地图上哧哧地连着划了几个箭头,几个圈圈,萧金的一只手,在许凤划过的地方指点着。

曹福祥报告道:"许政委,布置了一千人。"

许凤抬起头来沉静地说声:"很好。"便又看着地图沉思起来。

曹福祥来到东偏殿一看,秀芬、小曼和十多个村妇女干部正小声地唧唧呱呱地谈笑着,拾掇着部队从各村搜集来的纱布、药棉、红药水等等。一见曹福祥进来,秀芬便说道:

"老大伯,我们把救护用品都准备好了,你得检查一下担架。"

曹福祥笑道:"我保险动员二十副担架,八十个小伙子,可你得把他们训练一下。"

姑娘们一齐叫道:"区长老大伯放心吧,我们什么都会。"

曹福祥满意地出来,刚走到大庙门口,就见放哨的队员跑过来,着急地说道:"区长,坏啦,发现敌人。"

另一个战士持着枪,凑过来说:"一定是来包围咱们的,怎么办?"

曹福祥叫一个队员出去告诉警戒的队员,不许暴露目标,便急急走进正殿,凑到许凤耳边小声说:"许凤同志,发现敌人!"

这时,江丽、秀芬、小曼和村干部们都集合到门口来了,他们有的背着东西,有的提着枪,拿着手榴弹,睁大了眼睛等着许凤下命令。

只见许凤抬起头来,明亮的大黑眼珠,像流星般一转,脸上毫无惊慌的表情。她仍旧一动不动地坐着,反而微微一笑,用铅笔向萧金一点道:"你去带队员警戒,不许暴露目标。不管敌人离多近,没有命令不许开枪。"

萧金立刻提了枪跑出去执行任务去了。许凤还是一动不动地向曹福祥、江丽、秀芬看着说道:"去执行你们的任务吧,敌人一过去,立刻就出发。"

"敌人能过去?"秀芬惊疑地问。

许凤非常肯定地点点头说:"对,敌人立刻就过去,不会到这儿来。"说了仍旧镇静地坐着,出神地看着地图,左手指好像在掐算着什么数字。曹福祥会意地点点头,笑了。

江丽、秀芬、小曼退出门口,互相看着,小曼吐了一下舌头。三个人跟在曹福祥后边轻轻溜出大门,猫着腰,利用地形掩蔽着,来到队员们警戒的岗哨附近,只见萧金和几个队员正伏在柏树下边,向前注视着。他们悄悄地卧倒,屏着气息向前望着。只见从北往南的路上,长长的一列人走动着,可以听见枪支武器的撞击声。没有多长的时间,敌人就过完了。萧金立刻派三个队员尾随着敌人去侦察情况,便叫了曹福祥、江丽他们回到庙里来。来到正殿,见许凤正在屋里来回走动,墙角落里油灯的火焰一晃一晃的。许凤见他们一进屋,就停住了,一招手道:"来,咱们决定一下吧。"

听了许凤的部署,曹福祥心里暗暗佩服许凤:她真是胆又大心又细呀!见许凤指派了八个村支书,叫他们带人埋伏在指定的树林里,村头上,单等郭店一打响,他们就围攻上去,不叫一个敌人跑掉。

曹福祥听了眼睛一亮:啊!这回要拿郭店了。但是又有些担心:郭店的防御工事很坚固,王金庆兵力又足,瓦解伪军的工作又没有很好开展,要没有二十三团这样的部队,是难得打进去的。

许凤随后叫十几个村干部带队来这里集合,跟着去攻韩庄。

布置完了，人们都出发了，许凤对萧金看看道："韩庄的人来了没有？"

萧金道："吕刚来了。"

许凤道："叫他进来。"

萧金去叫吕刚。曹福祥和江丽、秀芬出来，小曼在后边说："你们看这是什么干法？我真不明白。"

韩庄据点的伪军们正在过年。第三分队长高铁庄和他分队里的三个盟兄弟在玩天九牌。桌子上摊着准备票子、花生、瓜子，四个人好像认真地在赌钱。高铁庄装做聚精会神地使劲摸着牌，嘴里念着："天一天，地一地，虎头来了唱台戏！"

旁边那个胖圆脸红胡子班长马国柱，凑到他耳边睁大了眼装做看牌，小声说："怎么吕刚还没回来？"

四个人交换了一个焦急的眼色，高铁庄扔几颗花生米到嘴里嚼着，皱眉沉思着。

他们面临着十分危险的情况。前几天胡文玉带着一批特务到韩庄来了一下。随后张木康、宫本就把寇二虎叫了去，说这个中队有问题，非进行整肃不可。寇二虎一回来，高铁庄就请他喝酒。寇二虎醉后还直骂胡文玉给他这个中队小鞋穿。想不到今天中午，大队部的顾问日本宪兵山田少尉带了十多个人从枣园据点来了。高铁庄知道他来一定没有好事，设法一打听，果然是为了清理这个据点的内部来的。来到之后就紧张地找人谈话，很注意打听他这分队的情况。傍晚特务班长苗金山又把他分队的伪军秦喜然叫到一个破鞋家去喝酒去了。自从发展了秦喜然拜盟之后，就发现他不可靠，这一下更引起了高铁庄的怀疑。万一秦喜然把他们的活动情况暴露出去，就前功尽弃了。高铁庄借着赌钱把几个可靠的弟兄集合起来，商量了一会儿应付办法。有的主张干脆立即起义，打下这个据点。有的主张立刻把分队的弟兄控制起来，打一家伙就拉出去。大家都不同意再等下去了。高铁庄已经接到了县敌工部的通知,叫他继续隐蔽,等调到郭店之后再行动。真是觉得不好处理。后来还是决定准备起义,把据点拿下来。就派一个在中队部当便衣侦探的弟兄吕刚,趁出去执行任务的机会,找许凤和县里联系,取得上级的指示和支援。现在吕刚已经出去了几个钟头了,还不见回来,眼看非独立自主地下决心不行了。

几个人正心不在焉地摸着牌,就见窗户外边一个人影走来停下了,一个人脸贴上小窗玻璃往里看了一下,又咚咚地走了。几个人互相递了个眼色,都立起来,绰枪在手。一个人走到门口听动静。

这时听见吕刚在窗外悠闲自在地哼着小调子,向屋里走来。吕刚一进来,马国柱忙问:"怎么样?"

吕刚神色紧张地小声说:"好容易才找到了许政委。我把咱们的两个计划都跟她说了,她坚决叫咱们举行起义,里应外合把据点拿下来。她随后就把队伍带到韩庄来,听咱们在里边打响,他们就往里冲。我才到中队部去过了,寇队长正跟两个分队长打牌哩。山田在岗楼上立着,白队副又插上门闹娘们去了。真是难得的好机会。不过刚才我往这边来的时候,看见苗胖子走的挺慌张,看样是往中队部去了,说不定出什么坏主意哩。要动手得快点才行。你说怎么办吧?"

高铁庄拧着眉头听他说完了,拔出驳壳枪来,嚓一声顶上子弹,坚决地一挥手说:"立刻动手,我带关东升到中队部去,把狗日的们看起来。老马你带别的弟兄,先到各班里去给自己人布置好,拒绝中队部的一切命令,并把分队里几个坏家伙干掉,准备行动。随后你就带几个弟兄,攻进大岗楼去占领制高点。我们两边听到你的三声枪响,就一齐动手。"

"白队副怎么办?"

"甭理他,等他穿好衣裳,咱们早干完了。"

高铁庄立正着严肃地说:"就这样,弟兄们,要坚决完成任务,剩下一个人也要坚持到底！"

大家轻声坚决地应着："是！"

说完了，各自走了出去。

伪军中队长寇二虎派出了巡逻队，又和枣园、郭店联系过没有出动的任务，感到很轻松。他对渡边在年节出动，心里又是气又是笑。暗想：你去闹吧，我可要打他妈一夜麻将。他把大背头梳得崭亮，穿着高筒黑皮靴，故意露出闪光的大金牙，神气地叼着烟卷，叫来个三十多岁的浪荡娘们大白妮，和两个分队长打牌，黑脸矮胖子特务苗金急慌慌地走进来，凑到寇二虎耳朵上小声说："别打牌了，赶紧商量一下，高铁庄分队确实发现……"

刚说到这里，寇二虎机灵地一回头，就见高铁庄闪进来掩在隔扇门边，右手举着驳壳枪，左手拿着一个头号瓜型手榴弹，大叫："举起手来！谁敢动一下，就要你们的命！"

那大手榴弹已经拔去插销，高铁庄用大拇指压着引火帽，只要大拇指一抬，立刻就会爆炸。这种手榴弹杀伤力极大，要是爆炸开来，屋里几个人谁也别想活。寇二虎是老兵油子出身，奸猾凶狠，想不到此刻被人暗算，直气得七窍生烟，可也没有办法。为了不吃眼前亏，只得举起手来。另外四个人也举着手，吓得脸色蜡渣黄。寇二虎还盼着护兵来解围，偷眼向隔扇门口一望，仿佛看见有个人影一晃，心想屋门一定已经给高铁庄的人看上了，只得竭力装出笑容说："老四，咱们哥们相处，我有什么地方亏待过你？"

高铁庄冷笑一声说："二哥，对不起，这叫逼上梁山。我知道苗胖子要陷害我，不得不如此。"

寇二虎哈哈一笑说："老四，苗大哥也不是外人，纵然有个不对，也得看在二哥我的面上，用不着这样。咱们盟兄盟弟应该有福同享，有祸同当嘛。你即使有什么打算，咱们哥几个也可以商量。我是担心时机不对，反倒弄得咱们哥几个走投无路。我绝没有恶意，你要动起家伙来，可就对不起二哥了。"

高铁庄冷笑道:"就算对不起吧,我可不能等着别人先把刀子扎在我身上。二哥是个明白人,应该怎么办你就下决心吧!"

苗金山举着双手直哆嗦。他明白高铁庄最恨他。现在只要他手指一动,就会先丧命,忙奸笑着说:"咱们哥们可是生死之交。我也绝不是对你有什么歹意,我是怕你一时大意被八路的内线蒙混过去,到时候可是咱哥们吃亏。只要把几个靠不住的人找出来,咱哥们一商量就算完事。有什么过不去的,值得动这么大火呢!"苗金山说着,惨笑着,腿肚子直抖。

高铁庄听了只冷笑一声,不去理他。大白妮什么话也没说,心里可恨死了高铁庄。两个分队长急得眼珠直转。他俩和高铁庄是死对头,心里特别害怕,光想瞅个机会拔枪打死高铁庄。每个人的眼睛都睁得滚圆。高铁庄的处境非常困难,他眼光不敢错过丝毫,监视着每个人的表现和动作。他明白,他面前四个家伙都是惯匪和兵痞出身,只要放过一眨眼的工夫,就会发生危险。寇二虎本想喊人或打电话,但是他不敢这样做。他在竭力等待着高铁庄的疏忽。那时只消几秒钟,就可以拔枪打死他。还有一个指望是等待山田、白队副带人来收拾高铁庄。屋里陷入了极端恐怖的沉默中,只听见挂钟嘀嗒嘀嗒的声音。高铁庄心里着急为什么关东升还不来捆他们,真想立刻开枪投弹干死他们,可是又怕外面警觉起来,妨碍了马国柱他们执行任务。关东升在外面,本想进去帮助高铁庄收拾他们,不料刚往门口一走,叭一声一颗枪弹从身边穿过去了。他激灵一下,发觉对着门的短墙旁边有人持枪向屋门瞄着。急忙退到一边掩着身子,暗想:一定是寇二虎的护兵回来发现了情况,他想往里屋打枪,又怕打不着高铁庄,反把寇二虎害了,冲进门去吧,知道准有人守着,一定冲不进,所以埋伏在这里,封锁着屋门等着白队副带人来解围。关东升想着,不觉脸上流下汗来。心中暗道:"马国柱快点行动啊!"

这时,高铁庄在屋里等急了。他心里暗暗嘀咕:也许马国柱他们失败了吗？许凤同志你怎么还不带队伍冲进来呢？高铁庄想着,脸上流下汗来。汗珠从额角流过脸颊,流到嘴角,又滴下去。他咬紧牙齿忍着。

炭火盆上的水壶吱吱地响着。电话铃突然响起来,寇二虎斜着眼睛看了一眼,谁也不敢去接。电话坚持地紧响了一阵,停下来了。静了不多一会儿,又急骤地响起来。这一定是郭店大队部来的电话。

水开了,热气冲开壶盖噗噗直响,滚水溢出来泼在炭火上,嘭一声一股白汽直冲房顶。

突然,岗楼上连着三声枪响。整个据点里乱成了一团,响起了纷乱的枪声和叫骂声。机枪也咆哮起来。咚咚的脚步声越跑越近了。高铁庄心里可有了底,这一定是马国柱得了手,部队也攻进来了。他使劲咬牙坚持着。听着像是枣园、张村方向也传来了枪声和爆炸声。猛烈的爆炸声在附近响起来,震得耳朵直叫,震得窗纸咕达咕达直响。高铁庄已经精疲力尽,可是这枪声使他振作起来。他看出寇二虎的脸苍白了。不知为什么,他张开嘴喘起来。

驳壳枪在附近响起来,夹杂着一片呼喊声和紧急纷乱的跑步声。喊声渐渐听清了:"举起手来!"

"欢迎伪军同胞们反正杀敌!"

"缴枪不杀！优待俘虏！"

里边有一个女人的威严清脆的声音,这一定是许凤来了。

脚步声跑到窗户外边了。

"马班长,快!"这是关东升的喊声。

接着附近一阵枪声,马国柱举着缴获的安都式驳壳枪冲进屋来,关东升他们一群弟兄在后边跟进来,上前去缴了寇二虎他们的枪,押出屋去了。高铁庄呼出口气眨了眨眼,手哆嗦着把驳壳枪挂在腰里,关上手榴弹的插销,转身就往外跑,喊着:"老马,怎么样啦？"

刚要跨出屋门,碰上吕刚领着许凤、秀芬、小曼等几个人走进来,一见面高兴得齐声呼叫起来。

高铁庄急忙问道:"打得怎么样啦?"

许凤一挥手说:"已经结束战斗,正在打扫战场。咱们商量一下下一步怎么办。"

高铁庄心里这才踏实下来,用手巾擦着汗又问道:"大部队打回来啦?来的是哪一部分?"

许凤笑道:"这一仗你们就是主力嘛,外边就来了三百多民兵。"

正说着,马国柱带来了十多个起义的弟兄,向许凤一一地介绍了,亲热地交谈着拿大碉堡的经过。院里一片欢呼声。电话铃又响了。许凤瞧着高铁庄眼珠一转,指着电话说:"你接,无条件地接受命令,就说把游击队打跑了。"

高铁庄点点头,拿起电话听筒:"啊,我是三分队长。寇队长?他和山田少尉出去啦。我,中队长叫我在这儿听电话。是!王大队长!是我们打枪。有一股游击队来扰乱,对,打跑啦!啊,增援张村,再去一个分队?好,就去。对,我请求中队长派我们分队去。是,先到郭店集合!"

许凤听高铁庄接着电话,看着马国柱道:"你的日语很好吗?你就装山田,给王金庆下个命令,叫他把瓦窑的三中队调到郭店集合,派这里一个分队去接防。"马国柱高兴地一拍手,小声叫道:"对,对,顾问的命令,谁敢不听。"说着,凑过去把嘴往高铁庄耳朵上小声说了几句,高铁庄点点头,对着话筒说道:"喂,喂,大队长,山田顾问回来了,他要跟你说话。"

马国柱接过听筒,竭力学着山田的声音尖叫着:"哈伊!哈伊!"用日语跟王金庆说起话来。那王金庆一听顾问用日语跟他说话,又说一会儿去郭店和他一起出动,高兴的连声调也变了,真是受宠若惊,连连答应,还唯恐不及,哪顾得辨别真假。听那神气,要不是在电话上,简直能趴在地上舔舔山田的屁眼呢。马国柱一面打电话,一面向许凤、高铁庄眨眼,忍着不敢笑出声来。

电话打完了,许凤叫人立刻去把通郭店的所有电线全部切断。又对秀芬、小曼说:"你们去挑三十多个民兵,都换上伪军的服装和枪支,等候命令。"

秀芬、小曼答应着走了。许凤回头对高铁庄说:"再加上你手下二十几个可靠的弟兄,组成你的分队,带进郭店据点。"说着想了一下又向高铁庄、马国柱笑道,"我看老马很像山田顾问哪。"

高铁庄、马国柱立刻明白了她的意思。马国柱哈哈地一笑说:"好,可像极了。对,就这样办!我化装一下。"

许凤说:"好,我帮你们赶快把队伍动员好就出发。你们头里走,我们后边紧追上去。"

高铁庄说声:"对!我们快去准备。"就带上马国柱和起义的弟兄们走出去了。

这时张村上空红通通的,一定是烧起了大火。听着张村、枣园的枪声还是那么激烈,不知战斗打得怎么样了。许凤站在岗楼上看着,心里万分焦急。这时民兵领着通讯员跑上来,累得满头大汗喘着气,向许凤报告:

"联络站上潘林同志的信。"说着递给许凤一封折成三角的信。

许凤问道:"潘林同志向你说什么了没有?"

通讯员擦着汗说:"他急得哎呀了两声,就嗖嗖地写了信,叫我快点把信送给你。他那里满院子摆满了担架,上边都是伤员。有个侦察员在潘同志耳朵上小声说了点什么,潘同志又叫住我,在信上添了几句,就叫我跑步回来了。"

许凤点点头打开信一看,见上边说:"从平大路上下来了一股敌人,增援上来,估计我们打援的游击队阻挡不住敌人,希望立刻派民兵去支援一下……"

许凤把信上的话向秀芬说了一遍,秀芬着急地说:"怎么办,派我带民兵去吧!"

许凤一摆手说:"不!坚决去拿郭店,这对打援的部队是再好不过的支援!"

正说着,小曼跑上来说:"唐河地区队的一个侦察员来了。"

许凤一听立刻说:"好,他们一定离这里不远。"说着写了封信交给通讯员说,"你跟他们的侦察员去,请求他们来支援一下。快去,跑步出发!"

通讯员答应着跑出去了。这时曹福祥、江丽兴冲冲地跑进来,还呼呼地直喘气,江丽用毛巾擦着脸上的汗,向许凤报告着:"又发动了五百多人,都带来了,在外边等着呢,大家劲头可大极啦!"

许凤高兴地答应着,赶紧把一切布置妥当,就叫高铁庄带着三分队,直奔郭店而去。

七 奇　　袭

李铁接受了任务,挑选了区小队几个得力的骨干,组成了手枪班。每人都带了两支驳壳枪,四五个手榴弹,把通过敌工关系搞来的子弹每人带上二百多发。又根据枣园据点伪军营房,碉堡的布置图,给每个队员布置了战斗任务。大家讨论了一番,表示了决心。李铁最后笑着问道:"怎么样,小伙子们,敢去吗?"

队员们都笑起来嚷道:"瞧好吧政委,咱们这里没有孬货!"

说笑着拾掇好就出发了。一路上听到张村方向人声嘈杂,叮当乱响,知道敌人已经包围了张村。他们急行军走到离枣园据点还有三里地远,就听见远远有很多牲口走路的声音。赶紧蹲下一看,见从张村方向大路上影影绰绰地来了一溜黑影,像是许多人赶着驴驮子。李铁渐渐看清了是十个人,每人牵了一匹驴子,每匹驴上驮了很多东西,估计一定是伪军抢的包袱往回送。更看清了前边是两个伪军,后边是三个伪军。李铁小声下了命令。等了不大工夫,那行人就走到跟前了。冷不防李铁他们一下都窜出去,用枪逼上伪军下了枪。李铁本来想爬城进据点,硬打进伪军营房去。现在一看有这个方便条件,决定利用一下。就向伪军了解情况。这几个伪军本来不是坚决汉奸,一见是手枪队,早都吓得哆嗦起来,把一切都讲了出来。几个民夫是高村人,和李铁他们都相识,也说了一些情况。李铁叫四个伪军脱下衣帽,叫四个队员穿上。把四个伪军交给高村的民夫说:"这几个伪军,你们负责带到你们村去,一个也不许跑掉。明天把他们送到区里。驴子我负责还你们。"

民夫们押着伪军走了。李铁带了队员牵了驴驮子,押着一个伪军,向枣园据点城门走去。李铁把枪口逼着那个伪军说:"你说的要有一句不对,立刻要你的命;你多说一句话,也要你的命!"

那伪军发誓说:"我身在曹营心在汉,我家里也有妻子老小,我要说瞎话,一家子都不得好死!"

一行来到西城门口,城墙上伪军大声喝问口令,陈东风在前边逼着那伪军回答了,果然城门开了,李铁带着人走了进去。

这时,枣园据点里边是一片群魔乱舞,狼欢鬼笑的景象。伪军大队部的大栅栏门上贴着大红囍字,人来人往,嘻嘻哈哈。没有出发到张村去的伪军伪警、便衣特务们,都来给胡文玉道喜。院里,伪军们喝得醉醺醺的,东倒西歪地走着,喊叫着。新房里粉刷的雪白。墙上挂着红色的贺联,锦绣的镜框。床上是花毛毯,绸被子,发散着一股浓烈的香粉味。小鸾浓妆艳抹,穿着红袄绿裤,更加风骚妖媚。她陪着宫本、齐光第喝酒说笑。胡文玉也打扮起来,一身西装,油头粉面,趾高气扬。宫本挨了小鸾坐着,毫无顾忌地嘻嘻哈哈地在小鸾身上乱摸乱抓。小鸾更是满不在乎,反而往宫本身上磨磨靠靠。胡文玉只装看不见。水仙花、小白鸭等几个烂货也跟着乱笑乱闹。齐光第可是另有一番心事。他想趁机拉拢胡文玉,所以尽量夸赞胡文玉的才干。在他们看来,这儿已经成了模范治安区,抗日根据地被摧毁了,游击队和区干部在这次剿张村之后,再也活动不起来了。渡边为了奖励胡文玉的忠心,只让他帮助拟定了驻剿计划,不叫他去跟着驻剿,让他快快乐乐地度过新婚。宫本和齐光第留下是为了守备枣园。他们以为天下已经太平,游击队在这冬季根本无法活动,所以戒备并不森严。就在这前一天,赵青到城里特务机关开会去了。伪军们喝够了酒也都回了营房,除了值班站岗的以外,都倒下睡了。闹新房的也都走散了。

胡文玉插了门,跟小鸾并肩坐下,吸着烟卷,脸上浮起了得意的笑容。他在想:明天也许就会俘虏住许凤。我去把她弄来,给她个软硬兼施,她就算是金刚钻,也要把她的棱角磨平……他正想得入神,叫烟头烧得手指一疼,吓了一跳。小鸾用指头狠狠在前额上戳了一下,从血红的嘴唇里发出一声冷笑:"哼!又想你那小凤哪!弄来了,我不答应你也是枉然。"

胡文玉拉着小鸾的手哀求道:"求求你,叫她当姨太太好吗?"

小鸾打了他一下笑道:"那你就别说我报复你,你也别管我。"

胡文玉立刻答应道:"你愿意怎么样就怎么样,我不管就是了。"

两个正在说笑取乐,忽然听见一阵枪声,接着响起轰隆隆一连串震耳的爆炸声,震得窗纸碎裂,屋顶碎土落到纸棚上刷刷直响,吓得两个人直跳起来。胡文玉拉着小鸾,提着手枪,刚闯出屋门,就见几个人像闪电般蹿过来,接着是子弹啾啾地在头上脚下直射。胡文玉拉着小鸾,拼命钻进了通大碉堡的屋子里。灯光里只见伪军一片混乱,光着膀背的,赤身露体的,正在乱抓乱嚷。胡文玉大叫一声:"快打,他妈的!"

于是一群光屁股、赤膀子的伪军丢开衣服,慌忙去抓枪。还没乱出个头绪来,忽听轰隆一声,屋门被踹开了,一阵急如雨点的子弹扫射进来。伪军们炕上炕下纷纷乱窜。紧接着手榴弹接二连三地爆炸了，屋里硝烟滚滚，血肉衣物乱飞。胡文玉、小鸾急急跑到通碉堡的过道里，回头一看，一个黑影跟着跳进来，火光中，看到一张瘦削的像钢铁般可怕的脸孔，紧闭着嘴，眼光炯炯——那是李铁的脸！胡文玉吓得发抖，胡乱地打过几枪去。接着几颗子弹射来，他的右手被打中了，手枪掉了下去。小鸾惊叫了一声，拉了胡文玉紧跑。蹿进了大碉堡的门，赶快把门顶上，叫伪军守住。胡文玉急忙跑到碉堡上一看，三个碉堡起了火，整个伪军大队部的院里成了火海。机枪声、步枪声、喊声、杀声混成一片。胡文玉看日军大碉堡那里只是打枪，并不下来支援，齐光第那边碉堡里也是这样。他气得跺脚乱骂："他妈的，各顾各！中队长呢？"

"死了，跟太太正睡觉就被……"

"他妈的，顶住！不顶住要你们的命！"

冲锋号响起来了。胡文玉急得光想哭。暗叫：完了，完了，八路军大部队打回来了。

这工夫小鸾弄得满脸血污，像一个蓬头鬼一般，吓得呜呜直哭。两个臭货正吓得心胆俱丧，突然，枪声停止了，院里一下子静得毫无声息。胡文玉镇定了一下，从射击孔里往外望着。突然枪声从街上响起来，东南角的碉堡孔里吐出火舌。他长出了一口气，心还在咚咚地跳，李铁那可怕的脸孔，在他面前直闪动……

李铁他们化装成送东西的伪军，闯进了伪军大队部，给敌人一个措手不及，打了起来，只十几分钟，就把伪军打得稀烂。打了一阵，伪军开始包围上来。李铁他们人少，不敢恋战，立刻命令队员撤出战斗。这一仗打死打伤伪军四五十个，缴获轻机枪三挺，手枪四支，步枪太多无法带走，只挑好的带出几支。李铁点齐了人数，布置往外冲。这时，东南角碉堡里的敌人用机枪封锁了大门。李铁立刻端起机枪向东南角碉堡射击孔射击起来，队员们趁势冲了出去。武小龙用驳壳枪接上封锁敌人的射击孔，李铁就提了机枪奔了出去。武小龙掩在门边，两支枪轮换着，右手打着枪，左手把另一支驳壳枪用一条腿夹住压上子弹。打了四条子弹,见人们跑远了,后边敌人的脚步声也近了,便一窜出来,跑了下去。

李铁带了队员冲到南北小街上,只见南口北口都有伪警和特务队向这里冲来,但经不起李铁他们一阵猛打猛冲,伪军伪警都胡乱打着枪闪开了。李铁他们一阵狂风似的冲到了南门,那守门的一班伪军虚打了几枪,就溜之大吉了。他们急忙弄开城门往外跑。听着鬼子的枪声已经追近了。想不到打了这么久,留守的几十个鬼子一直没有动弹,这时明知道游击队撤出去了,才追出来。李铁看看鬼子已经离着不远了,跑到平地里去一定要吃亏,决心回击敌人一下。立刻把队员分成两组,掩在城门两旁,一声不响地等着。听着枪弹从城门里、城墙上飞出来,混乱的脚步声也听见了,鬼子的队伍冲到门洞里来了。立刻十几个手榴弹一齐向鬼子甩去。震耳的爆炸声还没有落,所有的机枪、驳壳枪又一齐向敌人扫射过来。趁着硝烟弥漫,弹流压得敌人无法还手,李铁一纵身跳进城门,正面向敌人扫射起来,一面大声喊叫着:"呀!呀!冲啊!"

队员们也一齐呐喊着冲进门去,追着射击起敌人来。鬼子的死尸横三竖四倒了满地,闹不清遇上了多大的部队,溃乱得只顾各自逃命,向大岗楼跑去。李铁见敌人退了,忙带队员撤出城外,向前猛跑起来。刚跑出一二里地,敌人又追出来了,子弹在身边呼啸起来。李铁他们哪敢稍停,一枪也不还击,只顾快跑,听着后边射来的弹流吱吱地打高了,这才慢下来快步走着,个个人累得大汗淋漓,衣裳都湿透了。这时仗着夜深天黑,曲曲折折地一跑,便把敌人甩掉了。他们疲乏地喘着气走着,就见张村、郭店方向一片火光,听着路东路西、大河南北还响着凌乱的枪声。

八　复仇的怒火

李铁带领队员撤出据点来,已是过半夜,幸好天黑得厉害,便于隐蔽,没有被敌人缠住。这时张村方向枪声渐渐稀落,韩庄据点那里没有枪声,却灯明火亮。东、西、南、北四面远远近近都响起了枪声。李铁心想不能往张村一带撤退,万一再碰上敌人就麻烦了。不如往西折,许凤同志带人在三官庙一带警戒,也能及早得到他们的帮助。李铁想罢带手枪班直朝西走。武小龙、郎小玉在前面提着枪机警地搜索前进。刘满仓跟着李铁,后边是陈东风等几个队员扛着三挺机枪,都像小老虎一般,眼睛睁得亮亮的,耳朵支起来,脚步又轻又快。这一带村庄密密地连着,到处是土岗、树林和水沟,说不定会在什么地方突然遭遇敌人,要特别小心。

突然,尖兵卧倒了。

"卧倒!"李铁轻轻地发出了口令,大家顶上子弹做好预备放的姿势。抬头一看,好家伙,敌人三路纵队沿着公路走过来了。说不定旁边小路上还有敌人走来呢。

李铁沉着地命令:"集中火力干一家伙,沿唐河坡向西突,预备!"

陈东风他们把机枪架在一个坟头上,屏息静气地瞄着敌人。听见嚓嚓的脚步声近了,几个人影一晃,那是敌人的尖兵搜索过来了。顶多也不过二十米了。

"叭叭!"李铁一抬胳膊,驳壳枪打响了。

三挺机枪猛扫,二十多个手榴弹一齐向敌人群里砸下去。敌人纷纷卧倒,刚一还击,游击队已经窜到坡后,向西跑下去了。

李铁他们沿着土坡,利用树林土埝的掩蔽跑着。敌人在后边打了一阵枪,并没死追下来。渐渐听不见枪弹嘶鸣了。这时候已经撤出了危险地带,才想松一口气,突然,发现河坡南面,上来了几十个人,一声不响地提着枪向这里冲上来。队员们不由得紧张起来,伏在堤坡上就要干。李铁立在坡边向那群人望着。就听人群里一声喝问:"哪一部分?"

"别打枪,是自己人!"

李铁听出是萧金的声音来了。队员们都立起来,漫洼踏地跑上来了不知多少人,河堤上都是人了。人们纷乱地呼叫着,笑着,互相扯着胳膊拉着手。这时,天色已经蒙蒙亮,这才看见李铁他们浑身血迹斑斑,都负了伤。

"哎呀,你们,流的血都把衣裳湿透啦!"民兵们喊着上来扶他们。担架也抬过来了。

他们本来早就一点劲也没有了,只是一股勇气硬撑着,现在一看同志们都来了,一懈劲这才觉得头昏目眩,浑身瘫软无力,一下子都倒下不省人事了。只剩下李铁、武小龙两个人勉强还能顶住,其余的人都上了担架。

李铁忙问萧金:"张村打得怎么样?"

"快走,我告诉你,萧大队长和周政委在等着你们哩,可把他们急坏了!"

"快着告诉我们,打得怎么样?"武小龙又催问道。

萧金走着说道:"这一仗啊,打得可带劲哩!咱们队伍摸进去,鬼子们还正折腾得凶呢,街上挂着灯笼挖大沟找地道,把抓住的妇女逼着脱了光膀子在大院里转着圈跑步,鬼子围着哈哈大笑,可把人气坏了,依着队员就要干。朱队长这一次可真叫有勇有谋哩。他利用地道密口,摸到屋里,悄没声地先解决了三个屋里正在睡觉的鬼子,得了三挺机枪,这才钻了地道。钻到小学的地道枪眼边去,一看,鬼子头渡边在小学校教室里,正给城里来参观的日伪军官们吹牛讲话呢。朱队长这时从墙上的射击孔里开了火,一枪打中了渡边个狗日的屁股,鬼子轰的一声往外就跑。朱队长从枪眼里一个点地往外射击,一顿干死了二十多个敌伪军官。朱队长那股子猛劲可真够瞧的,他带小队两个班钻出地道,跟一百多敌人干上了。萧大队长和周政委、王部长也带人冲进村去,简直是一场混战。渡边这家伙挺凶,捂着个伤屁股还组织反扑,要吃掉咱们哩。一连六七颗炮弹落到咱们指挥部房上院里,周政委他们可真危险极了。后来敌人见枣园、郭店、韩庄四处都打起来了,援兵又上不来,咱们得到了地区队支援,给他的压力越来越大,这才赶紧撤走了。这些家伙真倒霉,偏偏又叫你们在路上给打了一下伏击。"

"韩庄据点打枪是怎么回事?"

"拿下来啦!"

"怎么拿的?"

萧金啪地拍了一下大腿,一竖大拇指说:"嚙!妙极了,里应外合呀,高铁庄他们在里边拿下大岗楼,许政委带民兵冲进去,就搞下来了。这还不算完,她立刻又带队去拿郭店据点了。"

"去拿郭店?"李铁听了惊得呆住了。

"别着急,没有事。她倒是为你们担心呢,特地派我带民兵来接应你们。唉!这一回周政委累得吐了血,又动不了啦。躺在担架上还派人来问你们的情况,叫立刻回去报告他哩。"

他们一边说着急急地走着。李铁他们恨不能插翅飞到郭店,越走越快,全忘了疼痛疲乏。民兵们雄赳赳地跟在后边,替他们扛着缴获的机枪,得意地说笑着。路上不断遇上成群的人,扛了铁锨大镐,也往郭店那里跑,一面跑一面扬手呼叫。一见李铁他们走近,便围上来跟着一起走,不住地问长问短,夸赞他们:

"哈,咱们手枪队,真棒!"

"几个人就打进人家老窝去啦!好家伙,杀了个七进七出!"

"你们怎么进去的?"

"你们拿了几个岗楼?"

"哎呀,你们都挂彩啦!"

"哈,有了歪把子,咱们更棒啦!"

李铁简直无法一一答复他们一齐涌上来的问题,便问道:

"郭店拿下来了吗?"

"拿下来啦,俺们这不是拆岗楼去吗!咱们许政委真能干,把大汉奸王金庆抓住啦。"

"你们看见了吗?"

"嗨!这跟看见一样,没错!"

看看离郭店不远了,只见据点上空浓烟滚滚,走到围着据点的大沟边,群众从吊桥上出出进进地拥挤着,黑瘦枯干的脸上都露出了由衷的喜悦,喊着,叫着,有的提了枪,有的提了铁锹,急忙地奔走着。只见从人群里挤出一个黑瘦的满脸胡子的高个子来,李铁看出来了,那是张俊臣。他身穿露着肉的破棉衣,噙着泪花笑着,腿一跛一跛的,扬了扬手,喊着:"李铁同志,萧金,小武子!"

"哎呀,是你,老张同志!"

他们欢喜得几个人抱在一起。张俊臣擦擦眼睛说:"走,先去看看枪毙王金庆吧,该出出气了!"

"抓住大汉奸王金庆啦?"

"抓住啦!"

"这里又是怎么打的呢?"

"这里打得更妙。王金庆调来了瓦窑的三中队,立刻要增援张村,他的姨太太拦住不让他动。就这工夫,他调的高铁庄分队来到了,连日本顾问山田也来了。马班长化装得山田可像哩,真把家伙们唬住了。王金庆还列队欢迎,慌忙跑上前去敬礼哪,马班长可用日语骂着给了他一个大耳光,捆起他来了。大部分伪军被缴了枪。高铁庄指挥着队伍,抢占大岗楼,控制了制高点,很快就把顽抗的伪军给消灭啦。这帮家伙挺顽固,很多都被打死烧死。许凤同志的计策不错吧?把王金庆整个大队都解决了。"

"不错,高铁庄和马班长也真有一套。"

人们边走边说着。

张俊臣突然立住,心情沉痛地看着坐在井边啼哭的老太太,叹了口气,对李铁说:"这是王庄青年部长蔡志同志的娘。蔡志同志真是好样的。他是在据点附近写标语时被捕的。他正写着,发现敌人已经包围上来,他知道跑不掉了,就一动也没有动,继续写完了剩下的两笔,还描了描不清楚的地方。被捕以后,他大骂敌人。他是个硬骨头,挨了十几回拷打,每一次都骂敌人,数说敌人的罪行。后来被敌人割了舌头,挖了眼睛,最后大卸八块扔到这井里了。"说着用袖子擦擦眼泪,又说道:"滹沱河支队的一个队员也是好样的,被捕后敌人想收买他,叫他供出材料来,他可一直对敌人破口大骂。敌人给他上药包扎伤口,他把药扔掉。给他饭吃,他把碗摔碎。几天不吃不喝,最后叫王金庆给挑死了。临死他还喊共产党万岁、毛主席万岁呢。"

李铁、萧金、武小龙听了,忍不住悲痛地低下头去。

他们走进了据点里边,人群来来往往地拥挤着,到处是冒着烟的烧毁了的碉堡、房屋,到处是横陈斜卧的死尸,一片片的血污,一堆堆碎裂的乱七八糟的东西。许多人在那里走来走去,都在忙乱地寻找什么。装王金庆相片的大镜框被踏碎了,几个人泄愤地用脚踢着。到处传来呼叫声。

忽然,人们都相继跟上往一个空场上走去。李铁他们也紧跟着往那里走。许多人看见李铁,都围过来跟他打招呼,问长问短。李铁正在无法应付,急听人丛里喊了一声:"把王金庆押来了!"

"是他,是他!"

人们拥挤地往前跑起来。李铁他们跟在群众后边往前走着,整个据点里突然寂静下来。李铁走着抬头一望,只见那青蓝无际的天空,渐渐地透出了微明,无数的人群向这一带集拢过来,在火舌喷吐、烟尘缭绕的岗楼前边,人群已经围了黑压压的一大片。

在人群中许凤披着一件青棉袄立着。她才给群众讲完了话。区长曹福祥代表政府答应了群众的要求,宣布就地处决王金庆。在风尘烟火中,许凤的鼻翅眼窝边挂了一层黑色,火光照着她严肃的脸孔,闪着红铜色。她那充满仇恨的正义的眼睛,怒视着押上前来的万恶的汉奸王金庆。江丽、秀芬、小曼立在许凤身边,机警地卫护着她。人们怒吼起来:"剐了他,报仇啊!"

"他杀了我们多少人哪!打死他!"

人群骚动起来,怒吼声中还夹杂悲愤的哭声。王金庆被反剪着手捆着,两个战士押着他,离许凤十几步远站下。他看了许凤一眼,身上抖了一下,歪斜着大嘴咬牙发狠地说:"真可惜,我这一辈子没有把你们杀光!"

许凤愤恨得浑身一颤,一挥手,秀芬举起手枪来,走近几步,面对面瞄准这个万恶的汉奸,只听当当两声枪响,王金庆晃了两晃向后栽倒了。人群涌上来,大镐、铁锹、砖块一齐下,一面咒骂着,砸着王金庆的尸体。

东方发亮了,红日放射出灿烂的霞光,把黑暗驱逐干净了。大地发出了愉快的轰响,四周村庄涌出了人群,挥舞着铁锹、大镐向这里跑来。

小曼跑来向许凤招着手:"快去看看吧,李铁同志他们来啦!"

许凤和一群人都跑出来。李铁见许凤过来,兴奋地大踏步迎上去。只见她那脸上虽然挂满灰尘,但也遮不住她那英气勃勃的神采。她的脸庞虽然瘦削了,却更显得英俊了。这时江丽跑来报告:"凤姐,妙极啦,妙极啦!"许凤问:"什么事?"江丽道:"龙潭的伪军见拿了这几个据点,吓得跑出来,往枣园逃窜。一看野外到处是民兵,打枪呐喊,吓得连忙往一个村里钻。不想正碰上地区队,一下全被解决了。"人们听了,都欢呼起来。许凤在人们的欢呼声中,热烈地向大家祝贺胜利,又和李铁点点头微笑了一下,赶紧跑到担架队旁边,一个一个地看视了伤员,安慰了他们。

部队整队出发了,县大队和地区队的一部分也开过来了,排成两路向西行进。不太整齐的步伐里,带着战后的疲乏和胜利的威风。群众蜂拥过来,欢呼着,挥舞着铁锹大镐。扒岗楼、平沟的工作开始了,整个郭店轰隆轰隆地响着。

第 九 章

一 快乐的雪夜

枣园区一带的敌伪军，挨了狠狠的一次打击之后，忙着合并据点，补充兵员，重新部署兵力，一时不敢出来活动了。各村借口八路军截击，一时都不给据点里送粮食了。胡文玉、赵青给渡边出主意，释放抓去的群众交换粮食，叫各村伪联络员送粮赎人。环境突变，就像一下掀掉了压在身上的千斤大石头，真是人心大快。游击队一打胜仗，各村民兵在党的号召下纷纷要求参军。俘虏的伪军经过教育也有很多留下的。游击队一时人员大增。根据县委指示，枣园区小队除了留下几个干部之外，都编到县大队去了。区小队立刻又吸收了一批新队员，住在张村整训。因为区委要开会，李铁在这天傍晚从大队赶回张村来，一进村就见张大娘正指挥群众，忙忙碌碌地在抢修烧毁的房子。大家一见李铁走来，都笑着和他招呼。李铁诙谐地抱拳作揖，给大家拜年。大家笑着说："真是新年大胜利，你们打得真好。"李铁和大家说了一会儿话，问张大娘："你怎么越发忙起来了？"大娘道："立根到队上去了，我担任了支部书记，我不干怎么着？"李铁想不到张村的房屋竟这么快就修好了，而且群众的情绪又那么高涨，心里一高兴，就向大娘说道："你这支部书记做得不错呀！"

大娘不以为然地哎了一声说道："你大娘可没有那么大能耐！全仗着同志们一条心，带头把群众都组织到互助组里来了。党员大公无私，先帮助别人，自然大家劲头就足了。人多心齐，这点活还不好干！底下这一开春,你瞧瞧俺村闹大生产吧！"

两人说说笑笑地来到了大娘家里,一看,房子已经草草地修好了,院里还堆着一些破砖烂瓦。

大娘笑着说:"江丽才回来,又累病啦。一天价不吃不喝的,还非工作不可。我也管不了她。"

李铁笑道:"我去管管她。"

李铁一面说着走进屋门,喊一声:"江丽同志！"一掀门帘进去一看,江丽正伏在炕上写什么。她嘴里答应着,忙把纸压在枕头边,一抬头笑了一下说:"你回来啦。"

李铁见她面色苍白,就说道:"好哇,你不好好养病,又写什么哪？"

江丽笑道:"仗刚打完,凤姐就提出了新任务,要求马上准备好,开贫雇农训练班,培养骨干发动群众,准备开展减租减息运动,所以我就得快点准备讲课的材料。"

李铁笑道:"我听许凤同志说,叫你好好休养一下嘛。"

江丽道:"是这么说过。可这件事情是我的责任哪。凤姐已经累得够受了,你说我能休息得下去吗？"说着把散了满桌的写好的材料往一起拾掇着。

李铁笑着点点头,顺手拿起几页,坐在炕沿边看起来。

江丽拾掇着材料笑道:"这一仗打得才真痛快哩。"

李铁道:"快养好病吧,大仗还在后头呢。你要养不好,可就不许参加了。"说着从一沓稿纸里面,发现了一张写着诗句的稿子,不知她写的什么,笑着说,"你写的这个,我看看可以吗？"

江丽笑笑道:"你要愿意看你就看吧。"说了伸手从窗台上拿过一个梳子梳起头发来。她微笑地看着李铁,一本正经地说:"可别客气！要是不行啊,还得求你给写个要点哩。"

李铁哈哈一笑说:"又来了！"拿着那张纸看时,只见上边写着:

给游击队长

你是一只勇猛的雄鹰，
什么样的风暴，
也不能阻挡你的飞翔；
你是一团熊熊的烈火，
什么样的苦难，
也不能摧毁你那光辉的志向。
我愿和着你的脚步，
挽着你的臂膀，
化作奔腾澎湃的黄河之水，
咆哮！冲击！
永把胜利的凯歌高唱。

李铁看完了，见江丽的眼神是在征求自己的意见。想了一下，心里明白了诗中是在赞扬自己，不觉脸上发起烧来，感到很难为情，忙故作糊涂地笑道："嗳呀呀，我可不懂诗啊。"说着放下诗稿，从衣袋里掏出一包药，带着命令的口气说："同志，快来吃药，这是从大队王医生那儿特地给你要来的头疼药片。对于你这种不喜欢吃药的人，必须强迫你吃！"

江丽这才发现他看的是诗稿，格格地笑了一声，忙拿回去夹在笔记本里。问道："难道反对向你学习吗？"李铁笑道："不敢！不敢当！"江丽爽朗地一笑，接过药片，学着京剧的道白道："队长不必过谦才是！"两人大笑起来。

李铁给她斟上半碗温开水，看她吃完了药，又说道："小江，病好以前禁止你看书、写东西。"

江丽笑着说："好吧，服从命令，什么也不写了。等将来吧，有那么一天我要能写，非把你写到小说里去不行。那时即便不在一起了，一掀书本就又看见你了。"说着出起神来。李铁笑道："写吧,不过千万别写我,那没有人愿意看的。"

江丽说:"我自己看。"

李铁笑着叫她躺下,给她盖好了被子。江丽感激地望着他说:"好啦,你去忙吧!"说着伸过手来。李铁用力握了一下她的手,又叮嘱她说:"小江,一定要好好休息,可不允许你拿自己的身体不当一回事。这也是对革命负责嘛。"这时,听见大娘在外屋叫道:"老李呀,曹区长找你哩。"

李铁答应着,来到北院,见一群干部正在津津有味地朗读郎小玉的笔记——《游击队政治工作问题》。这是他在学习毛主席著作时,联系实际斗争记下来的心得。人们一面读着,一面叫好,小玉羞得面红耳赤地去夺那笔记本。小曼正摊开一本从洞里找出来的书,抄着上面的歌曲,见小玉那样,伸手一拦,甩了小玉一鼻尖墨水。小玉还不知道,李铁一指他的鼻子,人们乐得哈哈大笑起来。

小玉急得用手一擦,连脸蛋上也都是蓝条条了。乐得小曼跳起来,指着小玉道:"活该,活该,不肯公开笔记,成了花脸狗!"

郎小玉立起来,莫名其妙地眼珠子直转。小曼从衣袋里掏出个小镜子给他,他一瞧,吐了一下舌头,笑着跑去洗脸了。李铁一进屋门就听见打呼噜的声音,一看,正是曹福祥,睡得好香啊!他一手拿着油印的《胜利报》,戴着老花眼镜就睡过去了。曹福祥好多日子没这么舒坦过了,李铁不愿叫醒他,就轻轻地坐在炕沿上。见他在睡梦中大声地吧唧嘴,胡子一动一动的,好像吃什么香东西似的。李铁忍不住扑哧一声笑了。曹福祥被惊醒了,他从老花眼镜的上边看了看李铁,笑着摸摸胡子,一手扶正眼镜,往报纸上寻找着,好像急于要告诉李铁一段什么好消息。李铁在旁边问道:"哈,老曹同志,这一阵累得够呛吧?"

曹福祥笑着摘下老花眼镜说:"算不了什么,连你一半也赶不上哩。"

这些日子在区委领导下,曹福祥把区公所的工作整顿得有了秩序。又负责一个小区的领导工作,也做出了成绩。在这次战斗中,组织群众支援作战,扒岗楼,也干得蛮好。老婆孩子也都安全。因此心情十分愉快。他在斗争中越来越看清楚李铁真是个好同志。过去的一些坏印象不知不觉都消失了,早就想找李铁好好谈谈。李铁卷了两支烟,递一支给曹福祥吸着。曹福祥摸摸小胡子笑道:"老李呀,周政委叫我认真总结一下这次战役的后勤工作经验。这得先听听你的意见哪!"

"后勤工作,办得好!"李铁一竖大拇指,"老大伯,我真佩服你这四只手!"

"什么?我四只手?"

"对!四只手。你一手抓粮食物资供应;一手抓民夫担架;还有一手抓战斗,亲自帮许凤同志攻下两个据点;还有一手抓发动群众慰劳子弟兵!一两天内办这么多事,可真不易呀!"

"其实啊,我一只手也不多,是群众的手多嘛!"曹福祥捋捋胡子说,"从前哪,我事事非自己干不放心,结果是顾此失彼,常弄得鸡飞蛋打,自己累个臭死,还得落埋怨。这一回呀,我想开啦,干脆学许凤同志来它个'抓得住、放得开、多检查、巧安排'。"

"哈哈!……"两人同时大笑起来。

"我个人有缺点,你们也要批评,不能因为是老大伯就原谅我!"

"你真是老当益壮的老大伯!"李铁忍不住抓住曹福祥的手摇了几下。

两个人都笑起来。李铁把小报拿起来,曹福祥又戴上老花眼镜,指着上边的一段通讯说道,"你看,这是咱们区的事,是许凤同志写的。真叫人想不到,她什么时候学会写这么好的文章啦!"

李铁笑道:"有什么奇怪,就是每天坚持着一点一点地学习呗。"

张俊臣病恹恹地走进屋来,笑着点点头。曹福祥忙过去扶着张俊臣说:"老张,多亏你照顾我的老婆孩子。"

张俊臣只笑笑说:"这是应该的,大嫂还真算坚强。"

正说着小曼在院里嚷道:"周政委来啦!"

三个人赶紧下炕,出去迎接。就听见院里是周明咳嗽的声音,刚迎到屋门口,周明和通讯员小张已经踏进屋来。几个人一看吓了一跳,周政委瘦骨峻嶒的脸蛋上有了红晕,可是虚弱得简直不成了。他一进来小张就强迫他去躺在炕上,身后给他倚上几床叠起来的被子。小张拾掇一气出去找开水去了。周明脸上从来少见地微笑着说:"啊,没想到我会这时候来吧?"

"是啊,没想到。"

"政委身体不舒服吧?"

"是啊,医生说大概是肺病第三期了。"他说着用手绢捂着嘴,咳嗽几声又说道,"怎么的,替我害怕吗?我倒满有信心呢。对这个敌人也是跟对鬼子一样,你要自己先吓倒了就算完了。精神上要得了结核病,倒是比肺结核更可怕,对吗?"

正说着,听见滹沱河南谢村往东一带,响起了机枪声。曹福祥一惊问道:"怎么回事?"

周明笑道:"这是王少华同志在执行他的任务呢。昨天他一听说敌人要撤退谢村据点,就找了伪军中队长田世兴去,计划今天在路上把鬼子打了,把整个中队拉过来。"

大家一听都笑起来说:"原来是这么回事!"

周明见曹福祥手里拿着小报,问道:"怎么样,地委宣传部长正征求对小报的意见哩。"

曹福祥说:"很好嘛,在这样条件下出版小报,可真不易。这上边还有许凤同志写的一篇哩,写的呱呱叫。"周明笑道:"我看过了。你们说说看,写的怎么个好法。"李铁指着小报说道:"我看主要是明快,稍带有点辣劲。"

周明点点头道:"对,文章就跟她这个人一样,明确、坚定而又尖锐,像一把快刀,没有丝毫含糊,也不装饰卖弄。"

正说着,许凤一脚踏进门来,往后一甩头发,立在屋门口笑道:"哈,你们背后议论人哪!"

大家都笑起来。李铁递给她一个小凳子叫她坐下,一面说:"这不能算自由主义吧?"

周明笑道:"可以不算。"

说着干部们给村中烈属、抗日军人家属拜了年都回来了。

秀芬笑着说:"周政委今天怎么那样笑容满面呀?"

周明吸着烟斗说:"我为什么不欢喜?胜利总是给人带来欢喜呀。再说,看哪,使人最高兴的是你们年轻的一代像雨后青苗,都成长起来啦。在我看来,在这狂风暴雨里还都长得挺棒,经得住考验。这样党的事业不就有了指望了吗?"接着他顺便讲起了目前形势:苏联红军取得了更大的胜利,转入了反攻。我们各个抗日根据地,工作也有进展。可是敌人一定还要疯狂地挣扎、报复。最后他拿出一个文件说:"经地委批准,调李铁同志担任县大队副政委,朱大江同志担任县大队队副,萧金同志担任大队参谋,许凤同志调县委工作,区委书记由张俊臣同志担任,江丽同志担任区委副书记,武小龙同志担任小队长,郎小玉同志担任小队指导员。不过,许凤同志还得在区里再待一些时候,帮助张俊臣同志一下。"

大家听了异常兴奋,又觉得怪怅惘的,互相笑着你看我,我看你。许凤和秀芬两人心里更是有些难受。

江丽笑着向周明说:"周政委,我可不行,我这瘦牛能拉这么重载呀,我的经验太少啦。"

周明笑道:"这不要紧,试着拉拉吧!"

大家听了不由得哄笑起来。小曼搂着江丽笑道:"嘀,看这瘦牛别顶人哪。"

周明笑着对江丽说:"革命就是这样,你拉的载越重,你才越长劲。不过,你越长劲,你拉的载也就越重。不光这样,还不许向人民要求多加草料哩。"

"哈哈！……"大家又笑起来。

曹福祥沉思地微笑着，轻轻拍了一下周明的胳膊，摸着自己的胡子，说道："周明同志，我才发现人老了原来是这么可怕呀。我常想这是多么奇怪的事情，自己给他们擦屎抹尿的孩子们，牵着他们的手教给他迈步的孩子们，现在竟然走到自己前边，反过来牵着我的手走路。你看，多可怕，人可不能老啊！"

周明嗯着，眼睛里闪着那么深远奇妙的光彩，笑着指了一下曹福祥那有几根白须的黑胡子，说道："不！你不老。人老不老，并不在胡子上边表现出来。马克思、恩格斯的胡子最长，列宁、斯大林的胡子，比你的也不少，可是他们的精神永远是那么年轻。是啊，如果有一天脑子不吸收新的东西了，不想为革命向前进攻了，那么不管他有没有胡子，他立刻就衰老了，青春就跟他告别了。这的确是非常可怕的，甚至是悲哀的！"周明说到后来，声音越来越轻，几乎听不见了。他自己也被这种思想引入深沉的思索里去了。人们听着就像突然有个重重的东西敲了自己的心一下，不由得个个眼里闪着青春的火花，思索起来。屋里静静的一点声音也没有。

窗外北风呼呼地响起来，飘飘洒洒下起了鹅毛大雪。风吹雪花打在窗纸上，一阵阵刷刷地响。人们不约而同地向窗户望着。

周明望望李铁说："可要注意敌情啊！"

没等李铁说话，萧金立起来说："武小龙同志带小队负责警戒，他一黑天就去查哨了。据点附近派去了侦察员。我再去村外边看看。"萧金说了朝李秀芬递了个眼色，就走了。冒着风雪走出大门，站在街上。两个流动哨走过来向萧金报告了两句，就过去了。萧金走了几步又站下，暗想：莫非秀芬这个傻大姐没有看出我是叫她出来吗？现在也不好再回去喊她。又站了一会儿，心里又急又怨，无可奈何地向前慢慢走去。走几步便回头望一望。

秀芬人虽坐在屋里听周政委和大家讨论开庆祝会的事情，心早飞到外边去了,一句也听不进去。几次想立起来走,又不好意思。又坐了一会儿,再也坐不住了,便凑到许凤耳边小声说:"凤姐,我出去一会儿。"许凤早明白她是怎么回事,笑着点点头说:"去吧!"秀芬觉得脸上热辣辣的,谁也没看,急忙走出屋门。听到屋里一阵笑声。她噘了一下小嘴,在风雪里紧往外跑了。

秀芬在村边追上了萧金,忙给他打打身上的雪花,两人拉着手肩并肩向村外走去。浓密的雪片往脖领子里直落。大树下边两个放哨的队员,冻得两脚不断地踏步。他们机警地发现了人,刚要问口令,一听是萧金咳嗽的声音,习惯地叫声:"指导员!"报告说:"没有发现什么情况,小队和民兵的流动哨都上前边去了。"萧金嘱咐了两个队员几句,便和秀芬往村外树林里走去。风雪的夜里,除了呼呼的风声以外,只听到脚步踏在雪上吱吱的声音。两人虽在风天雪地里走,心里可热乎乎的一点也不觉冷。一面走着,萧金用肩膀碰了秀芬一下说:"秀芬,你跟我挑战的六条,我条条应战,另外再加一条,不知道你敢不敢应战?"

"嘀!敢不敢?我一辈子也不会在你萧参谋面前甘拜下风!"

"好!你听着:我要在战斗中写三篇通讯、十首诗……"

"你也会写诗?"秀芬捂着嘴,笑得前仰后合。

"怎么?你小看人?这一回呀,你趁早承认甘拜下风吧!"

"什么甘拜下风,去你的吧!你又不是二郎神,长着三只眼,这一辈别想在我手里抢上风头儿。"秀芬撞了萧金一膀子,笑了。

"那你应战啦?"萧金站下,揽起秀芬的双肩,抚摸着小声问。

"当然应战!"两人紧紧地抱在一起,悄然无语,任凭雪花在身上飘飘洒落。正这当儿,忽听见枣园据点方向响起了一阵枪声,赶紧提着枪往流动哨活动的方向跑去。武小龙他们也把小队从村里拉出来了。

风雪漫漫,夜色苍茫,在枣园据点方向的野地里,两个日本兵提着枪拼命地奔跑过来。一面跑着一面骇怕地回头张望着,不断地绊脚栽跟斗。后边枣园据点一群鬼子打着枪追出来,子弹吱吱地从他俩头上飞过,噗噗地落到他俩脚边。突然一个日本兵中弹栽倒,另一个日本兵连忙拉起受伤的同伴,架着栋条小路落荒走下来。看看后边不追了,这才伏在一个坟地里喘息着,听着动静。好一会他俩才立起来掸掸身上的雪花互相搀扶着慢慢地向前走来。过了一道有冰的小河,走到一个破庙跟前,刚站下呼出口气,猛听大喝一声:"站住!举起手来!"

蓦地冲出五个民兵来,几支枪逼上了他俩的胸口。日本兵举起手忙喊:"我的朋友的!大大的朋友的!"

上来两个民兵,不由分说,下了他俩的枪,押着就走。

"嘿,两个日本鬼子。"一个民兵小声地说。

"来投降的,要好好地优待他们。"说这话的是张金锁。

"管他三七二十一,先揍他一顿出出气。"

张金锁急忙说:"同志,这是政策,你干什么!"

"什么政策,他们杀死了咱们多少人,我不杀他,只揍他几下还不行?"

民兵说的话,日本兵大部分能听懂,急得回头比画着说:"同志,朋友的!"

后边押他们的民兵也不理睬,只顾用枪口顶他俩的脊背说:"快快开路!"

他们来到树林中,三个民兵就动手打那两个日本兵。

"同志!同志!"日本兵拼命地喊叫,一面从衣袋里往外掏东西。

"喊!喊!"三个民兵用脚往他俩屁股上踢。

"你们不能这样干!"张金锁要拦阻,被另一个民兵推了个坐地。

"好,我去报告许政委!"张金锁说着站起来就跑。一下又被一个民兵拉住了。张金锁挣扎着喊叫起来。立刻有两个人听见喊声飞跑过来。民兵一看是萧金和秀芬,吓得愣住了。

萧金跑到树林里,严厉地问道:"你们在干什么?"

民兵们你看我,我望你,谁也不言语。秀芬忙去把日本兵扶起来。这时李铁、许凤也带着人跑来了。许凤忙去安慰那两个日本兵,和他们热情地握着手说:"你们受屈了,大大的朋友的,你叫什么名字?"

没有受伤的日本兵说:"我叫小石。"又指着受伤的日本兵说,"他叫今井。"说着从内衣袋里掏出了反战同盟散发的安全证,递给了许凤。

这时李铁、萧金、秀芬和许多村干部、民兵们都过去安慰他俩。话虽不能完全听懂,热情也是可以交流的。小石和今井都感动得哭了。李铁看看那四个民兵还站在旁边,就大声说:"这是日本反战同盟的朋友,你们真是胡搞,还不去抬担架来!"

四个民兵立刻转身不情愿地走去。李铁又命令道:"跑步!"

四个民兵立刻向村里急跑起来。

深夜,雪花飞舞着,担架抬到了村里,男女老少都从院子里走出来跟着看。

在一间暖和干净的屋子里,王医生正在给躺在炕上的今井包扎腿上的伤口。今井和小石都在吞吃着煮熟的热鸡蛋。江丽的日语很好,和小石亲切地交谈着,不断地把小石说的话翻译给大家听。这时屋子里、院子里都挤满了人,出神地听着。听到江丽翻译说:小石原是个矿工,受尽了折磨和痛苦,坚持反战,因为向日本兵做宣传,又偷着放走被俘的游击队员,被宪兵发觉了,这才和他的朋友今井跑出来。大家都感动地点头。当听到她说,日本兵里边很多人厌战反战,他俩决心要一起和八路军并肩作战,打倒日本帝国主义,人们都鼓起掌来,表示欢迎。还有许多人挤过去亲热地和小石、今井握手。

二　歌唱吧人们

　　大雪初晴,白雪覆盖了村庄、树林和整个大地。阳光一照,分外白得耀眼,真是银装素裹的世界。喜鹊叫着往村头树枝上一落,扑拉拉洒下一片雪来。早晨高村的人们喜洋洋地扫开雪,开出一条条曲折的小路来。他们为部队开到这村来过新年,心里非常高兴。村头一群孩子抛着雪球,喊着:"冲呀!缴枪不杀!"互相追赶着。

　　太阳一会儿比一会儿热,房檐上的凌椎,流着水滴,一根一根地掉下来。树上的雪往下掉落着。原野上雪在融化,远远望去,只见透明颤抖的气浪在阳光下升腾着,流动着。一只大花公鸡,好像也在庆祝胜利一样,站在墙头上,用洪亮的声音昂头啼叫着,骄傲地拍打着翅膀。

　　游击队的哨兵挺着新缴获的三八步枪,掩在矮墙里面放哨。一群青年男女笑逐颜开地走过。

　　一切好像都复活了。微风掠过雪地,吹在脸上虽仍然冷飕飕的,但已经透出了春意。寒冬就要成为过去了。

　　今天县大队、滹沱河地区队、枣园区小队和邻区的几个小队,在高村庆祝反"清剿"的胜利。

　　阳光下一个宽敞的大院子里,坐满了队员、干部和全村的群众,把村中的抗日军人家属和烈士家属都请了来坐在前边。大会开始,全体肃立,为烈士们默哀。礼毕,周明立在台阶上开始讲话了:"同志们!到今天为止,这一带的敌人被迫撤退了五个据点。"一阵掌声,无数的面孔充满了笑容。周明精神焕发地继续说:"这一仗,别的胜利品不说,光机枪就缴获了三十八挺。战斗中杀伤敌伪军一百多人,俘虏伪军一百多人,鬼子二十多人,同时,有九十多个伪军中的弟兄在田世兴队长、高铁庄同志的率领下反正过来了,我们对他们表示热烈的欢迎。"

人们热烈地鼓起掌来,都站起来要看看他们的模样。田世兴、高铁庄和反正的弟兄们在掌声中都立起来,笑着点头,鼓掌。好一会儿,周明一摆手,掌声停止了,大家都坐下。他又讲了一段话,最后坚定地说:"这证明党中央和毛主席领导的英明,正确。这证明人民是有能力打败敌人的!"周明讲完了,在一阵掌声中庆祝会结束了。

大队部把各村送来的慰劳品,给队员做了一顿大会餐。

曹福祥腰里束着围裙,伸着两只油手,刚刚为大家做完了菜,从厨房里向会餐的屋子走去,一面走着,一面向队员们问:"菜做得怎么样?"队员们喊道:"谢谢区长老大伯,好吃极了!"曹福祥笑得眯着眼睛走过去了。

饭后开了盛大的联欢会,让人们尽情地欢乐一回。

整个高村的群众都卷进这胜利的狂欢里来了。青年和儿童们连夜排练了舞蹈节目。村中央一个大院子打扫得干干净净,男女老少都聚集在那里,跟游击队员们开联欢会。大家说说笑笑,看着节目。虽然没有大锣大鼓的敲打,倒也十分热闹快活。杨大伯今天特别高兴,竟把胡子刮了去,脸上抹了两块粉,耳朵上挂了两个尖红辣椒,带头扭起秧歌来。他那新词一套一套的,又扭又唱,逗得人哄哄地直笑。他扭到周明、许凤跟前,舞一下红绸巾,唱道:

> 一九四三年哎,
> 环境大改变哎,
> 端了那王八窝欢欢喜喜过新年哎!
> 二月咱龙抬头哎,
> 鬼子兵发了愁哎,
> 米西米西的没有,还大大地挨揍哎!
> …………

周明、许凤也大笑着跟他一起扭起来了。全场的人们见周明、许凤扭,也都扭起来。江丽领着个小乐队伴奏着。人们舞着唱着,欢乐到了极点。在欢笑声中,人们欢迎江丽来一个节目,江丽立刻走上砖台阶,用小提琴演奏起她自己才作的一支曲子来。低沉而缓慢的琴音,在院中飘荡起来,使人想起好像一个母亲在平原的旷野上送别自己的儿子,难舍难离,垂着眼泪,诉说着思念和仇恨,嘱咐着儿子。儿子向母亲宣誓,安慰了母亲,雄赳赳地走了,去革命了。母亲还在远远地迎风招手,踮起脚来望着儿子的背影。她忽然想起一件心事要告诉儿子,她呼喊着迎风追上去:"要坚决,要坚决呀,儿呀!"

琴音越来越激昂,震动着人心。一群战士围着她,听得出神了。有的坐着抱着膝盖仰首望着无边的青天,有的拧着眉头忘情地看着江丽的脸。还有三个战士互相搂抱着肩膀,盯着那琴弦和江丽的手指。

江丽瘦了,前额上有了浅浅的皱纹,眼窝陷下去了,可是显得更坚强了。琴音突然变了,拉出了快乐的舞蹈的旋律。江丽嘴角上也露出了微笑,向战士们热情地望着。战士们显然被她的热情感染了,有的浑身乱动地跟着唱起来,有的就地乱舞一气,摇头晃脑地充起洋相来。一圈人舞蹈着拍着手哈哈地笑着。

在悠扬的琴音中,小曼领着一群儿童跑来舞蹈起来。他们随着快乐的旋律,旋转着,跳着。跳了解放舞、跑步舞,又是柳絮舞、春耕舞,尽情地跳着,脸上露出明朗的笑容,黑眼珠向周围的人送过天真的快乐的眼波,直跳得脸上沁出了汗珠。

战士和干部们啦啦起来:"舞得好,舞得妙,秀芬来一个要不要?"

"要!"一群战士喊着围着秀芬。秀芬打了一趟拳还不行,非叫她舞剑不可。不知什么时候,战士们找来了一把红鲨鱼皮鞘宝剑,围着缠磨不休。

"人家上年纪啦,脚迟手笨的。"秀芬推辞说,可捂着脸笑起来。

"哈哈!才离开儿童团就充大人哩。"

秀芬一抬头见萧金站在周明身后向她挤眼,意思是叫她爽快点。秀芬一撇嘴,脱下棉袄,萧金忙接过去拿着。秀芬只穿着一件青色镶紫边的紧身小夹袄,舒一舒手脚,接剑在手,收敛笑容,刷地亮开架势,两只眼睛像流星般一闪,眼波随着手势,精神抖擞地舞起来。先是舒缓柔软的招数,接着步步紧凑,闪展腾挪,只见白光闪闪,劈刺处嗖嗖有声。一个战士小声说:"你看她真有点功夫哩,这可不是儿童团耍着玩的剑舞。"

另一个战士说:"我早知道,她跟她二叔学了四五年拳脚呢。她二叔是有名的拳脚把式,我们村有好多人都请他教过。"武小龙笑着捅了萧金一下说:"萧参谋小心哪,不老实点,看明个结了婚,厉厉害害地管教你呢。"

旁边几个战士听了哧哧地笑起来。萧金噢了一声,笑着在武小龙脊背上揍了一拳。武小龙龇牙一乐,做了个鬼脸。说着秀芬收住了脚步,抱剑当胸,微笑着星眼向大家一扫,随后把剑递给小曼,往圈外就走。战士们又围着她鼓掌欢迎。秀芬脸蛋绯红,向大家点头笑笑,挤出来在院子里遛着腿脚。萧金忙追过去给她披上棉袄。许凤过来朝萧金笑了一下,扶着秀芬的肩膀,用毛巾给她擦擦头上的汗。三个人一起溜达着说起话来。

武小龙在战士们的欢迎下,耍起杂技来。先是翻了一套跟斗,接着是学画眉叫,变戏法,出洋相,逗得战士们捧着肚子大笑不止。

许凤笑笑离开萧金和秀芬,自己走了。她早就存心想跟李铁说会儿话,找了半天还没找到他。她穿过两道院子,到一个装柴草的闲院,只见一群人正围坐在一堆木头上,吸着烟,在说话哩。一个人在指手画脚地讲,另外两个人急得立起来跟他争辩,别人都开心地哈哈直乐。

李铁背向东坐在一根大木头上,右手拿着自己卷的粗大的烟卷,左手按着膝盖在听着,笑得浑身乱颤。许凤凑过去,在李铁身旁拣个地方坐下,就见高铁庄吸一口烟,眯着眼说:"你们说的那个都不现实。我的志愿哪,打走日本帝国主义,饱饱地吃上两顿肉饺子,回家小粪筐一背,种我那四亩园子。当然啦,地主得无条件地把园子还给我。这样,夏天干完了活,弄一领新凉席,在水边大柳树底下一睡,根本不用人站岗放哨,醒了到大河里洗个澡。嘿,看多痛快!"

朱大江醉醺醺地,右脚蹬在一根木头上,探着身子用手拍着驳壳枪木套,冲高铁庄说道:"什么时候这枪把子也不能放下。我关里关外闯荡了二十多年,日本鬼子差点没打死我,国民党衙门压过我的杠子,财主们逼得我家破人亡,俺爹死在黄河后套,俺娘讨饭死在荒郊野外。"他沉痛地低下头,咽下一口苦水。

许凤一看他的脸、脖子都涨得通红,身子有点晃晃悠悠的。暗想:恐怕他是喝醉了。大家都陷入一种痛苦的回忆里去了。好半天没人言语,各人想着不同的苦楚,激发起共同的仇恨。朱大江挽挽袖子,伸着胳膊又说道:"我闭着眼睛瞎闯荡了这二十多年,什么路我都走过,可是不管哪条路都是死路。我种地,当雇工,上山里挖人参,挖金子,跑买卖,拉东洋车,在饭馆当跑堂的,摆小摊,当大兵,无论干什么,无论你多么勤俭,可到头来,还是受穷挨饿,被欺负,被人糟践。"他大声地叹了口气接着说,"我看透了这个世界,一家一家的都逃不过这种苦难的命运。爷爷挣下点东西,这可该下辈享福了吧,其实不行。不久,儿子、孙子又拖着枣枝棍去讨饭了。钱呢?钱上哪儿去啦?它变成一条血河,流到大财主、大官僚和帝国主义的大口袋里去啦。给我们剩下的是自己的一把白骨头。我们努筋拔力,一辈一辈的干什么?当牛,当马,当傻瓜吗?不,不,不能!我们非把这个世界翻过来不可!"

朱大江从来没说过这么多话,今天就像滹沱河决了口,简直什么也拦挡不住了。他叹了一口气,三把两把解开衣裳,露出胸膛,伸出胳膊,悲怆地说:"看,同志们,这是叫国民党老爷打的疤,这是敌人的枪弹穿的眼,这是刺刀伤。好多同志为革命牺牲了,血也流的不少啦,都是为什么?就是因为敌人有这个,我们没有。"他用力地拍着驳壳枪木套,一屁股坐下,卷了支烟吸起来。

"是啊,同志们,仔细想一想吧!要解放个彻底才行。"李铁向大家扫了一眼还要说下去,许凤在旁边插了言:"同志们,眼睛要看远点,别忘了咱们是共产党啊!咱们不但要打倒日本帝国主义,还要消灭一切剥削阶级,建设没有剥削、没有压迫的共产主义社会。"她站起来两手比画着说,"咱们好比大家推一辆车上山。眼看到了半山腰,要是一松劲啊,可就会连人带车滚下山涧摔个稀烂的。你们说对吗?"许凤说完望了一下李铁。

李铁连声说:"就是这样,同志们,咱们这一辈子呀,可不是光把日寇打出去,还要进行革命哪,不这样就拔不掉苦根。我常想咱们这一代是很艰苦的,可是也很光荣。要经咱们的手从棘针窝里把路开出来,把一切苦难承担下来,创造出一个真正富强伟大的祖国。同志们想一想,这是什么样的责任?绝对不能叫后一代埋怨咱们说:嘿,瞧爹他们那一辈真没出息。对不对呀?"李铁摊开双手向大家一问,结束了他的话。

大家听着活跃起来。高铁庄立起来,笑着向大家说:"其实,我并不真要那样办,开开玩笑嘛。我这一百多斤早交给组织啦。有我这口气我就干到底。不过,打走了日寇,睡两天觉总是可以的吧。"

大家不由得哄笑起来。许凤才说转身要走,干部和战士们围上来欢迎她唱歌。一群人把江丽也拥了来,要她拉琴给许凤伴奏。许凤微笑着一挥手不叫大家鼓掌,站在高坡上往后拢一拢头发,见江丽朝自己直乐,不由得露出整齐洁白的牙齿格格地笑了两声。在阳光照耀下她笑得那么明朗爽快,感染得人们也跟着笑起来。

她和江丽笑着互相说了两句话。江丽拉起了提琴,许凤随着那悠扬的琴音唱起来。唱了《五月的太阳》,唱了《我们战斗在平原上》,又唱了《延安颂》。她的声音是那么圆润清亮,那么富有感情,再加上奇妙的琴音,把人们的整个身心都引入美妙的幻想和战斗的回忆里去了。歌声琴声突然停止了,人们还在静静地忘情地听着,好一会才突然爆发了掌声。许凤笑着摇摇手挤出来,跟李铁走到前院来。两人并肩走着。许凤向李铁说:"今天不要走,待两天,参加一次区委会议再走吧?"说了歪头望着李铁。

李铁走着低头沉思着,站下来望着许凤说:"我也愿意再待两天,只是还没有跟周政委商量。"

周明在他俩后边走上来微笑着说:"可以,同意你多待两天。你跟萧金都待两天一起回队吧。"周明笑着拉李铁、许凤走着说起话来,"还有一件事告诉你俩,不久组织上就调我到地委去工作。我一走,地委就要叫许凤同志接我的班啦。"

许凤听了一皱眉,说道:"要是有你在身边管着点嘛,干起来还可以。我太年轻啦,还不够老练。"

周明点点头说:"这种感觉是共同的。坦白地说,我也是越来越发现自己底子薄,不成熟,总跟党给自己的任务不相称。"

李铁哎了一声说:"你读那么多书还老是这么说,那像我这种老粗可怎么办呢?"

周明笑道:"多读点书并不困难,真正的困难在于随时都能通晓敌人、朋友和自己的情况,能够正确地判断形势,能够清醒地看出问题,能够在任何风浪面前坚持正确的路线,能够有预见地全面地安排工作,并且把每一步都干得十分踏实,能够放手地发动群众,领导群众前进。当然,距离这样的标准,我们还差得远,相当远。"

许凤听了会心地点着头,认真地问道:"政委走了应该叫潘林同志负责嘛!"

周明叹口气说:"潘林同志聪明,有能力,生活上还正派严肃,严重的问题是他思想方法主观片面,自以为是,所以不行。"

许凤说:"是啊,这就难了。"

许凤、李铁陪着周明有说有笑地边谈边走。两人都觉得周明好像宽厚慈爱多了。不知不觉地走到了村头树林里边。

正在说话,萧之明大步流星地走过来说:"宋支队长传达了分区司令部的作战计划,叫我们大队去参加战役,同时还要叫我们拖住枣园据点一带的敌人。"

许凤爽朗地说:"打是你们的事,拖的任务交给我们。"

周明望着许凤说:"好,把朱大江同志留下来帮助你们一下。"

萧之明头里走着,向通讯员一招手说:"去通知集合出发!"

他们三个人说着话走回来。这时太阳已快落山,大队已集合齐了,队伍站得整整齐齐。周明他们高兴地站在旁边望着。萧金走过来说:"战士们都要求唱个歌。"周明和李铁、萧之明交换了一下眼色,笑着一扬手说:"可以,唱吧!"

快一年没有唱歌了,萧金拉了江丽来指挥,唱起《八路军进行曲》来,庄严雄壮的歌声震荡着每个人的心。

> 向前,向前,向前!
> 我们的队伍向太阳!
> 脚踏着祖国的大地,
> 背负着民族的希望,
> 我们是一支不可战胜的力量。
> …………

战士们挺着胸膛,个个眼睛里充满了勇敢和坚毅的光辉,他们毫无顾忌地张大着嘴唱着。

歌声里回荡着他们那种为祖国进行斗争的英雄气概。

李铁、萧之明、朱大江互相看看也唱了起来。朱大江使出了吃奶的力气简直是在喊,弄得跟人家不协调。他自己看看李铁也禁不住笑了。县区干部也都跟着唱起来了。这歌声像春风刮过田野,使高村的男女老少都现出了笑容。年轻的人们都参加到了合唱,老太太、老大伯们乐的张大着没牙的嘴,孩子们挤到队伍里去,各自拉着熟悉的八路军叔叔,抬着头翻着小眼睛往上看着。战士们的手摸着孩子们的头顶。

队伍肃静地在月光下出发了。战士们把机枪、三八枪、掷弹筒扛在肩上,雄赳赳地挺起胸膛前进着,脸色都是那么刚强而严肃。

周政委带上通讯员小张,也跟王少华、潘林他们一起向东走了。

李铁、许凤和区村干部们,目送队伍出发,大家都不言语,恋恋不舍地望着。直到那些亲爱的弟兄们拐进树林消失了踪影,李铁的眼睛还在望着远处,心里充满了对他们的爱,不由得跟站在旁边的许凤说:"怎么样,我们这些弟兄们?"他怀着骄傲的心情故意问她。

许凤感动地说:"找不到比他们更好的人了,他们为了祖国,什么危险都不回避,连生死都不去想它,就向敌人猛扑上去了。有他们,人民就有希望了,什么样的胜利他们都会创造出来。"

李铁眼里充满了喜悦的光彩,回头对许凤说:"将来,我们会有一支装备得更好的军队。那时,什么帝国主义也不敢来侵犯我们,我将在那支军队里干它一辈子。"

"是啊。"许凤扶着小曼的肩膀问她道,"小曼,你说他们为什么那么英勇?"

小曼抬起头来注视着许凤那充满光彩、异常美丽的眼睛说:"我明白!"

三个人并肩往回走着。李铁暗想:快要走了,明天得挤点时间,请许凤同志给自己提提意见。同时,也该向许凤说说自己的心事了。他一面走着看着许凤,心里寻思着,怎么跟她谈呢?

三 爱 情

队伍出发之后,李铁、许凤他们又回到了张村。区委开完了会已是下午。人们都去吃饭了,李铁还在拾掇东西,打扮自己。他今天高兴得不得了,就觉得太阳也特别温暖明亮,天空也开阔蔚蓝得出奇。他出来进去不断唱着歌,在当院看看自己才套在棉衣外边的洗得洁净舒坦的蓝色裤褂,舒舒膀臂,踢踢腿。又回到屋里,把脸洗得干干净净,照着镜子笑着问萧金道:"你看,我不是还挺年轻吗?"

萧金笑了一声说:"当然啦,你本来就不老嘛。就剩你一个啦,快去吃饭吧。"

李铁忙活完了,心情愉快地来到吃饭的屋里,一看炕桌上摆着两碗玉米糁粥,三个新蒸的金黄玉米饼子,还有大葱、豆酱。李铁嘿了一声,拿饼子大口吃起来。一面吃着,不由得又想起许凤来,她的思想和能力使李铁非常钦佩和羡慕。她是那么熟悉情况,和群众的关系又那么密切。党中央指示的政策她记得那么清楚,理解得那么深刻。她总是走在别人前边,很快地总结了新的形势,大胆地提出新的办法。枣园区还有四个据点,敌人集中起来还相当强大。她提出禁止大部分村资敌,开展战斗地道,配合修筑高房堡垒,改造地形,制造地雷,加强民兵,组织各村联防作战,破坏公路电线,围困敌人……等一整套的办法,争取全部打掉小据点,最后孤立枣园据点。各村支部要加强农会,掌握村政权,准备减租清算。干部、党员、群众的情绪空前活跃起来。人们对许凤越来越加衷心地爱戴。李铁更加敬爱她。不知是饿了还是高兴,东西好像特别好吃,顿时把饼子、粥吃了个精光,心满意足地卷了一根又粗又长的烟卷吸着,往外走去。走着心里盘算着:见了她该说什么,也不知她的态度怎么样。想着来到了许凤住的屋里,轻轻一推门,忽然门角落里"哒"了一声,把李铁吓了一跳。一看是小曼,跳出来直是笑。李铁轻轻打了她一下,走到里间屋一看,许凤不在,却是秀芬坐在炕上缝夹衣。秀芬见李铁进来直是抿着嘴笑,好像猜透了李铁的心事。李铁忙问道:"谁的新衣裳啊?"

小曼一边跳上炕去拿起针线来笑着说:"秀芬姐的嫁妆衣裳。"

李铁笑道:"真的?"

秀芬忙笑道:"听她胡扯哩,是凤姐的衣裳。你找凤姐呀,她到高房上去了。"

李铁笑着走了出来,决定趁这机会赶快到房上去找她谈谈。

许凤在高房上,瞭望着张村改造地形修筑战斗工事的情形。霞光映射着她的脸蛋,透出粉盈盈的红色,像涂上了一层胭脂。她在深思着,脸上露出幸福的微笑。

李铁上了房,轻轻走到她的背后。许凤一回头,两人相对一笑。李铁凑近过去小声地问:"许凤同志,你在想什么?""嗯!"许凤长长吐出一口气,一转身说:"我在想将来全国解放啦,我们该把可爱的祖国建设成什么样子。人类最美满的共产主义社会,现在看来好像还离得很远,但一定能在我们的手里把它建成,你说是吗?"

李铁点点头说:"是啊!我们就是为了那个幸福的日子才流血斗争的。"

他俩并肩立着向远处望。许凤充满着自豪地微笑说:"将来我们胜利以后,有多少事情要做呀。经我们的手,要把祖国变成世界上最富强、最幸福的国家。那个时候,我想搞农业。"她微笑着扬起眉毛,眼睛闪出明朗的光芒。想了想又说:"可是我还差得很远,知识啊,文化啊,都不够。不过我想没有学不会的东西,你说呢?"

李铁点头答应着说:"是这样,如果我能活到那个时候,我也许要到空军里去服务。"他决心抓住这个机会转移话题,沉吟了一下说,"可是,许凤同志!"

"什么呀?"许凤激动地一扬眉,她似乎明白了他的意思,脸颊更红了,像一朵鲜艳的玫瑰花。

李铁刚要说话,秀芬跑上房来,喘息着,胸脯一起一伏的,脸蛋绯红,向许凤走过来,叫了声:"凤姐!"直是笑。

许凤拉住秀芬的胳膊说:"怎么?说呀!"

秀芬红着脸笑着说:"萧金要求回来就跟我结婚。"

"好哇,书记同志,同意吧!还要考虑吗?"李铁笑着对许凤说,又看看秀芬,抿嘴直笑。

"不用考虑,我早就同意。"许凤笑着搂起秀芬的肩膀来又问道,"萧金为什么不跟你一块来说?"

秀芬笑道:"他呀,走到房下边又跑回去了。"

"秀芬,秀芬!"萧金在下边喊。

"这家伙,你又喊什么?"秀芬一跺脚,不好意思地望着许凤和李铁。

"好啦,好啦,快去吧!"许凤推她走了。

李铁才一张嘴要说话,小曼又跑了上来,高兴地喊:"凤姐,新衣裳做好啦,快来试试吧。"

"好,我就去。"许凤望望李铁就往下走。

屋里,许凤对着镜子,穿上海棠蓝色的新夹衣,青色布鞋,愈加显得丰满窈窕。

小曼、秀芬、江丽帮她扯扯衣襟,梳梳头发,总是说笑个不完。李铁走进屋来,可急得坐立不安,没个说话的机会。好容易等江丽她们嘻嘻哈哈地闹了一气跑了,可又说不出口来了。

李铁立在炕沿边,呆呆地看着许凤,好一会儿没言语。许凤一回头笑着拍拍身上那新夹袄问他道:"怎么样?"

"好!——许凤同志,我说……我们该走啦。"李铁想不到自己竟说出这么句话来。话已出口,只得无可奈何地看着怀表。

"怎么?说走就走吗?"许凤心里不愿叫他走,又不好意思留他。

"是啊,已经不早啦。许凤同志,给你!"李铁从衣袋里掏出一封折成三角的信笺递给许凤,返身就走。

许凤接过信,还没来得及说什么,李铁已经出去了。许凤不由得也跟着往外走,一只脚刚迈出门槛,又退回来。双手按住突突跳动的心,竭力镇静了一会儿,悄悄地长吁了一口气,才想起李铁那封信,忙打开来看。她越看越兴奋,不由得眉开眼笑,拿着信的手也微微颤抖起来。她看完了急忙把信塞到衣袋里,刚要迈步追出去,突然一掀门帘,竟是李铁又走了回来。两人站住了,四目对视着,脸上泛起了笑容。

"怎么又回来啦?忘了什么事吗?"许凤沉着气,柔情地望着他问。

"这个,许凤同志,你想过没有?"李铁说到这里,腾地脸颊绯红起来。

"什么?你说明白点呀!"

"我实在憋不下去了,我要求你坦白地告诉我,你是不是爱我?"李铁说了扭开脸,心里猛跳起来。

许凤笑了,霎时脸蛋红得像榴花。"唉,你呀!"说着一下扑在李铁怀里,两人紧紧地拥抱起来。好一会儿,许凤慢慢抬起头来。

"你不会因为爱情失去勇敢吧?"许凤抚摸着他的脸说。

李铁笑道:"还记着我说的话吗,对于我来说,没有任何东西能叫我丧失勇敢。人要不勇敢地活着,活一天也是多余的。"他目光炯炯地望着许凤的眼睛,宣誓似的说:"放心吧,你绝不会因为我蒙受耻辱。"

"算啦,别往下说啦!"许凤把头扎在他怀里。

"抗日胜利了就结婚。"李铁双手捧着她的脸说。许凤温柔地偎在李铁怀里,小声说:"都依着你就是啦!"

李铁热烈地亲起她来,好一会儿两人才分开。许凤立起来笑着舒口气,给李铁舒坦一下衣裳,扣上领扣说:"往后,到大队当领导啦,要注意搞整齐点,别像在区里那么游击习气啦……"

李铁听了直是笑。一会儿握着她的手嘱咐说:"千万提高警惕,敌人一定要报复,不要打了胜仗就大意起来。——我得走了。"

"你就走啦?"许凤恋恋不舍地拉住他的手。

外面,由远而近地传来了江丽和小曼的歌声,夹杂着许多人的笑语声,婉转、依恋地,而又那么诙谐、催人似的……

村里好多人都跑来送李铁和萧金。一行走着,小曼领着大家唱起歌来。在歌声中,秀芬和萧金嘀嘀咕咕又说又笑。许凤和李铁并肩走着,来到了村西高耸入云的大白杨树下边。李铁、萧金挥手让大家回去。许凤笑道:"江丽同志应该朗诵一首诗欢送他们哪!"

江丽笑道:"好!"略略沉吟了一下,就拿出她那演员的架势,慷慨激昂地朗诵道:

> 天空里风云滚滚,
> 平原上炮声隆隆,
> 坚强耸立的白杨啊,
> 哗哗地放声歌唱,
> 唱一支高昂的战歌吧!
> 欢送我们出征的英雄。

在大家热烈的鼓掌欢笑声中,李铁接过了马缰绳。许凤过去紧紧握着李铁的手说:"记住,要善于发动群众,以智慧跟敌人作战!等着你们胜利归来!"李铁点着头。两个人四目相视,无法说出的感情在心中沸腾着。

"好!一定这样!"李铁握住许凤的手,使劲摇了两下,随后向大家挥手告别。李铁和萧金翻身上马,在夕阳中,向着辽阔的远方飞驰而去。

四　母　亲　的　心

大地寂静无风,村庄笼罩在凝滞不动的淡淡的炊烟中。空旷平坦的野地上,一片苍茫的暮色。这时路上影影绰绰的有两个人走动着。这是朱大江在送许凤。两人一边走一边说话。

"这几天枣园据点里折腾得可凶哩。听说渡边自张村带着残兵败将跑回据点去,又叫他们清水师团长大大地训斥了一顿,简直气疯了,就拿伪军伪组织人员开起刀来。"许凤说着忍不住露出敌人嘲笑的神气笑了一声。

朱大江问:"听说敌人把胡文玉扣起来了?"

许凤点点头说:"是的。不过关了几天,又放出来了。窦洛殿被敌人送到沧州受训去了,这对我们真是不利。"

朱大江说:"这几天我带着三个区的小队,天天夜里在这一带穿来穿去,各村联络员天天去报告有八路大部队来了,真把敌人闹蒙了。看样子敌人还没有从这里抽调兵力的意思。再拖他一些日子,不叫他们去增援路东,咱们就是胜利。"

许凤坚决地说:"最好能够叫敌人再往这里增点兵。你指挥各个小队,继续在这一带大大地活动一番。同时抓紧突击好这三个村的战斗地道,准备敌人出来报复,就再打他一下。"

"对,王庄的战斗地道,再有一两天就突击完了。我的意见,你还是到别的村去,把张村的任务交给我和武小龙。"

许凤笑道:"为什么?"

朱大江说:"因为张村目标太大,我怕敌人一旦出来,要先突击这个村。"

许凤道:"难道你那村目标就小吗?张村的战斗地道明天晚上就完成了,再说搞战斗地道,不就是为了战斗吗!谁在那儿不都是一样。"

朱大江说:"那调小队两个班到那村去。"

许凤说:"这我不反对。"

两人说着话不知不觉来到了张村附近的枣树林里,一派明如白昼的月光,已经照在静静的树林中,使初春之夜更加显得清澈寒冷。光秃秃的枣树枝伸向高空。一个微红的明星在南面冰一般的空中闪动着。他俩站下来向天空四周望着。

"还记得去年在这儿分别的时候吗?"朱大江感叹地说。

许凤静静地望着前面。在这一刹那,多少往事闪过她的心头啊。她感慨地点点头说:"是啊,事情变得多快呀!"她回头向朱大江说:"你该回去啦。"

朱大江道:"不着急,跟你一块去看看咱们的减租训练班。"

许凤说:"也好。"便带了朱大江来到农会办公的院子。见几个屋里都闪着明晃晃的灯光,人来人往,三五成群吵成一团。阴影里许多烟袋此起彼落地冒着红火,这是各村农会的人来讨论减租问题的。许凤正走着,觉得有个人一下用胳膊勾住了自己的脖子,接着脸蛋贴到自己脸上来,哧哧地直笑。许凤一看是寒露。她穿着青棉布短袄,腰里束着皮带,手里拿着一沓子文件,一跳一跳地活泼得像个孩子。许凤一下把她拉到怀里,抚弄着她的头发问道:"这回高兴了吧?"寒露格格地笑着说道:"当然啦。凤姐,我帮助张俊臣政委整理材料哩。那人可真怪有意思哩,我挺怕他。"许凤笑道:"怕他?真有意思。好好做吧!"寒露答应着像旋风似的轻悄悄地跑了,轻盈的歌声在她身后飘过来。两个人悄悄地挤进北屋一看,张俊臣正在给各村的农会主任开会。他面带坚毅的胜利的笑容,一字一板地说着,一面吸着烟袋。两个人退出来到南屋里,见一群妇女,把秀芬、小曼围了个风雨不透,好像正在争吵着什

么。只见小曼往小本子上记着,一面解答着问题。突然,她停下笔,指着一个穿得干干净净的留小胡子的男子说道:

"怎么,你不干啦?我看你也是不干了的好,省得妨碍人家翻身。从现在起你就不是农会主任了。"

"你们,你们……"那小胡子男人见吓不住小曼,显得非常后悔。见别人很高兴地在旁边直笑,他恼怒地伸直了脖子问小曼:"那你们叫谁当?"

小曼一挥手道:"你管不着,贫雇农会选举出人来的。"

许凤对小曼的处理非常满意,看着那个男人垂头丧气地走出去了,和朱大江同时笑了一下。这时,秀芬和一群村干部说说笑笑地走出来。看她那大气洋洋的沉静的风度,又见干部们那么拥护她,许凤从心里高兴。秀芬送走了干部回来,见许凤、朱大江立在一边,忙过去招呼,一面凑近许凤小声说道:"你看,小曼进步可快着哩,处理问题又坚决又干脆。"

许凤笑道:"还不是你带出来的好徒弟!"

一会儿小曼送走了十几个青年妇女,回来冲着许凤她们叫道:"凤姐,朱大队长!你们来啦?快去看看咱们训练班的诉苦大会吧!"

许凤笑着说:"你们的工作搞得不坏呀!好吧,咱们看看去。"说着就跟上小曼走了。

许凤从减租训练班出来,已经是深夜了。她急急地朝张大娘家里走来。一进院就听见屋里有两个老太太正在兴致勃勃地说话。

"你家小曼多精啊,她大雨哥也一定跟她一样好吧?"

"哎,她哥可比她知道疼人。参军以前在家里,下地回来还净抢着替我推磨呀,刷锅做饭呀,事事对我的心坎。别看他不言不语的,什么事一存上心,一遍两遍就会。听说这会儿在队伍上当排长哪。"

"有这么俩好孩子就痛快。"

"可不,只要他们能成个用,走上个正道,我就死也放心了。他们这么不顾死活地闹革命,是叫人担心。可又一想,要是些窝囊废,就还不如没有孩子呢。"

"唉,咱姐妹真是一样脾气。咱们这一辈不行啦,可不就盼着他们能像个样。"

张大娘热情地说:"人家这些闺女们,可不像咱们年轻的时候啦,都出头露面地做起大事来了。就拿你家凤姐说吧,家家户户谁不说她好!人又好,又有本事。修下这么个好闺女,真是光荣啊!"

"她大娘,你别夸她啦,俺凤妮子也是不听话的呢,净叫我生气。"

许凤听清了这是娘说话的声音,心里高兴得要笑出来,忙一脚踏进屋里,喊声:"娘!"一下子跑过去扶住娘的肩膀。许大娘眼睁睁看着自己心爱的独生女儿,只见她出落得比以前更漂亮了,完全没有那种天真幼稚的表情了。在她眼前的女儿,脸上流露着深沉明朗的光辉。她上下打量着女儿,嘴里埋怨着:"凤啊,把娘忘啦。"说着老眼里转悠悠地浮出了泪花,忙用袖子去擦眼睛。

"唉,大姐,你家凤姐可不是那样人。她多忙啊,常念道回家看你去。"张大娘在旁边解释着。

"娘!快别说这个啦,知道我多想你呀。"许凤拉着娘的胳膊坐下,说起话来。

夜深了,除了放哨的队员和民兵以外,人们都睡着了。

屋里静悄悄的,灯光照着许大娘那笑眯眯的脸色。她那又黑又浓的头发里已经现出了根根白发。她微笑地坐在炕沿上,给许凤用篦子梳头发。许凤那黑亮的头发已经长得长长的,披散在脊背上。大娘给她梳着,一面抱怨似的小声说:

"我不信就连个梳头发的工夫都没有。看,把头发都快滚成毡了。你现在是个领导人了,要注意影响,把自个拾掇得利落点。"

许凤依偎在娘的怀里问道:"娘啊,你怎么知道我住在这村,就直接找来了?"

大娘笑道:"是李铁告诉我的。"

"李铁?他到咱们家去啦?"

"是啊!黑夜听见街上过队伍,赶紧起来给他们烧开水。这工夫进来两个人,他们自己说,一个叫李铁,一个叫萧金。可真是一表人才呀!那个萧金红扑扑的脸儿,简直像个大姑娘。那个李铁两道黑眉,脸上一遭儿黑连鬓胡,长得可真威武!他个儿比你高半头吧?平时常听人说起李铁,可真是个好同志,对人又热情,又大方。我问他结婚了没有,他笑着说:'大娘啊!打走日寇再说吧!'嗳!这个人可真有意思。"

许凤赶紧一拍娘的腿说:"娘!别扯这一套好不好!"

大娘不服气地说:"你找不到一个好对象,是娘的一块心病。当初娘说胡文玉不好,你还不爱听。现在怎么样?"

许凤急得叫道:"娘!娘!得啦!得啦!一提这事我心里就烦死!还是说说你的工作吧,怎么样,顺利吗?"

"工作倒很带劲。半年以前,组织上就叫我担任秘密支部委员了。可是不能公开做工作,真是闷得慌。噢,我问你一个事,你们小队上有一个长得黑胖的小伙子叫朗小玉吗?"

"有个郎小玉。可是个挺俊的小伙,不是黑胖子啊!"

大娘嗯了一声说:"亏得我警惕性高,没上当。他到村里找我,说是你派他去接我的。我当时长了个心眼,没有见他。他还留下一封信,倒挺像你写的呢!"说着从衣袋里掏出信来,已经折烂了。

许凤拿过来打开一看,吃了一惊,一眼就认出这是胡文玉模仿她的笔迹写的。多阴险的叛徒!许凤忍不住说道:"娘啊!要不警惕可不得了!这是叛徒用诡计来捕你的。"

"放心吧!他们那点花招糊弄不了我!"大娘说着愤恨地冷笑了一声,接着深思地说,"凤啊!在那么残酷的日子里,娘没有对你不放心,你也没有给娘丢脸。可你越是受到党的重用,我倒越是担心起来了。娘这一次来,就是要告诉你,千万不能有一丁点儿骄傲自满和急躁啊!人要一骄傲自满了,非栽跟斗不行。你要一急躁,准会脱离群众,犯大错误。"

许凤仰起脸亲切地叫声:"娘!你放心!"

正说着,江丽、秀芬、小曼她们工作完了,咚咚地跑了进来。

"嗬,凤姐那么大闺女还叫娘给梳头哪。"小曼笑着过去拉着许凤左看了右看。

几个闺女又说又笑拾掇着睡觉了。

灯熄了,月光照在窗纸上,姑娘们睡着了。大娘坐着出神地看着自己的女儿那甜蜜的睡容,给她盖好被子,忍不住摸摸许凤那娇嫩的脸蛋,眯着眼睛笑了。

五 疯狂的报复

太阳已经偏西,可还是明亮亮暖烘烘的,似有似无的东风吹到背上,已经没有多少冷意了。平坦的原野上,向北走动着三三五五的人群,都背着枪,这是民兵去集合了。西面六七里远处是梁村,透过那光秃秃的枣树林,露出褐色的土坯房和灰色的砖房角来。那棵特别高大的白杨树上的老鸹窠,远远望去像一个悬在空中的黑点。在奔梁村去的路上,许凤和娘缓慢地走着,她已经送娘十多里路了。娘儿俩真是有说不完的体己话。娘把几十年前的老话又都搬出来了。娘嫁了之后,爹怎么疼她。生许凤的时候怎么落下月经不调的病根。说到爹的牺牲又难过起来。许凤为要使娘欢喜,尽说些将来打败日本之后,过什么样幸福生活的话。一说到这里娘又嘱咐起来:"凤啊!可不能忘了过去的苦日子!人要一忘本,可就完了。"

许凤趁着娘欢喜了,又送了一段路站下说:"娘啊,你走吧,待些日子我一定回家去看你,李铁要回来了,也叫他一块去。"

娘忙说:"那敢情好!凤啊,你回去吧,还有工作哩。凤啊,你千万可多加小心哪,听见了没有?"

"娘,我听见啦,你不是说了好几遍了吗?别结记我。见了咱村里的同志,说我问他们好!"

娘立着又看了许凤两眼,用手给弄弄垂下的头发,赶紧转回身去走了。

"娘,别着急,慢慢走。还有六七里地,一会儿就到家了。"

娘答应着回头一挥手,急急地走了。娘虽然年纪大了,走起路来可还是又快又稳。许凤立在路上看着,想起娘身体虽不算壮实,但种地呀,工作呀,处处要强,有股年轻人的劲儿,真是个好母亲,不由得心里充满了对娘的热爱。看着娘走进了村庄,这才转身往回走。

许凤回到村里,见潘林已经来了,忙握手问候。潘林好像大变样了,也活泼起来了,不住地和同志们说说笑笑。干部们到齐之后,张俊臣宣布开会。许凤首先说明县委叫潘林同志领导这个区进行斗争,她要去地委开会。随后布置下一阶段的工作,除了认真领导大生产运动,发动减租减息之外,在对敌斗争上,许凤提出,一面由朱大江同志指挥几个区小队,继续积极活动,制造声势,迷惑牵制敌人兵力;一面发动群众壮大民兵,开展联防作战,破坏交通,改造地形;把地雷爆炸、高房堡垒和战斗地道结合起来,逐步向枣园据点压缩,造成坚强的封锁线,使敌人完全孤立起来。同时断绝敌人给养,不断消耗敌人实力,等待时机成熟,再发动攻击,拔除据点。并且再三说明,敌人集中起来了,兵力还相当强大,完全有力量反复扫荡,不可冒冒失失发动强攻,要步步为营,一个村、一个村地推进。

　　张俊臣、江丽领导干部们讨论了一阵,对各项工作都作了具体布置。潘林又作了一些指示,就散会了。

　　日寇的兵力果然被枣园一带游击队的活动吸引过来了。敌人迅速地向枣园据点增加了几百名敌伪军,决心来一次报复扫荡,消灭游击队主力和共产党的领导机关。日寇清水师团长限期叫渡边、宫本提出作战方案,要保证这次战役的胜利。渡边和宫本接到命令之后,简直成了热锅里的蚂蚁。他俩日夜商讨消灭游击队的计划。渡边急得拍桌子踢板凳。宫本闷坐着一根接一根地吸烟。两个人把所有的敌伪军官一个一个地叫来商量,乱出了一通主意,都没有把握能找到游击队决战。赵青提议还是请出胡文玉来。渡边无可奈何地同意了,就由宫本亲自去把胡文玉请来。胡文玉前些天险些被李铁打死,吓得丧魂失魄,夜夜噩梦不断。渡边因为屁股上挨了朱大江一枪,又被上司大太君臭骂了一顿,气恼得要死,把一肚子怒气只往汉奸身上发泄,一些伪军官和特务差不多都被他打了骂了,渡边对胡文玉更是怨恨至极。想来想去,为了照顾他,在高村才跑了许凤和游击队;听他的话驻剿张村,又吃了老大的亏;又见他精神恍惚,全无心绪,怀疑他也跟八路通了气。三骂两骂还不解气,竟把他打了嘴巴,关了禁闭。宫本倒是信得过胡文玉的,可是劝不住渡边,也只好由他蛮干。过了几天渡边气消了,才把胡文玉放出来。胡文玉这一回真有点心灰意冷了,回到住处,蒙上被子好一顿痛哭。他真想卷铺盖不干了,又想想不干也不行,没有别的出路,还是振作精神,好好干它一场,做点成绩出来,不怕渡边不重用自己。于是他又忙碌起来,积极地了解游击队的情况,研究打垮游击队的计策。这天刚想好了一条妙计,正在暗自欢喜,恨不得立刻施展出来给渡边看,见宫本来叫他,正中下怀,急忙跟宫本来见渡边。到了渡边的办公室,见渡边叼着烟卷,正在屋子里团团转。胡文玉笑嘻嘻地向渡边鞠了一个九十度的大躬,渡边连忙回嗔作喜,给他递过烟卷,让他坐下。胡文玉吸着烟,刚掏出自己计划的作战地图来,准备献策,听见外面喊了一声"报告",渡边嗯了一声,只见两个鬼子兵提了一个大皮箱,一个小皮包进来,放在桌子上。渡边露出金牙向胡文玉笑笑,伸手打开皮箱和皮包,指着说:"这个,你的给。"

胡文玉一下立起来,连连鞠躬。嘴里说着:"哈力格斗,哈力格斗。"一看大衣箱里全是呢绒绸缎之类的高级衣料,还有一身新呢军装,一件皮大衣。小皮包里满满的都是准备票。胡文玉看了,简直眼花缭乱,笑得再也闭不上嘴。

渡边又从里屋拿出一把红鞘军刀来,双手托着递给胡文玉,十分庄重地用日语说了一溜子话。胡文玉忙又鞠个大躬,扔了烟卷,双手接过军刀来,恭恭敬敬地托着。宫本歪头看着胡文玉,用中国话说:"渡边大队长希望你用这把刀消灭共产党游击队,把李铁的头砍下来。我们已经提请委任你担任警备队第三大队的大队长。这一带的治安,你得多负责任,跟皇军携手剿共。"

胡文玉受宠若惊,欢喜地抢着回答:"是!是!是!我一定不辜负太君的重托。这一次我一定把共产党游击队打垮!"

渡边、宫本听了很是满意,叫胡文玉坐下谈。胡文玉指点着自己画的地图,把他的"清剿"计划详细解说了一遍。渡边吸着烟,在屋里来回踱着步沉思了一会儿,又和宫本用日语交谈了一阵。

宫本说道:"我们也曾想过这个方案。只是怕许凤、李铁他们十分狡猾,不会进这个圈套。"

胡文玉笑道:"这一点我早想好了。我估计分区和县里所以集中游击队在这一带,目的就是要围攻枣园据点。所以没有强攻,是因为我们增加了兵力。据我了解,许凤、李铁现在到分区开会去,就与这事有关。目前这里只留下潘林、朱大江负责指挥。只要我们严密封锁消息,伪装撤退,他们被胜利冲昏头脑,必然会集中力量突进。特别是潘林,才挨了批评,立功心切,一有机会,必然轻率冒进。等他们一进来,我们立即从四面八方包围上去……"

渡边、宫本听了连连点头。胡文玉又补充道:"即使他们犹豫不进,我们这一行动,也会把他们引诱的集中起来。那时就来个奔袭包围,谅他们也跑不了。"

渡边、宫本听罢大喜,立刻召集日伪军官开会部署战斗。

许凤从地委开会回来,中午走到离小宋村十几里路的地方,就听到枣园附近枪声大作,不知是怎么一回事,恨不得一下飞到那里看个究竟。她三步并作两步往前紧走,刚到小宋村村头,就见街上到处是民兵,闹闹攘攘,呼唤喊叫。许凤正往前走,听着有人喊叫"凤姐",一看却是秀芬和小曼向自己跑过来。许凤用毛巾擦着汗迎上去,拉住她俩问道:"怎么打起来了?"

秀芬气喘吁吁地笑着说:"可好了,枣园据点敌人正在撤退哩。大部队已经出去十多里地,咱们向敌人的后卫部队展开了进攻,估计一会儿就会拿下据点来。"

小曼也高兴地跳着脚说道:"俺俩是来发动这村的民兵的。快走吧,凤姐!晚了就参加不上战斗了。"

许凤也兴奋地笑起来,可是她突然感觉到不大对头。枣园据点附近还有四个据点没有撤,敌人又增了不少的兵,为什么反而突然先把枣园撤了?想着,见她俩这么高兴,又见民兵们呼喊着,情绪非常高涨,也不愿再说什么。就跟秀芬、小曼急走下去。

她们走一会儿跑一会儿,来到张村村头,见群众都沸腾起来了,大人孩子大声地笑着叫着,在收集慰劳品呢。见有一个穿一身青、腰束皮带的细高个儿姑娘急走过来,小曼大声喊道:"江丽同志,凤姐回来啦!"

那姑娘转身奔跑过来,正是江丽。过来就双手拉着许凤说:"凤姐,可好啦,敌人要撤退,干部们、游击队员和民兵们情绪高极啦!潘林同志决定抓住战机,立刻集中力量追击敌人。大家都赞成。"

许凤笑着小声问她道:"江丽同志,敌人的企图弄清了没有?有敌人内部情报吗?"

江丽立刻愣住了。想了一下说道:"内线的情报没有得到。只是从跑出来的民夫口里知道,据点里嚷动了,从黑夜就装车,今天上午十一点就开始撤退了。"

许凤又问道:"咱们的队伍和民兵全上去了吗?"

江丽道:"全上去了,我是来发动群众去拆碉堡的。"

许凤心里吃了一惊,也不好露出自己的忧虑,立刻叫道:"快走!"

许凤、秀芬、小曼、江丽一阵急跑,来到了枣园附近。在纷乱的枪声中,只见游击队和民兵从西面南面正在蜂拥前进。据点外围的工事后边,敌人时隐时现地还击着,不断有一组组敌人向据点东面的公路边上撤退。许凤提着枪,跟队员一起向敌人射击着,冲向前去。

潘林正从一个土岗后面跳起来往前冲。他兴奋地指挥着两个小队,向东迂回截击敌人的后卫部队。这时突然传来了许凤的声音:"潘林同志,停一停!"

潘林这才看见许凤,就在一个土岗后边,忙伏下身子说道:"你才回来?看!敌人撤退了。我们要抓住这个机会,消灭敌人一部分!"

"立即通知停止前进!"许凤斩钉截铁地说。

许凤眼睛注视着撤退的敌人,只见敌人不慌不忙,行动很有秩序。而且全是轻装,打打停停,好像故意引逗游击队前进。据点东面还在不断地往外出大车,看起来大车又是那么轻。再看两个大碉堡,射击孔里像有人影在闪动。据点附近冷冷清清,竟没有一个群众出进。许凤越看越觉得是中了敌人的诡计。现在必须设法减少损失。这时朱大江、张俊臣也都来了,许凤立刻说道:"现在要立刻撤出战斗!朱大江同志带一路往王庄冲,潘林同志带一路往高村冲,我跟张俊臣、江丽同志一路到张村,立刻行动!"

潘林、朱大江正要分辩,只见正南正北尘土飞起,随着清脆的机枪声,吱吱地几发炮弹落在附近咣咣地爆炸了。据点里大碉堡上不知多少挺机枪,像暴风似的扫射过来,大队敌人也蜂拥似的冲出来了。潘林一看,惊得脸上变了颜色,许凤又一挥手道:"别慌!民兵先撤,游击队掩护!"

潘林、朱大江立即去分头指挥撤退。许凤叫江丽、秀芬、小曼带民兵先撤,自己和张俊臣留在后边,带着枣园区游击小队两个班,阻击着敌人,利用地形,逐步向后撤退着。周围村头野地里,到处是枪弹飞鸣,满地响着炮弹手榴弹的爆炸声,人群在遮天蔽日的尘土里奔跑着,敌人的骑兵漫洼急奔过来,路上是敌人的摩托车自行车部队急驰着,白光闪烁。

许凤看看民兵进入了张村的树林,这才和游击队员飞跑下去。张俊臣在后边用身体掩着许凤,光怕子弹伤着她。正喘气猛跑,只见秀芬、小曼迎面跑来接她。张俊臣在后面叫了一声,许凤听着声音不对,急忙拉着秀芬、小曼卧倒。刚一卧倒,背后射来一梭子机枪子弹,把头前的一棵小树扫断了。趁着敌人机枪换梭子的空儿,她们跳起来一口气跑进了村子。江丽已经在村里把民兵布置好了,村庄肃静无声。高房上,土墙后边,到处是监视敌人的岗哨。

敌人没有立刻往村里冲,只是在村四周运动着兵力。村庄沉浸在暴风雨前的寂静中。

突然,村四面都响起了机枪声。子弹啾啾地从街上乱射过来,人们赶紧掩在胡同里。许凤和张俊臣上了高房,串着房顶进到大砖房顶上的碉堡里去,这是全村的制高点。民兵们按预先的计划,分组进入了各个高房堡垒。两个民兵跟着许凤他们做通讯工作。

敌人向村里运动着。进入了街心,在找地方往房上爬。

许凤命令:"打!"举着手枪向空中连发了两枪。

只听轰轰一阵巨响,地雷、手榴弹在敌人群里爆炸了。墙孔里往外飞射出子弹。敌人滚的滚,爬的爬,丢下死尸退出去了。

许凤往村外一望,只见一群一群的敌人,来回蠕动着,看样足有几百人。看来战斗是持久的,忙传命令叫节省弹药。敌人又发起攻击了。连续几十发迫击炮弹射进村来,重机枪也咕咕地向村里猛扫起来。

西面距离五十米的一处高房失守了,民兵和小队队员撤下来。敌人的重机枪向这最高的土碉堡猛射起来,打得土坯一块一块地往下掉,墙壁直颤抖。炮弹还在四处落着,爆炸着。许凤要过一支三八步枪,爬出碉堡掩在房檐后边,瞄准敌人的机枪射手,两枪射去,机枪哑了。一个人头一闪,敌人又上去一个射手,许凤早盯住他一枪,敌人又倒下了。这时猛觉得整个房子一颤,轰隆隆几声巨响,四五颗炮弹都打在院里,碉堡上也中了一炮。碉堡坍塌了,房屋露出了一个大窟窿,三处机枪一齐扫射过来。

"许凤同志!快下去!"张俊臣爬过来拖她。

他们从梯子上退到屋里,刚钻进地道,一颗炮弹落到屋地上爆炸了,弹片、柴草、砖块飞射到墙上,砰啪乱响。一时什么也看不见了,满屋灰尘火药烟气,呛得人出不来气。

张俊臣从地道口里探出头来监视着门口,举着七星子手枪瞄着,左手用毛巾捂着嘴。当啷一声,门被撞倒了,轰轰扔进两个手榴弹来。张俊臣忙缩进头去。等一下再探头看时,三四个鬼子已经窜进来,把一捆秫秸蠹在当地上点起火来。张俊臣瞄准敌人当当当几枪,撂倒了两个。剩下的鬼子爬起来,嚷叫着窜出去了。可是房子着火了,青烟柱旋转着钻向天空,夹着火星噼啪乱响。

许凤指挥干部们分头带领小队队员和民兵,布置在地道的各个入口处,掩护群众进入安全的二层地道。孩子们啼哭着,母亲们使劲捂着他们的嘴。

这时只有稀稀落落的从地道枪眼里打出来的冷枪声。

张俊臣来报告说:"民兵里出了叛徒,张三槐投敌了,正领着敌人破坏地道,两个突围的出口都被截断了。"许凤叫他们赶紧派人去堵死,通出口的前口留下带短枪的人把守,趁人们还有劲,集中青壮年赶快挖通新的出口和密洞,出土填死明道,并立即派人突围出去找朱大队长联系。我们这里已经没有地方可退了,为了千百人的生命,要动员所有的干部们、队员们,坚持阵地,每一间屋,每一尺地道都要跟敌人争夺,只要熬到天黑,咱们就可以组织突围。张俊臣答应着去了,许凤又派江丽、秀芬、小曼分头去检查各个地道口,把所有的老人、妇女、孩子先送到安全地点。由于集中的人太多了,地道几乎塞满了人,运动不开了。许凤暗暗难过:这回非受损失不行了。

许凤自己留在这条地道主线的入口处,守着瞭望孔。听到顶上有人乱跑的脚步声。一会儿响起了震耳的咚咚声,顶土直往下落,许凤不理这些,持枪注视着,把手枪用毛巾盖上,防备落土。后边有人爬过来,举着燃烧的蜡绳,火光下闪出秀芬和小曼紧张的脸孔。

许凤回头看了一下,问道:"各处情况怎么样?"

"几十个地道入口都有民兵把守。敌人发现了几个口,咱们都在里边用土屯死了。二十多个人正在突击新出口。"小曼举着蜡绳报告说。

秀芬说:"都安排好了。张俊臣同志叫换你下到二层去,我来守着这个口。你要指挥全面,凤姐你快走。"

许凤听着不言语,仍旧聚精会神地监视着外面。突然,她往后一摆手,秀芬、小曼忙静下来。就听到从东边院里传来了越响越近的脚步声,夹杂着清晰的话语声:"张三槐!过来,见见渡边太君,宫本太君!"这是赵青得意的声音。

"谢谢太、太君,谢谢太……"张三槐结巴而谄媚地带着笑声说。刺耳的沙嗓子,使人想起那可恨的笑眯眯的巴狗脸。"哈哈!"一个响亮的鬼子声音吼叫着:"好好的干活,大大的金票的给!"这一定是渡边。

"是!是!太、太、太君,我、我……"

"快带人去破坏地道,注意火力点!"是胡文玉加了一句。

接着是一阵皮鞋声,一队鬼子走过去了。随着,是一个平静的男中音:"赵队长,我很佩服您的远见。感谢您预先安排了张三槐这个谍报人员!"这是宫本。

"哈哈……"一阵得意的笑声。

小曼、秀芬听着恨得咬牙切齿。脚步声响到近前来了。秀芬、小曼刚紧张地凑到瞭望孔向外一看,当!当!许凤连发了两枪,只见领着敌伪军前进的张三槐被打中了,他挣扎了两下,仰翻在地上死了。小曼高兴地咦了一声。忽见左面一闪,是胡文玉和赵青。小曼又恨又急,顾不得瞄准就连开了几枪,眼看着赵青、胡文玉几步窜跑了,子弹不知射到哪儿去了。急得她扭肩跺脚,使劲拍了自己脑袋一下。许凤、秀芬连续向外射击着。听着地上一阵呼喊乱叫,纷乱奔跑,猛然几声巨响,震得大地颤抖。接着,密集的机枪弹猛击地下堡垒的射击孔,霹雳般的爆炸声和狂风般的机枪声,震耳欲聋。地道的顶土和壁土崩流,蜡绳的火光砸灭了。

"凤姐!凤姐!"小曼、秀芬摸着许凤往她耳边喊。

"顶住!拖住敌人!天一黑同志们就能突围了!"许凤沉着地命令她俩。突然,火光一闪,一声剧烈的震响,她们觉得像被一种无形的东西猛地一推,还没来得及想明白是怎么回事,就被塌落的顶土重重地压住了,昏迷过去。

江丽按着许凤的指示,掩护着分区电台的三个干部钻在油印室那个秘密洞里。正在着急不知许凤的消息,忽然连着几声猛烈的震响,蜡绳也灭了,身上砸上了一堆土。她挣扎出来忙划火柴,只冒一股蓝光,却不着火。洞里一会儿比一会儿觉着闷气,她估计一定是气眼被砸死了,出口也被塌土堵住了。

"江同志,完啦,出不去啦!"电台上的大胖子报务员,哈咮哈哧地喘着,嘟哝着说:"完了,咱们算已经安葬了!"

大胖子这样一说,另一个报务员也哼哼地躺着不动了。电台上一个女同志紧抓住江丽的胳膊,吓得哭起来。

江丽忙说:"同志们,谁说出不去!你们这么折腾,一会儿就会把空气消耗完的。镇静点,这头挨着地道,只要我们轮流挖土,掏个窟窿就透气了。"江丽忍着指甲疼,拼命用两手刨土。刨着,刨着,忽然感到有一丝凉气透进来……

张村村头的敌人还在蠕动着。街头上停着七八十辆大车,装满了粮食、被子、衣服和活猪、鸡鸭等。

小学校的院子里,扔着劈碎了的黑板、砸烂了的桌子、凳子。被捕的人群挤在一堆坐着。妇女们披头散发,浑身泥土,搂着孩子,任凭敌人鞭打,一声不吭。

张福臣被敌人打得血肉模糊,从屋里一下推到院子里来。他瘫在地上,嘴里淌着血沫,还是抬起头来,坚强不屈地望着敌人。几个妇女要去扶他,敌人的刺刀、皮鞭、木棍就乱打下来。

鬼子兵挺着明亮的刺刀,眼睛睁得像恶魔,围成一圈逼视着妇女孩子们,乌黑的机枪口也朝着他们,那鬼子射手如临大敌一般卧倒在机枪后边,做着准备射击的姿势。

胡文玉走到群众跟前,抬起戴着白手套的手,摘下蓝光眼镜,翘着嘴角,阴险地微笑着说道:"你们认识我吧!"他想演说一番,给鬼子做一点安抚工作,刚说了一句:"你们要认识……"群众中一个受了重伤的青年往起一立,"呸!"向胡文玉啐了一口唾沫。群众也一起跟着"呸"起来,把唾沫往胡文玉身上乱吐。胡文玉张不开嘴了,用白手绢擦着脸上的唾沫星子,往后退着。那个青年还不解气,瞅个空子,冷不防从人群中跳出来,狠狠地向胡文玉扑去。只听旁边呀的一声吼叫,渡边把战刀戳进了那青年的腹部。

昏黄暗淡的月光下,渡边从那个青年身上拔出战刀来。那青年的腹部流出鲜血,倒下了。渡边把战刀在青年身上擦擦,狞笑着跛着腿走到一张方桌边,又开腿歪坐在板凳上,龇着牙,眼睛像毒蛇般骨碌乱转,听着日伪军官的报告。

渡边强横地摇摇头,用日本话说:"要干到底!"

宫本扶一扶近视眼镜,掏出烟卷来递给胡文玉一支,又拍着肩膀夸奖他。

"怎么样,大大的好?"渡边得意地问胡文玉。

胡文玉笑着竖起大拇指来,连声说:"大大的好,祝贺皇军大大的胜利。"

齐光第忙去给渡边点烟。人们愤恨地望着。

许凤渐渐苏醒过来,已是月光铺地。才发现自己躺在干草堆上,浑身衣服连头发都被汗水泡得湿湿的,只觉得阵阵恶寒疼痛。见地上黑影晃动,有两个人走近,便挣扎着坐起来。是宫本和赵青来到跟前。赵青立在月光下,穿一身黄呢军装,挺胸扬头,竭力装出威风凛凛的样子,两手插在大衣袋里,笑眯着眼睛说:"啊!这不是许政委吗?"他把"政委"两字说得特别响。接着得意地用鼻子冷笑了两声说:"没想到也有今天吧?不过,这没关系。秀芬和小曼已经上了车,就等你进枣园据点团圆去啦!"

许凤一见仇人,分外眼红,一腔怒火迸发,陡然浑身是劲,猛地站起来,竖起眉毛,睁圆眼睛,怒视着这个卑鄙的特务,切齿地呸了一口,骂道:"奸细!走狗!民族的败类!"

话到手到,啪啦两个大嘴巴,打得赵青晃了两晃,他退出几步远,左手捂着脸颊,右手掏出手枪,颤抖着瞄准许凤的心窝,恶狠狠地从牙缝里挤出一个字:"你——"

他扳着枪机,光想把眼珠瞪出来。许凤轻蔑地迎着他的枪口向前逼过去。赵青瞟着宫本,没有宫本的暗示,不敢开枪。许凤逼过去,他只好向后退着,冷不防绊到一块砖头上,身子一仄歪,差点栽了个后仰。宫本沉不住气了,吼叫一声,两个鬼子上来把许凤架起来。

鬼子架着许凤来到小学校的院里。群众一看,忽的一声都立起来往前涌。妇女们伸着胳膊哭喊着,敌人的木棍拼命往人们身上敲打。一排刺刀尖截住人们的去路。

许凤站下来,大声向人们喊道:"大伯,大娘,兄弟姐妹们!坚持下去!最后的胜利就要来到了!"

敌人连拖带拉把许凤押出了院子。这时,村四周响起了枪声,赶来援救的游击队和民兵开始向敌人攻击了。

六 抢 救

朱大江带领两个小队和一部分民兵,边打边跑抢进了王庄,追击的敌人立刻就把王庄包围了。战斗直打到半夜,游击队没有受损失,倒是杀伤了十多个敌人。朱大江故意引逗敌人,希望把敌人的兵力大部分吸引到王庄来。可是他发现敌人的火力越打越松,听着张村那里枪声反而越响越紧了。他断定敌人必定是在张村得了手,因此集中兵力先突击那里,来个各个击破。想到这里,他就决定叫一个干部带领一个班队员和王庄的民兵继续坚持战斗,牵制敌人。他自己和武小龙、郎小玉带了小队和民兵,悄悄摸出村外,在一个坟地里隐蔽处整顿着队伍。正要派武小龙带两个队员摸进张村,去捉一个伪军来,了解张村的情况,放哨的队员领了一个民兵气喘吁吁地跑来了。那民兵才十六七岁,弄得浑身泥土,脸上带着血迹,一见朱大江、武小龙他们,呜呜地哭起来了。朱大江认得他是张金锁,急得两只大手按着他的肩膀问道:"情况怎么样?快说,别哭了!"

张金锁擦擦眼泪说:"许政委她们被敌人俘虏了,快!快去救!"

一听这话,朱大江、武小龙他们几个好像当头挨了一棍子,两眼发黑,两耳呜呜地叫。朱大江定了定神,忙又问了一些情况,便带队跑步直奔张村。队员们满怀仇恨,一腔怒火,跑步来到张村村头树林里,按照战斗小组散开,向村里运动。仗着地形熟悉,悄没声地利用土坡夹沟、树木的阴影,爬到村东南角,敌人还没有发觉。朱大江隐在一个土堆后面一看,只见几十个鬼子在场里来回走动着,好像往大车上装着什么东西。几个游动哨持枪向他们这里走来,一边走一边弯下腰观察着。朱大江不再等待,立刻用驳壳枪扫射过去。游击队员们听到指挥信号,像群猛虎一般,跳起来猛扑上去。在这种突然袭击下,敌人混乱了,火力一下子也施展不开,被队员们横冲直撞,连打带刺,打得死的死,伤的伤,逃的逃。朱大江带着几个战士向敌人守卫的院墙猛攻上去。这里敌人不多,又加武小龙已经抢占了里边的一处房子,接应着他们,就很快攻进去,占领了估计押着许凤她们的院子。在枪声中,朱大江、武小龙冲到屋里来寻找许凤她们。一看屋门大开着,一脚踏进去,觉得脚底下噗唧噗唧的,好像满地是水。急忙打着手电筒一看,只见满地都是尸身,横七竖八地躺在血泊里,每人都踩了两脚鲜血。朱大江光怕许凤被害了,心里直扑腾。他抑制着满腔怒火,一个一个地察看着尸体,幸而没有发现许凤。一个老爷爷还没死,他呻吟着睁开眼,看看朱大江,使出最后一点力气,断断续续地说:"张三槐领着敌人……破坏地道,把人……赶出来,凡是党员和民兵的家属,就……就杀……"他话没说完,又昏迷过去了。

这是朱大江养伤的堡垒户,像亲爹娘一样的老房东。他难过地扶着老爷爷掉下了眼泪,见他昏迷过去忙喊:"大伯,许政委她们在哪儿?大伯!大伯!"

老爷爷睁开眼,他已经不行了,鼓起了最后一点力量,说:"在北街……"就死过去了。

朱大江放下老大伯的头立起来,眼里闪着愤怒的火星,悲愤地啊了一声。

他眼看着同志们、乡亲们被捕的被捕,被杀的被杀,他心头的愤怒像是一团炸药,再也按捺不住,咔啦一声爆炸了。他眼睛睁得滚圆,胡须毛发根根竖立。他咬牙切齿,恨不能一下把敌人都杀光。外面敌人的嚎叫声、枪声,更加激怒了他。他哧一声撕开了棉袄的扣子,三把两把脱了个光膀子,眼里含着泪,抓过轻机枪,吼道:"党员同志们跟我头里来!武小龙把队伍全带上!向北街冲!"

他像一头发了威的老虎,在前头弄开大门,不顾一切地冲了出去。胡同里密集的敌人,听见游击队不打枪了,以为钻地道了,正要冲进去搜查,突然一群黑影冲出来了,狂风似的子弹、手榴弹向他们打过来。前边一个高大的人,一声不响,光着膀子,疯狂地横冲直撞,扫射着,跳跃着,向前飞奔。后边跟着一群人,也像刀枪不入的神兵天将,横冲直撞,又砍,又刺,又射击,又投弹,好像他们全不在乎自己的生死,也全不按照任何战斗条令行事。敌人被打得手足无措,混乱地挤着,撞着,跑着……

朱大江顺着宽绰的街道,一口气冲到了北街。他向大车附近奔去。他看见车上突然立起了一个熟悉的身影,响着清脆激动的声音:"同志们,冲啊!"

那熟悉的身影被按下去了。朱大江看见了,那是许凤!他一阵风似的向那里冲去。可是子弹打光了。一群鬼子迎上来了。旁边一个鬼子军官举着战刀向他劈下来。朱大江猛吼一声,一跳,抡起机枪,闷头盖顶地砸下去。只听哼的一声,鬼子军官倒下了。朱大江立刻捡起战刀,抡开了,一口气杀过去,他把自己幼年学的武术全施展出来,杀进了密集的敌群。枪声停止了,只听见叮当、嗑哧、叭喳的声音,夹着疯狂的吼叫。敌人在这一群只想拼命的勇士的打击之下,抱头乱窜,死伤遍地。这时村头响起了冲锋号声,枪声越响越近。敌人后退着,一下子,街上的敌人都跑光了,大车也不知赶到什么地方去了。朱大江这时已经遍身血红,几处伤口咕嘟嘟地冒着血,一停止战斗,他就像座大山一样倒下去了。这时潘林带着部队也攻了上来。冲到街口,一眼瞥见朱大江倒下了,连忙过去一把抱住,立刻命令:"抢占街南的院子!"说着和武小龙架着朱大江抢进了院子。敌人的机枪就向他们占的地方扫射起来。这时,五六个区游击队赶到了,几十个村的民兵也赶到了。天色已经麻麻亮,南面、西面,许多房上出现了游击队和民兵。街头、胡同、地面也出现了游击队和民兵。他们呼叫着,奔跑着,射击着,向敌人扑过去……

胡文玉脸上流着汗,在一处高房上用望远镜望着。只见游击队和民兵在望不到边的原野上像潮水般从四面冲上来,他心里发了慌。看看增援的队伍还不来,他小腿抖索着,在宫本耳朵边说:"快撤吧!"宫本也在渡边耳边小声说:"不能陷进民兵的大海里,快撤吧!"

渡边心慌意乱,一迈步绊到一块砖头上,差点摔倒。他暴躁地喊出:"快快地,撤退!"

敌人用火力掩护着,赶着大车,突出村庄,向枣园奔去。

潘林满头大汗,叫担架抬下昏迷不醒的朱大江和三十多个伤员去。自己和武小龙、郎小玉整顿了一下队伍,动员大家追击。他声音嘶哑地吼着:"同志们,咱们一定得完成任务!抢救许凤同志她们!"

战士们也吼叫着:"追上去,抢救许政委!"

潘林、武小龙、郎小玉带队,拼出全身力气,超越一切队伍,向前赶去。在张村东北沙滩的大枣树林边,接近了敌人的行列。潘林带队冲上去,寻找着许凤她们。敌人的如雨的弹流朝他们射来,他不顾一切地往前猛跑,战士们在身后紧跟着冲上去。突然,一颗子弹打倒了潘林。他嗯了一声,又从地上爬起来,一股血流遮住了他的眼睛,他用手抹了一把,看见敌人的行列已经去远了。他用手捂着头,血从手指缝里流着。他看着游击队和民兵队伍蹚起的烟尘,觉得一阵天旋地转,便失去了知觉。

一会儿潘林睁开眼睛,见江丽满面风尘地正和卫生员给自己包伤口,就抓住江丽的手,眼里流下泪来:"江丽同志,去报告县委,给我处分,我是个什么人噢!"

　　他激动地呜咽了一声,又昏过去了。

　　"潘林同志!潘林同志!"他们呼唤他。

　　潘林又醒过来。

　　"我后悔不听许凤同志的话。"他向江丽他们望着,"我给党造成了无法挽救的损失,我的错误太大了,我对不起党,我对不起许凤同志,对不起……"他说着说着又昏迷过去了。

第 十 章

一 引 诱

夜里,许凤从昏迷状态中醒了过来,闻到一股香粉味,勉强睁眼一看,发现自己躺在一间干净阔气的屋子里。只见迎门桌上高烧着一支大蜡烛;屋里一色红漆橱柜;窗纸雪白油亮,贴着红纸剪花;炕头叠着一摞绸缎花被子,炕上铺着大花毛毯。一看自己盖着一床红绫绣花被子,赌气掀到一边。这时听见一阵脚步声,从外屋进来了两个女人,都穿得鲜红艳紫,打扮得油头粉面,咻咻地贱笑着,凑过来问长问短。其中一个天津口音的女人特别流声浪气,许凤猜想她一定就是水仙花。许凤用手支起身子,想起来离开这里,可是头痛欲裂,浑身无力。一阵头晕,又倒下了。

水仙花斟了一碗开水递过来,笑嘻嘻地说:"许大姐,你真是好样的,连日本人也佩服你。刚才医生来给你看过,胡队长也守了你好一会儿。你这病可不轻啊。医生说是重伤风,还中了点毒气。这里是药,快吃下去吧!"

许凤只觉一阵恶心,房子嗖嗖地旋转,耳朵嗡嗡地鸣叫。她竭力在想:小曼、秀芬在哪里?同志们怎样了?只见那女人像抹着鲜血似的红嘴唇,一张一合地动弹。许凤竭力听着,却听不完全,只听见说:"许大姐……人怎么着不是一辈子啊!像你这么漂亮的人,谁不争着要……就顺着吧!……闺女家,就是……一朵鲜花……能红几日啊!……乐一天少一天……"

许凤不听还罢了,越听越气往上冲。她不能忍受这种侮辱,真想狠狠地打这两个烂母狗的嘴巴,可是动不了。她拼命起来一挥胳膊,水仙花端着的茶碗,啪喳一声被打到当地摔碎了。热水烫得水仙花直叫唤,一面抓挠着脚,一面往外屋跑去。

"你们这些狗汉奸,臭肉,滚!"

许凤咬着牙骂着,听着外屋反倒一阵哧哧的笑,气得心里一炸,头更眩晕起来。房子越转越快,眼前一片昏黑,她又昏迷过去了。这时,胡文玉走进屋来。水仙花正抱着只脚跟小白鸭发牢骚。一见胡文玉,往里屋指指说:"真是个泼辣货,好心好意磨破了嘴唇,末了落个挨骂,外加开水泼,都是为你。"胡文玉向水仙花笑笑,轻轻地走近许凤,呆呆地看了一会儿,给她盖盖被子。又踮着脚尖去坐在凳子上,得意地点上一支烟卷,吸着沉思起来。

自从捕来了许凤,胡文玉更是一帆风顺。北平的华北新民总会对他写的反共宣传小册子十分欣赏,给送来了科长的聘书和一千元车马费。宫本也趁机提出,等他到了北平,跟他合资开个洋行。正好他爸爸也来信说,给他预备好了洋房汽车,等他带着太太回去。小鸾一听喜出望外,天天准备着起程,对他更是百般笑脸相迎。赵青、齐光第他们也是天天准备欢送。现在只等着劝降许凤一桩事完成,就可以走了。他吸着烟,不觉笑了出来。暗想:在许凤面临死亡、孤独无依的情况下,就凭我对她这一腔痴情,尽力温存体贴她,一定会感化她,征服她。只要她一动心,那就怎么都行了。人非草木,谁能无情?何况我过去曾经完全征服过她的心呢。到那时候让我带她一走,她就会变成温顺的姨太太了……他正胡思乱想,听着许凤哼了一声,抬头一看,许凤干渴地咂着干裂的嘴唇,便向水仙花要了水来。

很久,很久,像是在梦中,又像是真事,许凤觉得自己正在小曼家里,她在给县委写一份报告,累得又疲乏又渴,大娘笑着端过一大碗开水来。

"喝吧,孩子!你们这些人哪,就光知道工作,工作!看你累病了。"

她接过碗来,喝下去,觉得痛快极了。她还想喝,忽然大娘不见了,恍惚听见有人说话,声音是那么熟悉。

"她死不了。一会儿我劝劝她就会吃东西。吃上几剂药,就会好的。"

她觉得有人用小匙给自己水喝。一睁眼醒过来,见一个人正偎坐在旁边,端着水碗喂自己。睁大眼睛一看,却是胡文玉。她气得浑身一抖,猛一下坐起来,一巴掌打在胡文玉脸上,噗一声水洒了一被子。胡文玉一手捂着脸,跳下炕去,皱着眉看着她。许凤又恶心又愤怒,挣扎着要起来。胡文玉忙去扶她起来。她一起身禁不住呕吐起来。胡文玉忙拿过小盆子来接着。她愤怒,恶心,搜肠刮肚地吐出几口又苦又酸的清水。抬起身子来,想擦擦嘴,胡文玉忙递给她手绢。她挡开他的手,用衣襟擦了擦,出了口闷气。仔细看时,只见胡文玉穿了一身崭新的黄呢军装,乌亮的高统黑皮靴,金戒指,手表,油亮可憎的白脸上眼睛周围一圈青气。眼看着这个吃人血的叛徒站在自己面前,不由得怒火烧心,光想亲手杀掉他才痛快,一着急,两眼发黑,好半天才清醒过来。胡文玉用低低的温柔的声音说:"小凤,我是多么想你呀!我过去做错了事,求你原谅我,只要你答应我一句话,叫我立刻去死,我都愿意!"

"呸!叛徒!"许凤气得浑身直抖。

"骂吧,我知道你的脾气,没关系。只要你答应我一句话,我一切都依着你。我不能看着叫你死。你知道,这样我是受不了的。我能救你,豁出命我也要救你。可惜事到如今,你还不了解我的心。求你念过去咱们的爱情吧,答应我吧,你不答应……我可要自杀!"

许凤听到这里,早气坏了。摸到炕边一个茶碗,拼命向他砍去。胡文玉一立,一下正打在他胸膛上。咔嚓哗啦一阵响,碗掉在地上摔碎了。许凤一手指着他骂道:"快去自杀吧,你这个叛徒!

我不用你救。你的手沾满了革命战士的鲜血！"

胡文玉一点也不生气，装出可怜的样子说："打吧！只要你痛快。我倒希望你亲手杀死我，只要记住我对你的一片心。"

许凤一阵头昏，躺下来，闭上眼睛不再理他。胡文玉见许凤斩钉截铁，一时无计可施，默默地坐了一会儿，就站起走到外屋，只听他轻声对水仙花说："你要当心点，快点把她的病治好……"

过了几天。一个中午，许凤被带进一个屋子里来。正面八仙桌后边坐着齐光第，装得威风凛凛，神气十足。两旁坐了十几个叛徒和汉奸，两个便衣特务架着许凤坐在对面一个椅子上。

许凤轻蔑地看着他们。

齐光第用手梳一下大背头，笑着说："许政委受惊啦！咱们都是乡里乡亲的，我们一定想法救护你。只要不到日本人那边就好办。今天请你来就是要帮你想个出路。在座的都是讲交情的朋友。就拿赵青说吧，尽管你俩有过不愉快，可是他一点也不记仇，还是愿意帮你的忙。俗话说得好，不打不成相识嘛。"

赵青点上烟卷吸着，嘿嘿地笑了两声说："就是这样，咱们一个锅里拉木杓也好几年啦，我绝不抱任何成见。"

小鸾也笑嘻嘻地端了一杯茶来，放在许凤旁边桌子上，歪着头说："喝杯茶吧，许大姐，我真高兴咱们又成一家人了。"

齐光第在当屋踱着方步，大口吸着烟卷，眉飞色舞地对许凤演说起来："说老实话，我们都很佩服你。以你的聪明才智，将来一定能成为了不起的人物。我们绝不能看着叫你白白糟践了性命，所以一定要向你说清楚。你在八路那边跟他们瞎混，是白找苦恼，不光个人没有什么出息，就对国家也毫无用处。你应当明白，共产主义决不适合中国的国情，这是天理人情所不能容许的。共产党决不会成功，充其量不过给老百姓制造痛苦，多流点血，到头来终归还是失败。你盲目干下去，不是人头落地，就是进监狱，把一生幸福断送干净。你应当看清大局。不要说中国人不要共产主义，就是日本、英、美等国也绝不许可中国赤化。所以,跟共产党瞎闹是没有前途的。而我们呢,坦白地说,治安军大部分都是我们国军变过去的,早晚我们总会把江山弄到手的。希望你能参加进来为咱们神圣的事业奋斗。你要愿意的话,我们愿为你保留一切方便。我们可以马上就叫大乡保你出去,以后咱们再建立联系,配合斗争。你只管放心谈吧,我担保这儿说的话一句也不泄露出去。我们一定为你保守秘密。实话告诉你,我们都是国民党的人。这就把最大的机密都告诉你了。"

许凤冷笑一声说:"啊!这也算是一种机密吗?像你们这种汉奸卖国贼,再多些,日本鬼子也不怕。你们跟日本特务这种无耻的合流,是瞒不了谁的。正是因为有了你们的帮助,鬼子才能杀死成千上万的抗日战士。日本鬼子自己办不到的,你们都帮助办到了。你们真不愧是帝国主义忠实的走狗。你们为了能够骑在老百姓头上,宁可卖国。像你们这样的党是汉奸党。你们都是地地道道的卖国贼!"

赵青听着气得奸笑一声说:"请你注意,我们能够给你幸福,可也能够叫你死!"

齐光第伸手阻止了赵青一下,竭力装出宽宏大量的样子,微笑地吸着烟,走到许凤跟前,故意岔开话头说:"是啊,再考虑考虑,不要那么固执。你死去了,人家可是照常欢乐。是不是呢?人只要不死……"

许凤冷笑一声说:"你们这些汉奸,还是想一想你们自己吧。你们杀害了多少革命的战士和同胞,每一笔账都给你们记着呢。日本帝国主义就要完了,你们眼看就成了丧家之犬。那时候你们是无路可走的,你们逃不脱人民的审判。你们怕死,可是死亡等着你们这些喝人血的败类。你们这一类人将从祖国的土地上消灭。不管你们用什么阴谋诡计,用什么毒辣的手段,你们的命运是挽救不了的。现在还有立功赎罪的机会。你们应该立刻低头认罪,用行动表示自己回头。依靠别的都是不行的。"许凤一顿严厉的训斥,使特务们呆住了,有的低下头沉思起来。

齐光第故意镇静地惨笑了一声说:"哎,现在是谈你的问题嘛!是你面临着死亡,不是别人。"

许凤笑道:"当然,你们现在是可以把我杀掉的。但是我的生命和伟大的祖国和革命的人民是一体,她是杀不死的。祖国,我活着是为她,我死也是为她。一个人总得死,只要死得光荣,就是最愉快的。至于你们,已经丧尽了天良,出卖了祖宗,丧尽了中国人的气味。你们是行尸走肉,是猪狗。你们活着真还不如早点自杀,以免你们的祖宗在坟墓里为你们害臊!"

"住口!"齐光第嘴唇哆嗦着,一拍桌子。

"凡是不愿意灭亡的人,还为自己、为亲人着想的人,应该赶快回头想一想。你们不要跟这个罪该万死的姓齐的汉奸一样,应该想想你们自己的出路。赵青、齐光第,你们这些万恶的卖国贼,招出你们的罪恶来吧!"

"住口!住口!"齐光第暴跳着。小鸢尖叫着,拿出手枪。赵青也跳起来。他们端着枪围上来。许凤巍然不动地坐着,轻蔑地望着那几支枪口,严厉地盯着那些邪恶的见不得太阳的眼睛。

"哼!"许凤用鼻子嘲笑了一声说,"这未免太可笑了吧?你们想吓倒我么?你们这群该死的罪犯!"

汉奸们老羞成怒了,暴跳起来,围着她张牙舞爪地吼叫着。

"快带下去!带下去!"齐光第、赵青骂着旁边的便衣特务们,"你们看着干什么,混蛋!带她下去!"

二 谈 判

天空阴惨惨地刮着风,许凤从监狱里被带出来。她跟特务们走着,心里打定主意,不管你们用什么阴谋诡计,反正我有一定之规。想着跟两个特务左拐右拐,穿过几条胡同,进了一个院子。风卷起一阵尘土旋转着刮过去。她记得这是小学校的院子,曾经在这里开过群众大会,唱过歌。现在院子里有一个鬼子兵夹着步枪来回走动着,皮靴吱呀吱呀地直响。墙头上那枯黄的老草在风中摇晃着,从屋里传出一阵音乐声来。特务头前开了门,许凤走进屋来。这是原来的小学教室,屋里虽宽阔却是暖烘烘的。当屋放着炭火盆,升腾着熊熊的火苗。右面一排单桌上铺着白桌布,宫本坐在桌子后面,抬起头来看了一眼,没有言语,用手指了一下前边的凳子,仍旧看他的文件。特务们对他鞠了躬,退到后边立着。许凤坐在凳子上,听着宫本旁边的留声机发出日本女人的歌声,声调颤悠悠的好像在哭。整个屋子粉刷得雪白,显得又明亮又暖和。墙壁上挂着许多大照片和山水字画。正面墙上一幅水墨山水中堂,配一副草书对联,上联是:万里风云三尺剑;下联是:一庭花草半床书。这不知是在哪村抢来的。左边挂着一幅大照片,是渡边扶着战刀提了人头,龇牙瞪眼地狞笑着,一具中国人的尸身倒在渡边脚下。许凤看了气得身上一颤。挨着一张照片是鬼子扫荡队在进村,渡边、宫本和鬼子兵骑在高大的洋马上,骄横地指着什么,两行被迫来"欢迎"的人,手里举着纸糊的小日本旗,鞠躬欢迎着。右边一张是宫本立在一个高台上在讲话,被圈起来的群众都低垂了头。还有一张是一只凶猛的狼狗扑倒了一个中国人,撕裂了那人的咽喉。左面墙上几个日本女人的照片,梳着高大的发髻媚笑着。许凤看了,感到非常气愤和厌恶。

宫本坐在那儿,唱机放出软绵绵的充满哀怨的音乐,使人听了不免引起伤感、悲愁。在许凤面前又陈列了十几幅色彩鲜艳的放大照片,都是一对对情侣,相依相偎,或在山水花木之间,或在闺房绣帏之内,表现出说不尽的娇姿媚态、柔情蜜意。宫本在缠绵的音乐声中,长长叹息两声,用伤感而悠长的调子说道:"人生一世,短暂如梦啊!这世界又是这么美好,怎不叫人留恋?自己生得如此美貌,就更应当自爱。你若配上一个称心如意的情郎,朝欢暮乐,携手并肩,享尽人间乐趣,这才不枉人生一世。我坦白告诉你,胡文玉已经在北平给你准备了一座公馆。你可以跟胡先生去北平上大学。我相信你受了高等教育,一定能够成为社会名流、美人皇后。那样,你的年迈的老娘,也能过个快乐的晚年,不然的话……"

音乐随着宫本的声调放出悲哀的调子。宫本随着音乐长啸了两声,用哭腔唱起一支歌。他一面唱着,一面看着许凤。见许凤那倔强高傲的神气毫不为他的歌声所动,反而露出了冷嘲的笑容。宫本停住唱,叹口气道:"要知道一念之差就可以丧失生命,你将如花委地,随风飘失。你将变做一把白骨,丢弃在鬼火流萤、寒风衰草之间。那时,你的白发慈母将孤苦无依,哭泣在你的坟前。一个有良心的人难道能这样忍心对待自己的母亲吗?"他说着在屋里踱着步子,连连长声叹息着。突然又站下指着许凤说:"怎么样?我是尽力为你谋求幸福,但看你自己选择吧!"

许凤冷笑一声说道:"你要不赶快逃掉,你一定会看到中国人将怎样惩罚你。你们正坐在一个即将爆发的火山口上。这愤怒的火将把你们这群卑鄙残忍的东西化成灰烬。你们等着吧,你内心已经感到恐慌了,你身上的木偶是救不了你的狗命的!"许凤说着威严而豪爽地一笑。

宫本脸色突然变得铁青。他咬牙切齿地露出了一副凶相,惨厉地笑了一声,毒蛇似的一翻白眼,冲隔壁屋一摆头,尖声叫道:"好吧!许政委,请欣赏一下那雄壮快乐的交响曲吧。"

许凤沉静地坐着没有理睬他。听到隔壁屋里一阵响动,好像开始拷打什么人了。

狂荡的歌声夹杂着隔壁屋里一阵阵皮鞭打在肉体上的声音和恶狠狠的斥骂声。

"你说不说!"一声凶暴的威吓。

答复是一阵沉默。许凤心想,别是拷打秀芬和小曼吧。

又是一阵毒打声。宫本坐下跷着腿听着唱片,欣赏地吐着烟缕。

一个凶恶的汉奸走了进来,挽起袖子在炭火盆里烧烙铁,一面哼着淫荡的调子。好一会儿,把通红的烙铁拿到隔壁屋里去了。霎时,隔壁屋里传来两声凄厉的惨叫。许凤听出来了,那是秀芬的声音。接着没有声音了,也许他们把她杀死了。许凤难过地忍着泪。又一阵脚步声,不知又带进了什么人来,听着一个粗嗄的声音凶狠地问道:"说,地区队到哪儿去啦?"

"不说,我就是不说!"这是小曼的声音。

接着响起了残忍的抽打肉体的声音。汉奸又出来拿进一个烧红的烙铁去。许凤看着知道是去烙小曼,这真比烙自己还难受。她心疼得忍耐不住了。

"住手!"许凤大叫一声立起来,要跑过去,两个特务连忙伸手按住她。

"哈哈!"宫本狂笑着,两手插在裤袋里,摇摆着走过来说,"嗯,怎么样,答应谈谈条件吧。谈妥了,立刻就放你们走。"

"好,谈吧!"许凤愤愤地坐下。

"带出来!"宫本向过堂门的隔壁屋里一摆手。

一阵咚咚的脚步声,两个特务从过堂门拖出秀芬和小曼来,扔到当屋地上。只见她俩浑身水淋淋的,披头散发,衣服撕破了,背上露出鞭打的血印和烙伤。许凤一见急得啊了一声,挣扎着要去抱住她俩,又被特务们拦住了。特务们架着秀芬、小曼走了。许凤忍着疼碎的心肠坐下。屋内清静了一会儿,一阵皮靴声从院里传来,抬头一看,渡边带着张木康、齐光第、赵青走进屋来,坐在桌子后边。两班鬼子兵戴着钢盔,全副武装,持了上刺刀的步枪,紧跟着咚咚地走进来列在两旁。

宫本过去和渡边咕噜了几句,坐在旁边。

渡边哈哈大笑着一扬手:"快快的!"

两个特务在一排桌子前边放了一张单桌,桌上放一瓶墨水、一支钢笔、一叠纸。

渡边向许凤竖起大拇指说:"你的大大的好!可以谈判的!"

齐光第站起来,向渡边鞠了一躬,用手摸一下大背头,笑着说:"许凤,不管你怎么样,我们是一点都不记仇。你看,渡边大队长是多么宽宏大量,今天一点都不难为你。只要你给李铁写一封信,叫他过来,叫他到枣园,不,附近也行,来跟渡边大队长的代表谈判谈判,我们就立刻送你回去。哈哈!你看这一回行了吧!"

齐光第说着,恭顺地望望渡边和宫本。

宫本扶一下近视眼镜说:"对,对,写了信,李铁一来,立刻放你们三个回去。"

张木康也装出关心的样子说:"这是生死关头,关系到你终生的幸福,还是好好考虑一下吧。"

许凤被带到小桌前边坐下。

"好啦,政委,你写吧!"赵青阴险地一耸鼻子,讽刺地催她一句。

许凤正颜厉色地说:"好,我可以写信叫李铁来谈判,可是,你们也得答应一个条件。"

宫本向渡边叽咕了一句。

渡边好像看到了一线希望,乐得一抹小黑胡须说:"什么条件的,你的说!"

许凤大声说:"你们必须无条件投降!"

渡边气得一拍桌子:"什么的!你的死了死了的!"

宫本也一拍桌子:"快点写!"

许凤冷笑一声,拿起笔来,蘸了一下墨水,迅速地写了一行字,放下笔,轻蔑地望着那群强盗,看他们可沉得住气。一个特务把写的字条递上去,宫本接过一看,上边写的是:"打倒日本帝国主义!

消灭你们这群强盗！枪毙你们这些汉奸！"又递给渡边一看,气得渡边哇呀直叫,把字条撕了个粉碎。

渡边、宫本、张木康和特务头子们都气得拍桌子、踢凳子,喝叫了几声,互相叽咕起来。

许凤趁他们乱叫的当儿,一把抓起墨水瓶,猛向敌人投去,正巧打中宫本的眼镜,"叭啦"一声,玻璃碎片落到桌子上,溅得旁边几个强盗身上脸上都是墨水点。宫本脸上一片蓝墨水混着血滴往下流,活像一只瞎眼花脸狗。他一手捂着脸,一手向空中挥舞着尖叫起来。两个特务捆起了许凤的胳膊。

许凤看着敌人的狼狈相高声大笑起来。

渡边大叫着:"你的投降！你的投降！"

许凤冷笑一声,高声说道:"你们这些狗强盗,死亡在等待着你们！你们的据点一个一个快被拿光了。你们在吓得撤退、逃跑。可是你们跑不了！"

渡边拔出战刀窜过来逼近许凤吼叫着。齐光第、赵青也喊着:"烙她！烙她！"

一个凶恶的汉奸,举着烧红的烙铁走过来。

许凤冷笑着向后一甩头发,豪气地挺着胸膛昂起头来。

三 活着是美好的

监狱的屋子里,潮湿阴暗。

许凤被打得遍体伤痕,侧身躺在干草上,面容苍白瘦削。她咬紧牙一声不响,疼痛使她两颊的肌肉不住地抽动。这几天敌人派了四个特务专门看着她们。几个人轮流劝降、审讯,每天都有人分别找她们谈一两次话。

门开了,特务们用力一搡,秀芬和小曼倒在干草上。她俩没有呻吟,咬着牙向许凤身边爬过去。小曼把头扎在许凤的怀里。

许凤给她擦着脸上的血痕,抚摩着她那潮湿的头发。

秀芬忍着痛,汗珠从前额滚下来。突然,她看见草里有两根火柴。她眼睛一亮,把火柴划着。咬着牙,抓过一把干草就点。

"你干什么?"许凤拉住她。

"我腻啦!我想一把火把这个活地狱烧个干净。"秀芬气愤地睁圆了眼睛。

许凤一下扑灭了她手里的火柴说:"忍耐一下,我们的战斗还没有完哪!"许凤见秀芬眼里噙着泪花,忙搂起她来说,"我们要活下去呀。只要敌人还没有把子弹射到我们身上,就要坚决地熬着。你想想活着是多么好啊。有多少工作在等着我们去做啊。只要我们能等得到队伍回来,我们就能自由啦!"

许凤坐直了,凝视着门外。

门开了,冯小山进来大声嚷着:"起来吃饭!"一面凑近许凤,把一瓶鱼肝油丸递给许凤,小声说,"偷的水仙花的。每天吃几粒,有好处。"

许凤问道:"联络好了没有?"

冯小山又去门口看看,回来小声说:"联络好了,把信交给开酒馆的老何了。范助理员表现很好。你说的那人确实是敌人派到监狱里来的特务。难友们饿了他几天,他病了可没有死。大概假装弄去审讯他,给他东西吃了。我了解出他已经给敌人汇报过三次情况了,宫本给了他很多钱。"

许凤说:"要想法干掉他。"

冯小山说:"已经叫他见阎王去了。"

秀芬忙问道:"怎么干掉的?"

冯小山比画着说:"很简单,我先报告说他病了。老何他们就压住了他,用东西把他的鼻子、嘴一堵,就完了。"

"敌人没检查出来吧?"

冯小山道:"没有。敌人费了挺大劲验尸,可什么也没有发现。只是把难友们打了一顿。"

许凤又忙问道:"武器准备得怎么样了?"

冯小山说:"已经偷到了三条枪,十多个手榴弹,九把刀子,几根铁条,还有一些棍子。都藏好了。"

许凤又问:"跟外边联系了没有?"

冯小山说:"不要紧。在行动之前,叫我领导的那个弟兄跑出去找区游击队。"

许凤道:"好,就这么办。你叫老何告诉难友们,多吃饭,按时运动,互相按摩按摩,休息好,免得到时手脚软了跑不动。"

冯小山说:"他们行喽。我最担心的是你们三个身体太弱了。"

许凤道:"不要紧,会好起来的。你要多加小心。看样敌人发觉咱们准备越狱了没有?"

冯小山道:"没有。敌人相信我,一有个风吹草动,我会知道的。你们只管放心,将身体养好要紧。"他又起来到门口看看,回来说:"还有,城里鬼子宪兵队小川队长带着两个鬼子宪兵和五个中国宪兵来了。净是些顶厉害的家伙,到处找毛病,什么都干涉,连渡边、宫本都很讨厌他们。不知道他们这次来是什么意思,反正没有什么好事,千万注意点。"

许凤听了点点头,刚想吩咐小山几句话,只听外边一阵叫骂、追赶和鞭子打人的声音。冯小山听着机灵地拾掇着饭桶,急急地小声说:"就是他们来了,准是上这儿来!"

冯小山说完,正放好饭桶要走,咣啷一声,门被踢开了,一个戴蓝光眼镜、穿长统皮靴黄呢军服的宪兵闯进来,不由分说向冯小山劈头盖顶打了一鞭子,大声骂道:"他妈的,都是他妈的废物,混蛋,快滚!"

冯小山用手捂着头向外跑出去了。那宪兵跟出去又回来,提着鞭子向许凤她们望着,向前凑近过来。许凤她们对这一套早已习惯了,冷静地坐着等待着。这时外边有人声,那宪兵抡起鞭子向干草上的被子棉袍抽打起来,一面打一面吼叫着:"看你不投降,不投降!我非给你点厉害看看不行!"

许凤、秀芬和小曼奇怪地望着,不知这个家伙是什么意思。那宪兵打完了,从内衣里掏出一个小小的三角信递给许凤,叉着腰向门口望着喘着气。许凤打开信一看,只见上写:

学英弟如晤:

　　回家的事可以放心,一切都在变好,生意大有起色,不久就可见面了。母亲身体康泰,勿念。家中详情可问捎信的三表弟。
　　顺致
大安

　　　　　　　　　　兄沈天启　三月三十日

许凤一看这是王少华和自己的秘密番号,又认得是王少华的笔迹,就贪婪地翻来覆去看了三遍。刚看完了,那人就过来拿回去,划着一根火柴点着烧了。

许凤知他是个可靠的派遣人员,便问道:"县里情况怎么样?"

"周政委已经到地委去了。潘副书记在后方医院里。王部长代理政委的工作。李铁同志不久就要回来了。"说着忽然又立起来大声说,"给我说!"

秀芬和小曼看着他这种举动,心里忍不住直想笑。

那人凑到许凤耳边小声说:"我看敌人有撤退的征候,这区剩下的三个据点今天都撤回枣园来了。今天渡边打电话跟城里联队部要了十辆大卡车。宫本日夜不停地烧文件。渡边天天喝醉酒发脾气打人,把花盆、古董都砸毁了。"

许凤说:"这样,我估计咱们的队伍一定要来攻这个据点了。"

"你放心吧!"那人机警地往外看了一下说,"我准备想法叫小山把你们要到城里去。这样我就可以跟外边联系好,路上打一下救回你们去。"

许凤说:"千万别冒失。不要为了我们把整个行动计划破坏了。"

那人立刻说:"请放心,我必须走了,一切由我去汇报。"

吃午饭的时候冯小山又来了,告诉许凤这一班岗是自己人,有什么话,可以放心地谈。

许凤点点头忙问道:"外边有什么消息?仗打得怎么样?"

小山立起来到门口看了一下,回来说:"各根据地都在打胜仗。地区队和县支队一下拿了七个据点。敌人正在集中兵力,看样子要去合击咱们的部队哩!"

许凤高兴地说:"如果敌人真去合击就好极了。那样咱们的队伍一定会来攻这里的。要准备行动啊。"

小山说:"要那样就好极了。"

许凤又问道:"苏德战场怎么样?"

小山说:"从汉奸报纸上看到,红军有几路打出国境去了,德军一直在败退。"

许凤、秀芬、小曼听了都欢喜,微笑着点点头。

许凤从草底下拿出几张写好的传单底稿,递给小山说:"把这个拿去抄了,秘密地散发到伪军中间去。另外找几本书和最近的报纸给我们看看。"

小山点头答应着,接过底稿来藏在身上,咣啷一声关上门走了。

许凤、秀芬、小曼互相看看,为胜利消息鼓舞得笑起来。她们三个人互相扶着,走到窗户跟前。这个监狱是临时利用住房改的。敌人怕许凤她们和别的人在一起进行活动,把她们单独监禁在这里。窗户上虽然垒上了土坯,但是留了几个大窟窿,从里面能看到院里的一切。三个人从窗户的窟窿里向外看,只见院里那棵小杏树,在温暖明亮的阳光下,枝条都泛出了滋润的春色,密实实的花蕾,粉盈盈地含苞欲放。南墙外边那棵高大的柳树,把几枝柳条垂到墙这边来,暗绿色的柳枝在微风中柔软地拂擦着墙头。几只麻雀吱吱喳喳地叫着,从杏树、柳树的枝条上来回飞跳着。两只黄雀从天空落下来,在柳树上欢乐地鸣叫着。天空荡漾着淡淡的轻云,在明朗的阳光里,那一片天是那么淡蓝而透明。三个人出神地看着,心里充满了对生活的热爱。她们的心多么向往那自由的生活呀!多么羡慕那两只黄雀啊!什么时候能像它那样,自由地歌唱,自由地飞翔啊?等着吧,盼着吧!只要能活着出去,就能像那黄雀一样海阔天空地去飞翔了。那时候,哪怕天天吃糠咽菜,哪怕工作累得喘不过气来,哪怕艰难困苦,哪怕严寒酷热,哪怕不分昼夜的奔走,那也是至高无上的幸福。只要能和同志们在一起,只要能和亲人们在一起,只要能自由地斗争,纵情地说笑歌唱,那有多么幸福啊!许凤坚信这一天是会到来的。那时候敌人消灭了,推倒了帝国主义这座压在身上的大山,再把封建主义这座大山推倒,拔掉了穷根,把村庄都建设得十分美丽,把滹沱河水用大渠引出来浇地。那时在一眼望不到边的大平原上,就会长出半人高的小麦,在和风里滚动着波浪,闪着金光。那村头满是粉红的杏花、桃花、雪白的梨花,金黄的枣花。人们哪,你们就在这自由的土地上,伴着叮当的水车声,渠水的哗哗声歌唱吧!那时候我要和李铁同志坐上火车、汽车,或骑着马,跑遍祖国的大地。我们要到处去开辟,去斩除大地上的荆棘,使沙漠里、荒凉的边疆山地都矗起新的城市,开遍鲜花,结满丰盛的果实……

小曼也在出神地想:出去之后,我要穿上草绿色的军装,束上一根紫红发亮的细皮带,穿上一双带绿缨的凉鞋。我要参加到文工团里去,和江丽姐姐一起去唱歌演戏。台下会响起一片欢乐的掌声,那里边就有我的哥哥。他打回来了,娘该多么欢喜呀。我跟着队伍出发了,背一个小背包,娘一定又要流着泪送我,可那又算得了什么呢……

秀芬这时仿佛已经和萧金在一起了,和萧金肩并肩地在大地上走着,齐声唱着歌,眺望着那碧绿无边点缀着万紫千红的原野。秀芬想:我要和他在一起战斗有多好啊!我和他要走遍全国。他打到哪里,我也跟他一起打到哪里。这时小曼拉着许凤的手道:"凤姐,想个法快点出去吧!"

秀芬也说:"凤姐,我们非出去不可,我想咱们可以越狱跑出去。"

许凤拉着她俩说:"我们要争取活着出去!别着急,他们不会忘掉我们的。也许他们就要打回来了,那时候我们就和里边的同志一起动手消灭敌人,拿下这个据点来!"

秀芬看看这幽暗的监狱,焦急地叹息一声说:"同志们现在在哪里呀?快点打回来吧!"

四　想　念

李铁、萧金和萧之明他们带领大队参加了这次沧河战役,连续攻下了敌人两个最强固的据点,打得非常出色,把敌人全部歼灭了。部队受到了军区首长的嘉奖。战役结束后,大队立刻进行了整编,补充了人员武器,升级成了主力团,编为第七支队。萧之明任支队长,李铁任政委,萧金升任参谋长。这天支队驻在沧河公路南边一个村庄,刚开完了整编动员大会,军分区司令部通知去开会布置新的作战计划。萧之明、李铁、萧金带了两个通讯员出发了。五个人在村头飞身上马,奔出村来。

春风荡漾,阳光下,村头场上一队队战士在演习刺杀、投弹。一群群的俘虏在树林中坐着,政工人员在给他们上课。年轻的司号员们在林边吹号,嘹亮的号声在空中飘荡着。这是按照司令部的命令,故意在这一带公开活动。一年来第一次这样扬眉吐气。村里的男女老少都露出笑脸,到处围了看。拉粪的大车在路上走着,赶车的人高兴地吆喝着牲口,把鞭子甩得啪啪响。大洼里浇园的水车声、辘轳声也跟着愉快的歌声第一次震响起来。

李铁、萧金骑着新缴获的枣红色大洋马,走出树林,一看这广阔的田野,禁不住高兴得磕了两下马肚子,一溜烟纵马飞奔而去,把萧之明和通讯员丢在后边了。

两匹大马在原野上奔驰着,跳过道沟,穿过树林,路边高大的白杨树迅速地向后闪过。李铁、萧金在马上纵情高歌。

这是《铁骑兵之歌》:

> 快快地跨上战马,
> 挥动着皮鞭。
> 带着战斗的心,
> 我勇敢地冲向前!
> 翻过高山,
> 越过平原,
> 来到了最前线。
> 侦察警戒步步留心,
> 来到了敌后方。
> 打击敌人进攻!
> 保卫边疆!
> 勇敢无敌的,
> 勇敢无敌的,
> 我们的铁骑兵。

激昂嘹亮的歌声,配上马蹄的得得声,混合成雄壮奔腾的节奏,真叫人感到说不出的兴奋。萧金纵马向前大声喊道:"李铁同志,《青年颂》忘了没有?"

李铁一挥手说:"没有忘,我喜欢最后一段,来吧!"

两人又唱起来:

人们唱历史上的英雄豪杰,
我们唱自己这一代青年。
提起枪我们跨上快马,
迎着暴风雨直奔前线!
我们的呐喊震摇山谷,
我们在战斗中不知道疲倦。
我们的力量,
翻转了地球,
把今天的世界,
变成明天!

两个人唱着,奔驰着,回头一看,把萧之明和通讯员落远了,只见远远的三个黑点在蠕动着。萧之明因为关节疼不敢猛跑,李铁、萧金只好等一等他。他们缓慢下来,并马信步前行,这才看到真是春天到了,在温暖明亮的阳光下,远远的地平线上蒸发荡漾着透明的气流,看来白汪汪地像滚滚流动的大水。白杨树、柳树舒展着嫩绿的枝条。苍郁的翠柏也换上了新装。喜鹊舒畅地叫着飞起来。麦苗返青,钻出绿油油的嫩叶。多长时间没有能够大白天在祖国的大地上舒舒坦坦地走动了,现在看来,一棵树,一根草芽,连那松软湿润的土地,连那野外的空气,都是那么新鲜,那么香,那么美。就像久别重逢的亲人一样,叫人恋恋不舍。两人穿过一片柳树林,禁不住勒住马同时咦了一声。只见面前一带高坡环绕着一个碧绿明净的大水塘,水势随着地势迂回曲折,苇岸掩映,一眼望不到头。水塘岸边是一带浓密的果木林,杏花、桃花、梨花错综参差,红白相映,夹着几行绿柳,真是美得叫人没法形容。李铁回头看看萧之明和通讯员还没有上来,就甩镫离鞍下马,萧金也跳下马来,两人牵着马到水边去饮了水,拴在一棵大柳树上。李铁伸展着膀臂叫道:"好,真好啊!"不禁大声唱起歌来。

萧金笑着走到水边,蹲下用手一撩那柔滑的春水,水塘漾起了波纹,把映在绿水里的蓝天白云,粉白的花影都搅动得随着波纹荡漾不已。萧金两手掬水噗噗地洗起脸来,一面洗一面出神地沉思着,好像秀芬那光辉美丽的笑容,在杏林里出现了,他心里突然爆发了一阵快乐,好像又看见了许凤、秀芬、小曼笑着跨上缴获的大洋马,扬起一鞭,向林外大路上飞奔起来。马蹄踢起了尘土,人们快乐地呼叫着……他想着,可就把洗脸也忘记了,只把手伸在水里,呆呆地出神。忽然一只手拍了他的肩膀一下,回头一看,是李铁向他问道:"萧金,想什么哪?"

"我呀,不告诉你。"萧金甩着手上的水。

"哈哈……"两人同时爆发了一阵快乐的笑声。

萧金笑着从腰里扯下毛巾来擦了脸,仰头望望太阳,打了个大喷嚏。忽然,他跳了一下,像个孩子一样,弯腰拾起一块瓦片,向水面上抛去。瓦片在水上跳跃、飞奔,画出一大串圆圈,溅起水花,到很远才沉下去了。那波纹却一圈圈地扩散开去,与相混起来,向岸边荡漾着。他得意地看着,想起了小时候和一群男孩子光着脚丫子,在水边玩抛瓦片的情景来。他们时常为抓一条小鱼跳进水里去,弄得两脚泥、一身水。他又抛出一块瓦片去,向旁边一看,李铁正把几片干苇叶编成小船,放在水面上。小船趁着微风向水塘中央飘去了。于是两人满意地仰卧在塘边有一层干苇叶的土坡上,点着缴获的老刀牌烟卷吸着,吐着烟缕,望着浮在瓦蓝色天空的棉絮似的轻云,微笑着。萧金坐起来掏出小本子,迅速地写着什么。李铁眯着眼睛,抚摩着干草叶下钻出来的嫩绿的草芽,问道:"怎么,你又在做诗吗?读给我听听!"

萧金哼了一声道:"我哪里会做诗,不过跟咱们那随军记者学着写点顺口溜就是了。是这样,你听着吧政委!"他咳嗽一声,清清嗓子念道:

"美丽的——不,不要美丽。"他嘟哝着,唦的一笔勾了一下,接着念,"伟大的祖国呀!你是多么可爱!"

李铁听了忍不住扑哧一声笑道:"这算什么诗呀,家伙!"

萧金又使劲干咳一声,臊得红了脸,说:"幸亏我锻炼的脸皮厚了点,不怕你笑话,你听着嘛:

> 等我们把日本强盗打走,
> 我们要把你打扮得比现在美丽十倍。
> 那时候你像一座美丽的大花园,
> 人们将从世界各地来把你欣赏赞美!
> 祖国啊祖国! 那时候,
> 叫他们百看不厌,
> 叫他们眼花缭乱,
> 叫他们日夜想着你,
> 做梦也飞到你的身边!
> ……"

李铁哈哈地笑着说:"好嘛,不过,要叫人永远想得睡不着觉也够呛。"

两人笑了一阵又唱起来:

> 我们伟大的祖国,
> 我们在你面前宣誓!
> 为了保卫你,
> 我们将永远前进,
> 高举着战斗的红旗!
> …………

战马在旁边喷着响鼻,用蹄子刨着地。萧金立起来打个大舒展,高举两臂,大声地喊着:"嗬! 嗬! 嗬嗬! ……"

音浪,这冲天的扬眉吐气的音浪,在树林中回响着。李铁坐起来问道:"萧金,干吗那么高兴啊?"

萧金笑道:"我在想杨大伯说的那大力士的故事。他说的那大力士是一个放羊的穷孩子,因为造反被皇帝捕进了监狱。他那舍己为人的精神感动了仙人,使他在一夜之间变成了一个巨人,浑身充满了力量。他猛然之间往起一站,把监狱都冲垮了。为了发泄怒气,他大吼了几声,一下子把犯人身上的枷锁都震碎了,连皇宫都震坍了,皇帝皇后都震死了。"

李铁哈哈笑道:"光有一个大力士不行,小伙子!你震死几个坏家伙,他们还会长出来的呀。"

"那叫你说就没法治了。"

"依我说,必须叫全世界的劳动者都明白过来,消灭产生寄生虫的社会制度。"

"可有些国家的劳动者硬是明白不过来呢!"

李铁笑道:"怎么见得?"

萧金慷慨激昂地像演说似的,一手叉着腰,一手挥舞着说:"你看,劳动者用自己的双手给反动派修好监狱,然后却被人把自己关进去。用自己的双手给反动派打好脚镣手铐,然后却被人给自己戴上。用自己的双手给反动派打造了枪炮,然后却被用来屠杀自己的兄弟姐妹。自己流汗种出粮食,织好布匹,盖好房屋,都给了反动派,自己却饿着肚子,光着屁股,流浪街头。为什么?反动派吸着人血,养的脑满肠肥,就在白纸上写上一些鬼话,盖上一块红印,然后对人们说道:'看,这上边写着哩,是你们这些穷棒子该死!你的全是我的。'而那些劳动者呢,就这么受着,受着……"

李铁拍了一下掌说道:"小伙子,人们不会永远这么受着,不会的。咱们不是也这么受过来的吗?可是一明白过来就再也不愿受了。你知道要明白过来是多么不简单哪,那是用血换来的哩。懂吗?"

萧金笑道:"我是气的。其实只要劳动者一齐心,对那些大肚子说:'行了,我们用不着你们,滚开!'然后就大家给自己生产哪,就唱歌啊,跳舞啊,就结……"

李铁笑道:"就结婚哪,是不是?萧金,坦白地说,你在想念秀芬了吧?"

萧金笑道:"政委,一定得坦白。"

"哈哈……"

两个人笑着。李铁听见了什么,一跳起来,打打身上的尘土草叶。一看,嗬!民兵的行列开过来了。担架队、民兵连,一眼看不到头。他们扛着担架,扛着铁锨、大镐,扛着大枪、土炮,腰里掖着独决枪,挎着手榴弹,头上包着白毛巾,青年人腰里都束着皮带,没有皮带的弄根布带束上,美滋滋地急急忙忙地走着。他们一边走一边嘻嘻哈哈地笑着,呼叫着,开着玩笑。人的洪流走近了。一个扛三八枪的青年紧跑两步,在前边一个青年的头上狠狠撸了一把,喊着:

"咚!迫击炮!"

喊着撒腿就跑,被撸了一把的那青年就追。两个人追到麦田里,叫着笑着。于是行列里到处是笑声:"咚!咚!迫击炮。"

"哈!哈!……"

他们好像永不疲倦似的,互相闹着,前进着。队列里有人向李铁、萧金喊叫:"同志,上马加鞭,走啊!"

李铁、萧金笑着招招手:"走啊,同志们辛苦啦!"

"你们才真辛苦哪,咱们又一块打仗啦。"

"好哇!全靠你们配合啦。"

"同志,你们打到哪儿,俺们准跟上!"

接着,队列里响起了不整齐的但是挺有力的歌声:

> 日本鬼子调大兵,
> 想要把冀中一扫平。
> 偏偏遇见了子弟兵,
> 把鬼子打得可不轻呀呼嗨。
> 日本鬼子心发慌,

想要把冀中一扫光。

咱民兵越打越强壮，

把独决换上大盖枪呀呼嗨。

　　这条路上的民兵、群众的洪流刚过完，南北两条大路上又出现了同样的队伍。阳光下沸腾着欢笑声、歌声，飞扬着尘土。

　　李铁、萧金满面笑容地从柳树上解下马来。萧金向李铁小声说："这次咱们要打回去，叫她们骑骑这东洋大马吧，凤姐可喜欢骑马呢。"

　　李铁问："秀芬会骑吗？"

　　萧金笑道："会。前年骑军区留下的马，把她好摔。那个人总是不管不顾的。"

　　说着，萧之明和通讯员悠悠荡荡地骑着马追上来了。李铁、萧金忙上马跟萧之明一起上路。

　　萧之明在马上回头说："这一回呀，我早预料到了，一定叫咱们打回去！"

　　李铁、萧金齐声说道："我也这么想。"

五　钢铁的心

　　枣园据点里，岗楼在黑沉沉的高空闪射着灯光，大风里时而飘忽地传出敌伪军的呼叫声。

　　冯小山低着头向宪兵队的办公室走来。他那又粗又矮的身体，笨重地摇晃着，心里万分焦急，恨自己争取的人不够多。这几天跟外边的联系也被敌人切断了。洛殿走了也没个人商量。怎么办呢？绝不能眼看着叫许凤同志她们死。正走着，听见胡同口外边有人走来，忙掩在墙角落里大槐树后边。看着一男一女慢慢地走来，肩并肩地小声说着话。糟糕，这对狗男女也向这黑角落里来了。还好，没有向里边挤，在树下边站住了。听那女人小声叹口气说:"这不是什么都安排好了,要不为这事,早到了北平了。胡文玉对许凤老是不死心,想不到渡边会答应他的要求。万一许凤真的答应嫁给他呢……"

那男人哼了一声。小山听出来了,这是赵青和小鸾。

又听赵青低声说:"你放心,许凤不会投降,渡边也不见得真心答应他。"

"也难说,胡文玉半夜里从渡边那里回来,乐得什么似的。"

"你别吵闹,我先送你到天津去。还有,我看渡边心里有鬼,你套出他的真话来了没有?"

"别提了,敢情这家伙也是个老滑头,我用尽了办法,什么也套不出来,他只说,很快就会确保这一带的治安。"赵青意味深长地嗯了一声。沉默了一下说:"不管怎么说,一走为妙。拂晓警备队到张桥去接军火,我们趁机会一起走。早晨四点钟你到我屋里去。"

"那胡文玉呢?"

"你别管,他自有办法。"

"不,我不放心!"

两人说着往前走了。吓得冯小山心里还不住地跳,要叫赵青看见,准得送了命误了事。他俩走得看不见了,冯小山四下看看没有人,这才闪出来,大模大样地往前走去。他越想心里越急,一行走着只顾想心事,不防一进院门口,猛一下撞在一个人身上,把那人顶了个坐地,叭喳一声,一个汤碗掉在地上摔碎了。听着那人尖声地咒骂起来:"该死不死的老冯!你不逢好死,明天就嘎嘣!"

冯小山一听原来是水仙花,忙把她扶起来连声赔礼道歉。

他等水仙花嘟嘟囔囔地骂着走了,"呸"一口,骂声:"狗日的!"回头向院里走去。一进院就听见北屋里大话小话的,是小鸾气冲冲地在跟谁争吵:"什么朋友!站在旁边看哈哈笑,胡文玉要跟我吹了,你也不沾光!"

"这事我真插不上手啊!"是齐光第在答话。

小鸢又尖声尖气地截住他:"什么插不上手,我看你是幸灾乐祸!"

"得啦,大小姐!青哥明白,渡边的脾气谁敢碰,他跟胡文玉商量好的事,宫本也管不了,我有什么办法……"齐光第急急地解释。

"你们没有办法,我有,我去找渡边、宫本,非马上杀死她们不可!"

冯小山听着有人往外走,不好再听下去,喊一声"报告!"一脚踏进屋来。特务们都静下来了,吸着烟。齐光第冲小山一点头,示意叫他等等,随即岔开话头说:"昨天竟打了游击队的伏击,青兄真是小诸葛呀!"

"这一家伙又够他们呛的,到底是张俊臣和江丽这两个政委好对付一点。"

"我知道他们急着想救许凤出去,故意给他们个假情报。他们真以为要把许凤解往城里呢,好家伙,真来打伏击了。小子们自找倒霉。不过这一回还不解气,虽然打了游击队的伏击,可揍倒的不多,没有搞住郎小玉,更是遗憾之至。"

"喂,抓来的那几个妇女会小娘们怎么样啦?"

"我收拾了她们一回!"小鸢说着,尖厉地狂笑起来。她穿着一身黑色的军装,一手夹着烟卷,嘴唇发青,眼露凶光,鼻子也显得尖了。她得意地说着毒打妇女的事,汉奸们欣赏地听着。

冯小山向齐光第走过去,才要报告监狱的情况,齐光第摸一下光亮的头发,看了门口一眼,原来是胡文玉进来了。

"你到底对她还有办法没有?"赵青向胡文玉翻了一下白眼珠子,接着说,"事情不能再这么拖下去,今天就得决定。"

屋里一阵沉寂。胡文玉只是低着头使劲吸烟。

小鸢哼了一声,立起来,狠狠地说:"这不用考虑,三个一块活埋!"

胡文玉站起来,两手插在裤袋里,走到八仙桌前,捅了捅灯芯,没有言语声。

"哎,说话呀,到底怎么办?"齐光第也不耐烦地立起来。

胡文玉出神地吸着烟,还是没有言语声。齐光第凑到灯上吸着一支烟,哼一声又说道:"你要实在没有办法,就早点杀掉完事。中国人嘛,杀个百儿八十的,不当一回事。特别是对付共产党,只有一个办法,就是杀!杀!杀!"

胡文玉回过头来,正碰上小鸾黑虎着眼睛盯着他。她一撇嘴说:"你又没有办法,又不叫杀,打算怎么办?"胡文玉忽然把烟头往地上一摔说:"我有信心征服她!"说着大踏步走了出去。

"非杀了她们不可!"小鸾愤怒地叫了一声。

冯小山坐在旁边听着,不由得吓得身上一颤。只见小鸾猛立起来,把烟卷往地上一摔,狠狠踩了一脚,气呼呼地带着一阵风奔了出去。

胡文玉回到自己屋子里,吸着烟卷得意地踱着步子,他的眼角在灯光下露出笑纹。如果此次诱降许凤成功,再套出她所掌握的敌工关系,又可以捞到一笔奖金,这样就可以凑足二十万整了。这笔款子可以开一个洋行,宫本要入股那就更好。把许凤她们弄到北平去,三个乡下姑娘,还不是由我任意摆弄……他飘飘然地吹着烟圈想着。一开门小鸾走了进来。赌气把大衣往炕上一摔。胡文玉一笑说:"是你?"

"是我,怎么的!"

"找到渡边了吗?"

"他妈的老王八蛋开会哩,不见我。你背着我干的好事!"

"我干了什么?"

"你先别得意,有她没有我,有我没有她,我不允许你把许凤带到北平去。"

"你嚷什么!"

"要嚷,要嚷,我非要杀死她不可!"

"你怎么这么糊涂!"胡文玉搂起小鸾的肩膀,凑到她耳边小声叽咕了一阵。

小鸾渐渐眉开眼笑了:"许凤那么厉害,她会乖乖地听你的呀!"

胡文玉一拍小鸾说:"这就由不得她了,只要我把这件事情一办,马上来个武装押解,不就得了吗!"

"那你可要听我的,到北平把案子审完了,就把她们卖到妓院里去。"

"还不是都由你嘛!"

"嘻嘻!"小鸾笑起来,"那我先到天津等你啦!"

"……"

一缕月光,从监狱的小窗口斜照进来,许凤坐在干草上,拿着一截铅笔,把一叠纸放在腿上,借着月光在写信。不时停下来搓搓冻得发木的手,沉思一下又写起来。秀芬、小曼从早晨被提去审讯还没有回来。这两天许凤面临着严重的威胁,敌人就要把她解往北平。她明白这一定是胡文玉阴谋活动的结果。如果叫他的阴谋实现了,那时自己就会陷入一种求生不得求死不能的境地。必须设法粉碎敌人这个计划。晚饭以后,她正在为这事发愁,看守告诉了她一个很突然的坏消息,渡边要在今夜就处死她。许凤听到这个消息,倒像如释重负一般,汹涌的心潮一下平静了下来。她决定抓紧这点最后的时间,给秀芬、小曼和小山写封信留下,告诉他们怎样继续进行斗争,争取越狱成功。她把信写好藏起来,舒了一口气,从容准备着那最后的时刻的到来,她缓缓地立起来,决定不再惦念什么。只恨不能立刻见秀芬、小曼一面,嘱咐她俩几句。不知为什么,一想到她俩那活泼的音容笑貌,心就热起来,活下去的欲望又像一团火升腾起来,那放心不下的未完成的事业,雄伟壮丽的图景又在眼前展开了。要是今天夜里越狱成功,那该有多么好啊!又可以跟同志们一起投入新的斗争了,又可以在祖国的大地上纵情歌唱,自由奔走了……她沉思地凝视着清冷淡白的月光,两手不觉地在漆黑的长发上停住了。

一阵橐橐的脚步声、人语声近了,狱门哗啷一声打开了。灯光闪闪,几个特务两边闪开,一个穿黄呢军大衣戴眼镜的人走了进来,许凤一看却是胡文玉。跟着的那特务把马灯放在土台上,退出门去走了。

胡文玉不慌不忙地取出一支烟卷吸着,似惊喜而又神秘地说:"我到底为你争取成功了,放你,马上放你走!"他猛吸口烟又说,"这是真的,无条件地放你走,你知道我费了多少周折,才把处死你的命令撤消了。"

许凤巍然不动地立着,冷冷地看了胡文玉一眼,昂起头来。

胡文玉激动地说:"我是来向你告别的,坦白地说,我是一心想得到你的,你也明白,不管你愿意不愿意,我是能够把你弄到北平去的,但是我不这样做,因为我真心爱你,不愿意叫你不痛快。不管你怎样恨我,我可绝不会忘记你——一个世界上最美的姑娘,曾经怎样热烈地爱过我。我不会忘记,在那小船上我们是怎样心心相印地并肩歌唱;不会忘记我们在那杏花盛开的树林里怎样密语谈心;就是你呀,在我受尽冷遇的时刻,你是怎样温暖我的心,鼓励我、提携我。是我对不起你,伤了你的心,使你烧掉了许我终身的手绢。如果我不遭遇到人生最大的不幸,我本来可以和你结婚,过着最幸福的生活。可是我陷进了罗网,以致使最亲爱的姑娘成了我的仇人。就是这样,我也没有放弃得到你的希望。我冒着死留在这里都是为你。我只有向你才能说出我心里的话。我冒着千万人的咒骂,还是希望有一天跟你团圆。虽然明知这是幻想,可是我放不下这个希望。难道我真不明白日本迟早会失败吗?我明白!我也明白共产党不会被消灭。可是将来国民党无疑是仍旧要统治中国的,国共总是要合作的。我日夜梦想着,那么我们为什么不能重新和好呢?我们俩总有一天也会破镜重圆。我将为咱俩奋斗出一个美好的将来。那时候,我们的思想将变得一致。我们就会重新热烈相爱,享受人间一切美好的生活。我们要有一幢带着花园的洋楼,把房间布置得又华丽、又舒适。夏天,我们将坐着小汽车去海滨消夏,冬天我们躲进温柔的安乐窝里……因为你,你是一个最美丽而高尚的姑娘,你的心,你的体态都美得无法形容!你应当生活在世界上。可是,唉!我看透了,要再得到你终究是幻想啊。即使我永远不会再得到你,我也必须设法叫你活着。你不能死。只要你能生活得快乐,那我死也安心了。你想想吧,你的母亲已经想你想得发疯了,千万个人都在如饥似渴盼望着你回到他们的身边。你一出去,该有多么好啊,至于我呢,我反复问我自己,如果真爱你的话,我应当放弃你,哪怕将来你会杀掉我,我也决不后悔。走吧,也许从此真的是永别了!"胡文玉摘下眼镜拿出手绢擦擦眼睛,呼口长气。

许凤听着他的话,早气得心直炸,浑身发抖,呼吸越来越急促,两道细黑刚直的眉毛倒立起来,深陷的大眼睛射出愤怒的光芒,恨不能一掌打死这个叛徒。但她咬紧牙关竭力控制着自己,镇静地听着。看这个叛徒到底玩弄什么阴谋。听到这里,她再也忍不住,冷笑着一挥手道:"直截了当地说出你的目的来吧!"

"我的目的!"胡文玉一摊双手,"就是放你走啊!你放心,我明白你的意思,绝不叫你出去之后被人怀疑。我已经想好了主意,叫大乡赎你出去。如果你还有顾虑,那你就带一批被捕的干部越狱出去,我暗中帮助你。这总可以了吧?当然你也明白,要这么做,你必须为我想一想,得叫我应付得过去呀,所以也必须求你做一点小事,不留一点痕迹的小事。我这里有一个名单,一份宪兵队、警备队、大乡人员里边敌工嫌疑分子的名单,只要你看一下,咱俩口头谈一下,一不要你写自首书,二不要你留任何笔迹,这保险谁也不会知道……"

许凤忍着光想爆炸的怒气,蔑视地冷笑一声:"你这样做可以领到多少赏金?"她说着伸手接过了名单。

"哎呀!这!这!"胡文玉急忙分辩,"我可全是为你啊!"

许凤把名单看了一遍,哧哧撕了个粉碎,一把摔到胡文玉脸上。

胡文玉往后一闪,拂拂身上的纸屑,气得脸色煞白,半晌才说:"你要这样,我是爱莫能助,就只有死路一条了。"

"死!我一点也不感到意外!"许凤说着傲然地扬起头来。

胡文玉激怒地走了几步,又竭力装做难过的样子,用哀求的语气说:"就算你不了解我这片要救你的真心痴意,可为了党的事业你也要活下去呀!"

许凤那严厉冷峻的目光逼视着胡文玉,巍然不动地立着说:"不许你这叛徒提党!"

胡文玉长长地嗜了一声说:"不提就不提,可我都忍受不了你面临死亡的痛苦,这一夜你可怎么过呀?"

许凤轻蔑地冷笑一声,强忍住满腔怒气,坦然地说:"我没有什么可痛苦的。活我就勇敢地活着,死我就勇敢地死去!我看见了党和祖国的胜利,看见了人民的光辉伟大的未来,我非常快乐,我怕什么!我没有什么痛苦的!我对我这一生非常满意。"又严厉地望着胡文玉说,"至于你,我真后悔当时没有一枪打死你。你等着吧,你永远逃不了人民给你的惩罚!"

胡文玉听着,鼻子歪曲着,眼珠子骨碌地转动着,无可奈何地咽着唾沫,哑着嗓子羞愤地问道:"你就这样对待别人的情义吗?"

"滚出去!你这该死的叛徒!"

许凤手指着胡文玉,咬牙切齿地骂着。胡文玉无可奈何地往后退着,慌乱地绊得身子一仄歪,急奔到门口扶着门框。往外迈出半步,突然又转过头来,睁大了布满血丝的眼睛,气急败坏地大声说:"那你就等着吧!"他狠狠地看了许凤一眼,一横身子奔出去走了。

许凤呼出一口气,披着浓黑的长发,含着胜利的微笑,巍然屹立着,像一尊庄严的英雄雕像。目光炯炯地望着小窗口射进来的突然变得光辉洁白的月光。她在为自己光明磊落的一生,为自己无负于党的教导而自豪,为自己坚持斗争到底而快乐。她此刻仿佛已站在祖国的高山之巅,看到了满地飘扬的红旗,看到了沸腾欢呼的人海,看到了充满宇宙的阳光。窗外那呼呼的风声,也似乎在伴随着她那昂扬的意气,在天地间回旋激荡。她无声地自语着:"铁窗,你锁不住革命的理想!狱墙,你关不住燎原的火焰!我许凤的血可流,头可断,可是休想使我这青春沾染上一个污点!死又算得了什么!人谁不死?我的身体是会倒下的,但是,共产党员这四个金光灿烂的大字,一定会化做一道七彩长虹,永远照耀人间!"

六 越 狱

冯小山从宪兵队院里走出来,心里七上八下非常难过:这怎么办呢?决不能眼看着叫许凤她们死去,决不能!一天又过去了,可还没有想出个保险的办法来。不知不觉已经走到街上。听着一阵轰响,抬头一看,见十辆军用卡车从东城门开进来,在街上停下了。车上下来了一群带手枪的便衣特务、几个挎战刀的日伪军官和几十个伪军,分头往日伪军住的院子走去。便衣当中走出一个人来,站住望了一下,向冯小山走过来,一把拉住他问道:"你在干什么?"

冯小山一看是窦洛殿回来了,赶紧说:"殿哥,找个地方说话。"

两人来到街北冯小山住的屋子里。冯小山关上了门,小声对窦洛殿说:"你在沧州听见这儿的消息了没有?"

洛殿惊愕地说:"出了什么事?没有听说。"

冯小山说:"把许凤、李秀芬、张小曼捕进来了,也许一两天就要把她们处死。"

窦洛殿一听急得立起来说:"怎么,没想办法救她们出去么?同志!你是干什么的?"他把平时从不使用的同志两个字说得特别沉重。

冯小山明白洛殿的心情,一摇手说:"殿哥,你想到哪里去了!什么办法都想过了,就是不行。现在只有一个办法,我们已经准备得差不多了,你这一回来可就更有把握了。"

洛殿忙问道:"什么办法?"

小山凑到他耳朵上说:"暴动!帮助全体难友越狱!"

洛殿说:"好!如果……不后悔吗?"

冯小山抓住洛殿的手说:"我小山是那种贪生怕死的人吗?既干这个,脑袋早掖到腰里了。我就是想跟你商量个最稳妥的办法。"接着小山把准备工作详细说了一遍。

洛殿听了,捋着胡子想了一下说:"不能叫人跑出去联络游击队,那样弄得不好会暴露。这样吧,这件事交给我,派一个可靠的人,借着出去侦察情况的机会跟游击队取得联系,神不知鬼不觉地就办了。还有东、西、南三个城门,离鬼子警备队兵营太近,鬼子黑夜又常去巡逻,城门管得又紧,不能从那边走。北城虽然垒了城门,但是四中队能放过咱们去。就是城墙上一定要预先布置上三个弟兄,专等着接应许凤她们。你们也不用去多管别人,从监狱里接出她们三个之后,你就一直把她们护送到游击队。"

冯小山听了说:"好极了。这样,别的都行了,就是这几天巡啰队查的特别紧,宪兵队不断地到监狱那边去检查,即使收拾了岗哨,也走不脱。弄不好会全部牺牲的。一定要想法把鬼子警备队和宪兵队的注意力引到别处去,这里才好跑出去。"

两人思索了好一会儿,啧嘴摇头,唉声叹气,真是想不出个办法。洛殿又问道:"外边多远有部队?"

冯小山说:"就有区游击队,许政委被捕的时候打仗受了损失,前天又是他们跟这里出去的二百多人打了一仗,又损失了几个人。他们就是来也不济事了,反会把敌人弄得警觉起来,更不好动手。听说河间一带有大部队,可太远也来不及了。嘿,要今天晚上来攻这个据点就好了。"

洛殿摇摇头,两人又苦苦地思索起来。又等了一会儿,洛殿立起来说:"事到如今只好如此。我去干敌人一下,吸住敌人。你们就趁机动手,怎么样?"

冯小山说:"那你……"

洛殿故意轻松地笑一声说:"老弟放心,咱们都会平平安安地出去。到了根据地里,咱俩在一起过日子。也帮助你找个对象成个家。好啦,扯的太远了,快去干吧,到外边再见。能不能救出她们去可全在你了,一定要办好!"

冯小山偷偷地擦了一下眼泪,说声:"殿哥,可千万小心哪!"

洛殿好像挺轻松地拍拍小山的脊梁说:"走,先跟我去看看她们。"

两人默默地出来向监狱走去。

许凤、秀芬和小曼正坐在干草上小声地谈话,忽然一开门,手电筒一亮,窦洛殿和冯小山走了进来。几个人一见分外难过,洛殿故意大声咳嗽着向前走来,冯小山留在门口看动静。洛殿从前也常被派来检查监狱,无人怀疑他。他嘴里嚷着:"醒醒!"走到许凤跟前凑到耳边说,"闲话少说,你们准备好,再过两个钟头,街上静一点了,冯小山带人接你们出去。"

许凤想说什么。洛殿一摇手说:"什么也别说,都准备好了,我们要去行动。我还有最后一个请求,等你们出去了,追认我入党吧。"

许凤一听明白了是什么意思,忙拉他的手,刚说了个"你"字,洛殿急忙摆脱她的手,一转身大踏步地走了。

洛殿联络好了弟兄,走到街头上。他也无心再和那些来来往往的汉奸们打招呼,仰起脸只顾往前走。不知不觉来到了老何的小酒馆门前。留神一看,只见门板剩了一扇,门前冷冷清清,堆了一些尘土杂草。一阵风卷起沙土草叶,旋转着往黑洞洞的空屋子里刮去。老何家那只小花狗在门口蹲着。洛殿打开手电筒照了它一下,只见它变得又脏又瘦,摇着尾巴走来,在洛殿腿上拱拱,仰起头来喑哑地叫了两声,又回屋里去了。老何被捕了一个多月了。洛殿看在眼里,难过的心似油煎。暗自寻思,总得去看看四嫂才是,也要带个家伙去。想着走到四嫂住的胡同里,到门前敲几下门环,叫了一声。不多时院里一阵脚步声,门开了。冯四嫂一见他来了,忙拉了手进屋坐下,温存地问长问短。洛殿漫不经心地答应着,插好了门,拿了火箸拨着火炭,说道:"银花,有多少酒你都烫上。"说着,拿出干净的衬衫换上,把新鞋也穿上。又放上红漆炕桌,摆了两副杯筷。四嫂烫了酒,见他这么郑重其事地张罗,脸色又是那么激动,一面给他斟满一杯酒递过去,忍不住笑道:"看你,有什么了不起的喜事吗?"

洛殿接过酒来,叫四嫂坐好,恭恭敬敬地斟上一杯酒递给她,才说道:"银花,你是我的老伴,也是我的同志,所以这件事我必须告诉你一下。为了革命,就在今天黑夜,我这一腔子血,非流不可了。"

银花听了,突然脸色煞白,手一抖酒盅掉在炕上。她慢慢地拾起酒杯,看着洛殿又给她斟满了酒,眼里扑簌簌掉下一串泪珠。她没说什么,用泪光闪闪的黑眼珠望着洛殿,举起酒杯来,颤抖地送到唇边,和洛殿同时一饮而尽。又斟满了酒递给洛殿道:"我知道你的为人,我说什么好呢?你喝下这杯酒吧,这酒里有我的心。喝下去,你先走一步,我后边跟上……"

洛殿接过酒一口喝干,咂咂嘴笑道:"银花亲人,听我的话,你要活下去。我没有完成的你接着!"洛殿说到这里,站起来从柜子里抽出那把雪亮的匕首,藏在衣袖里。两只大手扶着四嫂双肩说:"别哭,听到没有?人生一世,能够死得其所,应当笑。再说,我也许能够胜利回来呢。"

四嫂伸出颤抖的双臂,一下搂住洛殿的头,仔细地看着。慢慢地把泪光闪闪的脸颊贴在洛殿的大胡子上,说道:"我日夜地想你,盼你,想不到……"四嫂呜咽着把酒都倾倒在茶碗里,递给洛殿道:"我的亲人,你去吧,只管放心,我不会给你丢人的。"

洛殿接过酒碗,仰起脖子一气喝干了,向屋子里的一切望了一眼,用他那粗大的手给四嫂抹了一下眼泪,匆匆地系好衣裳扣子,推开门,自管大踏步走了。

冯四嫂追到大门口,看着他那大熊一样的身躯摇摇摆摆地走远了。她呆呆地望到看不见他了,回来闩上门,忍不住扶着门轻轻地哭起来。

窦洛殿走上街头,寒风迎面一吹,酒劲越发冲上来,走起路来只觉得摇摇摆摆的。看着日军、伪军全副武装,神情紧张,成队地走过。几个伪大乡人员慌慌张张溜进了院子。洛殿暗想:多半是八路军主力部队开过来了。不管怎样,我也要干!洛殿凭着自己的身份,出入各处无人拦挡。他一直往胡文玉住屋里走来。见窗纸上亮堂堂地闪着灯光,便推开门。不料走进屋一看却空无一人。不知胡文玉到哪里去了。洛殿立着忖度片时,抽身出来,又向赵青屋里走去。远远地听着屋里有动静,一个人的上半身的身影被灯光投射在窗纸上。影子是侧面坐着,头不住地扭动着。接着一只大手的黑影一闪,就听见砰的一声,这是在拍桌子。洛殿三步并作两步,一下闯到屋里,一看却是齐光第靠着八仙桌坐在那儿。他挂着一脸怒气,在灯下看一封信。见洛殿进来,冷笑一下说:"恭喜你呀!"

洛殿说:"我有什么喜可恭?"

齐光第说:"宫本还没有跟你说吗?升你做特务队长啦。这两天外边情报送不进来,派出去的侦探一个也没回来,大概正等着你带人出去侦察情况呢,快去吧!"

洛殿听说忙胡诌道:"就去,我给赵队长捎来了一个口信,得亲自告诉他呢。"

齐光第哼了一声问道:"谁捎来的口信?"

洛殿说:"他的四表妹呀!"

"用不着你捎口信,他一定早从城里拐着他表妹到天津去了。简直他妈的狼心狗肺!"

洛殿笑着:"什么事值得这么生气?"

齐光第说:"他一定听见了什么不好的风声,昨天晚上还慷慨激昂地大发议论呢,今天一早对谁也没有说一声就溜了。看!这是他留下的信。"齐光第愤恨地把信扔到桌子上。

"他怎么说?"洛殿虽没有读过书,可也颇认得些字,左手拾起信来,右手伸到怀里在灯下急看时,只见上写:

光第、文玉兄:

  仓促赴津,不及面别。弟将留津另有任务。愿诸兄继续奋斗。吾等一息尚存,终必完成反共的伟大事业。请与当地诸兄共勉之。

弟赵青启即日

窦洛殿探着头装作认真地看信,凑到齐光第身边,突然右手掣出白光耀眼的尖刀,向齐光第猛刺过去。齐光第尖叫一声忙拔手枪,还未来得及射击,早被洛殿一刀扎进了心窝,翻身栽倒。窦洛殿急忙去拽上屋门,返回身咬牙又连捅了他三四刀。在齐光第身上擦擦刀上的血,捡起手枪,冷笑地呸了一口,把信扔在地下踩了一脚,暗恨:想不到便宜了赵青这个阴险的奸细!忙噗的一口吹熄了灯,开门往外走。冷不防水仙花跑了进来,一下撞了个对面。水仙花尖着嗓子问道:"齐光第不是在这儿吗?"

"他走啦。"洛殿立在屋门口挡住她。

"瞎说。都找遍了没有他。要才走了,我一路上怎么没有碰见?一定又喝醉了躲在这里睡着啦,你净糊弄我。"水仙花说着打开手电筒就往屋里闯。

这时,仿佛有一个人影溜进了院子。洛殿待要看清楚,一晃那人影又没有了。

洛殿暗想:"一不作,二不休,你这贱货是自己找死!"立刻跟在水仙花身后走进屋去。水仙花顺着手电筒光,一下看见了齐光第的死尸,刚要嚷"杀人啦",杀字还未出口,早被窦洛殿一把抓住脖子,嚓嚓两刀结果了她。洛殿擦净了刀子,见桌上有一瓶酒,忙拔下瓶塞喝了一口,就往被子上、死尸上洒起来。洒完了掏出火柴点着了,撤身出来。见门环上有锁,便把门上了锁,大踏步走出。洛殿走出院子,觉得后边有人追来,急得出了一身汗。赶紧加快脚步,串着胡同,串着院子往外跑。看看只有一条胡同就到南门了。一到那里,值班的伪军都是朋友,就会放他走的。洛殿恨不得一下飞到南门,不料一出胡同南口,一群人影闪过来,迎面拦住了去路。

"洛殿,站下吧,还想跑吗?"这是宫本的声音。

"他怎么知道得这么快呢?"洛殿想着,伸手就向宫本那里开了枪。

"当!当!当!当!"

眼看倒下了两个人。后面一阵脚步声,洛殿正要回头看,胳膊被人抓住了,接着被捆起来。鬼子和伪军便衣特务们都持着枪围了上来。洛殿还不知怎么回事,脸上挨了狠狠的两拳,头轰隆轰隆地响,差点没倒下。头上脊梁上又接连地落下枪托、拳头,大皮靴随着骂声不停地踢在屁股上、腿上。洛殿被人架着,糊里糊涂地到了渡边的办公室。昏昏迷迷地睁开眼睛,只见一群特务正向渡边和张木康报告什么。突然张木康一跳过来,暴怒的眼睛睁得像铃铛,大吼起来:"你说!你说!你这个老混蛋,老骗子手,老要饭的!你把我害苦啦!你刚才打死了宫本!他妈的老土匪!"

"哈!哈哈哈!……"洛殿大笑起来。

渡边吼了一声,跳过来牛眼睁得滚圆,举着手枪向洛殿胸膛上打了两枪,洛殿才像一座山似的栽倒在地上。外边一阵大乱。宪兵队院里的火烧得满天通红。一阵混乱的脚步声,几个伪军跑进屋来,惊慌地喊着:"报告!坏啦!坏啦!……"

这时洛殿又爬了起来。人们惊奇地看着。他满脸满身鲜血,晃晃悠悠地两手扒着胸膛,切齿地说:"看什么,狗崽子们!害怕啦!再给窦老爷来几下!"

这时小山布置下的人把火药库点着了。只听地动山摇一阵猛烈的爆炸,窗纸都震碎了。敌伪军官吓了一跳,油灯震灭了三个,还亮着的一个也光线暗淡了。爆炸声继续响着。洛殿听着哈哈大笑了一声。渡边咆哮着拔出战刀跳过来,一刀捅进了洛殿的心窝。洛殿睁裂了眼睛瞪着渡边,大吼一声栽倒了。渡边吼叫着又扎了他几刀,窦洛殿为祖国壮烈牺牲了。

再说冯小山他们四个人,听见枪声乱响,看见宪兵队院里烧起了大火,敌伪军都向那里奔去,便向监狱的院子里走来。走到许凤她们的狱门口,那站岗的伪军见是冯小山,没有问他,夹着枪刚一转身,冯小山从后边上去一刀子结果了他。打开狱门,一招手说:"快走!"

许凤、秀芬、小曼立刻跟他出来,冯小山走在前边,三个弟兄在后边掩护,溜出了院子。同时,所有监狱的门都被打开了。被囚禁的人们早有准备,立刻弄开脚镣子,拿着刀子、棍子、手榴弹、步枪,蜂拥出来。许凤指挥他们,分组向城墙跑去。伪军岗哨想拦截的,被打死夺了枪弹;伶俐点的都吓得藏到一边。城北面是伪军四中队,大多数只向天空打枪,并不认真去阻挡。难友都爬上了城墙。

这时听着枪声响乱了,说不定是后边追来了敌伪军。冯小山掩护着许凤、秀芬、小曼向城边跑。因为她们身体太弱,由三个弟兄架着跑。来到城边,城墙上三个弟兄早等急了,连忙把三根大绳抛下来。冯小山警戒着,叫三个弟兄打肩梯。许凤、秀芬、小曼蹬上三个弟兄的肩膀,抓住绳子往上爬,上边那三个弟兄就拼命往上拉。许凤、秀芬、小曼心里兴奋得直跳,可是手没有劲了。敌伪军看看追近了,疯狂地射击着,子弹在身边、头上吱吱地响,打得城墙直掉土。小山在下边喊:"别怕,快爬,上去啦!"还是秀芬身体棒一些,她先到了城墙上,帮助往上拉许凤。这时敌人已经追过来了,传来了呼喊声。冯小山打了几枪,连忙抓住了秀芬用的那条绳,噌噌地几下子就窜了上去。许凤、小曼也上去了。许凤、秀芬、小曼不约而同地抄起枪来,卧倒阻击着追击上的敌人,掩护被捕的干部、战士、群众突围,突然轰一声巨响,她们被震昏过去了。

许凤渐渐苏醒过来,听着耳边急如骤雨的马蹄声和密集的枪声,闻着一片呛人的硝烟,又听着冯小山高呼了一声:"共产党万岁!"许凤急睁眼看时,见冯小山把最后一弹打进了自己的头部,壮烈牺牲了。周围全是敌人涌了过来,胡文玉骑在大洋马上,站到前边冷笑一声,指着许凤说道:"我知道你会来这一手的,可是你跑不出我的手心!"

许凤、秀芬、小曼被抬在担架上走着,前后左右都是戴钢盔的鬼子。这时气候骤变,天空阴云滚滚,大北风悲愁地呼啸着,鹅毛大雪猛扑下来。

七 队伍在前进

深夜,大雪时停时落,阴云不散,北风冷得刺骨。队伍冒着寒风在冰天雪地中急急行进。白茫茫的雪野里,黑黝黝一千多人的行列,浩浩荡荡一眼望不到头。骡子驮着迫击炮、重机枪、弹药箱,一匹跟一匹地走过,用鼻子喷着白气,驮架吱吱地响着。战士们背着一色缴获的新枪,腰间挂着刺刀、手榴弹,雄赳赳大踏步地走着,个个充满了报仇雪恨的决心。脚步踏在雪地上,发出整齐的嚓嚓声。李铁、萧金口里呼出热气,额角淌下汗水,骑着战马走过行列旁边。萧金策马和李铁并肩走着说:"我总觉着不对头。司令部的王参谋长对我吞吞吐吐的,好像瞒着什么不好的消息没有说。也许她们已经牺牲了。"

"如果牺牲了,参谋长会告诉我们的。这是过分忧虑!"李铁说着,用手巾擦擦脸上的汗水说,"快走,再有两个钟头就路过张村,咱俩头里进村,先到大娘家看一下。真实情况她会知道的。"

两人向萧之明说了一声,双腿一磕马肚子,加了两鞭,纵马从队伍一边超越过去,向广阔的平原雪地上奔驰而去。

李铁、萧金急急地跑进张村街头,甩镫离鞍,牵了马向村里走来。只见街上挤挤攘攘,来回走动着背枪的、抬担架的民兵队伍,好像全区的民兵都在这儿集合。两人在街头大槐树下拴好战马,顾不得和人们说话,赶紧向大娘家里走来。

刚到大门口,萧金就喊:"大娘,我们回来啦!"

萧金嚷着跑进院来,李铁在后面紧跟着。两人一看院里,烧得破七烂八,屋子才修上顶子。急忙进屋,灯光下只见江丽和大娘正在炕上坐着谈动员民兵群众支援作战的事,大娘枯瘦多了,老眼里露着焦急和悲痛,一见李铁、萧金,禁不住流出泪来。李铁、萧金忙去扶着大娘,同:"怎么回事?"

江丽顾不上说别的,劈头就说:"听说敌人决定要杀她们了。再不去救,就来不及了。"

"什么?"李铁着急地问。立刻像迎头浇了一桶冰水,心里翻上滚下。他盼着这不是真的。萧金的脸色煞白,咬牙立在一边。

李铁咬紧牙,眼里闪着怒火,不由得一下抓住驳壳枪把,好像敌人就在眼前,立刻要扑上去厮杀。好一会儿,才撒开手慢慢坐在凳子上,抑制着感情,一时竟说不出话来。

大娘把许凤留下的没有写完的工作计划和一本日记,从身边取出来,放在李铁面前。李铁接过来,沉痛地望着,掀开日记,正看见许凤在离别后记的一段日记:

给地委写完了报告,东方发白了。我越来越感到,不但白天太短,夜间也变得这样短起来,时间总是不够用。

联防地道战,武装整训,大生产运动,准备减租运动……

工作压得我喘不过气来。要注意别急躁!

听到分区司令部的老王同志谈到李铁,说他作战有魄力,勇敢不怕死而又机智,我很高兴。我深深感到,他在战火里越是英勇,越不怕死,我就越感到快乐、甜蜜和自豪。虽然两人天南地北,但一想到他在战斗,就总觉得他像在身旁,从未感到过孤独。我多幸福啊!哎!我的英雄,正因为我们为了祖国谁也不吝惜自己的生命和血,才会日益热烈地相爱,尽管我们谁也没来得及说出心里的一切。——其实也用不着说,真正的崇高的爱情是用不着甜言蜜语的……

李铁看着禁不住心如刀绞,一下合上了本子。

这时,郎小玉、曹福祥都在张村,准备支援部队作战。听说李铁、萧金回来了,赶紧跑来看望。院里屋里,来了许多区村干部、群众,都围着李铁和萧金,诉说许凤那天怎样领导大家在张村坚持战斗,她被捕以后又表现得多么英勇。大家纷纷要求大队快点去把许凤她们救出来。

李铁和人们谈了一会儿话,悲痛地从人群中挤出来,向村外走去。看看队伍还没有上来,他昂着头,眼睛向前凝视着,由着两腿,漫地里走着,走着。他来到那棵高大的白杨树下,扶着树发起呆来。见后边有人走过来,忙沿着小路又疾速地向前走去。

李铁来到村东高坡上。他左脚踏在一块大石头上,右手紧握着枪把,左手抓住膝盖,倾身向前注视着枣园据点的方向。他的眼睛里闪着火花,牙齿咬得紧紧的。

　　人们在他身后立着,沉默地立着。萧金带了马,立在旁边,郎小玉立在身后。刚硬的北风从原野的积雪上呼呼地吹过来。

　　"我们一定能救出凤姐她们来!"郎小玉像宣誓一样说。

　　民兵集合在大场里,正在纷纷攘攘地活动着,互相挑战,嚷着比赛条件。一个担架队员在跟民兵干部吵嚷。因为他的棉袄破烂的太厉害了,冻得直抖,干部们叫他回家,他不回。正在争吵,张俊臣那高大的身躯在人群中出现了。他静静地瞪了人们一眼,那大手向人们一挥,立刻刷的一声,队伍站得整整齐齐了。他把自己的大棉袄脱下来给那个队员披上。自己只穿着小薄袄,挺着胸膛,立在凛冽的寒风里,听各村支部书记汇报。杨大伯用毛巾包了头,背了步枪,挺着直直的腰板,大步走过来向张俊臣报告人数。要不是他脸上那花白的胡茬子,人们简直以为他是青壮年哩。张大娘也来了,她用毛巾包了头,腰里束上了一条皮带。她不听人们劝阻,一定要亲自跟民兵上火线。她也向张俊臣报告了人数,走回来站在张村民兵的队列前边。静肃的空气中突然响起了江丽那嘹亮的热情的声音:"同志们!报仇雪恨的时刻到了,我们要勇敢地去消灭敌人!党员同志们要冲锋在前……我们要胜利,我们一定能够胜利!……"江丽讲完了又扶着张大娘立到土坡上,叫她给民兵们讲几句话,民兵们热烈地鼓起掌来。

　　张大娘那斑白的头发有几缕披散下来,迎着严寒的北风飘拂着。她是那么严峻、那么刚强。人们望着她——这为革命献出丈夫,献出儿女,献出自己毕生精力的革命的母亲,不禁从心底迸发出战斗的火花。队伍在寒风中一动不动,千百只眼望着她,倾听着她的声音。

　　"同志们!"张大娘举起拳头,"咱们这些村都是革命的堡垒。咱们每一个人都是毛主席的好战士。党需要咱们打到哪里,咱们就一定能打到哪里。咱们一定要为亲人报仇,勇敢地去消灭敌人!"

"我们坚决战斗到底!"人们举起如林的铁拳,怒吼着。寒露挎着一支七星子手枪,带着她组织起来的青年女民兵队伍,高举着拳头呼喊着。她眼里流下了激动的泪珠。主力兵团迈着整齐的步伐走过来了。李铁、萧金飞身上马,向人们挥一挥手,纵马向队伍前边奔驰而去。游击队跟着出发了。"出发!"张俊臣立在高坡上一挥手,民兵队伍开动了。曹福祥、张大娘、杨大伯也跟着走去。

民兵们踏着有力的脚步,埋藏着满腔的怒火前进着。

男女老少从村里涌了出来,他们不顾寒冷,站在路旁望着那疾奔前进的战士们。队伍穿过夹道欢送的人群,急急地走过去了。老爷爷们、孩子们、妇女们还舍不得走,目送着自己的队伍。有的人竟在后边默默地跟着队伍走了老远,才在野地里站下,出神地向前望着。

八　胜利是我们的

入夜,天空阴沉黑暗,朔风悲啸着从监狱的窗子外吹进来,刮得破窗纸啪啪地响。站岗的伪军在窗外移动着,皮鞋踏在雪地上发出嗞嗞的声音。不时听见伪军岗哨叹气的声音,大声问口令的声音。

在呼呼的风声中,不时传来一两声枪响,一阵狼狗嗥叫声。院中那棵杏树被风雪冻僵了,花瓣吹落满地,和雪粒一起在大风里旋卷着。许凤预感到牺牲的时间是越来越近了。

许凤、小曼借着小窗户上射进来的手电筒光,急急地在纸上抄写着什么。秀芬拿着一张纸,给外边站岗的伪军读着,解释着。许凤全部精神都集中在写东西上了。她在竭尽全身的力量加快速度。手冻僵了,不时用口哈一点热气暖一暖,也不肯停息一下。她们越狱失败之后,分析了当前的形势,认为必须做牺牲的准备,因此决定利用牺牲之前的每一秒钟,来从事斗争。她们轮流向新换岗的监视她们的伪军进行宣传教育,提高他们的认识。她们的工作收到了预期的效果,有几个伪军被感动得哭了,愿意帮助她们。有的为她们弄来了纸笔,给她们打手电照亮;有的给散发传单;有的给搜集情报。

许凤把据点内部伪军伪组织人员的表现做了记录,把敌人的兵力和防御工事情况写了情报,提出了攻取这个据点的作战方案,委托一个认为可靠的伪军,设法迅速带出去。又编了几张争取伪军起义的传单,叫小曼抄写。现在她又集中精力考虑着全县特别是枣园区的工作。根据她所了解的情况,提出了今后工作的意见。她写了信给王少华、张俊臣、江丽,要他们在发动减租减息运动的同时,趁热打铁,依靠贫雇农团结中农,组织互助组,大力发展生产。同时她建议县区干部每个人都要参加生产,每年要交一定的粮食,以减轻群众的负担。县区干部吃菜、吃油要设法自给。为了推动积肥运动,希望张俊臣、江丽带头背起粪筐来。

许凤正在急速地写着,听秀芬叫了她一声,赶紧起来,凑到窗口去,见那伪军把脸贴着小窗户说:"打听来了,外边闹得可欢啦。减租减息都搞起来了,各村敲锣打鼓,像办喜事一样。听说那个姓江的女政委跟许政委一样厉害,净带民兵到据点附近活动,把据点封锁得气也出不来了。渡边和张木康气得不得了,连着出去扫荡。可每一次出去都挨了打,鬼子死伤了几十个。据点里粮食快吃光了,抢也抢不来……看样可待不下去了。"

许凤听着高兴极了,暗道:江丽,我的好同志,我没看错你!

那伪军忽然熄了手电,走动开了。一会儿听着过去几个人。那伪军又回来问道:"该换班了,信和传单写好了快给我!"

许凤过去把小曼抄好的拿了来递给他,那伪军急忙塞到怀里,咳嗽了一声,和来接班的人说了几句话就走了。

三个人搂着肩膀,互相贴着脸坐着。许凤小声问道:"你俩怎么样？累吗？"

秀芬、小曼齐声道："不累！"

秀芬道："凤姐，不知怎么的，现在身上的伤一点也不疼了，觉得浑身是劲。再为党为人民多做点工作才好，可惜时间不长了。"

小曼说道："凤姐，快点，你下命令吧，咱们还能为党做点什么？"

忽然，各种杂乱的声音一齐轰响起来。叮当关门的声音，呼喊斥骂的声音，说不清有多少人跑动的声音，越响越嘈杂混乱。许凤、秀芬、小曼紧挨了坐着，沉静地向窗口望着。小曼拉着许凤的胳膊激动地说："凤姐，时候到啦，咱们不能悄没声地被敌人杀死，要斗！"许凤搂紧小曼说："对！"外边有几个人咚咚地走过去了，听着有人小声说了一阵子话。待了一会儿，那站岗的伪军走到小窗口边来，打开手电筒照着她们三个，急急地小声说："许政委，我怎么办？我，你说，我……"

许凤立起来凑到窗口边说："应当反正过去！"

"准不要紧吗？八路军不会打死我吗？"

"不要紧，他们会立刻放你回家的。外边有什么消息吗？"

"这个，这个，"伪军扭过脸去擤了一下鼻涕，用喑哑的声音说，"听说待一会儿就把你们……"伪军话到嘴边又停住，急急分辩说："我不是不打算救你们，可我没有办法。我是中国人，我是叫他们抓的兵……"

伪军嘟嘟哝哝地不知说了些什么，许凤听着明白了是怎么回事，仰起脸微笑了一下，向那伪军说："好吧，我相信你，我一定帮助你。你给我照个亮，我写封信，以后你交给那边，最好是交给李铁。他们一定会照顾你的。"

那伪军立刻打开手电筒说："你写吧，我会想法送到的！"

许凤拿出小山给她的纸和笔，就着亮光写起来。写完了折起来递过去，那伪军伸手接着掖到怀里，难过地叹息着走开了。许凤、秀芬、小曼沉静地坐着。许凤那明亮的眼睛深思地向前望着。亲人的、同志们的亲切熟悉的脸孔,在脑子里不停地闪出来。

她心中自语着:"亲娘,同志们,为了人民,为了祖国,我不能活着和你们相见了。你们放心吧,我一丝一毫也没有玷辱自己的生命,没有玷辱共产党员这个光荣的称号!"她脸上闪现出焕发的光彩。寒风从窗外吹进来。小曼坐到许凤身边突然抽抽咽咽地哭起来。

许凤搂着小曼的肩膀,轻轻地抚摩着她,亲切地说道:"怎么,小曼,有话就跟姐说。"

小曼抬起头来,眼里噙着泪水说:"凤姐,我是恨自己,过去为党工作得太少了。死我是不怕的,可是我直到现在还不是正式党员。"她那天真而纯洁的眼睛滚下了泪珠。

许凤一听,心里一翻滚,又是难过,又是骄傲,心想她这么年轻竟有这么高尚的灵魂,一个多么好的同志啊!禁不住将脸贴着小曼的脸蛋,紧紧地抱着她,热泪流湿了两人的脸颊。

"凤姐,代表县委批准她转正吧!"秀芬坐起来扶住她俩。

许凤那眼睛明亮地一闪,严肃地扶着小曼的双肩说:"对!小曼同志,我们批准你从今天起就是中国共产党的正式党员。"趁着那个伪军踱回来,许凤要回那封信,又在上面添上了一行字。

小曼站起来,冲着张村的方向望着,快乐而骄傲地说:"娘,你没有白生我一场。大雨哥,你没有白教育我。"又向西北方向说,"毛主席,我是你的光荣的战士!"

夜风呼号,灯光摇闪,胡文玉在屋里慌乱地拾掇着,两手哆嗦着。他脱下黄呢军装,换上早就准备好了的蓝布棉袄棉裤。他乱七八糟地往一边扔着呢子衣服和花被子,只把手表、金戒指、伪钞往一个小包袱里塞。猛听见窗纸被风吹得一咕哒,吓得抄起手枪,盯着屋门往墙角落里退着。听了好久没有动静,这才走回桌子边,两手按着桌子,目不转睛地看着灯花犹豫着。胡文玉白天和渡边吵了一架。他死乞白赖一定要渡边把许凤、秀芬、小曼交给他,并且要立刻押解她们到城里去,然后想法把她们再带往北平。哪知渡边听了,只似笑非笑地一龇大牙,根本不谈这件事。夜里,看到渡边突然命令把犯人都押到广场上去,他明白了,这个白天还叫嚷坚守据点的魔王,一定要撤出这个地方了。根据情况判断,八路军定要拔除枣园据点,大难就要临头,跟渡边在一起凶多吉少,得趁早另想脱身之计。他又是悔恨又是害怕,眼看自己要成丧家之犬了。一面收拾着东西,总觉得身后有人,不时回头看看,突然一阵风扑灭了灯,跟着哗啦一声响,急忙回头一看,恍惚间像是李铁,两眼怒光闪闪,握着明晃晃的尖刀,吓了一跳,忙钻在桌子底下,颤抖地举起手枪,定神一看,原来是一只猫跳上了窗台。他又从桌子底下钻出来,拭拭头上的虚汗,提着手枪,轻轻地开了屋门。外面满地白雪,北风卷着雪花摔到他脸上。他左右观察一会儿,一下蹿出去,溜着墙根迅速地消失在苍茫茫的雪夜里了。

  深夜,北风呜呜地咆哮着,旋卷着密麻麻的鹅毛般的雪片,把天地间搅成乱纷纷白茫茫的一片。在这大风雪中,从枣园据点城墙外边的一片房子里,走出三个人来。这三个人弯着腰迎着顶头风向北走着。走在头里的那个是个矮个子,身上裹着一床白布被子,用力地走却走不动,大风一阵阵吹起下边的被角,把他刮得倒退两步。后边两人,细高个是张立根,粗粗实实的中等个是张金锁,都反穿着棉裤、棉袄,头上包着白毛巾。他们身上都沾满了雪,浑身一色雪白。是张金锁用驳壳枪顶着前边矮个子的后背,凑到他耳朵上小声骂着:"他妈的!快点!听到了没有?再不走快点,毙了你个狗汉奸!"

  这个汉奸是张立根和张金锁奉命到枣园据点抓出来的特务韩小斗。

  "蹲下!"张立根急扯了他俩一把。

  三个人都蹲下来,就像三个盖满了雪的土堆。城墙上射过两股手电筒白光,向他们三个左右晃动了一会儿,熄灭了。三个人又立起来,张金锁给了韩小斗一拳,用手推着他紧走。他们一走进前边的一片树林,张金锁忍不住凑到韩小斗耳边叫起来:"跑步!他妈的!"

他们的鞋上沾满了泥浆,韩小斗栽了个跟斗,张金锁揪起他来,架着他往前跑。他们跑进了北旺村头。掩在矮墙后边的战士问了口令,放他们过去了。两人揪着韩小斗,向村南的一个大院里走去,张立根头里向警卫说了句话,先进屋去了。屋里静悄悄的,当屋的方桌上点着一盏油灯,铺着一张据点工事详图。支队长萧之明用红铅笔在地图上标着粗壮的红线。政委李铁吸着烟斗,双眉紧锁,两眉中间添了一道竖纹。参谋长萧金正把一张情报递给萧之明。李铁听到了声音,一抬头向进来的张立根问道:"抓到了吗?"

"报告,抓到了一个,是特务韩小斗。他刚一到破鞋小白鸭家,我们就抓了他来。"

萧之明一挥手命令:"带进来!"

"是!"张立根出去一会儿,就见张金锁右手提枪,左手揪住韩小斗的肩膀推进屋来。韩小斗立在屋门口,浑身连头裹在被子里,只露着一张吓得煞白的小脸,小眼睛惊惊慌慌的,牙齿格达格达直响。

"啊,是你呀!张扒灰的女婿,你知罪吗?"李铁用烟斗指了韩小斗一下。

韩小斗吃惊地望着李铁说:"长官,什么也瞒不了您,我是身在曹营心在汉,真的!我是……"

李铁用烟斗一磕桌子,严厉地说:"算啦,别扯废话。我要你说老实话,如果你有半句不实,就对你不客气!"

"我一定!"韩小斗急忙答应,"我一定说实话!"

萧之明走了两步,倒背着手立在韩小斗面前问道:"现在守城的是哪一部分？知道我们来拿据点吗？"

韩小斗结结巴巴地说："城,城上是四中队和五中队,不,不知道拿,拿……"

萧之明指着他说："你把里边部署的情况,详细讲来。要说瞎话,当心你的脑袋！"

"我一定说实话！"韩小斗颤颤抖抖地详细说了一遍。

萧之明又问道："今天杀人了没有？"

"啊,没有,许政委她们,可,可能……"

李铁、萧之明、萧金听了,身上突然一震。萧之明一挥手说："带下去！"

韩小斗正弯腰鞠躬,被张金锁揪着拉出去了。萧之明问萧金道："现在各部分布置的情况怎么样？"

萧金报告说："现在各营的兵力都按计划进入了指定地点。民兵和担架队也都准备好了。都活动得相当隐蔽,消息封锁得很严密。各营长都在这里等候命令。"萧金说话的声音变得粗重了,脸型也瘦长严肃了些。

萧之明听了,看着窗户想了一下,喊道："通讯员！叫一连长马上来！"

不一会儿,一掀门帘,刘满仓走了进来,萧之明立刻命令道：

"现在情况紧急,命令你连跟萧参谋长去抢救被捕的同志。你们跟敌工关系悄悄地摸进三号岗楼,你们的任务就是抢救被捕的同志,别的什么也不要管。不管多么困难,要保证完成任务！"

"是,保证完成任务！"刘满仓那洪钟似的声音震得屋子直响。

"政委,你有什么话要说没有？"萧金急向李铁问了一句。

李铁看着萧金,沉思了一下说："你们要先抢到鬼子住的大院西北面空场上去,因为那里是鬼子杀人的地方。然后从那里往东插,就是监狱。鬼子大队部院里由突击队负责搜索。"

"好,记住啦！"

"走吧!"

萧金和刘满仓急匆匆地走了。萧之明回到桌边,看看地图,又问李铁道:"你看作战部署还有没有问题?"

李铁一面把驳壳枪带好,一面看着地图说:"各营的兵力按照原定计划分别包围鬼子和伪军,我想都没有问题。就是指挥部要改变一下位置。现在看来敌人可能从东面突围。所以你要带一个连的预备队,把指挥部安在东北角高地上,准备截击突围的敌人,同时支援突击部队。我要跟突击队一起冲进去,先搞掉敌人的指挥部。"

萧之明听着频频点头,听到最后一句,拦住李铁道:"李铁同志,你跟突击队去,要考虑一下。"

"这没有什么可以考虑的。"李铁刚说到这里,听见外屋喊:"报告!"便答道:"进来!"

一看是武小龙,扎束得整整齐齐,只是头上还裹着绷带。

萧之明忙问道:"武小龙,你怎么来了?"

武小龙忙说道:"支队长,政委,我要求参加突击队。"

他说着从肩上摘下装在半旧的皮套里的驳壳枪,双手捧着递给李铁,禁不住眼泪从腮边流下来。李铁接过来,认得是朱大江的枪,就是许凤给他的烈士埋在身下的那一支,心里猛地一沉,声音颤抖地问:"他?他怎么了?……"

武小龙立正站着,哽住说不出话来,屋里顿时陷入了哀痛的沉默。李铁过去把武小龙拉一把。

"他叫我把枪交给你。"武小龙含泪说,"他喊了一声:'同志们!报仇!消灭帝国主义!'就……"

"别说啦!跟我走!"李铁咬紧牙关,眼睛睁圆,闪着悲愤的火焰,嚓一声把驳壳枪顶上子弹,大踏步向风雪呼啸的门外奔去。

武小龙紧紧跟在李铁身后,走到街上来。风雪弥漫,地上积了老厚的雪。走过南北车道口,只见街上整整齐齐站着一眼望不到头的民兵和担架队。他们站着纹丝不动,一点声音都没有。他们身上都挂满了雪花,简直像是用汉白玉雕成的群像。这是张俊臣带的民兵队伍。李铁迎着风雪走着,却只觉得胸膛里热得难受,就一把扯开衣襟。这时,只见两个魁梧的人,冒着雪迎面走来。李铁一看前边那人有与众不同的宽阔的肩膀,就知道是张俊臣。站下等那人走近了一看,果然是他。张俊臣向李铁报告说,民兵已经集合在指定地点了,等着接受任务。李铁叫他找萧之明去。后边那人穿着女人短袄,束着皮带,挎着手枪,冲着李铁叫了一声"表弟!"两只手就紧紧地扶住了李铁的肩膀。李铁一看原来是表姐李兰心。只见她那粗直的黑眉上下挑动着,眼睛比以前更加明亮,又红又厚的嘴唇,爽朗地笑开了,露出一嘴雪白的牙齿。不等李铁问她,就说:"我已经调到桑林区区委会工作,有一个多月了。这次是带民兵参加战斗来了,一会儿战场上见吧。"说着走了一步,又回过头来对李铁说,"表弟!放心吧,一切都会顺利的!这回叫王八日的们知道咱们的厉害!"说了一挥手跟张俊臣大踏步走去,消失在茫茫的风雪里。李铁无暇顾及别的,带了队员赶紧来到路东一个院子,跨上台阶,推开北屋门一看,在宽阔的小学教室里挤满了突击队的战士,都反穿着棉衣,一色白。每人一支驳壳枪,四个手榴弹,一支三八步枪,都上好了亮光光的刺刀。还有些人背上背了小铁锹。战士们根据参谋长的指示,刚刚讨论完了怎样像一把尖刀一样,一鼓作气直捣敌人的大队部,先打掉敌人的头。实现这种掏心战术的各种问题都解决了,现在就是准备进入战斗了。战士们有捆鞋的,吸烟的,说话的,互相检查武器弹药的。李铁进来大声问道:"同志们,准备好了吗?"

"报告政委,准备好了!"队长陈东风和指导员刘远跑过来,向李铁报告了,回头喊:"集合!"

队员刷一声,站得整整齐齐。李铁向全体同志看了一遍说:"同志们,你们都是自愿报名参加突击队的,党对你们这种献身祖国的决心,非常感谢。我们这支突击队不但要打开缺口,给部队开路,而且要像一把尖刀,一直插到鬼子的大队部去,活捉渡边。同志们,我相信你们一定能够保持我们支队的荣誉,一定能够打进去完成任务。同志们有信心吗?"

"有!"战士们一齐回答。

"好,立刻出发,跑步前进!"

陈东风和刘远带着队伍,走出屋去。队列跑着步,分组向前运动着。来到据点附近,都卧倒向前爬着。大梯子驮在战士们的背上,一点一点地接近了城墙了。六挺机枪在离城墙几十丈远的地方架好。李铁爬到城墙下边,六个大梯子已经悄悄地竖立起来,靠上城墙了。突击组的战士蹬上梯子往上爬着,一切都静静的,只听到风声呼呼地响……

寒风呼啸着,监狱里异常黑暗。

许凤、秀芬、小曼站起来,三姐妹互相搀扶着。许凤的眼睛凝视着远方,缓缓地说:"我们三个就要跟党,跟祖国,跟亲人们,跟同志们告别啦。"她说着看了秀芬、小曼一眼,声音提高了说,"让我们好好地快乐一下吧。为什么不快乐呢?我们没有什么可以惭愧的,一点都不后悔,我们对得起党,对得起人民,对得起爹娘和亲人,来,我们唱个歌吧!"

三个人庄严悲壮地唱起来:

> 起来,
> 饥寒交迫的奴隶,
> 起来,
> 全世界受苦的人。
> 满腔的热血已经沸腾,
> 要为真理而斗争!
> …………

《国际歌》的歌声,激昂悲壮的声浪,混合着怒吼的风声,飞了出去。

全监狱里的人们,都跟着唱起来,这是用血、用最宝贵的生命唱出来的声音。这歌声是力量,是大无畏的力量,它冲出监狱的墙,震荡着天空,震撼着大地。帝国主义者的碉堡的墙壁摇动了。北风跟着歌声愤怒地吼叫起来,这吼叫使敌人心惊胆战。

怒吼吧,革命的大风暴,叫敌人在这声音、在这力量面前战栗吧!叫绝望的恶魔们缩在墙角落里去哭泣吧!让那面临死亡的强盗们发疯吧!

据点里混乱了,敌人叫骂着,狂奔着,渡边持着战刀冲出来,撕裂喉咙叫喊着,拼命敲击监狱的墙壁、门窗。一群群敌人挺着刺刀狂奔着。

渡边狂喊:"死了死了的,死了死了的!"

歌声愈唱愈雄壮。

许凤、秀芬、小曼快活地笑着。

当啷一声,六个鬼子挺着刺刀冲了进来。

六个便衣特务架起许凤、秀芬和小曼就走。

"我们自己走!"许凤斥退他们。

许凤、秀芬、小曼被押到院里来,就见满院子敌伪军全副武装站着,渡边和张木康站在前面。张木康一扬手拦住她们,大声问道:"你们三个谁愿意活着?最后还给你们一个机会,谁愿意活,上这边来!"

三姐妹巍然不动地立着。许凤冷笑一声,大声向伪军喊道:"每一个有良心的弟兄都要起来,反正杀敌!祖国和亲人在等待着你们哩!要打死那些丧尽良心的走狗!……"

伪军们低下头去,鬼子们也惊呆了。渡边厉声吼着:"愿意活的!这边的来!"

许凤一甩头发,决然地挺胸向前就走。秀芬、小曼上去挽着她的胳膊,三姐妹昂然不屈地迎着暴风雪并肩向前走去。

三姐妹昂头挺胸,在凛冽刺骨的大风中走着。敌人像一群绿眼睛的恶狼,慌忙地围着她们乱窜着,嗥叫着。许凤回头向监狱喊着:"同志们,坚持斗争下去,我们就要胜利了!"

"伟大的祖国万岁!"

"共产党万岁!"

"毛主席万岁!"

三姐妹高呼着。其他被囚禁的同志也被赶出来,跟在她们后面。

在敌人的刺刀威逼下集合起来的群众,在风雪里三五一团的靠在一起,迈着沉重的步子,向刑场走去。在激动人心的口号声中,三姐妹走过来了,难友的队伍走过来了。人群激动起来。妇女们的啜泣声,孩子们惊恐的哭声,鬼子们的吼叫声,在大风呼啸中交织在一起,简直要碎裂人心。渡边骑着高大的枣红战马,扶着刀把,瞪着血眼,杀气腾腾地睨视着眼前的一切。

这时,整个据点里像是开了锅,到处是叮当哗啦的敲砸东西的声音,呼叫的声音。大卡车在街上轰隆轰隆地吼叫。敌伪军纷乱匆忙地往卡车上装着东西。骑兵们将备好了鞍子的马陆续带到街上。奇怪!白天渡边还亲自监督修工事、粉刷屋子呢,难道要逃走吗?人们在混乱里猜测着,震惊恐怖,混合着辛酸的快乐,在每个人心里激荡起来。当人们被逼着背靠大墙站好,面对着枪口的时候,一切都明白了。疯狂的屠杀就要临到头上了。渡边骑着马巡视过来,面对着许凤、秀芬、小曼站下了。他狞笑着举起了手电筒,白光照射在许凤脸上,他一看见许凤那毫无畏惧的蔑视的目光,那从容的神色,那胜利者才有的神采焕发的面容,气得血往上冲,手抖动着。手电的白光又扫过秀芬、小曼和许多人的面孔。蔑视的眼光像一支支利箭,直刺着他。他气得要发疯了。他要亲自一个一个地射倒他们,咬着牙从腰间拔出手枪。

小曼这时往起一跳,举臂高呼:"打倒日本帝国主义!"跟着在一片愤怒的吼声里,空中响起炮弹吱吱的呼啸声,敌人的汽车队列里响起了震天动地的爆炸声,同时枪声四起,尖利的冲锋号声吹响了。渡边气得把枪口对准小曼,秀芬疾速一闪刚把小曼掩在身后,不想许凤同时闪出来用身体护住了她俩。举臂高呼:"咱们的队伍来啦!同志们!夺敌人的枪啊!伪军同胞们快反正杀敌呀!"

　　渡边气急败坏地吼叫着,向许凤开了枪。随着渡边的枪声,突然一片暴雨般的枪声响起,据点里顿时人喊马嘶,敌伪军纷乱奔跑射击,乱成一团。渡边疯狂地向三姐妹连开七八枪,忽然觉得被什么东西猛撞一下,在马上摇晃了一下,拨转马头便跑。一群群穿白衣的战士在房上、街上出现了,像猛不可挡的山洪扑向敌人。有些伪军也趁势掉转枪口向鬼子射击起来。

　　渡边慌忙命令日军:坚决抵抗!抢进工事,固守待援。他声嘶力竭地下达了命令,随即拍马向大队部院里急跑。

　　雪越下越紧,从城下到街口到处是黑糊糊的人群奔跑着,地上、房上、城上、树后处处闪射着打枪的火苗,枪声混杂着呼喊叫骂,子弹乱三绞四地在空中穿射飞鸣。敌人有往回跑的,有冲过来的,乱成了一团。李铁他们趁势直冲过去,敌人还没有来得及看清,一群穿白衣服的人已经冲到了跟前。他们像一群白色的猛虎,一声不响,横冲直撞,驳壳枪一个点地扫射着,敌人慌张地躲闪着,盲目地还击着。他们杀开一条血路,直向街心日寇大队部那里冲去,把纷乱的伪军抛在后边了。虽然遭到猛烈的抵抗,突击队还是不顾一切地向前猛插。仗着地形熟悉,翻越墙头,穿过院子,避开敌人的火力,不停地还击着,跃进着。有许多战士上了房,从房上跑着,看到街上停着军用卡车,数不清的战马,咴咴地嘶鸣着,正从大院子里往外牵。街上、胡同里,到处都是鬼子,纷乱地打着枪,有几股向他们围过来,可是经不起他们一阵猛打猛冲,敌人又被闪到后边去了。他们继续猛冲着。

整个据点已经陷在火海里边了。枪声、呼喊声从四面传来。连着几声猛烈的爆炸,大碉堡倒塌了。几处号声喊杀声由远而近,部队和民兵蜂拥地从四面冲进了据点。

这时,平大公路两边,滹沱河、子牙河南北,纵横一百多里地区内,枪声大作,炮声隆隆,八路军和地方武装对敌伪军据点发动了全面攻击。有的是主攻,有的是佯攻,敌伪军被打得蒙头转向,不知真假虚实,互相之间不能支援了。

渡边跑进屋里,抓起电话听筒,要打电话求援。电话线早被切断了。渡边叫了几声不通,正在发急,张木康跑了进来,满头大汗地喊:"四中队投降八路了!"渡边疯狂地把电话听筒摔在墙上,大声喊叫:"宫本!宫本!"猛然想起宫本已经死了,急急地拖着战刀,提着手枪就往外奔。张木康带了护兵向伪军大队部跑去。渡边和十几个鬼子兵向外跑去,一面跑着,听到密集的枪声在附近响起来。刚跑到外院二门口,只见一群白花花的人迎面冲来,密集地弹流射过来,把二门封锁了。渡边忙退到墙后边,头上又响起了枪声,仰头一看,房顶上也出现穿白衣服的人,房上房下都用日语喊起来:"缴枪不杀!优待俘虏!"

"渡边投降吧!"

渡边指挥着鬼子兵边打枪边往里院撤。他急急跑进里院大门,一看鬼子兵在门外倒了两个,其余都被截在前院里了,跟来的是几个穿白衣服的八路。可怕,渡边还从来没有像现在这样害怕过。那些穿白衣服的八路,简直是一群神兵,为什么他们一枪都不打,只是一步一步地忽隐忽现地向他逼近呢?最前边的一个人,一闪又掩在大槐树后边了,他发出了严厉威武的声音:"渡边缴枪吧!你不是要找李铁谈判吗?"

渡边狠狠地向他射击了几发子弹。真可怕,那是李铁。李铁又出现了一下,渡边又想射击,一扳枪机,子弹打光了。渡边惊慌地退到屋里,哐啷一声插上了屋门。陈东风吼叫着,像猛虎一样,

533

将身向前一纵,紧跟着轰隆一声巨响,屋门被撞倒了。李铁他们猛烈射击着冲进屋来。在晨光照射下,只见渡边仰在地上,战刀横在身上,血流满地,他被击毙了。李铁拿起战刀,回身奔出来。

四面八方的枪声还在凌乱地响着。敌人的抵抗已经垮台了。天色已经微明。地上落了半尺厚的雪,北风把雪粒从房上扫下来,在院子上空旋卷着。雪地里穿黄军装的鬼子的死尸仰着的趴着的遍地都是。李铁他们搜索到了日寇大队部屋里,只见满地纸片,凳倒桌歪,挂钟还嘀嗒嘀嗒地响着。

李铁带着队员回身出来,要去参加消灭敌人主力的战斗。刚一到大门口,咕咚一声,一个鬼子被摔得仰面朝天倒在门口,跟着一枪托打下来,鬼子的头开了花。随后就见一个高大的女人身影一闪穿了过去。李铁穿出大门一看,原来是李兰心表姐,她向他招招手,带着民兵拐过一个边道去了。

战斗接近结束了。

遍地是敌伪军的死尸、枪械、死马、散乱的弹壳,街上停着炸坏了的汽车。空中还飘荡着硝烟和木炭烟,处处是火药味。被践踏的雪地上留着一片片殷红的血迹。枪声愈响愈稀。一群群的战士、民兵持枪疾奔过去。李铁什么也顾不得看,一口气跑到监狱里一看,里面空空荡荡的,只有阵阵寒风吹动着地上的干草。他的心猛地往下一沉,好像在大海里翻了船,"刷"地出了一身冷汗,呼吸也阻塞了。眼前是一片白茫茫的,什么也看不见了。突然,听到人叫了一声:"政委!快着!胡文玉骑马跑了,江丽同志一个人追上去了!"李铁一听,一跃起来,一口气跑到马群边,骑上一匹红马,飞驰而去。

原来张俊臣和江丽带民兵跟在队伍后边攻进来了。张俊臣见敌人已经垮了,就带了大队民兵赶去抓俘虏,留下江丽带少数民兵打扫战场。江丽就在大街上指挥几个干部和民兵收集枪支、弹药、军用物资,向这里集中着。几个民兵牵了十多匹东洋大马过来,还都备着鞍子。江丽叫都拴在附近树上。这时还在流弹纷飞,江丽机警地四下观察着。突然发现一个头上包着白毛巾、身穿蓝裤袄的人,从树上解下了一匹马。江丽喊了一声,叫他过来。那人毫不理睬,竟自飞身上马,狠狠打了一鞭,纵马向东飞驰而去。江丽看着那人的后影,突然明白过来,那人是胡文玉!便喊了一声:"快追!"顺手解下卡车边拴着的一匹大白马,纵身跨上鞍子,两腿一夹,箭一般追了过去。两匹马一前一后没命地飞奔着,出了据点。据点外边的群众还没有明白是怎么回事,两匹马已跑下去几里地了。

两匹马狂奔着,看看离得近了一点,江丽看得更清楚了,前边的人正是胡文玉。他恶狠狠地回过头来开了两枪,江丽的帽子被打掉了,身子一仄歪,差一点摔下马来。她伏在马上端起手枪瞄着胡文玉射去,几次都没有射中。两个人一面飞奔,一面互相射击。看看后边十多匹马追上来了,胡文玉慌了神,用连发向江丽狂射起来。江丽伏在马上不顾一切地猛追。胡文玉瞄准了江丽,看着一枪就要把她打死,突然眼前一阵旋风疾卷过来,在呼呼的风声中,一片红光嗖地一闪,一匹高大的红马到了身边。红马上一个人剑眉直竖,眼睛喷射着火光,大吼一声,雪亮的战刀带着风声从空中劈将下来。胡文玉一眼看见是李铁,吓得哎呀一声,还没有叫出来,连头带肩被劈做两爿掉下马来。那马咴咴地叫着,打着旋儿站下了。江丽赶上来,犹自气得咬牙切齿,向着胡文玉的尸首又开了两枪,狠狠地啐了一口。李铁望望胡文玉的尸体,两个鼻孔鼓得正圆,喷出两股气,把战刀入鞘,一招手,大家又都纵马向枣园跑去。

李铁旋风般奔回枣园村头,跳下马来。

"政委!血!你挂彩了!"一个战士在后边喊。李铁好像没有听见,只顾闯闯地走,连头也不回。

在满是积雪的大沟边,人们静静地拥簇着几副担架走来,轻轻放下,人群在雪地上低头肃立着,李铁心头冷丁像被尖刀连扎了几下。他急忙紧走几步挤进人群一看,在担架上躺着的,正是他日夜想念的亲人——许凤。在许凤旁边,并排停着秀芬、小曼、窦洛殿、冯小山……李铁觉得突然天旋地转起来,他忍着痛苦,一步一步地走到许凤跟前。低下头,见许凤胸膛上凝结着鲜血,面带从容庄严的神色,好像完成一次战斗任务之后安然睡着了似的。周围是一片唏嘘哭泣声。李铁站住不能动了,呼吸也阻塞了。他突然蹲下握住许凤的手,又抚摸着秀芬、小曼、洛殿和小山,眼前被一片白茫茫的东西罩住,什么也看不见了。听到有人叫了一声"政委",他一下立起来,只见一个身穿伪军服装的人被带到了跟前。那人沉默地从衣袋里掏出一封折成三角的信来,递给李铁,用袖子抹了一下眼泪说:"许政委留下的。"

李铁急忙接过信来,双手颤抖地打开,看那秀劲的铅笔字,果然是许凤写的。他无声地读着:

李铁同志:

我们坚持地忍受着一切折磨,等着你们,等着胜利。

我们想尽了一切办法要逃出据点,回到战斗的岗位上,可恨终于失败了。现在死亡已经临到我们头上,可是我们一点也不后悔。为了祖国,我们对敌人做了一切可能做到的斗争。离开永别大概没有多久了。我们要在歌声中度过这最后的时刻。

永别了,亲爱的,告诉活着的人们,要战斗到底呀,整个世界就要天亮了!

许凤　四月四日

又:我已经批准小曼为正式党员。窦洛殿已经牺牲,他对革命无限忠诚,要求追认他为共产党员。

李铁看着信,又听江丽叫一声"凤姐!"手抖动了一下。突然,他一把撕开棉袄的扣子,提着枪就往前走,曹福祥一把拉住了他,这才看见他的棉袄里面都被鲜血染红了。李铁猛然抽噎了几下,吐出一大口鲜血。他直起身子,睁大了明亮的眼睛,朝前望着。整个大地白茫茫的,大北风呜呜地旋卷着地上的雪流。天地间齐奏起无语的悲壮的哀歌。

在漫天皆白一片缟素的大地上,那面鲜艳的战斗的红旗飘飘荡荡地升起来了。

尖利嘹亮的军号声又响了。这号声响彻云霄,压过了大风的呼啸,向四方飞去,战斗的队伍又集合起来了。千万双充满复仇决心的眼睛向前方注视着。手里紧握着武器。

雪野上,队伍像无边的滚滚铁流,在前进……

风吹散了阴云,天晴了,朝阳透过一条鲜红的云带,射出辉煌灿烂的万道霞光。在那霞光里,仿佛看见了三姐妹那庄严美丽的面容。听到了许凤那响彻天地的声音:

"活着的人们,要战斗到底呀!整个世界就要天亮了!"